AMSTERD@M ONLINE

ED SANDERS

AMSTERD@M ONLINE

the house of books

Eerste druk april 2002

Omslagontwerp
Studio Jan de Boer BNO, Amsterdam
Omslagdia
Fotostock b.v.
Foto auteur
Steye Raviez

ISBN 90 443 0467 4
D/2002/8899/78
NUR 332

1

Eén, twee, één, twee. Met eentonige regelmaat klonken de gedempte voetstappen van de eenzame jogger op het bospad in het Zoniënwoud bij Brussel. Het was een vroege zondagochtend in juni. Het begin van wat een prachtige zomerdag beloofde te worden. Later op de dag zouden veel mensen onder de hoge bomen verkoeling zoeken. Maar nu was het daarvoor nog te vroeg en liep Léon Gaspari eenzaam door het bos, in een regelmatig tempo, steeds verder weg van zijn auto die aan de bosrand geparkeerd stond. Hij telde zijn voetstappen en genoot van het ritme. Dit kon hij nog wel een uur volhouden. Misschien wel veel langer.

Terwijl hij over het met dorre bladeren overdekte bospad voortliep dacht hij aan de gebeurtenissen van de laatste maanden. De afspraak met de voortvarende David Friedman, de Nederlander die op koopjesjacht was in Brussel. Op zoek naar bedrijven die hij aan zijn IT-concern kon toevoegen. Ongewoon snelle onderhandelingen waren afgesloten in een villa onder de rook van Namen. In een serre met rieten stoelen, overgoten door het licht dat door het glazen dak binnenstroomde. De in een wit jasje geklede Filippijnse butler had koffie gebracht. Bij aankomst had Léon in de garage naast de cour voor de villa twee Rolls-Royces zien staan. Door het raam had hij uitzicht op de weelderige tuin die naar een rivierdal liep. In de verte een lijfwacht in zwart uniform, met een vuurwapen.

Eén, twee, één, twee. Léon liep verzonken in zijn herinneringen voort. De route kende hij uit zijn hoofd, de weg kon hij blindelings vinden. In het bos hing een koele schemer. De zon stond nog niet aan de hemel. Om hem heen heerste stilte. Misschien genoot hij daar nog wel het meest van. Overdag was hij altijd in zijn kantoor aan de drukke Boulevard d'Anspach. In gesprek met bezoekers. Lange telefoongesprekken met klanten en relaties. Het zwijgen van dit bos was weldadig.

Zijn gedachten gingen naar de villa bij Namen. De gastheer was Henry Carlier, een Nederlandse zakenman met een Franse naam. Eigenaar van FuturIT, het Nederlandse IT-bedrijf. David Friedman was er, zijn directeur.

En Ben Finkenstein, de lispelende advocaat van Carlier. In de doorloop naar de serre hingen Karel Appels aan de wand, wandhoge schilderijen met veel okergeel en rood. Toen de deal was gesloten waren ze naar de zwarte bar in een hoek van de huiskamer gelopen. Er was een jonge vrouw in rijkostuum binnengekomen, vergezeld van een meisje. Een snelle handdruk, een onverstaanbare naam. Daarna de whisky, ingeschonken door de butler in het witte jasje.

Op de kruising nam hij de afslag naar links. Een snelle blik op zijn horloge leerde hem dat hij ruim een half uur had gelopen. Hij was halverwege, het bospad zou hem met een boog naar zijn auto terugvoeren.

De ruil had snel plaatsgevonden en was voor Léon perfect. Het geld was bij de Belg terechtgekomen, de aandelen bij Carlier. Een nieuwe parel aan de kroon van de Nederlander die vastbesloten was om een groot bedrijf op te bouwen, gereed voor de beurs.

Het busje reed langzaam het bos in en stopte toen het van de weg niet meer zichtbaar was, verscholen tussen de bomen en de struiken. Vier man sprongen de auto uit en liepen snel naar de achterklep. Uit de laadbak reden ze twee brommers en een vierwielige terreinkar naar buiten. Het geluid van de startende motoren verstoorde de rust. De mannen voerden kort overleg, daarna reden ze met hoge snelheid het bos in. De banden trokken sporen in het droge zand.

Eén, twee, één, twee. De ademhaling van Léon ging moeilijker. Nog een kwartier, dan was hij terug bij de auto. Daar zou hij even uithijgen, de auto starten en naar huis gaan. Zijn nieuwe huis, een villa in Tervuren, bij het park. Ontbijt met een warme croissant van de bakker op het Kerkplein, hete koffie en daarna de zondag. De voetbalwedstrijd van zijn zoontje, het bezoek dat hij tegen het einde van de middag in Zaventem van de luchthaven moest ophalen. Het diner bij Wynants, de gelauwerde restaurateur aan de Place Rouppe in het centrum van Brussel. Hij vleide zichzelf met de gedachte dat hij nog steeds met dezelfde regelmaat liep waarmee hij was gestart. Iets langzamer misschien, de voeten wat zwaarder, maar in een goed volgehouden tempo. Zijn witte T-shirt had grote donkere plekken van het zweet. Het jack van zijn joggingpak had hij om zijn middel geknoopt, warm als hij was van de inspanning. In de verte hoorde hij motoren. Was hij zo dicht bij de weg? Hij hief zijn hoofd op en tuurde door de bomen. Door het schemerduister van het bos gloorde nergens het licht van de bosrand. Dan waren het zeker kwajongens die gingen terreinrijden in het bos.

Toen het rumoer van de brommers dichterbij kwam, overstemde dit het geluid van zijn voetstappen. Léon had moeite in zijn ritme te blijven. Nu hij het geluid van zijn voeten in de zachte bladeren van het bospad niet hoorde, was het alsof hij uit de maat raakte. De luide bromfietsmotoren waren vlak achter hem. Hij hield geërgerd halt. Hijgend keek hij achterom. Een zwarte brommer passeerde hem en stopte slippend. Een tweede stopte achter hem. Vanuit het niets en vergeleken met het lawaai van de brommers bijna geruisloos, kwam een vierwielig terreinwagentje aanrijden. Toen de vierwieler stopte liet de bestuurder de motor aan. Hij stond op en liep langzaam op Léon toe, net als de bestuurders van de brommers.

Léon keek een ogenblik verbaasd naar de drie mannen. Wat wilden ze van hem? Het waren geen jongens die een terreinritje wilden maken. Het waren volwassen mannen. Met hun helmen zagen ze er dreigend uit, hun gezichten verborgen achter de stofkap van de helm. Een overval, schoot het door Léon heen, misdadigers die op zijn nieuw verworven geld uit waren. Hij draaide zich razendsnel om en rende zo hard als hij kon het bos in. De angst gaf hem vleugels. Alsof hij zijn ronde door het bos nog niet had gemaakt liep hij met grote passen tussen de bomen door, sprong hij over de takken en struiken, op weg naar de bewoonde wereld die hem bescherming kon bieden. Zijn hart pompte als een bezetene, zijn hoofd bonsde. Hij zweepte zichzelf op, harder, harder. Het zweet gutste van zijn voorhoofd. Zijn keel was droog. Zonder om te kijken rende hij voort. Harder. Op weg naar zijn veilige huis. Naar de voetbalwedstrijd van zijn zoontje.

De drie mannen holden achter hem aan. Léon hoorde het breken van takken en de zware stappen van hun laarzen. Maar de Belg ging te hard voor hen. Met grote veerkrachtige passen rende hij tussen de bomen door, op zoek naar de weg waar auto's reden. Zijn achtervolgers verloren terrein. Léon probeerde zo goed mogelijk de juiste richting aan te houden. De adrenaline joeg door zijn bloed. Hij rende voor zijn geld, voor zijn zondagmiddag, voor zijn vrouw en zijn kinderen. En misschien wel vooral voor zichzelf.

Zijn achtervolgers raakten verder achterop. Minder luchtig gekleed dan Léon, bewogen zij zich moeilijker door de struiken. Een van de achtervolgers trok een revolver. Hij stond stil en richtte, het wapen in zijn beide handen. Het schot klonk oorverdovend door het stille bos. De kogel vloog met een fluitend geluid ver naast Léon. Hevig geschrokken veranderde hij razendsnel van richting. Nu sloeg een kogel in een boom naast Léon in. Hij hoorde de droge tik van het metaal dat zich in de boom boorde. Zijn adem raspte door zijn keel. Harder rende hij, steeds harder, nu eens naar links, dan weer naar rechts afbuigend om de kogels te ontwijken. Geraakt werd hij niet, maar de inslagen om hem heen maakten hem wel bang. Léon rende voor zijn leven, misselijk van angst en uitputting, met de bittere smaak van zijn maagzuur in zijn mond. Half verblind door het zoute zweet dat van zijn voorhoofd in zijn ogen droop. De gedachte dat hij het misschien kon halen gaf hem vleugels. Harder, harder. Hij dwong zichzelf om het uiterste te geven.

Toen Léon het bos uit liep, werd hij even verblind door het felle zonlicht. Voortrennend op het midden van de weg keek hij rond naar hulp. Hoorde hij een auto? Hijgend keek hij om zich heen. Zijn ogen traanden. Achter hem naderde een lage zwarte Jaguar. Zag hij zijn achtervolgers bij de bosrand? Het leek of de drie mannen stilstonden, alsof ze afwachtten of de auto zou stoppen. Met zijn beide armen zwaaiend liep Léon de auto tegemoet. Hij hoorde zichzelf schreeuwen. Zag hij het goed, minderde de auto vaart? Struikelend, huilend en schreeuwend strompelde Léon naar de auto. Terwijl hij aan het voorportier stond te morrelen, ging de achterdeur open. Hij liet zich op de achterbank vallen en sloeg de deur haastig dicht. 'Ik word achtervolgd. Een overval. Ze schieten. Rij weg. In godsnaam!'

De chauffeur liet de auto snel optrekken. Léon zat nog te hijgen. Terwijl hij zijn gezicht schoonmaakte, de tranen, het snot en het zweet wegvegend met zijn zakdoek, probeerde hij zijn bloeddruk weer onder controle te krijgen. Diep ademhalend wilde hij zijn redder uit de nood bedanken. Voordat hij iets had kunnen zeggen klonk er een fluisterende stem naast hem op de achterbank. 'Goedemorgen, Léon. Als je de zenuwen van die drie hebt gekregen spijt me dat. Maar ik moet je even helemaal voor mij alleen hebben, ouwe jongen. Een vertrouwelijk gesprek onder vier ogen, waar niemand iets van weet, begrijp je?'

Léon keek verbaasd op. Onberispelijk gekleed in een lichte broek en een hemelsblauwe polo zat daar de Amsterdamse advocaat Ben Finkenstein. Hij lachte ontspannen en keek tevreden naar de Belg. Die begreep er niets van. Hij had Finkenstein voor het laatst gezien tijdens het ondertekenen van de overeenkomsten bij de notaris, enige maanden geleden. Daarna had hij niets meer van de man gehoord.

'Finkenstein!' riep hij verbaasd uit, 'wat doe jij hier?'

De advocaat antwoordde niet. 'Niet te hard,' zei hij tegen de bestuurder.

Zonder acht te slaan op de woorden van de advocaat begon Léon vragen te stellen. Was het geen wonder dat de Nederlander op dit vroege uur aan de rand van het Zoniënwoud was verschenen? Wat deed de Amsterdamse jurist hier? Wat zou er van Léon geworden zijn als Finkenstein niet voor hem was gestopt?

'Ze hebben op me geschoten,' zei de Belg huiverend, 'ik ben bijna geraakt. Wat ben ik blij dat ik jou hier ontmoet.' Hij zweeg, de gebeurtenissen in het bos speelden door zijn hoofd. 'Breng me naar mijn auto, alsjeblieft,' vroeg hij hulpeloos.

De advocaat keek hem met opgetrokken wenkbrauwen aan. 'Geschoten? Is dat waar?' Hij lachte in zichzelf. 'Ach, dan hebben ze wat met je gespeeld. Je liep zeker niet hard genoeg. Nee, dat had niets om het lijf.' Nog nalachend stak hij een sigaret op. De rook kringelde door de auto.

Léon keek de advocaat stomverbaasd aan. Hoorde hij dat goed? Had die renpartij door het bos niets te betekenen? Hij hoorde zichzelf weer door het bos rennen. Zware stappen en het leek wel of het steeds moeilijker ging. Achter hem het kraken van de takken en de luide stemmen van de achtervolgers. En die oorverdovende schoten, de kogels die naast hem insloegen. Was Finkenstein gek geworden?

Léon vroeg driftig: 'Wat is er aan de hand? Is dit een ontvoering? Je bent gek geworden! Wat moet je van me? Laat me eruit, we hebben niets te bespreken!' Hij probeerde het portier te openen. Maar de deur bleef gesloten.

Finkenstein boog naar voren en gaf de chauffeur aanwijzingen in welke richting hij moest rijden. Hij waarschuwde Léon: 'Rustig nou maar. De deur is vergrendeld. Begin nou niets. Dan krijg je die jongens over je heen.' Een handgebaar naar de man op de stoel naast de bestuurder. Naar de brommers die intussen naast de Jaguar waren opgedoken.

De vragen tolden Léon door het hoofd. Zou de advocaat op zijn geld uit zijn? Dat kon hij zich toch moeilijk voorstellen. Het was wel erg omslachtig om eerst te betalen voor zijn aandelen en hem daarna te ontvoeren om de koopsom terug te krijgen. Bovendien, schoot het door hem heen, zondag was hier een slechte dag voor. De banken waren gesloten, geld kon nergens worden opgehaald. Maar wat dan? Wat bewoog Finkenstein om hem op zondagochtend voor dag en dauw te ontvoeren? 'Laat me gaan,' zei hij. 'Als je me er nu uit laat, maak ik er geen werk van.'

Finkenstein antwoordde niet. Hij trok aan zijn sigaret en blies blauwe rook uit. Léon zag de leren jas van de bromfietser naast de Jaguar. De man naast de bestuurder hield hem nauwlettend in de gaten. Hij haalde diep adem en leunde achterover.

Ze reden Brussel uit. In een kalm gangetje vervolgden ze hun weg over smalle, landelijke wegen tussen weilanden en hier en daar wat bosjes. Plotseling draaide de auto een zandweg in. Die leidde hen naar het verwaarloosde erf van een vervallen boerderij. Het hoge onkruid groeide overal. Een halfdode vruchtboom met grotendeels kale takken stond voor het gebouw. Toen de auto op het erf stopte, waren de twee bromfietsers al afgestapt. Ze pakten Léon beet en duwden hem stevig tussen hen in geklemd naar de boerderij.

Ze zaten aan een houten keukentafel. Finkenstein keek glimlachend naar Léon en klopte met zijn knokkels op het tafelblad. Korte droge tikken met daartussenin een scherpe tik van zijn zegelring. Hij zat ontspannen in zijn stoel, het gebruinde gezicht op Léon gericht. De advocaat leek in gepeins verzonken. De bromfietsers hielden een oogje in het zeil.

Léon zat ongemakkelijk op de houten stoel. Zijn lichaam deed pijn. In zijn benen voelde hij de spierpijn van de geforceerde bosloop van die ochtend. Hij probeerde zijn gedachten te ordenen. Nog steeds begreep hij niet wat er aan de hand was.

Finkenstein doorbrak de stilte. 'Om te beginnen, je moet weten dat deze jongens professionals zijn. Maak geen ruzie met ze. Luister.' Hij legde enkele papieren op tafel en bladerde erin. 'We hebben je goed betaald, Léon. Ik bedoel, toen FuturIT jouw aandelen kocht. Nu moet je iets voor me terugdoen. Een kleinigheid, meer niet.'

Het gaat dus toch om geld, schoot het door Léon heen. Ze vinden dat ze te veel betaald hebben en willen geld terug. Maar waarom dan zo'n circus? Waarom geen bespreking, met de accountants en advocaten erbij?

Finkenstein schoof de papieren over de tafel naar de Belg. Zachtjes lispelend zei hij: 'Hier moet je tekenen. Doe het maar snel, dan zijn we klaar. We brengen je naar je auto, je rijdt naar huis en bent nog op tijd voor het ontbijt.'

Léon pakte de papieren op en las deze nauwkeurig. Toen hij klaar was keek hij de advocaat verbaasd aan. 'Wat hier staat is niet juist,' zei hij zachtjes. 'Dit zijn valse verklaringen. Die teken ik niet. Als ik dat wel zou doen, kunnen jullie me daarna chanteren. Dan heb ik mijn eigen graf gedolven. Je wordt bedankt. Daar begin ik niet aan.'

De advocaat leunde ontspannen achterover en lachte breeduit. 'Een verstandig man. Dat siert je.' Hij riep een van de mannen die Léon in het bos hadden achtervolgd. 'Vertel jij Léon eens over zijn veelbelovende zoon. Die geboren voetballer.'

De man dreunde zonder Léon aan te kijken alles over de jongen op. Zijn naam en leeftijd, de school, de voetbalclub, de trainingstijden, de namen van vriendjes en teamgenoten.

Er viel een korte stilte. Léon begreep dat er wat meer op het spel stond dan alleen maar een handtekening. Finkenstein trok zijn aandacht met een breed handgebaar. 'Je ziet, we hebben ons echt in je verdiept. We zijn wérkelijk in je geïnteresseerd. Je bent te bang, Léon. We willen je niet chanteren. Deze papieren gebruiken we voor iets anders. Niet tegen jou.'

De Belg was grauw weggetrokken. 'En als ik het niet doe?' vroeg hij fluisterend.

'Wat zal ik zeggen?' zei Finkenstein voor zich uit, de ogen haar het plafond gericht. 'Ach, we zijn geen onmensen. Misschien bieden we je zoontje dan een korte vakantie aan. Totdat jij hebt ondertekend. Nee, nee, we doen hem niets. Stel je voor, zo'n veelbelovend talent. Gewoon enkele dagen voetballes, meer niet. Weer naar huis als zijn vader begrepen heeft wat hij moet doen.'

'Schoft,' zei Léon. Hij dacht na. De advocaat meende zonder twijfel wat hij zei. Daarvan was Léon overtuigd. De hele opzet van die zondagochtend was te goed doordacht, de brommers in het bos, de drijfjacht om hem in de auto bij Finkenstein te krijgen. De ontvoering naar deze kale keuken waar ze op rechte stoelen tegenover elkaar aan de houten tafel zaten. De bewakers, die geluidloos maar indringend aanwezig waren. Finkenstein zou hem niet loslaten voordat hij de papieren had getekend. Zou hij de kleine jongen werkelijk ontvoeren? De Belg huiverde. In zijn gedachten zag hij zichzelf aan een telefoon, luisterend naar zijn huilende zoontje.

Finkenstein zat met zijn onafscheidelijke filtersigaret tussen zijn lippen geklemd zijn gast nieuwsgierig aan te staren. 'Denk er maar over na,' fluisterde hij Léon toe.

Die verkeerde in tweestrijd. Finkenstein had gezegd dat de verklaringen niet tegen hem zouden worden gebruikt. Tegen wie dan wel? Wat was er op het hoofdkantoor van FuturIT aan de gang? Het leek allemaal ver weg. Maar Léon was ervaren genoeg om te weten dat dit morgen niet meer het geval zou zijn. Finkenstein zou met de papieren aan het werk gaan. Die zouden een eigen leven gaan leiden. Controllers en accountants zouden de boeken controleren. Er zouden spoedfaxen met vragen naar de dochteronderneming in Brussel gaan. Uiteindelijk zou zijn hoofd op het blok komen te liggen.

Hij nam een slokje water. Finkenstein zat geduldig op antwoord te wachten. Plotseling nam Léon een beslissing. 'Goed. Maar ik wil vooraf een verklaring uit Amsterdam waarin staat dat deze documenten nooit tegen mij zullen worden gebruikt. Dat ik deze verklaring op bevel van het hoofdkantoor heb ondertekend. Als je me die geeft, teken ik. Eerst die verklaring, dan mijn handtekening. Anders begin ik er niet aan.'

De advocaat ging rechtop zetten. 'Hé, ik ben de advocaat en ik verzeker je dat jij nooit last zult krijgen van die brief. Dat is toch genoeg. Daar zijn geen verklaringen meer voor nodig. Wees redelijk.'

'Nee, Finkenstein. Ik wil een schriftelijke verklaring. Van het hoofdkantoor. Ondertekend door de raad van bestuur. Als je dat niet regelt, teken ik niet.' Léon was vastbesloten, zijn mond strakgetrokken, zijn ogen toegeknepen.

Finkenstein zei knorrig: 'Je maakt het zo alleen maar moeilijker.' Er volgde een urenlang touwtrekken waarin de advocaat Léon onder druk probeerde te zetten en de Belg het been stijf hield. 'Zonder verklaring geen handtekening, Finkenstein,' herhaalde hij steeds en dat bleef hij ook doen toen de advocaat over zijn zoontje en zijn vrouw sprak.

Woedend om zoveel koppigheid besloot de advocaat tegen het einde van de middag eindelijk naar Amsterdam te bellen om te overleggen. Toen de verbinding tot stand kwam mompelde hij gehaast en zachtjes lispelend in het toestel, onverstaanbaar voor de anderen. Daarna liep hij beheerst naar Léon. 'Het gaat lang duren,' zei hij met tegenzin. 'Er komt een koerier uit Amsterdam. Ze zullen bij jou thuis wel bezorgd zijn waar je gebleven bent.'

'Misschien hebben ze de politie gewaarschuwd,' zei de Belg hoopvol.

'En de agenten zullen je hier zoeken!' riep Finkenstein smalend uit.

2

Toen de koerier tegen het meisje in de receptie van FuturIT zei dat hij het pakje persoonlijk aan Jane Ecker van de raad van bestuur moest afgeven, voelde de receptioniste het onmiddellijk. Crisis. Opgewonden belde ze om te melden dat de koerier op Jane wachtte. Als het pakje niet bij de receptie afgegeven mocht worden, was er iets ongewoons aan de hand. En als Jane erbij betrokken was, kon je er zeker van zijn dat er iets heel bijzonders stond te gebeuren.

Met haastige pasjes kwam Jane de hal in lopen. In een keurig grijs mantelpakje gestoken tekende ze het ontvangstbewijs en verdween daarna pijlsnel met het pakje onder de arm.

De receptioniste keek haar nieuwsgierig na en vroeg zich af wie er zouden worden opgeroepen. Zou de gezette Carlier straks de receptie binnenlopen? Met zijn onuitstaanbaar arrogante, donkere assistente? Zouden de andere commissarissen tegen het einde van de middag het kantoor in het Atrium langs de A-10 aan de zuidkant van Amsterdam gehaast binnen komen lopen? Ach, ze zou het vanzelf merken. Aan de opdracht om broodjes en salades te bestellen. Om te controleren of de koelkast in de conferentiekamer nog gevuld was. Als de secretaresse van Jane haar zou bellen om te vragen of ze over kon werken. Dat was een crisis bij FuturIT. Een volle koelkast, broodjes, overwerk en gestreste bezoekers. Dat was Jane.

Marcus Klein merkte ook dat het weer zo'n bijzondere FuturIT-middag zou worden. Terwijl hij zat te lunchen met de donkere Vittoria ging zijn telefoon. Met het apparaat aan zijn oor keek hij met een spijtige blik naar het diep openhangende bloesje van de Antilliaanse. Zij roerde in haar cappuccino en boog over de tafel om mee te luisteren. De aanblik van haar stevige borsten bracht de controller van slag. Het was de koele stem van Jane die hem tot de orde riep.

'Ik verwacht je op mijn kantoor. Het is dringend. Je moet onmiddellijk komen.'

Vittoria luisterde mee. Ze keek Marcus nadrukkelijk aan. 'Doen!' fluisterde ze met getuite lippen. 'Ga naar Jane. Luister naar me. Dat zal je goed doen.' Vittoria dronk haar cappuccino met snelle slokjes op. Ze had een donkerbruine streep op haar bovenlip, van de cacao.

'Hoe bedoel je?' vroeg Marcus verbaasd.

Haar warme, zachte hand sloot zich om de zijne. Voorovergebogen fluisterde ze vertrouwelijk tegen hem: 'Denk nou eens na, domoor. Jane! Waarom moet je met spoed bij haar komen? Je kon het toch ruiken de laatste weken. Bloed. Revolutie! Er gaan koppen rollen.'

Klein keek haar verbaasd aan. Wat wist dit meisje? Had ze wat van Carlier gehoord? Hij had daar toch niets mee te maken? Marcus was controller en geen lid van de raad van bestuur. Zijn positie stond niet op het spel.

'Het zal mijn tijd wel duren,' zei hij onverschillig.

De Antilliaanse boog zich plotseling over de tafel en kuste hem op zijn mond. Hij voelde haar volle, zachte lippen en proefde haar lipstick. Een vlugge aai over zijn wang. 'Wat ben je toch een lekker jong,' zei Vittoria. 'Luister nou naar mij. Kom op. Doe wat Jane zegt en kijk wat er gebeurt.' Giechelend ging ze verder. 'Als we de volgende keer lunchen, ben je geen controller meer.' Ze stond op en gebaarde naar Marcus dat hij mee moest gaan. Toen hij haar in haar strakke witlinnen broek heupwiegend weg zag lopen, voelde hij de begeerte in zich opkomen. Had ze een oogje op hem? Kon hij het zich permitteren om een avond met de assistente van Henry Carlier uit stappen te gaan? Ze sloeg haar arm om zijn middel en trok hem tegen zich aan. Zijn twijfel verdween als sneeuw voor de zon.

Toen hij even later de kamer van Jane inliep, vroeg hij zich af wat ze bedoeld had met haar opmerking dat hij binnenkort geen controller meer zou zijn.

De dozen met broodjes werden tegen vijf uur langs gebracht. De receptioniste bracht de etenswaar naar de vergaderkamer. Toen ze weer achter de balie zat, kwam advocaat Finkenstein geruisloos binnenlopen. 'Lieverd,' zei hij op zijn gepolijste toon, 'ik kom voor Jane, weet je. Je vindt het wel goed dat ik doorloop?' Terwijl hij tegen haar sprak trok hij zijn natte regenjas uit.

'Ben je met de scooter?' vroeg het meisje.

'Altijd, schat,' lispelde de advocaat. Een glimlach trok om zijn lippen. 'Zullen we samen een tochtje maken?'

Ze keek hem lachend aan. 'Met jou? Mij niet gezien. Volgens mij is een ritje op een atoombom veiliger.'

'Je vleit me.' De advocaat liep met zijn jas over zijn arm verder.

Ergens uit de koelkast in de vergaderzaal had Henry Carlier groene olijven te voorschijn getoverd. De houten prikkers kwamen uit de wandkast. Aan het hoofd van de tafel zat Jane, een kleine, niet erg aantrekkelijke verschijning. Ze zat gespannen achter een stapel papieren en ze straalde ambitie en frustratie uit. In haar optreden was ze enigszins verongelijkt, alsof deze vergadering haar geen recht deed en alsof ze ver verheven was boven dit gezelschap. Terwijl de andere aanwezigen met elkaar spraken, zat Jane daar alleen, als op een onbewoond eiland.

Ze opende de vergadering met haar hoge, schelle stem. Terwijl ze haar verhaal deed, prikte Henry gedachteloos in een olijf en kauwde hem langzaam op. De pit spoog hij weinig elegant in de asbak. Hij fluisterde tegen Finkenstein, die naast hem zat. Het luisteren liet hij over aan zijn assistente Vittoria. Die zat naast hem en had voor de gelegenheid een hoog dichtgeknoopt jasje aangetrokken. Ze zat aantekeningen te maken voor de notulen en keek zedig naar haar blocnote.

Toen Jane klaar was, keek ze op haar horloge. 'Waar blijft Klein?' vroeg ze wrevelig terwijl ze de Antilliaanse aankeek.

'Hij zou hier op tijd zijn,' zei het meisje aarzelend. 'Zal ik hem bellen?'

Terwijl ze het nummer intoetste ging de deur open en stormde Marcus Klein binnen. Lang en slank en met zijn kastanjebruine krullen in de war liep hij met jongensachtige bewegingen naar de stoel naast Jane.

Vittoria maakte van de gelegenheid gebruik en zette de kartonnen dozen met de broodjes op tafel. Er waren plastic schalen met salades. Jane kondigde aan dat Finkenstein de juridische kant zou toelichten.

De advocaat trok zachtjes sprekend de aandacht van de aanwezigen. Alleen Carlier leek er met zijn gedachten niet bij. Jane vroeg zich af of de coke hem dwarszat. Ze had een visioen van Carlier die een lijntje snoof om de nacht wakend door te kunnen brengen. Onwillekeurig viel haar blik op Vittoria, de onafscheidelijke assistente van de grootaandeelhouder. Zou dat meisje ook aan de coke zijn? Zou ze samen met Carlier het witte poeder met een buisje in haar neus opsnuiven?

'Mij lijkt het wel duidelijk.' De advocaat kwam aan het eind van zijn betoog. 'Friedman heeft bij de overname van dat Belgische bedrijf een deal aan de achterdeur gesloten. Terwijl hij aan de voordeur de aandelen van die Belg overnam met de pet van Futurit op, hield hij zelf tegelijkertijd aan de achterdeur zijn hand op. Voor steekgelden, anders kun je het niet noemen.' Hoofdschuddend stak hij een filtersigaret op. Terwijl hij de rook uitblies ging hij verder. 'Het is omkoperij. Geen twijfel. Friedman had nooit geld van die Gaspari mogen vragen.'

'Staat het vast dat hij provisie heeft ontvangen?' De president-commissaris keek de advocaat onderzoekend aan. 'Is er bewijs?'

Finkenstein vertoonde een triomfantelijk lachje. Hij zwaaide met een map met papieren. 'Me dunkt!' riep hij. 'We hebben hier de ondertekende brief van Gaspari waarin hij dat verklaart. Daarin zegt hij dat Friedman geld van hem krijgt. Hij bevestigt de afspraak. Meer is niet nodig.' Finkenstein zocht tussen zijn papieren. Hij wilde uit de brief voorlezen.

'Is Friedman daarover gehoord? Waarom is hij vanavond niet hier?' vroeg de commissaris.

'Op vakantie,' zei Vittoria. Ze keek zedig naar het tafelblad. 'Hij is kortgeleden gescheiden. Met zijn nieuwe vrouw is hij naar Guadeloupe gegaan. Voor twee weken.'

De commissaris schudde zijn hoofd. 'Dat komt erg slecht uit.'

Jane viel in. 'Het voordeel is dat we die brief van Gaspari nu in handen hebben gekregen. Die had hij anders opgevangen.'

De commissaris keek haar schuin aan. 'Dat is goed en wel,' zei hij, 'maar we moeten hem horen. Zo is het moeilijk een beslissing te nemen.'

'Er is nog iets,' zei Jane. Ze wees naar Marcus Klein. 'Onze controller zal jullie het een en ander uitleggen over de cijfers. Ik bedoel de resultaten van de Belgische dochter.'

Klein stond op om zijn papieren uit te delen. Hij liep de tafel langs.

Terwijl de controller zijn verhaal afstak, luisterden de commissarissen aandachtig. Vittoria maakte haastig aantekeningen van wat Marcus zei. Ze kreeg het er warm van en knoopte haar jasje los.

Marcus vroeg zich verbaasd af hoe hij deze getallen zo snel had verzameld. Jane had hem nog maar enkele uren geleden opdracht gegeven een voordracht voor de commissarissen voor te bereiden. Marcus was daar nog nooit opgetreden. Friedman had dergelijke presentaties altijd zelf gehouden. 'Ik vrees dat bij de overname de zaken te mooi zijn weergegeven. De resultaten van de Belgische dochter zijn in werkelijkheid heel wat minder goed dan we aanvankelijk dachten. Anders gezegd: FuturIT heeft aan Gaspari te veel betaald.' Marcus keek naar de commissarissen. Begrepen ze de boodschap?

'Waarom hebben jullie dat niet eerder gemerkt?' vroeg de president-commissaris. Zijn leesbril was op de punt van zijn neus gezakt en hij zag er streng uit. 'Er zijn toch maandrapportages? Daar moet je toch aan gezien hebben dat de cijfers niet klopten?' Hij keek de controller aan.

Marcus haalde zijn schouders op. 'Ik vrees dat de afgelopen maanden de resultaten ook geflatteerd zijn weergegeven. Mijn persoonlijke mening is dat de Belgen dit bewust hebben gedaan. Gaspari wilde natuurlijk niet dat uitkwam dat de resultaten achterbleven.'

'En Friedman?' vroeg de commissaris. 'Wist hij ervan?'

Marcus vermeed de man in de ogen te kijken. Hij dacht even na. In de vergaderzaal heerste stilte. Alleen het ruisen van de airco was hoorbaar. Dit was de vraag waar Marcus bang voor was geweest. Toen Vittoria laat in de middag onverwachts zijn kantoor was binnengelopen om hem op de vergadering voor te bereiden, had hij haar gevraagd wat hij hierop moest antwoorden. Hij keek naar de Antilliaanse, die aan het dopje van haar ballpoint likte. Ze keek hem verwachtingsvol aan. Door het openvallende bloesje kon hij bijna tot haar navel kijken. Mijn hemel, wat een vrouw. Hij schraapte zijn keel. Judas Iscariot, dacht hij bij zichzelf. Terwijl hij begon te spreken klaagde hij in zichzelf: David, waar ben je? Waarom ben je met je vrouwen bezig en moet ik bij deze vergadering zijn? Hij schrok van zijn eigen stem. 'Eerlijk gezegd kan dat bijna niet anders,' zei hij met een overtuiging die hem verbaasde. 'Friedman is bij de overname betrokken geweest en heeft de besprekingen met het management in Brussel gevoerd. De brief van Gaspari wijst er ook op. Waarom zou die aan Friedman iets betalen als alles normaal was verlopen? Mij lijkt het dat Friedman absoluut op de hoogte moet zijn geweest dat er geknoeid is.'

Als een Romeinse keizer maakte Jane een handgebaar. David Friedman moet een kopje kleiner worden gemaakt, dacht Marcus. Hij voelde zich verward. Met David had hij altijd goed samengewerkt. Waarom moest hij de beul zijn?

De president-commissaris nam het woord weer. 'Dit is een ernstige zaak. Ik wil dit even met mijn collega's bespreken.' Hij keek de anderen aan. Die begrepen het en stonden op. De commissarissen wilden onderling overleggen. Iedereen weg, zij alleen in de zaal. 'Carlier, jij blijft bij ons. Tenslotte ben je ook commissaris.'

Finkenstein drukte zijn sigaret uit. 'Ik neem aan dat jullie er wel aan gedacht hebben,' zei hij, 'maar wat Friedman heeft gedaan is strafrechtelijk niet meer toelaatbaar. Eigenlijk is hij veel te ver gegaan.'

De commissaris keek hem koeltjes aan en wenkte hem de deur uit.

3

De muzikanten stonden op een houten vlonder boven de bar. Druk bewegend in hun felgekleurde overhemden speelden ze een mengeling van creoolse muziek en jazz. David Friedman zat met Marga aan een tafeltje aan de rand van de uit hout opgetrokken bar. Onder hen lag de zee. In de verte zagen ze de lichten van een zeeschip verdwijnen. Het was een warme avond.

Ze hadden tijgergarnalen gegeten en witte wijn gedronken. Een meisje in een te kort topje had hen bediend. Ze sprak snel en onverstaanbaar Frans. David had er weinig van begrepen, maar Marga had het beter kunnen volgen.

Toen Marga bij de bar stond om drankjes te halen, kwam over de houten brug een meisje van de hotelreceptie aanlopen. Haar lichtgroene uniform stak saai af bij de kleurige kleding van het andere personeel. Ze bewoog zich langzaam tussen de gasten, rondkijkend naar iemand die ze zocht. Toen ze bij David kwam, legde ze een hotelenvelop op zijn tafeltje. 'Meneer Friedman?' vroeg ze met een beleefd lachje.

David keek haar verbaasd aan. Post? Op dit uur aan tafel bezorgd? Het meisje legde een bon voor hem neer en gaf hem een ballpoint. 'Wilt u hier tekenen?' vroeg ze, en wees met haar vinger. In de envelop zat een faxbericht van Futurit. Gehinderd door het schemerdonker van de bar, probeerde hij de kleine, grijze letters te lezen.

Marga kwam met twee daiquiri's terug. Ze zag onmiddellijk dat er iets mis was. David zat met een wit gezicht voor zich uit te staren, met een leeg wijnglas in zijn ene hand en een papier met het briefhoofd van Futurit in de andere hand.

Terwijl ze de glazen op tafel zette, probeerde Marga haar schrik te verbergen. De huwelijksreis was tot dusver een sprookje geweest. Ze hadden genoten van het strand. In de warme middagzon hadden ze aan de bar op de rand van het strand hun cocktails gedronken. In de namiddag hadden ze lange wandelingen door het park gemaakt, omgeven door de bloemen en de vogels. Onder het toeziend oog van de in brons gegoten piraten hadden ze voor het slapen gaan op de bankjes op het terras dromerig naar de zee zitten kijken, tegen elkaar geleund en van elkaar genietend.

Nu, met het wit weggetrokken gezicht van David, stond het Amsterdamse IT-bedrijf plotseling weer midden tussen hen in. De alom aanwezige octopus die zich FuturIT noemde en die hem op ieder willekeurig tijdstip kon opeisen. De gedachte dat ze die spanning in Amsterdam achter zich had gelaten bleek ineens een illusie.

David keek zwijgend toe terwijl ze las. De boodschap was in formele bewoordingen gesteld. Marga fronste haar wenkbrauwen. 'Geschorst?' vroeg ze verbaasd. Haar stem kwam nauwelijks boven de muziek uit. Het bandje voerde een steelnummer uit.

David leek haar niet te horen.

Ze zaten op het bankje onder het bronzen beeld van kapitein Haak. Hij wees met zijn handloze arm naar de zee, alsof hij zijn schip de richting wilde wijzen. In de verte klonken de verwaaide tonen van het bandje. De lichtjes van de bar staken vrolijk in de duisternis af.

Het faxbericht vertelde David dat hij geschorst was en dat hij zich bij terugkomst bij de president-commissaris moest melden. Een duidelijke reden werd niet genoemd. Er waren onregelmatigheden geconstateerd. Wat? Hoe ernstig? Daarover werd niets gezegd. Marga probeerde meer van David te weten te komen.

'Wat er aan de hand is, weet ik niet,' zei David toen Marga hem ernaar vroeg. Hij kreeg weer moed. 'Ik zal het rechtzetten als ik weer terug ben. Er is niets gebeurd dat niet door de beugel kan. Die schorsing is natuurlijk een misverstand.'

Marga besefte dat veel misverstanden hardnekkig konden zijn en zij had er heel wat minder vertrouwen in dat David de zaken terug zou kunnen draaien. Toen ze in de bar de fax gelezen had terwijl ze de daiquiri veel te snel opdronk, was ze er in haar hart al van overtuigd dat haar huwelijk met David niet langer gebaseerd zou zijn op de functie van bestuursvoorzitter van een jong beursfonds. FuturIT mocht ze dan wel eens verfoeien als David overgoten met drank midden in de nacht haar appartement kwam binnenstommelen en haar luidruchtig uit haar slaap haalde, aan de andere kant veranderde zijn functie haar leven. Ze hield van de ontvangsten, van de bedrijfstafel bij een zanggala in het Ahoy, van de premières in Carré en van het galadiner dat een pas geridderde collega van een ander beursgenoteerd bedrijf gaf. De kleine parade in de wandelgangen van het Concertgebouw, waar ze gearmd met David in een van haar nieuwe creaties rondliep, met een schuin oog naar de andere bezoekers kijkend en nippend aan haar champagne. Futurit was een deel van haar leven geworden, gehaat en geliefd. Ze had gedacht dat ze na haar huwelijk rustiger van dat leven zou kunnen genieten. Maar op dit stille terras besefte ze dat die genoegens haar voortaan zouden ontgaan. De schorsing was een voldongen feit.

Energiek en veerkrachtig als ze was besloot ze ervoor te vechten om dat verloren plezier terug te krijgen. Terwijl ze naar David luisterde, besefte ze dat hij nog jong was en dat Futurit niet het enige beursfonds was waar hij carrière kon maken. Wist ze maar hoe ernstig de bezwaren tegen David waren, dan kon ze de kansen beter inschatten.

'Kunnen we er niet achterkomen wat er gebeurd is?'

'Ik moet morgen de vlucht omzetten,' vervolgde David zijn gedachten, 'we moeten zo snel mogelijk terug naar Amsterdam.'

Marga trok haar slippers uit en legde haar blote voeten op het warme marmer van het terras. Het was alsof de middagzon in de gladde steen was opgeslagen. Een lawaaierig groepje jonge Amerikaanse meisjes liep hen voorbij, onderweg naar de bar. Ze renden op hun witte gymschoenen lenig de lange trap op. Marga hoorde hun vrolijke stemmen zachter worden en hun voetstappen wegsterven. Terug naar Amsterdam? Was dit het einde van hun huwelijksreis?

'Kun je niet iemand bellen? Zou Henry Carlier je niet kunnen vertellen wat er aan de hand is? Of Marcus, die controller?'

David keek op zijn horloge. 'Het is daar nu midden in de nacht. Iedereen ligt in bed.' Hij schudde zijn hoofd. 'Nee, dat kan ik morgen pas proberen. Hun tijd.'

Die gedachte stond Marga niet aan. Morgen Nederlandse tijd? Dan zouden zij tot ver na middernacht moeten opblijven. Dat betekende dat ze de volgende dag allebei doodmoe zouden zijn. Waarschijnlijk zouden ze na die telefoontjes geen oog meer dicht doen. 'Wat geeft het?' vroeg Marga. 'Zij zouden jou ook zo laat bellen. Dan kun jij dat toch ook doen?'

David drukte zijn mobiele telefoon tegen zijn oor. Ze lagen op het brede kingsize bed. Marga legde haar hoofd op zijn schouder om mee te kunnen luisteren.

De stem van Marcus Klein klonk slaperig. 'Davey!' riep hij verbaasd toen hij begreep wie hem wakker belde. 'Waarom bel je me op dit uur?'

'Marcus, wat is er aan de hand?'

Er kwam geen rechtstreeks antwoord. Na een korte stilte klonk de stem van de controller gereserveerd: 'Hoezo?'

'Ik heb een fax gekregen. Over onregelmatigheden. De commissarissen hebben me geschorst.'

Weer een lange stilte. 'Het spijt me, Davey. Spreekverbod. Om hierover iets te horen moet je bij de grote bazen zijn. King Henry kan je alles vertellen. Of Jane.'

'Geen gelul, Marcus. Als er onregelmatigheden zijn, moet jij het weten. Jij bent de financiële man.'

Er klonk enkele minuten alleen maar gekraak op de lijn. Toen kwam de rustige stem van de controller ineens erg helder door. 'Jane, jongen. Die zit erachter. Wat moest ik? Ik heb twee kinderen en een vrouw, Dave. Waarom was je er niet? Je hebt hier de zaken veel te veel op hun beloop gelaten, jongen. Je hebt er geen idee meer van wat hier gebeurt.'

Hoe David het ook probeerde, na deze ontboezeming was Marcus Klein niet meer bereid ergens over te praten.

Marga hoefde niet lang na te denken. 'Bel Henry Carlier.'

Het duurde even voordat de verbinding tot stand kwam. Het eerste wat ze hoorden was een geweldig geroezemoes van stemmen. Toen gelach van een vrouw. Uiteindelijk meldde de voldane stem van Carlier zich. 'Ja? Wie is daar?'

'David. Henry, ben jij het?'

Een lange stilte, met veel lawaai op de achtergrond. Ineens hoorde David de stem van Carlier weer. 'Waar zit je?'

'Guadeloupe. Vakantie.'

'Stom. Jane zit achter je aan.'

'Jullie hebben me geschorst. Waarom?'

'Zei ik je al. Jane.' De stem van Henry zakte plotseling weg. 'Even niet. Milusch. Ik ben zo klaar. Moment.'

David en Marga hoorden weer rumoer op de achtergrond. Was Henry ruzie aan het maken met zijn gezelschap? Ineens was hij weer goed verstaanbaar. 'Die vrouwen, nooit geduld. Wat zei ik? O ja, Jane.'

'Zetten jullie je kaarten nu ineens op haar? Die vrouw is tot niets in staat.'

Een korte lach aan de andere kant. 'Jullie zijn met de verkeerde dingen bezig geweest. Jane, jij. Allemaal hetzelfde. Het maakt niet meer uit, FuturIT is toch al naar de bliksem.'

'Met Jane kun je daar zeker van zijn. Die vrouw kan de Bank van Engeland failliet laten gaan. Wil je je geld kwijtraken?'

Weer dat lachje. 'Hoezo? Als ik mijn geld kwijtraak, is dat niet aan FuturIT. Ik ben er allang uitgestapt, jongen. Toen jij met je vrouwen aan de gang ging in plaats van met de zaak, heb ik mijn aandelen verkocht. Wat dacht je? Ik wacht niet af tot Jane en jij uitgespeeld zijn.'

David wist even niets te zeggen. King Henry was geen aandeelhouder meer!

Weer klonk de stem van een vrouw. Zonder waarschuwing werd de verbinding verbroken.

Het drong tot David door dat van Carlier geen steun te verwachten viel. Voor het eerst die avond besefte hij wat Marga al geweten had toen ze de fax tussen twee slokken daiquiri had gelezen: voor David was er geen weg terug meer.

Marga zat stil naast hem. Met welke vrouwen had David gespeeld? Bedoelde Carlier haar? Was zij de oorzaak van deze ramp? En welke onregelmatigheden werden aan David verweten? Ze begreep dat deze vragen nooit beantwoord zouden worden. Peinzend zei ze: 'Je hebt toch aandelen? Kun je die verkopen?'

David keek haar verbaasd aan. 'Verkopen? Ik denk het wel. Maar waarom? Futurit maakt winst. Het is een goede belegging.'

'Als je ze kunt verkopen, doe je dat.' De toon van haar stem maakte duidelijk dat ze geen tegenspraak duldde.

4

In de bibliotheek van het advocatenkantoor heerste een gespannen stilte. De wetboeken keken plechtig op de mannen aan de vergadertafel neer.

Ben Finkenstein zat aan het hoofd van de tafel. Zijn suède schoenen staken donker af bij het lichtgrijze kostuum. Gebruind als altijd, zat hij ontspannen boven zijn papieren. Voor hem lagen de dossiers in stapeltjes op het groene leer van het tafelblad.

Aan de lange kant van de tafel zaten Henry Carlier en de nieuwe interim-manager van FuturIT. Tegenover hen hadden David Friedman en zijn advocaat een stoel gekozen.

Finkenstein stelde David voor de keuze. Een regeling over zijn ontslag, die ochtend te ondertekenen, of oorlog, in de krant uit te vechten. Zwaaiend met een bundel papier die hij het zwartboek noemde, zette hij David onder druk. Er was een grote hoeveelheid klachten over de bestuursvoorzitter. De vliegtuigtickets naar Portugal voor het reisje met de zakenrelaties naar de voetbalwedstrijd waren voor een deel bij vrienden van David terechtgekomen. De hockeyclub waar David in het seniorenelftal speelde was bedacht met een mooi bedrag als sponsorgeld. De lease-Jaguar van de directeur van een werkmaatschappij was te duur. De directeur was een persoonlijke vriend van David. David was nooit bereikbaar. Altijd onderweg. Verstand van cijfers had hij niet. En dan waren er de steekpenningen uit Brussel. Had David zich met die betalingen laten verleiden voor het Belgische bedrijf te veel te betalen?

David sprong woedend op. 'Wat? Steekpenningen? Onzin! Geef me de bewijzen. Ik weerleg alles. Dat zijn leugens.'

Zijn advocaat legde een kalmerende hand op zijn arm. Vóór de bespreking had de jurist hem op het hart gedrukt rustig te blijven. Er zou vuiligheid worden gespuid, had hij gewaarschuwd, maar daar moest David zich niets van aantrekken. Vandaag ging het alleen maar om geld. David moest zijn aandelen terugverkopen. Dat was het doel van de bespreking. Carlier en FuturIT moesten in de buidel tasten voor de aandelen van David. Vuiligheid? Leugens? Niets deed ertoe, als het geld maar op tafel kwam. Het was nu of nooit, had de advocaat gezegd tijdens de voorbespreking, geen overeenstemming betekende geld kwijt. Er kwam geen herkansing. Finkenstein nam het woord weer. 'We hebben ons onderzoek grondig gedaan, David. We doen het niet nog een keer. Er valt niets te weerspreken. Het dossier is compleet. Verklaringen van Gaspari, een overzicht van de accountant. We hebben de bewijzen. Als je ze wilt aanvechten, moet je dat maar bij de rechter doen. Wij zijn er klaar mee. Wil je oorlog? Dat lijkt me heerlijk voor de kranten.'

David protesteerde. 'Laat me die stukken zien, Finkenstein! Ik zweer je dat het gelul is. Ik kan alles weerleggen!'

De interim-manager greep in. 'Wat we van je willen horen, is of je vrede wilt of oorlog. Wij zijn voor beide klaar. Aan jou de keuze.'

De advocaat van David stelde toen voor de bespreking te schorsen voor overleg met zijn cliënt.

Finkenstein bracht David en zijn advocaat naar een kleine spreekkamer. Op de vergadertafel lagen enkele dossiers, die Finkenstein haastig onder zijn arm schoof. Voordat hij hen alleen liet, draaide hij zich met een arrogant lachje naar hen om. 'Succes. Je weet ons te vinden. Als jullie klaar zijn, kom dan maar weer naar de bibliotheek. Ik zou er niet te lang over doen als ik jullie was. Henry kan zich gemakkelijk bedenken. Dan kun je het helemaal vergeten. Een wispelturig man, die Carlier.' De deur zwaaide dicht.

De advocaat begon fluisterend op David in te praten. 'Laat die verwijten toch zitten. De discussie daarover verlies je altijd. Zelfs als je gelijk hebt en er niets van belang in die papieren te vinden is, verpest je de sfeer als je erop ingaat. Het gaat om het geld, David. Nu, dan moeten we daarover praten. Ze laten ons niet voor niets hierheen komen. We moeten een bedrag noemen. Wat is jouw bodemprijs?'

Maar David zat gevangen in zijn frustratie. 'Ze naaien me. Finkenstein vertelt onzin. Er is niets mis. Alle stukken mogen op tafel. Je zult zien, er staat niets verkeerds in.' Zijn stem klonk hoog en hij sprak te snel.

De advocaat schudde zijn hoofd. 'Niet aan beginnen. Denk nou even na. Volgende maand is de jaarvergadering. Daarvóór kunnen ze geen slechte publiciteit hebben. Daar ligt jouw kans. We bieden jouw aandelen aan. Geen verdere discussie meer. Onmiddellijk kopen. Nu de zaak regelen. Oké?'

'Hé! Regelen? Ik wil dat je hun ballen kapotknijpt! Als we niet tegen die verwijten opkomen, is het alsof ik schuldig ben. Daar voel ik niets voor. Het zijn leugens.'

De advocaat hief zijn armen bezwerend omhoog. 'Luister. Waar betaal

je me voor? Vertrouw erop dat ik het bij het rechte eind heb. Je wilt geld? Dan gaan we niet zeuren. Laat ze gaarkoken in hun papierwinkel. We doen een bod, zij moeten ja of nee zeggen. Duidelijkheid, daar gaan we voor.'
'Ja, maar ik wil...'
'Geld? Wil je geld? Of ga je voor de eer of zo? Zeg het maar.'
David keek zijn advocaat verbaasd aan. 'Natuurlijk wil ik geld zien. Ik zit zonder werk. Ik moet mijn rekeningen betalen.'
De advocaat stond op. 'Dan zijn we er wel uit, denk ik. We gaan terug en ik doe een bod. Nogmaals, wat is je bodemprijs?'
'De beurskoers van vandaag. Als ze lager willen kunnen ze doodvallen. Dat verdom ik.'

Terug in de bibliotheek stak de advocaat van David als eerste van wal. 'Mijn cliënt kan akkoord gaan met een regeling als zijn aandelen in FuturIT voor een redelijke prijs worden teruggenomen.'
Finkenstein had zijn wenkbrauwen verbaasd opgetrokken. 'Redelijke prijs? Hij zal ze moeten verkopen voor dezelfde prijs als waarvoor hij ze heeft gekocht. Als je denkt dat we meer betalen, kun je dat vergeten.'
'Dan is het oorlog,' verklaarde de advocaat. 'Carlier moet de aandelen kopen voor de prijs die destijds is vastgelegd. Dat is twee keer de aankoopkoers. Daaronder zakt Friedman niet.'
'Dat is zelfs meer dan de huidige beurskoers!' riep Finkenstein uit. Hij keek de tafel rond. De verbazing over zoveel brutaliteit straalde van zijn gezicht af. 'Kom op, jongens. David, je mag blij zijn als je je koopsom terugkrijgt. Op winst hoef je niet te rekenen.'
David werd nijdig. 'Jullie moeten je eens een keer aan je woord houden!'
Henry Carlier stond woedend op. 'Je hebt FuturIT over de rand geduwd,' schreeuwde hij boos. 'Nu wil je er nog op verdienen ook. Ik vind dat je die aandelen nog een tijdje moet houden. Dan leer je het FuturIT-gevoel goed kennen. Waarom zou je er met winst uit moeten springen?'
David keek Henry woedend aan. Hij wilde zeggen: Om dezelfde reden als jij dat hebt gedaan. Waarom zou David met minder genoegen moeten nemen dan King Henry? Maar voordat hij kon antwoorden kwam zijn advocaat tussenbeide. 'We kunnen kort zijn. Voor de prijs die Finkenstein noemde doet Friedman geen zaken. En de aandelen houden? Geen sprake van. Als we er vandaag niet uitkomen, worden ze morgen op de beurs verkocht.'
Carlier vloekte en liep woedend de kamer uit. Finkenstein keek hem verrast na. 'Kunnen we nog wel doorgaan?' vroeg hij aan de interim-manager.

Die aarzelde. 'Carlier moet die aandelen kopen. Maar hij heeft me gemachtigd. Laten we nog even verder praten. Misschien breekt aan de andere kant van de tafel de wijsheid nog door.'

Finkenstein ordende zijn papieren. 'Akkoord. Maar veel ruimte is er niet. Dat moeten jullie goed begrijpen.'

De advocaat van David gaf geen krimp. Hij verlaagde zijn prijs nauwelijks. Uiteindelijk werden ze het in de loop van de middag eens. Finkenstein liet de overeenkomsten opmaken, de advocaat van David bracht wijzigingen aan en tegen het vallen van de avond tekenden David en de interimmanager.

Toen David met zijn advocaat naar buiten liep, lachte de jurist. 'Dat konden ze niet hebben,' zei hij genietend. 'Jouw aandelen mochten niet naar de beurs. Ik wed dat de bank tot de jaarvergadering de koers ondersteunt. Carlier zal de bank wel rugdekking geven. Als je ze op de beurs had verkocht, hadden zij ze waarschijnlijk van de bank moeten kopen.'

David luisterde nauwelijks. Hij was met zijn gedachten bij het bedrag dat hij de volgende dag op zijn bankrekening overgemaakt zou krijgen. Zou dat geld hem de beschuldigingen van Finkenstein laten vergeten?

Thuis wachtte Marga met champagne. Nadat ze samen een keer bij de jonge advocaat op bezoek waren geweest, had ze geen moment meer aan het succes getwijfeld.

David hief aarzelend het glas. Marga kuste hem vluchtig. 'Op de toekomst!' riep ze vrolijk.

'Finkenstein pakte nogal uit,' zei David peinzend. 'Hij had het over steekpenningen. Ik moet toch nog eens voor elkaar zien te krijgen dat ik die dossiers kan inzien.'

Marga sloeg haar armen om zijn middel, haar hoofd legde ze tegen zijn schouder. Hij rook de geur van haar haar. 'Futurit is verleden tijd, jongen,' fluisterde ze. 'Vergeet het. Geen aandacht meer aan besteden.' Plotseling keek ze hem aan, haar donkere ogen opengesperd. 'Met golfen heb ik laatst een zekere Wallis ontmoet. Sympathieke man. Doet iets in verzekeringen. Je zou eens met hem moeten praten.'

David keek haar verbaasd aan. 'Jezus, Marga. Ze willen referenties. Ik heb met Futurit in alle kranten gestaan. '

Marga maakt zich van hem los en liep naar de keuken. Over haar schouder lachte ze hem toe en zei: 'Praten kan geen kwaad, Dave. Kom op. Er is een leven na Futurit.'

5

Tien jaar na het roemloze einde van FuturIT stond Jane aan de vooravond van haar triomf. Amsterdam Online vierde de miljoenste abonnee. De internetprovider was opgestart door Jane en telde nu werkelijk mee. Er gingen al geruchten over een introductie op de effectenbeurs.

Het feestje werd 's middags in het Concertgebouw gehouden. In de grote zaal zaten veel relaties en het verzamelde personeel. Toen Jane Ecker op het podium verscheen werd ze met applaus onthaald. Was deze gedrongen zakenvrouw er niet in geslaagd om in enkele jaren een wereldbedrijf uit de grond te stampen?

Er werd gespeecht. Jane werd in de bloemen gezet. Spontaan riep ze haar belangrijkste steunpilaren op het podium, de marketing-directeur, de controller en het technisch team. Jane stond in het midden. Een gelauwerde zakenvrouw, op weg naar de wereldtop.

Een kamerorkest speelde Weense muziek. Voor het orgel werd een projectiescherm ontrold. Een film met de hoogtepunten uit de geschiedenis van Amsterdam Online ontlokte gelach en enthousiaste kreten uit de zaal. De etage op het Singel waar het allemaal was begonnen. Jane Ecker in een ouderwetse regenjas die de straat opliep, alsof ze haar levenswerk de rug toekeerde. Het eerste contract met de telefoondienst.

Na de grote zaal was er champagne in de foyers. De speciale genodigden werden ontvangen in het afgesloten gedeelte van de foyer aan de pleinzijde. Een veiligheidsman controleerde de uitnodigingskaarten en liet de mensen binnen.

Ook hier was Jane het stralende middelpunt. Om haar heen stonden de belangrijkste genodigden. De president-commissaris. De bankier. De minister. De accountants en de advocaten. Allemaal juwelen aan Janes kroon.

De president-commissaris stond een verloren moment alleen met de bankier.

'Een mooi succes,' zei de bankier.

'Duur betaald,' antwoordde de ander.

'Jullie hebben het zelf gefinancierd?'

'Alles. We zijn met vijf commissarissen. Die hebben het geld op tafel gelegd voor de hele operatie.'

'Veel?'

'Te veel. Jane is een Rupsje Nooitgenoeg. Als wij zeggen dat het de laatste keer is geweest, komt ze een half jaar later om meer geld. Onverzadigbaar.'

'Wordt er al verdiend?'

'Te weinig. Er is nog altijd verlies.'

De bankier stak een sigaartje op. Hij keek peinzend voor zich uit. 'Tja.' Een blauw rookwolkje kringelde uit zijn mond. 'Jullie willen er vanaf?'

'Liever vandaag dan morgen. Die vrouw is een *cashburner*. Zij verbrandt ons geld sneller dan we het kunnen aandragen.' De president-commissaris keek zuinig om zich heen. 'Ik wil er binnenkort met je over praten,' zei hij. 'Misschien kunnen jullie haar naar de beurs brengen. Het zou een oplossing zijn.'

De bankier tikte de as van zijn sigaar. Hij kneep zijn ogen toe. 'Misschien. Laten we een afspraak maken. Maar is mevrouw Ecker wel voldoende te vertrouwen? Er gaan verhalen over haar. Het fijne weet ik er niet van, maar het is iets met een IT-bedrijf. Zat ze niet in de raad van bestuur? Dat is niet goed gegaan. Vlak na de beursintroductie van de beurs gehaald, als ik het goed heb. Weet jij je te herinneren hoe dat zat?'

De commissaris haalde zijn schouders op. 'Nee, van haar verleden weet ik niets.'

'Dat zou je dan toch eens moeten uitzoeken,' zei de bankier zachtjes. Hij keek het gezelschap rond. 'Zo'n mislukking op de beurs weten de mensen zich te herinneren. Als zij er verantwoordelijk voor was, moeten jullie haar misschien vervangen. Als jullie werkelijk naar de beurs willen, bedoel ik.' Een snelle blik op de ander. 'Nog een advies. Neem een politicus als commissaris. Dat helpt.'

De twee mannen gingen uiteen, op zoek naar andere bekenden.

In de wachtkamer op de eerste verdieping van het ministerie van Financiën zaten de bezoekers al te wachten. De minister had zich door de poortjes van het Binnenhof naar het grijze kantoorgebouw aan het Voorhout gehaast. Toen hij zijn ruime werkkamer met uitzicht op de Hertenkamp binnenliep, rende zijn secretaresse al naar binnen met een stapel dossiers. 'Voor Nedtelcom,' zei ze, 'de heren zitten al te wachten. Zal ik ze roepen?'

'Laat ze maar komen,' zei de minister terwijl hij de papieren aannam. Het UMTS-dossier had een hoge prioriteit bij de bewindsman. De nieuwe golflengtes voor mobiele telefonie zouden worden geveild. In het parlement waren lange discussies gevoerd. De minister had met gloed verdedigd dat de markt moest bepalen wie een nieuwe UMTS-frequentie kon kopen. De hoogste bieder, dat was rechtvaardig en bovendien goed voor de schatkist. De minister verheugde zich op het gesprek met de raad van bestuur van het telecombedrijf. Natuurlijk zou hij een pleidooi te horen krijgen om de kosten niet te erg op te jagen. Maar hij was niet van plan zich daardoor te laten beïnvloeden.

De drie gasten waren in donkere kostuums gekleed. De minister liep er in zijn donkere blazer met zwarte broek sportief bij.

'De Chavannes,' stelde de langste gast zich voor. Hij wees op de beide anderen: 'Mijn collega's Bronstein en Duckworth.'

Nadat de thee en de koffie waren geserveerd beet De Chavannes het spits af. 'Bij Nedtelcom zijn we geschrokken van de berichten in de krant over de hoge veilingprijzen. We hebben enkele berekeningen gemaakt. Als we die prijzen als uitgangspunt nemen en daar de investering in de netwerken bij optellen, komen we tot astronomische bedragen. De abonnee moet dat uiteindelijk betalen. Is dat realistisch? Bovendien, wij moeten het wél voorschieten. De vraag is: Verdienen we dat ooit terug?'

De minister liet het gesprek aan zijn ambtenaren over. Hun berekeningen waren optimistischer dan de sombere cijferopstellingen van het telecombedrijf. Niet de kosten, maar de opbrengsten moesten centraal staan. Hadden de heren ondernemers zich er wel eens rekenschap van gegeven hoeveel nieuwe diensten via de UMTS-frequenties konden worden verkocht? Hoeveel hoger de inkomsten zouden worden?

Toen de drie mannen naar buiten kwamen, stond de Mercedes al met draaiende motor voor de ingang te wachten. Ze lieten zich snel in de behaaglijke warmte van de limousine vallen.

'Dat is duidelijk,' zei De Chavannes vanaf de achterbank. 'Die geeft geen krimp. We zullen geld moeten vinden, anders liggen we eruit.'

'Dat is geen optie,' viel Bronstein hem met zijn hese stem in de rede. 'We moeten die UMTS-frequenties hebben.'

Het was een van die ochtenden dat niemand wist welke kant het weer op zou gaan. Als de zon van achter de vale wolken te voorschijn kwam lag de Amsterdamse gracht er ineens bij alsof het voorjaar werd. Maar dan kwam er plotseling weer een zwart wolkendek en begon het hevig te regenen. Aan de waterkou was goed te voelen dat het januari was. Totdat de zon zich weer even liet zien en de oude grachtenhuizen prachtig deed oplichten.

Jane Ecker stuurde de Jaguar voorzichtig over de Keizersgracht. Ze was bij de Westerkerk de gracht op gedraaid en hield de huisnummers goed in de gaten. Plotseling remde ze en reed een stukje achteruit. Met een verrassend korte draai stuurde ze de auto in de parkeerplaats.

Advocaat Ben Finkenstein stond aan het raam. Zijn kamer lag op de eerste verdieping aan de voorkant. Hij zag zijn gast over straat aan komen lopen en ging snel naar beneden om zelf de deur voor haar open te maken.

'Dag, Jane,' fluisterde hij, de wenkbrauwen opgetrokken en met een sarcastisch lachje rond zijn lippen.

'Lang geleden, Ben,' zei Jane.

Finkenstein hoorde dat ze zich een Amerikaans accent had aangeleerd. 'Heb je in de States gewoond?' vroeg hij nieuwsgierig terwijl hij haar jas aanpakte. Hij liep met korte passen door de gang.

'In San Francisco, vier jaar. Hoe lang zit je hier al?'

'Een half jaar. Zat je daar voor zaken?'

Jane leek hem niet te horen. Zonder op antwoord te wachten ging de advocaat haar voor naar de lift.

Ze dronken koffie uit een kopje van sierlijk, dun porselein met een rood bloemmotief. De espresso was heet en goed van smaak. Jane zat aan het vierkante bureau van Finkenstein. De advocaat zat in zijn met groen leer beklede antieke stoel tegenover haar. Op het bureaublad stond een foto van een erg mooie jongen. 'Gaat het goed met de boys?' vroeg Jane. 'Heb je nog altijd van die beauties?' Ze knikte naar de foto.

De advocaat dronk langzaam van zijn koffie en haalde zijn schouders op. 'Ik heb geen klagen.' Hij volgde haar blik. 'Dat is Boris. Mooi, nietwaar?' Finkenstein lachte. 'En jij?' vroeg hij, 'wat is het tegenwoordig? Mannen of meisjes?'

Jane keek hem ongelovig aan. 'Ik ben getrouwd,' zei ze, 'en ik heb een zoon.'

De advocaat keek haar peinzend aan. 'Wanneer was FuturIT?' vroeg hij zich hardop af. 'Was het vóór of na jouw echtscheiding? Ik zou denken erna. Zeker. Toen je bij FuturIT begon was je al gescheiden. Heb ik het goed?' Zijn gast knikte zonder iets te zeggen. Finkenstein dacht na. 'Meer dan tien jaar geleden, zou ik zeggen,' concludeerde hij.

Er heerste even een stilte in de kamer van de advocaat. Finkenstein was verdiept in zijn herinneringen van tien jaar geleden. Jane die op zijn kantoor tegenover hem stond, driftig, rode blossen op haar wangen. Schreeuwend dat ze het grootste IT-concern zou opbouwen. Dat Henry Carlier en al die andere managers van FuturIT haar in de weg stonden. Dat ze er recht op had haar aandelen terug te krijgen, in de steek gelaten als ze was. Het was een ambitie geweest die in rook was opgegaan. Wat resteerde was een faillissement dat met kunst en vliegwerk was ontlopen. Nu stond ze weer tegenover hem, in een ander kantoor.

De schelle stem van zijn bezoekster stoorde hem in zijn overpeinzingen. 'Amsterdam Online heeft meer dan een miljoen abonnees,' zei ze fel. 'Het is een doorslaand succes. Ik ben de eerste vrouw die zo'n concern opbouwt. Ik heb werk voor je te doen.'

'Jij bouwt een concern op?' vroeg de advocaat zachtjes. 'Wil je laten zien dat een vrouw ook grote verliezen kan maken? Na Futurit wist iedereen dat toch al van jou?' Hij lachte ingehouden. 'Nee, Jane, het lijkt me geen goed idee als ik voor jou werk. Ik heb nu een andere praktijk dan destijds. Ga naar een ander.'

Jane reageerde stekelig. 'Zo kom je niet van me af, Finkenstein. Of ben je kieskeurig geworden? Dat kan ik me toch niet voorstellen. Hoe lang geleden hebben ze jou opgepakt? Heb je toen lang gezeten?'

Finkenstein keek haar strak aan, geen spier in zijn gezicht vertrok. 'Niet in de gevangenis. Het was het huis van bewaring. Je zult wel gelezen hebben dat ik ben vrijgesproken.' Hij vouwde zijn handen en richtte zijn blik op de dossiers op zijn bureau.

'Vrijspraak. Ik herinner het me. Kwam er niet ineens een brief op tafel? Van een vriendje of zo?'

Finkenstein bewaarde het stilzwijgen.

Jane lachte. 'Natuurlijk. Van een notaris. Ook van jouw club, nietwaar? Die brief was het bewijs dat je niet wist dat het geld niet van jouw cliënt was. Daar ging het om, de officier zei dat je het wél geweten had. Zo was het toch, Ben? Je werd gered door die brief en de officier kon niet bewijzen dat die vervalst was.'

De advocaat haalde zijn schouders op. 'Het heeft in de krant gestaan. Die heb je vast wel gelezen. Wat zou ik je nog meer moeten uitleggen?'

'Je hebt goede vrienden, Ben. Van jou heb ik altijd wel geweten dat je de geschiedenis herschrijft. Maar zo'n vriend moet je maar zien te vinden. Vindingrijk. Verrukkelijk.'

Finkenstein luisterde met een verveelde trek op zijn gezicht. Hij stak een filtersigaret op en zoog de rook naar binnen. 'Wat zeur je, Jane. Ik ben vrijgesproken en dat is het. Hou erover op.'

Een korte stilte. De advocaat zat onbeweeglijk op zijn stoel. Hij trok aan zijn sigaret. Zijn gebruinde gezicht vertoonde geen enkele emotie. 'Heb je nog wat te bespreken?' Zijn tegenzin was duidelijk hoorbaar.

'Herinner jij je David Friedman nog?' Jane graaide in haar koffertje.

De advocaat dacht even na. 'Futurit. Ik zie hem wel eens in de stad. Een *loser*, nietwaar? Volgens mij gaat het hem weer goed.'

'Destijds niet. Weet je nog van die brief van die Belg? Over die betaling?'

'Zo precies staat het me niet meer bij. Dat is lang geleden.'

Jane schoof een stapeltje papieren over het bureau naar hem toe. 'Lees dit. Om je geheugen op te frissen.'

Finkenstein keek er niet eens naar, maar concentreerde zich op zijn bezoekster. Op het randje zijn zelfbeheersing te verliezen, ging hij tot de aanval over. 'Nog altijd in smerige zaakjes, Jane?' vroeg hij minachtend. 'De vos verliest zijn streken nooit.'

'Lees je dat niet? Ik zou het maar wel doen. Boeiende brieven, Ben.'

'Ongetwijfeld,' fluisterde de advocaat. Hij legde zijn handen op het bureaublad. Zijn kaakspieren stonden strakgespannen. 'Die tijd is voorbij, Jane. Wat je ook wilt, kies een ander. We hebben meer dan tweeduizend advocaten in deze stad.'

Jane lachte ontspannen. 'De weg van de minste weerstand. Typisch Ben Finkenstein. Zo gaat het niet, jongen.' Ze keek hem taxerend aan. 'Geef me nog maar een kopje koffie.'

Finkenstein stond langzaam op. Hij liep zwijgend de kamer uit om even later terug te komen met twee kopjes espresso. Er schuifelde een klein wit hondje achter hem aan de kamer in. Terwijl Finkenstein de koffie neerzette snuffelde het beestje in de kamer rond. Plotseling trok de hond zijn achterpoot op om tegen het bureau te plassen. De advocaat pakte het beestje vloekend bij zijn nekvel. Toen hij de hond op de gang had gezet en de deur had gesloten lachte Finkenstein geforceerd. 'Dat hondje is van Herb,' zei hij, 'ze zijn onafscheidelijk.'

Herb Boas was een bekende strafpleiter. Finkenstein werkte sinds kort met hem samen. Hardnekkige geruchten wilden dat Ben en Herb door meer verbonden werden dan door vriendschap en werk alleen. De beide mannen deden er alles aan de geruchten in stand te houden door veel over elkaar te praten zonder ooit de waarheid prijs te geven.

Zijn bezoekster keek naar de natte plekken op de vloer. Ze lachte sarcastisch. 'Een hechte samenwerking, zie ik. Zijn hond mag het in jouw kamer doen. Nou, heb je al een beslissing genomen? Kan ik op je rekenen?'

Finkenstein keek haar wantrouwend aan. Jane was een vrouw die problemen om zich heen verzamelde. Dat was vroeger zo geweest en Finkenstein verwachtte niet dat het nu anders zou zijn. 'Waarom zou ik voor jou werken?' vroeg hij afhoudend.

'Daarom.' Jane wees naar het ongeopende dossier dat voor Finkenstein lag. 'Dit dossier ga jij herschrijven, Ben. Als een ware artiest. Een boeiend staaltje van moderne geschiedschrijving.'

De advocaat keek met een blik vol minachting naar de map. 'En als ik weiger?'

'Tja, dan blijft dit dossier zoals het is. Het is wel wat oud, maar misschien is het toch boeiend voor bepaalde mensen. Wat was het ook alweer, waarvoor ze je in de Havenstraat hebben gezet? Valsheid in geschrifte, als ik het me goed herinner. Zou de officier die jouw zaak deed die papieren niet willen lezen?'

De advocaat dacht snel na. 'Gaat het alleen om die kwestie rond Friedman? Of is er meer?'

Jane lachte. 'Friedman is een van de kwesties, Ben. De tijd heeft niet stilgestaan. Ik ben verdergegaan na FuturIT. Ik heb andere dossiers in mijn koffertje. Nou, heb je al een beslissing genomen?'

Finkenstein zweeg peinzend. Als hij niet deed wat Jane van hem wilde, zou ze hem zwartmaken bij de officier van justitie. Hij wist dat ze meedogenloos was. Maar zou de officier zich nog in zo'n zaak verdiepen? Tenslotte was het tien jaar geleden gebeurd. En Jane, zou die werkelijk de zaak overgeven aan justitie? Dan zou ze zelf ook in de problemen komen. Hoewel, was er bewijs over haar rol van destijds? Hij aarzelde. Wat er precies gebeurd was, herinnerde hij zich niet meer. Zou een rancuneuze officier van justitie niet verheugd zijn als die papieren op zijn bureau terechtkwamen? Hij keek zijn bezoekster aan en speelde met zijn vulpen. 'Oké,' fluisterde hij nauwelijks verstaanbaar. 'Waar gaat het precies om? Wat verwacht je van me?'

'Je start met Friedman. Dat dossier moet definitief verdwijnen. Dat is de meest dringende kwestie.'

Finkenstein keek haar onderzoekend aan. 'Jane, wees duidelijk. Friedman is natuurlijk niet je enige probleem. Hoeveel meer zijn er? Ik wed dat niet al jouw moeilijkheden zijn op te lossen door dossiers te laten verdwijnen. Denk je dat er ook zwaardere maatregelen nodig zijn?'

Jane haalde haar schouders op. 'Niet zo snel, Finkenstein,' zei ze zachtjes. 'We nemen alle zaken door. Daarna krijg jij de vrije hand om de problemen op te lossen. Hoe, dat is jouw zaak. Daar blijf ik buiten.' Ze bukte zich en pakte enkele mappen uit haar koffertje. 'Laten we beginnen,' stelde ze voor terwijl ze haar papieren ordende.

Finkenstein sloot een moment zijn ogen en dacht na. Hij maakte zich weinig illusies over wat er komen ging. Hij herinnerde zich de smerige karweitjes die Jane hem vroeger had laten opknappen. 'Juist. Er is dus weinig veranderd. Heb je ook nagedacht over mijn honorarium? Voordat ik begin moet dat geregeld zijn. Hoe staat het daarmee?'

Jane pakte een dikke envelop en schoof die over het bureaublad naar Ben. Die haalde er een bundel geld uit. Hij begon zorgvuldig te tellen. 'Vijftigduizend euro,' constateerde hij terwijl hij de bankbiljetten weglegde in zijn bureaula. 'Een voorschot, neem ik aan. En verder?'

'Volgende maand eenzelfde bedrag. Tot we klaar zijn. Als je klaar bent, verdubbel ik het honorarium. Ik wil een wekelijkse rapportage. Mondeling, niets op schrift. Het geld hoef je niet te boeken.'

Finkenstein boog over het bureau. Hoorde hij dat goed? Kwam Jane hem een opdracht van vijftigduizend euro per maand geven? Hoewel dit voor hem veel geld was, probeerde hij instinctief te onderhandelen om er meer uit te krijgen. 'Verdubbel dat voorschot maar,' zei hij. 'Voor honderdduizend euro ben ik je man.'

'Nee. Dit is het. Het is slikken of stikken. Of je werkt voor me tegen de prijs die ik je noemde, of die papieren gaan naar de officier. Je zegt het maar.'

Toen ze in zijn auto wegreden om buiten de deur te lunchen, begon Jane tot ergernis van Finkenstein over Boris.

'Wanneer komt die jongen terug? Waar is hij?'

'Boris bedoel je?'

'Ja. Die jongen van die foto op je bureau.'

'Boris is in Tokio. Voor een fotoreportage. Mode. Hij komt terug als hij wil.'

'Wie is de opdrachtgever?' Jane keek de advocaat nieuwsgierig aan.

'Ik weet het niet precies. Versace, geloof ik. Hij krijgt zijn opdrachten via een bureau in Parijs. Casting Angels noemen ze zich, of zoiets.'

'Zijn jullie nog *close?* Of heeft hij een ander?'

De advocaat lachte kort. 'We mogen elkaar. Maar met zo'n type weet je het nooit. Jij moet dat toch weten.'

'Ik ben trouw.'

'Dan heeft je man veel geld.'

'Straks heb ik meer.'

'Ik zal het hem vertellen,' zei de advocaat spottend. 'Misschien dat ik dan zijn echtscheiding mag doen.'

'Je treedt voor mij op. Dat zou ik niet vergeten als ik jou was.'

6

Officier van justitie Charles de Beaufort stormde met grote stappen zijn kamer binnen. Zijn lange armen wapperden langs zijn kleine, kogelronde gestalte. Zijn ouderwets laag uitgesneden bruingeruite jasje wierp hij slordig over een stoel. Brede rode bretels spanden zich over zijn gekreukte witte overhemd. Terwijl hij zijn das lostrok en zijn boord opendeed, zocht hij tussen de stapels papier op zijn bureau naar de zak popcorn. Verstrooid propte hij een handjevol in zijn mond. Hij kauwde ongegeneerd met zijn mond open.

De bruine envelop trok zijn aandacht. Met een onbeheerste ruk scheurde hij hem open. De bril met de dikke glazen duwde hij ongeduldig op zijn neus. Gebogen begon hij de papieren te lezen. Zijn lange donkerbruine haren vielen onordelijk naar voren. Met openhangende mond en van woede trillende onderkinnen sloeg hij haastig lezend en met driftige bewegingen de pagina's om. Het oordeel van de rechtbank stond op de twee laatste bladzijden. Het openbaar ministerie wordt niet ontvankelijk verklaard omdat het de rechten van de verdachte grof geschonden heeft. De brieven van de advocaat van de verdachte waren niet beantwoord. Er was een proces-verbaal buiten het procesdossier gebleven. De strafvervolging was nodeloos gerekt. Daarom werd de officier van justitie niet ontvankelijk verklaard en ging de effectenmakelaar Otto Sommer vrijuit.

Met een luide schreeuw smeet De Beaufort het vonnis in een hoek van zijn kamer. Hij rende naar de gang. 'Stevens!' brulde hij. 'Kom onmiddellijk hier!' Toen zijn medewerker op een drafje kwam aanlopen, wees hij naar het papier op de vloer. 'Vonnis in de Sommer-zaak. Erger kon het niet. Die slijmbal van een Musch heeft met de rechters onder één deken gelegen. Niet ontvankelijk. Geen oog voor de belangen van de verdachte? Laat me niet lachen!' Hij viel even stil. Daarna vervolgde hij enigszins theatraal: 'Wat moet ik tegen onze hoofdofficier Mickey Clavan zeggen?'

Toen Paul Stevens het vonnis had gelezen, vloekte hij hardop. 'Verdomme. Wat bezielt de rechtbank? Hebben we de rechten van de verdediging geschonden? Die advocaat stuurde ons brief na brief. We kunnen toch moeilijk de hele dag besteden aan de brieven van één advocaat? Wat willen ze eigenlijk?'

'Zak. Dat we die brieven wél beantwoorden.' De dikke officier stond voor zijn assistent. Een worstvinger priemde naar de borst van zijn medewerker. 'Niet van iedere advocaat. Begrijp het dan. Alleen de vrienden van de rechter, dáár moet je tijd voor uittrekken. Vragen ze je op je kop te gaan staan? Mooi! Doen! Willen ze dat je hun reet likt? Duw je tong in hun stront. Dringt het tot je door? Of ben je achterlijk?'

Stevens dacht even na. De Beaufort had gevoel voor drama. De demonisering van zijn tegenstanders leverde hem de brandstof voor zijn beruchte agressieve vervolgingsbeleid. Hij schoof een stapel dossiers opzij en ging op een hoek van het bureau zitten. Feit was dat de bewijzen in de zaak-Sommer niet al te stevig waren. Veel redenen om aan een complot te denken zag hij niet. 'Oké, Charles. Je moet toegeven dat we geen hard bewijs hadden. We hadden heel wat, maar echt dicht zat de zaak niet.'

De officier antwoordde niet direct. Met gebogen hoofd liep hij naar zijn bureau. Tussen de stapels papier stond een asbak. Hij pakte er een half opgerookte sigaar uit en stak die aan. Terwijl hij een blauwe wolk uitblies wees hij met zijn sigaar naar Stevens. 'Het is één kliek. Samenspannen, dat doen ze. Hun vrienden de hand boven het hoofd houden. Boas. Finkenstein. Clavan. Musch.'

'Maar wat heeft Clavan hiermee te maken?' Stevens probeerde zijn chef tot enige relativering te brengen.

De Beaufort keek hem boos aan. 'Ze zitten in dezelfde sauna. Zijn lid van dezelfde club. Clavan en Boas zitten naast elkaar in de opera. Ze houden elkaars handje vast. Met Finkenstein zitten ze in het Turkse bad. Met Musch zitten ze te zuipen in De Kring. Ondertussen bespreken ze hoe ze het openbaar ministerie een oor kunnen aannaaien. De bijl erin!'

Stevens keek hem ongerust aan. Soms was zijn chef wel erg impulsief. Hij had geleerd dat de officier niet de beste beslissingen nam als hij in zo'n stemming was. 'Ga je niet wat hard? Zullen we eerst eens kijken of we in hoger beroep gaan?'

De officier trok hevig aan zijn sigaar. Toen hij onverwachts zijn arm in de lucht stak, dwarrelde de as op de vloer. 'Ik zeg je, ik rust niet voor Sommer achter slot en grendel zit. Al moet ik daarvoor dwars door Clavan en zijn vriendenkliek heenlopen.'

De telefoon ging. Met korte, driftige passen beende De Beaufort naar het toestel. Terwijl hij luisterde trok zijn gezicht van woede wit weg. 'Akkoord,' zei hij en legde de hoorn neer. Hij pakte enkele papieren bij elkaar en trok ondertussen een vuil gezicht naar Stevens. 'Dat was onze Mickey

Clavan. Of ik onmiddellijk wil komen. Wat denk je, slaat hij mijn kop eraf?'

De hoofdofficier zat achter zijn bureau. Boven zijn hoofd hing het portret van de koningin aan de wand. De kamer lag op de tiende verdieping van de torenflat en bood uitzicht op een groot deel van de stad. De Beaufort zag donkere sneeuwwolken door de lucht trekken. Hij keek naar de hoofdofficier. Zijn hangwangen waren naast zijn samengeknepen mond gezakt. De bijziende ogen waren tot spleetjes geknepen. Met een triomfantelijk lachje wees hij naar het papier op zijn bureau.

'Je hebt het gelezen?' vroeg Clavan. Zonder op antwoord te wachten vervolgde hij: 'Het is een catastrofe. Ronduit verschrikkelijk. Waarom hebben jullie die brieven van Musch niet beantwoord? Hoe zit het met dat proces-verbaal?'

'Geef jij me een mannetje erbij?' viel De Beaufort uit. Hij herinnerde zich het gesprek waarin de hoofdofficier vorig jaar had gezegd dat er geen personeel bij kon komen. 'Ik moet de fraude-unit drijven met anderhalve man en een paardenkop. Sorry dat ik dan voor Musch niet alle tijd vrij kan maken. Misschien kun jíj hem vragen wat minder te schrijven. Dat zou schelen.'

De hoofdofficier liep rood aan. Hij sloeg met zijn vlakke hand hard op het bureau. 'Wát wil je suggereren, De Beaufort?' riep hij woedend uit. 'Waarom zou ík iets aan Musch moeten vragen?'

'Ik dacht dat jullie elkaar goed kenden.'

'Dat dacht je dan verkeerd.'

Clavan pakte het vonnis op en las het nog een keer. 'En dat proces-verbaal, miste je ook de mankracht om dat bij de processtukken te voegen?' vroeg hij sarcastisch.

De Beaufort deed moeite zich te beheersen. 'Dat was niet van belang voor de zaak. We hebben besloten het niet in het dossier op te nemen.'

'Musch heeft erom gevraagd. Het is hem geweigerd. Toen heeft de rechtbank jullie gelast het over te leggen. De rechtbank vond het wel van belang.'

Ineens schoot een gedachte door De Beaufort heen. 'Hoe kon Musch van dat proces-verbaal weten?' vroeg hij.

'Vraag het hem,' zei Clavan terwijl hij ging staan. 'Sorry, Charles, maar ik neem een maatregel. Er moet orde op zaken komen. Je krijgt een assistent. Die gaat je post behandelen.'

De Beaufort keek hem ongelovig aan. 'Een assistent?' vroeg hij verbaasd. 'Dat denk ik toch niet. Mijn post behandel ik zelf.'

'We zullen jou orde bijbrengen,' beet Clavan hem toe. 'We zullen je leren brieven te beantwoorden en alle verbaaltjes op te nemen in het procesdossier. Ik weet zeker dat je er veel van gaat opsteken, Charles. Je kunt gaan.'

De Beaufort kon zich niet meer inhouden. Hij stond op en leunde voorover naar Clavan. Met zijn hangbuik op het bureaublad brieste hij: 'Mij speld je niets op de mouw, Clavan. Jouw assistent moet ervoor zorgen dat mijn zaken naar de kloten gaan. Maar ik zeg je dit: niet dan over mijn lijk.' Hij beende nijdig de kamer uit. In de deuropening draaide hij zich naar de hoofdofficier. 'Sommer komt in de bak. Vertel dat maar aan je vriendjes!' Hij sloeg de deur met een klap achter zich dicht.

Tegen Paul Stevens was hij somber. 'We krijgen een assistent. Mickey stuurt hem op ons dak.'

'Waarom?' vroeg Stevens verbaasd.

'Een spion van Mickey. Die kan zo precies bijhouden waar we mee bezig zijn. Zo kan hij zijn advocatenvriendjes nog meer informatie doorgeven. Mickey zorgt graag voor zijn vrienden.'

Stevens was even stil. 'Ik heb een idee,' zei hij. 'We starten een fake-onderzoek. Daar zetten we die assistent op. Als Clavan daar dan van op de hoogte is, weten we dat die nieuwe man lekt.'

De Beaufort keek hem peinzend aan. 'Het is een idee,' gaf hij aarzelend toe. 'Wat voor een onderzoek?'

Stevens lachte. 'Een van de vriendjes van Clavan. Wat dacht je van Finkenstein?'

Nu kreeg De Beaufort er ook plezier in. 'Dat is het. Daar kunnen we mee scoren.'

De bewaker herkende de advocaat onmiddellijk. 'Meneer Finkenstein,' zei hij op de toon van vrienden onder elkaar, 'voor wie komt u?'

'Moet je mijn paspoort zien?' vroeg de advocaat met een lachje. Hij stond bij de ingang van het huis van bewaring in de Havenstraat. Zijn schoenen zaten onder het zand. De straat was opgebroken omdat de tramrails opnieuw werden gelegd. De bewaker wenkte hem door het detectiepoortje te lopen. 'U ken ik wel,' zei hij lachend, 'loop maar door.'

'Ik moet Gulić spreken,' zei Finkenstein toen hij de poort was gepasseerd.

De bewaker keek in een computerlijst. Toen hij de naam gevonden had belde hij. 'Kom even. De advocaat van Gulić is hier.'

De spreekkamer was kaal en smerig. Er stond een tafel met een multiplex bovenblad. In het zachte hout waren namen gekrast. De kringen van de koffiekoppen staken donker af.

'U weet hoe het werkt?' vroeg de bewaker.

Finkenstein knikte met een glimlach. 'Ik kom hier vaker.'

De deur viel in het slot en het wachten was nu op de Joegoslaaf die door de gevangenbewaarder werd opgehaald. Dubbele moord bij een bankoverval was de tenlastelegging en het zag ernaar uit dat de officier van justitie het met het bewijs niet al te moeilijk zou hebben. Tijdens de overval hadden veel mensen de Joegoslaaf gezien en een aantal van hen had hem later ook herkend. Het wapen was zoek maar Ben Finkenstein dacht dat de officier dit bewijsstuk ook wel kon missen. Het getuigenbewijs was overdadig.

De deur naar de gang werd opengegooid en de bewaker kwam met Gulić binnen lopen. De Joegoslaaf ging zitten. Hij begon een klaagzang over wat er mis was. Zijn vriendin had hem bezocht en hij had haar zonder toezicht willen ontmoeten. Dat verzoek was afgewezen. Hij mocht niet roken in zijn cel. De laatste twee dagen was er geen warm water geweest tijdens het douchen. Het eten was afgrijselijk. Terwijl hij zo zat te razen rookte Finkenstein verveeld een sigaretje. De Joegoslaaf keek naar hem en wond zich nog meer op. 'Zelfs de advocaten laten je hier in de steek!' riep hij in zijn gebroken Engels. 'Wat doe jij nu voor me? Je pakt je geld en wat er met mij gebeurt kan je niets schelen.'

Finkenstein drukte langzaam zijn sigaret uit. Hij legde zijn hand op de arm van zijn cliënt. 'Gulić, je mag blij zijn dat je hier bent gepakt. Weet je wat ze in Joegoslavië met je hadden gedaan? Je ballen eraf gesneden, op een grote spies geprikt en geroosterd. Daarna hadden ze de hete spies in je reet geduwd. Weet je wie voorop had gestaan, Gulić? Jouw advocaat in Belgrado. Exclusief gekocht door de overheid, de leider van jouw barbecue. Je moet niet zo lullen, Gulić. Je mag blij zijn dat je hier in Amsterdam bent opgepakt en dat ik aan je zaak werk. Hier krijg je ten minste een faire kans.'

De Joegoslaaf haalde een hand door zijn dikke zwarte haar. 'Heb je contact gehad met Ivana?' vroeg hij onzeker. Met Ivana was hij getrouwd. Zij was de moeder van zijn kinderen. Finkenstein had haar nooit gezien. Hij kende haar alleen van telefoongesprekken. Veel gekraak, moeilijk verstaanbaar Balkan-Duits en een plotseling verbroken verbinding, dat was Ivana.

De advocaat vond dat het tijd werd om tot zaken te komen. 'Alles is oké. Ivana maakt het goed. Ze heeft werk in Belgrado. Je dochter ook. Je zoon wil naar Duitsland gaan. Als dat lukt, kan hij je misschien binnenkort hier opzoeken.'

De misdadiger keek hem verrast aan. 'Weet jij dat zeker?' vroeg hij. 'Komt Miko hier?'

Beet, dacht Finkenstein tevreden. Het was bijna altijd raak. Zuiderlingen als Gulić hingen aan hun familie. Hij draaide zijn hand er niet voor om twee bankbedienden af te schieten om er met een paar zakken geld vandoor te kunnen gaan. Maar kom niet aan zijn familie. Naast de kerk van Maria was dat zijn tweede heiligdom. De advocaat speelde zijn partij geroutineerd. Dit was een moment om te verzilveren. 'Hij moet nog een visum krijgen. Dat is niet zo eenvoudig. Het kost geld.'

Gulić keek zijn advocaat argwanend aan. 'Wie zorgt daarvoor?'

'Ik. Jouw advocaat die niets voor je doet, Gulić. Zorg jij er nou maar voor dat er geld op mijn rekening komt te staan. Ik ga die moeite niet doen als er geen geld is.'

'Hoeveel?'

'Reken op tienduizend euro,' probeerde Finkenstein. 'Ik heb er veel werk aan.'

Gulić ging daar niet zomaar mee akkoord. De advocaat onderhandelde een tijdje met zijn cliënt. Plotseling boog Finkenstein vertrouwelijk naar de Joegoslaaf over. 'Weet je, Gulić,' zei hij, 'je kunt wat voor me doen. Dan zorg ik ervoor dat ik je zoon voor vijfduizend euro in Nederland krijg. Is dat een deal?'

De gedrongen man wierp een sluwe blik op zijn advocaat. De lippen op elkaar geperst, de gitzwarte ogen toegeknepen. 'Wat bedoel je?'

Finkenstein ontspande zich. Bijna terloops zei hij: 'Ik moet een van jouw vrienden spreken. Iemand die met een vuurwapen kan omgaan. Zorg ervoor dat hij contact met me opneemt. Dan doe ik het voor die prijs.'

Gulić keek hem aan. 'Zorg ervoor dat mijn zoon snel komt,' bromde hij humeurig.

De ontmoeting vond plaats in de lounge van Northwest Airlines op Kennedy Airport in New York. De discrete zakenbankier keek op zijn horloge. De afspraak was voor een uur geleden gemaakt maar het vliegtuig uit Amsterdam had vertraging. Er zat niets anders op dan te wachten. Hij boog zich weer over zijn laptop en ging verder met het rapport.

Toen Jane Ecker de lounge binnenkwam, keek de bankier op. De vrouw herkende hem. Ze liep met kleine stappen op hem af, de hand uitgestoken, een glimlachje rond haar mond. De vliegreis was niet aan haar af te zien. Het jasje van haar mantelpakje vertoonde geen kreukels, ze zag er fris uit. De bankier drukte haar de hand en sloeg zijn computer dicht. Hij wees naar de lage stoelen in de hoek van de lounge. 'We kunnen daar zitten.'

De bankier overlegde met gedempte stem met Jane. Hij vatte het gesprek samen: 'Dus u wilt een deel van uw aandelen in Amsterdam Online verkopen. De koopsom wordt nu vastgelegd. U vraagt of wij een koper weten? Is er al wat meer bekend over de beursgang? Ik begreep dat er plannen zijn voor een beursintroductie. Is daar al over besloten?'

'Nee. Nog niet. Misschien gaat het dit jaar gebeuren. Ik moet het nog met de raad van commissarissen bespreken.'

'Wanneer denkt u dat de beslissing valt?'

'Over een maand. Misschien twee maanden. Of drie. Dan weten we wel of het dit jaar nog gaat gebeuren of niet.'

'Dus dat is de keus,' zei de bankier. 'Het gaat er alleen nog om of het dit jaar of volgend jaar gebeurt. Dan is de beslissing dus al genomen.' Hij keek vragend naar Jane. Zij lachte hem toe en antwoordde niet. De bankier bladerde door zijn dossier. 'En de prijs van de aandelen?' vroeg hij. 'Heeft u daar al over nagedacht?'

Jane keek de man met haar blauwe ogen strak aan. Weer een verlegen lachje. 'Nee. Misschien kunt u daarover ook advies uitbrengen.'

7

Voor David Friedman was het een onbevangen avondje uit. Hij had met een vriend gegeten in Spring. Oesters vooraf en daarna een overheerlijke risotto. De wijn was een Verdicchio en tot besluit namen ze oude port met stilton. Die laatste gang hadden ze herhaald totdat de eigenaar hen beleefd had verzocht af te rekenen. David had met een schok gezien dat ze de laatsten waren. Toen ze buiten op het plein stonden, voelden ze een koude wind. 'Nog een afzakkertje?' vroeg David. Zijn gast weigerde. Hij vroeg de jongen van de valet-service een taxi te bellen.

David wilde nog wat drinken en kwam even verderop in de Miss Blanche terecht. Het was tegen twaalven, het café was nog een uur open. Het was er druk. Op de hoek van de bar zat een oudere vrouw om zich heen te kijken, kennelijk op zoek naar gezelschap. Aan haar voeten lag een bruine spaniël rustig te slapen. David baande zich een weg naar de andere hoek van de bar. Het kelderluik stond open en daar kwam juist het hoofd uit te voorschijn van René, de lange blonde eigenaar. Hij had enkele flessen in zijn hand. David begroette hem en bestelde wodka met jus d'orange.

Terwijl hij enigszins gehinderd door de luide muziek met René kletste, voelde hij een hand op zijn schouder. Hij draaide zich om en keek in het vlezige gezicht van Henry Carlier. De jaren hadden hem zwaarder gemaakt. Zijn gezicht had iets papperigs gekregen. De dikke wangen hingen over zijn kaken. Zijn haren waren nog even zwart als vroeger. De lippen waren in een grijnslach getrokken. 'David,' riep Henry luid, 'wat een toeval. We hadden het net over jou!'

Naast Carlier dook een kleine man met een brilletje en donker krulletjeshaar op. De café-eigenaar sloeg hem vriendschappelijk op de schouders. 'Hé, Jan,' zei hij lachend. Met een knik stelde hij de nieuwkomer aan David voor. 'Jan Meyer van *De Telegraaf*. Een goede vriend van Henry.' Hij keek Carlier met een glimlach aan.

Die barstte in lachen uit. 'Zolang je maar fatsoenlijk over me schrijft!' riep hij uit. Toen draaide hij zich naar David. 'Jan, dit is hem. De man van Futurrr.'

David lachte de journalist geforceerd toe. Hij kreeg een onplezierig gevoel. Na de bewogen zitting in de bibliotheek van Finkenstein, tien jaar geleden, had hij nooit meer contact met Carlier gezocht. Tenslotte lag de FuturIT-affaire achter hem. Henry Carlier kon hij beter vergeten. Maar de port en de wodka deden nu hun werk. 'Henry,' riep hij bijna overdreven uitbundig, 'jij komt me eindelijk betalen voor mijn aandelen!'

Carlier keek hem cynisch lachend aan. 'Aandelen in een lijkkist, dát waren het. Ik moest jouw verdomde aandelen kopen en mocht ze niet eens verkopen.'

David dacht na. 'Waarom niet?'

'De bank wilde het niet. Die steunde de koers. Toen ik ze mocht verkopen was de koers nul. Nada. Niente. Wat heb ik jou ervoor betaald?'

David keek hem lachend aan. 'Wat doet het ertoe? Te weinig, wat het ook was.' Hij lachte naar de journalist. 'Henry betaalt altijd te weinig. Vraag maar aan René. Nemen we er nog één?'

Henry bestelde zijn vaste drankje, een ingewikkelde mix met gin en sinaasappelsap. Meyer dronk bier. Hij trok David aan zijn arm.

'Ben jij werkelijk van FuturIT?' vroeg hij. 'Kan ik dan een keer met je praten?'

David schudde zijn hoofd. 'Dat is allang geschiedenis. Niet interessant meer.'

De ogen van Meyer lichtten op. 'Vergis je niet. Amsterdam Online gaat volgend jaar naar de beurs.'

David verstond hem slecht en begreep er weinig van. 'Nou, en?'

Carlier mengde zich in het gesprek. 'Herinner je je die vrouw nog?' Zijn vroegere commissaris was door de harde muziek nauwelijks te verstaan. 'Hoe heette ze ook alweer? Jij had haar uitgekozen. We hebben toen zelfs haar toko overgenomen. Niets waard. Twintig miljoen en daarna voor een appel en een ei aan haar terugverkocht. Toen de tent naar de bliksem was. Weet je wie ik bedoel?'

'Jane Ecker!' riep David, en vertelde er niet bij dat hij die vrouw in gedachten heel wat keren had vermoord. 'Zij heeft toen mijn hoofd afgeslagen. Jij stond te applaudisseren. Jane was jouw ster.'

Meyer keek hen oplettend aan. Hij wilde geen woord missen.

'Je begrijpt het nog steeds niet,' grijnsde Carlier. 'FuturIT was door jou al naar de kloten geholpen. We moesten ervan af. Alleen, jij wilde dat niet inzien. We moesten je wel ontslaan. Anders kwam er nooit een eind aan.'

De herinnering aan de krantenartikelen met zijn foto erbij golfde door David heen. De moeite om weer werk te vinden. De leugens over de Belgische affaire. Tot zijn verbazing voelde hij drift opkomen. 'Carlier, wat moet je?' vroeg hij onvriendelijk. Hij had er genoeg van en wilde het gesprek afsluiten. Henry kon hij niet langer verdragen.

'Je drinkt er nog een van mij,' zei Henry. Hij gaf de bestelling door voordat David had kunnen reageren.

Meyer boog zich naar hem over. 'Die vrouw is de baas over Amsterdam Online. Ik ben in haar geïnteresseerd en ik wed dat jij een verhaal hebt. Kan ik een afspraak met je maken? *Off the record*?'

David pakte zijn drankje aan. 'Nee. Sorry. Ik heb het afgesloten. Maar vraag het Henry!' Met een brede lach wees hij naar zijn vroegere commissaris.

Die lachte luidruchtig mee. 'Moet ik iets over Jane vertellen? Ik praat alleen nog over die vrouw als ik mijn verlies terug kan verdienen.'

'Nooit dus,' zei David.

'Denken jullie er over na,' zei Meyer, voorzichtig aan zijn bier nippend. 'Ik wil graag weten wat er destijds is gebeurd. Mocht je je bedenken, hier is mijn kaartje.'

Plotseling fluisterde Henry David iets in het oor. 'Denk nou eens na! Je krijgt het cadeau. Jane gaat naar de beurs. Als je er op tijd bij bent kan een jongen als jij ook wat verdienen.'

David keek Henry schaapachtig aan.

Henry zag zijn verbazing en klopte David op zijn schouder. 'Bel me. Misschien maken we dan een afspraak.'

'Gaan jullie een *dealtje* maken?' vroeg Meyer lachend.

Henry keek hem vuil aan. 'Bemoei jij je met je eigen zaken. Wij gaan geld verdienen, daar mag jij van je hoofdredacteur toch niet aan meedoen.' Met zijn gezicht vlak voor David: 'Niet vergeten. Oké?'

'Wat is je telefoonnummer?'

'Vraag het aan René. Die geeft het je.' Henry dronk zijn glas halfleeg en keek de serre in. 'Zo, ik stap weer eens op,' zei hij. 'Het ga je goed, jongen.' Hij schuifelde langzaam naar de serre waar een groep mannen in een druk gesprek verwikkeld was. Voordat hij kon gaan zitten kwam een donker meisje naar hem toe. Ze was een beetje aangeschoten en viel Henry om de hals. Toen Henry haar iets influisterde keek ze om zich heen en viel haar oog op David. Onmiskenbaar Vittoria, dacht David terwijl hij haar toezwaaide.

Toen hij de zaak verliet kwam de eigenaar hem achterna. Hij gaf hem een verfrommeld papiertje. 'Van Henry.'

'Hoe staat hij ervoor?'

De bareigenaar haalde zijn schouders op. 'Afgeladen vol. Tot zijn kruin.'

'Hij heeft veel verloren.'

'Man, hij heeft erg veel in pandjes verdiend. Zijn pink weegt zwaarder dan alles wat jij hebt.' René legde zijn hand op Davids schouder. 'Ik zou hem bellen als ik jou was,' zei hij met enige overredingskracht. 'Henry heeft je nodig. Daar word je beslist niet slechter van. Het kan nooit kwaad even met hem mee te lopen.'

Ze groetten elkaar en David liep naar buiten. Onderweg naar huis piekerde hij over het gesprek in het café. Zouden de kranten het verhaal van FuturIT weer oppakken als Amsterdam Online naar de beurs ging? Zou zijn naam dan weer genoemd worden, of was Jane nu het nieuws? Hij hoopte vurig dat het mee zou vallen. Hij besefte dat hij eigenlijk nooit precies had geweten wat hem destijds verweten werd. De bewijsstukken had hij nooit gezien. Toen dwaalden zijn gedachten af naar Henry. Hoezo, geld verdienen aan Jane? Wat bedoelde Carlier eigenlijk? Terwijl hij op de A-4 vaart meerderde wierp hij al die gedachten van zich af. Henry zou hij links laten liggen. Die journalist zou FuturIT vanzelf vergeten. Nee, FuturIT was een gesloten boek en dat moest ook maar zo blijven. Wat er destijds ook gebeurd was, hij wilde er niet meer aan denken.

Het telefoontje kwam binnen bij Bernt Zimmerman, de jongste partner van Chamal & Zimmerman, Adviseurs voor Communicatie en Ondernemingsstrategie. Hij was in een druk gesprek gewikkeld met een bankier toen de telefoon hem stoorde. De adviseur was zijn bezoek aan het uitleggen dat de ontwikkeling van een strategie zonder een communicatieplan een bodemloze put was. Dan gaf je geld uit zonder iets te bereiken. Hij liep zijn kamer door, haalde zo af en toe een hand door zijn verwarde lange blonde haren en schoof het montuurloze brilletje hoog op zijn neus toen het zover was afgezakt dat het op de grond dreigde te vallen. Hij was net met een snelle dribbel naar de flip-over gegaan om zijn gedachten in enkele steekwoorden op het papier te krabbelen.

'Geen telefoon, had ik gezegd!' riep hij nijdig in het toestel. Op een uiterst geduldige toon vervolgde hij: 'Hetty, ik ben in bespreking, weet je wel. Dat staat in de agenda. Kijk even in de computer, wil je?' Een brede lach naar zijn bezoeker om zich te verontschuldigen. Met het toestel aan zijn oor liep hij terug naar de flip-over.

'Dat had ik gezien, Bernt,' zei het meisje, 'maar dit telefoontje is dringend.'

'Niets is zo dringend dat je me kunt storen.'

'Het is Nedtelcom. Een meneer Simons. Hij wil jou spreken. Nu. Als hij moet wachten is het niet meer nodig.'

'Zet hem op Claude.'

'Die is er niet. Nou, moet ik zeggen dat je terugbelt of pak je hem?'

Bernt Zimmerman aarzelde een moment. Zijn klanten hadden vaak rare invallen. Wie zijn auto op de kade voor het statige kantoor aan de Haagse Koninginnegracht parkeerde had altijd een probleem en had altijd haast. En geld, veel geld. De ondernemingsstrategie werd bij Chamal en Zimmerman duur ingekocht. De partners waren zeldzaam effectief en exclusief. Of het nu een tabaksfabrikant was die zijn klanten wilde uitleggen waarom het niet nodig was te stoppen met roken, een politicus die bij de volgende verkiezingen het stemmenverlies wilde inhalen, een luchtvaartmaatschappij die duidelijk wilde maken dat de neerdwarrelende kerosineresten van zijn opstijgende vliegtuigen voor de bewoners van de huizen vlak bij de startbaan manna uit de hemel was, voor Chamal en Zimmerman maakte het niet uit.

Zimmerman dacht even na, want het kantoor had nog geen groot telecombedrijf als cliënt. Die bedrijven hadden geen strategie nodig, liet de gezette Chamal zich wel eens ontvallen. Telecom is flessen water verkopen in de Sahara. Een kwestie van aansjouwen en uitleveren.

Niettemin, Nedtelcom was een groot bedrijf en zou een welkome klant zijn. Zimmerman keek naar de bankier. Die had een sigaar opgestoken en keek geleerd naar de flip-over. Hij hield het telefoontoestel van zich af en zei nadrukkelijk: 'Mag het even?' De bankier knikte.

'Bernt!' riep de telefoniste, 'hoor ik nog wat?'

'Geef maar door. Snel. Daarna verbind je niemand meer door.'

'Dat deed ik al niet. Maar als ik Nedtelcom wegstuur scheld je me ook uit. Hier komt hij.'

Een luide stem met een Rotterdams accent. 'Simons hier. Met Zimmerman? Ik moet een afspraak met je maken.'

'Een afspraak? Voor wie?'

'We spreken vertrouwelijk?'

'Had u mij gebeld als het anders was?'

'Hoog niveau.'

'Directie?'

'Hoger.'

'Ik verbind u door met mijn secretaresse. Die heeft mijn agenda. Hartelijk dank voor uw telefoontje.'

Ze waren in de oude Bentley van Zimmerman naar het hoofdkantoor van Nedtelcom gereden. Dat was over de uitvalsweg naar Utrecht gebouwd. De weg was daar verzonken. In de diepte onder het kantoorgebouw raasden de auto's van en naar de stad.

Zimmerman stuurde de antieke auto de oprit op. Hij parkeerde recht voor de hoofdingang zonder zich iets aan te trekken van het parkeerverbod. Het portier deed hij niet op slot. Met grote sprongen rende hij de trap naar het bordes op. Chamal volgde hem wat langzamer.

In de hal trok de Bentley al bewonderaars. De auto was in zwart en zilvergrijs gespoten en zag eruit als in een film. Zimmerman streefde ook hier de perfectie na. Hij ging er prat op dat hij ieder gebaar tot in detail onder controle had. De communicatie met zijn klanten wilde hij van begin tot eind beheersen. De Bentley paste in dat patroon. Een opvallende oude auto, perfect gerestaureerd, en bij voorkeur voor de voordeur van de klant geparkeerd.

Als hij een paraplu bij zich had gehad, zou hij de punt op de borst van de receptionist hebben gezet. Nu volstond hij met een nonchalante hoofdzwaai. Zijn blonde haar viel over zijn voorhoofd. De smalle bril zakte naar beneden. 'We komen voor de heer Simons. Zimmerman en Chamal.'

Na de inleidende speeches van De Chavannes en zijn collega's kwam de bestuursvoorzitter tot de kern van de zaak. 'Kennen jullie de telecom eigenlijk wel?' vroeg De Chavannes.

Zimmerman keek verrast. Hij duwde zijn bril omhoog en wilde de verdediging in. Chamal veerde op en zei: 'Niet zoals u. Vertelt u ons in uw eigen woorden wat uw problemen zijn.'

'Nou, voor een college hebben we geen tijd,' bromde De Chavannes, 'maar ik kan wel vertellen waar het om gaat. De overheid gaat nieuwe frequenties veilen. Die gebruiken we voor de mobiele telefonie. Ze zijn voor ons van groot belang. We kunnen allerlei nieuwe diensten gaan aanbieden. Internet over de telefoon. De verzending van beeldmateriaal. Videofoon. De snelheid is vele malen groter dan wat nu mogelijk is.'

'Wanneer kunnen jullie die frequenties gebruiken?' vroeg Chamal.

De Chavannes keek verstoord. 'Over twee of drie jaar, dat doet er niet zoveel toe. Het gaat hierom. Die veiling moet volgens de overheid astronomische bedragen opleveren. Ze willen iedereen toelaten. Wie geld heeft, mag bieden. Ervaring, gedegenheid, het doet er allemaal niet toe. In Engeland hebben ze het ook zo gedaan. Wij hebben uitgerekend dat we de kosten onmogelijk kunnen terugverdienen als we soortgelijke bedragen moeten neertellen.'

De Chavannes hield even in. Hij boog voorover en tilde het deksel van de humidor die midden op de tafel stond, gevuld met lichtbruine Cubaanse sigaren. 'Pak er ook een.' Met een mesje maakte hij een inkeping in de punt van zijn sigaar. Toen hij weer het woord nam, blies hij genietend een blauwe rookwolk uit. 'Wij hebben geen geldpers. Wat wij uitgeven, moeten onze klanten betalen. We willen van jullie een keiharde campagne zodat iedereen ervan doordrongen wordt dat de overheid de burgers het vel over de oren haalt met dit gedoe. Begrijpen jullie dat? Er is haast bij. We hebben geen jaar meer. Jullie gaan ervoor zorgen dat het publiek zich ermee gaat bemoeien. De politici moeten er anders over gaan denken. Dat is het, heren. Zijn er nog vragen?'

'Interessant,' zei Chamal proevend. 'Hoeveel frequenties worden er geveild?'

'Vijf.'

'Wat is onze taak?'

'Noem het communicatie. Ik noem het beestje liever bij zijn naam. Jullie gaan de publieke opinie mobiliseren. Een spijkerharde pressiegroep, heren. Dat zijn wij, en daar gaan jullie voor werken. Nou, kunnen we verder?'

Chamal antwoordde niet direct. Hij overpeinsde het probleem. Was er niet een erg zwak punt in de redenering van De Chavannes? 'Wat is het alternatief voor de veiling?' vroeg hij. 'Er zijn te veel gegadigden voor een beperkt aantal frequenties, begrijp ik. Bij een veiling krijgt de meest biedende een frequentie. Jullie willen het anders, maar hoe dan?'

'Dat is nogal duidelijk.' De Chavannes reageerde enigszins korzelig. 'De gegadigden moeten op soliditeit worden gewogen. De Nederlandse burger is het beste af als de frequenties voor een redelijke prijs worden gegund aan de kandidaten die de beste garantie voor de langere termijn bieden. Weten jullie wat er in de Verenigde Staten is gebeurd? Daar hebben ze ook geveild. Er was een nieuwkomer die veel bood. Die kreeg enkele frequenties en ging kort daarna failliet. Dat soort toestanden moeten we hier niet hebben. Laat een accountant adviseren over de soliditeit van de plannen en de gegadigden. Dan kan de minister op basis van zo'n advies kiezen.'

'Oké,' zei Chamal aarzelend, 'laten we de details doornemen. Dan kunnen we beter bekijken wat in het communicatieplan moet worden opgenomen.'

'Mooi.' De Chavannes keek op zijn horloge. 'Dat gaan jullie met mijn collega's doen. Ik moet gaan. Ik krijg een telefoontje uit de Verenigde Staten. Als jullie klaar zijn, kom dan nog even bij mij langs.' De bestuursvoorzitter stond op en liep de vergaderzaal uit.

De adviseurs hadden een kwartiertje moeten wachten voordat de bestuursvoorzitter hen te woord kon staan. De dubbele deur van zijn werkkamer vloog plotseling open en De Chavannes liep hen met uitgestrekte armen tegemoet. Hij was in hemdsmouwen. In zijn blauwe bretels waren gele diermotieven verwerkt, olifanten en luipaarden. 'Kom binnen,' zei hij joviaal. Toen hij de deuren had gesloten stak hij meteen van wal. 'Prachtig hoor, zo'n communicatieplan. Maar daar winnen we de oorlog niet mee. Nederland is een klein land. We hebben al met allerlei nieuwkomers te maken. De Engelsen en de Fransen werken hier nu ook. Daar moet het bij blijven. Begrijpen jullie? Als wij de koek moeten verdelen met nog meer spelers komen we allemaal tekort.'

Chamal en Zimmerman waren aan de ronde tafel gaan zitten waar De Chavannes hen naartoe had geloodst. Ze keken verbaasd naar de bestuursvoorzitter. 'Wat wilt u dan eigenlijk wél?' vroeg Zimmerman.

De Chavannes bleef staan. Op een stoel leunend hing hij met zijn grote gestalte voorover. 'Jongens, met die campagne lukt het jullie ook niet. Het is gewoon een politiek probleem. Nederland wordt geregeerd door lafbekken die eerst een opiniepeiling houden voordat ze een beslissing durven te nemen. Onze minister durft geen nee te zeggen tegen de concurrenten uit de grote landen. We leven in de Europese Unie, begrijpen jullie. Dus krijgen alle collega's uit de grote Unie-landen een uitnodiging voor de voorstelling.'

'Maar die campagne dan?' vroeg Zimmerman verbaasd. Ze hadden in de vergaderzaal van de collega's van De Chavannes gedetailleerde informatie gekregen. Hij had tijdens de vergadering in gedachten al een eerste opzet van het plan gemaakt.

'Ach, dat moet ook gebeuren. Natuurlijk. Werk er maar aan. Maar waar het om gaat is dit. De Spanjaarden en de Duitsers willen nu ook de markt in. Ze willen meedoen aan de veiling. Dat gaan jullie tegenhouden. Met hen erbij zwemmen er twee vissen te veel in de vijver. Ik kan leven met de Fransen en de Engelsen. Maar er kunnen geen nieuwe concurrenten meer bij. Hoe jullie dat moeten doen? Dat is jullie vak, heren. Niet het mijne.'

'We moeten twee kandidaten uit de markt zien te werken?'

'Zo is het. Je ziet maar hoe je het doet. Maar dat is de opdracht.'

'En wat is ons honorarium, als ik zo vrij mag zijn? Wat zijn de verdere details? Aan wie rapporteren we? Wie informeert ons?'

De telefoon ging. De Chavannes liep naar zijn bureau. 'Ik, heren. Mijn persoon. En wat jullie beloning betreft, daar heb ik een aardig voorstel voor.' Hij pakte de telefoon, snauwde dat hij niet gestoord kon worden en liep terug naar zijn bezoekers. 'Kijk. Wij kunnen heel aardig schatten wat we kwijt zijn als de Spaanse en de Duitse concurrent meedoen. Dat is het Engelse model. We kunnen ervan uitgaan dat dan dezelfde prijzen per inwoner worden geboden. We merken straks vanzelf wat we kwijt zijn als die twee concurrenten niet meedoen. Jullie krijgen een percentage van het verschil. Zo had ik het gedacht.'

Zimmerman wilde niet te snel toehappen. 'Kunnen we gegevens van u krijgen? We hebben te weinig inzicht in de bedragen.'

'Geen probleem.' De Chavannes pakte een mapje van zijn bureau. 'Hier, lees dit maar eens door. Doe maar een voorstel. Zelf dacht ik aan drie procent. Werk een plan uit en laat me wekelijks weten hoe jullie vorderingen zijn. Denk erom, alle contacten lopen via mij. Voor die campagne moeten jullie bij mijn collega's zijn. Nou, heren, is het duidelijk? Ik geloof dat er iemand op me zit te wachten.'

De twee adviseurs waren niet naar kantoor teruggegaan. Zimmerman had de Bentley op de Vijverberg geparkeerd en ze waren naar Corona gelopen. In de serre hadden ze *dim sum* besteld. Zimmerman dronk bier, Chamal whisky. En ze waren al spoedig aan het rekenen geslagen. Met de papieren van De Chavannes op tafel hadden ze de inzet steeds verder verhoogd. Vijf procent betekende vijf miljoen euro. Nee, tien miljoen. Na het derde glas whisky krabbelde Chamal snel enkele cijfers onder elkaar. 'Kijk, met wat mazzel is het twintig miljoen.' Het was voor de adviseurs in ieder geval duidelijk dat het de grootste opdracht kon worden uit hun loopbaan. Ze besloten het te vieren.

Tegen drie uur in de ochtend belandden ze in de San Francisco op de Zeedijk in Amsterdam. Hoewel ze duidelijk dronken waren liet de uitsmijter hen door. Chamal slaagde er net in om enigszins gearticuleerd te spreken. 'Twee personen,' zei hij met overtuiging en een tikje Haags accent. Tot hun verbazing duwde de man hen door de klapdeur de zaak in. Misschien was het de Brioni van Chamal, dacht Zimmerman verward terwijl hij de zaal met de gekleurde verlichting binnenstapte. Aan zijn rechterhand was de bar die naar zijn gevoel eindeloos naar achteren doorliep. Op een dansvloertje probeerden enkele paartjes te dansen. Twee homo's hingen elkaar om de hals. Er waren veel mensen en werd druk gerookt en geblowd. De luchtafvoer kon het nauwelijks aan. Toen Chamal hem een whisky in zijn hand drukte, bedacht Zimmerman dat het kostuum van zijn partner niet de reden geweest kon zijn dat ze binnengelaten waren. Niet alleen was het buiten veel te donker geweest om de Brioni te herkennen, het kostuum van zijn partner had die nacht veel te lijden gehad en het zag er bepaald verfomfaaid uit.

Terwijl hij langzaam van zijn whisky dronk hoorde Zimmerman zijn partner praten. Hij moest moeite doen om Chamal te verstaan. Het lawaai van de muziek en de alcohol zaten hem dwars.

'Ik ga morgen aan de slag met die concurrenten. Jij maakt het plan voor de campagne. Eind van de week steken we de hoofden bij elkaar. Oké?'

Zimmerman verbaasde zich over een bloedmooie travestiet die in zijn eentje zwoel stond te dansen. 'Wat zeg je?' vroeg hij afwezig. Toen begreep hij wat zijn partner had gezegd. 'Natuurlijk. Dat is oké, Claude.' Hij voelde een hand op zijn schouder. De stem van Chamal fluisterde in zijn oor: 'Geef het maar toe, Bernt. Van zo'n man in vrouwenkleren word jij geil. Na die opdracht van De Chavannes kun je wel honderd van die mannen op je kamer laten komen, jongen. Wat zeg je daarvan?'

Zimmerman keek hem lachend aan. Hij wiegde met de muziek mee en antwoordde niet.

8

Dagelijks na zijn werk haastte De Beaufort zich op zijn racefiets naar het smalle pandje aan de Blauwburgwal in het centrum. Met zijn korte benen duwde hij de trappers in hoog tempo rond. Hij had de gewoonte op het grote verzet te rijden. De kleine dikke fietser die vooroverhangend op zijn stuur met grote vaart door de straat reed was voor de voorbijgangers een vermakelijk gezicht. Zoals gebruikelijk negeerde hij alle verkeerslichten. Op het Leidseplein kocht hij twee broodjes halfom. Het was koud. Af en toe vielen er druppels, maar het regende niet echt. De gracht was donker en verlaten. Toen een geparkeerde auto onverwachts de rijweg opreed kon hij die nog maar net ontwijken. Tussen de rode paaltjes door slipte hij met moeite het trottoir op. Vloekend reed hij verder.

Thuisgekomen probeerde hij het licht in de hal aan te doen, maar dat lukte niet. Hij drukte de schakelaar enkele keren in. Zonder resultaat, het bleef donker. De stop is doorgeslagen, schoot het door hem heen. Dat verbaasde hem. Toen hij die ochtend was vertrokken had alles het nog gedaan. Hij zette de fiets tegen de muur in de hal en liep de donkere gang in, op weg naar de meterkast. Het was aardedonker.

Uit de woonkamer kwam een schaduw. 'Welkom thuis,' zei een zachte stem. De officier werd de woonkamer ingetrokken. Hij zag dat de gordijnen gesloten waren. In de halfduistere kamer kon hij weinig van de man zien.

'Zitten!' beval de vreemde. Ze stonden voor de lage zitbank.

'Krijg het lazarus,' zei de officier. Hij was van de eerste schrik bekomen. Een inbreker, dat kon iedereen overkomen. Niet laten wegbluffen, gewoon jezelf blijven en proberen de ander af te schrikken. De Beaufort haalde uit naar de man die vlak naast hem stond. Maar dat was een vergeefse poging. In het begin van zijn loopbaan had De Beaufort een vechtsport beoefend, maar toen was hij vele kilo's lichter geweest en had zijn lichaam nog niet de kogelronde vorm die het nu had. Zijn spieren hadden plaatsgemaakt voor vet. Zijn reactiesnelheid was met talloze sigaren in rook opgegaan. Voordat hij de vreemdeling kon raken, sloot een stalen hand zich om zijn pols. Hij voelde een hevige pijn en hoorde wat kraken.

De man liet zijn arm los. 'Dat was je pols, klootzak,' zei hij, 'die is nu kapot. Dom. Zitten, zei ik.' Met een harde stoot van zijn knie zette de overvaller zijn woorden kracht bij. De Beaufort viel krimpend van de pijn op de bank. Hij begon te begrijpen dat het niet zo gemakkelijk zou worden als hij had gehoopt.

Toen hij weer rechtop zat plakte de overvaller razendsnel zijn mond af met stinkende tape. Zijn handen en voeten werden ook getapet. Terwijl De Beaufort dat angstig over zich heen liet komen, voelde hij ineens honger. Hij dacht aan de broodjes in zijn koffertje. Benauwd vroeg hij zich af of hij die ooit nog zou kunnen opeten.

De man vroeg zijn aandacht. Klaar met het tapen van de officier, was hij in het donker voor zijn slachtoffer gaan staan. Zonder iets te zeggen trok de inbreker de officier aan zijn haren van de bank. Toen begon hij te slaan. Hij sloeg de officier eerst met de vlakke hand in het gezicht, steeds harder. De Beaufort voelde zijn tanden door zijn lip gaan. Het warme bloed liep in zijn mond. Hij voelde zich duizelig worden. De klap op zijn neus kwam erg hard aan. Het bot brak krakend. Bloed golfde uit zijn neus. Zijn bril viel kletterend op de grond. De pijn golfde door hem heen. De officier bleef zelf met moeite overeind. Zijn overvaller werkte bijna geluidloos en zijn slachtoffer kon ook geen geluid maken, al wilde hij het uitschreeuwen van de pijn.

Een harde klap in zijn maag deed hem ineenkrimpen. De overvaller sloeg hem op zijn ribben en die tik bezorgde de officier een stekende pijn. De schop tegen zijn schenen deed hem op de grond belanden. Even bleef het rustig. De officier lag kreunend op de grond. Zijn kwelgeest boog zich in het donker over hem heen. 'Zo leer je het misschien af,' zei de donkere stem, 'onschuldige mensen naar de flikker helpen.'

Er volgde een trap tegen zijn ribben. De Beaufort probeerde op zijn zij te rollen. De volgende schop was in zijn lendenen en deed helse pijn. 'Sta op, jij,' zei de overvaller. Hij bukte en trok de officier aan zijn haren overeind. De vuist kwam keihard aan in zijn borstkas. Daarna in zijn maag. Met één hand hield de overvaller zijn slachtoffer overeind, met de andere sloeg hij erop los. De Beaufort was nu op de rand van de bewusteloosheid. Het bloed in zijn mond kon hij met moeite wegslikken. Van zijn tegenstander zag hij alleen een schaduw. Zijn oog klopte hevig, het trok dicht. Zo gaat het dus, schoot het door hem heen, doodgeslagen in je eigen huis. Verdoofd door de pijn voelde hij de klappen nauwelijks meer. Zijn overvaller liet hem los en hij viel met een bons op de houten vloer. De officier sloot zijn ogen en zakte weg in een zwarte duisternis.

Toen hij bij bewustzijn kwam, was het licht van de lamp het eerste wat hem opviel. Het deed pijn aan zijn ogen en in zijn hoofd. Zijn linkeroog zat dicht. Met zijn andere oog zag hij de man op de bank zitten, onder de schemerlamp. Hij peuterde in zijn nagels.

De Beaufort voelde overal pijn. Toen hij probeerde te draaien sprongen de tranen in zijn ogen. De overvaller merkte dat hij wakker was. Hij knipte de lamp haastig uit.

'Dit was wel genoeg, ja? Weet je wat? Je moet niet weer onschuldige mensen vervolgen. Ik ga. Veel groeten van meneer Sommer.'

De officier zag de schaduw van de man de kamer verlaten. Zijn voetstappen klonken hol op het marmer van de gang. De buitendeur viel in het slot.

Wat bleef, was de pijn. De smaak van geronnen bloed. De helse pijn aan zijn gebroken pols. Zijn ribben lieten zich voelen, zelfs als hij niet bewoog. Zijn hoofd leek verscheurd te worden. Even overwoog hij gewoon te blijven liggen, net zo lang totdat iemand hem zou vinden, dood of levend. Maar zijn overlevingsdrang won het.

Met veel moeite wist de officier zich tegen de muur omhoog te drukken. Hij slaagde erin naar de keuken te hinken. Met zijn handen op zijn rug wist hij een mes uit het messenblok te pakken. Daarna manoeuvreerde hij net zolang totdat hij het mes met de vingers van zijn goede hand tegen de tape heen en weer bewoog. Hij voelde dat het plastic meegaf. Plotseling werd het zwart voor zijn ogen en zakte hij op de grond in elkaar. Toen hij weer wakker werd, lag hij in een ongemakkelijke houding op de keukentegels. Langzaam herinnerde hij zich het keukenmes. Het was nog steeds aardedonker. Voorzichtig probeerde hij het mes te vinden. Zijn vingers sloten zich om het lemmet en hij ging op zijn zij liggen. Nu wist hij met het mes de tape van zijn handen los te krijgen. Terwijl hij de tape van zijn lippen trok, voelde hij hevige pijn. Het was alsof zijn huid aan de tape bleef vastzitten. Zijn lippen waren opgezet, het bloed liep over zijn kin.

Met een grote krachtsinspanning wist hij de tape aan zijn voeten los te snijden. Bukken lukte bijna niet. De pijn in zijn ribben was te hevig. Steeds weer moest hij even rechtop gaan zitten. Goddank, hij kon weer lopen. Zijn neus begon weer te bloeden terwijl hij zich langs het aanrecht omhoog probeerde te trekken. Warme druppels over zijn mond en kin.

Stap voor stap schommelde hij langzaam de keuken uit, de gang in. Op weg naar buiten om bij de buren aan te bellen. Aan de rand van het water zat tussen de auto's een man. Het geluid van de openslaande voordeur maakte hem aan het schrikken. De Beaufort kwam wankelend naar buiten. Hij slaagde erin enkele passen naar rechts te maken. Zijn hand zocht naar de bel.

De man aan de waterkant stond op en liep langzaam naar hem toe. Het was een zwerver, hij had een lange donkere regenjas aan met veel gaten. Hij droeg een pet. 'Jeetje,' zei hij, 'wat heb jij gedaan?' Hij kwam dichterbij. In het schaarse licht van de straatlantaarns was goed te zien dat die er slecht aan toe was. 'Jou ken ik,' zei de zwerver, 'jij woont hier. Heb je een slechte trip gehad?' Hij bestudeerde de officier nauwkeurig. 'Hij heeft je te pakken genomen,' concludeerde hij. 'Man, heb je hem boos gemaakt? Je ziet er werkelijk niet uit.'

De Beaufort vond de bel en drukte er hard op. De zwerver zag de voordeur openstaan. Terwijl de officier de buren uit hun slaap probeerde te wekken, liep de junk zijn huis binnen. De Beaufort merkte er niets van. Hij had moeite genoeg om overeind te blijven.

Het kleine luikje in de deur ging open. Een mannenstem mopperde hard en onvriendelijk: 'Wie maakt midden in de nacht zo'n lawaai?' Het luikje ging dicht, de deur vloog open. 'Charles, wat heb jíj gedaan?' zei de buurman die in een haastig omgeslagen kamerjas met blote benen in de deuropening verscheen.

De Beaufort antwoordde niet, maar viel naar binnen. Hij lag in zijn volle lengte, over de drempel, met zijn hoofd in de gang. Van de ambulance merkte de officier niets, ook niet toen de wagen in grote haast over de verkeersdrempel op het Singel reed. De broeder die naast hem zat stootte zijn hoofd en vloekte. De officier lag stevig vastgebonden op de brancard, versuft door de verdoving.

David Friedman had zich voorbereid op een rustige lunch met Wallis, zijn commissaris. Ze hadden afgesproken in het clubhuis van De Maas in Rotterdam. Wallis was bestuursvoorzitter van de verzekeringsmaatschappij die eigenaar was van het bedrijf waar David de baas was. Die onderneming ontwikkelde nieuwe luxe woningen voor senioren. Stijlvolle appartementen op eersteklas lokaties met veel verzorgingsmogelijkheden zodat de vermogende ouderen niet hoefden te verkommeren in een verzorgingstehuis. David was er kort na FuturIT terechtgekomen en had de baan met veel energie aangepakt. Na enkele jaren had hij een flink bedrijf opgebouwd. Hem was een royaal optiepakket toegekend dat naarmate de winsten bleven stijgen steeds meer waard werd.

Marga had hem met al haar energie gesteund. Ze was altijd aanwezig op de personeelsfeestjes. Bij de openingsrecepties van de nieuwe huizen was ze een vaste en gewaardeerde gast. Haar beloning kwam toen David besloot sportvoorzieningen bij de huizen aan te leggen. Marga richtte een bedrijfje op dat zich hiermee belastte. Zo kwam het dat zij geleidelijk aan steeds minder thuis was. Ze reisde het land af om de golfbanen, tenniscourts en sportzalen te inspecteren en de toernooien bij te wonen. Haar bedrijf groeide voorspoedig, niet in de laatste plaats omdat president-commissaris Wallis ook op de sportieve onderneming van Davids vrouw toezicht hield.

Ze zaten aan een tafeltje met uitzicht over het water. Aan de overkant van de rivier stond hotel New York. Toen ze besteld hadden, deed Wallis een verrassende mededeling. 'De commissarissen voelen ervoor de basis van jouw onderneming te verbreden, David. We gaan de zaak opengooien zodat andere aandeelhouders kunnen toetreden. Daarom willen we een deel van de aandelen naar de beurs brengen. Dat zal jullie groei versnellen. Jullie kunnen dan in de toekomst geld via de beurs aantrekken. Wij vinden dat het tijd hiervoor wordt. Wat vind jij ervan?'

'Wanneer?' vroeg David. 'Hebben jullie al een tijdstip in gedachten?'

'In het komende halfjaar.' Wallis keek op de wijnkaart. 'Een Duitse Riesling, voel je daarvoor? Die was de vorige keer erg goed.' De ober nam de bestelling op.

David peinsde even. Na zijn vertrek bij FuturIT had hij altijd gehoopt nog eens bestuursvoorzitter van een beursfonds te worden. Die droom zou dan toch bewaarheid worden.

Onder het dessert nam het gesprek een onverwachte wending.

'Heb je al nagedacht over jezelf? Wat ga je doen als jullie naar de beurs gaan? Blijf je of ga je weg?' vroeg Wallis.

David was verbaasd. Het was niet in hem opgekomen om aan een vertrek te denken. 'Waarom zou ik weggaan?' vroeg hij voorzichtig.

'Nou, de klus is dan toch geklaard. Bovendien, je hebt een mooi optiepakket. Wil je dat niet te gelde maken? Dat kun je dan tegen de introductiekoers doen.' Zijn tafelheer veegde zijn lippen af.

'Ik hoef toch niet weg te gaan als ik mijn opties verzilver,' zei David verbaasd.

'Volgens de afspraken kun je blijven.' Wallis had het contract kennelijk goed in zijn hoofd. 'Maar ik denk dat je er beter aan doet niet door te gaan.'

Nu kreeg David een onaangenaam voorgevoel. Waar was Wallis op uit? Hij legde zijn servet op tafel, alsof hij op wilde stappen. 'Doe ik mijn werk niet goed, Harry?' vroeg hij op de man af.

Wallis keek hem geschrokken aan. 'Nee, nee. We zijn erg tevreden. Je hebt het fantastisch gedaan. De zaak uit het niets klaargemaakt voor de beurs. Knap werk, dat vinden we allemaal.'

'Nou, wat is er dan?'

Wallis leunde achterover in zijn stoel. Aan de overkant zagen ze een oud passagiersschip aan de kade liggen waar jaren geleden de Amerika-gangers aan boord gingen. 'We hebben een prachtig uitzicht,' zei hij tevreden. 'Is er wat?' vroeg David nog een keer. 'Wat? O ja, ik zal het je laten zien.' Wallis tastte in de binnenzak van zijn jasje en haalde er een opgevouwen papier uit. Hij deed een leesbril op en vouwde het open. Met een vluchtige blik keek hij het door en gaf het toen aan David. 'Lees zelf maar,' zei hij.

Het was een brief van het bestuur van de Amsterdamse effectenbeurs Euronext. Vertrouwelijk gericht aan Wallis, in zijn functie van president-commissaris. Was Wallis ervan op de hoogte dat de bestuurder van een beursgenoteerde onderneming boven iedere twijfel verheven diende te zijn? Geen besmet verleden, geen ellendige affaires? En wist Wallis dat David Friedman tien jaar geleden betrokken was geweest bij FuturIT? Dat bedrijf was binnen een jaar na de introductie van de beurs verdwenen nadat de koers van het aandeel was ingestort van tien gulden naar vijftig cent. De beurs had destijds een onderzoek ingesteld. Friedman was daar bepaald niet brandschoon uit te voorschijn gekomen. Er was geknoeid met cijfers. De beleggers waren voor de gek gehouden. Er waren vermoedens van omkoping. In de brief van het beursbestuur werd verwezen naar een accountantsrapport dat destijds was opgemaakt.

David zat verslagen in zijn stoel. Op dit spookbeeld uit het verleden had hij helemaal niet gerekend. Wie had het beursbestuur hiertoe aangezet? Waarom was de brief aan Wallis gericht en niet aan hem? Allerlei vragen tolden door zijn hoofd en hij wist zo snel niet wat hij moest zeggen. 'Heb jij een exemplaar van dat rapport?' vroeg hij na een lange stilte.

Wallis keek hem verbaasd aan. 'Nee, dat heb ik niet. Niet van belang, lijkt me. De essentie is dat de beurs niet wil dat jij bestuursvoorzitter blijft.'

'En wat doen jullie?'

'Wij? Hebben we keus? Wil je dat we over jou ruziemaken met de beurs? Dat zou voor jou ook niet goed zijn. Je wordt beschadigd. Dat heb je niet verdiend.'

David voelde het koud om zijn hart worden. Liet Wallis hem vallen? Na hun jarenlange samenwerking? Hij kon het niet geloven. 'Moet ik vertrekken?'

'Je trekt het je toch niet te zeer aan? Vergeet niet dat je je werk goed hebt gedaan en dat we onze verplichtingen volledig nakomen. Ik zou zo niet weten hoeveel jouw opties waard zijn, maar het zal al snel meer dan een miljoen zijn.'

'Dat kan. Ik weet het niet.'

David verontschuldigde zich. Hij stond op om naar het toilet te gaan en slaagde erin de brief mee te nemen zonder dat Wallis er erg in had. Het lukte hem om het meisje van de receptie zover te krijgen dat ze een kopie maakte.

Toen hij weer was gaan zitten boog Wallis vertrouwelijk naar hem over. 'Vergeet je niet dat dit ook in jouw belang is? Als die oude affaire weer wordt opgerakeld, schiet jij daar ook niets mee op. Dat is alleen maar pijnlijk voor iedereen, nietwaar. Zal ik nog wat koffie bestellen?'

Toen ze buiten stonden, kwam Wallis er nog even op terug. 'Ik denk dat ik een goede jongen heb die het van je kan overnemen. Ik stuur hem bij je langs. Je moet maar eens met hem praten. Dan kan hij jou vóór de beursintroductie opvolgen. Dat is voor jou ook het beste.'

Ze liepen naar hun auto's. De wind was koud en sneed door hun jassen heen. 'Ik heb daar een pandje gekocht,' zei Wallis, en wees op een pleintje tegenover het clubhuis. 'Als ik met pensioen ga richt ik daar mijn kantoor in.' Hij sloeg zijn kraag op in een poging de kou af te weren. 'Heb jij al nagedacht over wat je straks gaat doen?' vroeg hij. Zijn stem vervloog in de wind.

David vond dit een vreemde vraag. Sinds het dessert begreep hij dat hij zijn baan zou kwijtraken. Hoe had hij hierover kunnen nadenken? 'Nee,' zei hij, 'daar heb ik nog geen tijd voor gehad.'

'Ik zal rondkijken of we iets voor je hebben.' Met een schouderklopje beëindigde de commissaris de bijeenkomst. David zat stil in zijn auto achter het stuur toen de ander wegreed.

9

De Beaufort was na zijn kaakoperatie nog maar enkele uren terug op zijn kamer toen Clavan met kwieke pas binnenkwam. Clavan schrok hevig toen hij zijn medewerker zag.

'Wat zie je eruit,' zei hij, een hand voor zijn mond geslagen, 'ze hebben je wel flink toegetakeld!'

De Beaufort keek hem wazig aan. De verdoving was uitgewerkt. Hij voelde zich erg gammel, niet in staat tot een gesprek. Zijn bril had hij niet op, zijn neus was te veel opgezet. Met zijn bijziende ogen kon hij Clavan niet goed herkennen, maar de stem van de hoofdofficier was hem maar al te bekend.

'In elkaar geslagen, Mickey,' zei hij en probeerde te glimlachen.

De hoofdofficier bestudeerde hem nauwkeurig. Het gips om de pols, het gaas op zijn oog. De bloeduitstortingen in zijn gezicht, de pleisters op zijn neus en zijn lip. Het doorbloede gaas dat uit zijn neus stak.

'We nemen dit hoog op,' zei hij nadrukkelijk. 'Je bent een van ons, Charles. Ze kunnen ons niet ongestraft in elkaar slaan.'

De patiënt keek naar zijn hoofdofficier. Hij probeerde met zijn hoofd te knikken, maar dat deed te veel pijn. 'Fijn dat je me steunt,' zei hij zachtjes.

'Hoeveel man waren er, Charles? Kon je iemand herkennen? Heb je enig idee wie hierachter zit?'

De hoofdofficier had het rapport van de recherche gelezen. Sporen waren niet gevonden. Wel had een overbuurman midden in de nacht de voordeur open zien staan toen hij uit het badkamerraam keek terwijl hij aan het plassen was. Er was een haveloos type naar buiten gekomen, met een AH-tas aan de arm. De recherche kon aan de hand van de beschrijving achterhalen dat het waarschijnlijk de junk was die zich Ganesj noemde, en die beweerde dat hij olifantendompteur in een circus was geweest.

De ochtend nadat de officier zijn pak slaag had gekregen, was het bevel tot aanhouding uitgegaan. Hoewel de zwerver nog niet was gevonden, was het wel zeker dat hij vroeg of laat boven water zou komen.

Clavan deelde de mening van het onderzoeksteam dat de junk niet de dader kon zijn. Waarom zou een zwerver de officier in elkaar slaan? Bovendien, de mishandeling van De Beaufort was door een professional gedaan, een man die wist hoe en waar hij moest slaan. De junk had geen geweldsdelicten op zijn kerfstok. Zijn strafblad was beperkt tot zakkenrollen en kleine diefstallen in winkels en auto's.

De Beaufort tilde zijn hand op en stak één vinger omhoog.

'Het was één man?' vroeg Clavan. 'Kende je hem?'

'Nee,' fluisterde De Beaufort.

'Wat?'

'Ik kende hem niet.'

'Enig vermoeden waarom hij dit heeft gedaan? Was het privé of had het met je functie te maken?'

'Functie.' De woorden kwamen De Beaufort moeilijk over de lippen. Het praten deed hem zichtbaar pijn. 'Water.'

De hoofdofficier keek om zich heen. Hij zag op de wastafel plastic bekers staan en hij vond een drinkrietje. Terwijl hij een beker met water vulde, kwam er een verpleegster met een groot bloemstuk de kamer ingelopen. Ze maakte plaats op het tafeltje naast het bed bij De Beaufort. 'Kijk eens hoe mooi,' zei ze vrolijk. Ze las het kaartje. 'Dit krijgt u van het parket van Amsterdam.'

Clavan kwam met het water. Hij wees naar het bloemstuk. 'Om je te laten zien dat we je steunen, Charles,' zei hij. De beker hield hij voorzichtig vlak voor de mond van de officier, het lukte hem het rietje in zijn mond te krijgen. De Beaufort dronk met langzame slokken.

'Een paar vragen nog,' zei de hoofdofficier. 'Heb je enig idee waarom dit gebeurd is?'

'Sommer.' Het kwam er zacht maar goed verstaanbaar uit.

'Wat? Heeft Sommer dit op zijn geweten?'

'Niet zelf.'

'Hoe dan?'

'Gestuurd. Door Sommer. Dat zei hij.' De Beaufort probeerde overeind te komen. Met zijn arm op het kussen steunend boog hij naar Clavan over. 'Ik heb het gezegd. Tuig. Nu ook nog gewelddadig. In hoger beroep gaat hij eraan. Oké?' Zijn stem zakte weg en hij leunde achterover in het kussen.

Clavan lachte hem toe. 'Sterkte, jongen,' zei hij vaderlijk. 'Ik ga. Zorg ervoor dat je snel weer op de been bent.'

Terwijl hij op weg naar de lift door de gang liep, zwaaide hij zwierig met zijn paraplu. Bij de lift gekomen floot hij het 'Libera me' uit de Messa de Requiem van Verdi. Hij verheugde zich op zijn wekelijkse zangles.

Na de onheilstijding van zijn president-commissaris twijfelde David wat hij moest doen. Zou hij opstappen en zijn opties verzilveren, of zou hij naar een advocaat gaan en zijn ontslag aanvechten? Daar had hij meer dan genoeg reden voor. Wallis baseerde zijn besluit op wat er tien jaar geleden bij Futurit was gebeurd. In zijn huidige baan had David goed werk geleverd. Dat had Wallis tijdens de lunch in Rotterdam zelfs met zoveel woorden bevestigd. Was er dan wel een ontslaggrond? Hoe langer hij erover nadacht, hoe meer hij tot de conclusie kwam dat hij het er niet bij moest laten zitten. Maar hij wilde de kwestie eerst met Marga bespreken voordat hij een definitief besluit nam.

Veel gelegenheid had hij daar niet voor. De laatste tijd had hij Marga niet veel meer gezien. Ze waren beiden druk met hun werk. Toen zij hem vertelde dat ze die avond vrij was, zegde hij zijn avondafspraak af. Als hij de zaak met Marga wilde doorspreken, was dit de gelegenheid.

Toen hij thuiskwam was Marga er nog niet. Hij luisterde de voice-mail af. Er stond een boodschap op dat ze nog in Roermond was bij een golftoernooi. Het zou toch weer laat worden. Hun gezamenlijk avondje ging niet door. David besloot te wachten totdat zij thuis zou komen. Die avond wilde hij per se zijn beslissing met haar bespreken.

Hij deed een film in de DVD-speler. Een oude western met Clint Eastwood in de hoofdrol. Terwijl hij naar de film keek speelden allerlei gedachten door zijn hoofd. Waarom had het beursbestuur die brief gestuurd? Wie had nog aan die oude affaire gedacht? Op het scherm zag hij de acteur in elkaar gedoken achter kisten munitie terwijl in de diepte de soldaten op leven en dood vochten om een overbodige brug die niet verloren mocht gaan. Zijn ontmoeting met Henry Carlier in de Miss Blanche kwam in zijn herinnering naar boven. Waarom had hij Carlier niet gebeld? Was het zijn tegenzin om die oude affaire op te rakelen? Of zijn woede dat de zakenman hem destijds in de kou had laten staan? Wat had Carlier bedoeld met zijn opmerking dat er geld te verdienen was? Zijn nieuwsgierigheid kreeg de overhand en hij besloot de man morgen te bellen.

Rusteloos spoelde hij de film door. Hij drukte weer op *play*. 'Er zijn twee soorten mensen,' hoorde hij Eastwood zeggen, 'zij die een wapen hebben en zij die moeten graven.' Toen de film afgelopen was, ging hij een kop koffie halen. 'Ik heb een wapen,' mompelde hij in zichzelf, al was hij daar in zijn hart eigenlijk niet zo van overtuigd. Was het wel wijs om tegen zijn ontslag bezwaar te maken? Maakte hij tegenover het bestuur van de beurs wel een kans om zijn gelijk te halen? Of waren de kaarten geschud en stond de uitkomst van de zaak toch al vast? Hoe langer hij erover piekerde, hoe duidelijker het hem werd dat hij erachter moest zien te komen waarom de beurs die brief had geschreven. Naar welk rapport verwezen ze eigenlijk?

Hij kon zich niet meer voor de geest halen welke papieren hij gezien had tijdens de laatste besprekingen met de mensen van Futurit. Hoe kon hij daarachter komen?

Hij zat nog in gedachten verzonken toen Marga even na twaalven binnenkwam. Ze begon vol enthousiasme te vertellen over het toernooi dat ze die avond had bijgewoond. Aan zijn lauwe reacties merkte ze dat er iets mis was. 'Hé, wat is er aan de hand? Vertel op, is er iets ergs gebeurd?'

David vertelde haar wat Wallis hem verteld had. Zijn vrouw luisterde gereserveerd. 'O,' zei ze toen hij klaar was, 'dus je gaat weer weg.' Een korte stilte. 'Heb je een glas wijn voor me?'

Ze zag er moe uit. David vroeg zich af of ze er bij haar thuiskomst ook zo had uitgezien. Of was haar vermoeidheid door zijn verhaal veroorzaakt?

Hij trok een fles Zinfandel uit Napa Valley open. 'Proost,' zei hij en hij tikte met zijn glas tegen het hare.

Ze zat met haar benen opgetrokken op de bank en keek peinzend voor zich uit. 'Wanneer vertrek je?'

'Wallis noemde een termijn van twee of drie maanden.'

'Je opties?'

'Volgens Wallis gaat dat gewoon door.'

'Volgens Wallis? Volgens jou niet?'

'Ik weet het niet.'

'Hoezo?'

'Ik neem het niet. Morgen ga ik naar een advocaat, laat hem die beurs maar aanpakken. Het is werkelijk onzin. Mij kunnen ze van die ellende met Futurit niets verwijten. Als de beurs die brief intrekt, vervallen de bezwaren van Wallis.'

'Maar als je over drie maanden al weg moet, is er toch al een opvolger?'

'Daar weet ik niets van. Probeer me maar niet tegen te houden. Ik maak er dit keer echt werk van.'

Marga keek hem ernstig aan. 'Kom eens hier.' Ze maakte plaats op de bank.

Hij stond op, de wijn in de hand. 'Ik kan er niet meer tegen, Marga,' zei hij toen hij naast haar zat. 'Ze pakken me nu voor de tweede keer.'

'Ik weet het.' Een zachte kus op zijn lippen. 'Maar heb je eraan gedacht dat ik ook aan meneer Wallis mijn geld verdien? Wat denk je dat hij doet als jouw advocaat hem een brief schrijft?'

'Dat moet hij kunnen scheiden. Jouw bedrijf is wat anders dan mijn baan. Bovendien, het gaat mij om de beurs.'

'Lieverd.' Weer een zachte, warme kus. 'Het gaat je om je baan. Jouw advocaat schrijft de beurs en daarna stuurt hij een fax naar Wallis. Dat je nog niet je ontslag neemt, dat Wallis nog even moet wachten. En nog wat van die onzin. Wat denk je dat er dan gebeurt? Denk eens na, Dave. Is dat nu wel verstandig? Hoeveel zijn jouw opties eigenlijk waard?' Haar gezicht was vlak voor het zijne, hij voelde haar adem. Zij streelde met haar hand door zijn haren.

David reageerde afwerend. 'Ik weet het niet.' Hij trok zijn schouders op. 'Ik denk één of twee miljoen, misschien wat meer.'

Ze knikte goedkeurend en kuste hem heel erg zachtjes op zijn wangen. 'Nou, slaap er dan nog eens een nachtje over, schat. Zou je dat geld er niet eerst uithalen voordat je met brieven van je advocaat begint? Je moet maar afwachten of die opties straks ook nog zoveel waard zijn.' Ze ging rechtop zitten en lachte. 'Van winstnemen word je nooit armer, weet je wel. Toe, laat je verstand werken. Oefen je opties uit en ga daarna naar je advocaat.'

'Maar dan is het te laat. Dan ben ik al ontslagen.'

'Dan kun je de beurs toch aansprakelijk stellen. Maar laat Wallis met rust, wil je. Pak het geld, en breng mijn positie niet in gevaar. Als jij met Wallis gaat procederen, kost dat mij ook mijn baan.'

David besefte dat Wallis zijn keus al had gemaakt. Dat was hem tijdens de lunch duidelijk geworden. Wallis wilde zijn nek niet uitsteken voor David. Marga had natuurlijk gelijk, als hij protest aantekende zou Wallis pissig worden. Kon hij dan niets terugdoen? 'Jezus!' riep hij boos. 'Ik kan dit niet over me heen laten gaan! Wees redelijk, Marga.'

Zijn vrouw hield haar lege glas vragend omhoog. 'Kom, je hoeft vanavond toch geen beslissing te nemen. Trouwens, je hebt deze baan al een hele tijd. Wordt het geen tijd voor iets nieuws?'

De telefoon ging over en ze schrokken beiden van het geluid. David rende verbaasd naar het toestel. Het was bijna één uur. Wie zou er zo laat nog bellen?

'David!' riep Wallis met luide stem. 'Ben je nog op? Mooi. Ik wilde je zeggen dat ik nog eens heb nagedacht over ons gesprek in Rotterdam. Het zat me niet lekker. Je hebt goed werk gedaan, jongen, laat daar geen twijfel over bestaan. Ik vind dat je recht hebt op wat anders. In Londen hebben we iemand nodig. Een knaap die de zaak stevig aan de teugels houdt. Geknipt voor jou. Bel morgen met mijn secretariaat en maak een afspraak, dan bespreken we het.'

'Dat zal ik doen. Bedankt.'

Wallis verbrak de verbinding met een korte groet. Even was David stomverbaasd. Was dit de man die hij de hele avond had lopen vervloeken? Waarom belde hij hem uitgerekend deze avond zo laat op? Nachtelijke telefoontjes waren bij Wallis hoge uitzondering. Zou zijn ontslag hem zo dwars zitten?

'Wie was dat?' vroeg Marga nieuwsgierig.

'Wallis. Hij heeft iets nieuws voor me. In Londen.'

'Zie je wel. Vergeet die advocaat nou maar.'

'Hoezo? Die brief van de beurs ligt er nog steeds. Straks komt die weer een keer boven water.'

'Alsof je daar in Londen last van zult hebben.'

Hij aarzelde. 'Nou, nee. Maar ik had nooit gedacht dat de beurs zo'n brief zou schrijven. Je weet het nooit. Ik kan het beter uitzoeken.'

Marga stond op. 'Davey, laat het rusten. Het is voorbij. Ga naar Londen en vergeet het. Zullen we naar bed gaan?'

Hij nam een snelle douche. Marga liet het bad vollopen en bleef er lang in zitten. Toen ze in bed kroop legde hij een hand op haar zij. Ze duwde die weg. 'Ik moet slapen,' fluisterde ze, 'morgen moet ik naar Enschede. Weer een toernooi. Slapen, anders ben ik te moe.'

'Als ik naar Londen ga, wat ga jij dan doen?' vroeg David zachtjes. Maar zijn vrouw antwoordde niet meer. Hij hoorde aan haar regelmatige ademhaling dat ze sliep. Het duurde wat langer voordat hij de slaap vatte. Na een tijdje draaide hij zich op zijn andere zij en knipte het bedlampje aan. Hij lag nog enkele uren te lezen.

Jane Ecker had een vlucht naar Oakland genomen. Toen ze op de luchthaven bij San Francisco landde was het vroeg in de ochtend. In de gangen van de luchthaven zocht ze de lounge voor de eerste-klaspassagiers. Ze wilde zich opknappen en verfrissen voordat ze haar reis vervolgde.

In Monterey reed ze in de stralende zon langs de haven naar het schiereiland. Hoewel ze weinig last van haar zenuwen had en bekendstond om haar koelbloedigheid, moest ze toegeven dat haar hart harder bonsde dan normaal. Zou de eigenzinnige Dreyfuss het contract werkelijk tekenen? Ze kende de Amerikaan als een gesloten, stuurse man. Toen de bankier haar vertelde dat Dreyfuss een deel van haar aandelen wilde kopen, was ze stomverbaasd geweest. De man uit Californië was al aandeelhouder van Amsterdam Online en ze had nooit gedacht dat hij zijn belang wilde uitbreiden.

De bankier had haar verzekerd dat Dreyfuss serieus was. Jane wilde dat pas geloven toen de eerste conceptovereenkomsten werden toegezonden. Federal Express leverde het pakket op haar kantoor af. Daarna volgden vermoeiende discussies over de contractclausules, het wikken en wegen van de voorgestelde teksten.

Bij de laatste versie van de overeenkomst was een korte begeleidende brief gevoegd. De advocaat in New York bracht onder haar aandacht dat Dreyfuss erop stond dat het contract persoonlijk door haar in Monterey zou worden getekend. Hierover viel niet te onderhandelen, berichtte de advocaat.

De villa lag tussen zeedennen, hoog boven de rotsachtige kust waar de branding van de Stille Oceaan stuksloeg. De hoge bomen verspreidden een zachte geur, die zich aangenaam met de zilte oceaanlucht mengde. Achter het landhuis parkeerde ze de auto. Een Chinese bediende kwam haastig naar buiten gelopen. Terwijl ze uitstapte hield hij het portier voor haar open. De oosterling droeg een witte broek en een kort zwart jasje. Hij ging haar voor toen ze het huis inliepen. Jane stond erop haar kleine kalfsleren koffertje zelf te dragen.

De Amerikaan stond haar op te wachten in zijn grote werkkamer. De meubels waren gemaakt van mahoniehout met een rode teint. Een grote glaswand bood uitzicht over de zee. Hoewel de zonweringen waren neergelaten was het zonlicht toch overal aanwezig. Zongebruind en zonder een gram te veel leek Dreyfuss met zijn lange gestalte heel wat jonger dan hij was. Alleen zijn witte haren verraadden zijn leeftijd.

Haar gastheer liep op haar toe en drukte haar de hand. Hij was hartelijker dan Jane van hem gewend was. 'Welkom. Goede reis gehad?' Hij legde een magere arm over haar schouder en leidde haar naar een grote bank met zachte kussens. 'Ga zitten!' riep hij uitnodigend. 'Maak het je gemakkelijk.'

Ze keek over de boomtoppen uit en zag de oceaan in de verte golven. De kleine bootjes van de *whale-watchers* wiegden heen en weer op de stevige golfslag. De toeristen moesten een flink stuk de zee opvaren om de walvissen te zien.

Dreyfuss ging aan de andere kant van de bank zitten. Gekleed in een zwarte polo en een lange witte broek maakte hij een ontspannen indruk. Voor zijn bijna zestig jaren zag hij er goed uit. Hij hing met zijn lange lichaam schuin achterover in de zachte kussens, de blik op haar gericht. Op de lage tafel voor hem lagen papieren. De kamer was dankzij de airco behaaglijk koel.

Toen ze koffie hadden gedronken, begonnen ze met het contract. Regel voor regel namen ze door. Het duurde bijna drie uur voordat ze de ruim veertig pagina's tekst hadden doorgenomen. De middag was al een eind gevorderd toen de Amerikaan zijn vulpen pakte en in zwarte inkt zijn handtekening onder de overeenkomst zette. Jane deed hetzelfde. De Amerikaan belde naar zijn bank om de betaling te laten uitvoeren waarvoor hij eerder de instructies had neergelegd. Bijna vijftig miljoen dollar zou die middag van eigenaar wisselen. Het was de koopsom voor een deel van Janes aandelen in Amsterdam Online. Die werden nu eigendom van de Amerikaan. Voor Jane telde vooral het bedrag dat door de Californische bank op haar bankrekening in Basel zou worden bijgeschreven.

Vermoeid door de lange beschouwingen van de Amerikaan, vertrok Jane kort na de ondertekening. Ze reed naar San Francisco waar ze in het Four Seasons Hotel een kamer had gereserveerd. De volgende dag zou ze terugvliegen naar Amsterdam, maar eerst wilde ze in de stad van haar nieuw verworven rijkdom genieten. Met enig geluk kon ze nog voor de sluiting van de warenhuizen in het centrum arriveren. Ze verheugde zich op haar ronde door Nordstrom in Market Street. Misschien hadden ze daar dat pastelkleurige blauwe mantelpakje dat ze al een tijdje zocht.

De opdracht was ingewikkelder dan Finkenstein had gedacht. Jane was bij heel wat bedrijven betrokken geweest en bij bijna iedere onderneming waren er verwikkelingen. Naarmate hij een beter inzicht kreeg en over meer gegevens beschikte kwam hij tot de overtuiging dat Jane het *lawyer's paradise* in levenden lijve was.

De buitenlandse dossiers kwamen met grote vertraging boven tafel. Jane had verschillende ondernemingen in België bezeten. Finkenstein ploeterde zich een weg door de overzichten en jaarrekeningen die hij van de instanties kreeg toegezonden. Langzaam kreeg hij een beeld van wat er over Jane bekend was.

Toen hij op een avond een totaaloverzicht probeerde te maken, de fles Tia Maria op het bureau, begon hij Janes ongerustheid te begrijpen. In haar jacht op het grote geld, was zij betrokken geweest bij voorvallen waaraan zij nu in haar nieuwe rol van serieuze zakenvrouw niet herinnerd wilde worden. Hij pakte de *factsheet* van Amsterdam Online uit de stapel. Weer voelde hij respect. Jane had iets onweerstaanbaars. Ze was niet charmant of innemend, maar ze had een zeldzaam doorzettingsvermogen. En ze wist mensen te overtuigen om haar te volgen op haar weg naar de rijkdom. Onder de aandeelhouders van Amsterdam Online waren grote zakentyconen, van een goede reputatie en van standing. Het was haar gelukt deze aandeelhouders het geld uit de zak te kloppen om de zaken draaiende te houden. Hoe ze dat deed, vertelde het papier niet. Voor Finkenstein stond vast dat het een knappe prestatie was. Hij wist dat Jane met Amsterdam Online was gestart met niet meer op zak dan datgene wat haar eerste echtgenoot, Simon Ferguson, haar bij de echtscheiding had meegegeven.

Finkenstein maakte een actielijst. Die werd onverwacht lang. Het drong tot de advocaat door dat deze schoonmaakoperatie veel omvangrijker was dan hij had gedacht. Boven aan de lijst stond wat hij de *Friedman-zaak* noemde. De papieren uit de tijd van Futurrr, die hij te pakken moest krijgen. Om ze te vernietigen. Of om ze te herschrijven met zíjn versie van die geschiedenis. Als dat gelukt was, stonden er nog heel wat andere karweitjes op het programma.

De advocaat besefte enigszins bezorgd dat hij met Jane een vast bedrag per maand als honorarium had afgesproken. Zou hij daarmee uitkomen? Terwijl hij dossier na dossier doornam tekende hij de acties op de lijst aan. Hij schrok ervan. Langzaam nipte hij van de Tia Maria. Toen hij zich weer over de documentatie boog, ging zijn mobiele telefoon over.

'Ik zit in De Kring. Heb je geen honger? Dan wacht ik nog even met bestellen.' De hoge stem van Clavan klonk helder door het toestel.

De advocaat keek naar de rommel op zijn bureau. Eigenlijk had hij zijn werkschema willen afmaken. Maar dat kon morgen ook nog wel. Hij dronk het glas Tia Maria leeg.

'Ben?' hield de hoofdofficier aan.

'Ik kom eraan.'

Op de bovenste verdieping aten ze een biefstuk. Daarna gingen ze een etage lager biljarten. Uiteindelijk belandden ze rond middernacht aan de bar.

'Heb je het vonnis van Sommer gelezen?' vroeg de hoofdofficier.

Ben knikte. Hij hing met zijn rug tegen de bar en keek niet al te fris meer voor zich uit. Met één oor luisterde hij naar zijn vriend. Hij piekerde erover waar Boris gebleven kon zijn. Na de fotosessie in Tokio had het fotomodel niets meer van zich laten horen. Het was Finkenstein heel wat waard geweest als hij de Duitser die avond bij zijn thuiskomst in zijn bed zou aantreffen.

'Dat is niet goed afgelopen,' zei hij, toen hij merkte dat Mickey meer van hem verwachtte dan een hoofdknik.

Een vrouw die ze eerder in haar eentje hadden zien biljarten, plofte naast hem op een barkruk neer. Ze droeg een lange rok die ze gehaast glad streek. 'Wat drink jij?' vroeg ze aan Finkenstein, naar zijn glas Tia Maria wijzend.

'Een godendrank,' zei de advocaat afhoudend. Hij hoorde haar calvados bestellen.

'Heb je het wel naar je zin hier?' informeerde zijn buurvrouw.

Op hetzelfde moment begon de hoofdofficier ook te praten. 'De Beaufort pakt die zaken veel te woest aan. We zijn hier het financiële centrum van het land. Dan kun je niet zomaar met een houten knots tekeergaan.'

Finkenstein glimlachte. Tegen zijn buurvrouw zei hij: 'Sorry, schat, maar die meneer naast me praat tegen me. Als ik de keus heb tussen een man en een vrouw kies ik de man, begrijp je?'

Ze keek hem brutaal aan. 'Goede keus, jongen. Met een vrouw zou het nooit wat worden met jou. Als het met die man naast je niet lukt, probeer dan een geit.' Ze stond op en liep met het glas in haar hand de zaal in.

De advocaat probeerde zich op de hoofdofficier te concentreren. 'Een subtiele wenk kan misschien geen kwaad,' vond hij.

'Een subtiele wenk?' vroeg de hoofdofficier verbaasd. 'De Beaufort zou daaraan genoeg hebben? Nee, daar is wat krachtigers voor nodig. Hij heeft de huid van een olifant.'

'Dat kun je toch regelen.' Finkenstein keek zijn buurman verbaasd aan. De hoofdofficier grijnsde. 'Hij heeft zijn portie al gehad, Ben. De laatste keer dat ik hem zag was in het ziekenhuis. In zijn eigen huis in elkaar geslagen.'

De nieuwsgierigheid van Finkenstein was gewekt. De Beaufort in het ziekenhuis? Wat was er met de officier aan de hand? Hij bestelde nog een drankje voor de hoofdofficier en leunde naar zijn vriend over, een en al aandacht. 'Vertel op, Mickey. Wat is er met Charles gebeurd? Het werkelijke verhaal, jongen, dat wil ik horen. Kom op, bezorg me een fijne avond. Door wie is die houwdegen het ziekenhuis in geslagen? Alle details wil ik weten. Hoeveel pleisters had hij en zaten zijn tanden er nog allemaal in? Mickey, wil je nog wat eten? Drinken? Zeg het maar, ik bestel het voor je.'

Het was al laat in de nacht toen Finkenstein de hoofdofficier van de brede trap afhielp. Clavan had zijn arm om de nek van Finkenstein geslagen en leunde zwaar op hem. Toen Finkenstein zijn vriend in een taxi hielp, besefte de advocaat dat dit een van de weinige gelegenheden was geweest dat hij hoofdofficier Clavan dronken had zien worden. De alcohol had Clavan spraakzaam gemaakt. Dat was voldoende reden geweest voor Finkenstein om zijn vriend rijkelijk van drankjes te blijven voorzien. Terwijl de taxi met Clavan wegreed, startte hij zijn scooter. Hij sloeg de fluwelen kraag van zijn jas omhoog en reed de nachtelijke kou in.

10

De motorrijder stopte bij het benzinestation op het plein waar de Avenue Marie José in Brussel op uitliep. Hij vulde zijn tank helemaal en liep in zijn zwartleren motorpak langzaam de kiosk in om af te rekenen. Het was nog vroeg in de ochtend. Het meisje achter de kassa zag dat de motor geen Belgisch kenteken had. De man legde een briefje van vijftig euro op de balie. 'Is er een bakker hier in de buurt?' vroeg hij in moeizaam Frans.

Het meisje knikte. Ze telde het wisselgeld uit. 'Even verder, links op de hoek.'

De man bedankte haar en liep naar buiten om de motor te starten. Het was nog koud buiten. De uitlaat van de motor liet grote witte wolken achter.

Later stopte de motorrijder in de Avenue Marie José voor de inrit van een garage. Het zakje met de warme croissants haalde hij onder zijn jack vandaan. Langzaam etend genoot hij van het brood. Gezeten op het zadel van zijn motor wachtte hij geduldig af.

Even na achten kwamen de bewoners de een na de ander naar buiten om naar hun werk te gaan. In de deuropening van een van de huizen zwaaide een man in een ochtendjas zijn vrouw uit. De motorrijder kwam langzaam in beweging. Hij wachtte totdat zij in haar kleine, rode sportwagen de straat was uitgereden en de man de deur weer had dichtgedaan. Met zijn helm op en de stofbril voor zijn ogen geslagen liep hij naar het huis. Het kostte hem niet veel moeite de deur te openen. Hij liep langzaam naar binnen.

Léon Gaspari stond zich voor de spiegel in de badkamer te scheren. Hij had de gel dik over zijn wangen en hals uitgesmeerd. Met het mesje trok hij diepe sporen in de witte substantie. In de slaapkamer stond de tv aan. Het nieuws van CNN denderde door de kamer. De correspondent in Israël legde uit wat de mensen van de jongste aanslag in Haïfa vonden. Twee schooljongens waren gedood toen een autobom bij een bushalte ontplofte. Gaspari hield zijn gezicht onder de kraan. De aftershave en de moisturizer erop en dan kon hij de dag weer aan. Vrolijk fluitend liep hij naar de slaapkamer om zich aan te kleden. Sinds hij tien jaar geleden zijn aandelen in zijn IT-bedrijf had verkocht was Gaspari financieel onafhankelijk. Hij werkte nog als zelfstandig consultant, maar anders dan zijn vrouw had hij niet de gewoonte voor tien uur op zijn kantoor te komen.

Aan het kraken van de deur hoorde hij dat iemand de kamer inliep. Toen hij zich omdraaide zag hij een man in een zwartleren pak met een donkere helm op. Hij had een revolver in zijn rechterhand en legde de wijsvinger van zijn andere hand op zijn mond. Vervolgens maakte hij een veelzeggend gebaar langs zijn keel.

'Wat moet je?' vroeg Léon geschrokken. 'Mijn huis uit. Ik bel de politie.'

De motorrijder beduidde hem zwijgend dat hij op het bed moest gaan liggen. Daar bond hij de handen en voeten van Léon met vieze touwen bij elkaar. Hij ging boven Léon staan en vroeg om de sleutel van de kluis. Léon deed of hij hem niet begreep.

De man richtte zijn revolver op het rechterbeen van Léon. Hij mikte zorgvuldig en haalde de trekker over. De kogel trof de rechterknie van de Belg en veroorzaakte daar een ravage. Léon voelde het bot wegslaan. Even later volgde een vlammende pijn.

De man schudde meewarig het hoofd. 'De sleutel van de kluis, alstublieft,' herhaalde hij.

Léon begon te jammeren en gaf geen antwoord. De man boog zich weer over hem heen en stak de loop van de revolver in de mond van Léon. 'Waar is de sleutel?' vroeg hij en begon de trekker langzaam over te halen. Léon probeerde te antwoorden. Het wapen werd uit zijn mond gehaald.

'In de keuken,' huilde Léon, 'in het potje met de laurierbladen.'

De overvaller liep voorzichtig de kamer uit, de Belg huilend van de pijn achterlatend. Hij liep de trap af naar de keuken. Daar zocht hij in de kastjes naar het laurierpotje. Onder de groene bladen lag een sleutel. Hij zette zijn helm af en liep naar de keldertrap. Daar stond de kluis tegen de wand van het cv-hok. De doosjes met sieraden gooide hij gehaast op de grond. Onderin lagen enkele mappen met papieren. Die stak hij bij zich. Geluidloos liep hij terug naar de slaapkamer waar Léon op bed lag te jammeren. Het laken kleurde rood van het bloed. De Belg huilde harder nu. Zijn knie was opengereten. De botsplinters lagen over het laken verspreid. Zonder dat Léon er erg in had richtte de motorrijder zijn wapen. Met één kogel blies hij de bovenkant van de schedel van Léon tegen de muur. Een vlek van hersenweefsel en bloed verspreidde zich op de wit gestucte wand. Het huilen van de Belg was abrupt opgehouden. Léon zou nooit meer op kantoor komen.

Toen hij naar beneden liep, lachte de motorrijder tevreden in zichzelf. Als hij de papieren veilig afleverde had hij die ochtend tienduizend euro verdiend en dat was een heel bedrag.

Twee agenten op de fiets vonden de zwerver in een verlaagd portiek aan de Keizersgracht. De man lag in zijn donkere regenjas op zijn zij gerold te slapen. De fietsers waren hem bijna voorbijgereden, maar de jongste van hen had het zwarte Eastpak-tasje onder de struik op de hoek van het portiek zien staan. Hij was afgestapt om een kijkje te nemen. De junk lag in de diepte verscholen, in een vaste slaap verzonken.

Die middag en avond deden de arts en de verpleegkundigen in het ziekenhuis de nodige moeite om de junk weer bij bewustzijn te krijgen. Toen de arts midden in de nacht de moed opgaf en de verpleegsters opdracht gaf het kamerscherm om het bed van de junk te zetten, sloeg de patiënt zijn ogen op. 'Hé, man,' zei hij met matte stem, 'zet me niet achter dat scherm. Of wil je me dood hebben?'

De arts keek de man vermoeid aan. 'Eindelijk ben je wakker.'

De junk wreef zijn ogen uit. 'Ik ben Ganesj, de olifantentemmer. Mij krijgen ze er niet onder.' Hij ging rechtop zitten. 'Bier, man. Geef me een blikje.'

'Water kun je krijgen.'

'Hé, je weet niet wat ik heb meegemaakt. Ik zit nog vol. Kan zo naar de maan vliegen. Die gozer wist van wanten. Wat een shot.'

De arts stond hem besluiteloos aan te kijken. Hij had de indruk dat de man het nu wel zou redden.

Een ervaren verpleegster stelde hem gerust. 'We kunnen het wel aan, dokter,' zei ze, 'ze liggen hier vaker.' Ze schudde de kussens op. 'Ben je positief?' vroeg ze.

Hij trok als antwoord zijn mouwen op. De littekens van de injectienaalden waren overal zichtbaar. 'Probeer het eens.' Hij grijnsde met zijn bijna tandeloze mond.

De verpleegster schudde haar hoofd en maakte een aantekening op de kaart.

Chamal en Zimmerman hadden de middag doorgebracht met brainstormen over het advies aan Nedtelcom. Bernt had een campagneplan gemaakt. Alles zat erin. Advertenties, seminars, ingezonden stukken in toonaangevende kranten. Een lobby naar de politici. Mobiel telefoneren mocht niet te duur worden, was het thema. Ze hadden er de hele middag over vergaderd. Met hun losvaste adviseurs en de deskundigen hadden ze een telefonische conferentie georganiseerd. Bij enkele bevriende parlementariërs en journalisten hadden ze de stemming gepeild. Een gemakkelijke klus zou het niet worden, dat was wel duidelijk. Langzaam werden de verschillende stappen in het plan ingevuld.

Om vijf uur werden tapas langs gebracht. Ze namen de hapjes van de schaal en aten ze snel op. Zimmerman pakte een flesje Corona uit de koelkast. Hij dronk het lichte bier uit het flesje. Chamal pakte de oude malt whisky en schonk een glas in. Tegen zes uur hadden ze het plan klaar. Hun medewerkers vertrokken. De adviseurs bleven alleen achter in de rommelige kamer.

'Nog een potje biljarten?' stelde Chamal voor.

Op de zolder begon Chamal over de opdracht van De Chavannes. Hij stond gebogen over het biljart en probeerde de keu op de bal te richten. 'De Chavannes moet die Duitsers en Spanjaarden buiten de deur houden, Bernt. Als de prijzen te hoog worden opgedreven, valt hij uit de boot.'

Chamals keu ketste.

'Ik ben.' Zimmerman maakte snel een serie caramboles. Toen hij miste kwam hij overeind en keek hij zijn partner aan. 'Goed. Hoe gaan we het doen?'

Chamal vergat het biljart even. Met de keu in de hand oreerde hij tegen Zimmerman. 'De Spanjaarden zijn niet moeilijk. De plannen om in ons land aan de gang te gaan worden door de bestuursvoorzitter gedragen. Hij heeft in de raad van bestuur enkele medestanders, maar óók tegenstanders. Het is een flamboyante man.'

Zimmerman lachte. 'Huis in Marbella? Een Lamborghini? Dure vrouwen?'

'Precies.'

'Die moeten we kunnen hebben. Als hij valt, zijn de plannen van de baan?'

'Ga daar maar vanuit. Dan komt de andere vleugel aan de macht.'

'Goed. En Deutsche Telekom?'

'Dat is moeilijker.' Chamal wierp zich weer op het biljart. Hij had een achterstand goed te maken. Plotseling had hij een bevlieging. Hij stootte de ene bal na de andere en liep snel in op zijn kantoorgenoot. Zimmerman stond als altijd verbaasd toe te kijken. Hij had dit al vaak zien gebeuren, zijn partner die razendsnel een bijna onoverbrugbare achterstand wegwerkte.

Toen Chamal eindelijk een bal miste vroeg hij: 'Waarom is Telekom zo moeilijk?'

'Omdat we niet weten wat ze gaan doen. Ze willen hier aan de slag gaan. Dat wordt door de hele raad van bestuur gedragen. Maar ze zoeken een partner. Wie? Er circuleren verschillende namen. Ik ben er niet achtergekomen wie ze werkelijk willen kiezen. Er gaan geruchten over allianties. Met bestaande bedrijven, met nieuwkomers. We moeten wachten totdat we weten met wie ze hier in zee gaan. Die partner moeten we dan zien te *killen.*'

'Maar dan hebben we geen tijd meer! Als ze hun partner pas op het laatste moment bekendmaken, kunnen wij ook niets meer doen.'

'Correct. Dus moeten we ervoor zorgen dat we er eerder achterkomen.'

'Mijn idee. Alleen, hoe krijg je dat voor elkaar?' Zimmerman beet bezorgd op zijn bovenlip. Hij vond het een riskante operatie, dat was duidelijk. Maar iets anders kon hij ook niet verzinnen, hoe graag hij ook tot actie wilde overgaan. 'Maar we kunnen nu toch al met Telefonica beginnen?'

'Dat moeten we met De Chavannes bespreken. Misschien weet hij ook iets meer over de Duitsers.'

Na het biljarten wilde Chamal de stad in. Maar Zimmerman had die avond geen zin in de overvloed aan drank en vrouwen die Chamal op zijn creatieve uitgaansavondjes om zich heen verzamelde.

'Vanavond heb ik een andere afspraak. Sorry, ik kan niet.'

'Droogkloot!' schold Chamal, 'wedden dat je thuis voor de buis gaat hangen. Je hebt geen fantasie, Bernt. Dat is jouw handicap.'

'Als dat alles was, dan zou ik ermee kunnen leven,' zei Zimmerman cryptisch terwijl hij lachend de zolder verliet.

Heel veel later die nacht werd Chamal door een taxi op de Hooikade afgezet. Iets verderop stond een oude Bentley geparkeerd, zwart en zilvergrijs gespoten. De motorkap blonk onder de lantaarns. Chamal liep er langzaam en wankel naartoe. Het was onmiskenbaar de auto van zijn partner. Maar wat deed die midden in de nacht op de Hooikade? Als Zimmerman niet voor de tv had gezeten, bij wie lag hij dan nu in bed?

Chamal was verbaasd en verward. 'Bernt!' schreeuwde hij over de stille gracht. Geen antwoord. Nogmaals een schreeuw: 'Bernt!' Hij hoorde een raam openschuiven.

'Bek houden, gek!' riep een verontwaardigde buurtbewoner. 'Weet je wel hoe laat het is?'

Van Zimmerman was geen spoor te zien. Alleen zijn auto, die in het licht van de lantaarn stond te glanzen. Chamal liep langzaam naar het huis waarvan hij hoopte dat een vriendin hem binnen zou laten. Toen hij drie keer langdurig had aangebeld ging de deur open. Een slaperige vrouw stond in haar ochtendjas in de gang. 'Nee, maar,' zei ze langzaam, 'als dat Claude Chamal niet is. Waar was je al die tijd? Ik heb je in geen eeuwen gezien.'

Hij omhelsde zijn vriendin. 'Heb je iets te eten?' mompelde hij in haar oor, 'je moest eens weten wat een honger ik heb!'

'In de keuken.'

Hij vond soep in de koelkast. De malt had hij meegenomen. Maar zijn vriendin bleek andere gedachten te hebben. In het diepst van haar slaap gewekt, was ze klaarwakker toen Chamal onhandig bij het fornuis rommelde. Plotseling stond ze achter hem en sloeg haar armen om zijn middel. Terwijl hij gehinderd door de drank aan de knoppen van de kookplaat draaide, kropen haar handen in zijn broekband. Zijn broek viel naar beneden, de vingers bewogen omlaag. Nu voelde hij haar lichaam heel nadrukkelijk tegen zich aandrukken en hij verplaatste zijn belangstelling naar de vrouw achter hem. Voordat hij haar naar de slaapkamer volgde herinnerde hij zich de Bentley. 'Doe me een plezier,' zei hij moeilijk sprekend. Hij trok zijn vriendin naar het raam aan de straatkant. 'Die auto. Kijk morgenochtend uit welk huis de bestuurder komt en laat me dat weten.'

Hij wankelde achter zijn vriendin aan. In bed bleek hij van de drank verrassend weinig last te hebben.

Het was een feestje zoals er zoveel van zijn. De opening van het aspergeseizoen werd gevierd in het clubhuis van een roeivereniging. Het gebouw lag aan de Amstel. David was laat en had moeite zijn auto te parkeren. Er viel een grauwe druilregen. Met opgestoken paraplu rende hij de trap naar het clubhuis op. Hij kwam net op tijd binnen om een Limburgs zanggroepje te horen.

Hij pakte een glas witte wijn. Toen een meisje met een schaal hapjes voorbijkwam nam hij twee toastjes. Hij had gehoopt dat Marga ook zou komen, maar toen hij op weg naar de Amstel zijn voice-mail afluisterde, trof hij daarop een boodschap van haar aan. Vertraagd, wegens een uitgelopen golftoernooi, en hij begreep dat ze er niet zou zijn.

De koffie was de enige gang waar géén asperges bij geserveerd werden. David sloeg het digestief af. Hij was moe en besloot naar huis te gaan.

In de gang hoorde hij een bekende stem achter zich. 'Alleen op pad? Kon je vrouw niet meekomen?'

David draaide zich om en zag Ben Finkenstein met zijn arrogante glimlach. Vergiste hij zich of hoorde hij een ironische ondertoon?

'Marga was verhinderd. Wat voert jou hierheen?'

'Asperges,' zei Finkenstein met een lachje. 'Hetzelfde waar jij voor gekomen bent.'

'Ik had je niet gezien.'

Langzaam liepen ze naar de uitgang. Buiten gekomen vroeg de advocaat: 'Heb je al een nieuwe baan?'

Op dat moment kreeg David een woedeaanval. Hoe kon Finkenstein weten dat hij zou vertrekken? Na zijn gesprek met Wallis was er nog niets bekendgemaakt. Wie had er gekletst? Er schoot van alles door zijn hoofd. Zat de onbetrouwbare jurist soms achter die brief van het beursbestuur?

'Hoezo?' vroeg David, zich met moeite beheersend.

'Ach, ik ving een gerucht op dat je wegging.'

'Je weet meer dan ik. Wie strooit dat nieuws rond?'

De advocaat keek hem met een sluw lachje aan. 'Een vogeltje, wed ik. Je weet hoe het gaat. Een vliegende kraai vangt veel op.'

'Laat me je vertellen dat het onzin is,' zei David driftig.

'Weet je het zeker? Je zou al snel vertrekken, hoorde ik. Ik kon het me wel voorstellen. Je zit tegenwoordig toch bij een bejaardenproject? Woningen met incontinentievoorzieningen, wed ik. Een pispot op wieltjes, dat soort zaken. Ik kon me indenken dat je het had gehad. Oude mensen stinken, nietwaar. Een ranzige lucht.' Zijn ogen flitsten alle kanten uit, alleen David keek hij niet aan. Hij sloeg de fluwelen kraag van zijn dikke jas omhoog. 'Koud. Ik ga. Tot ziens.'

De advocaat liep gewichtig de trap af en ging op zoek naar zijn auto.

David bleef achter. Werktuiglijk stak hij zijn paraplu op. Toen viel hem op dat de regen was gestopt. Hoe kon Finkenstein achter zijn ontslag zijn gekomen? Wie had het bericht verspreid zodat die onbetrouwbare advocaat het te weten was gekomen? Met Wallis had hij afgesproken het nog stil te houden. Langzaam liep hij de trap af. Een gevoel van grote eenzaamheid overviel hem, alsof hij nergens meer bij hoorde. Als het bericht van zijn vertrek al bij anderen bekend was, kon hij beter snel weggaan. Maar wat moest hij als reden opgeven? Zou de brief van het beursbestuur ook al bekend zijn? Dergelijke zaken bleven meestal niet lang geheim. Waar was Marga? Concentreerde zij zich zo op de golftoernooien omdat ze niet met zijn mislukking geconfronteerd wilde worden? Terwijl deze vragen in hem opborrelden reed David langzaam weg. Onderweg naar Wassenaar vroeg hij zich steeds weer af of hij niet beter kon uitzoeken wat er met Futurit was gebeurd, en wat er in dat rapport van de beurs stond. Nu speelde die affaire hem steeds weer parten. Dat Finkenstein hem erover aansprak betekende weinig goeds. Dan lag het nieuws al op tafel. Alleen, wat zou er met Marga gebeuren als hij op onderzoek uitging? En met zijn opties? Die waren wel veel geld waard. Misschien was het beter de zaak nog even te laten rusten. Dan kon hij er na zijn vertrek op terugkomen. Misschien.

11

Op het hoofdkantoor van Amsterdam Online spraken ze van *D-day*. De bankiers en accountants kwamen vertellen of de internetonderneming een plaats op de beurs waard was. Van de juristen had Jane al gehoord dat het beursbestuur om was. De met verlies draaiende onderneming zou ontheffing krijgen van de eis dat alleen winstgevende nieuwkomers onder de beursgenoteerde fondsen konden worden opgenomen. Maar die wetenschap nam de spanning nog niet weg. Uiteindelijk kwam het erop aan of de banken bereid waren hun naam aan de beursgang van het internetbedrijf te verbinden.

Iedereen was in de vergaderzaal in de Rembrandt Tower aanwezig. Het was een heldere dag en het uitzicht was overweldigend. Voor de buitenlandse aandeelhouders was het een bijzonderheid over de historische stad te kunnen uitkijken, al was de oude binnenstad op te grote afstand om de gebouwen goed te kunnen onderscheiden.

De bankiers en accountants traden gezamenlijk op in een soepel verlopende show. De onderneming was gewaardeerd door de *Corporate Finance*-specialisten. Een prijs per abonnee was uiteindelijk de beste waardering. Er volgden vergelijkingen met andere bedrijven. Met buitenlandse internetbedrijven die al eerder in andere landen naar de beurs waren gegaan. Kosten en opbrengsten werden vergeleken. De grafieken sprongen de een na de ander op het projectiescherm, zonder dat die ene vraag werd beantwoord: kon Amsterdam Online naar de beurs?

Toen de show ten einde liep, stond het bestuurslid van de bank op. 'En dan nu de hamvraag, dames en heren,' zei hij plechtig. 'Kan Amsterdam Online naar de beurs? Ik kan er kort over zijn. In een tijd als vandaag hóórt Amsterdam Online op de beurs. Internet is het medium van deze tijd en de beurs moet daar ruimte voor maken.' Hij hield even in.

De deuren van de vergaderzaal werden opengegooid. Veertig meisjes liepen naar binnen, de helft gekleed in de kleuren van de Nederlandse bank, de andere helft in die van de Amerikaanse partnerbank. Ze hadden een fles champagne in de hand. Op hun borst stond het embleem van Amsterdam Online gedrukt, daaronder een bedrag: veertig euro.

De man van de bank riep boven het rumoer uit. 'De koers, dames en heren. Veertig euro, dat wordt de introductiekoers.'

Jane wist niet wat ze hoorde. De bank taxeerde de waarde van het bedrijf veel hoger dan zijzelf had gedaan. Na de presentatie was er een spontane staande receptie. Amsterdam Online zou een van de grootste beursintroducties uit de geschiedenis van de Amsterdamse beurs worden. De toekomst lag open. Als de aandelen voor deze koers op de beurs genoteerd werden, kon Jane heel wat concurrenten overnemen. De kas van de internetonderneming zou buitengewoon goed gevuld worden.

Jane kwam bij Dreyfuss staan. De Amerikaan feliciteerde de directeur.

Zij keek haar Amerikaanse zakenpartner verbaasd aan. 'Ik denk dat ik jou mag feliciteren,' zei ze. 'Die koop was een erg goede gok. Ik had niet gedacht dat dit de waarde zou worden.'

'Maar ik mag het eerste jaar niets verkopen. Dus jij ligt nu voor. Het zou nog wel eens kunnen dat de introductiekoers hoger is. Ze hebben een bandbreedte afgegeven, en veertig is de onderkant. In de komende weken kan er nog veel gebeuren. Aan die aandelen van jou zit ik alleen nog een jaar vast.' In de stem van Dreyfuss hoorde Jane geen echte spijt doorklinken.

'Wil je dat ik ze terugkoop?' vroeg ze lachend.

De man uit Californië antwoordde niet onmiddellijk. 'Toch maar niet,' zei hij toen. 'Ik houd ze aan mijn kant.'

De Beaufort stond erop het onderzoek tegen de effectenmakelaar Sommer vanuit zijn ziekenhuisbed zelf te organiseren. De mishandeling was een nieuwe impuls voor de strijdlustige officier. Hij was door de rechtbank op zijn vingers getikt. Nu zag hij kans voor een wraakoefening. Als hij kon bewijzen dat Sommer achter de misdaad zat, kreeg die zonder twijfel alsnog een veroordeling.

De machinerie van justitie kwam op gang. De telefoonnummers van Sommer werden achterhaald. De uitdraaien van de gesprekken werden bij de telefoonmaatschappijen opgevraagd. Er werd nagegaan waar zijn mobiele telefoon was gepeild.

Toen Stevens aan De Beaufort vertelde dat hij geen aanknopingspunten vond, wees deze hem terecht. 'Sommer heeft me niet zelf in elkaar geslagen. Hij heeft iemand gestuurd. Je moet zoeken naar contacten met criminelen. Hij moet contact hebben gehad met zijn mannetje.'

Stevens zag onmiddellijk het probleem. 'Dat kan ik niet stilhouden. Ik kan de telefoonnummers controleren, maar als dat niets oplevert moet ik zijn medewerkers ondervragen. Zijn vriendinnen, zijn vrouw. De barkeepers. De chauffeur. Die gaan praten. Ik vind niet dat we naar buiten kunnen komen met het onderzoek. We hebben te weinig in handen.'

De Beaufort zat rechtop in zijn bed. Met zijn gezwollen neus en met de bloeduitstortingen bij zijn ogen en in zijn gezicht zag hij er enigszins potsierlijk uit. Dat beeld werd versterkt omdat hij een groezelig wit nachthemd droeg. Het rechtop zitten deed hem nog pijn, zijn geblesseerde ribben speelden dan op. Een probleem was ook zijn uitpuilende buik die hem zichtbaar in de weg zat. Hij overwoog de woorden van Stevens en moest met tegenzin toegeven dat zijn medewerker gelijk had. In dit stadium konden ze het onderzoek beter geheimhouden. Anders liep hij het risico dat hij de pers over zich heen zou krijgen.

Maar in de kleine wereld van justitie bleef niets lang geheim. Toen Stevens enige tijd later door de hoge gangen van het gerechtshof aan de Prinsengracht liep, hoorde hij zijn naam roepen. Uit de advocatenkamer kwam een oudere advocaat gelopen. De toga open, evenals de broekband. Het was op en top Jacques Musch, de strafpleiter die voor de effectenmakelaar Sommer was opgetreden. Zijn slecht gewassen haar zat verward als altijd. Met het hoofd naar beneden gekeerd torende hij met zijn omvangrijke gestalte hoog boven Stevens uit. 'Wat hoor ik?' vroeg hij. 'Ben jij weer bezig met Sommer? Laat hem los, Paul. Jullie hebben verloren. Ga in hoger beroep, laat het Hof beslissen en ga niet meer achter mijn cliënt aan. Jullie dwingen hem de publiciteit te zoeken. Hij laat het er niet bij zitten.'

Stevens keek de strafpleiter bezorgd aan. 'Sommer is slecht nieuws voor ons,' zei hij.

'Waarom? Wat vinden jullie nu weer verkeerd aan hem?'

Stevens aarzelde even. Musch had een goede naam, een betrouwbare strafpleiter. 'In vertrouwen, Jacques. Heb je gehoord van De Beaufort?'

'Die is in elkaar geslagen. Dat is erg genoeg. Maar wat heeft Sommer daarmee te maken?'

'De dader heeft zijn naam genoemd.' Stevens hoopte dat hij niet te ver gegaan was.

De advocaat keek hem geschrokken aan. Toen herstelde hij zich. 'Uitgesloten,' zei hij, 'Sommer gebruikt geen geweld.'

'Nee? Hij heeft tien jaar geleden een veroordeling gehad. Voor geweldpleging. Een collega van hem had daarna twee gebroken ribben en nog wat kleinigheden.'

'Dat weet ik. Luister naar me, Paul. Sommer gebruikt geen geweld.'

'Hoe kun je dat zo zeker weten?'

'Omdat ik hem dan niet meer bijsta. Ik treed niet op voor cliënten die ei-

79

gen rechter spelen. Ik heb bij de rechtbank een vrijspraak voor elkaar gekregen. Die man neemt geen risico. Hij heeft De Beaufort niet in elkaar laten slaan. Zijn wraak wordt de schadevordering. Dat gaat om miljoenen. Je hebt het in de krant kunnen lezen. Dat zet Sommer niet op het spel door De Beaufort in elkaar te rammen. Jullie zoeken de verkeerde. Kijk een andere kant uit.'

Stevens aarzelde. 'Ik bespreek het met De Beaufort.'

'Doet hij dit onderzoek? Niet verstandig, jongen. Laat dat door een ander doen, niet door het slachtoffer. Wanneer worden jullie nu eens wijs?'

De advocaat liep hoofdschuddend de advocatenkamer in. Zijn toga fladderde achter hem aan. De substituut-officier ving in de advocatenkamer een glimp op van een betoverend mooie jonge vrouw, waar Musch naast ging zitten.

Die avond sprak Stevens met De Beaufort. De officier was enkele dagen eerder uit het ziekenhuis ontslagen. Stevens bezocht hem 's avonds thuis. De Beaufort liep erg moeilijk door zijn smalle woning.

In de studeerkamer op de eerste verdieping bracht Stevens verslag uit. Het onderzoek had tot nog toe geen enkele aanwijzing tegen Sommer opgeleverd. Stevens vertelde zijn chef over zijn gesprek met de advocaat van Sommer. 'Ik weet het niet, Charles,' besloot hij. 'Ik krijg steeds meer het gevoel dat we op een dood spoor zitten.'

De Beaufort wilde dat niet horen. '*Shit*, Paul!' riep hij, 'wie anders zou mij in elkaar willen slaan? Je moet Musch niet geloven. Die is net zo verrot als die andere advocaten.' De officier zweeg even. 'Hoe is het mogelijk dat Musch van ons onderzoek afweet? Is het openbaar ministerie dan werkelijk zo lek als een mandje?'

Finkenstein werkte nog laat door in zijn kantoor. Hij was alleen in het pand. Op zoek naar een glas gekoelde Tia Maria liep hij naar de keuken.

Terug achter zijn bureau bladerde hij de mappen voor de zoveelste keer door. Zijn medewerkers hadden hard gewerkt en de advocaat had langzaamaan bijna alles op zijn bureau liggen waar zijn opdrachtgeefster om had gevraagd. Hij stond in tweestrijd. Moest hij deze papieren aan haar overhandigen? Zijn opdracht was alles aan Jane af te geven en niets achter te houden. Als het nodig was moest hij nieuwe documenten maken, maar uiteindelijk mochten er in zijn kantoor geen papieren van Jane achterblijven. Maar wat was zijn positie dan? Als Jane tot de conclusie zou komen dat hij te veel over haar wist, had hij geen bescherming. Met deze papieren in zijn hand was de situatie anders. Dan had hij Jane in zijn macht. Een glimlach trok om zijn lippen. Zouden deze dossiers hem niet in staat stellen een bescheiden tariefsverhoging met Jane overeen te komen? Toen hij de geldswaarde van de papieren besefte, nam hij een beslissing. Hij zou een schaduwdossier maken en dat bij zich houden.

Hij liet zich de Tia Maria smaken. Toen zijn oog op de foto van Boris viel, werd hij weemoedig. Waar was het fotomodel? Hij had niets meer van hem gehoord. De jongen moest allang weer uit Tokio vertrokken zijn. Misschien zou hij vandaag of morgen weer in Amsterdam opduiken. Wellicht ook niet. De advocaat keek in de papieren, maar er drong niets tot hem door. Hij zag het lachende gezicht van de Duitser voor zich. Verongelijkt vroeg hij zich af of hij niet goed geweest was voor de jongen. Aan wie had Boris het appartement op de Noordermarkt te danken? Wie had hem onderhouden toen zijn werk als model nog niet veel opleverde? Finkenstein mijmerde verder. Hij dacht aan de wonderbaarlijke schoonheid van de Duitser als deze 's morgens vroeg door zijn appartement liep. Steeds weer vertrok de jongen met de noorderzon. Op weg naar Parijs voor foto's, naar Londen, naar Milaan. Naar New York en Tokio. De advocaat was eraan gewend geraakt dat zijn vriend hem toelachte uit de tijdschriften. Nu eens gekleed in een prachtig Armani-overhemd. Dan weer in ondergoed van Calvin Klein. Of met de aftershave van Boss. Hij kende de reclameposters die hij in de modewinkels kon verwachten. Zijn vriend was gemeengoed geworden en Finkenstein vond dat op een bepaalde manier opwindend. Het succes van zijn vriend was een bevestiging dat hij een goede keuze had gemaakt. Maar waar bleef nu dat telefoontje uit Tokio?

De mobiele telefoon trilde in zijn broekzak. Was dit het telefoontje waar hij al dagenlang op wachtte? 'Hallo?'

'Met mij.' Niet Boris, maar Mickey Clavan meldde zich en Finkenstein had moeite zijn teleurstelling te verbergen.

'Hé, hoe is het?'

'Ik heb slecht nieuws. De Beaufort is met je bezig.'

'Wat zeg je? Met mij? Waarom? Ik ben al aan de beurt geweest, zes jaar terug.'

'Ik weet het niet.'

'Kun je het dossier niet in?'

'Nee. Nu nog niet. Later.'

Clavan verbrak de verbinding. Finkenstein gaf zich over aan zelfmedelijden. Na het zoveelste glas moest hij denken aan een boottochtje dat hij met Boris langs de Amstel had gemaakt. Finkenstein sloot zijn ogen. De warmte van de zomeravond kon hij weer voelen. Hetzelfde gold voor het lichaam van zijn Duitse vriend waarmee hij die nacht het bed had gedeeld. Wilde De Beaufort hem weer in de gevangenis hebben, juist nu hij ieder moment Boris terugverwachtte uit Tokio? Achterovergeleund in zijn stoel en met het laatste restje van de Tia Maria in zijn glas herinnerde hij zich dat de officier vlak bij zijn kantoor woonde. Zou hij hem opzoeken? Van man tot man duidelijk maken dat hem al genoeg onrecht was aangedaan? Toen hij opstond voelde hij de drank. Enigszins wankel verliet hij zijn kantoor.

Het bonzen op de voordeur klonk door het hele huis. Stevens keek zijn chef verschrikt aan. 'Verwacht je nog bezoek?'

'Niet bepaald,' zei De Beaufort grimmig. Hij stommelde naar het raam aan de straatkant en schoof dat met enige moeite open. Een koude tocht-vlaag schoot de behaaglijk warme kamer in. De officier hing op zijn buik op de vensterbank om te kijken wie er voor de deur stond. Stevens hoorde hem roepen. Toen hij het raam had gesloten, zei hij: 'Je gelooft het niet. Het is Finkenstein. Laat jij hem erin?'

Het lukte Stevens de advocaat naar boven te krijgen. Aangeschoten als hij was, had Finkenstein moeite met de smalle trap. Eenmaal boven wist hij op eigen kracht een fauteuil te bereiken. Hij strekte zijn benen en vroeg: 'Heb je tonic? En Rémy Martin? Wil je dat mixen in de verhouding drie staat tot één?'

Met het glas in de hand toastte de advocaat luidruchtig. Hij keek de kamer rond. 'Je woont leuk hier, De Beaufort. Wat klein, maar charmant. Toevallig dat ik Stevens ook tref. Ik kom om van je te horen waarom je een onderzoek tegen mij hebt geopend.' Finkenstein lispelde en sprak zachter dan normaal.

'Onderzoek?' vroeg De Beaufort, wat popcorn wegwerkend. 'Wat bedoel je?'

Finkenstein giechelde. 'Spelen we verstoppertje? Kom op, jongens, geen geheimen. Ik weet dat jullie met mij bezig zijn. Vertel me dan ook wat er aan de hand is.'

De Beaufort dacht snel na. 'Niets.'

'Ik heb over dat onderzoek gehoord.'

'Van wie?'

De advocaat stak zijn wijsvinger omhoog. 'Ik heb het uit een erg betrouwbare bron,' zei hij hakkelend. Hij dronk stevig van de Rémy Martin en de drank begon hem nu duidelijk parten te spelen.

'Er is geen onderzoek,' hield De Beaufort vol.

Finkenstein knikte. 'Leugenaar,' zei hij goedmoedig, 'ik weet het toch zeker.'

'Hoezo? Verklaar je nader. Welke bron is tegenwoordig nog betrouwbaar?'

Finkenstein leunde met het hoofd achterover in het kussen. Hij had zijn rechterhand in zijn broekzak, bang dat hij de telefoon niet zou voelen als deze zou overgaan. Zijn gedachten kon hij niet meer goed ordenen, verward als hij was door de drank. De geslepen advocaat voelde intuïtief welke weg hij moest kiezen. 'Jij kent mijn bron goed,' fluisterde hij in de richting van het plafond.

'Een betroúwbare bron, en ik weet wie het is?' De stem van De Beaufort klonk ongelovig. 'Begrijp jij dat, Paul? Kennen wij betrouwbare bronnen?'

Zijn medewerker keek de officier ongelukkig aan. Hij begreep dat dit een erg ongebruikelijke situatie was. Een dronken advocaat op nachtelijk bezoek bij een officier die een officieel onderzoek tegen hem had geopend. De Beaufort wenkte hem dat hij zich geen zorgen moest maken. 'Nee,' zei Stevens langzaam, 'ik begrijp er niets van. Misschien kun je wat duidelijker zijn.'

'Natuurlijk.' Finkenstein sprak alsof hij er niet bij hoorde, berustend en afstandelijk. 'Ik zal het jullie vertellen.'

Vervolgens trad een stilte in. De Beaufort en zijn medewerker wachtten gespannen af, maar de advocaat deed er het zwijgen toe. Hij leek in slaap te vallen. Uiteindelijk verbrak de officier de stilte. 'Je zou ons je bron vertellen, Finkenstein,' zei hij, iets te luid misschien.

Finkenstein veerde op. 'Bron? Waarom wil je die weten?'

De Beaufort verloor zijn geduld. Hij schreeuwde: 'Omdat je dat beloofd hebt, *cocksucker*! Je ligt te wauwelen over een bron en over een onderzoek, maar je vertelt ons niet waar dat bericht vandaan komt.'

De advocaat ging weer liggen en wachtte even. 'Jouw vriend Mickey, jongen,' zei hij toen losjes. 'Het komt uit jullie eigen huis.'

'Hoofdofficier van justitie Clavan?' herhaalde De Beaufort, en hij kon een blik van triomf naar Stevens niet onderdrukken.

'Ik noem hem Mickey, ouwe jongen,' zei de advocaat berustend.

Stevens had geholpen de advocaat in het logeerbed te leggen. Finkenstein was te dronken om nog over straat te kunnen gaan. De volgende ochtend was hij vroeg uit de veren. De Beaufort had juist een kop espresso genomen toen zijn logé de trap afkwam en de keuken inliep. 'Heb je toast en koffie?' vroeg zijn gast. Hij zag er niet erg fris uit. Zijn overhemd was gekreukt van de vorige dag. Een das had hij niet omgedaan.

Terwijl hij een drupje melk in zijn koffie deed, zei hij bijna terloops: 'Dat van gisteravond zullen we maar vergeten, De Beaufort. Dat lijkt me het beste.'

De officier keek van zijn ochtendkrant op. 'Wat bedoel je?'

'Ik kan me niet herinneren dat je de cautie hebt gesteld. Jullie zijn vergeten me te waarschuwen dat ik niet hoefde te antwoorden. Het ging om een verhoor, weet je wel. Ik was verdachte.'

'Man, wat bazel je. Je bent op bezoek gekomen. We hebben geen verhoor afgenomen.'

'O nee?' zei de advocaat. Hij legde zijn telefoon op de keukentafel en
drukte een knopje in. De krakende stem van de officier riep tegen de advocaat dat hij zijn bron moest noemen. De Beaufort keek geschrokken
naar het apparaat. Finkenstein drukte het uit. 'Erg handig. Het heeft ook
een opnamefunctie. De kwaliteit is niet daverend, maar het is duidelijk genoeg, nietwaar?'

De officier legde zijn krant neer. Hij overwoog zijn positie en bedacht
met schrik dat hij Finkenstein niet had moeten vertrouwen. Hulpeloos
keek hij de advocaat in de ogen.

'Nee.' Zijn gast was onverbiddelijk. 'Ik wis het niet. Ik zet het thuis op de
band. Jij stopt dat onderzoek en je bevestigt me dat vandaag schriftelijk.
Heb ik die brief tegen het einde van de middag niet binnen, dan stuur ik het
bandje naar Mickey Clavan. Hij is een erg bekwame hoofdofficier, vind je
niet?' Finkenstein dronk een laatste slok van zijn koffie en stond op. De
Beaufort voelde een hand op zijn schouder en hij kon een rilling van af-
schuw niet onderdrukken. 'Blijf rustig zitten, beste kerel,' zei de advocaat.
Hij had zijn Leidse toon hervonden. 'Ik kom er wel uit.'

12

Aan het verhoor van de junk kon weinig belang worden gehecht. De zwerver was toevallig in de buurt geweest toen de indringer De Beaufort in zijn huis mishandelde. Zelfs al zou hij iets hebben gezien dat de moeite waard was, dan nog hadden ze aan hem een twijfelachtige getuige. Welke waarde zou een rechtbank hechten aan de verklaring van een platgespoten junk? Het verhoor moest natuurlijk worden afgenomen. Al was het maar omdat in de zakken van de junk spullen waren gevonden die van De Beaufort afkomstig waren. Die had hij meegenomen toen hij het huis was binnengelopen door de voordeur die De Beaufort niet had afgesloten. De recherche wilde daarover een verklaring hebben.

Een leerling-rechercheur moest het verhoor afnemen. Toen hij de computer raadpleegde vond hij een schat aan gegevens. De junk zou in Azië in een circus hebben gewerkt. Daar was hij aan de drugs geraakt. Na omzwervingen door Azië en Afrika was hij naar Nederland teruggekomen. Er volgde een eindeloze waslijst van diefstallen en andere vergrijpen. Voor zakkenrollen gepakt op Koninginnedag. Opgepakt voor dealen aan de achterkant van het Centraal Station. Betrapt met een autoradio bij een ingeslagen autoruit. Met boeken in zijn Eastpak-tasje betrapt terwijl hij De Bijenkorf uit wilde vluchten. Bij Albert Heijn met een tray Heineken-blikjes in de kraag gegrepen.

Met enige regelmaat kwam de junk in het ziekenhuis terecht. Geen aids, wel positief. De rechercheur wist dat het einde voorspelbaar was. Als hij doodziek zou zijn, vol besmettingen waar hij geen weerstand meer tegen had, zou de zwerver opgenomen worden en enkele dagen krijgen om dood te gaan. Geen medicatie, geen morfine. In een wit bed, in een witte zaal, moederziel alleen en ongelukkig omdat hij het niet uitgehouden had op straat.

Toen de rechercheur de ziekenzaal inliep, had de junk zijn tasje al gepakt. Hij stond op het punt het ziekenhuis te verlaten. Met een verbaasd lachje begroette hij de rechercheur. 'Dus je bent gekomen,' zei hij. Hij zat op de rand van het bed en had zijn kleren aan. De gevlekte regenjas met de gaten lag op de witte deken. 'Je hebt geluk. Ik ben bijna weg.'

De rechercheur pakte een stoel. Hij haalde zijn blocnote te voorschijn, gereed om aantekeningen te maken. 'Vertel het maar,' zei hij op vertrouwelijke toon.

'Ik had geluk die avond. In de metro had ik wat verdiend.'

'Verdiend?' herhaalde de rechercheur ongelovig.

De zwerver haalde zijn schouders op. 'Van een reiziger, man. Je begrijpt het wel.'

Zou hij iemand hebben laten struikelen op het perron om er snel met de koffer vandoor te gaan? De rechercheur keek sceptisch naar de fragiele junk.

'In het begin van de avond ben ik naar de Wladiwostok op de Brouwersgracht gegaan. Daar ken ik de barman. Ik help hem soms.'

De rechercheur maakte aantekeningen en probeerde zich een voorstelling van die hulp te maken. 'Biervaten buiten zetten?'

De junk lachte smakelijk. 'Nee, man. Ik waarschuw hem soms. Vriendschappelijk. Als ik iemand herken.'

Dat was het, begreep de agent. De junk waarschuwde de barman van het drugscafé als er een dief of een zakkenroller de zaak binnenkwam. In ruil daarvoor kreeg hij geld toegestopt. Of mocht hij in de zaak wat gebruiken.

'Begrijp je? Jullie zijn soms zó stom. Weten niets van wat er gebeurt. Mensen als ik doen een heleboel, dat vergeten jullie. Of jullie weten het misschien niet eens.'

Voor een kankerpartij op de politie was de leerling-rechercheur niet naar het ziekenhuis gekomen. Hij bracht de junk snel weer op het goede spoor. 'Je zat in de Wladiwostok. Wat gebeurde er toen?'

'Ik kreeg bezoek. Terwijl ik rookte en thee dronk kwam er iemand aan mijn tafel zitten.'

'En toen?'

'Hij blowde ook wat, man. Dronk thee. We vroegen om een aansteker. Soms delen ze die daar uit.'

'En?'

'Toen vertelde die gast me dat hij iets bijzonders had. Superspeed. Goed voor een geweldige trip. Of ik daar zin in had.'

'Dat had je natuurlijk,' veronderstelde de rechercheur.

De zwerver knikte. Zijn grijze, vlassige baard wipte op en neer. 'Ganesj zoekt het avontuur, man. Altijd. Een olifantentemmer heeft moed. Hij wil meester zijn over wat groter is. Het duistere beheersen.'

'Wat was het? Pilletjes? Een spuit?'

'Een spuit. Wat een trip was het, man. In jaren niet zo meegemaakt. Werkelijk, hij had geen woord te veel gezegd.'

'Het werd bijna je dood,' merkte de rechercheur nuchter op.

'Als je zo dood kan gaan, geweldig. Man, je weet niet wat je beleeft. Het laatste oordeel, maar dan veel mooier. Die kleuren, schitterend.'

De rechercheur keek nadenkend naar zijn notities. 'Dat was het?' vroeg hij. 'Je wilde me vertellen dat je zo'n mooie trip hebt gehad? Nou, dat is leuk voor je, maar ik zie niet goed wat ik ermee aan moet.'

'Wil je niet weten wie me dat spul gaf?'

'Ja. Vertel op.'

De junk zweeg geheimzinnig. Om de spanning op te voeren, dacht de rechercheur. Hij wilde weg. Naar een normale omgeving, met gewone mensen. Weg van deze zwerver, uit het ziekenhuis.

'De *Fox*, man. Die zat bij mij aan tafel en gaf me de beste speed die ik in jaren heb gehad. Als ik hem weer ontmoet, neem ik een vol shot. Die nacht vlieg ik over Amsterdam, zoals die vliegtuigen. Je weet wel.' Hij spreidde zijn armen en maakte een brommend geluid.

'De *Fox*? Wie bedoel je toch? Waar heb je het over?'

Nu werd de junk nukkig. 'Sturen ze een leerling op me af,' zei hij klagerig. 'Kennen ze me al jaren, help ik ze, en dan sturen ze iemand als jij naar me toe. Ik had net zo goed mijn mond kunnen houden.' Hij pakte zijn tasje, gooide het over zijn schouder. Bij het weggaan zei hij: 'Als je die gozer ziet, zeg hem dan dat ik in de Wladiwostok op hem zit te wachten. Oké?'

Sinds zijn bezoek aan De Beaufort voelde Finkenstein zich aanzienlijk rustiger. Hoe hij er ook over piekerde, de officier van justitie zat klem. Natuurlijk was de brief diezelfde middag gekomen. Het was nog net geen vijf uur toen de zwarte Ford Mondeo voor de entree van het kantoor Boas & Finkenstein stopte. De chauffeur in het uniform van de rechtbank liet de auto met de knipperlichten aan op de rijbaan staan en liep rustig de trap naar het bordes op.

De advocaat had de brief in ontvangst genomen. De inhoud beviel hem zeer. De officier verklaarde dat er tegen Finkenstein geen onderzoek liep. Eventueel reeds aangevangen onderzoeken waren stopgezet.

Hij keek op zijn horloge. Zijn beste cliënte zou hem bezoeken. Er waren weer papieren die ze door moest nemen. Intussen was het nieuws van de beursintroductie bekendgemaakt. Finkenstein had het via het tv-journaal gehoord. De advocaat bedacht met een glimlach dat de beursgang zijn cliënte schatrijk zou maken. Zij kreeg het dan toch voor elkaar. Van winst maken had ze niet veel verstand. Voorzover Ben wist, had ze een reeks verliesgevende bedrijven in haar kielzog achter zich gelaten. Sommige waren failliet gegaan, de meeste waren op tijd verkocht. Maar nu had Jane Ecker beet. Met de beursgang van Amsterdam Online waren miljarden gemoeid. Was het dan niet redelijk dat Jane hem wat meer zou betalen? Tenslotte moest hij het vuile werk doen, en daar mocht hij best wat beter voor worden beloond, nu Jane binnenkort zou voorkomen op de lijst van de rijkste mensen van het land.

Op zijn actielijst stond nog de oude Simon Ferguson, haar eerste echtgenoot. Jane wilde zijn papieren van de echtscheiding hebben. Te veel belastend materiaal, en wie weet op wat voor gedachten Simon kon komen. Die moest intussen tachtig zijn. Finkenstein herinnerde zich dat de man ten tijde van de echtscheiding al tegen de zeventig was, en dat was meer dan tien jaar geleden. De actie tegen Simon was een goed moment voor een nieuwe prijsonderhandeling, vond de advocaat.

De vergadering verliep die middag vlot. Jane bestudeerde de oogst. Ze keek de advocaat tevreden aan. 'We zijn er bijna,' zei ze, 'Simon nog. En nog enkele dossiers.'

'Ik heb weinig tijd de komende weken,' zei de advocaat afhoudend.

'Dan maak je maar tijd. Ik heb haast.'

'Dat treft slecht. Ik heb het druk.'

Jane werd driftig. 'Je doet je werk, Finkenstein,' zei ze dreigend. 'Dat is de afspraak. Je hebt het nieuws wel gehoord, denk ik. Ik heb haast.'

'Dan moet ik een andere opdracht afzeggen. Die brengt erg veel op.'

'Aan mij verdien je ook veel.'

De advocaat tuitte zijn lippen alsof hij zeggen wilde dat het beter kon. 'Wat heet?'

De telefoon van zijn bezoekster ging over. Ze graaide het toestel uit haar zak. Na enkele haastige woorden beëindigde ze het gesprek. 'Ik moet gaan. Wees verstandig, verknoei het niet op het eind. Maak het af. Dat hebben we afgesproken.'

'Dubbele prijs.' De advocaat had besloten zijn kaarten uit te spelen.

Jane keek hem boos aan. 'Je moet je aan je afspraken houden!' riep ze nijdig. 'De prijs staat vast. Daar komt geen verandering in.' Van drift kreeg ze rode vlekken op haar wangen en in haar hals. 'En anders kom je er wel achter dat je je aan de afspraken moet houden!' Ze gilde het uit.

'Dat ik dat nu toch van jóu moet horen,' zei de advocaat. Het sarcasme droop er vanaf. 'Moet je horen, ik heb begrepen dat jij alleen nog maar rechtop hoeft te blijven staan. Het vliegt nu vanzelf tegen je op. Ik heb recht op een beetje winstdeling. Verdubbel het honorarium, anders stoppen we ermee.'

Jane begon te schelden.

Finkenstein stak zijn hand op. 'Jane,' zei hij zachtjes. 'Bedenk even wat het je waard moet zijn om zo'n loyale advocaat te hebben. Realiseer je je wel wat mijn dossiers alleen al waard zijn?'

Jane wilde hem in de rede vallen maar ze bedacht zich en hield zich nog net op tijd in. Met een schok besefte ze dat ze erg afhankelijk was van de advocaat. Als ze hem de huid vol schold, wat zou er dan gebeuren? Wat zou Finkenstein doen met al die mappen op zijn bureau? Ze had een schrikbeeld van een krantenartikel over de dood van die Belg Gaspari, in de Brusselse krant die aan de moord zoveel aandacht had geschonken. Een opening op de voorpagina, driekoloms, met het bericht dat nieuw bewijsmateriaal een ander licht op de zaak wierp. Ze huiverde toen ze tot de conclusie kwam dat ze Finkenstein niet kon missen. Maar hoe kon ze voorkomen dat ze levenslang afhankelijk zou zijn van die sluwe advocaat?

Ze beheerste zich en keek Finkenstein recht in zijn gezicht aan. De triomfantelijke grijns om zijn lippen ergerde haar mateloos, maar ze dwong zichzelf tot een glimlach. Met een uitgestoken hand liep Jane naar de advocaat toe. 'Deal, Ben,' zei ze zonder veel enthousiasme, 'je krijgt je verhoging. Maar dan zorg jij ervoor dat je de zaak snel afrondt.' Ze schudde de slappe hand van de advocaat die niet uit zijn stoel omhoogkwam en haar enigszins verrast aankeek.

Toen ze de kamer uitliep keek ze even over haar schouder. 'Nog iets van die mooie jongen gehoord?'

'Boris?'

'Heet hij zo? Ik geloof het wel. Van die foto op je bureau. Hij was in Tokio.'

De advocaat schudde zijn hoofd. 'Ach, die komt vroeg of laat wel weer boven water,' zei hij, in zijn hart nijdig dat Jane over zijn verloren vriend begon.

'Misschien. Waarom bel je hem niet? Hij is toch je vriend?'

Finkenstein haalde zijn schouders op. 'Boris houdt van zijn onafhankelijkheid,' zei hij met een vaag lachje.

'O ja? Ik zou er achteraan gaan, als ik in jouw schoenen stond. Wie weet wat hem overkomen is. Je kunt zijn agent toch bellen? Of interesseert het je niet?'

'We zullen zien.' De advocaat raakte zichtbaar geprikkeld. Hij had overduidelijk geen zin om over zijn vriend te praten.

'Je bent een wonderlijke man. Een ander zou gek van jaloezie worden.' Hoewel haar stem poeslief klonk, keek Jane Finkenstein gespannen aan.

Finkenstein reageerde geïrriteerd. 'Verdomme, Jane. Ik werk voor je. Dat is genoeg. Steek je neus niet in mijn privé-zaken. Pas maar op. Ik krijg er genoeg van als je zo doorgaat.'

Toen Jane de buitendeur achter zich dichttrok, voelde ze zich tevreden dat ze met haar laatste opmerking Finkenstein uit zijn evenwicht had gebracht. Finkenstein was kwetsbaar als zijn mooie blonde vriend in het geding was. Die vriendschap was zijn zwakke plek.

Uiteindelijk bracht René uitkomst. David had geprobeerd Henry Carlier te bereiken maar dat was niet gelukt. Het leek wel of de man van de aardbodem was verdwenen. Niemand had hem gezien de laatste tijd, zijn telefoonnummer was geheim en op het mobiele nummer hoorde hij de informatietoon. Naspeuringen in het bevolkingsregister leverden niets op. Carlier was niet als inwoner van Amsterdam ingeschreven.

David probeerde het in de Miss Blanche. Daar hoopte hij René te ontmoeten. Hij kwam tegen het borreluur. De zaak was zoals gebruikelijk vol, de muziek stond als altijd iets te luid. René was er niet meer. Hij werd voorgesteld aan de nieuwe eigenaar, een gezette kleine man met donkere krulharen. Die vertelde hem dat zijn voorganger tegenwoordig in het onroerend goed zat. Hij hield enkele straten verderop kantoor.

De voordeur stond open. René zat in een krijtstreeppak achter een bureau en herkende David onmiddellijk. Hij wenkte hem verlegen lachend naar binnen. Onder een kop koffie haalden ze herinneringen op. Over vroeger, toen David het café vaak bezocht. Soms 's avonds laat, met gezelschap na het eten. Of na het werk, als hij binnenkwam en om iets eetbaars smeekte. Onvermijdelijk passeerden de vrienden en bekenden de revue. René was als altijd terughoudend. Over zijn gasten had hij nooit veel willen praten, overtuigd als hij was dat je niet moest roddelen over degenen die omzet binnenbrachten.

'Nog iets van Henry gehoord?' vroeg David langs zijn neus weg.

René keek hem aan. 'Je hebt hem nooit gebeld. Hij heeft dat niet begrepen.'

'Ik wil hem spreken. Op korte termijn. Hij is onvindbaar.'

'Die zit niet meer in Nederland. Ik geef je weinig kans. Hij heeft zich bijna helemaal teruggetrokken.'

'Zit hij in Cannes?' David herinnerde zich de verhalen over de villa in de bergen met uitzicht op de baai.

De man tegenover hem schudde zijn hoofd. 'Nee. Cannes is verkocht, al heel lang geleden.'

'Toen hij de Cobra's moest verkopen?' waagde David. Na Futurit waren er verhalen rondgegaan dat Carlier in geldnood zat en bezittingen moest verkopen. De Karel Appels waren onder de hamer gegaan.

René haalde zijn schouders op. 'Wat doet dat ertoe? Hij zit ergens anders. Ik informeer voor je. Geef me je telefoonnummer.'

Er stopte een Smart voor het kantoor. De bestuurder drukte op de claxon. De blonde man stond op. 'Nu moet ik gaan. Ik word afgehaald. Wacht mijn telefoontje even af. Je hoort van me.'

De bestuurder van de Smart was een donkere vrouw. David dacht haar te herkennen. Toen hij bukte om beter te kunnen zien, keek hij in het lachende gezicht van Vittoria.

René sloot het kantoor en stapte in. 'Het is een kleine wereld!' riep hij vrolijk en zwaaide uit het open raam naar David die verbaasd op de stoep achterbleef. Vittoria! Wat betekende dat? Ging de vroegere café-eigenaar op bezoek bij Henry? Zat die op een geheim adres in de stad? Of had Vittoria haar aandacht nu verlegd naar de makelaar, op zoek naar vers bloed, naar nieuwe uitdagingen. Hij keek de Smart na en betreurde het dat hij zijn auto niet bij de hand had.

De gids stak haar paarse paraplu in de lucht en het groepje toeristen liep achter haar aan. Het minibusje dat hen had gebracht stond slordig op de grote parkeerplaats geparkeerd. Ze liepen naar het omvangrijke gebouw waar allerlei mensen in- en uitliepen.

De Sun Yatsen Memorial Hall in Guangzhou was van binnen ook een imposant bouwwwerk. In de congreszaal vielen de eindeloze rijen stoelen op, met plaats voor duizenden toeschouwers. De gids verzamelde de toeristen om zich heen. Alleen een lange blonde jongen verwijderde zich langzaam van zijn reisgenoten. Hij slenterde in gedachten verzonken door het gangpad tussen de stoelen door, op weg naar het podium van waaraf hij de grote zaal wilde bekijken. Onderweg naar de Hall had de gids door de microfoon verteld dat het gebouw tijdens de Culturele Revolutie in de jaren zeventig was gebruikt door de rode gardisten. Daarom was de Hall niet vernield. De revolutionairen waren met hun eigen gebouwen voorzichtiger omgegaan dan met andere cultuurschatten. Het monstrueuze gebouw was gebouwd voor de eerste president van China, die de keizers was opgevolgd.

De jongen stond bij het podium en keek om zich heen. De ruimte was schemerig verlicht. Alles leek groot en hoog, maar mooi was de zaal niet. Hier en daar stonden groepjes toeristen met hun gidsen. Kennelijk waren er heel wat Chinese bezoekers, want verschillende gidsen vertelden hun verhaal in het harde, weinig melodieuze Chinees. Even stond de jongen wat te dromen. Hij dacht aan zijn aankomst in China, na een vertraagde vlucht uit Tokio. De taxi zonder vering die hem in een halsbrekende rit naar zijn hotel had gebracht, vlak achter het mausoleum van voorzitter Mao. De eerste avond op het Tienanminplein, met de ballonverkopers en de Chinese meisjes die Engels met hem wilden spreken. Zijn hotel in

Sjanghai, midden in de drukke winkelstraat, waar 's avonds de mannen op de bloembakken zaten om hun vrouwen aan te prijzen. En het gammele vliegtuig dat hem naar de hoofdstad van het zuiden had gebracht.

'Vindt u het mooi hier?' klonk er plotseling een zachte, Engels sprekende stem naast hem.

Hij keek verrast om zich heen en zag een kleine donkere man naast hem staan lachen. 'Het is in ieder geval bezienswaardig,' zei hij.

De man naast hem lachte weer. 'U bent een diplomaat.' Hij keek even zwijgend om zich heen. 'Nee, voor de echte cultuurschatten van Azië moet je niet naar China gaan.'

'Het museum in Sjanghai vond ik wel erg mooi. De paleizen van Beijing ook.'

'Sjanghai? Dat zijn replica's. In de tijd van Mao hebben ze hier alles vernield. De originele kunstschatten zijn allemaal weg. Nee, dan kun je beter naar Thailand gaan.'

'Kent u dat?' De jongen was geïnteresseerd. Hij had het plan om via Hongkong naar Thailand te gaan.

De andere man lachte weer aanstekelijk. Hij straalde vriendelijkheid uit. 'Ik ben er geboren en ik woon er.'

'Bent u hier op vakantie?'

'Zaken en vakantie. Vandaag laat ik me rondrijden. Ik heb een particuliere chauffeur gehuurd. Dat bevalt me beter dan zo'n groep, zo kan ik mijn eigen route bepalen.'

De blonde jongen zag in de verte de paarse paraplu van zijn gids omhoog steken. Het teken dat haar groep zich moest verzamelen om weer naar de minibus te gaan.

De man uit Thailand zag dat hij wilde vertrekken en trok hem aan zijn mouw. 'Ik heb een voorstel,' fluisterde hij, 'rijd met mij mee. We gaan de stad zien op een manier die u nooit zult vergeten. Dan breng ik u vanavond terug naar uw hotel. Meldt u zich even af bij uw gids.'

De jongen keek verrast. 'Wat kost me dat?'

'Niets. Ik heb gezelschap, dat is genoeg.'

De blonde jongen keek de ander onderzoekend aan. Die zag er verzorgd uit, in een hagelwit overhemd met korte mouwen en een zwarte broek met een vouw alsof deze net uit de broekenpers kwam. Waarom niet? Het minibusje stond hem toch al tegen. Vóór hem zat een Chinees echtpaar dat luid sprak en een klein kind bij zich had dat steeds huilde.

De Thai zag hem aarzelen. 'Maak u geen zorgen. Ik heb een Chinese chauffeur. Weet u wat we doen? We gaan eerst zo'n heerlijke lunch halen. Kom, dan vraag ik mijn chauffeur waar we terecht kunnen.'

Boris stemde met een lach in. 'Oké.'

De man uit Thailand stak een hand uit. 'Mijn naam is Peter Tan.'

'Ik heet Boris,' zei de jongen en hij drukte de toegestoken hand stevig. 'Ik kom uit Duitsland.'

'Mooi. Ooit in Thailand geweest?'

'Nee. Ik wil er eigenlijk nog naar toe gaan.'

'Wanneer?'

'Hierna.'

'Wat een toeval. Ik reis van hier ook terug naar Bangkok. Als we samen reizen, kan ik u vertellen wat u beslist moet gaan zien.'

13

De huiszoeking bij de effectenmakelaar Sommer behoorde tot de buitenschoolse activiteiten, zoals Stevens het eufemistisch uitdrukte. Hoewel De Beaufort bevoegd was een huiszoeking in het kantoor van de verdachte vermogensbeheerder te houden, schrok hij er toch voor terug dit langs de officiële weg te doen. Dan zou hij met de rechercheurs moeten voorrijden om het pand en de administratie te doorzoeken. De pers zou er lucht van krijgen dat hij de makelaar opnieuw vervolgde. De beschadigde wetsdienaar begreep al te goed dat dit koren op de molen van de sluwe Musch zou zijn, de advocaat van de vermogende Sommer. Het bewijsmateriaal dat hij nu in handen had, gaf weinig of geen aanleiding tot een huiszoeking. Behalve de mededeling van de misdadiger die hem zo had toegetakeld, was er geen steun voor de theorie die Sommer als hoofddader aanwees.

Daarom besloot de officier tot een geheime operatie. Hij trommelde hulptroepen van buiten op. Ze troffen elkaar midden in de nacht op de gracht voor het statige kantoor van de makelaar. Er brandden geen lichten meer in het gebouw, iedereen was allang naar huis. De Beaufort was met Stevens meegereden. Hij kroop met zijn ronde gestalte onhandig de auto uit en schommelde naar de trap die naar het bordes leidde.

Daar stonden drie mannen in zwarte overalls te wachten. Stevens was er niet voor geweest dat De Beaufort en hij bij de huiszoeking aanwezig zouden zijn. Hij had alles willen uitbesteden. Maar De Beaufort was zo gefascineerd door de actie dat hij niet voor rede vatbaar was geweest. Stevens hoorde in zijn herinnering de stem van Jacques Musch zeggen dat het slachtoffer niet het onderzoek naar de misdaad moest leiden. Hij slaagde er niet in zijn chef te overtuigen.

De officier wachtte samen met Stevens in het licht van de straatlantaarns. De andere mannen waren via de achteringang het pand binnengeslopen.

Toen de voordeur openging, liepen ze een ruime hal binnen met een marmeren trap naar een bordes op de eerste verdieping. Door de hoge ramen kwam het schaarse licht van de straat. Gegeseld door de windvlagen wierpen de boomtakken grillige schaduwen op de wanden van de hal. De Beaufort zocht naar de lift. 'Kom, we gaan naar boven.'

De kamer van Sommer lag op de eerste verdieping, aan de voorkant. De ruimte besloeg de gehele breedte van het pand. De meubels waren monumentaal, een karakteristieke mengeling van antiek en modern. Naast de deur stond een immens bureau.

'Vooruit, aan de slag,' beval De Beaufort. Ze doorzochten nauwgezet het bureau van Sommer. De kasten werden leeggehaald en weer ingeruimd. Zonder resultaat. Ze kwamen niets tegen dat wees op de betrokkenheid van Sommer bij de mishandeling van De Beaufort. De stemming was bedrukt.

'Moet je hier eens kijken,' zei De Beaufort. Hij scheen met zijn zaklantaarn op een schriftje dat hij uit de la van een antieke speeltafel had gehaald. Stevens liep naar hem toe. In het schriftje stonden pagina na pagina bedragen genoteerd. Achter ieder getal stonden letters en een datum. De Beaufort zat in een van de comfortabele lage stoelen die om de speeltafel gegroepeerd stonden. Het schriftje gaf hij aan Stevens.

'Dit is het bewijs dat we misten,' zei hij. Hij zag er ontdaan uit. Zijn haren zaten verward, de doorwaakte nacht had groeven in zijn witte gezicht getrokken. Op zijn wangen zat een zwarte glans van de baardstoppels. Toen Stevens hem niet-begrijpend aankeek, pakte zijn chef het schrift terug.

'In die kolom zie je de bedragen die hij heeft betaald. In de kolom daarnaast staan de initialen van de ontvanger. Daar vind je de datum. Mijn kop eraf als dit niet de boekhouding van de geheime betalingen is.'

De Beaufort had de effectenmakelaar in diens strafzaak misbruik van voorwetenschap en omkoping ten laste gelegd. Volgens de dagvaarding had de makelaar personeel van pensioenfondsen omgekocht om aan voorinformatie over hun beleggingsbeleid te komen. Met een selecte groep klanten liep hij dan vooruit op het beleid van de pensioenfondsen. Als de koersen gingen stijgen omdat de pensioenfondsen de aandelen opnamen in hun beleggingsportefeuille, verkocht Sommer haastig en streek met zijn vrienden een aardige winst op. De dagvaarding had er fraai uitgezien, alleen was De Beaufort er niet in geslaagd het bewijs voor de omkoping van de bestuursleden van de fondsen te vinden. Ondanks uitgebreide naspeuringen en getuigenverhoren bleef bewijs uit. Tijdens het proces was De Beaufort door de verdediging steeds meer in het nauw gebracht. Een vernietigend vonnis van de rechtbank en een diepe frustratie van de officier waren het uiteindelijk resultaat.

Stevens las mee. De eerste datum was van meer dan tien jaar geleden. Bladzijde na bladzijde waren op dezelfde manier gevuld. Steeds weer een bedrag, letters en een datum. 'Waarom hebben onze mensen dat niet in beslag genomen?' vroeg hij. Er was een uitgebreide huiszoeking geweest, maar die had geen bewijs opgeleverd.

De officier haalde zijn schouders op. 'Misschien hebben ze het niet gevonden. Hebben ze niet gezien dat er een la in deze tafel zat. Of ze hebben het in beslag genomen, maar de betekenis ervan niet begrepen.'

Stevens moest De Beaufort toegeven dat het erop leek dat het schriftje een boekhouding bevatte. Maar of het de boekhouding was van de zwarte betalingen waar zijn chef zo naar had gezocht? Dat stond maar te bezien. Om dat vast te stellen moest worden nagegaan wie achter de initialen schuilgingen. Dan moesten de mensen verhoord worden, en niet te vergeten Sommer. Hij had dezelfde gedachte als de officier.

'We zullen het nooit zeker weten,' zei De Beaufort. In zijn stem klonk spijt door. Zijn medewerker wist dat het waar was. Van een heropening van het onderzoek naar Sommer kon geen sprake meer zijn. Bovendien, officieel waren ze deze nacht niet in het pand en als het schrift bewijsmateriaal bevatte, konden ze het niet gebruiken. Het was clandestien bewijs, onbruikbaar in de procedure. Stevens zag dat De Beaufort het schrift in zijn jas stak. Ze doorzochten de laatste kast zonder iets van belang te vinden. Toen was het vijf uur.

Beneden stonden de drie huurkrachten al te wachten. De voordeur sloot even later geruisloos achter de mannen van justitie. Ze liepen kalm naar de auto van Stevens.

'Rijd even naar de Amstelveenseweg,' zei De Beaufort. 'Daar is een broodjeszaak open. We kopen daar een ontbijt en eten dat bij mij op.'

De beide mannen zaten zwijgend en gedesillusioneerd in de auto. De nacht had niets opgeleverd. Er was geen bewijs voor de betrokkenheid van de effectenmakelaar bij de aanslag op De Beaufort.

Toen ze de De Lairessestraat uitreden doorbrak Stevens het stilzwijgen. 'Sommer is een dood spoor, Charles. Geloof me. We verspillen onze tijd.'

De Beaufort zat verslagen naast hem. Hij wist dat het geen zin meer had achter Sommer aan te gaan, maar wilde het nog niet toegeven. 'Hij hangt op dat schriftje.'

'Vergeet het. Je kunt het onderzoek niet heropenen. Het is illegaal bewijs. Je kunt er niets mee doen en de rechter-commissaris geeft je niet meer de kans het onderzoek opnieuw te doen. Vergeet Sommer, Charles. Hij is *dead meat*. Zet je tanden er niet in.'

Weer heerste er gedurende enkele minuten een stilzwijgen. De regen kwam met bakken uit de hemel vallen, de ruitenwissers konden het met moeite aan. Het waaide hevig. Het water golfde over de straat.

Toen ze het Valeriusplein kruisten, reageerde De Beaufort. 'Waarom hebben ze dat schriftje niet gezien, Paul? Als jij me het antwoord op die vraag kan geven, ben ik een stuk geruster.'

Stevens draaide de auto om de rotonde, de Amstelveenseweg op. Voorbij de benzinepomp parkeerde hij de wagen naast het fietspad. 'Wat wil je?' vroeg hij.

'Een antwoord op mijn vraag. Waarom hebben ze dat schrift niet gevonden?'

Stevens draaide zich naar zijn passagier. 'Wat bedoel je, verdomme!' riep hij verontrust uit.

'Waarom weet Musch van ons onderzoek naar Sommer? Waarom krijg ik een huurmoordenaar in mijn huis? Waarom weet Finkenstein dat we hem op de korrel hebben? Is dat allemaal toeval? Waarom vind ik het bewijs in mijn zaak in een la onder de speeltafel van Sommer? Waren de rechercheurs niet in staat die la open te trekken? Konden ze niet zien dat er bedragen in dat schrift genoteerd stonden?'

Stevens keek zijn chef geschrokken aan. 'Ik ga broodjes halen,' besliste hij. 'Als je wat wilt, moet je het nu zeggen.'

'Oude kaas. Wit, met boter. En paté. Hetzelfde.'

'Koffie?'

'Heb ik thuis beter. Ze hebben hier zo'n kan, dat wordt te bitter. Nee, voor mij niet. Neem een blikje Cola Light voor me mee.' Hij grabbelde geld uit zijn zak.

David had een lunch met Da Costa, de man die hem moest vervangen. Die werkte in het verzekeringsbedrijf van Wallis. Da Costa was een typische verzekeringsman. Niet uit de plooi te krijgen, steeds formeel. Hij zou een ander type bestuurder zijn dan David was geweest. Da Costa was duidelijk de jonge manager die onderweg was op zijn carrièreladder. Lang en mager, het zwarte haar onberispelijk gekamd met de scheiding in het midden, afstandelijk en op het oog weinig geïnteresseerd. Voor hem was dit een baan die hij na drie of vier jaar weer zou verruilen voor een bestuurspost bij een groter bedrijf. Was de functie voor David een geschenk uit de hemel geweest, de ultieme kans op de zo felbegeerde rehabilitatie, voor zijn opvolger speelden dergelijke gevoelens niet. Die leek in gedachten al bezig met de volgende sprong in zijn loopbaan.

Terwijl ze de menukaart raadpleegden, ging de telefoon van David over.

'David? René hier.'

'Hé, hoe gaat het? Kan ik je later terugbellen? Ik zit in een bespreking.'

'Dan maak ik het kort. Henry wil je spreken. Ik heb moeten lullen als Brugman, maar afijn. Je kunt hem ontmoeten.'

'Waar?'

'Heb je een pen en papier?'

'Moment.' David pakte de menukaart en zijn ballpoint. 'Oké.'

'Hij zit in Spanje. Altea Hills, boven Alicante.' De makelaar spelde het adres, David schreef het zorgvuldig op. 'Geef aan mij door wanneer je erheen vliegt. Wacht niet te lang. Je moet een vlucht naar Alicante nemen. Ik regel dat je wordt afgehaald.'

David stopte het toestel weg. Hij lachte verontschuldigend naar zijn gast. Terwijl zijn bezoeker nog aan het rekenen was met de balansen, sloeg hij de menukaart open. 'Wat zou je zeggen van Jabugo-ham met ganzenlever vooraf? Als hoofdgerecht de tarbot met truffel en spaghetti?'

Zonder antwoord af te wachten gaf hij de bestelling aan de ober door. Da Costa ging op in de cijfers en besteedde geen aandacht aan de kaart.

Toen de amuses op tafel werden gezet vroeg David: 'Wanneer begin je?'

'Als de commissarissen me hebben benoemd. Ik geloof dat het deze week gebeurt.'

'O. Dan moet ik je ook introduceren?'

'Dat lijkt me wel. Anders kan ik niet beginnen.'

'Hoe wil je dat het gebeurt?' David had een visioen van lange vergaderingen met het personeel. Nu de kogel door de kerk was, had hij daar geen zin meer in.

'Gewoon, een bijeenkomst met de staf en een personeelscirculaire. Zo doen ze het bij ons altijd. Ik kom binnen, jij gaat eruit. Ik heb voldoende tijd gehad om me voor te bereiden. Als ik je nog nodig heb, bel ik je wel. Hoe zouden we het anders moeten doen?'

David was verbaasd. Had Da Costa zoveel tijd gehad om zich voor te bereiden? In zijn ogen was alles erg vlug gegaan. 'Hoe lang geleden hebben ze je gevraagd?'

Da Costa dacht even na. 'Drie maanden geleden, geloof ik. Is dat belangrijk?'

'Nee,' zei David, 'natuurlijk niet.' Zonder dat hij het aan zijn tafelgenoot vertelde, bleef hem de rest van de maaltijd de vraag bezighouden waarom Wallis hem pas een maand geleden voor de lunch in De Maas had uitgenodigd als Da Costa al twee maanden eerder was gevraagd hem op te volgen. Wat hij helemaal niet kon verklaren, was dat de brief van het beursbestuur was gedateerd op een dag dat Da Costa allang was gevraagd hem op te volgen. Het was duidelijk dat de brief van het beursbestuur niet de eigenlijke reden was om hem weg te sturen. Als Da Costa voor de ontvangst van die brief als zijn opvolger was gevraagd, moest er iets anders aan de hand zijn. Maar wat dan wel? Of zou het beursbestuur Wallis al eerder hebben gewaarschuwd? Was dat de reden dat Da Costa was gevraagd voordat David op de hoogte was gesteld? Hoe meer hij erover dacht, hoe minder hij ervan begreep. Hij zou blij zijn als hij het geld van de opties op zijn bankrekening had staan. En daarna Londen? Ach, dat kon hij altijd nog zien. Eerst dat geld. Daarna zou hij wel weer kijken.

Het telefoontje kwam midden in de nacht. Finkenstein draaide zich kreunend om in zijn brede bed om het toestel te pakken. Het was Boris en hij was erg opgewonden. 'Luister, Ben,' riep hij, 'ze hebben me gekidnapt. Alles is gejat. Mijn paspoort. Mijn creditcards. Rijbewijs, alles. Ze houden me hier vast tot ik betaal.'

'Waar ben je?' vroeg de advocaat verbaasd.

'Thailand. Ik ben naar China gegaan en daarna naar Pattaya Beach. Na Tokio wilde ik even uitrusten.'

'Kon je niet bellen?'

'Heb ik gedaan. Ik heb Herb gesproken op je kantoor. Hij zou het doorgeven.'

'Dat heeft hij niet gedaan, schat. Ik was ongerust.'

'Daar heb je alle reden voor. Ze pressen me hier verschrikkelijk. Ik moet betalen.'

'Wat?'

'Het verblijf. Mijn eten. De taxi's. Het losgeld, Ben, ze laten me alleen gaan als ze een losgeld krijgen.'

Finkenstein dacht snel na. 'Het is een kutverhaal. Goed geprobeerd, maar het is minder dan niets. Losgeld! Je hebt een kerel ontmoet en hebt hem genaaid. Nu is je geld op en ik moet schuiven. Mooi niet. Los je eigen problemen maar op. Ik moest dat de afgelopen weken ook doen.'

'Laat me niet in de steek!' riep zijn vriend. 'Als je ooit om me gegeven hebt, help me dan. Ben, nu kun je bewijzen dat ik werkelijk iets voor je beteken. Dat het niet waar is dat je alleen van jezelf houdt. In vredesnaam, kom me halen, snel. Als dat geld er niet komt, steken ze me nog overhoop.'

'Kun je niet bij je bank terecht?' Finkenstein bleef sceptisch, ondanks het emotionele beroep dat zijn vriend op hem deed.

'Mijn god!' riep Boris, 'ze laten me nog niet eens naar de plee gaan! Kom en breng geld mee, ze vertellen je wel hoeveel. Ik geef je een adres en een telefoonnummer. Meld je daar. Zeg niet dat je voor mij geen reis wil maken, Ben.'

Finkenstein hoorde angst in zijn stem doorklinken. Luister nu maar en stel geen vragen meer, zei hij tegen zichzelf. Dan kon hij altijd nog zien. Boris spelde het adres en het telefoonnummer. Ben had alles genoteerd. Toen hij een ander aan de lijn kreeg begreep hij pas dat het werkelijk menens was. '*Mister lawyer*?' zei een vragende stem met een oosters accent. 'Heb je gehoord wat je vriend zei? Honderdduizend dollar willen we hebben. Je moet het geld deze week brengen, anders gaat het verkeerd. Als je deze week niet komt, hoeft het niet meer. Begrijp je me? Dan kun je thuis blijven.'

De verbinding werd verbroken. Ben probeerde weer te bellen maar dat lukte niet meer. De telefoon werd niet meer opgenomen of snel neergegooid. De advocaat stapte zijn bed uit en pakte een sigaret. Hij moest zijn laatste klussen voor Jane nog doen. Dan kon hij afreizen. Waarom ging de Duitser op vakantie in het meest hoerige deel van Thailand? Het fotomodel was niet gek en wist heel goed wat Pattaya betekende.

Wat was er gebeurd? De jongen was natuurlijk met geld uit Tokio vertrokken. Met het modehuis had hij vast een vorstelijke gage afgesproken en hij had ook nog enkele reclamecontracten afgewerkt. Geld had hij meer dan genoeg verdiend. Misschien was hij met een pooiertje naar Thailand afgereisd en had dat vriendje hem bestolen. Dat moest het zijn. Maar daarna? Waarom had hij niet met zijn bank gebeld voor een telefonische overboeking? In plaats daarvan had Boris zich kennelijk diep in de nesten gewerkt. Maar hoe? Op welke manier was de jonge Duitser in handen van misdadigers terechtgekomen die zo'n hoog losgeld vroegen?

Finkenstein liep naar de keuken op de eerste verdieping om een kop espresso te nemen. Het was drie uur in de nacht en hij was klaarwakker. Terwijl hij de koffie dronk, moest hij zichzelf bekennen dat hij zich behoorlijk zorgen maakte. Hij stommelde de trap af en liep naar zijn slaapkamer. Tevergeefs probeerde hij nog wat te slapen.

Toen dat niet lukte, besloot hij op te staan en naar kantoor te gaan. Hij wilde een planning voor de komende dagen maken en zo snel mogelijk het vliegtuig naar Thailand nemen. Het was een geluk dat hij de prijs voor Jane had verhoogd, overwoog hij. Het geld was nu helemaal het probleem niet, al was hij er nog niet zeker van of hij dit bedrag voor het fotomodel over had. De ontrouw van de Duitser woog zwaar, en eigenlijk was het zo gek nog niet dat de adonis een tijdje in twijfel zat of de advocaat de reis zou maken.

In het nachtelijk duister sjokte hij over straat. Ondertussen overwoog hij hoe hij meer te weten kon komen over het adres en het telefoonnummer dat Boris had gedicteerd. Voordat hij afreisde wilde hij weten waar hij zijn hoofd in stak. Wat er met Boris ook was gebeurd, hij zou ervoor zorgen dat het hem niet zou overkomen.

14

Zimmerman en Chamal hadden een congres in New York bijgewoond. Chamal stond erop dat ze daar na afloop nog een lang weekend zouden doorbrengen. Zimmerman had de afgelopen weken bijna al zijn tijd aan de opdracht van Nedtelcom besteed. Ze hadden er op kantoor veel over gesproken. Het plan van Zimmerman was gedetailleerd. Chamal had zijn collega ervan overtuigd dat ze dit weekend over hun plannen moesten brainstormen, in een appartement van een van zijn vrienden, ver van alle onrust van het kantoor. Ze hadden de woning het weekend voor hen alleen. De eigenaar was buiten de stad. Zimmerman was gemakkelijk te overtuigen geweest. Tenslotte was de opdracht van Nedtelcom de grootste uit hun loopbaan en was het niet overdreven als ze daar een weekend aan zouden besteden.

Het appartement was in de buurt van Soho. Het was een royale verdieping met dakterras in een gebouw van vuile rode baksteen. Binnen was alles wit. De muren waren wit gestuct. De vloer was wit geverfd. De banken waren van wit leer. Alleen de gordijnen waren van een doorschijnende, vuurrode stof. De schilderijen aan de muur brachten volop kleur.

De vroege voorjaarszon scheen behaaglijk. Toen Zimmerman de terrasdeuren openschoof en op het terras wilde gaan zitten hield Chamal hem tegen. 'Ben je gek geworden. We gaan naar hier tegenover.'

Hij doelde op een smal kroegje. Bij hun binnenkomst viel het Zimmerman op dat alles van staal was. Ze zaten op een stalen barkruk met gaten in de zitting. De bar was van grauw zink. Achter de tap stond een grijsstalen kast met glazen en flessen. De gedempte verlichting versterkte de grijze indruk.

'Hier neem je whisky, partner,' zei Chamal. Hij riep iets onverstaanbaars naar de barman. Die zette twee glazen op het zink en schonk ze vol uit een fles zonder etiket.

Ze aten in Tabulah. Een meisje bracht hen naar de eerste verdieping waar ze aan een tafeltje midden in het restaurant werden geplaatst.

'Fusion,' legde Chamal uit. 'Zal ik wat bestellen? Dat is gemakkelijk voor je.'

Het werd gefrituurde vis met oosterse sausjes en eendenborst die geroosterd was op een Chinese manier. Ze dronken een Chileense wijn. Bij het hoofdgerecht vroeg Chamal om whisky.

De taxi bracht hen daarna naar de Asia de Cuba op Madison in Upper East. Ze liepen door de glazen klapdeuren en het eerste dat opviel was een lange tafel die over de hele lengte van de grote zaal stond. De tafel had allerlei hoeken. Niemand zat recht tegenover een ander. Bijna alle plaatsen waren bezet. Er zaten enkele tientallen mensen te eten.

Op de eerste verdieping krioelden de gasten door elkaar heen. Bij de bar was het een komen en gaan. Modieus geklede mannen en vrouwen begroetten elkaar en dronken een glas. Er werden lichte schotels besteld, veel gamba's en andere vissoorten.

Chamal sprak Zimmerman aan op iets wat hem dwarszat. 'Bernt, jij ziet De Chavannes zonder dat ik het weet,' zei hij tussen twee slokken door.

Zijn partner keek hem verbaasd aan. 'Waar heb je het over?' Zimmerman leek geamuseerd.

'Ik zag jouw auto op de Hooikade. Mijn vriendin zei me dat je uit een appartement een paar huizen verder kwam. Ik heb het nagekeken. De Chavannes is de eigenaar. Hij woont daar met zijn vriendin.'

Nu moest Zimmerman lachen. 'Met één van zijn vriendinnen, zul je bedoelen. Die man heeft drie van dat soort appartementen. En evenveel vriendinnen.'

'Dat zal wel. De vraag is, wat deed je daar?'

'Zijn programma bespreken, begrijp het dan. Niet dat hij geen vertrouwen in je heeft, maar hij is ook aan het zoeken.'

'Wat zoekt hij?' Chamal luisterde met een half oor. Zijn aandacht werd getrokken door een meisje achter de bar. Ze was in gesprek met een man die twee drankjes bestelde. Het meisje vertelde dat ze uit Gambia kwam en pas een half jaar in New York werkte. Ze had een natuurlijke gratie die zijn aandacht trok. Chamal stootte zijn partner aan. 'Wat een vrouw!' riep hij met een hoofdknik naar de bar.

Zimmerman reageerde niet. Hij vervolgde: 'De Chavannes doet hetzelfde als jij, jongen. Hij gaat het doen en laten na van de Spaanse en Duitse concurrent. Hij wil op zijn manier ook aan informatie komen. Ik help hem erbij. Het is te riskant om alleen op jou te vertrouwen, vindt hij.'

Chamal keek zijn partner verbaasd aan. Had de zwijgzame Zimmerman een dubbele agenda? Hij aarzelde even tussen boosheid en lachen.

Zimmerman zag de aarzeling. 'Man, doe niet zo moeilijk. Ik werk op verzoek van de klant. Als hij wat nieuws heeft, weten wij het als eersten.

Maak je niet dik.' Toen Chamal hem zwijgend bleef aankijken vervolgde hij: 'Ik wist niet dat je op de Hooikade een vriendin had. Wie is dat?'

Midden in de nacht belandden ze in een speak-easy in de Village waar op dat uur eigenlijk niet meer geschonken mocht worden, maar alle gasten nog volop drank bestelden. Ze verlieten het café door de lange vluchtgang tussen de huizen. Toen ze door het poortje de straat op gingen, hielden ze een taxi aan om hen naar het appartement te brengen. Chamal deed nog een flauwe poging om Zimmerman mee te krijgen naar een club met meisjes, maar die had daar geen zin meer in. Ze moesten de volgende dag weer aan de gang.

Het was al tegen twaalf uur in de ochtend toen Zimmerman zijn partner bij de koffiebar ontmoette. Hij had een krant gekocht in een achterafwinkeltje. Zijn verbazing was niet gering toen hij Chamal al aan de koffie aantrof.

'Van die koeken hebben ze net een verse lading, jochie,' zei zijn partner. 'Ik heb er een met zwarte bessen. Nog warm. Ik zou het maar doen, je krijgt er geen spijt van.'

Zimmerman schoof met een cappuccino en een koek aan. Hij gaf een stuk van de krant aan Chamal. 'Even lezen. Hoe laat beginnen we?'

'Over een half uur. Op ons terras, wat vind je daarvan?'

'Top. Kop dicht.' De adviseur streek met een hand door zijn lange blonde haren en sloeg de krant open. Korte tijd later stond de rusteloze Chamal op. Hij liep naar buiten omdat hij de sfeer wilde opsnuiven.

Zimmerman had stoelen op het dakterras gezet. Hij had de leuning van zijn stoel naar achteren geschoven en koesterde zich nu in de zon. Met een blikje cola in de hand keek hij Chamal vol verwachting aan. 'Oké, Claude. In dat rapport vind je de stand van zaken van de campagne. Lees het, en geef me je commentaar.'

De campagne voor Nedtelcom was in volle gang. Er waren advertenties geplaatst. De eerste afspraken met politici waren gemaakt. Zimmerman had een congres weten te organiseren met belangrijke sprekers. Hij had een opdracht gegeven om opiniepeilingen te houden. De resultaten waren in het rapport gebundeld. Chamal las het aandachtig door. De twee adviseurs besteedden enkele uren aan de evaluatie van hun acties en aan de uitwerking van nieuwe plannen.

Toen de zon achter de hoge gebouwen wegzakte werd het te koud om op het terras te blijven. Chamal stond huiverend op. 'Kom, we nemen binnen een borrel.'

Zimmerman schonk in de huiskamer de glazen vol. 'Claude, hoe staat het met ons andere programma?' vroeg hij. Over de acties tegen de Spaanse en Duitse concurrent had Chamal hem sporadisch geïnformeerd. Op een ochtend had zijn partner een artikel uit de *Financial Times* op zijn bureau gelegd. De voorzitter van het Spaanse telecombedrijf was verwikkeld in een rel over een buitenechtelijke relatie. De vrouw van de Spaanse premier bemoeide zich er persoonlijk mee. Zij was bevriend met de vrouw van de bestuursvoorzitter van het telecombedrijf.

Chamal nipte aan de drank en lachte. 'Juan is exit,' zei hij tevreden. 'Hij had één vrouw te veel.'

'Hoe kwam het aan het rollen?'

'Een foto die bij een krant in Madrid werd bezorgd.'

'Onbekende bron?' Zimmerman had er plezier in en moest lachen.

'Je hebt het helemaal begrepen. Het kostte niet veel. Nog geen vijftigduizend euro.'

'En nu? Hebben ze de beslissing al teruggedraaid om in Nederland de markt in te gaan?' Zimmerman schudde het glas in zijn hand heen en weer. Het getinkel van de ijsblokjes was duidelijk hoorbaar.

'Nog niet. Maar dat is een kwestie van tijd. Telefonica laat zich in Nederland niet zien, geloof me. Dat is voorbij.'

'En Deutsche Telekom? Hoe staat het daarmee?'

'Ik ben er niet uit. Telekom vrijt met iedereen. Ik heb vijf kandidaten geselecteerd waarmee ze in gesprek zijn over samenwerking. Maar ik weet verdomd niet wie het wordt.'

Zimmerman sprong uit zijn stoel. 'De Chavannes beloofde me hierover nog een bericht te sturen. Hij had nieuwe informatie.' Hij pakte zijn laptop en controleerde zijn e-mails. Terwijl Chamal toekeek, slaakte hij plotseling een juichkreet. 'We hebben hem! Hier, kijk maar!'

Chamal las over de schouder van zijn partner mee. De tekst van het bericht was cryptisch: 'Het wordt een meisje.' Chamal begreep er weinig van. 'Meisje? Verklaar je nader. Wat bedoelt hij?'

Zimmerman antwoordde niet. Hij klapte de laptop dicht en pakte uit zijn koffer een foto die hij op tafel gooide. 'Hier. Dit is ze.'

Chamal zag een onaantrekkelijke vrouw in een slecht zittend mantelpakje. Haar hoog opgekamde haren konden niet verhullen dat ze klein was. 'Wie is dat?'

'De ster van Telekom, jongen. Een vrouw die binnenkort een paar miljard in de schoot valt. Zij is de verloofde van onze Duitse vrienden. Dat is Jane Ecker.'

'Van Amsterdam Online? Wij hebben voor die beursgang geoffreerd. Ze heeft de opdracht niet aan ons gegeven. Wat heeft zij met Telekom te maken?'

'Ze gaat met de Duitsers samenwerken. Razendslim. De Duitsers met hun kennis van de telecom. En Jane Ecker met enkele miljarden in kas. Die daarmee zaken moet aanpakken die geld opbrengen. Want vergis je niet, Amsterdam Online heeft alleen maar verliezen geleden. Een *cashburner* van formaat. De combinatie van internet en mobiele telefonie kon wel eens sterk zijn.'

Chamal luisterde verbaasd. Zimmerman sloeg hem lachend op de schouders. 'Daar was ik voor op de Hooikade, partner,' zei hij. 'De Chavannes heeft veel ingangen om aan informatie te komen.'

'Hoe hard is deze informatie?' vroeg Chamal. 'Ik ben hierover niets tegengekomen. Weet je het zeker?'

'Absoluut zeker. Geen twijfel mogelijk. De Chavannes kreeg een tip van een vriendje bij Telekom. Die heeft hij nagetrokken. Ik heb hem daarbij geholpen.'

'Dus Jane Ecker is onze vrouw. Haar moeten we hebben.'

'Natuurlijk. Maar we moeten het wel zorgvuldig plannen. We moeten haar vlak voor de veiling te pakken nemen. Telekom heeft dan geen tijd meer een andere partner te zoeken.'

'Gemakkelijk gezegd. Wat weten we van haar?'

Zimmerman lachte vrolijk. Hij wees naar zijn koffer. 'Ik heb documentatie meegenomen. Ik stel voor dat we die samen doornemen.'

'Goed idee. Daarna gaan we stappen. Even wat van New York proeven. Deal?'

'Deal.'

Het was een van die landerige zittingen waarvan er zoveel zijn. Er stonden vijf zaken op de agenda van de meervoudige kamer van de rechtbank, twee voor de ochtend en drie voor de middag. De Beaufort trad in alle zaken als officier van justitie op. Hij werd bijgestaan door Stevens. Het waren domme belastingfraudes. Een rekening in Zwitserland die hier niet bij de fiscus bekend was. Een salaris dat in Luxemburg was ontvangen en buiten het zicht van de belastinginspecteur was gehouden. Allemaal platte fraudes, maar ze waren door de internationale verwikkelingen lastig genoeg om er de drie rechters van de meervoudige kamer op te zetten.

Toen Finkenstein 's middags in de laatste zaak van die dag een cliënt kwam verdedigen, was het alsof er iets in de zaal veranderde. De rechters bleken gevoelig voor de argumenten van de advocaat. Zijn cliënt had weliswaar verkeerd gehandeld, maar het was een kostwinner met een jong gezin dat financieel van hem afhankelijk was. Finkenstein was in goede vorm. Op zijn uiterlijk was niets aan te merken. De op maat gemaakte toga zat om zijn slanke lijf gegoten. De kortgeknipte haren waren strak gekamd. In het zongebruinde gezicht waren de donkere kringen onder zijn ogen nauwelijks te zien. Hij sprak lispelend met de ietwat arrogante intonatie die hij van zijn Leidse studententijd had overgehouden. Met brede armgebaren probeerde hij de rechtbank te bezweren hem te geloven. Dat lukte niet helemaal. Toen Finkenstein in een overmoedige bui duidelijkheid over de te verwachten straf vroeg, omdat zijn cliënt dreigde te worden ontslagen, liet de president van de rechtbank doorschemeren dat op een straf van honderd uur dienstverlening gerekend moest worden. Zichtbaar tevreden verliet Finkenstein de zaal. Zijn cliënt zou de enige verdachte zijn die er die dag zonder vrijheidsstraf vanaf zou komen.

De Beaufort liep met Stevens naar de koffiecorner in de grote hal van het Paleis van Justitie. Ze bespraken de gang van zaken en waren niet ontevreden over hun score van die dag.

Over de brede trap uit de dieper gelegen Noordvleugel kwam Finkenstein in volle glorie aanlopen. Met de toga over de arm liep hij in zijn donkerblauwe jas met de fluwelen kraag breed lachend op de officieren toe.

'Gefeliciteerd!' riep hij. 'Vandaag hebben jullie gescoord!'

De Beaufort keek hem verbaasd aan. 'Jouw cliënt krijgt dienstverlening. Dat lijkt me niet bepaald een overwinning voor het openbaar ministerie.'

'Ik had vrijspraak willen hebben. Het wordt een veroordeling. Jullie hebben gewonnen.'

Hij zocht naar zijn portefeuille. 'Koffie?' vroeg hij.

De officieren stemden in. Finkenstein vertelde de laatste roddels die in de balie rondgingen. Met een sigaret in de hand draaide hij zich plotseling naar De Beaufort om.

'Heeft het OM niet een liaisonofficier in Thailand?'

De Beaufort keek hem verbaasd aan. 'Niet precies. Volgens mij is het een man van de CRI. Voor de drugsbestrijding. Maar je hebt gelijk, aan de ambassade is een opsporingsambtenaar toegevoegd die samenwerkt met de Thaise autoriteiten.'

'Ken je hem?'

'Nee. Ik zit niet in drugszaken.'

'Kun jij die verbindingsman wat laten uitzoeken?'

'Dat hangt ervan af. Waar ben je op uit?'

'Het gaat om een adres.' De advocaat trapte met een onverschillig gebaar zijn sigaret op de tegelvloer uit. 'Voor een bepaalde zaak. Ik moet weten of er iets mee is. Wie het adres gebruiken. Of de bewoners van dat pand verdacht worden van criminele handelingen. Dat soort zaken.'

De Beaufort keek de advocaat argwanend aan. 'Je wilt een dienst? Wat krijg ik terug?'

De advocaat aarzelde even. Het liefst had hij natuurlijk geen tegenprestatie geleverd, maar hij had er in zijn hart niet op gerekend dat De Beaufort hem zonder meer zou helpen. Over de prijs die hij zou moeten betalen had hij ook weinig twijfel. De recorder van zijn telefoon had zijn vriend Clavan de vorige keer nog kunnen redden, maar nu maakte Finkenstein zich geen illusies. De keuze tussen Boris en de hoofdofficier had hij in de kleine nachtelijke uren in zijn keuken op de eerste verdieping van zijn appartement in gedachten al heel wat keren gemaakt.

De advocaat antwoordde niet onmiddellijk. Hij morrelde aan de kraag van zijn overjas en pakte een plastic tas uit zijn koffertje waarin hij de toga wegstopte. Toen hij weer rechtop stond keek hij verwijtend naar de officier. 'Mickey?' fluisterde hij.

'Deal,' zei de officier zonder aarzeling. De advocaat stopte hem een papiertje in de hand. De Beaufort stopte het in zijn jas en liep door de draaideur naar buiten.

15

Simon Ferguson woonde in het voorjaar in Monaco. Het was voor Finkenstein niet moeilijk geweest dat te achterhalen. De bejaarde eerste echtgenoot van Jane Ecker had nog een kantoortje op het Haagse Voorhout, van
waaruit hij zijn Nederlandse belangen behartigde. Toen de advocaat zich
daar telefonisch meldde voor een afspraak, werd hij doorverbonden met
een discrete jurist die beloofde zijn verzoek aan Ferguson zelf voor te leggen.

Ferguson was de laatste kwestie die Finkenstein voor Jane moest regelen. Hij had besloten de bejaarde man zelf te benaderen. Hij herinnerde
zich dat hij jaren geleden tijdens de scheidingsprocedure een niet al te
slecht contact met hem had gehad. Als dat weer lukte, kon hij misschien
snel rondkomen met hem. Dat kwam hem goed uit. Omdat hij naar Thailand wilde afreizen, was het hem veel waard als hij met Ferguson zo snel
mogelijk tot een oplossing kon komen.

Een nachtelijk telefoontje van Boris had hem erg onder druk gezet. Zijn
Duitse vriend liet hem merken dat hij ongeduldig werd. Toen Finkenstein
hem zei dat hij de reis nog niet had geregeld omdat hij nog wat werk had te
doen, werd het fotomodel boos. De Duitser vloekte luid. '*Scheisse*, je begrijpt toch wel dat het om mijn leven gaat?'

De advocaat bleef kalm. 'Ik denk het niet,' zei hij koeltjes. 'Het gaat natuurlijk om het geld. Als jij ze duidelijk maakt dat ik met het geld kom, geven ze echt wel uitstel. Ze willen geen lijk, maar geld.' Finkenstein vertelde
Boris niet dat hij nog wachtte op informaties van de officier van justitie. Hij
hoopte dat via de liaisonofficier in Bangkok wat meer bekend zou worden
over de mensen die Boris gijzelden.

Een bewaker had het telefoongesprek overgenomen. In een merkwaar-
dige mengelmoes van Chinees en Engels sprak deze hem toe: '*Mister*, jij
moet komen, anders is jouw vriend dood. Jij brengt het geld, hij blijft leven.'

'Maak je geen zorgen, dat geld komt in orde,' zei Finkenstein langzaam en duidelijk, 'het kost alleen even wat tijd. Ik moet het met de bank regelen. De vlucht boeken. Volgende week lukt me dat wel.'

Toen de discrete jurist van het Lange Voorhout hem terugbelde met de mededeling dat Simon hem wilde spreken, was hij dan ook verheugd. Hij vrolijkte helemaal op toen de zaakwaarnemer hem voorstelde die week nog te gaan. Ferguson zou daarna naar Palm Springs vertrekken om te golfen. Finkenstein maakte de afspraak en boekte zijn vlucht naar Nice.

In Nice nam hij de heliservice naar Monaco. Die vlucht was geen pretje. De helikopter was lawaaierig en erg gevoelig voor de wind. Die nacht was er een van die voorjaarsstormen opgestoken waar de Côte d'Azur berucht om was. De helikopter zwiepte tijdens het tochtje boven de blauwe zee angstig heen en weer. Finkenstein haalde opgelucht adem toen hij op het platform aan de haven uit kon stappen.

De chauffeur van het shuttlebusje zette hem op de hoek van het casino af. Aan zijn linkerhand zag hij de statige gevel oprijzen van het Hôtel de Paris. Hij stak de straat over en vond de entree van het appartement.

Ferguson ontving hem stijlvol in een lichte broek met een messcherpe vouw. Een geel overhemd en een marineblauwe blazer versterkten de sportieve indruk. De dikke grijze krullen waren golvend naar achteren gekamd. Ferguson waren de jaren niet aan te zien. Hij bewoog zich zonder moeite en drukte zijn gast de hand.

'Kijk eens aan. Ben Finkenstein, leuk dat je de weg hierheen hebt gevonden.'

De advocaat ging zitten op een brede leren bank in een erker met uitzicht op het plein voor het Casino.

Toen de koffie was ingeschonken en Ferguson een dun sigaartje had opgestoken vroeg hij aan Finkenstein wat de reden van zijn bezoek aan Monaco was.

Ben stak een sigaret op. Hij zoog de rook over zijn longen en blies witte wolkjes uit. 'Jane, Simon,' zei hij. 'Ik kom hier voor haar.'

'Ach, je bent haar advocaat nog. Ik dacht eerlijk gezegd dat jullie elkaar uit het oog hadden verloren. Maar dat is niet zo. Ik heb mijn zaken met Jane afgewikkeld, Ben. Jij hebt dat destijds zelf gedaan. Dat was meer dan tien jaar geleden. Ik heb met Jane niets meer te maken.'

'Daar gaat het niet om. Het is wat anders. Heb je de dossiers uit die tijd bewaard? Jane heeft ze nodig. Zelf heeft ze die papieren niet meer.'

Ferguson keek zijn gast peinzend aan. 'Ik weet het niet. Hoezo?'

De butler schonk koffie bij.

Finkenstein was opgestaan en genoot van het uitzicht over het plein. Dat liep vanaf het Casino vrij steil omhoog. Simon kwam naast hem staan.

'In mei heb je hier de Grand Prix. Dan dalen de coureurs af naar het Casino, daarlangs gaan ze naar beneden naar de haven.'

De advocaat lachte. 'Gekkenwerk,' zei hij, 'die raceauto's dwars door de stad.' Hij pakte de draad weer op. 'Jane heeft iets met de belastingen. Zou je er bezwaar tegen hebben als ik die dossiers meenam? Als je ze tenminste hier hebt.'

Ferguson stak een sigaartje op. Hij dacht na. 'Wat is er aan de hand, Ben? Wat die vrouw doet is zakelijk geknoei. Ze rommelde toen ook al met de cijfers. Waar is ze nu in terechtgekomen? Wat moet de fiscus met stukken van tien jaar terug?'

Finkenstein haalde zijn schouders op. 'Het fijne weet ik er ook niet van. Er is een meningsverschil over de waarde van de aandelen. Ze moet weten waar die op gewaardeerd zijn toen ze van jou scheidde. Dat heeft ze nodig in haar discussie met de fiscus.'

Ferguson ging weer zitten. 'Gaat ze niet naar de beurs binnenkort? Met dat nieuwe bedrijf waarover je zoveel in de krant leest?'

'Amsterdam Online. Ja, dat krijgt een beursnotering.'

'Wanneer? Weet jij dat?'

'Niet precies. Ze vertelde me laatst dat het al heel snel zou gebeuren. Ik geloof dat ze dan vijf miljard ophaalt of zo.'

'O ja? Nu, ik ben benieuwd. Jane aan de top van een beursgenoteerde onderneming. Dat kan nooit lang duren.'

'Hoe lang ben jij getrouwd geweest?' Finkenstein keek zijn gastheer nieuwsgierig aan.

Ferguson moest lachen. 'Ik ben er op tijd mee gestopt. Als ik dat niet had gedaan, had ze mij gedood. Ze wilde mijn geld hebben. Levensgevaarlijk, die vrouw.'

Finkenstein keek nadenkend voor zich uit. 'Nu verdient ze toch een bak geld.'

'Dat zal voor iedereen een meevaller zijn. Het is de eerste keer dat ze geld verdient, denk ik.'

'Ze schijnt er zelf ook een paar honderd miljoen aan over te houden.'

'Dan heeft ze eindelijk wat. Dat heeft lang geduurd.' Ferguson stond op en trok zijn broek in de vouw. 'Wil je wat anders dan koffie?' vroeg hij. 'Wat dacht je van een glaasje wijn. Ik heb wat erg lekkers. Een Bandol van 1998. Helemaal op zijn plaats aan deze kust. Doe je mee?'

Toen ze het glas hadden geheven kwam Finkenstein terug op de dossiers. 'Zeg, maar je hebt er geen bewaar tegen die dossiers aan me te geven?' vroeg hij langs zijn neus weg.

Ferguson keek hem verbaasd aan. 'Ik moet het met Ernst bespreken. Ik kan het je zo niet zeggen. Als je me een lijstje geeft van wat je zoekt is het gemakkelijker. Ik vind het goed als Ernst jou kopieën geeft. Dat heb ik met die jongens van de universiteit ook gedaan.'

Nu ging Finkenstein rechtop zitten. 'Jongens van de universiteit?' 'Twee economen. Ze zijn een paar weken terug hier geweest om zich voor te stellen. Twee jonge jongens. Ze maken een studie van IT-bedrijven in de jaren tachtig. Vroegen of ze mijn archieven mochten inzien. Van toen, dus uit de tijd van de scheiding.'

'Heb je die dossiers meegegeven?'

'Kopieën. Ach, het is misschien wel leuk voor ze. We waren er vroeg bij, Jane en ik. Een van de eersten. Groeiden als kool. Ik importeerde die Japanse printers. Die naaldprinters, je weet wel. Iedereen had zo'n apparaat in huis. Jane had minder geluk. Die heeft niet verdiend aan haar bedrijf. Nu ik erover nadenk, is er geen faillissement geweest? Wat kan er dan nog voor een probleem zijn met de fiscus?'

Finkenstein was gealarmeerd. Dit was ongelooflijk, Simon Ferguson had de dossiers die hij kwam halen aan anderen uitgeleend! De advocaat geloofde niet in het toeval en het verhaal over dat universitaire onderzoek kwam op hem al helemaal onwaarschijnlijk over. 'Wie waren die onderzoekers? Wie is de opdrachtgever voor dat onderzoek? Weet je dat?'

Ferguson stond op en liep naar een secretaire. 'Eens even kijken. Ik heb hun kaartje, meen ik.' Triomfantelijk lachend kwam hij met twee kaartjes terug. 'Hier zijn ze, kijk.' Hij zette een leesbril op en las: 'Claude Chamal en Bernt Zimmerman. Docenten aan de Erasmus Universiteit. Aardige jongens, wisten veel van het onderwerp.'

Later in de middag nam Ferguson zijn gast mee naar de Grill van het Hôtel de Paris. Terwijl de lift hen naar de achtste etage bracht kwam Ferguson terug op de dossiers. 'Je hebt er natuurlijk geen bezwaar tegen om mij wat informatie over die fiscale kwestie te sturen,' zei hij losjes. 'Ik weet zeker dat Ernst dat ook wil. Hij wil weten waar de papieren voor worden gebruikt. Die docenten hebben een verklaring moeten overleggen van een hoogleraar. Maar dat zal in jouw geval geen probleem zijn, jij hebt natuurlijk brieven van de fiscus.'

In zijn hart nijdig, keek Finkenstein de ander lachend aan. 'Geen probleem. Ik moet het natuurlijk met Jane bespreken, maar ik denk niet dat ze daar bezwaar tegen heeft. Moet ik die aan jouw man in Den Haag geven?' Intussen dacht hij koortsachtig na hoe hij deze hindernis moest overwinnen.

'Doe dat maar.'

Finkenstein vroeg zich de hele maaltijd af of de universitaire docenten van de visitekaartjes de mannen achter het geruchtmakende communicatiebureau waren. Als dat het geval was, moest hij te weten komen wat hen naar de dossiers van Ferguson had gevoerd. Was Ferguson hun opdrachtgever? Hij vroeg zich af wat zijn gastheer wilde. Waarom had hij de dossiers uit die tijd aan de docenten gegeven, juist nu Jane voorbereidingen trof voor de grootste beursgang aller tijden? Terwijl hij zijn nagerecht oplepelde overwoog hij dat dit een lelijke complicatie was. Moest hij zijn mensen op Ferguson en de docenten afsturen? Waar bewaarde Ferguson zijn dossiers?

'Liggen die papieren hier of in Den Haag, Simon?' probeerde hij nog een keer.

Zijn gastheer lachte. 'Dat weet Ernst wel, mijn jongen,' zei hij op vaderlijke toon, 'ik zou het je zo niet kunnen zeggen.'

Toen Finkenstein bij het stationsgebouw van de heliservice uit de taxi stapte, liep een man op hem af om hem te vertellen dat er geen helikopters meer vlogen. Het waaide te hard. Hij liet een taxi bellen om hem naar Nice te brengen. Daar arriveerde de advocaat te laat om de avondvlucht naar Amsterdam te halen. Hij liep naar het Novotel aan de overkant en boekte een kamer. Toen hij later die avond in de bar zat, in een afgeschutte hoek van de grote hal, probeerde hij tevergeefs Jane te bereiken. Hij werd steeds doorverbonden met de voice-mail.

Het vertrek van David verliep geruisloos. Op een vrijdagochtend had hij zijn spullen bij elkaar gepakt en naar zijn auto laten brengen. Zijn secretaresse had hij een hand gegeven. Hij nam afscheid van enkele stafleden. Iedereen was een beetje verlegen met de situatie. Zijn plotselinge vertrek had niemand verwacht. De geruchtenmachine was natuurlijk op gang gekomen en in de wandelgangen circuleerden heel wat veronderstellingen over de oorzaak van zijn vertrek. Die liepen uiteen van onenigheid met de president-commissaris Wallis over de koers van het bedrijf, tot moeilijkheden in zijn privé-leven. Hij had de geruchten doodgezwegen en was van plan dat te blijven doen.

David had Da Costa tijdens een stafbijeenkomst op zijn kantoor voorgesteld. Het memo voor het personeel was naar iedereen verzonden en er was een persverklaring opgesteld. Daarin werd zijn vertrek teruggevoerd op privé-redenen.

Da Costa liet hem die ochtend zijn gang gaan. Hij wachtte geduldig totdat David klaar was met zijn verhuizing. Daarna begeleidde Da Costa zijn voorganger naar de uitgang en nam met een snelle handdruk en een obligate glimlach afscheid. De wisseling van de wacht was een feit, en hoewel David zich officieel adviseur mocht noemen had hij geen illusies. Da Costa was er de man niet naar de adviezen van zijn voorganger in te roepen.

Terwijl hij langzaam Amsterdam uitreed ging zijn mobiele telefoon over. Hij schakelde de luidspreker in. De stem van Marga kwam door. 'Heb je tijd tussen de middag?'

'Waar ben je?' Marga en hij hadden de laatste weken praktisch langs elkaar heen geleefd. Zij was veel onderweg geweest, naar eindeloos durende golftoernooien waar ze altijd laat van thuiskwam. David had ook lange dagen gemaakt. De laatste loodjes rond de beursintroductie vroegen veel aandacht en hij moest de overdracht van zijn functie voorbereiden.

In het beste geval hadden ze elkaar 's nachts in bed getroffen, te moe om te praten. Zelfs dat was er vaak niet van gekomen. Regelmatig belde Marga dat ze in een hotel bleef slapen omdat het toernooi te laat was afgelopen. Een andere keer was het David die geen puf meer had naar Wassenaar terug te rijden. De ochtendkoffie hadden ze al een hele tijd niet meer samen gedronken. Ideaal was dit niet, maar David wist dat hij nu aanzienlijk meer tijd zou hebben en hij was van plan die ook in Marga te investeren.

'Ik zit in Schoorl. Ik kan over een klein uur in Amsterdam zijn. Zullen we elkaar ontmoeten in de bar van Krasnapolsky?'

'Akkoord.'

Toen hij de bar inliep zat Marga daar al, weggezonken in een lage stoel. Ze dronk campari met jus d'orange. Op het tafeltje stond een bakje met zoutjes. Hij kuste haar op haar voorhoofd. Ze keek verrast op uit het tijdschrift waar ze de tijd mee had gedood.

'Is het gebeurd?' vroeg ze.

Hij knikte. Ze kletsten wat. Zij vertelde over het golftoernooi. Over de uitbreiding van de sportvoorzieningen. Een nieuwe golfbaan in Drenthe, een sporthal in Breda. David vertelde dat hij voor enkele dagen naar Alicante ging.

'Waarom?' vroeg Marga. Ze keek hem verbaasd aan.

'Henry Carlier. Hij schijnt daar te wonen. Ik sprak hem een tijdje geleden en toen wilde hij me een voorstel doen.'

'Henry Carlier?' vroeg Marga verbaasd. 'Je zou toch voor Wallis naar Londen gaan?'

David knabbelde op een zoutje en schudde zijn hoofd. 'Ik weet het nog niet, Marga. Wallis heeft me nu een keer laten vallen. Dan lijkt het me niet zo'n goede gedachte het een tweede keer te proberen.' Hij was even stil. Toen vervolgde hij uit de grond van zijn hart: 'Eerlijk gezegd heb ik schijt aan Wallis. We hoeven er geen doekjes om te winden. Toen hij even zijn nek voor me moest uitsteken was hij er niet. Wil je weten wat ik van hem vind? Een laffe zak, zo denk ik erover! Niet zo'n briljant idee om weer voor hem te gaan werken, vind je ook niet?'

Marga keek hem zwijgend aan. Na een tijdje vroeg ze zachtjes: 'En je opties dan?'

'Dat is geregeld. Als het goed is hebben ze het geld vandaag overgemaakt.'

'Hoeveel?'

'Veel. Meer dan drie miljoen.'

Marga sloeg een hand voor haar mond. 'Zóveel? David, laat het dan toch zitten. Ga naar Londen.'

'Voor die klootzak? Mooi niet.'

'David?' vroeg Marga zachtjes. 'Hoe kun je hem zo veroordelen? Hij had geen keuze. Die papieren van de beurs logen er niet om, Dave. Je hebt bij Futurrt steekpenningen aangenomen. Ze schrijven dat je balansen hebt vervalst. David, dan kun je Wallis toch niet aanrekenen dat hij...'

David zat rechtop in zijn stoel. Had Marga de papieren van de beurs gelezen? Maar Wallis had hem toch gezegd dat hij die niet kende? 'Wát vertel je me daar! Heb jij die papieren gelezen? Van wie heb je die gekregen? Waarom vertel je me dat nu pas? Jezus, Marga, je gelooft die onzin toch niet? Het is van het begin tot het eind gelogen, dat besef je toch wel!'

'O, David.' Tot zijn verbazing barstte ze in tranen uit. Hij zocht naar zijn papieren zakdoekjes maar vond ze niet. Ze viste een pakje uit haar tasje. De mascara rond haar ogen liep uit. De tranen bleven komen.

'Marga, wie heeft je die papieren laten zien? Wallis? Kom, vertel het me.'

Het huilen hield aan. Marga keek voor zich uit, ze vermeed het hem aan te kijken. En ze pakte het ene zakdoekje na het andere om haar tranen te stelpen.

'Wat is er toch aan de hand?' vroeg hij verbaasd. 'Waarom moet je zo huilen?' Hij begon zich schuldig te voelen. Het was voor haar ook een rottijd geweest. Iedereen had natuurlijk vragen gesteld over zijn vertrek. Marga had dat vervelend gevonden, dat was logisch. En dan waren er nog de leugens over Futurrt, hoe ze die dan ook in handen had gekregen.

Marga schokschouderde. Het snikken hield langzaam op. 'Ik kan er niet meer tegen, David,' zei ze met een beverig stemmetje. 'Al die vragen. Die geruchten. Zo'n rapport van de beurs. Ik kan geen antwoord geven. Ik weet niet wat er aan de hand is. Het is niet uit te leggen. Dat je betrokken bent geweest bij een affaire die niets met je werk van doen heeft, maar toch maakt dat je weg moet. Ik kan het niet meer aan.'

De betekenis van haar woorden drong niet tot hem door. 'Sorry,' zei hij verontschuldigend. 'Je hebt gelijk. Ik moet het uitzoeken. Het kan niet blijven rusten, het moet de wereld uit. Misschien dat ik bij Carlier wijzer word.' Even een korte pauze voor een slokje. Toen ging hij verder: 'Maar, lieverd, we gaan nu betere tijden tegemoet. Ik ben vermogend. We kunnen het kalm aan doen. Alleen de dingen ondernemen die we leuk vinden.'

Hij dacht haar te troosten, maar ze keek hem geschrokken aan. Er kwamen nieuwe tranen. 'David, David.' Ze pakte zijn hand en kneedde die. 'Begrijp je het niet, jongen? Dit is de tweede keer. Ik heb het al een keer meegemaakt. Ik kan het niet meer. Steekpenningen, Davey. Hoe wil je dat wegpraten? Het staat in een officieel rapport. Nee, we moeten ieder onze eigen weg gaan, mijn schat.'

Ze keek hem met haar betraande gezicht aan. Hij wist niet of hij het goed gehoord had. 'Hoe bedoel je?' vroeg hij gereserveerd. Wilde Marga er een tijdje tussenuit? Even weg van de zorgen en de stress? Het was een drukke tijd geweest. Niet de meest aangename periode uit hun huwelijk.

'Wat ik zeg, lieve schat. Ik hou erg veel van je, maar ik kan het niet opbrengen met dit soort crises te worden geconfronteerd. Daar kan ik niet mee omgaan. We kunnen vrienden blijven. Maar ik kan mijn leven niet meer met jou delen.'

David keek haar schaapachtig aan. Was de boodschap van Marga dat ze wilde scheiden? Moest het dan weer zo aflopen? vroeg David zich af. Na zijn eerste scheiding had hij zich voorgenomen zijn tweede huwelijk niet weer voortijdig te beëindigen. Maar was het nu zijn vrouw die er een einde aan maakte? 'Wil je dat we gaan scheiden?' vroeg hij ongelovig. Net nu ik alle tijd heb om aandacht aan haar te besteden, dacht hij en hij voelde de verontwaardiging opkomen. Nu ik mijn vertrek bij Wallis moet verwerken. Nu ik je niet kan missen, en meer dan ooit nodig heb. Toen hij eraan dacht dat hij zou moeten verhuizen, voelde hij medelijden met zichzelf.

Marga vrolijkte op toen ze zag dat hij niet in tranen uitbarstte en geen scène maakte. 'Het is de beste oplossing, Davey. We hoeven niet te treuren, lieverd. Er is genoeg voor ons allebei, nietwaar. Dankzij meneer Wallis. Je hebt verkeerde gedachten over hem. Hij is een schat van een man. Je hebt dat geld aan hem te danken.' Marga keek hem door haar opdrogende tranen koket glimlachend aan.

David was verbaasd. Hoorde hij dat goed? 'Wallis is een klootzak, Marga,' zei hij scherp. 'Een onbetrouwbare, schijterige lul.'

'Wallis heeft jou destijds die baan gegeven, David. Dat had hij niet hoeven doen. Het was dat ik hem toevallig op de golfbaan had ontmoet. Je krijgt nu drie miljoen van hem, jongen. Ik denk dat hij erg goed voor je is geweest.'

Wat? dacht David. Neemt Marga het op voor de man die mij ontslagen heeft? 'Marga, je praat over de man die geweigerd heeft mij te steunen nadat ik me tien jaar kapot heb gewerkt. Je kunt beter partij kiezen voor je man.'

Ze schudde het hoofd. 'David, dat ga je nog wel anders bekijken. Ik meen het, lieverd. Denk er nog maar eens over na. Meneer Wallis is héél erg goed voor ons geweest.'

Iets in haar toon van spreken waarschuwde David. Hij keek zijn vrouw scherp aan. Marga was bezig haar make-up in orde te brengen. 'Heb jij wat met die zak?' vroeg hij plompverloren. Hij herinnerde zich haar telefoontjes waarin ze meldde dat zij ergens bleef overnachten. Een laat golftoernooi, was steeds haar excuus. Maar was dat wel geloofwaardig? Waarom nam ze Wallis in bescherming?

Zijn vrouw keek hem verontwaardigd aan. Ze dronk haar glas leeg. 'Meneer Wallis is commissaris van mijn bedrijf. Een erg bekwame man. Ik heb veel aan zijn adviezen.'

'Een man die mij ontslagen heeft. Zeg dat hij een klootzak is! Zeg het, verdomme! Marga, in godsnaam. Als je dat niet doet, weet ik dat jullie iets hebben. Dat je meer van hem houdt dan van mij!'

Marga keek hem hoofdschuddend aan. Ze bleef zwijgen.

David had er genoeg van. Hij stond op. 'Dat is duidelijk,' zei hij. 'We moeten de zaak dan maar zo snel mogelijk regelen. Ik blijf in Wassenaar wonen. Zoek jij maar een advocaat en laat die het maar uitwerken. Wanneer haal jij je spullen weg?'

Marga keek hem perplex aan. 'Ik kan toch nog wel thuis slapen? Zó'n haast hoeven we toch niet te maken?'

'Integendeel. We maken wél haast en jij kunt beter niet meer thuis komen. Tot ziens.' Hij vroeg om de rekening. De gedachte dat Marga iets met Wallis had vervulde hem met weerzin. De zalvende toon van de commissaris tijdens de lunch in De Maas was hem bijgebleven. Was Wallis zo gul geweest met de optieregeling omdat de helft van de opbrengst bij zijn vriendin terecht zou komen? Was er al iets tussen haar en Wallis geweest toen hij door hem was aangenomen? Hij herinnerde zich dat Marga Wallis had geïntroduceerd als een vriend van de golfbaan. Waar was hij in terechtgekomen? Hij gooide het geld op tafel. Zonder iets te zeggen nam hij met een zwaai afscheid van zijn vrouw en beende met snelle passen de bar uit. Terwijl hij de gang inliep besefte hij dat Marga hem niet had verteld wie haar de papieren van de beurs had laten zien. Erg belangrijk vond hij dat niet meer, want hij dacht dat hij het zo ook wel wist.

16

De tv-uitzending werd opgenomen in een kleine studio aan de rand van Baarn. Het pr-bureau dat de beursgang van Amsterdam Online begeleidde had lang moeten onderhandelen, maar het was uiteindelijk gelukt om Jane als gast in een populaire talkshow geplaatst te krijgen. De uitzending zou twee weken later zijn.

In een grote fabriekshal was een kleine zaal gebouwd. De gasten waren zorgvuldig door Jane en haar medewerkers geselecteerd. Enkelen van hen zouden tijdens de uitzending aan het woord komen.

Het programma was rond een interview met de zakenvrouw geconcentreerd. Het pr-bureau wilde dat Jane tijdens dit interview de uitgiftekoers van de aandelen bekend zou maken. Over de plannen om met Deutsche Telekom te gaan samenwerken wilde ze ook spreken, hoewel de onderhandelingen nog niet waren afgesloten. De kijkdichtheid zou behoorlijk zijn. Het was een uitgelezen mogelijkheid om deze nieuwtjes aan de openbaarheid prijs te geven. Een beter forum was moeilijk denkbaar.

Tijdens de opnames bleef Jane volmaakt beheerst. Ze toonde geen spoor van nervositeit en wist zich van een menselijke kant te laten zien. Ze sprak over haar gezin en haar zoon. Over de tol die het zakenleven van haar had gevraagd. De uitgiftekoers van de aandelen werd in een speciaal opgenomen filmpje aangekondigd.

Na afloop toonde de interviewster zich tevreden. Er werd een glaasje geschonken in een kleine bar waar Jane en haar gasten opeengeperst bij elkaar stonden. Terwijl ze daar stond te wachten op de champagne had ze gelegenheid haar mobiele telefoon te controleren. Finkenstein had haar gebeld en het was dringend. 'Bel me zo snel mogelijk terug,' fluisterde zijn stem. 'Ik ben om twaalf uur in Amsterdam. Het is groot alarm. Code Red.'

Jane hield ervan zelf te rijden, maar voor die avond had ze een student-chauffeur ingehuurd. Het interview was vermoeiend, het zou laat worden en ze vermoedde dat er wel wat gedronken zou worden. Toen ze even na twaalven van het parkeerterrein voor de studio wegreden, belde ze onmiddellijk naar Finkenstein.

Die was nog in Nice. Door de storm had hij nog een dag aan de Côte d'Azur vastgezeten. Hij wachtte nu op de avondvlucht. 'Er is grote vertraging,' mopperde hij. 'Het laatste bericht is dat we om één uur vannacht vertrekken. Drie uur wachten. Ze geven ons een consumptiebon. Als de berichten kloppen, ben ik om drie uur in Amsterdam. Kun je op me wachten in het Hilton op Schiphol?'

'Wat is er gebeurd?'

'Dat vertel ik niet over de mobiele telefoon. Ik zie je vannacht in het Hilton.'

Ze troffen elkaar in de verlaten bar op Schiphol. Finkenstein kwam vermoeid binnen lopen. De kraag van zijn witte overhemd was groezelig, zijn linnen jasje zat vol kreukels. Zijn bruine teint verborg de vermoeidheid nog enigszins, maar het was duidelijk dat hij een zware nacht had gehad.

Hij viel met de deur in huis. 'Simon is een rat. Hij werkt niet mee. We kunnen niets met hem. Hij heeft twee communicatiejongens in Den Haag ingeschakeld. Die zijn met jouw gegevens bezig. Waarom? Ik weet het niet. Wat hij wil is me een raadsel.'

Jane keek hem geschrokken aan. 'Heb je de dossiers niet meegekregen? Je zorgt ervoor dat je het regelt, Ben. Die papieren moeten veiliggesteld worden. Ik kan niet hebben dat ze onverwachts naar buiten komen.'

'In dat belastingverhaal van jou trapte hij echt niet,' klaagde Finkenstein. 'Hij vroeg een kopie van die brief van de fiscus. Misschien zou ik dan kopieën van de dossiers kunnen krijgen.'

'Kopieën? Waar ben je mee bezig, man. Je moet de originelen hebben. Die wil ik vernietigd zien. Voor kopieën betaal ik je niet!'

'Makkelijk gezegd,' mopperde Finkenstein, 'maar waar kan ik die vinden? In Den Haag? In zijn kantoor op het Voorhout? In Monaco, onder zijn hoofdkussen? Vertel het maar.'

Jane dacht even na. 'Voor wie werkt dat communicatiebureau? Hebben ze een opdracht van Simon? Of werken ze voor iemand anders?'

Finkenstein haalde zijn schouders op. 'Ik weet het niet. Simon had een vaag verhaal over een onderzoek. Volgens hem had hij er niets mee te maken.'

Jane stond op en viel uit tegen de advocaat. Ze moest haar stem inhouden om niet te erg op te vallen in de rustige bar. 'Dat moet jij eerst uitzoeken. En snel ook. Stommeling! Stel je voor dat Ferguson iets aan het organiseren is! Mijn hemel, moet ik alles voorkauwen? We hebben haast, Ben. Vergeet je dat niet?'

'Verdomme, Jane. Ik weet heus wel wat ik moet doen. Alleen, ik begrijp het niet. Ik heb zijn wijn gedronken. In een restaurant naast zijn appartement heb ik gegrilde vis gegeten en frambozensoufflé. Maar ik heb er werkelijk geen vinger achter kunnen krijgen waar hij op uit is.'

'Mij de voet dwars zetten?'

'Misschien. Daar voelen veel mensen zich goed bij. Maar bij hem weet ik het niet. Wat wordt hij daar beter van?'

Jane riep met luide stem de ober. In de halfduistere bar schrokken de spaarzame nachtelijke gasten op. Ze bestelde wat te drinken en ging verder tegen Finkenstein. 'Zorg ervoor dat je te weten komt voor wie dat communicatiebureau werkt. Morgen wil ik het van je horen.'

'En als Simon de opdrachtgever is?'

'Dan gooi je een atoombom op dat kantoor, Finkenstein. Je schiet een scudraket op Simon af. Ongelooflijk, kun je niets zelf bedenken? Dan vernietig je hem en die adviseurs, Ben. Hoe eerder, hoe beter. Begrijp je het of moet ik het duidelijker uitleggen?'

Finkenstein nipte aan zijn Tia Maria. Hij antwoordde niet onmiddellijk.

'Ik betaal je een vermogen, Finkenstein. Regel het. Anders heb je een probleem.' Jane keek hem nijdig aan.

'Jíj hebt een probleem,' mopperde de advocaat, 'jíj was getrouwd met Simon, ik niet.'

Finkenstein was weliswaar vermoeid, maar hij was zo gespannen dat hij de taxichauffeur vroeg hem bij zijn kantoor af te zetten. Hij wilde de post controleren voordat hij naar bed ging. In het faxapparaat trof hij een handgeschreven brief aan. Het regelmatige handschrift van Simon Ferguson herkende hij onmiddellijk. Het was een kort bericht, maar het verontrustte hem nog meer. 'Ik vergat je te vertellen dat die dossiers niet meer in het kantoor in Den Haag zijn. Dat bespaart jou misschien overbodig werk. Ernst heeft de spullen op een veilige plaats op laten slaan. We hebben de nodige veiligheidsmaatregelen genomen toen we hoorden dat Jane naar de beurs ging. Ik hoop dat Jane begrijpt dat ze mij beter met rust kan laten. Als wij moeilijkheden krijgen, is publiciteit verzekerd. Die twee jongens uit Den Haag waren daar erg handig in. Ik vertrouw erop dat je hier begrip voor hebt, Ben. Ik hoop dat je een goede vlucht hebt gehad.' Was getekend: Simon Ferguson.

Finkenstein voelde de drift in zich opkomen. De oude man had hem werkelijk voor de gek zitten houden. De vriendelijke ontvangst ten spijt, Ferguson had hem in zijn hart zitten uitlachen. Terwijl hij het kantoor sloot en naar zijn woning aan de overzijde van de gracht liep, overpeinsde Finkenstein wat hij moest doen. Misschien zou het helpen als hij iemand op de oude Simon zou afsturen. Of op die Ernst. Als ze bedreigd werden zouden ze misschien meewerken. Maar zou Jane daarmee gebaat zijn? Dat bureau in Den Haag zou ervoor zorgen dat de zaak dan in de krant kwam. Hij overwoog een actie tegen Simon en het Haagse bureau, tegelijkertijd. Maar Simon sprak over veiligheidsmaatregelen. Stel je voor dat Jane door zo'n actie in opspraak kwam. Dat kon niet op de vooravond van de beursgang. Hoe kon hij er achterkomen wie de opdrachtgever van dat bureau was? Werkte dat bureau voor Ferguson, of voor een ander?

Finkenstein werd er depressief van. Thuisgekomen nam hij twee volle glazen Tia Maria voordat hij op bed ging liggen. Hij sliep pas tegen zeven uur 's ochtends in.

David had een eetafspraak met een bevriende advocaat. Ze ontmoetten elkaar in Jan Tabak in Bussum. De borrel dronken ze op een comfortabele bank in de hal. Daarna verkasten ze naar het restaurant. David vertelde wat hem overkomen was.

Toen ze hun keuze uit de menukaart hadden gemaakt, stak de advocaat van wal. 'Goed, ze hebben je genaaid. Je baas is er met je vrouw vandoor. Ze liegen over wat je destijds gedaan hebt. Is dat wat je bedoelt?'

David keek zijn vriend verrast aan. 'Zo ongeveer.'

'En je vraagt je af wat je ertegen kan doen?'

'Natuurlijk. Ik wil ze aanpakken.'

'Wie?'

David haalde zijn schouders op. 'Weet ik niet. Die Wallis in ieder geval. En de mensen van Futurit.'

'Waar ben je op uit? De zaak van je advocaat spekken en een vonnis tegen je krijgen?'

'Tégen me? Hoezo? Ze brengen mijn reputatie in gevaar!'

'Lul niet. Je vertelt me zelf dat je die overeenkomst bij Futurit hebt getekend en een paar miljoen hebt gekregen. En met Wallis heb je hetzelfde gedaan. Dat heb ik toch goed begrepen?'

David reageerde verontwaardigd: 'Hé, ik wist niet dat ze zouden gaan liegen! Dat was geen deel van de overeenkomst!'

De advocaat zuchtte diep. 'Denk na, David. Je hebt getekend nadat ze je beschuldigd hadden. Die overeenkomsten bevatten vast vrijwaringen. Heb je toevallig een exemplaar bij je?'

David pakte een velletje papier uit zijn binnenzak en gaf het aan zijn tafelgenoot. Die bestudeerde het aandachtig en legde het op tafel. Met zijn vinger wees hij naar een passage in het contract. 'Kijk. Finale kwijting, en uitdrukkelijk afstand van alle mogelijke schadevorderingen die je zou kunnen instellen. David, ze zijn niet gek. Ze geven je niet enkele miljoenen mee om je daarna de kans te geven op hun nek te springen. Nee, jongen, dat is een doodlopende weg. Zet het uit je hoofd en geniet van je geld. Je hebt meer dan ik.' Met een luide lach sloot de advocaat het onderwerp af.

Onder het dessert kwam hij er nog even op terug. Terwijl hij tevreden een slokje armagnac dronk vroeg hij: 'Denk je erom dat het al je geld kan kosten?'

Toen David hem niet-begrijpend aankeek, legde hij het uit. 'Als je ze gaat aanpakken, kan Wallis zeggen dat je de overeenkomst eenzijdig opzegt. Hij kan dan het geld terugvorderen dat ze je betaald hebben.'

'Onzin!' riep David nijdig uit. 'Nu overdrijf je. Ik had opties, die moesten ze terugkopen.'

'In dat soort contracten zit altijd een bepaling dat de zaak komt te vervallen als jij je niet fatsoenlijk gedraagt. Geef me dat contract nog eens, dan lees ik het nog een keer door.' En toen hij de overeenkomst nog eens had doorgelezen, wees hij David op een bepaling aan het slot. 'Kijk, hier staat het. Ze pakken je alles af, jongen, als je het te bont maakt. Denk daar nog maar eens over na.'

Buiten op de parkeerplaats vertelde David over Marga. De advocaat gaf hem een schouderklopje. 'Rot voor je. Maar echtscheidingen zijn niets voor mij. Daar moet je een ander voor hebben. En bedenk nu maar dat je je geld nog hebt. Of ben je dat ook kwijt? Heb je ongelukkig belegd?'

'Nee,' zei hij lachend, 'met de beleggingen heb ik geluk gehad. Maar zij wil de helft.'

'Daar moet je niet over zeuren. Tijdens je huwelijk betaalde je toch ook voor haar? Of hadden jullie altijd een calculator bij je om alles gelijkelijk te verdelen?'

'Nee. Maar dat is toch iets anders.'

'Waarom? Kom op, man. Bekijk het een beetje ruim. Zoek een ander baantje en doe het nog een keer. Ik bedoel, zo'n afkoopsom.' Hij zocht zijn autosleutel. 'En trouw niet meer, jongen. Dat scheelt een hoop geld als je weer uit elkaar wilt.' Hij stapte lachend in zijn auto.

David stond met zijn handen in de zakken te kijken hoe zijn vriend de parkeerplaats afreed. Een rechtszaak kon hij vergeten. Dat was duidelijk. Maar wat kon hij dan wél doen? Hij was vastbesloten de zaak uit te zoeken. Als hij daar geen advocaat voor kon vinden, moest hij het zelf maar gaan doen. Terwijl hij naar huis reed begon hij plannen te maken.

Het persbericht was kort. David had het toegezonden gekregen en het bevatte niet meer dan de mededeling dat hij zijn functie om privé-redenen had neergelegd en dat Da Costa was benoemd tot zijn opvolger. Meer werd er niet gezegd.

In de kranten werd hierover wel gespeculeerd. In *De Telegraaf* werd met zoveel woorden naar Futurit verwezen. De journalist wees erop dat David niet zonder kleerscheuren uit die geschiedenis te voorschijn was gekomen. Futurit was onder leiding van David naar de beurs gebracht. Verkeerde cijfers en hardnekkige geruchten over omkoping hadden het bedrijf niet lang daarna over de rand van de afgrond geduwd. Een accountantsrapport had voeding aan die geruchten gegeven. David had het veld moeten ruimen. Het was echter al te laat geweest. Iemand met zo'n verleden hoorde niet aan het roer te staan van een beursfonds, zo besloot het krantenartikel.

David las het bericht toen hij thuis koffie zat te drinken. Hij zat op de bank in de woonkamer met zijn gezicht naar de tuin. Voordat hij het bericht helemaal had gelezen gooide hij de krant vloekend op de grond. Omkoping! Wie had daar met die journalist over gesproken? Uit welke bron kwam dit bericht? Een kort telefoongesprek met de bevriende advocaat ontmoedigde hem nogal. Zijn vriend raadde hem aan niets te doen. 'Een procedure maakt het alleen maar erger, David. Tenslotte, ik heb het toch goed begrepen dat er een rapport bestaat waarin lelijke dingen over jou worden gezegd?'

'Ja. Dat is waar.'

'Laat het dan overwaaien. Het is de krant maar. Morgen verpakken ze de vis erin.'

Hij was daarna naar buiten gelopen en stond nu op het terras, de opengeschoven schuifdeuren achter zich. Achteraan op het gazon was een mol bezig geweest. Door het groene gras trok een donker spoor van de omhooggewoelde aarde van de mollengang. Het had die nacht geregend en de bladeren van de heesters glinsterden vochtig in de schrale zon.

Toen zijn ergste woede bekoeld was belde hij naar de krant. Tot zijn verbazing werd hij rechtstreeks doorverbonden met Jan Meyer, de journalist die het bericht had geschreven.

David kon zijn boosheid niet voor zich houden. 'Omkoping!' riep hij nijdig. 'Waar haal je de onzin vandaan? Het is smaad! Schrijven jullie altijd zomaar wat op? Moest je mijn mening niet vragen?'

'David Friedman?' vroeg de journalist verbaasd. 'Kijk eens aan. Ik heb je heel wat keren gebeld, maar je antwoordde nooit.'

'Gebeld? Ik weet van niets. Wanneer? Waar?'

Meyer gaf het telefoonnummer van zijn kantoor. 'Ik kreeg je daar niet te pakken. Ik heb uiteindelijk maar gepubliceerd. Het bericht steunt op betrouwbare bronnen.'

'Betrouwbaar!' riep David. 'Van wie heb je het dan wel? Het is volmaakte onzin en ik eis een rectificatie!'

De journalist lachte. 'Dat lijkt me moeilijk. We hebben documenten gekregen die je zelf hebt ondertekend. Jouw handtekening kunnen we moeilijk rectificeren.'

'Heb ik iets ondertekend?' vroeg David verbaasd. 'Waar gaat het over? Onmogelijk. Laat het me zien. Waarom hebben jullie me niets gevraagd? Van wíe hebben jullie die papieren gekregen?'

'Het spijt me, onze bronnen maken we nooit bekend. We hebben voortdurend geprobeerd je te bereiken, maar je belde nooit terug.'

'Daar wist ik niets van. Niemand heeft me verteld dat je me gebeld had.'

'Daar kan ik niets aan doen. Ik heb getuigen. We voeren dat soort gesprekken meestal met twee man.'

'Jezus, man. Hoe hebben jullie dat nou kunnen doen. Je brandt me zo helemaal af.'

'Eigenlijk hadden we je niets te vragen. Je hebt die papieren zelf getekend. Ik heb kopieën op de redactie gekregen. Onze bron is hoogst betrouwbaar.'

'Kopieën, van wat?'

'Van een rapport dat destijds door Futurit aan de beurs is aangeboden. Je houdt me voor de gek, Friedman. Natuurlijk ken je dat rapport.'

'Nee.' David herinnerde zich de brief die Wallis hem tijdens de lunch aan de Maas had gegeven. Daarin werd verwezen naar een rapport. 'Hebben jullie dat rapport? Kan ik het bij jullie inzien?'

'Nee,' zei de journalist vermoeid, 'ik geef dat niet af. Het is aan de beurs uitgebracht. Waarom vraag je het daar niet op?'

'Als ik een proces aanspan zul je de bron wel openbaar móeten maken.'

'Misschien. Daar ga ik niet over. Nu doe ik het niet.'

'Waarom niet?'

De stem van de journalist klonk nu geërgerd. 'Omdat je me voor de gek houdt, Friedman. Je moet niet proberen mij te overbluffen.'

Het gesprek met de *compliance-officer* van de beurs verliep niet erg soepel. David had een afspraak gemaakt omdat hij het dossier van de beurs wilde inzien. Hij wilde weten welk rapport de journalist bedoelde. Het kantoor in de Gravenstraat had hij met enige moeite gevonden. Een gereserveerde man van middelbare leeftijd had hem meegenomen naar een spreekkamer op de eerste verdieping. Het gesprek stokte onmiddellijk toen David de brief op tafel legde die Wallis tijdens de lunch in De Maas had laten zien.

De *compliance-officer* wist niet of David het dossier in mocht zien. Hij riep zijn chef erbij. Die raadpleegde een juriste, een sportief geklede vrouw die de brief van het beursbestuur letter voor letter las. 'Ik moet met de directie overleggen,' zei ze.

Ze liep de kamer uit en kwam na een half uur terug. 'Het is goed. Het wordt gebracht. U kunt het inzien. Persoonlijk heb ik er geen moeite mee dat u weet dat het kopieerapparaat om de hoek staat. Als zo'n brief over mij zou zijn geschreven zou ik ook nijdig zijn. Afijn, de bode brengt u de map straks, leest u het rustig en bel mij als u klaar bent.' Ze gaf haar toestelnummer en vertrok weer.

De bode kwam even later een dik dossier brengen. David las het gespannen. Vooral het rapport van het accountantskantoor trok zijn aandacht. Dertig pagina's en vele bijlagen. De kern was een samenvatting van de resultaten van een onderzoek naar de achtergronden van zijn vertrek bij Futurit. Daarin werd geconstateerd dat David de accountant bij de beursgang opdracht had gegeven de balans op te poetsen en dat hij daarmee te ver was gegaan. Er werd veel aandacht besteed aan een afspraak tussen David en de Belg Gaspari, die zijn Brusselse onderneming aan Futurit had verkocht. David zou van hem een premie hebben ontvangen. Omkoping? In het rapport werd die term niet gebruikt. Maar tussen de regels door werd de suggestie wel gedaan.

In de bijlagen waren bewijsstukken opgenomen. Brieven en memo's, verklaringen van verschillende partijen. David kende deze papieren niet. Hij had ze nooit gezien. Het stond voor hem vast dat de verklaringen vals waren. Hij had nooit opdracht gegeven met de cijfers te frauderen. Met Gaspari had hij geen afspraak gemaakt over betalingen. Wie zat achter deze valse verklaringen, wie was de drijvende kracht achter deze rapportage? Hij dacht aan de besprekingen die aan zijn vertrek bij Futurit vooraf waren gegaan. Moeizame gesprekken met de interim-manager, vol dreigementen, zonder enig bewijs. Deze documenten waren nooit aan hem getoond. Terwijl hij verder bladerde, drong het tot hem door hoe vreemd dit was. Wat hij nog veel vreemder vond, was dat Futurit uiteindelijk een regeling met hem getroffen had. Als ze werkelijk geloofd hadden dat hij zich schuldig had gemaakt aan dit soort vergrijpen, waarom hadden ze dan nog iets met hem geregeld? Ze hadden hem op staande voet kunnen ontslaan. Hoe hij er ook over nadacht, het bleef erg onlogisch.

David kopieerde het rapport in zijn geheel. Toen hij klaar was belde hij de juriste om te zeggen dat hij vertrok. Terwijl hij naar de parkeergarage in de Nieuwezijdskolk liep, piekerde hij wie hier meer over zou kunnen weten. Want het stond voor hem als een paal boven water dat hij dit tot op de bodem ging uitzoeken. Als hij zijn recht niet via de rechter kon halen, moest hij het maar zelf doen.

Tegen het einde van de middag was Charles de Beaufort dossiers in zijn tas aan het pakken. Hij stond op het punt naar huis te gaan.

De massieve gestalte van Jacques Musch vulde onverwachts zijn deuropening. De geroutineerde advocaat was erin geslaagd het kantoor van de officier van justitie onaangekondigd binnen te lopen. Voordat de officier iets had kunnen zeggen barstte Musch los.

Met een zwaai gooide hij enkele uitvergrote foto's op het bureau van De Beaufort. 'Wat een stoethaspels zijn jullie!' Zijn luide stem bulderde door de kamer. 'Wat een stelletje amateurs!'

De Beaufort pakte de foto's en bestudeerde ze. Ze waren slecht belicht en erg donker. Toch was er geen twijfel mogelijk. De man in de stoel was Charles de Beaufort. De foto was genomen in het kantoor van de effectenmakelaar Otto Sommer. Achter hem stond plaatsvervangend officier van justitie Paul Stevens. Boven aan de foto stonden een datum en een tijd. De Beaufort begreep dat de foto vlak na zijn nachtelijke binnenkomst in het kantoor van de effectenmakelaar was genomen. Zijn hart sloeg een slag over en hij keek de advocaat geschrokken aan.

'Ik heb er nog wel honderd van!' riep deze en hij keek de officier dreigend aan. 'Wat dachten jullie nou. Er hangt een camera in zijn kamer, man. Die wordt automatisch ingeschakeld en werkt op lichaamswarmte. De opname duurt een uur. Ik heb alles gezien. Jullie actie aan het bureau. De wandkast. Denk je dat je de almachtige god bent? Of ga je me vertellen dat je een bevel tot huiszoeking had. Heb je een nieuw onderzoek geopend?'

De Beaufort keek zijn tegenspeler hooghartig aan. 'Die foto's zijn getruct. Laat mijn technici de film onderzoeken, Musch, voordat je een stommiteit begaat. Jij moet steunen op de verklaringen van jouw cliënt. Die is bezeten van haat tegen ons. Hij kan de wereld kopen en spaart kosten noch moeite om ons aan het kruis te nagelen. Trap er niet in. Breng me de film, ik beloof je dat ik het technisch onderzoek onmiddellijk laat uitvoeren.'

De officier zag een korte aarzeling bij de advocaat. Die was ervaren genoeg om te weten dat cliënten hun advocaten voor hun karretje willen spannen. Leugens, valse verklaringen, geconstrueerd bewijsmateriaal waren voor een strafadvocaat dagelijkse praktijk. De officier hoopte dat zijn zelfverzekerdheid de advocaat aan het twijfelen zou brengen. 'Wat wil je anders, Musch?'

De advocaat hervond zijn agressiviteit. 'Jouw nek,' antwoordde hij, 'niets meer, niets minder. Je hebt mijn cliënt zonder reden vastgezet. Hij heeft drie jaar tegen jullie moeten vechten. Omdat hij rijk is en geestelijk weerbaar, heeft hij het gehaald. Nu ga je nog steeds door. Dit kost je je baan. Je mag nog blij zijn. Als het aan hem had gelegen had deze foto vanochtend in de krant gestaan. Ik heb me rot moeten praten om dat tegen te houden.'

De officier besloot het hard te spelen. 'De deskundigen zullen toch moeten vaststellen of je gelijk hebt. Je zult de film moeten afgeven. Zonder zo'n onderzoek zet je alleen maar jezelf voor lul.'

'Die film geef ik aan de rechter af. Niet aan jou. Het zou niet het eerste bewijsmateriaal zijn dat in jullie prullenbak verdwijnt. Vertel mij wat. Ik zit langer in dit vak dan jij.'

'Dat zou je anders niet zeggen.'

'Wat?'

'Je zou moeten weten dat je afstand moet nemen van je cliënt. Als ik jou zo hoor praten, gaat de zaak jou zelf aan. Kom op, je weet net zo goed als ik dat jouw cliënt fout is en dat hij geluk heeft gehad.'

Musch keek hem ongelovig aan. 'Hou nou toch op! Otto is onschuldig en de enige in de stad die dat weigert in te zien is deze stijfkoppige, amateuristische officier van justitie!'

'Stop hiermee, Musch. Besteed je tijd aan nuttiger zaken. De voorbereiding van het hoger beroep bijvoorbeeld. Dat heeft Sommer hard nodig. Meer dan dit geklooi met trucfoto's.'

'Weet je wat ik ga voorbereiden?' vroeg Musch.

'Nee. Het interesseert me ook niet. Verdedig je cliënten en val mij niet lastig. Ik intimideer jou ook niet.'

Musch liep richting deuropening. 'Ik wed dat het je belangstelling heeft. Ik ga de grootste schadeclaim instellen die Nederland ooit gezien heeft. Financiën kan vast een nieuwe staatslening uitschrijven. Je kunt erop rekenen dat je geschiedenis maakt. De eerste officier van justitie die een overheidstekort heeft veroorzaakt. Leuk voor je kinderen. Of heb je die niet? Beter van niet misschien. Die bezetenheid van jou is misschien wel erfelijk, wie weet.'

'Sta je op een percentage, Musch?' vroeg de officier hatelijk, 'droom je je rijk? Ik zou er maar niets op inzetten als ik jou was. Ga naar het casino. Blackjack is een veiliger investering. Maar ga je gang. De rechters helpen je wel uit de droom.'

De advocaat schudde zijn grote hoofd en liep zonder iets terug te zeggen de kamer uit.

De Beaufort hoorde zijn voetstappen wegsterven in de gang. Hij veegde zijn voorhoofd schoon. De zakdoek was kletsnat. Zijn hart klopte te snel. Toch had hij het gevoel dat Musch niet te hard van stapel zou lopen. Voor de raadsman was het de vraag hoe betrouwbaar zijn cliënt was. Dat was de onzekerheid van iedere strafadvocaat, en een ervaren oude rot als Musch zou oppassen.

Afwachten maar, besloot de officier, al moest hij zichzelf toegeven dat hij deze complicatie niet had voorzien en graag had vermeden. Toen hij zijn fiets uit de stalling haalde, was het weer omgeslagen. De regen gutste uit de hemel neer. De officier merkte tot zijn woede dat hij dat ook niet had voorzien. Geïnspireerd door de vroege ochtendzon had hij zijn regenkleding op de Blauwburgwal laten liggen. Het natte pak dat hem te wachten stond vrolijkte hem bepaald niet op.

17

David had een lange rit achter de rug. Hij was in één ruk vanuit Amsterdam naar Bad Godesberg in de buurt van Bonn gereden. Daar had hij een aantal keren naar de weg moeten vragen. Na de snelweg hadden smalle wegen hem langs begroeide heuvels naar boven gevoerd. Zo af en toe zag hij de rivier in de diepte, vol schepen die door het water voortploegden. In zijn beste Duits vroeg hij aan een al wat oudere man hoe hij verder moest rijden. Terwijl hij door het opengeschoven raam met de man sprak, kwam een grote herdershond met luid geblaf aanrennen. Van de uitleg van de man kon hij alleen maar flarden verstaan.

Het landgoed lag op een heuvel met uitzicht op de Rijn. Het was met een ijzeren hek omheind. De spijlen waren groen geverfd, met goudgekleurde punten aan de bovenkant. David parkeerde de auto aan de linkerkant van de weg in de berm tegenover de inrit. Braamstruiken en brandnetels verhinderden hem uit te stappen. Hij kroop over de stoel naast hem naar buiten. De zon kwam zo af en toe achter de wolken vandaan. Het zonlicht weerkaatste in de groen geglazuurde dakpannen. Twee zuilen van wit geverfde baksteen markeerden de inrit. Nergens was een naambordje te zien.

Aan de binnenkant van de zuil ontdekte hij een bel met een intercom. Hij drukte erop maar er kwam geen reactie. De villa was omzoomd door groene gazons met borders. Achter in de tuin zag David een man op een kleine tractor over het gazon heen en weer rijden. De man droeg een zwarte pet en ging op in zijn werk.

Toen hij om het landgoed heenliep, ontdekte hij aan de zijkant een smalle poort. Hij duwde en het poortje schoot open. Voorzichtig liep hij het grindpad op. Zou er hier ook zo'n herdershond zijn als hij net had gezien? Daar moest hij niet aan denken.

Voorjaarsbloemen omzoomden het voetpad. Terwijl hij behoedzaam het landgoed binnenliep, op zoek naar de man op de grasmaaier, viel het hem op hoe goed alles onderhouden was. Van het grasveld waren de randen scherp afgestoken. Er groeide geen onkruid. In de bloemperken waren de dode bloemen verwijderd. Naast de perken lagen hier en daar hoopjes uitgetrokken onkruid en afgeknipte bloemen bij elkaar geveegd. Overhangende takken waren ondersteund met bamboestokjes. De aarde in de borders was keurig geharkt.

De vierwielige maaimachine werd bestuurd door een lange magere man die hooggezeten op een groot zadel zorgvuldig baantjes over het gras trok. Toen hij David in de gaten kreeg, stopte hij en stapte af. Terwijl hij zijn handschoenen uittrok, liep hij op David toe. In zijn bruine ribcordbroek en tweedjasje zag hij er landelijk uit. Hij nam zijn zwarte pet van het hoofd en krabde zich over zijn kale schedel. 'Davey,' zei hij zonder enthousiasme, 'je hebt het gevonden. Ik dacht het al. Tegen Val heb ik gezegd dat het niet zou helpen je over de telefoon af te houden. Na al die jaren was het voorspelbaar dat je door zou zetten.'

'Marcus,' zei David en hij stak zijn hand uit om de man te begroeten die vroeger zijn controller was geweest, 'dat is lang geleden.'

Marcus Klein negeerde de uitgestoken hand en keek naar de lucht. 'Het ziet er niet goed uit. 't Zou kunnen gaan regenen,' mompelde hij binnensmonds. Daarna op luidere toon: 'Een ogenblik. Ik zet de machine in de schuur.'

Ze liepen het huis in. In de gang trok Marcus Klein zijn laarzen uit. Hij liep op kousenvoeten de keuken van de villa in. Een tienermeisje zat aan de keukentafel een boterham te eten. Ze had een glas cola ingeschonken. Marcus stelde David niet voor. Zijn gast glimlachte naar het meisje. Zij besteedde geen aandacht aan de bezoeker en verdiepte zich in het tijdschrift dat naast haar bord lag.

In de studeerkamer schonk Marcus zonder iets te vragen een glas whisky in. 'Het is er de tijd voor,' zei hij op zijn horloge kijkend. Verdiept in zijn eigen gedachten nestelde hij zich in een stoel. 'Het was beter geweest als je niet was gekomen. Tien jaar is een lange tijd, David. Het heeft geen zin meer. Ik dacht dat het misschien toch voorbij was.'

'Ik kon moeilijk anders.'

'Hoezo? Het is geschiedenis, Davey.' De lange, kale controller sprak zachtjes. 'Waarom nu, na tien jaar?'

'Omdat ze me weer te pakken hebben genomen.'

Klein schudde ongelovig met zijn hoofd. Hij keek zijn gast zwijgend aan.

'Het beursbestuur heeft een brief aan mijn commissarissen geschreven. Het heeft een veto over mij uitgesproken. Ik ben niet acceptabel omdat een onderzoek heeft uitgewezen dat er bij FuturIT onregelmatigheden zijn geweest. Omkoping. Ik moest aftreden toen we op het punt stonden om de beurs op te gaan. Ik moet het wel uitzoeken. Anders achtervolgt die affaire me tot in mijn graf.'

Zijn gastheer was verbaasd. 'Geweigerd? Om Futur IT? Na zoveel jaar? Dat kan toch niet.' Hij zweeg even. 'Wie heeft daar belang bij?'

'Jij bent de oorzaak, Marcus,' zei David zachtjes. 'Ik kreeg een rapport in mijn bezit. Daarin rapporteren de accountants over Futur IT. In opdracht van Marcus Klein, financieel directeur. In dat rapport heb ik brieven gevonden met een inhoud die gelogen is. Er staan cijfers in die ik voor de eerste keer zag. Afspraken die nooit gemaakt zijn.'

Van de kant van de controller kwam geen reactie. Hij keek met toegeknepen ogen gespannen naar zijn gast. Er heerste een stilzwijgen in de kamer. Alleen het tikken van de regendruppels tegen de ramen was hoorbaar. Ergens in het huis zong een sopraan een aria van Mozart.

David hernam het woord. 'Leugens. Fantasie. Waarom, Marcus?' Hij legde een stapel papieren op tafel. 'Lees dit eens door. Om je geheugen op te frissen.'

De controller bladerde met zichtbare tegenzin door de papieren. Hij had een zwarte leesbril opgezet die op het puntje van zijn neus stond. 'Tja,' zei hij peinzend, 'daar kan ik me niet veel meer van herinneren. Te lang geleden. Zo op het oog ziet het er niet al te fraai uit.'

'Dat hangt er maar vanaf hoe je het bekijkt,' zei David resoluut. 'Het fraaie aspect is. de fantasie. Wie heeft die verklaringen gemaakt, Marcus? Wie heeft die Belg zover gekregen dat hij die brieven heeft getekend? Wie heeft de cijfers vervalst? Waarom staat jouw handtekening eronder? Wie heeft mijn handtekening vervalst? Waarom heb jij dat goedgekeurd?'

De controller schonk een tweede glas in. Toen hij de fles wegzette in het kabinet ging de deur naar de gang open en stak een vrouw haar hoofd om de deur. 'Denk je eraan dat we vanavond naar het concert in de Beethoven Halle gaan?' vroeg ze in het Engels. Haar blonde haren vielen onordelijk over haar schouders. David schatte haar zeker tien jaar jonger dan de controller. Die maakte een geruststellend handgebaar. Met een snelle glimlach bevestigde hij de afspraak.

'Dat is Val,' zei hij toen de deur weer gesloten was.

David keek hem vragend aan.

'Ik ben na Futur IT met haar getrouwd. Ze had twee kinderen van een diplomaat die hier op de Australische ambassade werkte. Val heeft een impresariaat. Musici, veel zangeressen. We zijn hier blijven wonen. Van de kinderen heb je Carly gezien. Victor woont hier niet meer. Hij werkt in Brazilië.'

'Je was toch met een ander getrouwd?' vroeg David.

. Een glimlach trok over het gezicht van de controller. 'Thelma,' zei hij, 'dat huwelijk heeft Futurrr niet overleefd. Ze is van me weggegaan voordat Futurrr van de beurs gehaald werd.'

'O.' David dacht aan Helen die al eerder bij hem was weggegaan. 'Het was ook een bijzondere tijd.'

'Niet vol te houden. Mijn god. De borrels in de Miss Blanche en in de binnenstad. Tot vijf uur 's ochtends en nog later. En die vrouwen.'

'Ik herinner me niet dat jij daar zo enthousiast aan meedeed.'

'Toen jij weg was ben ik financieel directeur geworden. We gingen vaak met Henry de stad in. Het hoorde erbij. We leefden in een roes. Jij toch ook?'

'Dat viel wel mee. Ik heb mijn werk gedaan. Wat is er gebeurd, Marcus? Waarom hebben ze al die *shit* gemaakt?' David wees naar de papieren.

Klein stond weer op. Met het glas in de hand liep hij naar de lage vensterbank om daar in te gaan zitten, de knieën over elkaar geslagen. 'Mijn hemel, David,' zei hij, 'je wás er gewoon niet. Je was bezig met je vrouwen. Toen Jane jou de oorlog verklaarde was je op vakantie. Daarvóór was je op reis. God weet waarheen. Daarna hebben we je niet meer gezien. Wat wíl je, wij moesten door! We wisten allemaal dat jij er vandoor was en dat je Henry een poot had uitgedraaid. Ik heb zelf de betaling in orde moeten maken. Je dacht toen ook niet aan ons, Davey. Het was ieder voor zich. Futurrr stortte in elkaar. Ik moest voor mezelf zorgen.'

David antwoordde niet rechtstreeks. 'Waar ben je na Futurrr terechtgekomen?' vroeg hij.

'Een oliehandel in Rotterdam. Ze leverden olie over de hele wereld. Vestigingen in New York, Chicago, Genève, Londen en nog wat meer plaatsen. Fascinerende wereld. Ken je die handel?'

'Nee. Veel verdiend?' David was benieuwd hoe Klein het vermogen bij elkaar had vergaard om dit landhuis in deze dure buitenwijk van Bonn te kopen.

De controller keek hem nadenkend aan. 'Dat kun je wel zeggen. Ik had personeelsaandelen. Toen ik wegging waren die twintig miljoen waard.'

'Waarom ben je weggegaan?'

'Val. Die had iets tegen het geld. Het beheerste mijn leven, zie je. Van de ochtend tot de avond. Ik was steeds maar bezig het geld achterna te jagen, de hele aardbol over. Val had gelijk. Ze wilde het niet meer. Ik ook niet.'

'Maar het was toch niet zoals in Amsterdam?'

'Minder drank. Andere vrouwen. Geen drugs.' Klein stond op en schonk de glazen nog een keer vol.

'En daarna?' vroeg David.

Deze vraag scheen zijn gastheer te amuseren. Hij lachte in zichzelf. 'Dat kun jij je niet voorstellen,' zei hij tevreden. 'Ik heb een fonds opgericht. De

Liberty Foundation. Daar heb ik de helft van mijn geld in gestopt. Enkele vrienden hebben ook meegedaan. We houden ons bezig met charitatieve werken. Ik zit veel in Brazilië. We geven geld aan de missie en de zending. Veel ontwikkelingsprojecten.'

David keek zijn vroegere medewerker geïnteresseerd aan. Hij vond het een bijzondere gedachte dat Klein nu van geld uitgeven zijn hoofdberoep had gemaakt.

Marcus zag zijn blik. 'Je bent niet de enige die verbaasd is,' zei hij, 'maar ik vond geld verdienen om steeds rijker te worden zinloos. Het heeft geen zin om vier of vijf auto's te kopen. Geen Rolls-Royces. Eén auto is genoeg en een Mercedes rijdt ook goed. Een gouden biefstuk kun je niet eten.'

'Is tien miljoen voor een fonds niet wat weinig?'

'Ach, dat is een veelvoud geworden. Vrienden hebben ook ingelegd. We werken er samen aan. Ieder jaar reizen we naar Brazilië. Bovendien, we hebben erg goed belegd. Met die beurs is het vermogen verveelvoudigd. Ik weet het niet precies, maar ik geloof dat Liberty nu driehonderd miljoen in kas heeft. Zoiets. Het is een dagtaak.' Marcus had zijn glas omhooggeheven. Hij schudde het zachtjes heen en weer en scheen gebiologeerd te zijn door de bewegingen van de whisky. Op de gang sloeg een klok drie slagen. 'Drie uur,' constateerde Klein en hij keek op zijn horloge. Toen zei hij met zichtbare tegenzin: 'Maar hiervoor ben je niet gekomen, Davey. Liefdadigheid is nooit jouw sterke punt geweest. Zeg het maar, wat wil je weten?'

'Die papieren, Marcus. Wie heeft die balansen en die verklaringen opgesteld? Wie heeft de opdracht daarvoor gegeven? Waarom?'

'Dat begrijp je toch wel. Jane voerde oorlog.'

'Tegen mij? Wat werd zij er wijzer van als ze mij eruit werkte?'

'Jij was de man van Henry.'

David dacht na. 'Henry? Wat wilde ze van hem?'

De controller hief zijn armen omhoog. Een gebaar van ongeloof en van wanhoop. 'Kom op. Je weet toch wel wat er na jouw vertrek is gebeurd.'

'De koers duikelde omlaag. Futurit is van de beurs gehaald.'

'Nou. Daar heb je het.'

David keek hem verbaasd aan. 'Ze wilde de koers omlaag hebben? Waarom? Ze had zelf ook aandelen. We hebben haar gedeeltelijk met aandelen Futurit betaald toen we haar bedrijf kochten.'

'Hoeveel heb je haar in contanten betaald?'

David dacht na. 'Twintig miljoen? Vijfentwintig?'

'Twintig.' Klein keek zijn vroegere chef geamuseerd lachend aan. 'Je weet toch wel dat Jane haar bedrijf heeft teruggekocht toen Futurit in elkaar stortte?'

'Henry vertelde me dat kortgeleden. Ik wist het niet.'

'Weet je wat ze betaald heeft?'

'Nee. Henry zei dat hij erop verloren had.'

'Ze heeft vijf miljoen betaald.'

David keek de controller verbaasd aan. 'Vijftien miljoen minder dan wij haar hadden betaald? Waarom zo weinig?'

'Ach, ze dreigde met schadeclaims. Wanbestuur van jou, daarvoor stelde ze Henry aansprakelijk. Het was een soort schadevergoeding. Eigenlijk was niemand er nog in geïnteresseerd. Die interim-manager wilde van haar af. Henry wilde het gevecht niet aangaan. Ze kreeg haar zin.'

'Dus ze kocht voor vijf miljoen terug wat Futurit voor twintig van haar had gekocht? Die actie tegen mij leverde haar vijftien miljoen op?'

'Je vroeg me wat Jane tegen jou heeft. Waarom dit allemaal is gebeurd. Misschien is dit iets. Ze moest je kwijt. Dat ziet ze liever niet terug in de krant.'

Uiteindelijk kwam David weer terug op de vraag die Marcus moest beantwoorden. 'Oké, ze wilde me weg hebben. Maar die vrouw kan geen balans lezen. Wie heeft dit voor haar bedacht? De vervalste cijfers, de brief van die Belg. Wie heeft dat geregeld?'

'Die advocaat had de regie. We kregen onze opdrachten van hem.'

'Je bedoelt Finkenstein toch niet?'

'Dat was zijn naam, geloof ik.'

'En jullie deden dat gewoon? Alsof het niets bijzonders was?'

Weer een schouderophalen, nu enigszins nukkig. 'Wat heeft het voor zin, Davey, dat tegels lichten?'

David keek zijn gastheer verbaasd aan. 'Het moet worden rechtgezet. Ik wil er niet nog een keer mee worden geconfronteerd.'

'Wel, succes ermee. Laat mij erbuiten. Ik heb je verteld wat ik kon. Verder kan ik je niet van dienst zijn.'

'Ik denk dat het anders ligt. Jij was destijds als financieel directeur verantwoordelijk voor die rotzooi. Totdat jij mij de bewijzen tegen Jane geeft, ben jij mijn man. Ik ben jouw handtekening tegengekomen in het dossier, niet die van haar. Als ik jou was, zou ik daaraan denken.'

De controller slaakte een diepe zucht. 'Man, stop er toch mee. Geniet van het leven. Ga reizen. Wat kost het om jou het boek te laten sluiten?'

David schudde zijn hoofd. 'Nee. Ik wil de waarheid boven tafel hebben.'

'Ga dan naar die Belg. Gaspari. Ik bedoel die man die zijn bedrijf in Brussel aan Futurit had verkocht. Hij vertelde me destijds dat hij zijn dossiers zou bewaren. Als een veiligheidsmaatregel. Als hij dat werkelijk heeft gedaan, kan hij je verder helpen. Laat mij met rust.'

Klein liep naar zijn bureau en trok een la open. Na enig zoeken hield hij een visitekaartje in de lucht. 'Val je mij niet meer lastig?' vroeg hij.

David dacht na. 'Als uit dat dossier blijkt dat je gelijk hebt en dat Jane erachter zit, nee. Als jij er toch bij betrokken bent, zal ik je weten te vinden.'

Toen David opstond om te vertrekken begon de zon weer te schijnen. De controller liep met hem naar de deur. Hij zag er vermoeid uit. 'Ik ga nog wat in de tuin werken,' zei hij gedachteloos.

In de opening van de monumentale voordeur draaide David zich naar de controller om. 'Wat was de beloning, Marcus?' vroeg hij zachtjes.

De grijze ogen van zijn gastheer lichtten op. Het was alsof een goede herinnering bij hem bovenkwam. 'Het was een mooie tijd,' zei Klein. Hij sprak net als David erg zacht. 'Die vrouwen in Amsterdam waren wel bijzonder. Was er niet zo'n Antilliaans meisje?'

Het duurde even voordat het tot David doordrong en toen keek hij hem ongelovig aan. 'Vittoria?' vroeg hij stomverbaasd. Marcus lachte hem toe. Hij deed de zware deur langzaam dicht.

Toen David over het gazon naar het hek liep vroeg hij zich af of Marcus een affaire met Vittoria had gehad. Hij kon zich de ietwat stijve controller moeilijk in de armen van de aantrekkelijke Antilliaanse voorstellen. In de auto piekerde hij verder. Waarom zou Vittoria tijd hebben besteed aan Klein? Uiteindelijk had de controller de belangen van Jane gediend, niet die van King Henry.

David herinnerde zich dat Henry hem destijds in een nachtelijk telefoongesprek vanaf Guadeloupe had gezegd dat hij zijn aandelen Futurɪʏ al had verkocht toen het allemaal gebeurde. Wat waren de belangen van King Henry? Of werkte Vittoria ook voor anderen dan Henry Carlier? Hij herinnerde zich dat Vittoria enige maanden eerder Henry in de serre van de Miss Blanche om de hals was gevallen. Het meisje had haar hart nog steeds aan Henry verpand, daar was hij van overtuigd.

Finkenstein werd voortgestuwd door zijn eigen obsessies. Eén daarvan was Simon Ferguson. Hoe kon hij erachter komen wat de verbinding was tussen de eerste echtgenoot van Jane en de twee communicatie-experts in Den Haag? De gedreven advocaat ging er in gedachten vanuit dat Chamal en Zimmerman in opdracht van Simon werkten. Hoe hij er ook over nadacht, steeds weer kwam hij tot de conclusie dat dit het meest logische was. Als Ferguson inderdaad de opdrachtgever was voor het onderzoek, wat voerde hij dan in zijn schild? Navraag bij de universiteit had hem geleerd dat de twee inderdaad part-time onderwijsfuncties vervulden, maar dat zij hun hoofdberoep op het Haagse advieskantoor uitoefenden.

Toen Finkenstein na zijn terugkomst uit Monaco Chamal telefonisch benaderde, volgde een cryptisch gesprek. Chamal hield zijn dekmantel van het universitaire onderzoek overeind en de advocaat zag uiteindelijk geen andere uitweg dan zichzelf als informant voor het onderzoek aan te bieden. Finkenstein vertelde dat hij in de jaren tachtig veel cliënten uit de IT-sector had. Was dat misschien interessant voor het onderzoek van Chamal? Er volgde een afspraak die op aandringen van de advocaat in verband met zijn buitenlandse reis twee dagen later zou plaatsvinden.

De onverwachte verschijning van David Friedman in zijn kantoor was een andere schok voor de jurist. Hij zat gebogen over een strafdossier om een zitting voor te bereiden toen de deur van zijn werkkamer openging om doorgang te verlenen aan David. Tot zijn schrik zag de advocaat dat David het rapport op zijn bureau neerlegde dat vele jaren terug door de accountants van FuturIT aan het beursbestuur was overhandigd. Hij keek het dossier met geveinsde verbazing door. 'Nee,' zei hij toen, 'ik kan me dit zo niet voor de geest halen. Maar het gaat over FuturIT, dat is tien jaar geleden.'

'Je weet het niet meer. Merkwaardig. Jij hebt toen de correspondentie met het beursbestuur gevoerd. Ik heb die brieven in het archief van de beurs gezien. Maar je kunt het je niet meer herinneren?'

'Nee. Maar het is goed mogelijk. Ik was in die tijd tenslotte de advocaat van FuturIT, David.'

'Wie heeft de opdrachten gegeven? Ik bedoel, voor die valse verklaringen en die foute balansen? Die brief van Gaspari? Als jij de advocaat was, weet je dat nog wel.'

'Nee. Ik zou het niet weten. Mij staat niet bij dat er valse verklaringen zijn afgelegd.'

'Jij hebt brieven geschreven. Zit ik er ver naast als ik zeg dat je dat in opdracht van de raad van bestuur hebt gedaan?'

'Dat lijkt me juist,' antwoordde de advocaat met tegenzin. 'Ik schrijf niet op eigen gezag.' Hij schoof het rapport terug naar David. 'Neem het maar mee. Ik kan er toch niets mee.'

'Dat lijkt je juist,' herhaalde David. 'Heb ik het mis als ik zeg dat Jane dit heeft geregisseerd? Dat jij dit in haar opdracht hebt uitgewerkt?'

De advocaat haalde zijn schouders op. 'FuturIT was tien jaar geleden, jongen,' zei hij met een verveelde uitdrukking op zijn gezicht. 'Het was een ellendige zaak en jij was de eerstverantwoordelijke. Ik zou het niet meer oprakelen als ik jou was. Daar ondervind je alleen maar schade van. Laat het rusten, als ik je een advies mag geven. Weet wel wat je losmaakt als je in het verleden gaat roeren! Wat doet dat er nog toe?'

'Dat ik voor de tweede keer mijn baan ben kwijtgeraakt door die affaire. Dát doet het ertoe. Iemand heeft de beurs gevraagd die brief te schrijven. En ik moet me sterk vergissen als jij daar niet achter zit. Toen we elkaar bij dat etentje aan de Amstel zagen, wist jij het al. Hoe? Treed je nog steeds voor Jane op?' David gooide de brief van het beursbestuur op het bureau van Finkenstein.

Die pakte zijn dikke vulpen. 'Friedman, je moet me verontschuldigen. Straks heb ik een zitting. Ik moet aan de gang. Hiermee kan ik je niet helpen. Je vindt het wel?' Met een vriendelijke glimlach maakte hij een gebaar naar de deur.

David verliet zonder te groeten zijn kamer. Finkenstein pakte zijn telefoon en maakte een sms-bericht voor Jane. De advocaat vroeg om contact.

Voor Jane kwam het bewijs dat Ben Finkenstein zijn werk goed gedaan had onverwacht snel. De mensen van de bank liepen nu bijna dagelijks haar kantoor in en uit. Steeds was er weer iets. De uitslag van het *due diligence*-onderzoek door de bank moest worden besproken. Wekenlang hadden de accountants en advocaten in opdracht van de bank Amsterdam Online onderzocht. Klopten de cijfers? Waren de contracten van het bedrijf in orde? De medewerkers van Jane hadden heel wat overuren gemaakt. Pas als uit dat onderzoek zou blijken dat alles in orde was, kon Amsterdam Online de zo begeerde plaats op de effectenbeurs krijgen.

De resultaten van al die werkzaamheden werden tijdens lange en vermoeiende vergaderingen besproken. Dan zat de vergaderzaal vol. De accountants vonden dat de abonnees nog een keer moesten worden geteld. Dat getal was de belangrijkste maatstaf om de waarde van de aandelen te bepalen. De advocaten bepleitten dat er in de overeenkomsten met de abonnees wijzigingen moesten worden aangebracht.

Het bewijs van de kwaliteiten van Finkenstein werd geleverd door de jonge advocaat van het kantoor in het World Trade Centre. Hij was verantwoordelijk voor het prospectus dat de beursgang moest begeleiden. Zijn kantoor had onderzoek gedaan naar Janes verleden. Haar persoonlijke gegevens moesten in de brochure worden vermeld. Toen Jane van het grote advocatenkantoor in het wtc via de fax de uitslag van het onderzoek kreeg toegezonden, klopte haar hart van de spanning. Ze trok het bericht uit de handen van haar secretaresse en las het snel door. Op haar blazoen was geen smetje te bekennen. Al haar bedrijven hadden schitterende cijfers bij de Kamers van Koophandel gedeponeerd. Over Jane was geen verkeerd woord te melden. Ze prees zichzelf dat ze Finkenstein tot zo'n grote hoogte had weten op te zwepen. Hij bleek zijn geld waard te zijn.

Ze mijmerde door over haar advocaat. Het was goed dat ze hem de indruk had gegeven dat ze aan zijn honorariumeisen tegemoetkwam. Maar hoe lang zou dat geld Finkenstein aan haar binden? Hoe lang zou het duren voordat hij weer meer geld zou eisen, en daarna nóg weer? Veel illusies maakte Jane zich niet. Uiteindelijk bleef Finkenstein toch een onbetrouw-bare advocaat die voortdurend de grenzen zocht en als het kon over-schreed. Hij zou nooit op zijn woord te geloven zijn. De advocaat vormde een probleem dat moest worden opgelost. Alleen, nu had ze Finkenstein nog even nodig.

Het sms-berichtje over David Friedman stoorde haar in haar overpein-zingen. Ze belde de advocaat onmiddellijk terug. 'Wat is er met Friedman aan de hand?'

'Hij was hier. Volop bezig met het verleden. Heb jij die brief aan de beurs geschreven om hem uit zijn functie te wippen? Niet slim, Jane. Van Friedman hadden we geen last. Nu wel. Je hebt er een probleem bij.'

'Ik moest wel.' De stem van Jane klonk koel en weloverwogen. 'FUTURIT kunnen de mensen zich nog herinneren. Het was destijds voorpagina-nieuws. Iedereen moet beseffen dat het zíjn schuld was. Dat Friedman de oorzaak van het debâcle was. De kranten hebben dat nu ook weer ge-schreven. Jezus, Ben, mijn president-commissaris vroeg me ernaar. Mijn bankier wilde weten hoe het zat. Er was geen ontkomen aan.'

Finkenstein reageerde geïrriteerd. 'Dan heb je succes gehad. Friedman is aan het graven en spitten. Geloof me, je bent nog niet van hem af. Hij wil weten wat er destijds is gebeurd. Als hij dat weet, laat hij het er niet bij zit-ten. Niet zo handig, Jane.'

Jane reageerde nijdig. 'Nou, en? Laat hem zoeken. Die papieren zijn toch weg? Ik heb je toch niet voor niets betaald? Hij kan geen kwaad doen.'

'Friedman heeft geld en tijd, Jane,' zei Finkenstein op scherpe toon. 'Ik zie hem liever niet in het verleden spitten. Hij zorgt voor onrust en die kun je op dit moment missen als kiespijn.'

'Als je dat vindt, weet je wat je te doen staat.' Janes stem klonk scherp. 'Finkenstein, dat is toch jouw taak! Leg Friedman het zwijgen op. Nu on-middellijk! Laat dat probleem niet doorzieken. Regel het. Daar betaal ik je voor.'

'O ja? Wil je een stuk in de krant over de geheimzinnige verdwijning van een ex-collega van je? Zou dat je goed doen? We kunnen beter eerst uit-zoeken waarmee hij bezig is. Misschien is hij wel de opdrachtgever van die communicatie-adviseurs en heeft Ferguson niets met hen te maken! Nu ik erover nadenk, het zou logisch zijn. David is nijdig op jou en geeft dat bu-reau opdracht om een campagne tegen jou te ontwerpen. Wat denk je dat er dan gebeurt als hem iets overkomt? Denk je dat die adviseurs het er dan bij laten zitten? Heb je daar aan gedacht?'

'Schei toch uit. Voor dat soort zaken heeft Friedman het geld en de fan-tasie niet. Stop met dromen en doe je werk. Maak die man duidelijk dat hij in zijn hok moet blijven en leg Ferguson het zwijgen op. Zorg daarvoor, Finkenstein. Is dat nou werkelijk zo moeilijk?'

De advocaat had gedacht bijna klaar te zijn met zijn opdracht. De reis naar Boris stond op zijn programma, hij had weinig tijd om nieuwe acties voor Jane op touw te zetten. 'Rustig maar. Laat mij nou eerst even uitvissen of die Haagse adviseurs voor Friedman of voor Ferguson werken. Als Friedman niets met hen te maken heeft, bloedt de zaak wel dood als ik hem een kleine waarschuwing geef. Dan zijn we van hem af. Als hij de opdrachtgever van die communicatie-adviseurs is, moeten we hem steviger aanpakken. Ik ga er echt wel achter aan, Jane. Maak je geen zorgen.'

'Ben, schiet op. Van dat getreuzel word ik doodmoe. Vooruit, doe wat.' Jane maakte driftig een einde aan het gesprek.

18

Finkenstein sprong van blijdschap bijna een gat in de lucht toen De Beaufort hem belde om te vertellen dat hij informaties had ontvangen over het adres in Thailand. 'En?' vroeg de advocaat gretig.

Een lach was het antwoord. 'Kom op, Finkenstein, we hadden een afspraak. We ruilen. Jij krijgt die inlichting, ik krijg van jou wat terug. Waar spreken we af?'

'Vertel alvast wat,' probeerde de advocaat, 'dan ontmoeten we elkaar vanavond en bespreken we het verder. Dan krijg jij jouw inlichting.'

De Beaufort was niet te vermurwen. 'Vergeet het maar,' zei hij. Hij moest lachen en vervolgde: 'Vanavond is oké, maar je krijgt geen voorschot. En denk eraan dat je een verklaring meeneemt waarin je bevestigt dat die opname op jouw telefoonrecorder geen gesprek met mij bevat. Ondertekend door jou, en je handtekening voor echt verklaard door een notaris.'

Nu klonk Finkenstein klagerig. 'Hé, dat was niet afgesproken.'

'Als je het maar doet,' zei de officier. 'Anders doen we geen zaken.'

Ze spraken af om elkaar die avond om acht uur in de lounge van Blakes aan de Keizersgracht te ontmoeten.

Een meisje in een halflang wit jasje en een zwarte broek bracht hem de gekoelde Tia Maria. Ze legde er twee lange zoute stengels bij. De advocaat knabbelde op het deeg en dronk van zijn lievelingsdrank. Toen de officier niet verscheen, begonnen de zenuwen hem parten te spelen. Hij kreeg een visioen dat De Beaufort met twee rechercheurs de lounge in kwam lopen om hem mee te nemen naar het huis van bewaring. Toen ook dat niet gebeurde en de gezette officier nog steeds wegbleef, dacht hij aan Boris. Wat moest hij doen als de ambtenaar de afspraak was vergeten? Of, erger nog, als hij de afspraak niet meer zou willen nakomen? Moest hij dan maar het risico nemen en gewoon naar Thailand vertrekken? Hij herlas voor de zoveelste keer zijn verklaring over de bandopname. De Beaufort kon hem niet verwijten dat hij niet had gedaan wat hij beloofd had.

De droge stem van de officier maakte hem aan het schrikken. Met een overdreven gebaar wees hij De Beaufort de lage kruk. Die legde een envelop op tafel. 'Hier is de informatie die je gevraagd hebt. Nu vertel je me eerst wat je me beloofd hebt te doen. Heb je daar jouw verklaring?' De advocaat knikte instemmend. Hij schoof het papier over de tafel. De Beaufort las de tekst zorgvuldig door. 'Dat ziet er goed uit,' zei hij tevreden.

'Dat adres, heb je de informatie?' De stem van de advocaat klonk enigszins schor. Hij nam haastig een slokje.

'Eerst jij,' zei De Beaufort onvermurwbaar. 'En wil je zo vriendelijk zijn je telefoon op tafel te leggen en je zakken te legen?'

Finkenstein gaf geërgerd gevolg aan het verzoek. 'Nou dan,' zei hij stroef toen zijn spullen op tafel lagen.

Maar De Beaufort was nog niet tevreden. 'Zet je de telefoon uit?' vroeg hij droogjes.

Voor Finkenstein was Clavan een man die niet in de beslotenheid van het Paleis van Justitie wilde leven, maar midden in de wereld wilde staan. 'Mickey wil voorkomen dat justitie geïsoleerd werkt. Daarom zoekt hij voortdurend contact met mensen van buiten het apparaat.'

De officier zat met opgetrokken wenkbrauwen te luisteren. Hij vond dit vage praat waar hij weinig mee kon. 'Alles goed en wel,' bromde hij, 'maar ik denk dat Clavan de zaak verlinkt. Hij lekt informatie vanuit het parket naar buiten en dan vissen wij achter het net.'

De advocaat was welwillender. 'Hij laat zich meeslepen door zijn vrienden,' zei hij, 'soms vervagen de grenzen voor hem. Ik geloof dat hij daar tegenwoordig meer last van heeft dan vroeger.'

Dit verhaal kon de officier niet bekoren. 'Feiten, Finkenstein,' zei hij vermanend, 'zonder feiten hebben we geen deal. Ik dacht dat je dat wel begrepen had.'

'Feit is dat ik van Mickey heb gehoord dat jullie een onderzoek naar me deden.'

'Oud nieuws.'

'Wist je dat hij iedere donderdag met Musch in Arti eet?'

Nu ging de officier rechtop zitten. 'Wát zeg je!' riep hij uit, 'met Musch? Ook tijdens die Sommer-zaak? Heeft Clavan met de advocaat van Sommer zitten eten terwijl wij ons rot werkten om die schurk achter de tralies te krijgen?'

'Ga zelf kijken. Ik introduceer je wel.'

De Beaufort onderdrukte zijn woede. Wat daar in Arti tussen de hoofdofficier en de advocaat van Sommer werd besproken, liet zich raden. Had hij daarom in die zaak zo achter de feiten aangelopen? De Beaufort keek Finkenstein nijdig aan. 'Had je me dat niet eerder kunnen vertellen?'

De advocaat keek hem aan en moest lachen. 'Wist je dat werkelijk niet? Wat doen jullie daar toch in die torenflat?'

De officier bleef boos. 'Ik ga het controleren. Als je staat te liegen weet ik je te vinden.'

'Doe wat je niet laten kunt. Ik moet je wel waarschuwen. In Arti eet je niet voor je plezier. Houd het maar op drinken, dat is beter voor je gezondheid.' Toen vroeg hij of de officier zo tevreden was. Hij wilde de informatie uit Thailand horen.

De Beaufort had de indruk dat de ander hem meer te bieden had. Een roddel over een doordeweekse maaltijd in Arti vond hij toch wat al te weinig. 'Je hebt me meer te vertellen, Finkenstein,' zei hij bars. 'Voor de draad ermee.'

Finkenstein boog over de lage tafel. 'Ben je erin geïnteresseerd te weten wie je een tijdje geleden in elkaar heeft geslagen?' vroeg hij fluisterend. Hij keek schuw om zich heen.

De Beaufort keek hem gespannen aan. 'Wat weet jij daarvan? Was het soms een klant van jou?' Zijn hart klopte sneller. Zou Finkenstein de overvaller een naam geven?

De advocaat sprak zachtjes tegen hem. 'Dan moet je in de Wladiwostok naar Ganesj vragen.'

'Wat zeg je? Waar? Naar wie?'

'De Wladiwostok is een kroeg op de Brouwersgracht. Ganesj is een junk. Hij scharrelt in jouw buurt rond en komt daar vaak. Grijze baard, tandeloze mond. Geen onaardige kerel. Ga met hem praten. Daar zul je veel van opsteken.' De advocaat maakte een snelle aantekening op een servetje. 'Hier,' zei hij. 'Geloof me nou maar. Maar vertel aan niemand dat je het van mij hebt.'

De officier las het slordige handschrift. Hij was overtuigd. Met zo'n handgeschreven notitie stak Finkenstein zijn nek uit. De Beaufort deed de envelop open en haalde er enkele foto's uit. 'Kijk,' zei hij, 'het is een grote villa. De eigenaar is een familielid van de minister-president. Een zakenman. Onze liaison-officier zegt dat er verhalen rondgaan over banden met plaatselijke bendes.'

De officier legde nog meer foto's op tafel. 'Dit is de eigenaar. Hij is van Chinese afkomst. Hier heb je foto's van zijn belangrijkste lijfwachten. Ik weet niet waarvoor je dit wilde weten, maar die man is gevaarlijk en wordt altijd door gewapende lijfwachten bewaakt. Hij is betrokken bij de zware misdaad. Goede connecties met de politiek en de politie maken hem onschendbaar. Hij zit ook in de bovenwereld. Een tv-station is van hem. Een man die je niet voor de voeten moet lopen. Zeg dat maar tegen je cliënt. Ik neem ten minste aan dat je dit voor een klant wilt weten.'

Finkenstein beaamde dat. Intussen bestudeerde hij de foto's in de hoop dat hij iemand kon herkennen. Als dat al het geval was, dan wist hij dat goed verborgen te houden. De officier kon geen enkele emotie bij hem ontdekken.

De Beaufort gaf hem de envelop. 'Hier zijn nog enkele notities over die familie.' Hij stond op en vroeg om zijn jas. 'Jij betaalt,' zei hij, 'je kunt het vast op een cliënt wegschrijven. Bedankt.'

'Moet ik je melden bij Arti?'

'Dank je. Ik ben al lid.'

De advocaat was in zijn praktijk complicaties gewend. Hij kon omgaan met moeilijke cliënten, liegende officieren van justitie en met verrassende omstandigheden. Terug op kantoor zat hij enkele minuten stil aan zijn bureau, zijn hoofd steunend op zijn handen. Hij dacht aan zijn reis naar Thailand. Wat zou hij daar aantreffen? Het bleef vreemd dat Boris zomaar ineens gegijzeld werd door Thaise misdadigers. Die nota bene banden hadden met leden van de regering en door de politie geprotegeerd werden. Waarom hadden zij zich op Boris geworpen? Hoe wisten ze van het bestaan van het fotomodel af? Vragen, waar Finkenstein geen antwoord op had. Zou hij níet naar Thailand gaan? Zijn Duitse vriend in de steek laten? De advocaat verwierp die gedachte meteen. Hij kon toch moeilijk alleen naar Thailand reizen en als een Don Quichotte tegen de misdadigers optrekken. De politie inschakelen was een andere mogelijkheid. Niet naar Thailand gaan en het aan de rechercheurs overlaten. In zijn hart moest hij toegeven dat hij in zijn praktijk te vaak klungelende politiefunctionarissen had gezien om daarop te vertrouwen. Deze man werd bovendien beschermd door de politie in Thailand. De kans dat corrupte Thaise politiemensen de misdadigers zouden helpen was te groot. Nee, hij moest zelf gaan. Maar niet alleen.

Peinzend pakte hij de telefoon en belde het huis van bewaring. 'Met Finkenstein,' zei hij lispelend en op zijn meest arrogante toon, 'ik moet vanavond bij Gulić zijn. Ik denk rond tien uur. Zorgen jullie ervoor dat ik terecht kan? Ja, het heeft haast en het heeft te maken met zijn zitting.'

In de slecht verlichte spreekkamer van het huis van bewaring voelde de advocaat de vermoeidheid. Hij zat even te suffen. Toen de Joegoslaaf werd binnengeleid was hij onmiddellijk weer klaarwakker. De twee mannen bespraken enkele kwesties voor de zitting. Toen de advocaat zijn papieren in zijn koffertje opborg, vroeg hij aan zijn cliënt een kleine dienst. 'Een van mijn cliënten heeft een spoedopdracht, Gulić. Ik kom graag in contact met

enkelen van je vrienden. Vier is genoeg, denk ik. Kan ik op je rekenen?'
De Joegoslaaf stond op. 'Heb je het bezoek van mijn zoon geregeld?'
'Alles is in orde. Visum, vervoer. Ik geloof dat hij volgende week komt.'
'Laat mij het visum zien. Als ik dat heb gezien help ik jou.'

Toen Finkenstein de Havenstraat uitreed, drong het tot hem door dat hij
nog heel wat te doen had de komende dagen. Dat hij nu ook nog een kopie
van het visum aan Gulić moest laten zien kwam slecht uit. In werkelijkheid
had hij nog niets aan het bezoek van de zoon van Gulić gedaan. Maar nu
ontkwam hij er niet aan de zaak te regelen. Dat was een tegenvaller. Hij
had het al druk genoeg, maar de geslepen advocaat kon eigenlijk wel respect opbrengen voor het standpunt van de Joegoslaaf.

Toen David het telefoonnummer in Brussel belde van het kaartje dat Mar-
cus Klein aan hem had gegeven, kreeg hij een vrouw met een zachte, hese
stem aan de lijn.
David stelde zich voor en vroeg Léon Gaspari te spreken. Er volgde een
stilte. 'Bent u er nog?' vroeg David, bang dat de verbinding was verbroken.
'Zeker. Maar wat u wilt, zal niet gaan.'
'Hoezo? Ik zou bijzonder graag een afspraak met hem willen maken.
Hij zal er ook zeer in geïnteresseerd zijn.'
'Ik denk het niet.'
'Wilt u hem een boodschap doorgeven?'
'Dat zal ook niet gaan.'
'Hoe kan ik hem dán bereiken?' David vroeg zich af wat er aan de hand
was. Was de Belg gescheiden? Naar het buitenland vertrokken?
'U kunt hem nergens bereiken. Nooit meer.'
'Wat bedoelt u? Weet u niet waar hij woont?'
'Hij woont nergens. Hij is dood. Vermoord.'
David schrok hevig. 'Door wie?' vroeg hij.
'Dat moet u aan de politie vragen. Ik weet het niet.'
Vergiste hij zich, of hoorde hij een snik. Voordat hij iets kon zeggen
kwam de vrouwenstem weer door. 'Dat was het. Het heeft geen zin om mij
te bellen.'

Marga had erop aangedrongen dat ze samen een advocaat in Rotterdam
zouden bezoeken. Die kon de scheiding afhandelen. Het was een vrouwe-
lijke jurist. Ze zag eruit als een onderwijzeres. Het witte bloesje en de lange plooirok versterkten die indruk, en de bril met de grote glazen droeg
daar ook aan bij. David had van vrienden gehoord dat deze vrouw een
voorliefde voor grote Amerikaanse auto's had. Toen hij haar de hand
schudde kon hij zich dat nauwelijks voorstellen.

De vrouw vertelde blijmoedig wat er bij een scheiding om de hoek kwam kijken. David luisterde met een half oor. De vrouw legde uit dat ze alles moesten delen.

'Jouw aandelen dus ook,' kon David niet nalaten te zeggen.

Marga keek hem vuil aan. 'Alles, lieverd, je hoort toch wat mevrouw zegt. Ook jouw opties. En wat je destijds gekregen hebt van Futurᴙᴙ.'

Marga legde een pak papieren op de vergadertafel. 'Dit zijn al mijn gegevens. Ik heb ze gekopieerd. Dit is voor jou, lieverd.'

David bladerde er snel doorheen. Zijn oog viel op het uittreksel uit het Handelsregister van het bedrijf van Marga. Wallis stond als commissaris vermeld. David pakte het velletje papier en las verder. Zag hij het goed dat er een tweede commissaris was benoemd? 'Jane Ecker is bij jou commissaris geworden?' vroeg hij ongelovig, en hoorde dat zijn stem net iets te schel klonk.

'Wallis kent haar. Hij vond het een goed idee.'

'Dus dat is het. Wallis, Jane en jij. Jullie hebben dat plannetje gemaakt om mij eruit te werken. Ga je straks met Wallis op vakantie van het geld dat ik je moet betalen? Mag Jane mee? Heeft Jane jullie betaald?' Hij verloor zijn zelfbeheersing. Een blinde drift welde in hem op. Hij wilde weg uit deze kamer. De advocaat en Marga vergeten.

Hij schoof de papieren naar Marga terug. 'Houd dit maar bij je,' zei hij. Zijn stem trilde van woede. Zijn mond stond strakgespannen. Hij ging staan en priemde met een vinger naar Marga. Even was hij bang dat hij in tranen zou uitbarsten. 'Ik zal je vertéllen hoe we het doen. Ik betaal niets. Je zoekt het maar uit. Jullie hebben me genoeg ellende bezorgd, Wallis en jij. Jane! Hoe heb je het kunnen doen? Van mij krijg je geen cent!'

Zonder te groeten liep hij nijdig de kamer uit en sloeg de deur achter zich dicht.

Hoe kon hij met de weduwe van Léon Gaspari in contact komen? Hij zocht in krantenarchieven naar berichten over de moord op de Belg. Wat was er gebeurd? Hij maakte een lunchafspraak met een journalist in Scheltema, een restaurant vlak bij de Grote Markt in Brussel. De verslaggever had in zijn krant over de moord geschreven.

'Die moord intrigeert me,' zei David toen ze elkaar in het restaurant hadden gevonden. 'Een man die op klaarlichte dag in zijn slaapkamer wordt vermoord. Waarom? Door wie? U heeft er veel over geschreven. Bent u iets meer te weten gekomen?'

'Het is een mysterie gebleven,' zei de verslaggever. 'Nee, het is nog niet opgehelderd waarom Gaspari is vermoord. Volgens mij heeft de politie het opgegeven en is het onderzoek gestopt.'

'Is er geen enkele aanwijzing? Zat hij in de drugshandel? Had hij zwart geld? Waren er geen bedenkelijke vrienden? Was er geen vriendin in het spel? Of andere seksuele relaties?'

'Nee.' De journalist veegde met het witte linnen servet zijn mond schoon en nam een slokje van de wijn. Hij zocht in de zakken van zijn zwartleren jack naar een tandenstoker. Pulkend ging hij verder. 'Hij leidde een gewoon leven. Tweede huwelijk, geen vriendinnen. Geen homoseksuele relaties. Veel buitenlandse vakanties, allemaal met zijn vrouw. Zij heeft een reclamebureau. Succesvol. Financieel onafhankelijk. Ze is trouw aan hem. De politie heeft hun sociale leven met een stofkam uitgekamd. Niets bijzonders gevonden.'

David dacht na. 'Oké, maar het was een moord met voorbedachten rade, nietwaar? Dat begreep ik uit de krant. Het staat vast dat de moord niet is gepleegd door een dief die betrapt is of zo.'

De journalist werkte een stukje vis weg voordat hij antwoordde. Een ober kwam op onvriendelijke toon vragen of alles naar wens was. David wuifde de man ongeduldig weg en concentreerde zich op de verslaggever.

'Het was ongetwijfeld een zorgvuldig beraamde moord,' vervolgde die. 'De moordenaar was een motorrijder. Die heeft die ochtend getankt bij een benzinestation in de straat waar Gaspari woonde. Gaspari is tijdens het aankleden verrast. Toen ze hem op zijn bed vonden had hij zijn overhemd nog niet aan. Zijn vrouw was al naar haar werk vertrokken. Dat wist de moordenaar kennelijk. Hij heeft gewacht totdat Gaspari alleen in het huis was. Toen is hij naar binnen gegaan. Nee, die moord was zeker geen toeval. De moordenaar was een professional. Hij had slechts twee schoten nodig en heeft geen sporen achtergelaten.'

'Maar is er dan geen enkele aanwijzing? Hadden ze geen kenteken van die motor? Heeft niemand die man herkend? Heeft de moordenaar niets meegenomen waaruit je iets zou kunnen afleiden?'

'De motor was gestolen. De buren hebben een man met een helm gezien. Door die helm was hij onherkenbaar. In huis heeft hij alleen de kluis leeggehaald. De sieraden heeft hij laten liggen, de papieren heeft hij meegenomen.'

'Welke papieren?'

'Contracten en documenten. Over een bedrijf dat Gaspari vroeger heeft gehad. Hij heeft dat destijds verkocht. De papieren van zijn huizen lagen er ook. Zijn woning in Brussel en zijn appartement in Cannes. En natuurlijk de sieraden van zijn vrouw. En haar papieren.'

'Zijn die documenten allemaal meegenomen?'

'Ja. Alle papieren waren weg.'

'Daarover heb ik in de krant niets gelezen.'

De journalist haalde zijn schouders op. 'Dat klopt. De politie vroeg of we dat niet wilden publiceren. Ze dachten dat het misschien een spoor was. Eerlijk gezegd lijkt het erop dat er een oude rekening is vereffend. Waarom zou Gaspari die papieren hebben bewaard? Waarom loopt die motorrijder zijn huis in om hem te vermoorden en die papieren mee te nemen? Dat ziet er toch uit alsof iemand nog een appeltje met Gaspari te schillen had?'

'Zit de politie op dat spoor? Is het onderzoek daarop gericht?'

De verslaggever schudde zijn hoofd. 'Nee, dat geloof ik niet. Ze hebben wel in die richting gezocht, maar er was geen houvast. Er waren geen schulden die nog betaald moesten worden. Geen rechtszaken, geen ruzies. Er was niets.'

'Zijn er op de krant geen tips binnengekomen?'

'Niets. De zaak is eigenlijk doodgebloed bij gebrek aan nieuwe gegevens. Ik heb er al een tijd niet meer over geschreven. Ik zei al dat het een onopgelost raadsel is.'

Het was voor David wel duidelijk dat de papieren en de moord met elkaar in verband stonden. Maar hoe kon hij erachter komen wat er gestolen was? Hij vroeg zich af of het om de dossiers van Futurit ging. Marcus Klein had hem gezegd dat de Belg zijn dossiers had bewaard. Er was maar één manier om erachter te komen. Hij moest de weduwe bellen en proberen een afspraak met haar te maken.

Hij kreeg haar laat op de avond te pakken. Eerder werd de telefoon niet opgenomen of was de lijn in gesprek. Toen hij aan de vrouw vertelde dat hij nieuwsgierig was welke papieren door de moordenaar waren meegenomen, was de vrouw erg terughoudend.

'Waarom wilt u dat weten? Wie bent u? Wat doet het ertoe welke papieren gestolen zijn?' Haar hese stem klonk weinig toeschietelijk.

'Ik kende uw man van vroeger. Tien jaar geleden was ik directeur van het bedrijf dat zijn onderneming heeft gekocht. Ik ben wat zaken uit die tijd aan het uitzoeken. Uw man speelde daarin een rol. De archieven van uw man kunnen mij daarbij helpen. Of heeft de moordenaar die papieren meegenomen?'

'U wilt het verleden oprakelen.' De tegenzin van de vrouw was nu duidelijk hoorbaar.

'Is dat al niet gebeurd door die moord? Ik bedoel, het moet voor u toch ook van belang zijn te weten wat er nu precies is gebeurd. Als ik die archieven kan inzien, kan ik u daarbij misschien helpen.'

'Dat is werk voor de politie.'

'Misschien. Het kan toch geen kwaad om de politie te helpen? Ik weet wat er destijds is gebeurd. Dat lijkt me voor u toch ook nuttig om te weten.'

Even was het stil. Toen klonk het beslist: 'Weet u wat? Fax me uw gegevens door en dan neem ik weer contact met u op.' Ze gaf hem een faxnummer en verbrak de verbinding.

Het was een smalle straat vlak bij de ring rond Brussel. Langs het trottoir bevonden zich parkeerplaatsen waarin gaten waren uitgespaard voor de bomen. David moest zoeken naar een plekje.

Het hek van het voortuintje stond open. Hij liep het trapje naar de voordeur op en belde aan. De bel hoorde hij overgaan en daarna klonken er stemmen en voetstappen. Ze is niet alleen, schoot het door hem heen, en dat verbaasde hem. Toen de weduwe van Gaspari hem eindelijk had uitgenodigd, had ze niets gezegd over een andere bezoeker.

De voordeur zwaaide open en David keek in de ogen van een man met een breed gezicht en kort geschoren haar. In zijn hand had hij een zwarte revolver die hij op de maag van David gericht hield. Achter hem stond een rijzige, slanke vrouw.

'Kom erin,' zei ze met dezelfde ietwat hese stem die David tijdens hun telefoongesprekken ook al was opgevallen.

David bleef verlamd van schrik voor de deur staan. De vrouw lachte. 'Schrik niet. Ik moet nu eenmaal veiligheidsmaatregelen nemen. Kom erin, u hoeft niet bang te zijn. Ik hoop dat u er begrip voor heeft dat ik voorzichtig moet zijn.'

In de kleine hal stelde de vrouw zich voor. 'Ik ben Elaine Gaspari.' Ze wees op de gedrongen man met de revolver. 'Dat is Vladi,' zei ze. De man lachte beleefd en hield zijn wapen op David gericht. 'Vladi gaat u nu fouilleren op wapens. Die tas geeft u aan hem af. Steek uw armen in de lucht, dan gaat het sneller.'

Ze zaten aan de tafel in de lichte keuken. Een glaswand bood uitzicht op een kleine binnenplaats. Elaine zette espresso. De lijfwacht stond uit het raam te kijken.

'Hij is een vriend van kennissen van mij bij de Unie,' zei Elaine, 'een Wit-Rus die hierheen is gevlucht. Ik spreek Russisch met hem. Hij spreekt maar enkele woorden Engels. Koffie, Vladi?'

De Rus pakte vriendelijk lachend het kopje aan. Hij liep naar de koelkast voor de melk. De lijfwacht verdween naar de woonkamer. Even later hoorde David het geluid van de tv. Hij vond het een vreemde gedachte dat die op het oog zachtaardige man hem overhoop had kunnen schieten.

Elaine zag hem nadenken. 'Hij is officier in het sovjetleger geweest. Heeft bij de KGB gewerkt. Na de omwenteling was hij werkloos. In Minsk schijn je je geld alleen te kunnen verdienen als prostitué of als smokkelaar. Hij kon wegkomen en is in Brussel beland. Vergis je niet, als het erop aankomt is hij een vechtmachine.'

Daarna vertelde Elaine uitgebreid over de moord op haar man. Over de schok toen ze hem dood op zijn bed had aangetroffen, badend in zijn bloed. 'Het was verschrikkelijk,' zei ze zachtjes. 'Het is afschuwelijk dat hij er niet meer is. We hadden een goed leven. Geen financiële zorgen en we konden het goed met elkaar vinden. Het is jammer, erg jammer, dat het zo is gelopen.'

David zag dat de vrouw treurde om haar verlies. Ze had haar blik van hem afgewend, alsof hij geen deelgenoot mocht zijn van haar verdriet. Hij dacht aan de brieven van Gaspari die hij in het dossier had gevonden dat hij van de juriste van de Amsterdamse beurs had mogen inzien. Zijn gevoelens jegens Gaspari verschilden nogal van die van zijn weduwe. In zijn hart had hij de Belg heel wat keren vervloekt om de belastende brieven die hij over David had geschreven. Hij had zich steeds afgevraagd wat de Belg tegen hem had gehad. Waarom had hij die laster over het smeergeld geschreven? Maar het leek hem niet goed dit onderwerp nu aan te snijden.

Na een tweede kop koffie tutoyeerden ze elkaar. Hij probeerde te weten te komen hoe de vork in de steel zat. 'Die gestolen papieren, waren dat de dossiers over de verkoop van zijn bedrijf aan FuturIT?'

Elaine keek hem aan. 'Ja, dat klopt. Die papieren heeft de moordenaar inderdaad meegenomen.'

'Weet je nog wat de inhoud was?'

Zijn gastvrouw gaf niet onmiddellijk antwoord. 'Waarom wil je dat weten? Denk je dat je weet wie de moordenaar is?'

David schudde zijn hoofd. 'Dat niet. Maar het kan zijn dat ik je verder kan helpen als ik weet wat er precies is gestolen. Er zijn destijds dingen gebeurd waar ik nu nog erg veel last van heb. Om die kwesties op te lossen zou ik graag de archieven van je man inzien en zou ik willen weten wat er gestolen is.'

Elaine had voor zichzelf een cappuccino gemaakt. Ze lepelde het melkschuim op. Er lag een laagje cacao op dat ze uit een zilveren strooier had geklopt. Met haar tong likte ze de cacaorestjes weg die in haar mondhoek klonterden. 'Waar gingen die papieren over?' vroeg ze zich peinzend af. 'Ik weet het niet. Léon heeft me steeds gezegd dat er in die tijd dingen gebeurd zijn die nog tot problemen konden leiden. Daarom bewaarde hij die papieren.'

David voelde de woede in zich opkomen. Rustig, rustig, maande hij zichzelf. Elaine kon het niet helpen dat haar man destijds die rotbrieven had gestuurd. Hij moest zijn gastvrouw vooral niet laten merken dat hij in zijn hart woedend op haar overleden echtgenoot was. 'Maar ze zijn nu gestolen, begrijp ik.' Hij probeerde een luchtige toon aan te slaan.

Elaine ging over op een ander onderwerp. 'Hoe lang heb je bij Futurɪᴛ gewerkt?'

'Kort,' antwoordde David. 'Net drie jaar.'

'En nu? Werk je nog steeds in de ɪᴛ-branche?'

'Nee. Ik heb daarna een andere job gehad. Sinds kort werk ik niet meer. Ik ben nu een rentenier.' Hij lachte zo ontspannen mogelijk.

'Arrivé dus.'

'Wat doe jij?'

'Ik heb een reclamebureau. We schrijven teksten. Commercials voor radio en tv. Ook serieuze teksten, voor boeken en folders.'

'Medewerkers?'

'Genoeg. We hebben meer dan honderd man in dienst.'

David vond dat het tijd werd om op het doel van zijn reis terug te komen. 'Dus je weet niet wat de inhoud van die papieren was?' vroeg hij enigszins teleurgesteld. 'Maar weet je ook of Léon andere papieren bewaard heeft? Had hij een archief?'

Elaine keek hem peinzend aan. 'En als dat zo zou zijn, wat wil je er dan mee doen? Waarom wil je de dossiers van Léon inzien? Krijg ik dan ook moeilijkheden?'

David dacht even na. Welk risico zou ze lopen? Uiteindelijk wilde hij weten wat er tien jaar geleden precies was gebeurd. Wie op het idee was gekomen om Léon die belastende brieven te laten schrijven. Maar het was natuurlijk duidelijk dat Léon in zijn ogen een slechte rol had gespeeld. Om wat voor reden ook, de Belg had brieven vol leugens geschreven. David wilde dat uitzoeken en die leugens van Léon zouden onvermijdelijk een rol gaan spelen.

Elaine zag zijn aarzeling. 'Als jij gaat graven in het verleden, wil ik niet dat Léon in opspraak komt. Of dat ik op een andere manier in de problemen kom. Ik weet niet welke bloedvetes jij uit wil vechten, maar ik wil er niet bij betrokken raken, begrijp je. Dus je zult me wel wat garanties moeten geven.'

David voelde zijn hart sneller kloppen. Deze reactie betekende dat er nog dossiers van Léon waren en dat de moordenaar niet alles had meegenomen. 'Dat lijkt me redelijk,' zei hij, 'Léon is dood. Ik heb er geen belang bij hem nu in een kwaad daglicht te stellen.'

'Mooi,' zei de vrouw. Toen lachte ze en zei: 'Ze wisten kennelijk niet dat Léon ergens anders nog een uitgebreid archief bewaarde. Dat was niet hier. Hij had het in de berging van mijn appartement aan de kust verstopt.'

'Dus dat is bewaard gebleven?'

'Zo is het.' Elaine stond op en schoof haar stoel onder de tafel. 'Ik stel voor dat we naar de notaris gaan om een overeenkomst op te stellen. Daarna rijden we naar de kust, naar mijn appartement. Ik denk dat je er enkele dagen voor uit moet trekken. Het zijn nogal wat dozen waar je je doorheen moet worstelen. Je hebt toch geen andere afspraken?'

'Hier verzet ik alles voor,' zei David zonder enige aarzeling.

19

De barkeeper in de Wladiwostok keek vreemd op toen de officier het kroegje binnenliep. Aan de gevel hing de Russische vlag. Binnen zaten de hoofdzakelijk jonge gasten rustig aan de houten tafels te roken en te praten. Twee jongens waren aan het dammen. Er werd bier en limonade geschonken. Achter de bar stond een magere jongen met een kaalgeschoren hoofd een milkshake te maken.

De wijde regenjas van De Beaufort droop van de regen. De officier was rechtstreeks van het gerechtsgebouw naar de Brouwersgracht gefietst. Op zoek naar iets om zijn honger te stillen, had hij in zijn jaszak een zakje popcorn gevonden. Hij hield het in zijn hand toen hij voor de bar stond en werkte een hapje van de gepofte maïs naar binnen.

'Bent u van de politie?' vroeg de barjongen schrikachtig.

'Ja,' antwoordde de officier. Hij liet zijn badge van justitie zien en ging er maar vanuit dat de jongen niet zou weten dat justitie wat anders was dan de recherche. Hij legde uit dat hij de zwerver wilde spreken die zichzelf Ganesj noemde. 'Die komt hier toch wel eens, heb ik begrepen?'

De kale jongen knikte instemmend.

De Beaufort legde een bankbiljet op de bar. 'Dat is voor jou. Je moet me bellen als die man hier binnenstapt. Dit is mijn telefoonnummer. Niet vergeten. Anders zorg ik ervoor dat je problemen krijgt. Dan stuur ik de belastingdienst op je af.' Hij keek veelbetekenend rond. Een meisje liep met enkele lege flesjes naar de bar. 'Staat zij op de loonlijst?' vroeg De Beaufort kortaf.

De barman pakte het biljet en stak het in zijn zak. 'Kalm maar,' mopperde hij. 'Ik hoor je wel. Maak je niet zo dik. Is Ganesj ergens bij betrokken?'

'Niet direct,' antwoordde de officier. 'Maar ik wil hem spreken. Meer hoef je niet te weten.' Hij draaide zich om en liep de zaak uit, de regen in.

Enkele dagen later belde de barjongen hem op een avond op. De junk zat op dat moment in het café. De Beaufort was er met tegenzin op uit gegaan. Het was noodweer.

De junk zat aan een tafeltje vlak bij de ingang. Hij dronk bier uit een flesje. Toen De Beaufort aan zijn tafeltje aanschoof, was hij daarmee niet ingenomen.

'Hé, man,' zei hij klagerig, 'ik kom hier alleen om wat te drinken. Laat me nou met rust. Jij bent van de politie. Ik heb geen zin in je.'

'Ken je me?'

'Je woont op die gracht even verderop. Val me niet lastig. Of moet ik weggaan?'

'Ik wil je enkele vragen stellen.'

'Is dat zo?' vroeg de junk verbaasd. 'Je bent de derde al. Werken jullie langs elkaar heen?'

'De derde? Wie zijn de anderen dan?'

De junk vertelde van zijn opname in het ziekenhuis en het verhoor door de leerling-rechercheur. Hij werd knorrig toen hij eraan terugdacht. 'Sturen ze een léérling op je af.'

De Beaufort keek hem aan. 'Jij had toch die spullen bij mij gestolen?'

De zwerver bewoog zijn hand door zijn vlassige baard en begon te lachen. 'Gestolen? Hé, man, je had de deur openstaan en ik kwam langs. Op visite, weet je wel.' Hij was even stil. 'Die nacht was jij er niet goed aan toe, joh. Ik heb je gezien toen je je huis uit liep. Die man had je behoorlijk te pakken genomen.'

Nu zat de officier ineens gespannen overeind. 'Die man? Heb je hem gezien?' Hij herinnerde zich vaag het beeld van de junk die op de rand van de kade op de grond zat. Zou de zwerver de man die hem had mishandeld gezien hebben? Had Finkenstein dat geweten? Was dat de reden dat de advocaat hem hierheen had gestuurd?

De junk keek hem sluw aan. 'Dus dat wil je weten?' constateerde hij.

'Kom op!' riep de officier ruw. 'Heb je hem gezien of niet?'

De man tegenover hem giechelde. Hij had er duidelijk plezier in de officier aan het lijntje te houden. 'Hij brak jouw deur open, joh. Dat heb ik gehoord. Ik zat daar toch? Zijn rug heb ik gezien.' Nu schaterde de man het uit. Er droop wat speeksel in zijn grijze baard.

'Heb je tijdens dat verhoor verteld wie het was?' vroeg De Beaufort. Was het mogelijk dat de junk aan een leerling-rechercheur de identiteit had onthuld van de man die hem die nacht in zijn eigen huis in elkaar had geslagen? Zou daarna iedereen over het hoofd hebben gezien dat De Beaufort daarvan op de hoogte moest worden gesteld? De officier voelde zich plotseling erg moe. Ging het dan altijd zo, dat justitie de meest essentiële informatie kwijtraakte?

'Niet aan die leerling,' zei de junk. Hij zette het flesje aan zijn mond en dronk er een slok uit. 'Bestel wat voor me,' zei hij met een grijns die zijn tandeloze mond ontblootte. 'Dan kan ik me die nacht vast beter herinneren.'

'Je hebt hem dus gezien,' constateerde De Beaufort. Hij liep naar de bar om een flesje bier te halen. Toen hij weer zat, vervolgde hij: 'Je hebt hem naar binnen zien gaan. Maar je zat nog bij mijn huis toen ik naar buiten kwam. Die man is vóór mij weggegaan. Je hebt hem dus ook mijn huis uit zien komen. Ik wil zijn signalement. Dat kun jij me geven.'

Nu ging de officier te snel. De junk wilde zelf het tempo bepalen. 'Het was donker, man. Hoe kon ik zijn gezicht nou zien.' Hij klonk verontwaardigd.

'Lul niet. De gracht is de hele nacht verlicht. Bij mijn voordeur hangt een buitenlamp. Die is de hele nacht aan geweest. Je hebt die man gezien en je kunt hem beschrijven. Vertel me hoe hij eruitzag. Anders neem ik je mee voor verhoor.'

Dat dreigement maakte de junk opstandig. 'Dat mag je niet. Ik heb niets verkeerd gedaan. Je hebt het recht niet om me mee te nemen.'

De officier kreeg er genoeg van. De weeë, zoete geur van cannabis hing om hem heen. Hij werd er misselijk van. Om de junk te intimideren pakte hij zijn telefoon. 'Ik ga bellen dat ze moeten komen om je op te halen,' kondigde hij aan.

'Hé, wacht even,' zei Ganesj. Hij ging weer over op zijn zeurderige toon. 'Ik heb het toch al gezegd. Je bent de derde.'

De Beaufort legde de telefoon neer. 'Die leerling was de eerste,' zei hij. 'Wie was dan de tweede?'

'Slim zijn jullie niet,' zei de junk. 'Bestel nog een biertje voor me. En heb je toevallig wat geld over, zodat ik wat kan eten?'

Het flesje bier stond voor de zwerver op tafel. Twee bankbiljetten waren over de tafel gegaan.

'Zo,' zei de man tevreden in zijn baard.

'Wie was de tweede?' De officier wilde er vaart achter zetten. De junk leek alle tijd van de wereld te hebben.

'Dat was die leerling, slimmerd.' De junk nam een slok en veegde met de rug van zijn hand zijn mond af. Hij lachte luid.

De Beaufort probeerde zijn geduld niet te verliezen. 'Goed. Wie was dan de eerste?'

'Die man van dat shot, begrijp het dan. Hij is hier geweest en ik heb van hem de beste trip van de eeuw gekregen. Gewoon, voor niets. Ik was een vogel, geweldig. Jongen, wat een vlucht.' De junk likte zijn lippen af.

De Beaufort begreep er niets van. 'Shot? Waar heb je het over?'

'Dat heb ik aan die leerling verteld. Ik heb een shot gekregen van een man. Hier. In de Wladiwostok.'

'Nou, en? Wat heeft dat nou hiermee te maken?'

'Jullie zijn zulke amateurs. Dat heeft die leerling al van me gehoord, man. Jullie werken écht langs elkaar heen.'

'Vertel het nog maar een keer. Ik wil het zelf horen.'

'Die kerel van dat shot was de *Fox*, man. Een van jullie. Je kent hem wel. Rode haren, scherpe neus. Daarom noemen we hem de *Fox*. Vroeger zagen we hem veel in de binnenstad. Tegenwoordig zit hij achter een bureau, denk ik. Jij bent er ook zo een. Ook geen type voor de straat.' Hij keek de officier met een triomfantelijk lachje aan.

De Beaufort begreep er nog steeds niet veel van. 'Je hebt een shot gekregen van een van ons? Maar je was er bijna geweest. Je gaat me toch niet vertellen dat die man je bijna dood heeft gespoten?'

'Wat maakt het uit?' zei de junk uitdagend, 'is er een mooiere dood dan zo'n trip? Ik zoek die man al dagenlang, maar ik zie hem niet meer. Als je hem spreekt, zeg hem dan dat ik hier op hem wacht. Laat hem nog wat spul meenemen.' De junk wapperde met het geld en lachte. 'Ik kan hem nu betalen, zeg hem dat maar. Dankzij justitie.'

De officier dacht na. Wie was de *Fox*? Dat kon hij navragen. Iemand zou toch wel weten welke politieman die bijnaam had. Maar waarom zou die man de junk een bijna dodelijk shot hebben gegeven? Wat was er waar van dit hele verhaal?

'Allemaal goed en wel,' zei De Beaufort, 'maar wat heeft dit nou te maken met die man die uit mijn huis kwam? Ik vroeg je om een signalement, en jij begint over dat shot te lullen. Kom op, ik wil dat je die man beschrijft.' Hij pakte zijn telefoon weer. 'Ik ga ze bellen, hoor,' zei hij enigszins humeurig.

De junk keek hem verbaasd aan. 'Zijn jullie nou zo stom of lijkt dat maar zo?'

'Komt er nog wat van?' De dikke officier drukte de toetsen van de telefoon in en zette het toestel aan zijn oor.

'Hé, niet zo haastig!' riep de zwerver. 'Heb je niet wat meer geld bij je?' Hij keek de officier listig aan. 'Kom op, man. Je kunt niet voor een dubbeltje op de eerste rij zitten.'

De officier zocht geërgerd in zijn zakken en legde twee biljetten op tafel. De junk legde een groezelige hand op het geld. 'Dank je wel,' zei hij, en giechelde tevreden. 'Dus je wilt weten wie die man was die uit jouw huis kwam? Dat heb ik je al gezegd. Je moet natuurlijk wel naar me luisteren, anders schieten we niet op.'

'Nou moet je ophouden!' riep De Beaufort. 'Ik heb er werkelijk genoeg van!'

'Je begrijpt het nog steeds niet. Het was de *Fox*, man. Begrijp het nou een keer.'

De officier keek hem stomverbaasd aan. 'Dezelfde man die jou dat shot heeft gegeven?'

'Ik geloof dat ik het kwartje eindelijk hoor vallen,' zei de junk.

De Beaufort staarde in gedachten verzonken voor zich uit. Een man van de politie liep met drugs rond en mishandelde hem midden in de nacht. Daarna spoot hij de junk die hem gezien had bijna dood. Had de junk dit fantastische verhaal misschien uit zijn duim gezogen om hem zo geld afhandig te maken? Welke politieman had de bijnaam de *Fox*?

De junk bracht hem in de werkelijkheid terug. 'Als je het mij vraagt, gaan jullie vreemd met elkaar om,' zei hij. 'Ik vond het maar een gekke vertoning, dat je collega je in elkaar sloeg. Je was zeker stout geweest of zo? Niet goed geluisterd, denk ik.' Hij keek de officier vragend aan.

Die zocht nog wat geld en legde het op tafel. 'Voor jou,' zei hij afwezig. 'Bedankt. Ik ga ervandoor.' Zijn zware schoenen klosten luidruchtig op de houten vloer toen hij naar buiten liep. Het regende nog steeds. De Beaufort was doornat toen hij thuiskwam. Hij beluisterde het bandje waarmee hij het gesprek had opgenomen. Alles was goed te horen. Intussen speelde aldoor die ene vraag door zijn hoofd: hoe was Finkenstein dit te weten gekomen? Welk verband was er tussen de politieman met de bijnaam de *Fox* en de sluwe advocaat? Zou de advocaat achter de mishandeling hebben gezeten? Die gedachte verwierp de officier al snel. Finkenstein had er werkelijk geen enkel belang bij hem het leven zuur te maken. Nee, hier zat iets anders achter. Maar toch, hoe ter wereld had Finkenstein hier dan lucht van gekregen? Inwendig vervloekte hij de dubbelhartige advocaat die hem wel een interessante tip had gegeven maar de belangrijkste informatie had achtergehouden.

Chamal ontving Finkenstein in de stijlkamer op de begane grond. In het statige herenhuis aan de Koninginnegracht hadden de twee adviseurs de achterkamer ingericht in de stijl van de vorige eeuw. Midden in de kamer stond een grote, ronde mahoniehouten tafel op een gedraaide balpoot. Langs de lange muren stonden notenhouten boekenkasten. Op de planken achter het glas stonden de trofeeën van de klanten. Miniatuurvliegtuigjes in de kleuren van de luchtvaartmaatschappij, schaalmodellen van auto's en schepen, bedrijfsvlaggen stonden er naast elkaar. In het buffet in de serre was een koelkast ingebouwd. De wanden van de kamer waren bekleed met een stof waarop het motief van de Franse lelie overheerste, het symbool van de Franse koningen.

Brede klapdeuren gaven uitzicht op de goed onderhouden tuin waar de tulpen in bloei stonden en de narcissen hun gele kleuren volop vertoonden.

Finkenstein zat aan de ronde tafel te wachten toen de deur werd opengegooid en Chamal met jongensachtig enthousiasme naar binnen stapte. De advocaat werd hartelijk begroet door de adviseur. Die zag eruit alsof hij zojuist uit een verhit debat was weggelopen, een verwarde haarlok op zijn voorhoofd, zijn wangen roodgekleurd.

'Welkom!' riep Chamal. 'Eén ogenblik nog. Mijn partner komt eraan. We willen dit gesprek graag met ons tweeën voeren.'

Toen ze gedrieën aan de tafel zaten, besloot Finkenstein de confrontatie aan te gaan. 'Ik hoorde dat jullie met een onderzoek bezig zijn.'

'Dat klopt. Over it-bedrijven in de jaren tachtig. Je vertelde dat je informatie voor ons had.'

'Jullie zijn bij Ferguson geweest.' De advocaat sprak zacht en lispelde hevig. Hij had zijn Leidse toon hervonden. 'Waarom?'

'We hebben materiaal van hem gekregen.'

'Wie is jullie opdrachtgever?' vroeg Finkenstein. 'Ferguson? Vooruit, vertel het maar.'

Chamal keek hem verrast aan. 'Hé, waar gaat dit over? Jij wilde ons wat vertellen voor ons onderzoek. Nu begin je over onze opdrachtgever. Het gaat je niet aan wie dat is, Finkenstein. Dat is onze zaak. Wij behandelen onze opdrachten vertrouwelijk.'

De advocaat glimlachte. 'Jullie hebben Ferguson gezegd dat het een universitair onderzoek is.' Hij diepte uit zijn aktetas een papier op. 'Hier heb ik het onderzoeksprogramma van jullie vakgroep. Ik heb het van het internet gehaald. Dit onderzoek staat er niet op vermeld.' Hij gaf de lijst aan Chamal.

Die bestudeerde het papier vluchtig en gaf het aan Zimmerman. Zonder ernaar te kijken antwoordde die: 'Niet alle onderzoeksopdrachten worden op internet gepubliceerd. Als de opdrachtgever dat niet wil, gebeurt het niet. Studentenonderzoek wordt ook niet vermeld. Ik weet niet wat je hiermee wil zeggen.'

De advocaat had er genoeg van. Hij besloot de koe bij de horens te vatten. 'Kom op, jongens. Jullie werken voor Ferguson,' zei hij op vertrouwelijke toon, alsof hij met de beide adviseurs als vrienden onder elkaar wilde spreken.

Zimmerman herinnerde zich de oude vermogensbelegger in zijn appartement in Monte Carlo. Hij zag de toegeknepen ogen en de smalle mond van de advocaat. Hoewel hij zichzelf tot een glimlach had gedwongen stonden de ogen van Finkenstein koud. Zimmerman was zich bewust van de wilde verhalen die over Finkenstein de ronde deden. Over zijn contacten met de onderwereld. Dat hij als het erop aan kwam geweld niet schuwde. Hij lachte zijn bezoeker ontspannen toe. 'En als dat zo zou zijn, wat dan nog? Wat zou dat voor jou betekenen?'

De advocaat boog zich over de tafel. 'Dat ik Simon Ferguson ervan zou overtuigen dat hij de opdracht in moest trekken. Dat hij jullie beter kan berichten dat jullie onmiddellijk moeten stoppen met je werk.' Hij keek de beide adviseurs aan, alsof hij zich ervan wilde vergewissen of de boodschap overkwam. Toen ging hij verder, iedere lettergreep beklemtonend: 'Dat hij jullie, als zijn leven hem lief is, vertelt dat jullie met je godvergeten vuile fikken van Jane Ecker afblijven, nu en in de toekomst. Dat hij tien koeriers met die boodschap naar jullie zendt, compleet met paarden en trompetten.'

'Stuurt Jane Ecker je met die boodschap naar ons toe?' vroeg Zimmerman, uiterlijk nog steeds helemaal ontspannen. 'Waarom heb je dit niet met Ferguson besproken? Je bent toch bij hem geweest? Waarom val je óns hiermee lastig?'

Finkenstein hing nog steeds over de tafel. 'Geen spelletjes, Zimmerman,' zei hij dreigend. 'Ik zit hier om het van jullie te horen.' Hij zweeg even. 'Nu, hoor ik nog wat?' vervolgde hij. 'Als jullie me niets vertellen, móet ik er wel vanuit gaan dat Simon jullie opdrachtgever is. Dan weet ik ook wat me te doen staat.'

Chamal dacht snel na. Hij zag aan de advocaat dat die het meende. Finkenstein zou Ferguson onderhanden nemen. Zimmerman keek naar zijn partner en dacht hetzelfde: Ferguson mocht niet met de advocaat te maken krijgen. De belegger uit Monaco stond uiteindelijk helemaal buiten de opdracht van Nedtelcom, en de twee adviseurs wilden de vermogende Monegask niet aan risico's blootstellen. Tenslotte was de man zo vriendelijk geweest op hun verzoek zijn dossiers ter beschikking te stellen. Er heerste een gespannen stilte in de kamer.

Chamal nam het woord. 'Je bent een indringende persoonlijkheid, Finkenstein,' zei hij. 'Maar ik kan je geruststellen. Het antwoord is nee. Ferguson heeft niets te maken met deze opdracht.' Toen stond hij op. 'Het is beter als je vertrekt,' zei hij langzaam. 'Het lijkt me dat we wel klaar zijn.'

De advocaat schoof zijn stoel naar achteren en pakte zijn koffertje. 'Dan weet ik genoeg,' zei hij minzaam. 'Jullie werken dus voor David Friedman. Nee, dat hoef je niet te bevestigen. Het was Ferguson of Friedman. Meer mogelijkheden zijn er niet. Ik hoef jullie zeker niet te vragen of jullie de opdracht terug willen geven? Als jullie dat zouden doen, zouden jullie een hoop problemen kunnen voorkomen.'

Zimmerman liep naar hem toe, en maakte een armgebaar naar de deur. 'Wij hebben het gehad met je, Finkenstein,' zei hij. 'Daar is de deur.'

'Ik weet wat me te doen staat. Jullie horen er nog van.' De advocaat liep met een glimlach de gang in.

Op de terugreis naar Amsterdam maakte hij een bericht voor Jane. 'David Friedman is de opdrachtgever van de Haagse adviseurs,' typte hij en vroeg om overleg. Voor Ben Finkenstein stond vast dat Friedman buiten Simon de enige kon zijn die in het verleden van Jane geïnteresseerd was. Van hem was het motief duidelijk. David zinde op wraak. In zijn hart was Finkenstein blij dat Ferguson niet de man achter Chamal en Zimmerman was. Ergens had hij een zwak voor de eerste echtgenoot van Jane. Natuurlijk, Jane wilde nog steeds die oude scheidingsdossiers van Simon te pakken krijgen. Maar dat leek Finkenstein niet zo belangrijk meer, nu vaststond dat Simon met de Haagse adviseurs niets te maken had. Simon zat hoog en droog in Monaco en was met andere zaken bezig dan zijn eerste echtgenote.

Friedman was dus zijn man. De advocaat moest glimlachen. Met Friedman had hij geen medelijden. Die man was een geboren *loser*, geen doorzetter. Dat had hij destijds met Futurīt al gemerkt. Friedman was geen partij. Toen hij het laatste stoplicht van Wassenaar gepasseerd was en de grote weg opreed, belde hij zijn reisbureau om de reis naar Bangkok te boeken. Eerst zou hij Friedman een stevig lesje geven, daarna kon hij rustig afreizen naar Boris.

In Knokke was David twee dagen bezig geweest om de dozen van Léon Gaspari door te nemen. Hij had blad na blad gelezen. Er waren persoonlijke aantekeningen van de vermoorde echtgenoot van Elaine. Er waren brieven, van David over de overname, over afspraken en over de overeenkomsten. Tussen de papieren zaten brieven van Finkenstein en van Henry. Die bleken destijds buiten David om in nauw contact te hebben gestaan met Léon. De rapporten van de accountants waren er. David vergeleek de cijfers met die van het rapport dat hij in de archieven van de beurs had aangetroffen. De verschillen waren opvallend. Voor de zoveelste keer vroeg hij zich af wie de cijfers voor de beurs had vervalst. Hij kon niet geloven dat Marcus Klein dat uit zichzelf had gedaan. Eigenlijk konden alleen Henry of Jane de opdracht hebben gegeven. Hij zocht langzaam en zorgvuldig door, in de hoop het antwoord op deze vraag in de dozen te vinden. En hij was erg benieuwd of hij het antwoord op die andere vraag zou vinden: waarom had Léon aan de leugens meegewerkt? Wat was er gebeurd dat de Belg zijn leugens in die brieven had vastgelegd? Terwijl ze door de papieren heen gingen vroeg David zich af of hij eigenlijk niet aan Elaine moest vertellen wat Léon gedaan had. Hij besloot dat toch maar niet te doen, bang als hij was dat de weduwe de dossiers dan achter slot en grendel zou wegbergen.

Het plastic mapje zat onder in de tweede doos. Bovenop lag een vel met handgeschreven aantekeningen. Het kriebelige handschrift van Léon was moeilijk leesbaar. David deed moeite het te ontcijferen. Toen David het volgende velletje pakte sloeg zijn hart een slag over. Het was een brief van Jane Ecker. Zij gaf Léon opdracht een brief te ondertekenen die in de bijlage was opgenomen. En ze garandeerde hem dat hij daar geen last mee zou krijgen. Niemand zou de brief ooit tegen hem gebruiken.

David voelde zijn bloeddruk stijgen. Het hart klopte hem in de keel. De brief van Jane was verzonden vlak voordat hij geschorst werd. Hier had hij de oorzaak. De man van Elaine had het met Jane op een akkoordje gegooid. Maar waarom was hij erop uit geweest David beentje te lichten? David zocht verder, in de hoop meer te weten te komen. Toen vond hij een uitgebreid, getypt verslag van Léon. David ging rustig achterover zitten en nam de tijd om het te lezen. Léon had aantekeningen gemaakt van zijn ontmoeting met Finkenstein. Daarin beschreef hij de achtervolging in het bos en de bespreking in de boerderij tot in detail. Meer dan dat, hij had nauwgezet vastgelegd wat hij van Jane had moeten ondertekenen. Telefoongesprekken met Finkenstein waren opgenomen en de betreffende transcripts zaten tussen de papieren. Marcus Klein kwam ook in de notities voor. Er was een verslag van een gesprek met de controller waaruit duidelijk bleek dat Klein zich ervan bewust was dat Finkenstein Léon gebruikt had om een val voor David op te zetten.

David legde de papieren apart. Zijn slapen bonsden. Dit was het dus. Het was een opzetje geweest van Jane en Finkenstein. Iedereen had eraan meegewerkt. Onder druk, zoals het geval was met Léon. Of vrijwillig, zoals Marcus Klein. Hij moest even stoppen met lezen. De letters dansten voor zijn ogen.

Hij liep de kamer uit, het balkon op. Het was zomers weer en op de boulevard flaneerden mensen in luchtige kleding. Elaine was ook even naar het strand gegaan om van de zon te genieten.

Terwijl hij over de zee uitkeek hervond hij zichzelf langzaam. De herinneringen aan Futurit kwamen weer boven. Marga en hij op Guadeloupe. De telefoongesprekken, met Henry Carlier, met Marcus Klein. Het gevecht met Finkenstein. Waarom? Omdat Jane vijftien miljoen in haar zak wilde steken. Omdat zij hem daarom kwijt moest. Zou hij hier ooit achter gekomen zijn als Léon deze dozen niet bewaard had? Of zou hij dan nooit geweten hebben wat er was gebeurd? Hij dacht aan de lunch in het clubhuis van De Maas. De brief van het beursbestuur die Wallis hem te lezen had gegeven. Marga en Wallis, met Jane als commissaris. Wat stond hem nu te doen? Terwijl hij daar op het balkon over de balustrade hing, besloot hij het niet op zich te laten zitten. Maar hoe kon hij Jane raken? Jane werd gedreven door geldzucht en machtshonger. Wie Jane wilde treffen, moest haar geld en macht afnemen. Dat was eenvoudig gezegd, maar hoe moest hij dat aanpakken?

Toen hij die avond met Elaine in een klein restaurant aan de boulevard zat te eten, vertelde hij zijn gastvrouw wat hij gevonden had. Elaine luisterde aandachtig naar hem. Terwijl hij zichzelf hoorde praten, drong het tot hem door dat zijn gedachten weinig geordend waren. Hij sprong van de hak op de tak.

'Eigenlijk wil je me vertellen dat Léon jou heeft benadeeld.' Ze viel hem in de rede en keek hem onderzoekend aan. De maaltijd stond nog onaangeroerd voor haar.

'Nou, nee. Het was Jane. Niet Léon. Ik bedoel, hij kon moeilijk anders. Ze hebben gedreigd zijn zoontje iets aan te doen.'

'We hebben een afspraak,' zei Elaine fel. 'Je houdt je daaraan, vergeet dat niet. Van Léon blijf je af. Ik heb met die man een heerlijke tijd gehad en dat laat ik niet bederven door jullie spelletjes van destijds. Als het je bedoeling is het gedrag van Léon aan de kaak te stellen, zijn we klaar.' Ze schoof het nog volle bord van zich af.

David keek haar geschrokken aan. Hij was bang geweest voor deze reactie. Hij had die middag zitten piekeren hoe hij dit kon oplossen. 'Hé, loop niet zo hard van stapel.'

'Probeer het maar niet,' zei Elaine nijdig. 'Ik méén het. Léon blijft buiten schot. Als je me dat niet wilt toezeggen, slaap je vanavond maar in een hotel. Dan kom je mijn appartement niet meer in.' Een passerende ober zag het onaangeroerde, volle bord midden op het tafeltje staan. Hij wilde vragen wat er aan de hand was, maar bedacht zich toen hij het boze gezicht van Elaine zag.

'Elaine, Léon is het doel niet. Ik geef toe, ik ben erg kwaad op hem geweest. Als hij die brieven niet had geschreven…'

'Hou toch op. Dan was er een ander geweest die dat gedaan had. Jullie waren met vuile spelletjes bezig en daar zul jij zelf ook wel aan hebben meegedaan. Ik zou dat maar niet meer zeggen als ik jou was.'

'Ho, ho. Jane is ons doel, meisje. Die heeft het bedacht, samen met die advocaat. Ik wil achter Jane aan. Doe je mee?'

Elaine dacht na. 'Waarom?' vroeg ze uiteindelijk. 'Wat heb ik daaraan? Ik wil de moordenaars van Léon voor het gerecht slepen. Kun je daarvoor zorgen?'

'Wie is in dit geval de moordenaar? Die motorrijder die jullie huis is binnengeslopen? Of degene die de opdracht heeft gegeven?'

Elaine herhaalde haar vraag. 'Kun je daarvoor zorgen, vroeg ik je.'

'Weet jij wie er achter die moord zit?'

'Nee. Hoe kan ik dat weten? Dat moet de politie uitzoeken.'

'Luister nou eens even. Ik kan je vertellen wie het is geweest. Jane Ecker, natuurlijk. Wie anders? Zij wilde Léon uit de weg geruimd zien omdat hij anders over haar verleden kon beginnen. Die vrouw is met een beursgang bezig. Ze houdt gewoon grote schoonmaak. Daarom heeft die moordenaar de dossiers meegenomen. Jane wil haar stal schoonvegen omdat ze bij die beursgang geen ruis wil hebben. Daarmee slaat ze haar grote slag. Begrijp je?'

Elaine beet op haar onderlip. 'Heb je daar bewijs voor?'

'Nee. Dat bewijs krijg je nooit. Ze heeft alles afgedekt. Ik denk dat die advocaat Finkenstein voor alles zorgt. Niemand zal ooit kunnen bewijzen dat Jane hier achter zit. Vergeet dat politieonderzoek nou maar.'

'Dus je gaat niets doen?' Elaine klonk teleurgesteld.

'Natuurlijk wel. We gaan Jane zelf te lijf. We hoeven niet te wachten op de politie. Ik heb een plan.'

'Maar hoe kun je er nu zeker van zijn dat zíj erachter zit?' Elaine twijfelde nog. Aan de gedachte dat een vooraanstaande zakenvrouw de moord op haar geweten had moest ze wennen.

'Wie anders, Elaine?' vroeg David. Hij besefte plotseling dat hij weinig van Léon afwist. Hij was alleen maar gefocust op Jane en op de kwestie van de brieven. Zou de Belg nog andere affaires hebben gehad? Nee, schoot het door hem heen, het was zeker dat Jane erachter zat. 'Waarom zou de moordenaar die mappen hebben meegenomen uit de kluis? Dat moet je toch toegeven, die zijn alleen maar interessant voor Jane. Het is belastend materiaal voor haar. Niemand anders is daar toch in geïnteresseerd. Zijn we het eens?'

'Jij vroeg er anders ook naar,' zei Elaine nadenkend.

'Hé, ik wist niet eens dat Léon was vermoord toen ik je voor het eerst belde!'

'Wie garandeert me dat dit waar is. In jullie zakenpraktijk zijn leugens kennelijk schering en inslag.'

'Kom op, je overdrijft. Je zit zelf toch ook in zaken. Ik hoef jou niet uit te leggen hoe die wereld in elkaar zit.'

'Moorden en chantage komen in mijn wereld niet voor. Dat kan ik je wel zeggen.'

'Bij mij ook niet. Het is die vrouw, geloof me nou maar. Die is zo fanatiek als het maar kan. Ze gaat over lijken. Doe je mee of niet?'

Elaine had het bord weer naar zich toe gehaald en ze prikte een stukje vlees aan haar vork.

'Het is koud geworden,' zei David. 'Zal ik vragen of ze het opwarmen?'

'Laat maar. Ik heb toch geen honger. Vertel je me nu dat plan nog?'

David boog zich vertrouwelijk naar haar toe. 'Luister,' zei hij, 'we pakken haar met wat haar het meest dierbaar is: geld.' Toen begon hij aan een lange monoloog waar Elaine geconcentreerd naar luisterde.

Tegen het einde van de maaltijd kwam hij terug op de papieren van Léon. 'Het is geweldig belangrijk bewijsmateriaal,' zei hij. 'We moeten er voorzichtig mee zijn. Waar zullen we de dozen opbergen?'

'In Brussel weet ik een opslag. Daar kunnen we de dozen opbergen. Niemand weet dat ze daar zijn.'

Op de terugreis naar Wassenaar belde hij met Marcus Klein. 'We moeten elkaar binnenkort spreken, Marcus.'

'Waarom? Is er wat nieuws?'

'Ik heb de stukken gezien. Ontroerend, die correspondentie tussen Finkenstein en Gaspari. Dat telefoongesprek van jou met hem. Herinner je je dat nog?'

Aan de andere kant klonk een diepe zucht. 'Laat het toch los,' zei de controller. Zijn stem klonk vermoeid. 'Wat heb je aan dat gegraaf?'

'Vergeet het maar. Schoon schip. Ik haal de onderste steen boven.'

'Je zou me met rust laten. Heb je het bewijs gevonden dat Jane erachter zat?'

'Dat vertel ik je als we elkaar ontmoeten. Wanneer kun jij?'

'Nooit. Val en ik gaan op reis. Zaken en een beetje plezier. Als we terug zijn, heb ik geen zin om jou te ontmoeten.'

Voordat David kon antwoorden, verbrak de controller de verbinding. Toen David hem weer belde nam hij niet meer op.

Half verscholen onder het struikgewas tegenover zijn huis stond een auto. Terwijl hij al vaart minderde om voor het hek van de inrit naar zijn garage te stoppen, zag hij de rode reflectie van de achterlampen. David vond het geen logische plaats om midden in de nacht een auto te parkeren. Hij zette zijn auto aan de kant van de weg en stapte uit.

Het was een terreinwagen. Van de bestuurder was geen spoor te bekennen. David keek naar zijn woning. Zag hij door de glazen pui iets bewegen? Hij pakte de afstandsbediening van de garage uit zijn auto. Zich zoveel mogelijk verbergend achter de hoge struiken van de voortuin sloop hij naar de oprit. Daar drukte hij op de afstandsbediening. Het hek draaide langzaam en geluidloos open. De garagedeur rolde langzaam omhoog. Tegelijkertijd knipten de buitenlampen aan en zijn woning was ineens fel verlicht. Nu wist hij zeker dat hij zich niet had vergist. Hij zag schaduwen in zijn woonkamer. Plotseling vloog de voordeur open. Twee mannen kwamen naar buiten gerend. David rende naar zijn auto, startte en reed vol gas weg. Achter zich zag hij de lampen van de terreinauto aanflitsen. Terwijl hij met hoge snelheid over de smalle weg door de duinen reed, bleven de koplampen van de achterligger hinderlijk in zijn spiegeltje schijnen. Vergiste hij zich of kwamen zijn achtervolgers dichterbij? Hij deed de lichten uit, draaide plotseling een zijweg in en reed de inrit van een afgelegen woning in. Als in een reflex zette hij de motor uit. Ergens op het erf blafte een hond. Hij hoorde de terreinwagen in grote vaart voorbijrijden.

Na een tijdje startte David de motor weer. Hij reed de eenrichtingsweg van de verkeerde kant in en deed de lichten van zijn auto pas aan toen hij weer in de bebouwde kom van Wassenaar was. Ver voor de afslag naar zijn woning parkeerde hij de auto langs de stoep. Wie had de inbrekers gestuurd? Wallis, Marga of Jane? Onwillekeurig dacht hij terug aan zijn gesprek met de sluwe Finkenstein. Was het een onbeheerste reactie van de advocaat op zijn bezoek aan diens kantoor?

Hoe dan ook, David besloot die nacht niet naar zijn huis terug te gaan. Wassenaar leek niet veilig voor hem. Wat moest hij doen als de inbrekers terug zouden komen? Wie weet, misschien stonden ze wel ergens te wachten totdat hij de auto de garage zou inrijden en het huis zou binnengaan.

Hij startte zijn auto en reed langzaam richting Scheveningen. Daar vond hij een hotel. De nachtportier keek vreemd op toen hij zich zonder bagage zo laat in de nacht meldde. Maar toen zijn creditcard werd geaccepteerd, ontdooide de man. Hij wist zelfs een tandenborstel en tandpasta te voorschijn te toveren, en een scheermesje en scheercrème.

Voordat David ging slapen overwoog hij wat hem te doen stond. De politie bellen had weinig zin. De inbrekers waren achter hem aangereden en hij dacht niet dat ze terug zouden gaan nu ze wisten dat hij niet thuis was. Het was duidelijk dat het om hem te doen was en niet om zijn huisraad. Dat had de achtervolging door Wassenaar wel bewezen. Hij besloot te gaan slapen en de volgende ochtend vroeg te kijken wat er was gebeurd. Dan kon hij het veiligheidsbedrijf bellen en zo snel mogelijk een betere beveiliging laten aanbrengen.

De makelaar stoorde David aan het ontbijt. Hij was juist bezig een glas jus d'orange in te schenken toen zijn mobiele toestel overging. 'Je bent zeker niet thuis?' klonk een stem met een doordringend Haags accent. Het was zijn makelaar.

'Nee. Ik zit in een hotel aan het ontbijt. Wat is er? Heb je een koper?'

'Niet bepaald. Misschien is dat ook niet meer nodig.'

Met het toestel tegen zijn oor gedrukt liep hij naar zijn tafel. 'Hoezo?'

'Ga naar huis. Bel me daarna.'

David at snel een broodje, nam nog een kop koffie en liep toen weg om af te rekenen. Wat er aan de hand was wist hij niet, maar het bericht van de makelaar alarmeerde hem wel.

Toen hij de straat indraaide rook hij het al. De lucht van nat, smeulend hout was allesoverheersend. Van zijn huis stonden alleen de muren nog overeind. Het dak en de verdieping waren volledig weggebrand. De brandweer had het huis met roodwitte plastic tape afgezet. David dook er onderdoor en liep de openstaande voordeur in. De vloer van de eerste verdieping was gedeeltelijk ingestort. Binnen was alles zwartgeblakerd en nat. De woonkamer lag vol met puin. Vandaar keek hij recht in de blauwe hemel. De meubels waren onbruikbaar. Ze waren verkoold, zwart van het roet en soms uit elkaar gevallen.

David liep naar het terras van de achtertuin. Daar stonden de tuinstoelen ongerept tegen de muur van de bijkeuken. Hij ging zitten en dacht na. Meubels weg. Kleren weg. De cd's weg, de geluidsinstallatie weg. Geen tv meer. En de telefoon? Hij bedacht dat hij tegenwoordig thuis kantoor hield. Op zijn mobiele toestel belde hij naar de telefoonmaatschappij. Daar kreeg hij een vrouw die hem vertelde dat wijzigingen alleen na een schriftelijke en ondertekende bevestiging konden worden doorgevoerd. Hij ontstak in woede en was kennelijk zo overtuigend dat de vrouw hem na ruggespraak uiteindelijk bevestigde dat zijn hoofdnummer op zijn mobiele nummer zou worden doorgeschakeld.

Langzaam stond hij op. Zijn boosheid zakte weg. Het leek alsof de verwoesting van zijn huis hem niet aanging, alsof hij door de smeulende resten van de woning van iemand anders liep. Zijn verleden was in vlammen opgegaan, maar hij voelde geen spijt of verdriet. De noodzaak om opnieuw te beginnen voelde bijna als een bevrijding. Hij was verbaasd over zichzelf.

Toen gingen zijn gedachten naar de daders. Zouden de mannen van de terreinwagen dit hebben gedaan? Maar waarom? Door wie waren ze gezonden? Hij vroeg zich af of Jane hierachter zou zitten. Maar dat leek hem niet waarschijnlijk. Behalve Elaine wist niemand van zijn plannen. Even bekroop hem de twijfel of de Belgische te vertrouwen was. Maar toen hij zich haar verhalen over de moord op Léon herinnerde, zakte die aarzeling snel weg. Elaine stond aan zijn kant. Zou Marga wraak hebben willen nemen? Dat kon hij ook niet geloven. Tenslotte was het huis voor de helft van haar. Zij had er geen belang bij haar eigendom in brand te steken. Dus bleven alleen Jane en Finkenstein over. Maar die moesten dan achter zijn plannen gekomen zijn. Hoe? Dat bleef een raadsel.

Zo piekerend besloot hij naar de politie gaan. Daar zou hij horen wat er gebeurd was. Hij besefte dat hij zou moeten verklaren waarom hij die nacht in een hotel had geslapen. Hij ontkwam er niet aan de politie te informeren over de inbrekers en de terreinauto. Maar hij besloot over Jane en Finkenstein niets te zeggen. Zijn eigen plannen wilde hij ook voor zich houden. Na het bezoek aan het bureau zou hij beslissen wat hij zou gaan doen. Waar kon hij slapen? Hij moest nieuwe kleren en schoenen kopen. Een nieuwe tv. Een nieuwe radio. De fotoalbums van zijn huwelijk met Marga waren verdwenen. De reisgidsen. Zijn DVD's. Onderweg naar het bureau moest hij bijna lachen, zo bevrijd voelde hij zich.

Bij de politie werd hij niet veel wijzer. Een agent vertelde hem dat de brand om vier uur 's nachts door de buren was gemeld. Over de oorzaak konden ze nog niets zeggen, zei de man, daarvoor moest het rapport van de brandweer worden afgewacht. Ze wilden wel een verklaring waarom hij niet thuis was geweest. Toen hij vertelde dat hij in Scheveningen in een hotel had overnacht, zag hij de agent de wenkbrauwen fronsen. Daarna vertelde hij in detail het verhaal van de inbrekers en de achtervolging. De agent schreef de bijzonderheden op. Hij bevestigde dat de politie het verhaal zou natrekken. David moest over enkele dagen nog maar eens contact opnemen.

Daarna regelde hij bij zijn verzekeringsagent allerlei formaliteiten. De agent vertelde hem dat de uitkering zou wachten tot het resultaat van het politieonderzoek bekend was. David maakte daar geen bezwaar tegen. Toen hij opdracht gaf om al zijn levensverzekeringen af te kopen, sputterde de agent tegen. 'Dat is kapitaalvernietiging. Je kunt ze beter laten doorlopen.'

Maar David was vastbesloten. 'Afkopen, zei ik. Zo snel mogelijk. Kan het binnen een week?'

Het appartement lag aan de Herengracht in een huis waarvan de gevel het jaartal 1634 droeg. Een stokoude vrouw van ver in de tachtig begeleidde hem. Ze had hem ontvangen in een kamer waar oude schilderijen aan de muur hingen. Er stond een grote perkamentgele wereldbol.

Ze liepen naar het buurpand. In de hal bevonden zich een heleboel brievenbussen. 'Appartement H is van u,' zei de oude vrouw. Ze ontsloot de glazen tochtdeur en ging hem voor door een marmeren gang. Achter in de gang was een lift. Toen hij naast haar in het kleine hokje stond, rook hij haar ouderwetse eau de toilette. Het deed hem aan zijn moeder denken.

Het appartement bestond uit twee kamers en een badkamer met een bad en een douche.

In de slaapkamerkast zag hij lakens en handdoeken liggen. Hij hoefde alleen nieuwe kleren en schoenen te kopen. En een nieuwe geluidsinstallatie, schoot het door hem heen, en nieuwe cd's. Hij verheugde zich er bijna op dat hij zijn leven opnieuw kon inrichten. Terwijl hij het kleine appartement in ogenschouw nam, voelde hij een last van zich af vallen.

Hij liet het huurcontract op naam van zijn beleggingsvennootschap zetten. Niemand had er iets mee te maken dat hij hier woonde. Voorlopig zou hij zijn inschrijving in Wassenaar handhaven. In Amsterdam kon hij anoniem leven. Nadat hij drie maanden borg vooruit had betaald, ging hij de stad in om boodschappen te doen. Hij kreeg van zijn nieuwe onderkomen twee sleutels mee.

Toen hij in restaurant Keyzer naast het Concertgebouw boven een salade zat, ging zijn telefoon. Hij herkende de lispelende stem.

'Heb je je lesje geleerd? Stop je er nu mee, of moet er nog meer gebeuren?'

'Finkenstein! Heb jíj verdomme mijn huis in de fik laten steken?'

'Laat Jane met rust, David. Nu was het nog maar je huis. Straks is het echt raak. Je krijgt geen waarschuwing meer.'

David wachtte even. Zijn bloed kookte. 'Precies wat ik dacht. Je doet nog steeds het vuile werk voor Jane. Oké, schooier. Nou weet ik tenminste wie het gedaan heeft.'

'David,' hield de advocaat aan, 'blijf bij Jane uit de buurt, wil je. De volgende keer raak je je achtervolgers niet kwijt.'

'Ik weet niet waar je het over hebt, Finkenstein,' zei hij zachtjes. 'Ik heb niets met Jane. Heb je boze dromen?'

'*Shit,* David. Hou je niet van de domme. Zorg ervoor dat die jongens in Den Haag niet meer achter Jane aanzitten. Anders breekt de hel los. Begrepen?'

Voordat hij iets terug kon zeggen werd de verbinding verbroken. David staarde naar het halflege bord. Aan de boodschap van Finkenstein kon hij geen touw vastknopen. Wat de advocaat bedoelde was hem een raadsel. Zou de brand in zijn woning dan veroorzaakt zijn door een dom misverstand, door een vergissing van Finkenstein?

20

De Beaufort herkende de stem van de barkeeper van de Wladiwostok onmiddellijk. De jongen sprak gejaagd. 'Kunt u komen? Nu onmiddellijk? Snel!'

De verbinding werd verbroken. Mopperend trok de officier zijn regenjas weer aan. Die hing nog aan de kapstok uit te druipen van de fietstocht van het gerechtsgebouw naar huis.

Het café was leeg. De deur was op slot, maar toen hij op de ramen bonsde kwam de barkeeper om hem binnen te laten. Hij deed de deur weer op slot en wees naar een tafeltje.

Daar lag Ganesj met zijn hoofd op de tafel te slapen. Er stonden enkele lege bierflesjes. De armen van de junk hingen slap naar beneden. Er druppelde kwijl uit zijn mond. Zijn baard zag er vochtig uit.

De Beaufort liep naar de man toe. De barkeeper liep mee. 'Die is morsdood,' zei hij ter verklaring.

De officier probeerde leven te vinden in het scharminkelige lichaam. Toen hij zo dicht boven de man stond rook hij de weeïge lucht die drugsverslaafden vaker met zich mee droegen. Hij herinnerde zich het politierapport van de leerling-rechercheur. 'Pas maar op. Hij is seropositief.'

De barman bleek daar niet van onder de indruk. 'Daar lopen er zoveel mee rond,' zei hij terwijl hij zijn schouders ophaalde.

'Mij best,' zei de officier, 'maar ik heb je gewaarschuwd.'

Er was geen twijfel over mogelijk dat de junk dood was. 'Heb je plastic handschoenen?' vroeg de officier. Toen hij zijn handen had bedekt, stroopte hij de mouwen van de junk op. De armen waren overdekt met korstjes van de spuiten waarmee de zwerver zich zijn shots had toegediend. Op zijn rechterarm waren bloeddruppels te zien. De officier zag de verse wond van de naald. De zwerver had een gelukzalige glimlach om zijn lippen. De Beaufort twijfelde er niet aan of de man had van zijn laatste vlucht genoten. Zou de junk zijn vriend van de politie hebben ontmoet en zou die hem een dodelijk shot hebben toegediend? De officier had Stevens gevraagd navraag te doen wie de bijnaam de *Fox* had, maar hij had nog geen uitsluitsel gekregen.

De officier keek naar het tafeltje. 'Is er iemand anders bij hem geweest?' vroeg hij. 'Ik zie zoveel lege flesjes staan. Die zijn vast niet allemaal van hem.'

De barkeeper knikte. 'Die man was er weer. Hij sprak de laatste tijd steeds over hem. Die had hem geweldig spul gegeven. Hij kon vliegen.'

De Beaufort knikte. 'Ik herinner het me. Was het diezelfde man?'

'Zonder twijfel.' De barman werd zenuwachtig. 'Wat gaat u met hem doen?' Hij wees naar de junk. 'Kunnen we hem niet op straat leggen? Dan heb ik geen last. Als ze hem hier ophalen, krijg ik misschien problemen. Ze kunnen de zaak sluiten.'

De officier keek hem peinzend aan. 'Die flesjes neem ik mee. Heb je een plastic zak?' Hij pakte de flesjes voorzichtig op en deed ze in de zak. 'Luister,' zei hij tegen de barjongen, 'ik ga nu weg. Als jij morgen bij mij komt om een verklaring af te leggen, heb ik vanavond niets gezien. Jij hebt me gebeld omdat die zwerver hier was, ik ben gekomen en toen ik binnenliep was de junk al weg. Dan is hij ergens anders overleden, niet hier. Begrijp je me? Maar als je morgen niet komt, maak ik een proces-verbaal dat ik hem hier dood heb aangetroffen. Dan stuur ik de politie naar je toe. Die slaat dan misschien planken voor de ramen. Dat merk je vanzelf. Als je komt, heb je daar geen last van.'

De barjongen dacht na. 'Ik leg hem om de hoek, in de Langestraat. Daar ligt hij voor het verkeer niet in de weg. Helpt u me?'

'Nee. Dat doe je zelf. En vergeet niet morgen op mijn kantoor te komen. Anders krijg je nog heel wat meer moeilijkheden.'

Met cliënten ging het bijna altijd verkeerd, wist Finkenstein. Of ze betaalden hun advocaat niet, zodat die niets kon doen, of ze betaalden wel en eisten te veel. Jane Ecker was een klant van de tweede soort. Ze betaalde goed, maar ze wilde altijd meer dan hij kon geven. Finkenstein had zijn cliënte juist verteld dat hij voor enkele dagen weg zou zijn. Hij had haar niet gezegd dat hij Boris ging ophalen. Jane wist al veel van hem en het was beter haar niet van alles op de hoogte te stellen.

Jane reageerde nijdig. 'Ik dacht dat we een afspraak hadden,' viel ze boos uit. 'Je gaat weg op een moment dat ik je niet kan missen, vlak voor de beursgang. Iedereen moet nu standby blijven.'

De jurist deed zijn best haar te sussen. Jane wilde hem permanent in haar buurt hebben. Hoewel ze goed betaalde, was dat niet redelijk. 'Ik ben bereikbaar, liefje,' fluisterde hij en hij probeerde zijn Leidse accent te onderdrukken. 'Als je mijn nulzesje draait heb je me. Raak nu maar niet in paniek. Over een weekje ben ik alweer terug.'

'Waarom ga je weg?' klaagde Jane.

'Even rust, weet je. In mijn vak word je door je klanten geleefd. We moeten er zo af en toe even uit, anders belanden we te vroeg in ons graf.'

'Te vroeg? Jij? Voor jou is het niet snel te vroeg!' beet Jane hem toe.

'Dank je, schat,' zei de advocaat poeslief. 'Je bent weer even complimenteus als altijd.'

Er klonk een kort lachje als antwoord. 'Wanneer ga je?'

'Vrijdag. Ik vertrek 's morgens.'

'Waarheen?'

'Sorry, lieverd. Het is vakantie. Ik ga zonder jou op reis. Als je me nodig hebt kun je bellen.'

'Finkenstein, voordat je weggaat wil ik mijn dossiers terug.'

Finkenstein schrok. Wilde Jane de opdracht intrekken? Dat zou een streep door de rekening zijn. Hij had erop gerekend nog een tijdje voor Jane te werken. 'Hoezo? Waarom zou ik die aan jou moeten geven? Het zijn míjn dossiers!'

'Als jij weg bent, kan iedereen erbij. Dat staat me niet aan. Je brengt ze bij mij, Ben. Vanavond nog. Geen discussie over mogelijk.'

Finkenstein moest in zichzelf lachen. 'Nee, Jane. Dossiers zijn heilig voor een advocaat. Je krijgt ze niet. Nu niet en later ook niet.'

'Wat! Die papieren moeten vernietigd worden!'

Nu lachte Finkenstein hardop. 'Nee, Jane. Beschouw het als mijn levensverzekering. Gebeurt er wat met mij, dan gebeurt er ook wat met jou. Die dossiers worden dan namelijk bezorgd op een adres waar je ze niet graag ziet.'

Jane vloekte luid. 'Je bent een onbetrouwbare nicht, Finkenstein,' beet ze de advocaat toe. Daarna kalmeerde ze wat. 'Laten we geen ruzie maken over de telefoon. Ik wil je vanavond spreken, dan praten we er verder over.'

'Zinloos, Jane. Je krijgt die dossiers niet.'

'Ik wil je spreken. Voor je weggaat wil ik een verslag van je hebben hoever je bent.' De stem van Jane klonk erg gespannen. Ze kon bijna niet uit haar woorden komen. Zouden de zenuwen haar de baas gaan spelen, vroeg Finkenstein zich verrast af. Hij had Jane altijd als een koele kikker beschouwd, een vrouw die alles uit berekening deed en gedreven werd door begeerte naar geld. Had Jane toch een menselijk kantje en werden de zenuwen haar te veel? Finkenstein wilde Jane niet te zeer tegen zich innemen. Met die vrouw wist je maar niet wat de gevolgen konden zijn. Daarom stemde hij uiteindelijk in. Ze spraken af dat hij haar die avond tegen elf uur zou afhalen bij Het Bosch, een restaurant dat bijna in de glooiing van de A-10 op de grens met Amstelveen bij een jachthaven gelegen was. Jane had daar een diner. Als Ben haar kwam afhalen, kon hij haar naar huis brengen en konden ze onderweg bijpraten.

Tot verbazing van zijn kantoorgenoten pakte Finkenstein die middag een groot aantal van zijn dossiers in verhuisdozen. Tegen het einde van de middag kwam een stationcar voorrijden waar Finkenstein de verhuisdozen snel in zette. Op vragen van kantoorgenoten antwoordde hij ontwijkend.

Toen de avond al een eind gevorderd was, reed Finkenstein in zijn Porsche langzaam het verharde pad naar de jachthaven in. Rechts stonden enkele houten loodsen. Hier en daar stond een auto geparkeerd. De ingang van het restaurant was bij het begin van de jachthaven. Er was een kleine parkeerplaats voor de gasten maar die was vol. Het was een pikdonkere nacht. Door de glazen deur van het restaurant zag de advocaat de lichten van de eetgelegenheid. Hij liet de motor draaien en vergrendelde de portieren. Het wachten was nu op Jane.

Een man in een zwartleren jack tikte op de zijruit. Hij wenkte dat Ben het raam naar beneden moest doen. De advocaat zette het raam op een kier.

'Wat is er?' vroeg hij.

'We moeten de auto controleren. Mevrouw Ecker komt dadelijk. Ze rijdt toch met u mee? We zijn van de beveiliging.'

Finkenstein werd door zijn zesde zintuig gewaarschuwd. Beveiliging? Jane had daar nooit met hem over gesproken. Hij schakelde de auto razendsnel in de achteruit en scheurde weg. De man was verrast door de snelle actie. De advocaat draaide de Porsche behendig in een inrit naar een loods. De remmen piepten en de banden veroorzaakten stofwolken in het grind. Toen hij de auto naar voren liet springen, zijn voet vol op het gaspedaal, zag hij een vlam achter zich. De angst sloeg hem om het hart toen hij de kogelinslag hoorde. Terwijl de wagen brullend optrok, had hij een visioen dat de motor in het achtercompartiment in brand vloog. Hij nam de haakse bochten in de weg bijna zonder vaart te minderen en racete zonder in te houden bij het Amsterdamse Bos de weg op. Vergiste hij zich of zag hij in de verte de koplampen van een achtervolger? De stoplichten negerend reed hij langs het Stadionplein de stad in. Bij het Stedelijk Museum schoot hij de Paulus Potterstraat in. Daar parkeerde hij voor het Van Gogh Museum.

Hij overwoog de situatie. Wilde Jane van hem af? Wat bezielde haar? Hij had goed werk voor haar gedaan. Ze wilde hem kennelijk het zwijgen opleggen. Hoewel de advocaat ruwe omgangsvormen gewend was, schokte de gebeurtenis hem toch. Hij vroeg zich af hoe het met het geld stond. Voorzover hij zich kon herinneren was Jane bij met haar betalingen. Finkenstein was zo verstandig geweest zich voorschotten uit te laten keren. Alleen de succespremie was nog niet betaald. Dat maakte de advocaat nog het meest nijdig. Hij kon het niet uitstaan dat Jane nog niet alles had betaald.

Om zekerheid te krijgen pakte hij zijn telefoon en toetste het nummer van Jane in.

Ze meldde zich vrijwel onmiddellijk. 'Ben hier,' zei de advocaat. 'Je wilt van me af, maar je bent me nog geld schuldig. Ik vroeg me af hoe je dat gaat betalen.'

'Waar blijf je?' Haar stem klonk verontwaardigd.

'Ik was op de afgesproken plaats. Eén van je gorilla's heeft geprobeerd mijn hoofd eraf te blazen. Jou zag ik niet.'

'Praat geen onzin. Ik zit op je te wachten. Kom hierheen. Ik wil met je praten over die dossiers. Dat hadden we afgesproken.'

Ze sprak zo overtuigend dat de advocaat de auto startte.

'Waar ben je dan?'

'In Het Jagershuis. Je zou me afhalen.'

'Ben je in Ouderkerk? Daar hadden we niet afgesproken. Je vroeg me naar Het Bosch te gaan.'

'Je bent niet goed wijs. Je haalt de zaken door elkaar. Het wordt tijd dat je op vakantie gaat. Ik ben in Het Jagershuis en wacht op je. Kom gauw.'

Finkenstein schakelde om weg te rijden. Toen herinnerde hij zich ineens dat de man met het zwarte jack tegen hem had gezegd dat mevrouw Ecker zo zou komen. Hij zette de auto weer in zijn vrij. 'Die gangster bij Het Bosch had het over jou. Hij zei dat jij wilde dat hij mijn auto controleerde. Hoe kan hij dat nou bij Het Bosch tegen mij zeggen, als wij elkaar in Ouderkerk zouden zien? Waarom wachtte hij me dan op bij Het Bosch? Niet logisch, Jane. Ik blijf toch maar liever hier als je het niet erg vindt. Vanavond heb ik geluk gehad. Het is dat mijn auto wat sneller optrekt dan normaal, anders had ik je nu niet kunnen bellen. Jouw opdracht, lieverd. Ontken het maar niet.'

'Mijn bodyguards zijn híer. Als je nou eens niet zo zeurde, maar hier kwam. Schiet op. Ik heb geen zin om te wachten. We moeten afspreken hoe die dossiers bij mij kunnen komen.'

'Vergeet het maar, Jane. Ik heb geen zin om als schietschijf te dienen. Mijn geld haal ik na mijn vakantie wel bij je op. En die dossiers krijg je niet. Dat had ik je al gezegd.' Hij drukte het toestel uit.

Finkenstein besloot die nacht niet thuis te gaan slapen. Na enkele telefoontjes had hij een slaapplaats geregeld. Vervolgens reed hij de auto een stukje naar voren, in het schijnsel van een straatlantaarn. Hij liep naar de achterkant. In de zwarte lak waren vier ronde kogelgaten zichtbaar. Terwijl hij daar stond verwenste hij Jane. Finkenstein vond dat hij haar loyaal van dienst was geweest. Hij had zeker risico's gelopen. Hoewel de Joegoslaven zwijgzaam waren, kon je er nooit zeker van zijn wat ze zouden doen als ze gepakt werden. In zijn praktijk had hij wel meer voorbeelden gezien van zwijgzame verdachten die uiteindelijk doorsloegen. Hij huiverde even. Wat zou er gebeurd zijn als David die nacht de politie had gebeld? Het was zijn geluk geweest dat die kerel was weggegaan en geen enkele actie had ondernomen. Jane kon barsten. Zijn Porsche was beschadigd en moest opnieuw gespoten worden. Die rekening zou zij óók betalen, dat stond voor de advocaat vast.

David zat op de bank in de woonkamer aan de voorkant van het oude pand aan de Herengracht. De gordijnen stonden open. De gracht was donker. Aan de overkant zag hij mensen achter de verlichte ramen. Een man zat te werken aan de computer, het blauwe scherm was duidelijk te zien. Een vrouw zat in de vensterbank, een spaniël op haar schoot. Een man en een vrouw zaten aan een ronde tafel te eten.

Hij dronk een espresso. Die middag had hij boodschappen gedaan. Nu wachtte hij op Elaine. Ze had beloofd naar Amsterdam te komen.

De nieuwsdienst kondigde op de radio het avondnieuws van negen uur aan. David belde Elaine op haar mobiele nummer. 'Waar ben je?'

Haar stem klonk van ver. 'Vlak bij Amsterdam. Er was een opstopping. Wegwerkzaamheden, we werden over één baan geleid. Het is nog twaalf kilometer. Hoe kom ik bij jou?'

Hij legde haar de route uit. Toen hij klaar was vroeg hij: 'Heb je al gegeten?'

'Nee. Ik heb best honger. Regel je wat?'

'Ga ik voor zorgen. Het is al laat.'

'Amsterdam heeft restaurants genoeg. Ik wil vis.'

Ze zaten aan een tafeltje tegen de muur. Het was nog druk. De obers en serveersters liepen met de bestellingen en namen nieuwe orders op. Een meisje zette onhandig een mandje brood op hun tafel. Het schaaltje boter viel er bijna af, het mesje kwam in de schoot van Elaine terecht. 'O, pardon,' zei het meisje lachend.

Elaine was gespannen. 'Wat is er? Waarom wilde je dat ik hierheen kwam?'

'Ik vond het leuk je weer eens te zien,' zei David met een vaag lachje.

Elaine ontspande enigszins. 'Dat hoopte ik te horen,' zei ze spottend. 'Ik ga me even opknappen. Volgens mij zie ik er niet uit.' Ze stond op en liep met haar tasje aan de arm naar het toilet. David keek haar na. Wie was Elaine? Marcus Klein had hem naar haar toe gestuurd. Maar Marcus had hem niet gezegd dat de man van Elaine dood was. Wist Marcus dat niet? David voelde vermoeidheid opkomen. Zou hij er ooit achter komen hoe de verbanden lagen? Met wie Finkenstein contact onderhield, wie er in het charitatieve fonds van Marcus Klein meededen, met wie Jane sprak en telefoneerde?

'Je realiseert je wel dat we aan een riskante operatie beginnen?' vroeg hij. Elaine was weer aan tafel aangeschoven. Ze had haar lippen en ogen bijgewerkt en kleur op haar wangen aangebracht. In haar simpele donkerpaarse jurk zag ze er stralend uit. Ze keek David nadenkend aan. Hij knabbelde op een stukje brood.

'Wat wil je?' vroeg ze. Een schaduw van argwaan trok over haar gezicht. 'Krabbel je terug?'

'Nee. Ik vraag alleen of je beseft wat de risico's zijn.'

'Hoezo?'

'Jane is een gevaarlijke vrouw. Ze houdt van geweld. Als ze erachter komt wat we gaan doen, kun je erop rekenen dat ze haar gangsters op ons afstuurt. Mijn huis is al afgebrand. Dat kan jou ook gebeuren. Heb je daar rekening mee gehouden?'

'Wat een puinhoop. Toch moeten we niet opgeven. Ik wil Léon wreken. Als jij wilt stoppen, zeg me dat dan nu. Ik hoop niet dat je me daarvoor naar Amsterdam hebt laten rijden.' Haar gezicht stond nu strak. De lippen op elkaar geklemd, de wenkbrauwen gefronst. De donkere ogen waren gloeiende kolen. Ze pakte het servet van haar schoot en vouwde het demonstratief op.

David lachte. 'Rustig aan. Ik heb dat helemaal niet gezegd. Ik wijs alleen op de risico's. We moeten erg voorzichtig zijn. Die Rus moet je nog niet wegsturen. Zorg ervoor dat hij steeds bij je in de buurt is. Het staat vast dat Jane gaat uitzoeken wie haar het leven zuur maken. Vergis je niet, als ons plannetje slaagt nemen we haar vreselijk te grazen. Je hebt een onderduikadres nodig. En we moeten uitwijkadressen voor de e-mail hebben. Een Yahoo-adres of zo. Laten we dat vanavond regelen. We moeten kunnen blijven communiceren, ook als een van ons moet onderduiken.'

'Jasses,' zei Elaine hartgrondig. 'Het lijkt wel oorlog.'

David liet haar even tot rust komen. 'Wijn?' Hij wist niet of Elaine die avond wilde terugrijden.

Elaine dacht na en aarzelde. 'Ik blijf vannacht hier.'

'Maar ik moet morgen werken. Laten we geen fles nemen, maar één glas.'

'Vertel me nu nog eens precies wat er met jouw huis is gebeurd,' zei Elaine nadat ze eten hadden besteld.

Ze zaten in het appartement van David en praatten nog wat over hun plannen na. 'Ik ga eerst naar Spanje,' zei David. 'We moeten met Henry tot zaken proberen te komen. Dat zal moeilijk genoeg zijn. Hoewel, hij heeft erop gezinspeeld dat er aan de beursgang van Jane geld te verdienen valt. Hij heeft iets in zijn hoofd, want hij wilde daarover met mij praten.'

'En daarna? Je hebt veel geld nodig.'

David stond op om wat mineraalwater te pakken. 'Jij ook?' vroeg hij, terwijl hij de fles omhooghield.

'Nee. Geef mij maar sinaasappelsap.' Elaine zat in gedachten verzonken. 'In ernst, Dave, hoe wil je dat doen?'

'Ken jij Marcus Klein?'

'Marcus?' vroeg Elaine zachtjes. 'Ja, die ken ik. Léon was met hem bevriend. Wat is er met hem aan de hand?'

'Misschien is Marcus mijn volgende doel.'

'Waarom?'

'Weet jij iets af van dat fonds van hem? Wie doen daaraan mee? Wat doen ze precies?'

'Oude vrienden. Dat zei hij altijd. Ik weet niet wie, maar het zijn vrienden uit de tijd dat hij in de oliehandel zat. Misschien nog van daarvoor.'

'Hij heeft nooit namen genoemd?'

Ze dacht erover na en schudde haar hoofd. 'Nee.' Toen stond ze op en pakte haar koffertje. 'Ik heb conceptteksten meegenomen,' zei ze, en legde een aantal prints op tafel.

David pakte de ontwerpen en begon te lezen. 'Dat is snel,' zei hij zachtjes.

'We zullen ook snel moeten zijn,' zei Elaine. Ze las over zijn schouder mee. 'De productie van dit soort materiaal kost veel tijd.'

'Wat een geluk dat jij dat op je reclamebureau kunt laten maken.'

'Ik heb Liberty Inc. als klant geregistreerd,' zei Elaine. 'Mijn mensen moeten hun uren kunnen boeken.'

Ze bespraken de conceptteksten uitvoerig. Aan de inhoud en de vormgeving besteedden ze erg veel aandacht. 'Heb je die computerjongens nog gesproken?' vroeg David toen het al ver na twaalven was.

Elaine knikte. 'Ja. Ik heb een afspraak met ze gemaakt.' Voordat ze klaar waren, was de nacht al bijna voorbij. Ze vielen vermoeid in bed en sliepen onmiddellijk in.

Het onderzoek naar de dood van Ganesj hielden De Beaufort en Stevens voor iedereen op de fraude-unit verborgen. De officier had het secretariaat opdracht gegeven de post tot nadere aankondiging ongeopend op zijn bureau te deponeren.

Stevens ontdekte kort na het overlijden van de junk dat een rechercheur met de bijnaam de *Fox* enige jaren geleden tot speciale medewerker van de hoofdofficier was gepromoveerd.

Hoewel De Beaufort graag in complotten dacht, was dit geval moeilijk voor hem te bevatten. Hij at een koude hotdog die hij uit het bedrijfsrestaurant naar zijn kamer had meegenomen. In de drukte had hij vergeten het broodje op te eten. Koud smaakte het hem niet zo goed en hij zocht in zijn bureaula naar een zakje tomatenketchup om de smaak op te peppen.

'Wat zeg je nou!' riep hij verbaasd. 'Deelt een medewerker van Clavan drugs uit aan junks?'

'En slaat die medewerker jou op een verloren avond in elkaar?' vroeg Stevens zich hardop af.

De betekenis van wat Stevens hem vertelde drong nu pas tot de officier door. Hij sprong uit zijn stoel. Hij was vergeten dat de junk hem had verteld dat diezelfde man hem mishandeld had. Er viel een klodder ketchup op zijn gekreukelde witte overhemd.

'Verdomd, dat is dezelfde man. Hoe heet hij? Ik ga onmiddellijk naar hem toe!'

'Wilton,' zei Stevens kalm. 'Loop niet te hard van stapel. Het enige bewijs dat we hebben is wat die junk jou heeft verteld. Meer niet. Vergeet je nou niet dat vaststaat dat die zwerver die nacht bij jou heeft ingebroken? Ik bedoel, het is niet bepaald een superbetrouwbare getuige. We moeten ander bewijs proberen te vinden. Zullen we dat eerst doen, voordat jij hem in elkaar gaat slaan?'

Zijn emotionele chef was bijna niet te houden. De Beaufort ging er het liefst onmiddellijk op af. 'In het cachot met die schooier!' riep hij strijdlustig. Maar na enige overweging moest hij Stevens gelijk geven. Er was helemaal geen bewijs dat de junk was doodgespoten door de man die de *Fox* werd genoemd. Daar bestond alleen een vermoeden van. En het bewijs dat die man de officier had mishandeld steunde alleen op de verklaring van de dode junk.

'We wachten het rapport van het lab af over de vingerafdrukken op de bierflesjes.' Er klonk teleurstelling door in zijn stem, maar hij begreep dat Clavan korte metten met hem zou maken als hij tot actie overging op basis van de woorden van een dode junk.

In ieder geval was er ook nog de verklaring van de barman van de Wladiwostok. Tot de niet geringe verbazing van De Beaufort was de jongen in een groezelig wit T-shirt zijn kantoor binnengelopen. Eenmaal aan de praat geraakt had hij zonder terughoudendheid verklaard wat er gebeurd was. Hij had een duidelijk signalement gegeven van de man met wie de junk voor zijn dood had zitten praten.

Kort na de ondertekening van de verklaring kwam de jongen terug voor een fotosessie. Nadat Stevens de door de jongen opgegeven kenmerken in de computer had ingevoerd, gaf hij een zoekopdracht. Uit de database met meer dan 33.000 foto's werden de foto's getoond die het meeste aan de zoekkenmerken voldeden. Tot tevredenheid van Stevens verklaarde de barjongen dat de foto van Wilton het meeste leek op de man die Ganesj aan zijn laatste trip had geholpen.

Toen op een vrijdagmiddag de bevestiging van het laboratorium kwam dat op twee bierflesjes vingerafdrukken van Wilton waren aangetroffen, sprong De Beaufort een gat in de lucht.

Later die middag maakte hij met zijn assistent de balans op. 'Veel hebben we nog niet,' zei de officier. 'We hebben de verklaring van die dode junk dat hij drugs kreeg van de assistent van Clavan. Die barjongen heeft dat ook verklaard. Hij heeft Wilton herkend. De vingerafdrukken op het bierflesje bewijzen dat Wilton en de junk contact hadden. Of het dodelijke shot van Wilton afkomstig is, staat niet vast. Het is een vermoeden, meer niet.' De Beaufort liep ongeduldig heen en weer. 'Ik wil het waarom weten. Is de reden dat die junk Wilton heeft gezien toen hij mijn huis verliet? Dan heeft die zwerver de waarheid gesproken. We moeten Wilton aan de tand voelen, Paul. Oppakken en verhoren. Bij verrassing, anders kan hij zich voorbereiden.'

Stevens keek hem aarzelend aan. 'Dat is een *long shot*, Charles. Als hij niet bekent, moeten we hem vrijlaten. Realiseer je je de gevolgen daarvan? Wat denk je dat Clavan dan doet?'

'Naar de hel met Clavan!' De officier liep opgewonden met korte stappen door zijn kamer.

'Kunnen we niet aan meer bewijs komen?' vroeg Stevens. 'Heeft Finkenstein niet nog iets over Musch gezegd? Ik bedoel die gezamenlijke diners in Arti. Hij zal dat niet voor niets hebben gezegd. Misschien houdt het verband met elkaar.'

De officier bleef stilstaan. 'Die dineetjes met Musch! Dat is waar ook! Musch en Sommer, twee handen op één buik. Zou Musch van Sommer de opdracht hebben gekregen en zou hij aan Clavan hebben gevraagd hem te helpen? Misschien werkte Wilton eigenlijk voor Musch!' De Beaufort werd door die gedachte gegrepen. De zaak-Sommer was voor hem een frustratie. Hij zocht naar revanche. Een verbinding tussen Clavan en de effectenmakelaar was een fascinerende gedachte.

Stevens bracht hem met beide benen op de grond terug. 'Ga je nu niet wat erg hard? Als Clavan en Musch samen in Arti eten, wil dat niet zeggen dat Mickey op verzoek van Musch een medewerker op jou af stuurt om je in elkaar te slaan. Als die Wilton het werkelijk heeft gedaan, ziet het er eerder naar uit dat Clavan een onderonsje met hem heeft gehad. Sommer zou zich toch wel drie keer bedenken voordat hij een medewerker van Clavan op je afstuurde.'

De officier staarde voor zich uit. 'Finkenstein zei dat ik bij die junk het bewijs kon vinden voor het feit dat Mickey lekte. Er is een verbinding, let op mijn woorden. Anders had hij het niet te berde gebracht.'

Dat vond zijn medewerker niet zo'n overtuigend argument. 'Finkenstein, nou ja,' zei hij zuchtend, 'die moet je op zijn eerste waarheid nog betrappen.'

De Beaufort had meer vertrouwen in de advocaat. 'Dat valt mee. Hij heeft bruikbare informatie gegeven. Dat adres in Thailand was erg belangrijk voor hem. Het lijkt me niet dat hij ons voor de gek heeft gehouden.' Hij zweeg even. 'Ik ga donderdag eens een kijkje nemen in Arti,' zei hij toen. 'Ga je mee?'

Maar Stevens zag niet zoveel in een dergelijke confrontatie en zei tegen de officier dat hij die donderdag een andere afspraak had.

Die had daar vrede mee. 'Ik ga wel alleen. Als ik Clavan daar met Musch aantref weten we een hoop meer.'

Finkenstein besloot de avond voor zijn vertrek op Schiphol te overnachten. Die dag had hij op kantoor allerlei zaken afgewerkt. Hij had gecontroleerd of het geld naar de bank in Bangkok was overgemaakt. Speciaal hiervoor had hij een rekening geopend bij de liaison van zijn bank in Bangkok. Het geld was overgeboekt met behulp van de swiftcode en hij zou erover kunnen beschikken zodra hij in Bangkok was gearriveerd.

Toen hij alle zaken op kantoor had afgehandeld, bestelde hij een taxi om hem naar Schiphol te brengen. De chauffeur gaf hij opdracht eerst naar de parkeerplaats van het Mercure Hotel te rijden. Daar zou zijn reisgezelschap op hem staan te wachten. Toen de auto langzaam de parkeerplaats achter het hotel indraaide, zag de advocaat de vier mannen staan. De kleinste droeg een pilotenjack, de anderen droegen dikke, zwartleren jacks. Twee mannen hadden lange zwarte haren, de beide anderen waren kaalgeschoren. Ben liet de auto stoppen. Hij stapte uit en drukte het viertal de hand. De kleinste van de vier was de woordvoerder. In een merkwaardig gebroken Engels stelde hij zijn kameraden voor. 'Dit is Anton, onze technicus.' Hij wees op de andere man met lang haar. 'Branco, de piloot.' Zijn vinger priemde in de richting van een kleine, gezette kale man. 'Milić, de wapenexpert. En ik ben Stefan. Mijn specialiteit is vechtsport. Freefighting.'

Finkenstein keek de mannen geamuseerd aan. Wie had kunnen denken dat hij met vier misdadigers op pad zou gaan? 'Spreken jullie allemaal Engels?' vroeg hij.

Branco schudde zijn hoofd. 'Ik, goed. Stefan vloeiend. Milić, nee, die spreekt het een beetje. Anton ook.'

De mannen deden hun weekendtassen in de kofferbak en schoven op de achterbank. De taxi reed naar Schiphol. Finkenstein had kamers in het Sheraton gereserveerd.

Het duurde die avond lang voordat hij de slaap kon vatten. Zijn gedachten dwaalden af naar Jane. Zou zij hem morgenochtend op Schiphol nog een verrassing bezorgen? Hij was blij dat hij de vier Joegoslaven bij zich had. Zodra hij veilig in het vliegtuig zat, was het gevaar geweken, dacht hij. Jane zou hem in Thailand niet meer achtervolgen. Voor de zoveelste keer begon hij over Boris te piekeren. Wat stond hem te wachten in het verre oosten? Volgens de liaison-officier huisde in de villa een groep zware misdadigers. Zouden de Joegoslaven hem daartegen kunnen beschermen? Hoe moest hij het fotomodel ooit vrijkrijgen? Moest hij met zijn reisgenoten in slagorde tegen de misdadigers optrekken? Terwijl hij zo lag te piekeren, sliep hij langzaam in.

De volgende ochtend vertrokken ze in alle vroegte met de shuttlebus naar de vertrekhal. Finkenstein liep tussen zijn reisgenoten in, scherp oplettend en om zich heen kijkend of hij iets verdachts zag. Het inchecken verliep rustig. De vier mannen schoten beurtelings de taxfreewinkels in om drank en sigaretten te kopen. Vergezeld door twee van zijn begeleiders zocht de advocaat zelf in de parfumeriewinkel een aftershave uit. Daarna schafte hij wat lectuur aan. Toen ze op de lopende band stonden voelde de advocaat zijn telefoon trillen. Hij haalde het toestel te voorschijn en hoorde de stem van Jane. 'Waar ben je?' vroeg ze gehaast.

'Op vakantie, weet je wel. Als het aan jou lag, was ik hier niet. Dan was mijn moeder nu mijn uitvaart aan het regelen.'

'Zeur niet. Het gaat om die dossiers. Vertel me waar die zijn en hoe ik eraan kan komen.'

'Stop hiermee, Jane. Sinds jouw gangsters het op mij hebben gemunt, werk ik niet meer voor je. Je kunt niet tegelijkertijd met me willen praten en op me willen schieten. Je moet keuzes maken in je leven. Bovendien, mijn dossiers krijg je niet. Ik heb ze gistermiddag naar een veilige plek gebracht. Ik zei je al, die dossiers zijn mijn levensverzekering.'

'Die heb je hard nodig!' Het was aan haar stem te horen dat Jane erg kwaad was.

'We zullen zien,' zei Finkenstein.

'Volgens jou moet ik een keuze maken. Misschien heb ik die al gemaakt, Ben. Je belazert me met die dossiers. Zo roep je het onheil over je af.'

'Ik vertrek over een kwartiertje. Van jou zal ik geen last meer hebben.'

Het antwoord was een kort en grimmig lachje. 'Ik zou daar maar niet al te zeker van zijn.'

'Droom jij maar fijn.'

Jane verbrak de verbinding. Terwijl Finkenstein bij de gate zat te wachten voelde hij de telefoon weer trillen. Dit keer was het een SMS-bericht: PRETTIGE VAKANTIE. ALS JE BORIS ZIET, GENIET VAN HEM. JANE. Finkenstein las het bericht wel vier keer. Wat betekende die toespeling op Boris? Zou Jane van zijn reisdoel op de hoogte zijn? Hij kwam tot de conclusie dat dit onmogelijk was. Zelfs op zijn kantoor wist niemand waar hij heen ging, alleen zijn reisbureau kende zijn bestemming. Die opmerking van Jane over Boris was toeval, dat kon niet anders. Wat hij verder met Jane aan moest, wilde hij rustig overdenken in het vliegtuig. Tijdens de lange vlucht had hij hiervoor meer dan genoeg gelegenheid.

21

De zon was overweldigend. Toen David het stationsgebouw van de luchthaven in Alicante uitliep knipperde hij met zijn ogen. De felle zon verblindde hem. De warme wind waaide door zijn haar. Het witte pleisterwerk van de gebouwen weerkaatste het felle licht. In de verte lagen de kale, rode bergen.

Eenmaal buiten kon hij de kleine rode Mercedes Sport niet missen. Het dak was neer en hij herkende al van een afstand het lachende gezicht van de donkere Vittoria. Zwaaiend verwelkomde ze hem. Een warme kus op zijn lippen maakte duidelijk dat ze het fijn vond hem weer te zien.

Schaars gekleed in een dun wit bloesje en een erg korte broek, trok ze de aandacht van iedereen. Ze reed behendig van de luchthaven naar de snelweg naar Valencia. Van de blikken van haar gast genoot ze. Lachend legde ze een hand op zijn been. 'Hé, boy, fijn je weer eens te zien.' Haar stem was in de wind nog net hoorbaar.

Als er een maximumsnelheid in Spanje bestond, gold die niet voor Vittoria. Nadat ze de tol was gepasseerd drukte ze het gaspedaal helemaal in. De snelheidsmeter schoot omhoog tot over de tweehonderd kilometer. Haar lange zwarte haren waaiden in de wind. Ze gooide haar hoofd lachend achterover, volop genietend van de sensatie.

Alicante lieten ze achter zich, daarna reden ze langs de kale bergen met de afgelegen boerderijtjes. Ineens doemden de hoge torenflats van Benidorm op. Zonder vaart te minderen reden ze langs de afslag naar de Playa de Levante. Vittoria gebruikte de claxon en het lichtsignaal om de andere auto's naar de rechterbaan te dwingen. Ze concentreerde zich volledig op de weg.

De jachthaven van Altea kwam in zicht, in de verte doemde de Peñon de Ifach op, de rots op het schiereiland bij Calpe. Plotseling remde ze hard af om met nog steeds erg hoge snelheid naar Altea Hills af te slaan.

De villa lag hoog in de bergen. De golfbaan hadden ze in de diepte achter zich gelaten. Langs de steile, kronkelige wegen had Vittoria de auto met grote vaart naar boven gestuurd. Bij kruisingen remde ze op het laatste moment af, om razendsnel weer op te trekken. Het was duidelijk dat de Mercedes voor Vittoria een ultieme snelheidsbeleving was, puur genot, waarvan ze niets wilde missen.

Ze stopte voor een steile inrit. Het ijzeren hekwerk gleed open. De auto parkeerde ze op een binnenplaats voor een brede garage.

Toen ze de motor had uitgezet zei David: 'Dat was een stevige rit. Rijd je altijd zo?'

Vittoria sprong lachend de auto uit. 'Is dat niet genieten, schat? Bij Henry moet je het van auto's hebben. En van de speedboot.' Ze pakte haar handtasje van de achterbank en liep heupwiegend naar de voordeur.

David hoorde vogels, het gekras van een papegaai en het gefluit van kanaries. Hij liep achter de vrouw aan en bewonderde haar figuur. Zo te zien was Vittoria niet ouder geworden, iets gevulder misschien, maar dat maakte haar alleen maar nog begeerlijker. David herinnerde zich de vage glimlach van Marcus Klein in de deuropening, bij zijn vertrek uit het landhuis in Bad Godesberg.

Vittoria had de zware houten voordeur van de villa opengedaan en ging hem voor. De hal was erg groot. Een gang naar rechts bood uitzicht op een volière met bontgekleurde vogels. Twee klapdeuren gaven toegang tot de woonkamer die de omvang van een ruim appartement had. De schuifdeuren naar het terras stonden open. David liep naar buiten. In de diepte lag de azuurblauwe zee, met de jachthaven en de vissersboten. Overal waren de sinaasappelbomen te zien. Daartussen stonden witte huizen.

David stond van het uitzicht te genieten. Zijn gastvrouw rommelde in de open keuken. Plotseling stond ze naast hem. 'Voor jou.' Ze drukte hem een longdrinkglas in de hand. Een schijfje citroen was op de rand geschoven. 'Santé!' riep ze vrolijk.

David proefde een stevige scheut rum in het vruchtensap. Vittoria legde een arm om zijn schouder. 'Vertel op, wat zeg je ervan?'

'Mooi,' zei David gereserveerd.

Ze moest lachen, haar hoofd naar achteren. 'Boy, wat zeg je dat leuk. Ben je wel eens bij ons in het Byzantium geweest?'

David wist dat Henry jaren geleden in Amsterdam bij het Vondelpark een penthouse had gekocht. Steeds op de vlucht voor de belastingen, verbleef hij er in de tijd van FuturIT nauwelijks.

'Nee, nooit.'

'Kom daar eens langs. Als we er ooit nog komen. Vergelijk het met hier. Het Max Euweplein of Altea. Jongen, dit is de wereld. Wat het uitzicht betreft zeker. Vergeet je niet te drinken?'

Hij nam nog een slok. Ze ging dicht tegen hem aan staan. Hij voelde de warmte van haar lichaam. 'Ga je mee zwemmen?' vroeg ze.

Het zwembad was ingebouwd in het terras. Ze had haar kleren slordig langs de kant gegooid. De bikini was een maat te klein.

Hij had zijn zwembroek uit zijn koffer gegrist en zich op het toilet verkleed. Vittoria lag al in het water toen hij erin sprong.

Ze zwom met een snelle, agressieve crawl naar hem toe. 'Waar is Henry?' vroeg hij toen ze haar armen om zijn hals legde.

'Op de boot, lieverd,' zei ze met een lachje.

'Boot?' David was verbaasd. Hij had een afspraak met Henry.

'Ja, schat. Op de boot. Langs de kust varen. Naar Alicante en weer terug. Naar Valencia en weer terug. Mallorca. Blauw water en de eeuwige zon. Dolle pret, begrijp je? Heerlijk drinken, steeds hetzelfde uitzicht en na de lunch inslapen op het achterdek, onder het genot van een lichte massage. Opstaan en weer drinken. Over de reling hangen om de prachtig blauwe zee te zien. Kijk eens, Vitto, daar die vissen! Begrijp je waarom Vittoria liever naar Alicante reed om jou daar op te halen?'

'Maar ik heb een afspraak met hem. Wanneer komt hij terug?'

'Als de wind de goede kant uit staat, engel. Henry komt terug als hij er zin in heeft. Misschien vanavond, misschien morgen. Maak je niet druk. Morgen is er weer zon. Weer terras. Weer een cocktail van Vittoria.' Ze lachte luid en zong: 'Henry komt, Henry komt!'

Haar borsten drukten nu tegen zijn lichaam. 'Schatje,' zei ze zachtjes en ze drukte haar lippen tegen de zijne. David voelde haar tong wild zijn weg zoeken. Plotseling liet ze hem weer los en trok een baantje.

David keek haar verward na. Toen ze weer voor hem stond moest ze lachen. 'Hé, Davey! Ontspan je een beetje. Gooi die stress van je af!' Ze stond nu bijna tegen hem aan. Haar handen trokken zijn broek omlaag.

De zon was al aan het zakken toen ze door de bergen naar beneden reden. Het restaurant lag aan de boulevard, even voorbij de jachthaven. Aan het plafond waren doeken gedrapeerd. Er was een tafel voor hen gereserveerd. Ze bestelde zonder hem te raadplegen gekookte en gefrituurde inktvisjes. Daarna een paella marinara. Ze dronken witte wijn uit de streek. Vittoria dronk snel zonder dat ze er last van leek te hebben. Ze legde haar handen op die van hem. 'Waar denk je aan?' vroeg ze met haar warme stem.

David lachte verlegen en haalde zijn schouders op. Hij was met zijn gedachten nog bij de middag, toen ze in het gastenverblijf naast elkaar lagen.

'Maak je maar geen zorgen over Henry,' zei ze. Ze gooide haar hoofd naar achteren en lachte luid. 'Henry? Die krijgt hem al jaren niet meer omhoog. Coke maakt impotent, schat. Wist je dat niet?' Toen de ober langskwam, bestelde ze nog een fles wijn.

'Is hij nog altijd aan de coke?' David probeerde zijn gedachten te ordenen. Deze reis had een heel ander verloop dan hij gedacht had.

'Niet zoveel meer. Het sloopte hem. Nu beheerst hij het beter. Zijn zaken heeft hij wel weer goed op orde. Maar dát komt niet meer terug, helaas. Omhoogkrijgen is er niet meer bij.'

Toen ze weer in de villa waren, vroeg David wanneer Henry zou komen. Zijn gastvrouw was espresso aan het zetten. 'Je moet op het balkon gaan staan. Dan zie je de kerk, op die heuvel. Vind je vast mooi. Nee, ik weet niet wanneer Henry komt.'

Ze kwam naar buiten met twee espresso's, twee glaasjes en een fles Spaanse cognac.

'Maar ik heb een afspraak met hem. Ik kan toch niet blijven wachten tot hij een keertje komt?'

'Rustig nou maar. We zijn in Spanje. Het land van mañana. Geloof me nou maar, het komt wel goed.'

Hij zat in een gemakkelijke stoel op het terras. Vittoria lag op een kussen en leunde tegen hem aan, haar hoofd tegen zijn knieën. 'Waar kom je voor, Davey?' fluisterde ze.

Hij dacht na. Zijn problemen leken ver weg en vergeten. Finkenstein, Klein, ze leken tobbers van een andere planeet. Ietwat verward door de drank vroeg hij zich af wat het doel van zijn reis was. Wilde hij met Henry over Léon praten, over Jane en over wat er destijds met Futurit was gebeurd? Het leek hem geen goed idee. In de verte op zee zag hij de lichtjes van de jachten die in de baai voor anker waren gegaan. Aan de uiteinden van de baai staken de donkere silhouetten van de rotsachtige bergen de lucht in. Plotseling herinnerde hij zich dat Henry hem had aangesproken toen ze elkaar bij toeval troffen in de Miss Blanche. Hij hoorde de stem van Henry weer en wist waarvoor hij de reis had gemaakt. 'Om geld te verdienen. Toen ik Henry een tijdje geleden in de Miss Blanche ontmoette, zei hij dat we elkaar moesten spreken. We konden verdienen aan Jane Ecker. Aan die beursgang van Amsterdam Online. Nou, daarvoor ben ik hier.'

Vittoria sprong op. Ze schonk nog een glaasje cognac in. Toen kuste ze hem uitvoerig op zijn mond. 'Je mag blijven, lieverd,' zei ze. 'Henry houdt van mensen die geld willen verdienen. We gaan hem morgenochtend met de boot opzoeken. Nu leer ik je de vier huisregels van King Henry. Regel 1: Zeur niet over het verleden, kijk alleen naar de toekomst. Regel 2: Zeg niets over de Indische jongens om hem heen. Hij doet er niets mee, dat kan hij al jaren niet meer, maar ze hebben zachte handen en daar houdt hij van. Geen gefronste wenkbrauwen, geen verbaasde blikken, geen lacherige opmerkingen. Begrijp je? Hij is daar erg gevoelig voor. Regel 3: Geldverdienen is alleen de moeite waard als je het als een artiest doet. Laat zien dat je een kunstenaar bent en Henry doet mee. En dan het vierde gebod, heel belangrijk. Gij zult niet met mijn geld spelen. Kun je dat onthouden, schat? King Henry wil dat zijn bezoek deze regels respecteert. Voor de rest is alles geoorloofd.'

David keek haar verrast aan. 'Dat zal wel lukken. Henry was vroeger ook al een man met een gebruiksaanwijzing.'

'Mooi. Morgen repeteren we nog wel even aan het ontbijt. Nu gaan we naar bed.' Ze liep zonder iets op te ruimen naar de gastenbungalow. Het bed was intussen opgemaakt en er stond een schaaltje fruit op zijn nachtkastje. Toen hij Vittoria de douche hoorde aanzetten, stond hij nog na te denken. Wat zou hem op het motorjacht van Henry te wachten staan? Hij hoopte dat hij met Henry afspraken kon maken. Als hij onverrichter zake terug moest reizen naar Amsterdam, vielen zijn plannen in duigen.

De campagne voor Nedtelcom liep op rolletjes. Chamal en Zimmerman konden goede resultaten rapporteren aan hun opdrachtgever. Het congres over de toekomst van de mobiele telefonie had de pers gehaald. De lezing over de te hoge kosten van de licenties had veel aandacht gekregen. De publieke opinie was aan het omslaan. Het percentage burgers dat zich zorgen maakte over de betaalbaarheid van de mobiele abonnementen nam toe.

De adviseurs bespraken op een middag de situatie. Toen Chamal over Amsterdam Online verslag deed, kon hij zijn frustratie niet bedwingen. 'Over dat bedrijf is bijna niets bekend! Ze werken samen met Deutsche Telekom en ze gaan enkele miljarden op de beurs ophalen. Dat is het zo ongeveer. Meer kun je niet te weten komen. Niet over het bedrijf en ook niet over Jane Ecker.'

'Kom op,' zei Zimmerman verbaasd, 'die vrouw loopt al heel wat jaren mee. Over haar is er toch wel het nodige bekend.'

'Niets. De researchstaf kon niets vinden. Die vrouw heeft grote schoonmaak gehouden. Er is nergens iets tegen haar te vinden. Volkomen onwaarschijnlijk. Ze heeft een blanco verleden.'

'Dat kan niet waar zijn. Als je zolang aan de top staat, heb je vuile handen.' Zimmerman nam zijn bril van zijn neus en begon de glazen te poetsen.

'Mijn idee. Het kan niet. Maar het is zo. Omdat uit het onderzoek niets te voorschijn kwam, heb ik me op de dossiers van Ferguson geconcentreerd. Die heeft die papieren niet voor niets aan ons gegeven, dacht ik. Er moet iets in te vinden zijn dat niet plezierig is voor Jane Ecker.'

Zimmerman herinnerde zich dat Chamal een tijdje onbereikbaar geweest was. Hij had zich op de zolder van het kantoor teruggetrokken en was niet te storen geweest, voor niets en niemand, zelfs niet voor Zimmerman.

'En, wat leverde dat schatgraven op?' vroeg Zimmerman enigszins sarcastisch.

Chamal dronk zijn glas leeg. Hij wierp een blik op zijn horloge en keek zijn partner triomfantelijk aan. Het was bijna zeven uur. 'Zullen we wat gaan eten?' vroeg hij. 'Dan vertel ik het je onder de maaltijd.'

Zimmerman kende het vervolg. Dit zou zo'n avond worden waar Chamal het patent op had. Eten met veel wijn, een inventief plan en een nacht om nooit te vergeten. Met het gezelschap van de vrouwen die Chamal de bevestiging moesten geven die hij als een levenselixer nodig had. Voor Zimmerman was dit een deel van zijn leven. De invallen van zijn creatieve partner bezorgden het kantoor veel geld en een goede reputatie. Bernt was graag bereid de drank en de vrouwen op de koop toe te nemen, zolang die maar de brandstof voor de vindingrijke gedachten van zijn partner vormden.

In de eetzaal van de sociëteit De Witte aan Het Plein pakte Chamal de draad weer op. 'Simon en die vrouw hebben hun zaken aan het eind van de jaren tachtig verdeeld. Ik vond de papieren in het dossier. Jane heeft het geld gekregen, Simon de bedrijven. Hij importeerde printers uit Japan. Later ook computers en andere elektronica. In die jaren heeft hij geweldig veel verdiend. De marges waren torenhoog en er konden gewoon niet genoeg van die apparaten aangesleept worden. Weinig concurrentie.'

Chamal riep de ober. 'We hebben nog geen wijn besteld,' zei hij. Zonder de kaart te raadplegen maakte hij zijn keuze. 'De Montagny blanc van Luigné.' Toen de ober wegliep riep hij hem na: 'Zet de tweede fles ook maar vast koel!'

Hij richtte zich weer tot zijn tafelgenoot. 'Simon importeerde de spullen uit het Verre Oosten. Dat deed hij slim. Hij had een agent in Hongkong. Voor de kwaliteitscontrole, voor de regeling van het transport. Die betaalde hij, maar die agent bracht veel meer in rekening dan de werkelijke kosten. Hij had met die man een afspraak gemaakt. Wat hij te veel aan hem betaalde, haalde hij weer op. Dat geld stortte hij in een belastingparadijs. Zo bouwde hij een zwart vermogen op. Niemand die ervan wist, zelfs zijn accountant niet.'

'Hij is de enige niet,' constateerde Zimmerman nuchter. 'Maar wat kunnen wij hiermee?' In het zilveren mandje lagen in een servet warme broodjes gewikkeld. Hij nam er een en smeerde er dik boter op.

'Simon heeft dat geld overgeheveld naar een Zwitserse vennootschap,' vervolgde Chamal. Hij at niet veel van zijn voorgerecht, maar toen de ober de wijn had ingeschonken liet hij zich die goed smaken. 'Dat bedrijf heeft hij bij de scheiding aan Jane overgedragen.'

'Hij betaalde haar met het zwarte geld?'

'Zo is het. Dat was wel slim, want zo had hij haar in de tang. Ze moest hem wel met rust laten, anders begon hij over die Zwitserse spaarpot.'

'Maar zij had hem óók klem. Als zij de belastingen hierover zou inlichten, had hij een probleem.' Zimmerman dronk peinzend een slokje wijn. Zijn partner schonk voor zichzelf al het derde glas in. Zimmerman was benieuwd waar ze die nacht terecht zouden komen.

'Dat zie je verkeerd. Als Jane dat zou doen, zou ze haar eigen geld ook kwijtraken. Als de fiscus hiervan hoorde, zou die dat onmiddellijk komen ophalen. Vergeet niet dat het om zwart geld gaat. Er is nooit belasting over betaald. De aardigheid om Simon erbij te lappen zou door Jane zelf worden betaald. Die oude Ferguson wist dat ze dat nooit zou doen.'

'Oké, daar zit wat in,' gaf Bernt toe. 'Ze had geld, maar Simon kon er ook voor zorgen dat ze het kwijt zou raken. Ze moest hem met rust laten. Ik begrijp het, er was evenwicht. Alleen, wat wil je hiermee zeggen?'

'Ze heeft dat Zwitserse spaarpotje nog steeds, beste kerel,' zei Chamal. 'Ze werkt ermee. Hier op de beurs in Amsterdam.'

Nu ging Zimmerman rechtop zitten. De bestuursvoorzitter van een nieuweling op de beurs belegde met zwart geld op diezelfde beurs! Dat was goed voor de voorpagina van de krant, voor het tv-journaal en voor de andere media. De rechtlijnige Duitsers van Deutsche Telekom zouden de samenwerking opzeggen. 'Hoe doet ze dat?' vroeg hij aan zijn partner.

'Via een nummerrekening en een Zwitserse tussenpersoon. De gebruikelijke weg.'

'Een geheime rekening in Zwitserland en dat geld hier beleggen?'

'Ja. Ze heeft die rekening aangehouden en is er verder mee gegaan. Vandaag de dag nog steeds.'

Zimmerman streek met zijn hand door zijn blonde haren. 'Tjonge, dat is heftig. Beleggingen met zwart geld op de beurs in Amsterdam. Niet zo mooi voor de bestuursvoorzitter van een jong beursfonds.'

Chamal moest hard lachen. 'Wat een *understatement*! Man, dit is een kraker van formaat. En ik zal je nog wat vertellen. Weet je wie haar beursmakelaar is?' Hij zweeg en keek Zimmerman vol verwachting aan.

'Nee. Natuurlijk niet. Hoe moet ik dat weten?'

Chamal vulde zwijgend zijn glas weer bij. De rode kleur in zijn gezicht verried zijn opwinding. 'Otto Sommer, jongen, de effectenmakelaar die kortgeleden is vrijgesproken. Ik denk dat ze dit niet wisten bij justitie.' Hij veegde zijn lippen af met het servet. Zijn mes en vork lagen in het nog bijna volle bord. Het was tegen tienen. 'Kom op, we gaan naar de Houtstraat.'

Ze rekenden af en gingen weg. Om de hoek was een café waar Chamal graag kwam.

Staande aan de bar formuleerde Chamal hun probleem. 'Hoe pakken we dit aan?' vroeg hij terwijl hij de malt in hoog tempo achteroversloeg. 'Ik bedoel, we kunnen geen persbericht uitgeven dat we dit in de papieren van Simon hebben gevonden. Het moet anders. Maar hoe?'

Voordat Zimmerman kon antwoorden wendde Chamal zich luidkeels tot de barkeeper. 'Je verkoopt me rotzooi, jongen. Belazer me niet. Dit is geen malt, maar bocht. Je hebt het aangelengd!'

Toen de ongelukkige barman tegensputterde, werd de adviseur echt boos. Hij sprong bijna over de bar om naar de ander uit te halen. Zimmerman slaagde er met veel moeite in het vuurtje te blussen. Met een biljet van twintig euro wist hij de barkeeper te overtuigen een andere fles te halen met een zeldzaam oude inhoud.

Chamal bleef mopperen. 'Veel geld vragen en dan troep schenken. Tyfuslijders. Ik laat me niet snijden.'

Toen de rust was weergekeerd kwam Zimmerman op Jane terug. 'Ik denk dat ik weet hoe we het kunnen doen. Ze deed haar beleggingen bij Sommer, zei je. Dan is Tobias Cohen onze man.'

'Cohen? Die hoogleraar?'

'Ja. Hij is adviseur geweest bij Sommer. Ken je hem?'

'Nee.'

'Een interessante man. Je zult het wel merken. Ik schakel hem wel vaker in. Hij is erg op geld belust en goed bruikbaar. Ik maak een afspraak met hem.'

Maar zijn partner had geen aandacht meer voor hem. In een hoek van het café hadden zich enkele muzikanten bij de piano verzameld. Terwijl ze bezig waren hun instrumenten te stemmen liep Chamal er met grote stappen heen. Even later stond hij lachend aan de bas. Hij bleef tot ver na twaalven muziek maken.

Daarna kwam hij weer bij zijn collega staan. 'Zo, het is tijd om weg te gaan.'

De club was in de binnenstad gevestigd. De bar was op de eerste verdieping en Zimmerman had de nodige moeite moeten doen om Chamal heelhuids naar boven te krijgen. Eenmaal binnen wist Zimmerman aan het noodlot te ontkomen.

Chamal was erg dronken. Verstaanbaar spreken lukte hem bijna niet meer. Hij stond te wankelen op zijn benen. Zijn collega regelde twee vrouwen voor hem. Terwijl zijn partner met moeite overeind bleef, en ondersteund door de dames van de bar naar de kamer ging waar hij zich met zijn gezelschap zou vermaken, rekende Zummerman aan de bar af. Hij betaalde vier flessen champagne vooruit. Hij had uit ervaring geleerd dat Chamal die hoeveelheid er wel doorheen zou jagen. Als het meer zou zijn, had Chamal zijn eigen creditcard nog.

Terwijl Zimmerman zich afvroeg hoe zijn vriend in deze staat nog van de diensten van de vrouwen zou kunnen genieten, liep hij naar buiten. De taxi stond al gereed. Hij stapte in en reed weg. Over Chamal bekommerde hij zich verder niet. Zijn partner was er nog altijd in geslaagd zijn huis weer te bereiken.

22

De brutale inval bij Boas & Finkenstein zette het kantoor op de Keizersgracht op zijn kop. De inbrekers waren in de nacht binnengedrongen. Ze hadden het alarm uitgeschakeld. De kamer van Finkenstein was helemaal overhoopgehaald. In de keuken hadden de boeven de koelkast geplunderd en alle drank opgedronken. In de kamers van de andere advocaten en op het secretariaat waren de kasten leeggehaald. De dossiers lagen dwars door elkaar heen op de vloer. Er heerste een totale wanorde.

Wat de overvallers met het hondje van Boas hadden gedaan tartte elke beschrijving. De advocaat was ontroostbaar. Hij vertelde zijn verhaal aan iedereen die het horen wilde. Boas hield ervan enkele uren alleen te zijn voordat hij zijn kantoor betrad om zijn cliënten weer van dienst te zijn. Zijn nachtelijke gezelschap werkte hij meestal voor dag en dauw de deur uit. In zijn kamerjas van donkerrode Indische zijde had hij die ochtend een jonge Deense kunstschilder uitgeleide gedaan. Boven aan de trap had hij uitgelegd hoe de buitendeur geopend moest worden. Om het afscheid te bekorten en een moeizame discussie te vermijden had hij zijn bezoeker een bankbiljet in de hand gedrukt, gevolgd door een tikje op de schouder ten afscheid. Terwijl de advocaat zijn nachtvertrek weer binnenstommelde, liep zijn gast de lange trap naar beneden af. Boas wilde nog een uurtje slapen.

Die ochtend hoorde hij de voordeur niet dichtslaan. Zijn nachtelijke bezoeker had hem vanuit de hal mobiel gebeld. De jonge Deen sprak gebroken Engels. Boas had moeite hem te verstaan. De jongen zei iets over een hond. Terwijl hij probeerde te begrijpen wat de Deen bedoelde, drong het tot hem door dat zijn hondje zoek was. Normaal gesproken sliep het dier aan zijn voeteneind, maar die nacht was dat niet het geval geweest. De advocaat stond op en liep in zijn pyjama het appartement door. Intussen schreeuwde de Deen door de telefoon dat hij beneden moest komen. Zuchtend trok Boas zijn ochtendjas weer aan en liep de trap af.

Het dier zat vastgebonden aan een houten plank. De bek was dichtgebonden met een touw. Tussen de kaken van het ongelukkige beest zat een envelop geklemd. Al had Boas zijn makker daarvan willen bevrijden, dan nog had hij dat niet voor elkaar kunnen krijgen. Het kleine dier hing hoog in de hal. De plank was met ijzerdraad vastgemaakt aan een haak in het plafond die voor de bevestiging van een hanglamp bedoeld was. Wat de advocaat in tranen deed uitbarsten, was het zicht op de opengesneden buik van het beestje. Nog steeds lekte er bloed over de plank, een langzaam straaltje dat een rode plas op de witte marmeren vloer had gevormd.

Boas begreep dat hij zijn kameraadje verloren had. In zijn strafpraktijk was hij heel wat gewend. Met moordenaars omgaan vormde voor hem geen probleem. Hij had in veel politiedossiers foto's van slachtoffers van zijn cliënten moeten bestuderen. Dat kostte hem allang geen moeite meer. Maar de aanblik van het dode hondje, daar hoog in de gang, maakte hem erg verdrietig. De tranen sprongen hem in de ogen. Plotseling ergerde hij zich aan de Deense kunstenaar die naast hem stond te jammeren. Hij wilde alleen zijn. Zonder er veel woorden aan vuil te maken werkte hij de jongen de deur uit.

In het achterhuis vond hij een ladder, waarna hij de plank van het plafond wist los te krijgen. Toen hij weer in de gang stond, bevrijdde hij het kadavertje van de plank. Het bloed maakte vlekken op zijn kostbare kamerjas. De advocaat bekommerde zich daar geen moment om, begaan als hij was met het trieste lot van het enige levende wezen waarmee hij zijn slaapkamer voor meerdere nachten had gedeeld. Terwijl de tranen hem over de wangen stroomden, liep hij met het dode beestje naar boven, een spoor van bloeddruppels achter zich latend.

Toen hij het beestje aan het voeteneind van zijn bed had neergelegd, opende hij de envelop. De in een groot lettercorps geprinte boodschap was bijzonder duidelijk: ZO VERGAAT HET DE VRIENDEN VAN FINKENSTEIN.

De politie beschouwde dit als een belangrijke aanwijzing. De gehaaide collega van Boas had zich de woede van een misdadiger op de hals gehaald. Misschien had hij een boef al te actief bijgestaan en had hij daardoor de woede van een andere schurk over zich afgeroepen. Misschien was de advocaat nauwer bij een smerige zaak betrokken geweest dan goed voor hem was.

Het sporenonderzoek ging gepaard met veel vette roet, waarmee de rechercheurs vingerafdrukken probeerden te achterhalen. Intussen werden de dossiers zo goed en zo kwaad als het ging geordend en werden afspraken gemaakt over welke informatie aan de recherche kon worden doorgegeven. Hoezeer Boas ook door het ongeluk was getroffen, hij besefte dat hij de dossiers van de cliënten van het kantoor niet zonder meer aan de politie kon overhandigen. Zo'n stap zou nog wel eens tot heel wat meer ellende aanleiding kunnen geven dan hij die ochtend in de gang van zijn kantoor had aangetroffen.

In Bangkok was het erg warm en vooral vochtig. Toen Finkenstein de luchthaven verliet, viel er een dichte regen en dat was de dagen daarna zo gebleven. In het hotel was het met de airco aan uit te houden, buiten was de vochtige hitte zo zwaar dat de vermoeidheid al binnen enkele meters toesloeg.

De eerste dagen was Finkenstein met zijn reisgenoten druk bezig alles te regelen. Ze kochten een oude Land Rover. De Joegoslaven hadden een adres waar ze wapens konden kopen. Ze moesten daarvoor naar een buitenwijk van de drukke stad. Stefan reed de auto met hoge snelheid door het stadsverkeer, langs de driewielers die zich druk toeterend met hun vracht voorthaastten.

De wapenhandelaar hield kantoor in een bewaakte loods aan de rand van de stad. Voordat ze het terrein konden oprijden, werden ze gefouilleerd door wachten in een kaki uniform. De auto werd grondig doorzocht. Daarna sprak een van de mannen in een portofoon. Ze moesten op het antwoord wachten. Toen dat kwam, mochten ze doorrijden.

Ze besloten de omgeving te verkennen van de villa waar Boris werd vastgehouden. Stefan stuurde de gebutste Land Rover over een smalle dijk tussen rijstvelden door. De advocaat concentreerde zich op zijn missie. Via korte telefonische boodschappen probeerde hij een afspraak te maken om het losgeld te overhandigen en Boris op te halen. Maar het bleek niet eenvoudig om zoiets te regelen. De Chinese bewaker van Boris had iedere keer een andere uitvlucht om de uitwisseling een dag uit te stellen.

Toen ze de villa naderden waar Boris gevangen werd gehouden, vroeg de advocaat zich gespannen af of hij een glimp van zijn vriend zou kunnen opvangen. Misschien zou Boris net buiten lopen, vergezeld door zijn bewakers. Misschien kon hij Boris wel achter een raam zien.

Maar de Joegoslaven bleken niet van plan te zijn hem op hun verkenning mee te nemen. 'Veel te gevaarlijk,' zei Stefan. Hij lachte. 'Wij weten niet wat we aantreffen. Als we betrapt worden, moeten we misschien vechten. Jij blijft bij de auto, oké?'

Finkenstein verzette zich hier niet tegen. Hij keek toe hoe de Joegoslaven in de lage begroeiing verdwenen, voorzichtig om zich heen spiedend om niet verrast te worden. Toen de Joegoslaven terugkwamen raakten ze in een verwarde discussie verwikkeld, in voor hem onverstaanbaar Servisch.

Op de terugweg naar Bangkok begreep hij uit de spaarzame mededelingen van Stefan dat het een ingewikkelde klus zou worden. 'Voor de villa ligt een open veld. Ze willen dat je daarover naar de woning loopt. Maar hoe kunnen we je daar beschermen, in zo'n vlak terrein?'

Terug in het hotel overlegden ze verder in de bar. Naarmate de avond vorderde, werden de Joegoslaven optimistischer en vrolijker. Alleen bleef het voor Finkenstein onduidelijk hoe ze het probleem van zijn tocht over het open veld wilden aanpakken.

Hoewel de zon al scheen was het zo vroeg in de ochtend nog fris op zee. Vittoria had David meegenomen naar de haven, waar ze zich hadden ingescheept op een buitenmaatse speedboot. Eenmaal buiten de havenhoofden had Vittoria de snelheid verhoogd. De motoren brulden achter hen, de wind waaide om hun oren. David zag de kustlijn oplichten in de zonnestralen. Het lawaai was oorverdovend. De snelheid waarmee de boot met opgeheven steven door het water stoof was verrassend.

De ochtend was al een eind gevorderd toen het witte jacht aan de horizon verscheen. Naarmate ze dichterbij kwamen werd het schip groter. De *Henry IV* was een groot motorjacht, en toen de speedboot vaart minderde vroeg David zich af hoe hij ooit aan dek moest komen.

Henry lag in een ligstoel op het achterdek, onbeschut tegen de ochtendzon. Toen hij zijn vriendin en David in de gaten kreeg, ging hij langzaam rechtop zitten. David zag een Indonesische jongen in de salon. Een andere donkere jongen kwam koffie inschenken.

Carlier was aanzienlijk dikker geworden dan toen ze elkaar voor het laatst hadden getroffen. Hij had een short met halflange pijpen aan. Zijn bovenlichaam was ontbloot. De weke buik puilde boven de broekband uit, zijn onbehaarde borst verraadde overgewicht. Het dichte, zwarte haar was naar achteren gekamd. De dikke lippen waren in een glimlach getrokken. 'Koffie?' vroeg Henry. Een mollige hand wees naar de stoelen. 'Ga zitten. Welkom aan boord.'

Vittoria had hem verteld te wachten totdat Henry hem naar het doel van zijn komst zou vragen.

'Gun hem de tijd, lieverd,' had ze gezegd terwijl ze haar te kleine beha aandeed. Met haar rug naar hem toegekeerd had ze hem gevraagd de strakgespannen lingerie te sluiten. 'Hij wil zelf het tempo bepalen. Jaag hem niet op. Ook niet als je het lang vindt duren.'

David nam haar advies ter harte. Hij wilde graag met Henry tot zaken komen, maar voorlopig gaf hij zich over aan de zon. Het gesprek kabbelde langzaam voort. Ze spraken over onbelangrijke zaken, over het weer, de zee en het eten.

De lunch bestond uit tapas, vis, mosselen, gehaktballetjes in een scherpe saus, worstjes en kip. De Indonesische bedienden schonken rijkelijk veel wijn.

Na de maaltijd stond Henry op, rekte zich uit en liep naar de reling. Na een tijdje zwijgend naar de zee te hebben gekeken, zijn rug naar zijn gasten gekeerd, draaide hij zich om en zei: 'Het is tijd voor de siësta. We rusten even en zien elkaar daarna weer hier.' Zonder op antwoord te wachten liep hij de salon in, gevolgd door een kleine, donkere bediende.

David keek hem verbaasd na. Vittoria stond ook op. 'Ik zal je je kamer wijzen,' zei ze. 'Na de lunch moet je even gaan liggen. Zo gaat dat hier.' Haar gast volgde haar. Hij verheugde zich al op een siësta in de armen van Vittoria, maar bij zijn hut bleek dat hij zich had vergist. Ze gaf hem een kusje op zijn wang. 'Je zult je met jezelf moeten behelpen, schat,' zei ze zachtjes, terwijl ze hem een duwtje gaf. 'Aan boord ben ik er niet voor de gasten. We begrijpen elkaar, nietwaar?'

Tegen het einde van de middag troffen ze elkaar weer op het achterdek. Henry was nu gekleed in een zijden overhemd met korte mouwen. De short was vervangen door een lichte lange broek. Hij stond aan de reling en wees naar de kust. 'Valencia.'

De bedienden brachten cocktails. Op een tafeltje stonden verse groene olijven.

Henry draaide zich naar David om. 'Nou, vertel op. Waarom ben je hierheen gekomen?'

David nam een slokje van zijn cocktail. Hij proefde citroen en alcohol, geen rum maar tequila, meende hij. 'Je herinnert je ons gesprek in de Miss Blanche?' vroeg hij. 'Jij suggereerde daar dat er geld te verdienen zou zijn aan Jane Ecker. Daar heb ik eigenlijk wel oren naar.'

Zijn gastheer leunde tegen de reling en keek hem onderzoekend aan. 'Zo. Waar dacht je aan?'

'Misschien dat we samen iets kunnen doen. Ik bedoel, een soort fonds maken. Dan kopen we aandelen Amsterdam Online. Ik zou het kunnen beheren.'

Henry keek hem met een vreemd lachje aan. 'En ik zou zeker voor het geld moeten zorgen?'

'Nou ja, ik kan ook wel wat inleggen,' zei David, 'maar jij zou het meeste geld moeten inbrengen.' Hij had zich suf gepiekerd hoe hij op een andere manier aan geld kon komen. Maar behalve Marcus Klein had hij geen relaties die vermogend genoeg waren om zo'n operatie te dragen. En Marcus was niet bereikbaar. Hij had de controller al vele malen vergeefs gebeld.

Henry dacht even na. 'Ken je Simon Ferguson?' vroeg hij plotseling.

'Natuurlijk. Jane was met hem getrouwd. Ze is van hem gescheiden voordat ze haar zaken aan Futurɪᴛ verkocht.'

Aan de getuite lippen van Vittoria zag David dat dit niet de goede reactie was. Niet over Futurɪᴛ praten, had Vittoria hem op het hart gedrukt toen ze voor hun vertrek naar de haven in de ruime keuken van de villa in de bergen nog snel een kop koffie hadden gedronken. Hij vloekte inwendig en nam zich voor beter op te letten.

Henry stoorde er zich kennelijk niet aan. 'Ja, ja. De oude Simon. Een aardige kerel. We zijn allebei door die vrouw gepakt.'

David knikte zonder iets te zeggen.

Henry prikte een olijf uit het bakje. 'Heb ik het goed dat je je baan weer kwijt bent?'

'Ja.'

'Door Jane?'

'Ja.'

Carlier liep de salon in en zocht in een stapel papieren die op de tafel lag. 'Hier heb ik het,' zei hij. Hij liep het achterdek weer op.

'Simon en ik willen wat terugverdienen aan die vrouw. We hebben genoeg aan haar verloren. Doe je mee?'

'Dat heb ik je zojuist voorgesteld.'

Henry boog zich naar David. 'Nee, nee, daar begin ik niet aan. Jij wilt dat ik gewoon aandelen van haar koop en dan maar afwacht tot de koers is gestegen. Daar voel ik niet voor. Simon en ik hebben een buitenkansje. Dat kun jij voor ons in orde maken.'

'Wat dan?' David voelde dat hij de greep op het gesprek verloor.

'Jij bent een goede onderhandelaar. Managen kun je niet, onderhandelen wel. Jij gaat naar Californië, naar Monterey. Daar woont een stijfkoppige Amerikaan. Die heeft een pakket aandelen dat hij met korting wil verkopen. Hij heeft dringend contanten nodig. Je koopt die aandelen van hem, voor Simon en mij. Het is een groot pakket in Amsterdam Online. Geen kruimelwerk.'

David keek hem verbaasd aan. 'Waarom doen jullie het niet zelf?' vroeg hij verbaasd. 'Daar heb je mij toch niet voor nodig?'

Henry knipte ongeduldig met zijn vingers. 'Simon kan het niet doen. Hij is op dit moment een beetje getroubleerd met die Amerikaan. Ik ben geen onderhandelaar, dat weet je. Ik heb bovendien geen zin om naar Californië te reizen.' Hij was even stil. Toen viel hij uit: 'Ik geef je een prachtkans, man. Wat zit je nou toch te zeuren?'

'Waarom denk je dat hij aan mij zal verkopen?'

'Dat moet hij wel. Hij heeft geld nodig, veel geld, want hij moet een verplichting nakomen. Die aandelen kan hij niet op de markt verkopen. Er is een verkoopverbod in verband met de beursgang. Hij is commissaris bij Jane.'

'Hoe weet je dat hij geld nodig heeft?'

'Omdat ik weet dat hij moet betalen. Niet zoveel vragen. Doe je mee of niet?'

'Wat schuift het voor mij?'

Henry klapte in zijn handen. Een Indonesische bediende kwam hem een zilveren snuifdoosje brengen. Het deksel was opengeslagen. Zonder enige gêne pakte hij een kokertje en snoof het witte poeder door zijn neus op. Met zijn hand zijn neus afgewegend, zei hij: 'Zo, dat doet een mens goed.' Hij keek tevreden om zich heen. De schipper had de steven gewend. Ze voeren nu terug naar het zuiden. Valencia verdween langzaam achter de horizon.

'Je zou eindelijk eens wat voor me terugverdienen van wat ik destijds aan je ben kwijtgeraakt.' Henry lachte smakelijk. 'Noem het een schadeloosstelling.'

Vittoria lachte mee. 'Dat is een goede, Davey,' zei ze nog naschuddend van de lach. 'Dat moet je toegeven.'

'Hoor ik nog wat?' vroeg David enigszins kregelig.

'Jij krijgt tien procent van de winst.'

'Waar moet ik dan aan denken?'

Henry pakte een papiertje en krabbelde er enkele bedragen op. 'Twee miljoen euro. Misschien vijf, als de koers hoog blijft. Als je geluk hebt, krijg je nog wat meer.'

Er viel een stilte. David stond op en rekte zich uit. 'Ik doe mee,' zei hij toen. 'Alleen betaal je me twee miljoen als voorschot. Niet terugvorderbaar. Goed idee om aan Jane nog wat te verdienen.' Hij dacht snel na. Zoals altijd nam ook dit gesprek met Henry een verrassende wending. Dit was wel het laatste dat hij had verwacht. Hij had zich voorbereid op een langdurig gepingel om van Henry geld voor zijn fonds los te krijgen. Nu kreeg hij het zo in de schoot geworpen. Mooier kon het niet.

Henry pakte de draad weer op. 'Simon en ik betalen al jouw kosten. Waar heb je een voorschot voor nodig? Je krijgt straks je tien procent. Het kan niet misgaan. Dat is genoeg zekerheid.'

'Wil je dat ik erin stap?' vroeg David. 'Ja? Dan betaal je me twee miljoen vooruit. Anders brengt Vittoria me straks terug en reis ik morgenochtend naar Amsterdam. Ik heb één keer met jou over mijn geld moeten onderhandelen en dat doe ik niet nóg een keer.'

'Ik gooi je in de zee, verdomde dwaas,' zei Henry humeurig. 'Je krijgt een cadeau van ons en dan zeur je nog.'

'Twee miljoen.'

'Een half.'

'Nee, twee.'

'Laatste bod: één.'

Vittoria knikte naar hem, alsof ze wilde zeggen: niet meer sjacheren, doen. David wilde nog doorgaan, maar de donkere vrouw kende Henry wel erg goed. In zijn hart wist hij dat dit niet mocht afketsen. 'Anderhalf,' zei hij. Zonder de bevestiging af te wachten stak hij zijn hand uit naar zijn gastheer. Terwijl de mollige warme hand van Henry zich om de zijne sloot zei hij: 'Deal. Vertel me de details maar, en ik regel het voor je. Maar eerst het geld. Ik begin als dat betaald is.'

Hij had beter moeten weten. Henry was geen man voor details.

'Champagne!' riep zijn gastheer, en de jonge butler draafde weg. 'Vitto, vertel jij het hem maar. Zij regelt alles voor je, David.' Henry wees naar zijn vriendin. Ze droeg een wit badpak dat strak om haar lichaam sloot.

Toen de fles leeg was, pakte Vittoria David bij zijn arm. 'Het is tijd, Davey,' zei ze zachtjes. 'We moeten gaan.'

De speedboot lag gereed en ze stapten erin. Een bemanningslid maakte de boot los. Vittoria liet de boot langzaam wegdraaien van het grote jacht. Ze deed haar haarband af. De wind deed haar lange haar opwaaien. 'Thuis zal ik je alles uitleggen!' riep ze. Ze gaf gas en de boot rees uit het water op terwijl de motoren achter hen brulden. 'We eten in de bergen om het te vieren! Je hebt een goede deal!' schreeuwde ze hem toe. Daarna waren er golven en was er het schokken van de boot en het lawaai van de motoren. Ze waren opnieuw bijna twee uur onderweg voordat ze vaart minderden om de haven van Altea in te varen.

Op het terras vertelde Vittoria hem in het kort de spelregels. 'Je wordt directeur van een Amerikaanse vennootschap. Die ga je oprichten in New York. Henry en Simon zijn de aandeelhouders en jij krijgt tien procent van de aandelen. Het geld wordt door Henry en Simon ingebracht. Jij gaat onderhandelen met die Amerikaan.'

'Mag die wéten dat Henry en Simon de aandeelhouders zijn?' vroeg David.

'Nee,' zei Vittoria zonder aarzelen, 'dat is niet de bedoeling. Je handelt voor jezelf en voor enkele vrienden. Henry en Simon laat je erbuiten. Dat is de reden dat Henry met jou in zee wil gaan. Hij kan dit niet zelf doen.'

'Waarom niet?'

'Jane heeft hem op een zwarte lijst gezet. Henry mag van Jane geen aandeelhouder worden in Amsterdam Online. Ze is natuurlijk bang dat hij wraak neemt voor wat zij met Futurit heeft gedaan. Simon heeft op dit moment ruzie met die Amerikaan.'

'En die Amerikaan mag wel aan mij verkopen?'

'Zo is dat. Jij staat niet op de zwarte lijst. En wat jij daarna doet, is jouw zaak. Daar staat de verkoper buiten.'

David dacht aan de resten van zijn in de as gelegde woning. Hij mocht dan niet op de lijst staan van de mensen die Jane als aandeelhouder wilde weren, maar zijn naam kwam wél voor op een ander en heel wat gevaarlijker lijstje van Jane. Maar dat wist die Amerikaan natuurlijk niet.

'Een vraag,' onderbrak David haar. 'Misschien is het dom van me. Maar waarom zou die Amerikaan die aandelen nu met korting willen verkopen als hij ze straks op de beurs kwijt kan?'

'Hij is aandeelhouder in Amsterdam Online en hij mag zijn aandelen in het eerste jaar niet op de beurs verhandelen. Bovendien, hij heeft nú geld nodig.' Vittoria lachte. 'Niet te veel vragen. Jij koopt die aandelen ver onder de marktprijs. Let maar op.'

David keek haar vragend aan. Vittoria liep op een holletje naar binnen. Tot zijn niet geringe verbazing had ze een map papieren bij zich toen ze op het terras terugkwam. 'Dit is de overeenkomst met Henry,' zei ze. 'Je moet hier tekenen. Henry heeft al getekend.'

David begon te lezen.

'Ik ga zwemmen,' zei Vittoria.

Toen Finkenstein op een middag in de bar van zijn hotel stond te wachten op een telefoontje van de Chinese bewaker van Boris, voelde hij de mobiele telefoon in zijn broekzak trillen. Hij pakte het toestel en hoorde tot zijn verbazing de stem van zijn kantoorgenoot Herb Boas. 'Ik weet niet wat voor cliënten je hebt, Ben,' zei Boas goed verstaanbaar, 'maar ik zit nu bijna dertig jaar in de praktijk en dit is me nog nooit gebeurd. Ze hebben Tijl gewoon opengesneden. Begrijp je? Met een mes dwars door zijn buik gesneden. Misschien leefde het dier nog wel toen ze het deden.'

Finkenstein hoorde zijn collega door de telefoon snikken. Hij wist niet goed hoe hij moest reageren. 'Ik vind het heel erg naar voor je,' zei hij tam. Dat Jane achter de inbraak zat, stond voor hem vast. Als ze naar haar dossiers had gezocht, had ze geen succes gehad. Die had Finkenstein voor zijn vertrek op een veilige plaats weggeborgen. De vier kogelgaten in zijn Porsche hadden hem doen beseffen dat hij zich tegen zijn opdrachtgeefster moest beschermen.

'Dat is érg aardig van je.' In de woorden van zijn collega was een cynische ondertoon te horen.

'Het was tegen mij bedoeld,' zei Finkenstein. 'Ik denk dat ik weet wie het heeft gedaan. Ik zorg ervoor dat het niet weer gebeurt.'

'Dat is attent van je. Maar een herhaling is niet mogelijk. Tijl is dood. Die kunnen ze niet nog eens vermoorden.

'Nee, nee. Dat begrijp ik.'

'Het was mijn hond. Die is nu dood. Is dat alleen maar gebeurd omdat ik met jou samenwerk? Ik vraag me echt af wie jouw cliënten zijn. Wat voor zaken je doet.'

Finkenstein probeerde zijn kantoorgenoot te kalmeren. 'Herb, dit is iets erg uitzonderlijks. Doe nou niet of dat gewoon is voor mij.'

'Ik houd hier niet van, Ben. In mijn eigen kantoor wil ik niet met opengesneden honden worden geconfronteerd. Als het zó moet, zie ik niet zoveel meer in onze samenwerking.'

Finkenstein voelde zijn hart een slag overslaan. Hij was te ervaren om niet te begrijpen dat de gebeurtenis van die ochtend voor zijn partner te veel was geweest. Stond hun samenwerking alweer op springen, binnen een jaar nadat ze bij elkaar ingetrokken waren?

'Kalm aan,' maande hij zijn collega.

'Nee, ik meen het. Dit gaat me te ver.'

Terwijl de advocaat de telefoon weer in zijn zak stopte, voelde hij een misselijk gevoel opkomen. Hij liep naar het toilet en moest daar overgeven.

Toen hij de bar weer binnenliep, zag hij Stefan en zijn kameraden. Hij was blij dat hij zijn gedachten even kon verzetten. Zijn vier reisgenoten hadden ook die dag weer hun verkenningen uitgevoerd. De vier mannen stonden bij elkaar en spraken in hun eigen taal, onverstaanbaar voor Finkenstein. De advocaat stond er verloren bij en voelde zich buitengewoon eenzaam. Wat was zijn missie eigenlijk in dit warme, vochtige land? Wat deed hij hier in dit gezelschap van vier onderwereldfiguren?

Later die avond bespraken Stefan en zijn drie metgezellen in de suite hun plannen. Ze maakten plattegronden van het terrein, waarvoor ze de schetsjes gebruikten die ze tijdens hun verkenningen hadden gemaakt. Hoewel Finkenstein moeite had zijn aandacht erbij te houden, dwong hij zichzelf met zijn lijfwachten de strategie door te nemen.

Finkenstein moest zich met het geld bij de villa melden, had de Chinees hem tijdens een van hun telefoongesprekken te verstaan gegeven. Zodra hij het geld had afgegeven, kon hij met Boris vertrekken.

Toen ze dit bespraken, kwamen ze tot de conclusie dat dit geen goede opzet was. De advocaat zou met het geld in de hand in de villa aan de heidenen zijn overgeleverd en de Joegoslaven waren ervan overtuigd dat hij en zijn vriend Boris het pand niet levend zouden verlaten. Stefan maakte een gebaar met zijn hand langs zijn hals en zei: 'Geld weg, alles weg.' Anton lachte veelbetekenend. Milić en Branco keken de advocaat nieuwsgierig aan. Het alternatief was ook niet duidelijk. Zijn bewakers gaven er de voorkeur aan dat het geld in de Land Rover zou blijven, goed bewaakt door hen, en dat de Chinees het zou komen halen. Stefan keek Finkenstein ernstig aan. 'Laat Mister Lin naar ons toekomen,' zei hij bezwerend. 'Jij gaat hem halen en komt met hem bij ons terug.'

Maar Finkenstein zag in die oplossing een zwak punt. Het geld was het enige dat hem met zijn lijfwachten verbond. Als hij hen daarmee alleen zou laten, bestond het risico dat de Land Rover verdwenen zou zijn tegen de tijd dat hij samen met de Chinees de koffer op zou komen halen.

Zo kwamen ze tot een ander plan. Finkenstein zou in gezelschap van Stefan het landgoed betreden. Het losgeld zouden ze verdelen over twee koffertjes. Finkenstein en Stefan zouden er ieder een dragen. Finkenstein zou naar de villa lopen, Stefan zou halverwege met zijn koffer blijven wachten. De oosterling moest met Boris naar buiten komen en op het bordes gaan staan. Daar zou hij de koffer van Finkenstein in ontvangst nemen en de inhoud controleren. De advocaat en de Duitser zouden dan vergezeld door Mister Lin naar Stefan lopen voor de overdracht van het tweede koffertje. Voordat Mister Lin het koffertje in handen zou krijgen, zou de Land Rover het terrein oprijden, de vrienden van Stefan zouden met de mitrailleur alles neermaaien wat in de weg stond. Stefan zou ervoor zorgen dat de advocaat en zijn vriend veilig door de Land Rover zouden worden opgepikt.

'Het is gemakkelijk, mijn vriend,' vertrouwde Stefan hem in zijn beste Engels toe. 'We pikken de koffers en jou op en we zijn weg.'

'Ja, maar jullie rijden schietend dat terrein op. Boris loopt dan toch ook een risico?' De advocaat maakte zich zorgen.

Stefan lachte zijn ongerustheid weg. 'Vallen moeten jullie, begrijp je? In het gras, plat, op je buik.' Hij deed het op de vloer van de hotelsuite voor, wat tot grote vrolijkheid bij zijn kameraden leidde.

Finkenstein was er niet van overtuigd dat de operatie zonder risico's was, maar hij moest toegeven dat hij voor de uitwisseling geen veiliger methode kon bedenken. Als Stefan met hem mee zou lopen naar het bordes, was de kans groot dat zij beiden doodgeschoten zouden worden. Bij gebrek aan beter hield hij het uiteindelijk maar op dit plan.

De afspraken met Mister Lin moesten hieraan aangepast worden. Het draaiboek had tot dusver alleen in de komst van Finkenstein voorzien. Toen hij de bewaker van Boris aan de telefoon kreeg, bleek die tot zijn verrassing weinig problemen met de gewijzigde plannen te hebben. Kennelijk had de man er rekening mee gehouden dat de advocaat niet alleen naar de villa zou komen.

23

Aan een tafeltje in de nis achter in de grote zaal van de sociëteit Arti et Amicitiae zaten Musch en hoofdofficier Clavan van hun maaltijd te genieten. Toen De Beaufort hen zag werd hij van een bijna religieus gevoel vervuld. Het etentje van de beide mannen symboliseerde voor hem de samenzwering die de uitoefening van zijn beroep zo bemoeilijkte. Als de advocaat en de hoofdofficier hun biefstuk gezamenlijk nuttigden, was het in de gedachtenwereld van de strijdbare officier nauwelijks voorstelbaar dat het openbaar ministerie nog onafhankelijk kon functioneren.

De zwaarlijvige officier voelde zijn bloeddruk stijgen. Hij liep met grote passen naar de tafel met de advocaat en zijn chef. De eters kregen hem pas in de gaten toen zijn schaduw over de tafel viel. 'Goedenavond, heren,' zei De Beaufort met een van ingehouden woede iets te hoge stem.

Jacques Musch keek op en zag hem recht in de ogen. 'Kijk eens wie we daar hebben,' zei hij verbaasd.

De hoofdofficier draaide zich geschrokken om. 'Ik wist niet dat je hier ook kwam, De Beaufort,' zei hij bits.

De officier drukte zijn dikke brillenglazen omhoog. Zijn oogjes loerden fel naar de twee mannen. 'Zijn jullie het hoger beroep van Sommer aan het regelen?' vroeg hij met een blik naar het stapeltje papieren dat op tafel lag. Het leken hem cijferopstellingen te zijn. Op iedere bladzijde stond met grote letters *concept*. Musch zag zijn blik. De advocaat raapte de papieren bij elkaar maar de officier was hem te snel af. Onbeschaamd griste hij enkele vellen van de tafel. Met toegeknepen ogen controleerde hij de inhoud. Zijn onderkinnen begonnen te trillen, zijn mond viel open. 'De schadebegroting!' riep hij uit. Een dikke hand sloeg Clavan op zijn schouder. 'Je helpt Sommer met zijn schadeclaim. Word je daar soms voor betaald? Dat ontbreekt er nog maar aan.'

Clavan stond nijdig op. 'Laat ons met rust, De Beaufort. Je bent paranoïde. Contacten tussen het openbaar ministerie en de balie zijn nuttig. Met die vervloekte vervolgingswaan van jou komen we nergens.'

'Charles, krijg ik die papieren van je terug?' vroeg Musch ijzingwekkend rustig.

De officier hield de documenten voor zich en scheurde ze theatraal tot snippers. Zijn woede uitte hij met een harde klap op de houten tafel. Het bestek rinkelde, de wijnglazen maakten een sprongetje. 'Hierover is het laatste woord niet gezegd. Ik kom hierop terug.'

Hij draaide zich om en liep met veel lawaai de zaal uit. Musch en de hoofdofficier keken hem bezorgd na, tot zijn massieve rug achter de klapdeur uit het zicht was verdwenen en het gestamp van zijn zware schoenen op de houten vloer was weggestorven.

De hoofdofficier was een matig drinker. Van Musch kon dat niet gezegd worden. Terwijl de advocaat zich aan de cognac waagde, hield Clavan het op koffie en later op water. Het was al twaalf uur geweest toen de beide mannen op het Rokin afscheid van elkaar namen. Musch hield een taxi aan die hem naar een ander adres moest brengen. Het was niet zijn huisadres en Clavan vermoedde dat iemand op de advocaat wachtte.

Zelf pakte de hoofdofficier zijn fiets die hij tegen de gevel van de sociëteit op slot had gezet. Met een brede zwaai sprong hij op het zadel om richting Spui te rijden. Op de voetgangersoversteekplaats ter hoogte van de Kalverstraat liepen twee mannen. Clavan probeerde ze te ontwijken, maar dat lukte niet. Twee sterke handen pakten zijn fiets beet. Uit zijn evenwicht gebracht maakte de hoofdofficier met fiets en al een smak tegen de grond. Hij werd onmiddellijk aan zijn kraag omhooggetrokken en de donkere Kalverstraat ingesleurd.

Terwijl de ene man hem tegen de etalageruit van een boekwinkel gedrukt hield, fouilleerde de ander de hoofdofficier in een razend tempo. De gezichten van de mannen waren in het schemerduister niet goed zichtbaar. De hoofdofficier had een pijnlijke rug en elleboog aan de val overgehouden. Hij vroeg zich angstig af waar dit toe moest leiden. Waren de twee op zijn geld uit, of hadden ze andere bedoelingen?

De overvallers controleerden zijn spullen. Zijn papieren gooiden ze op de grond. Ze maakten zich pijlsnel met het geld uit de voeten.

Terwijl Clavan geschrokken en pijnlijk lopend zijn spullen opraapte, voelde hij opluchting omdat hij er zonder verdere kleerscheuren af was gekomen. Hij klom moeizaam op zijn fiets en vroeg zich af of hij aangifte moest doen van deze overval.

De afspraak met de hoogleraar Tobias Cohen had heel wat voeten in de aarde. Chamal en Zimmerman voelden er niet veel voor de man op hun kantoor te laten komen. Ze hadden de indruk dat ze door de concurrenten van hun telecomklant in de gaten werden gehouden. Hun succesvolle campagne had de aandacht getrokken. Opiniepeilingen lieten zien dat de consumenten vonden dat de overheid de prijzen niet te veel omhoog moest jagen. Van politici waren de eerste bezorgde geluiden gehoord. De adviseurs waren aan succes gewend. Zij wisten dat de andere gegadigden voor een UMTS-licentie te weten wilden komen wat de adviseurs nog meer in petto hadden. In deze fase van de strijd moesten ze erop voorbereid zijn dat alle middelen gebruikt zouden worden. Methoden als afluisteren, informatievervalsing en constante observatie waren niet ongebruikelijk.

De missie van Cohen wilden ze geheimhouden. Daarom hadden ze de afspraak met de hoogleraar buiten kantoor gemaakt. Cohen wilde hen niet thuis ontvangen. Een café of restaurant had weer niet de voorkeur van de adviseurs. Daar vonden ze het risico van herkenning te groot. Uiteindelijk spraken ze af in de werkkamer van de professor in de Oudemanhuispoort in Amsterdam.

De communicatieadviseurs slaagden erin via de tuin van de buren ongezien weg te komen. Ze namen een taxi naar Amsterdam. De chauffeur zette hen af voor de overdekte doorloop naar de Oudemanhuispoort. Ze baanden zich een weg door de studenten die in de tuin van de voorjaarszon genoten en liepen langs de koffiestand in de hal naar de trap. Cohen had zijn kamer op de bovenste etage.

De hoogleraar was in gesprek met een student en wees hen korzelig de deur toen ze zijn kamer binnenliepen. Na een kwartiertje wachten liet hij de student uit en vroeg hij hen binnen te komen.

'We hebben het bewijs,' zei Chamal goedgehumeurd. 'Sommer werkte eraan mee dat klanten met een nummerrekening vanuit Zwitserland bij hem belegden. Onze vraag is of u daar iets meer over weet?'

Cohen tuitte zijn lippen. Voordat hij kon antwoorden nam Zimmerman het woord.

'We kunnen open tegen elkaar spreken, Tobias,' zei hij. 'Wat hier gezegd wordt komt niet naar buiten. Als ik goed ben geïnformeerd sta je bij Sommer flink in het krijt. Jullie hebben een meningsverschil. Jij hebt jouw functie van adviseur neergelegd. Sommer is een rechtszaak tegen je begonnen. Met dat probleem kunnen wij je helpen, als jij ons van dienst kunt zijn.'

De docent werd driftig. 'In het krijt!' riep hij nijdig, 'die schooier heeft mijn geld er doorheen gejaagd met zijn *hedge-funds*. Hij bleef maar geloven in koersdaling, terwijl ik hem al tijdenlang voorspelde dat de koersen juist zouden stijgen. De schade is uiteraard voor zijn rekening.'

'Vindt hij dat ook?' vroeg Zimmerman. Zijn bronnen hadden de oorzaak van de meningsverschillen tussen de hoogleraar en Sommer eerder bij Cohen gelegd. Die was blijven geloven in een door hem opgesteld computermodel, ook toen duidelijk werd dat de werkelijkheid zich niet in een model liet vangen. De docent zou er in de rechtszaak niet zo goed voorstaan.

'Wat doet dat ertoe?' bromde Cohen, 'ik betaal het niet, dus zal hij wel moeten.' Chamal en Zimmerman moesten het vertrouwen van de hoogleraar zien te winnen door hun steun in een concreet bedrag uit te drukken. Scherpzinnig onderhandelaar als hij was, wist Cohen zijn bezoekers tot een hoger bedrag te bewegen dan zij voor ogen hadden gehad.

Toen de overeenstemming met een handdruk was bezegeld, kwam de hoogleraar los. Hij legde een gedetailleerde verklaring af van zijn ervaringen als adviseur van de effectenmakelaar. Zijn geheugen was erop ingesteld informatie ordelijk op te slaan en het was zijn dagelijkse bezigheid verbanden te leggen. Die beide kwaliteiten maakten hem tot een waardevolle getuige die een patroon zag in wat op het eerste gezicht een hoeveelheid los van elkaar staande voorvallen leek te zijn. De Zwitserse connecties van de vermogensbeheerder kwamen open en bloot op tafel te liggen, evenals de constructies waarmee hij zijn klanten had geholpen de belastingen te ontwijken.

Toen de adviseurs na afloop van de bespreking een snelle maaltijd in een restaurant aan de Amstel nuttigden, was hun conclusie eensluidend. Tobias Cohen was hun man voor de geheime missie.

In de vergadering van de raad van commissarissen van Amsterdam Online heerste tevredenheid. De introductiekoers was niet te hoog gebleken, want de vraag naar de aandelen was groter dan voorzien. De grote beleggers hadden in de voorinschrijving al de meeste aandelen gekocht. De bankiers bespraken met de aandeelhouders of er meer aandelen op de beurs geplaatst konden worden.

Abe Dreyfuss brak daar een lans voor. 'De beleggers en het publiek vragen erom. Waarom zouden we die hun zin niet geven? Wat is er mis aan als we aan de vraag tegemoetkomen?'

Maar de bankiers waren voorzichtig. De leider van het bankteam keek zuinigjes. 'Dat zou betekenen dat de huidige aandeelhouders er bijna helemaal uitstappen. Daar zijn we geen voorstander van. Wij vinden dat jullie na de beursgang nog een flink belang moeten houden. Het mag er niet op lijken dat jullie weglopen.'

Dreyfuss werd boos. 'Weglopen!' riep hij smalend. 'Jullie bankiers zijn bang je aan koud water te branden! Geef de klant wat hij vraagt. Sinds wanneer is dat een doodzonde?' Maar hoe de Amerikaan ook raasde en tierde, hij wist de bankiers niet voor zijn standpunt te winnen.

De president-commissaris complimenteerde Jane en de adviseurs. De eerste beursnotering van Amsterdam Online was hard op weg een van de meest geslaagde introducties uit de geschiedenis van de Amsterdamse effectenbeurs te worden. Ook van de overkant van de oceaan kwam er vraag naar het aandeel, stevig aangewakkerd door de inspanningen van Morgan Stanley, het Amerikaanse bankiershuis dat de introductie begeleidde.

Er was nog maar een korte tijd te gaan tot de eerste beursnotering een feit zou zijn. Jane raakte er langzaamaan van overtuigd dat het avontuur een goede afloop zou krijgen. Van de aanhoudende publiciteit was ze gaan genieten. In haar tv-optredens had ze aan zelfverzekerdheid gewonnen. Ze kreeg er plezier in zichzelf als een zakenvrouw van formaat op de kaart te zetten. Vragen over de toekomst ging ze niet uit de weg. Haar filosofieën over de samenwerking van haar internetbedrijf met de Duitse telefoongigant kregen driekolomsaandacht in de kranten.

Finkenstein bleef haar echter zorgen baren. Haar wantrouwen was flink aangewakkerd toen ze te horen kreeg dat haar dossiers niet waren gevonden. De zoekacties in zijn kantoor en in zijn appartement hadden niets opgeleverd. Ze vroeg zich af waar de advocaat op uit was. Zou hij haar willen chanteren, als hij terug was van zijn vakantie? Zou hij haar dan vragen hem meer te betalen? Of wilde hij haar alleen maar dwingen hem met rust te laten? Erg veel vertrouwen had ze niet in Finkenstein. Het was haar heel wat liever als ze de papieren in haar handen kon krijgen zodat ze niet langer van hem afhankelijk was. In haar hart vond ze eigenlijk dat ze de advocaat kwijt moest raken. Hij wist gewoon te veel van haar. Maar zolang de papieren zoek waren zette ze die oplossing uit haar hoofd. Als Finkenstein er niet meer zou zijn, waar zouden zijn dossiers dan te voorschijn komen?

Aan de andere kant moest ze erkennen dat Finkenstein zijn opdracht goed had uitgevoerd. De actie tegen de Belg in Brussel was doeltreffend geweest. Van David Friedman en de communicatieadviseurs had ze niets meer gemerkt.

Toen Finkenstein haar op een middag belde, verbaasde zijn boodschap haar.

'Je moet een hondje voor hem kopen,' zei de advocaat. Zijn stem was helder, hij lispelde niet. 'Ik weet het ras niet, maar je hebt het op mijn kamer gezien. Je kunt dat maar beter snel doen.'

Het duurde even voordat Jane hem begreep. Vervolgens schoot ze in de lach. 'Een hondje! Ben, waar zijn jouw dossiers? Ik moet ze hebben. Zorg daarvoor, dan ben jij een vrij man. Van mij heb je dan geen last meer.'

De advocaat ging er niet op in. 'Hij was gehecht aan Tijl. Het dier sliep aan zijn voeteneind. Zorg ervoor dat je er een koopt die dezelfde kleur heeft. Ik begrijp je niet, Jane. Dat schieten bij dat restaurant was tegen mij gericht. Maar die hond. Die is van Herb.'

'Ben, de dossiers! Je hebt het aan jezelf te danken. Ik heb je gewaarschuwd dat ik die papieren wilde hebben voordat je afreisde. '

'Je weet dat je die van mij niet krijgt. Zeker niet nadat jouw mensen mij beschoten hebben. Hou er maar rekening mee dat die dossiers bij de officier terechtkomen als mij iets gebeurt. Beschouw die dossiers als mijn levensverzekering, Jane. Als jij mij met rust laat, heb je van mij ook geen last. Als je mijn rekening maar betaalt. Alleen, als je dat hondje niet koopt maak ik je wel af, Jane. Dan stuur ik die dossiers naar de officier van justitie. Geloof me, ik doe het echt. Koop dat hondje snel, anders is het te laat.'

'Je bent niet goed snik. Wees niet zo stom, dan krijg je nog meer ellende. Zorg dat die papieren bij mij komen, dan ben je van me af.'

Finkenstein lachte grimmig. 'Nee, Jane. Dan stuur je jouw mensen achter me aan. Ik ken je langer dan vandaag. Je wilt van me af, ik weet te veel.'

'Kom, kom. We hebben lang samengewerkt, Ben. Je moest me onderhand beter kennen. Ik vertrouw jou.'

'Dat zal wel,' zei de advocaat kort.

'Ben! Als jou iets gebeurt, waar zijn die dossiers dan? Komen jouw kantoorgenoten dan bij mij langs?'

'Reken daar maar niet op. Als mij iets overkomt, weten mijn erfgenamen precies wat hun te doen staat. Hun eerste werk is een tochtje naar de officier van justitie, Jane. Nee, zet dat maar uit je hoofd. Het is in jouw belang dat me niets overkomt, Jane. Hou dat maar voor ogen.' Hij had er genoeg van en beëindigde het gesprek.

Jane vroeg zich af of Finkenstein nog wel bij zijn verstand was. Veel tijd om daarover na te denken had ze niet. In de drukte van haar presentaties aan beleggers, overleg met bankiers en juristen en accountants en de talrijke interviews, had ze weinig ruimte om met andere zaken bezig te zijn. Ze moest er niet aan denken dat de advocaat haar in de wielen zou rijden door de aandacht van de officier van justitie op haar te richten. Het probleem Finkenstein moest uit de weg worden geruimd. Voor eens en altijd. Maar hoe? Ze piekerde zich suf hoe ze zonder kleerscheuren van de advocaat af kon komen.

Het was een stralende ochtend. De Beaufort liep fluitend de kantoorflat in, op weg naar zijn werkkamer. De fietstocht door de frisse ochtendlucht had hem goed gedaan. Klaarwakker liep hij met driftige, korte dribbelpasjes naar de lift.

Die middag had hij enkele zittingen. De dossiers lagen al gereed in zijn kamer. Hij had meer dan genoeg tijd om zich voor te bereiden.

De telefoon stoorde hem toen hij de getuigenverklaringen van een van de zaken doornam. Hij krabbelde een haastige aantekening op zijn blocnote en markeerde een passage in de verklaring. 'De Beaufort!' riep hij in de hoorn.

De verbinding was slecht. Tussen veel gekraak hoorde hij een zachte stem. 'Met Nieuwkerk, van het Radio 1-journaal. We willen graag uw commentaar in de uitzending van twaalf uur. Kunnen we u dan bellen?'

De Beaufort luisterde verbaasd. 'Commentaar? Waar heb je het over?'

Er volgde weer een luid gekraak. Plotseling werd de verbinding verbroken. De officier boog zich over de getuigenverklaring.

Weer ging zijn telefoon. Het gekraak was nu minder. 'Heeft u mij verstaan?' vroeg de verre stem van de radioverslaggever, 'kunnen we u spreken?'

'Waarover?'

'Die schadeclaim.' De stem aan de andere kant klonk verbaasd.

'Claim? Waar heb je het over?'

'In de zaak-Sommer. Er is vanmorgen een persbericht uitgegeven. Sommer heeft een miljoenenclaim ingediend. Wegens onrechtmatige vervolging. Voor de schade door de slechte publiciteit. Voor de weggelopen klanten.'

De Beaufort luisterde naar de verslaggever. Hij was met stomheid geslagen. 'Schadeclaim? Hij is gek.' Meer kon hij zo gauw niet uitbrengen. Toen vervolgde hij: 'Ik weet van niets. Ik zal hierover moeten overleggen. Kan ik terugbellen?'

Toen hij de telefoon had neergelegd riep hij Stevens naar zijn kamer. 'Hebben wij dat persbericht niet gekregen?' bulderde De Beaufort tegen zijn geschrokken medewerker.

Die keek hem hulpeloos aan. 'Ik heb niets gezien of gehoord. Ik weet het niet.'

De officier slikte een hap popcorn weg en greep de telefoon. 'Verbindt me door met Musch. Ja, de advocaat,' snauwde hij.

De zware stem van Musch bulderde zo hard door de telefoon dat Stevens mee kon luisteren. 'Ik heb je toch gewaarschuwd, Charles. Je wist dat die claim eraan zat te komen.'

De Beaufort koelde zijn woede met een klap op een stapel dossiers op zijn bureau. 'Waarom heb je mij niet op de hoogte gesteld? Ik word door de pers gebeld en weet nergens van.'

'Natuurlijk belt de pers je. Ik denk dat het de grootste schadeclaim is die de overheid aan haar broek heeft gekregen. Dat had ik je ook al verteld.'

'Je had me moeten informeren.'

'Zeur niet, Charles. Ik heb persoonlijk een kopie bij jullie op de griffie gebracht. Informeer maar bij de centrale balie in de hal.'

'*Shit*!' riep de officier. Hij verbrak de verbinding.

Toen hij de griffie belde, kreeg hij een meisje met een zuidelijke tongval aan de lijn. 'Sommer!' riep de officier in de hoorn. Hij stond stram rechtop, als een militair die bevelen schreeuwt. 'Het openbaar ministerie tegen Sommer. In die zaak is post gebracht door de raadsman. Waar is die?'

'Heeft u een zaaksnummer?' vroeg het meisje lijzig.

'Nee. Het is een nieuwe zaak. Of ja, ik heb een nummer van de lopende zaak.' De Beaufort gebaarde druk naar Stevens, die de kamer uitrende en even later terugkwam met een gele post'it met een handgeschreven notitie erop. De officier bulderde het nummer door de telefoon.

'Ja,' zei het meisje van de griffie, 'in die zaak is gisteren door meneer Sommer een stuk ingediend.'

'Wat?! Waar hebben jullie dat gelaten? Waarom heb ík dat niet gekregen?' De Beaufort stond naar adem te happen.

'Het moest naar het kabinet van de hoofdofficier.'

De Beaufort was razend toen hij de hoorn neerlegde. 'Het ligt bij Clavan,' zei hij somber tegen Stevens. 'Ik zal hem bellen.'

De telefoon ging weer over. Met een ongeduldig gebaar zette de officier de hoorn aan zijn oor. 'Ja!' riep hij driftig, boos dat hij gestoord werd.

Een vrouw noemde onverstaanbaar haar naam. 'Ik ben van het Journaal,' legde ze uit, 'we willen u graag in de uitzending. Vanmiddag komen we langs. Schikt dat?'

'Nee!' De officier stond nu op zijn tenen te wippen. Iets rustiger vervolgde hij: 'Ik moet overleggen met de persofficier. Belt u over een half uur maar terug. Dan laat ik het u weten.'

Tegen Stevens mopperde hij: 'Radio. Televisie. Een schadeclaim van Musch. Waar ligt die? Bij Clavan, bij wie anders dacht je. Vertelt die rukker iets aan mij? Overleggen we wat we moeten zeggen?' In zijn drift stootte hij een stapel dossiers omver. De papieren verspreidden zich over de vloer. De officier trok zich er niets van aan.

'Heeft Clavan je nog niet gebeld?' vroeg Stevens. Het was een overbodige vraag.

'Het is een vriendje van Musch,' vervolgde de officier. 'Toen ik ze betrapte in Arti waren ze die claim aan het voorbereiden. Heb je dat? Onze hoofdofficier die met de advocaat van de verdachte de schadeopstelling maakt.' Terwijl hij aan het praten was had hij een dun sigaartje tussen zijn lippen gestoken. Nu zoog hij hard om het vuur van de lucifer in de sigaar te trekken. Tussen blauwe rookwolken door mompelde hij: 'Hebben we al iets gehoord van het laboratorium? Waarom duurt dat zo lang? Wanneer heb ik die spullen opgestuurd?'

Stevens wist niet wat de officier bedoelde. 'Waar heb je het over? Wát heb je naar het laboratorium gestuurd?'

Voordat de officier kon antwoorden ging de telefoon weer over. De stem van Clavan sprak de officier ernstig toe. 'Kom onmiddellijk naar me toe. Ik wacht op je.'

De Beaufort antwoordde niet. Zonder iets uit te leggen stampte hij zijn kamer uit, Stevens verbaasd achterlatend.

De hoofdofficier zat massief achter zijn grote bureau, de armen wijd gespreid, de handen op het bureaublad. Zijn gezicht stond plechtig. Diepe rimpels in zijn voorhoofd, de lippen getuit. Hij knikte zachtjes met zijn hoofd. De zonnestralen speelden door de hoekkamer. Het licht werd weerkaatst in het portret van de koningin.

De Beaufort bleef voor het bureau staan en keek zijn chef somber aan. De sigaar hing tussen zijn lippen. Clavan schoof een pak papier naar de officier. 'Lees dat maar eens. Ik heb Den Haag al aan de telefoon gehad. Je hebt onverwacht succes. De media en de politiek houden zich actief met jouw zaak tegen Sommer bezig. De procureur-generaal wil het dossier hebben.' Clavan sprak langzaam en benadrukte ieder woord. Hij zweeg terwijl De Beaufort snel door de papieren bladerde. Toen de officier klaar was ging hij verder: 'Vanaf nu bemoei je je niet meer met Sommer. Je hebt me gehoord? Met níets meer. Ik heb morgen overleg met de procureur-generaal. Ik ga voorstellen jou over te plaatsen. Naar Disneyland of zo. Ergens waar je geen schade kunt aanrichten. Hier ben je niet meer te handhaven. Aangeschoten wild.' Clavan vouwde zijn handen in elkaar alsof hij ging bidden. Zijn gezicht kreeg een vrome uitdrukking. De gedachte aan het vertrek van de officier inspireerde hem.

De Beaufort liet een luidruchtig gesnuif horen, zijn mond hing open, de tong kwam bijna naar buiten. Met zijn omvangrijke buik leunde hij tegen het bureau van de hoofdofficier. Clavan zag dat het onderste knoopje van het overhemd opensprong. Een stukje roze, behaarde buik werd zichtbaar. De officier zwaaide met een vinger om zijn woorden kracht bij te zetten. 'Allemaal onzin. Intimidatie van jouw vriendjes.' De vinger priemde in de richting van het papier. 'Probeer het niet. Ik zal bezwaar maken als je me wil overplaatsen. Desnoods bij de rechter. De onderste steen moet boven komen. Ik zal jouw beleid aan de orde stellen. Beleid?! Wat zeg ik? Jouw opportunistisch geheul met de tegenstanders van de rechtsorde. Jouw dineetje in Arti. De schadeclaim van Sommer als resultaat van gesprekken tussen jou en Musch.' De officier hing nu over het bureau heen, met zijn gezicht vlak voor dat van zijn chef. Hij trok verwoed aan het sigaartje, maar dat was nat geworden en uitgegaan.

De hoofdofficier keek hem zonder een spier te vertrekken aan. 'Je kunt gaan, De Beaufort,' zei hij uiteindelijk. 'Dit is genoeg. Je overplaatsing moet je maar met de procureur bespreken. Het zal je goed doen als je een poosje uit de vuurlinie bent. Je bent overspannen, dat is duidelijk.' Hij wees de officier de deur.

Die pakte de papieren van het bureau. 'Als je Musch weer ontmoet, vertel hem dan maar dat hij bij me langs kan komen. Ik heb interessant nieuws voor hem. Misschien geef ik hem nog de kans om die claim in te trekken. Dan hoeft hij niet voor lul te staan. En jij? Had je het over overplaatsing? Daar zou ik maar niet op rekenen als ik jou was. Vrijwillig ontslag ter vermijding van een schandaal, dat is de beste oplossing voor jou.'

Clavan keek hem verbaasd aan. Hij begon te glimlachen. 'Wel ja. Nog dreigen ook. Je weet niet wat je zegt, Charles.'

De officier liep met zware stappen de kamer uit. Voordat hij de deur achter zich gesloten had riep de hoofdofficier hem weer naar binnen. 'De Beaufort!'

Die bleef in de deuropening staan.

'Musch zei iets over een illegale huiszoeking. Weet je waar hij het over heeft? Jij zou erbij betrokken zijn. In het kantoor van Sommer. Is dat waar?'

De Beaufort voelde zijn hart overslaan. Zouden die etentjes in Arti dan toch zijn ondergang worden? 'Onzin,' zei hij hoofdschuddend. Hij voelde zijn onderkinnen trillen. 'Musch heeft een te dikke duim. Dezelfde waar die claim uitkomt. Niveau rioolrat.'

'Ik hoop het voor je,' zei de hoofdofficier zuinigjes. Zijn toegeknepen oogjes leken iets op te lichten. 'Anders kom je niet eens in de provincie terecht. Dan kun je hier de gangen gaan schrobben.' Hij gebaarde dat de officier kon vertrekken.

De Beaufort sloeg de deur met een harde klap achter zich dicht. Toen hij blind van woede in de gang bijna tegen een meisje opliep dat bij de koffieautomaat stond, viel hij uit: 'Kun je niet uitkijken? De gang is niet van jou!'

24

Jane hield van het ochtendritueel. Iedere dag kwam zij 's morgens vroeg als een van de eersten het kantoor inlopen. Ze reed haar Jaguar zelf de parkeergarage onder de Rembrandt Tower in. Met een kleine, donkerbruine attachékoffer in de hand liep ze naar de lift. Op de directieverdieping aangekomen stapte ze met een bestudeerd plechtige, langzame pas de hal in. Daar begroette de receptioniste haar. Vaak stond haar secretaresse haar daar al op te wachten. In de ene hand het postboek, in de andere hand de telefoonlijst. Samen liepen ze dan naar de grote werkkamer van Jane. De briefing begon al in de gang. Het telefoontje van de bankier. Van de advocaat. Een faxbericht uit Duitsland. Een afspraak in Düsseldorf die verzet was. Het vliegtuig dat aan het einde van de ochtend gereedstond om haar naar Londen te brengen. De e-mail uit Washington die dringend beantwoord moest worden.

Deze bevestiging van haar macht was voor haar de ultieme genotsbeleving, meer bevredigend dan wat ook. Na een lange weg bereikte ze eindelijk haar doel. Juist omdat het haar zoveel moeite had gekost de top te bereiken, smaakte de beloning haar des te zoeter. Keizerin Jane zou na tien jaar King Henry opvolgen en de Amsterdamse beurs weer een koninklijke status geven. Om dat doel te bereiken zette Jane alles opzij.

Eenmaal achter haar bureau gezeten begon ze snel en efficiënt haar boodschappen te dicteren. Haar secretaresse maakte aantekeningen. De twee vrouwen waren op elkaar ingespeeld en hadden aan een half woord genoeg.

De secretaresse sloeg het postboek open. 'Misschien is het goed dat u dit leest,' zei ze op een bezorgde toon.

Jane zag een brief die op blanco papier was geprint. Iets bijzonders was er op het eerste gezicht niet aan te zien, of het moest zijn dat er geen afzender vermeld was. De brief was niet ondertekend. Nieuwsgierig las ze de tekst. Die was kort en duidelijk. Jane moest aftreden als bestuursvoorzitter van Amsterdam Online. Als dat niet gebeurde zou de bijgesloten brief aan de pers bekend worden gemaakt. Haastig keek Jane naar de bijlage. Het was een kopie van een door haar ondertekende brief, gericht aan Léon Gaspari. De datum was van tien jaar geleden.

Haar eerste gedachte was Finkenstein te vervloeken. De advocaat had zijn werk dus toch niet goed gedaan. Deze brief had de advocaat zullen vernietigen. Hoe kon die kopie dan aan haar toegezonden worden? Ze voelde zich verongelijkt. Had ze de advocaat niet vorstelijk betaald? Ze werd zich weer bewust van het feit dat de secretaresse naast haar stond. Met een geforceerde glimlach zei ze dat er niets aan de hand was. Uiterlijk onaangedaan nam ze daarna met haar secretaresse de overige post door. Ze gaf haar opdracht de eerste bezoeker van die ochtend even te laten wachten.

Toen ze alleen was, vroeg ze zich af wat ze moest doen. Vroeger zou ze met zo'n probleem naar Finkenstein zijn gegaan. Maar kon ze dat nu ook nog doen? Tenslotte had ze geprobeerd de advocaat uit de weg te ruimen. Zou ze Finkenstein nog ergens kunnen bereiken? Ze had er heel wat voor over om van hem te horen of hij ook dacht dat Friedman deze brief aan haar geschreven had.

Ze las de brief nog een keer. Het was vreemd dat er geen afzender was vermeld, geen adres, geen telefoonnummer. Geld werd niet gevraagd. De brief bevatte een simpele mededeling: als ze niet zou aftreden, zou haar opzetje van tien jaar geleden tegen David Friedman publiek worden gemaakt. De afzender van de brief wilde geen onderhandelingen. Het was buigen of barsten.

In haar hart was ze ervan overtuigd dat dit een wraakactie van Friedman was. Finkenstein had haar al gewaarschuwd dat hij nijdig was. Nou, dit was dan zijn tegenzet.

Hoe ze het ook bekeek, er was in haar ogen maar één antwoord mogelijk. Friedman moest definitief worden uitgeschakeld. Ook al leek het haar niet erg waarschijnlijk dat de kranten over zo'n oude zaak zouden gaan schrijven, ze kon zo kort voor de beursgang het risico niet lopen. Hoe zouden haar commissarissen reageren? En de bankiers? Ze wist zeker dat die zo'n affaire niet op prijs zouden stellen. Misschien zou de beursintroductie worden uitgesteld. Toen ze aan die mogelijkheid dacht, raakte ze bijna in paniek. Haar levenswerk mocht niet in het zicht van de haven mislukken. Ze moest dus voorkomen dat Friedman zijn dreigement zou uitvoeren. Maar waar kon ze David Friedman vinden? Hoe kon ze hem het zwijgen opleggen als ze niet eens wist waar hij was?

Toen kreeg haar woede de overhand. De advocaat had haar gewoon in de steek gelaten. Zijn geruststelling dat Friedman haar niet lastig zou vallen was niets waard gebleken. Dat was broddelwerk, en daar had ze hem niet zoveel voor betaald. Sterker nog, Finkenstein had niet alleen Friedman onderschat, hij had haar ook nog eens net als Friedman bedreigd. Ze werd zo nijdig dat ze hem belde.

Tot haar eigen verrassing kreeg ze Finkenstein onmiddellijk aan de lijn. Zonder het te weten wekte ze hem uit een onrustige slaap. Gevangen in de vochtige hitte van de nacht droomde Finkenstein steeds over Boris. Zijn vriend stond hem lijkwit op te wachten aan het einde van een groot grasveld. Hoe hard de advocaat ook over het gras rende, Boris bereikte hij niet. Toen de telefoon hem van die nachtmerrie verloste, stond het zweet op zijn voorhoofd. De stem van Jane was voor hem bijna een verlossing.

Jane viel meteen tegen hem uit. 'Je hebt je werk niet goed gedaan. Ik heb je voor niets betaald. Friedman stuurt een chantagebrief. Als ik niet aftreed, wordt mijn brief aan Gaspari van tien jaar geleden naar de pers gezonden. Mijn hemel, Finkenstein, wat heb je gedaan? Geslapen?'

Finkenstein reageerde traag. 'Jane! Heb je dat hondje voor Boas gekocht?'

Jane reageerde nijdig. 'Hou op over dat stomme beest! Vertel me waar Friedman is. Geef me die dossiers. Dan kan ik zelf aan de gang gaan. Ik moet Friedman vinden. Die man mag geen spaak in het wiel steken. Nu ben jij op vakantie en kan ik nergens bij. Hoe kom ik erachter waar hij te vinden is? Ik heb die papieren nodig, Finkenstein. Zorg ervoor dat ik die in handen krijg. Snel.'

'Vergeet het maar, Jane. Daar begin ik niet aan. Waar Friedman is? Ik ben zijn vrouw niet. Hoe kan ík weten waar hij is. Trouwens, als je dat hondje niet koopt kun je beter aftreden. Dan zet ik je op een enkele reis naar de Bijlmerbajes. Die is vlak bij je kantoor, Jane. Zo'n grote overgang is dat niet. Dat adres van Friedman heb je dan echt niet meer nodig.'

Jane werd driftig. 'Ze hadden je overhoop moeten schieten bij Het Bosch. Wat een blunder!'

'Ik ga weer slapen, Jane. Denk aan dat hondje. Stuur een sms als je het gedaan hebt. Ik geef je nog drie dagen.'

'Ik zou maar oppassen,' siste ze hem giftig toe. 'Een ongeluk zit in een klein hoekje.'

'Je kunt m'n rug op.' Finkenstein lachte kort en verbrak de verbinding.

De man stelde zich voor als Tom Nicholson. Hij sprak Nederlands met een duidelijk Engels accent. Op zijn kaartje stond dat hij verbonden was aan het bureau *Chase*. Terwijl hij zijn jas over een stoel gooide vertelde hij Jane dat hij uit Los Angeles kwam. Hij woonde sinds enkele jaren in Amsterdam. Zijn opdrachten waren tegenwoordig vooral in Europa. Het was zijn werk om geld en mensen te vinden. Fraudeurs die met de noorderzon waren verdwenen werden door hem opgespoord. Geld dat naar een Arabische bankrekening was overgemaakt wist hij weer terug te vinden. Jane kende de reputatie van Nicholson. Hij was duur, hard en goed.

Ze had een map met gegevens van David Friedman gemaakt. Zijn laatst bekende adres. Dat van Marga. De gegevens van de laatste werkgever. Enkele foto's waar ze de hand op had weten te leggen. Een nummer van een mobiele telefoon dat Marga haar had gegeven. Het adres van de advocaat die zijn scheiding regelde. En natuurlijk het adres van de weduwe van Gaspari. Ze had de namen genoteerd van de mensen die destijds bij FuturIT betrokken waren geweest.

Voordat ze de map aan Nicholson overhandigde, begon ze over Finkenstein. 'Het is simpel,' zei ze. 'Hij was mijn advocaat, maar hij dreigt mijn dossiers aan justitie te overhandigen. Ik móet die papieren hebben. Dan is er nog iets. Die man leidt een riskant leven. Er kan hem gemakkelijk iets overkomen. Hij heeft me gezegd dat hij zijn erfgenamen opdracht heeft gegeven naar justitie te gaan. Ik moet weten wie dat zijn. Je moet die papieren voor me vinden en je moet voor me uitzoeken wie die erfgenamen zijn. Dat heeft grote haast. Ik wacht er eigenlijk iedere dag op.'

Nicholson keek haar onbewogen aan. 'Natuurlijk. Maar kun je me wat meer details geven? Zijn woonadres? Waar hij is? De gegevens van zijn kantoor? Dat zou helpen.'

'Hij zegt dat hij op vakantie is. Ik weet niet waar. Dit is zijn kantooradres. Hier heb je het nummer van zijn mobiele telefoon. Daarop kon ik hem laatst nog bereiken. Zorg ervoor dat je zo snel mogelijk rapport uitbrengt!'

'En als we erachter gekomen zijn wie zijn erfgenamen zijn? Wat dan?' Nicholson keek haar nieuwsgierig aan.

Jane lachte. 'Niet te snel. Zoek dat eerst uit. Dan zien we daarna wel weer.'

'Dat is een duidelijke opdracht,' zei Nicholson. 'Is er nog meer?'

Jane schoof de map met de gegevens van Friedman over tafel naar hem toe. 'Deze man zoek ik ook. Ik moet hem heel dringend spreken. Hij verschuilt zich.'

Nicholson bladerde door de papieren. 'Weet je iemand die hem goed kent?' Hij dronk van het water dat hij in plaats van koffie had gevraagd. 'Ik drink iedere dag drie liter,' legde hij uit toen hij Jane nieuwsgierig zag kijken. 'Koffie drink ik niet. Speciaal dieet, op voorschrift van mijn persoonlijke trainer.'

Jane keek hem nieuwsgierig aan. De man had geen gram vet. Zijn lichaam zat strak in het vel. Zijn gezicht had iets afstotends, een kleine haaienmond met een kromme neus erboven, op de wangen en onder zijn neus de glans van blonde en grijze baardstoppels, nauwgezet geschoren. De dunne blonde haren lagen strak naar achteren gekamd over de roze, glanzende schedel. Nicholson droeg een zwart overhemd en een zwarte broek. Zijn regenjas was zwart. Die kleur prefereerde hij overduidelijk.

'Probeer het bij zijn vrouw. Hij is aan het scheiden. Misschien kan zij meer over hem vertellen.'

'Het gaat mij niet aan wat er gebeurd is,' zei Nicholson, 'maar wil je dat we hem oppakken en naar een plaats brengen waar we hem kunnen verhoren?'

'Zodra je hem gevonden hebt, geef ik nadere instructies.'

'Oké. Ik wil wel dat je een overeenkomst tekent.' Nicholson haalde een velletje papier uit een mapje op zijn schoot en begon te schrijven.

Toen Nicholson vertrok, had hij een vorstelijk honorarium bedongen. Terwijl Jane hem naar de deur bracht, zag zij verbaasd dat haar gast klein was, niet veel groter dan zijzelf.

Het had David moeite gekost een afspraak met Abe Dreyfuss te maken. David had contact gezocht via een bankier in New York, een relatie van Henry Carlier. Toen hij zijn belangstelling voor de aandelen van Dreyfuss in Amsterdam Online kenbaar maakte, duurde het een tijdje voordat er een reactie kwam. Dreyfuss wilde weten wie hij was. Hoe hij aan zijn geld kwam. David was op al die vragen niet ingegaan en hij had de verklaring van de bank gestuurd waarin vermeld stond dat hij goed was voor zijn geld. Na enig overleg was een ontmoeting gearrangeerd. David moest ervoor naar Californië reizen. Dreyfuss wenste zijn woning in Monterey niet te verlaten.

David was een dag eerder naar San Francisco gevlogen. In een kamer van het Holiday Inn bereidde hij de bespreking voor. Hij moest hoe dan ook met de Amerikaan tot overeenstemming zien te komen. De koop van de aandelen in Amsterdam Online was de basis van zijn plan. Als hij met de Amerikaan niet tot zaken kon komen, viel zijn strategie in duigen. Hij dacht na over de bespreking. Hoe zou de opstelling van Dreyfuss zijn? Vijandig? De man had de naam een harde onderhandelaar te zijn. Zijn rijkdom had hij vaak op het scherp van de snede verworven. David had uit verschillende bronnen gegevens verzameld. Hij had enkele avonden aan de laptop gezeten en een reeks documenten van het internet gehaald.

Hij liep naar de minibar en pakte een blikje sinaasappelsap. Hoe moest hij zichzelf introduceren? Hij maakte een lijstje van wat hij moest onthouden. Liberty Inc. was het bedrijf dat hij vertegenwoordigde. Het was een kersverse vennootschap, de inkt van de oprichtingsakte was net droog. Natuurlijk zou Dreyfuss vragen wie de aandeelhouders waren. Vittoria had hem op het hart gedrukt niet te vertellen dat Henry Carlier en Simon Ferguson het grootste belang in Liberty Inc. hadden. In gedachten hoorde hij haar stem: 'Niet doen, lieverd. Als je dat vertelt, krijgt Abe geweldig de pest in.' Dus moest David volhouden dat hijzelf de voornaamste aandeelhouder was. Als het moest, kon hij nog wat vrienden noemen. 'Je bedenkt maar wat, schat!' hoorde hij Vittoria weer roepen.

Staande voor de spiegel repeteerde hij wat hij moest zeggen. *Ik* ben de belangrijkste aandeelhouder, meneer Dreyfuss. Ach, ik heb ook nog wat vrienden die meedoen. Dat is verder niet van belang. Namen? Nee, meneer Dreyfuss, die kan ik u niet geven. Bankreferenties? Goldman Sachs in New York, tot uw dienst. De bankverklaring heeft u al, nietwaar?

Sterk was zijn verhaal niet. Hij besloot Marcus Klein achter de hand te houden. Marcus, de onbereikbare controller waar hij al dagen achteraan zat. Marcus, die hij meer dan ooit nodig had. Op hem kon hij een gokje wagen, zo sprak hij zichzelf moed in.

Hij bladerde door zijn papieren. Na morgen kon hij zijn plannen verder uitwerken. Als Dreyfuss de aandelen aan hem zou willen verkopen. *Als*. Want de enige vraag die David niet goed kon beantwoorden was waarom de Amerikaan zijn aandelen zou wíllen verkopen. Amsterdam Online ging naar de beurs. Dan kon Dreyfuss de aandelen voor een aanzienlijk hogere prijs kwijt. Iedereen dacht dat de beurskoers van het internetfonds zou stijgen. Misschien moest hij nog een jaartje wachten, maar wat deed dat ertoe? Iedere bank zou hem een voorschot op de aandelen willen geven.

Vittoria had gezegd dat Dreyfuss klem zat. De oude Ferguson zou daar de hand in hebben. Maar de nood moest wel erg hoog gestegen zijn als Dreyfuss niet nog even kon wachten. Trouwens, David had de indruk gekregen dat Dreyfuss goed bij kas zat. Hij kon al helemaal niet begrijpen waarom Dreyfuss de aandelen onder de introductiekoers zou willen verkopen. De uitgiftekoers van veertig euro had overal in de kranten gestaan. Waarom zou Dreyfuss met minder genoegen nemen?

David wierp een snelle blik op zijn horloge. De avond was nog maar net begonnen. Zou hij Vittoria bellen om meer te weten te komen? In Spanje was het ver na middernacht. Plotseling verlangde hij naar de warme stem van de Antilliaanse. Wedden dat ze nog niet slaapt, zei hij tegen zichzelf.

Het eerste wat hij hoorde was luide rockmuziek. 'Vittoria!' riep hij, luisterend of hij haar stem hoorde. Een onverstaanbaar geruis klonk door de muziek. Hij riep haar naam nog een keer.

De muziek viel weg. 'Weet je wel hoe laat het hier is?' hoorde hij Vittoria vragen. Ze klonk verbaasd.

'Nacht. Maar je bent nog op. Je hebt gezelschap. Dat dacht ik al. Ik heb enkele vragen over Dreyfuss. Morgen moet ik bij hem op bezoek.'

Hij hoorde stemmen op de achtergrond, gevolgd door de aanstekelijke lach van Vittoria. 'Wat wil je zo midden in de nacht weten? Of heb je gewoon behoefte aan gezelschap? Zijn er geen vrouwen in Californië? Vraag ernaar bij de receptie van je hotel!'

'Hé, kun je even serieus zijn? Ik begrijp eigenlijk nog steeds niet waarom Dreyfuss die aandelen zou willen verkopen. Waarom zou hij korting geven op de prijs? Leg het me nog eens uit. Ik wil me goed voorbereiden.'

Weer die lach. 'Niet twijfelen, Davey,' zei de Antilliaanse, 'neem nou maar van mij aan dat Dreyfuss moet verkopen. Hij heeft het geld nodig.'

'Waarom? Geld krijgt hij van zijn bank. Als die man met zijn pink beweegt staan er acht bankdirecteuren in de rij. Ja, meneer Dreyfuss. Alstublieft, meneer Dreyfuss. Tot uw dienst, meneer Dreyfuss. Waarom zou hij zo dringend geld nodig hebben?'

Vittoria bleef vrolijk. 'Hé, Dave, je bent wakker. Je hoeft niet alles te weten. Doe nu maar wat je gezegd is.'

'Nee. Geef me de details. Zo kan ik niet onderhandelen. Ik moet meer weten.'

'In de keuken, schatje,' hoorde hij Vittoria zeggen. 'Nee, de andere deur door. De koelkast met de dubbele deuren, oké? Sorry, Dave. Even de mensen hier op weg helpen.'

David vroeg zich af wie er bij haar was. Zou er nu iemand met een slordig om de heupen geslagen badhanddoek naar de keuken lopen? Zijn fantasie sloeg op hol. Hij zag Vittoria rechtop in bed zitten, de telefoon in haar hand. Naakt. Of stond ze in de kamer, een donker standbeeld, de rug gewelfd, de borsten naar voren? Hij wilde een arm om haar middel slaan. Vittoria, vertel het me. Morgen wacht er geen Dreyfuss op me, maar gaan we samen naar de speedboot. Olijven eten bij Henry op het achterdek. Zwemmen in het lauwe zeewater. Vitto, kom op, Monterey is een grap.

Opeens drong het tot hem door dat Vittoria tegen hem sprak. 'Sorry. Herhaal het nog eens,' zei hij tam, 'ik kon je niet verstaan.'

'Jezus. Wat sta je te doen. Met jezelf te spelen? Hou je aandacht erbij, wil je. Het is midden in de nacht en ik heb andere dingen te doen.'

'Daar kan ik me alles bij voorstellen,' zei hij droog.

'O ja? Fijn voor je. Het is maar goed dat je niets kunt zien van wat hier gebeurt.' Ze giechelde. 'Dat zou je maar afleiden.'

'Ik geloof het graag. Vertel je me nog hoe het met Dreyfuss zit?'

'Oké. Ik heb je verteld van Simon Ferguson?'

'Ja. Dat is een onzinnig verhaal. Dreyfuss bulkt van het geld. Als hij tegen Simon oploopt, valt die om. Het is flauwekul dat Dreyfuss moet verkopen omdat Simon geld van hem tegoed heeft.'

'Knappe jongen ben je. Maar je vergist je. Simon is heel wat zwaarder dan Dreyfuss.'

David reageerde verbaasd. 'Uit mijn gegevens blijkt dat anders niet.'

'Dan zijn die niet compleet. Dat pleit voor Simon. Hij houdt niet van publiciteit.'

David werd ongeduldig. Vittoria draaide om de kern van de zaak heen. 'Nou, dat zal dan wel, maar heb je ook een antwoord op mijn vraag waarom Dreyfuss ineens zo dringend geld nodig heeft?'

Weer hoorde hij een stem op de achtergrond. Vittoria klonk nu ongeduldig. 'Wacht even. Maak maar vast open. Ik ben zo klaar.' Een zacht gegiechel. 'Simon heeft geld van hem te vorderen en Dreyfuss krijgt niets van de bank.'

'Hoezo? Hij hoeft toch maar met zijn vingers te knippen om een krediet te krijgen?' David was verbaasd. Dit kon niet waar zijn.

'Dat dacht hij ook, Davey. Maar toen hij zijn bankier belde gaf die niet thuis.'

'Waarom? Dat is toch onzin!'

'Het is de waarheid. Vertrouw nou maar op Simon, Dave. Dat is een slimme oude vos. Dreyfuss zit in het nauw en het enige dat jij moet doen is het varken slachten. Bel me morgen als je klaar bent.'

David hoorde de rockmuziek weer aanzwellen. 'Wat bedoel je? Heeft Simon de bank onder druk gezet om Dreyfuss geen krediet te geven?'

Vittoria had er genoeg van en zei: 'Je merkt het morgen wel, Davey. Oké? Geloof nou maar dat Simon Dreyfuss volkomen in de hand heeft. Is het goed zo? Kan ik nu gaan slapen?'

David hoorde op de achtergrond een geluid alsof er een fles champagne werd ontkurkt. 'Slapen? Volgens mij hoor ik daar een champagnekurk de lucht ingaan. Doe je het vannacht met een fles?'

'Geil idee, hè?' lachte Vittoria voordat ze de verbinding verbrak.

De kamer had de omvang van een balzaal. Vlak bij de ingang stond een leren chesterfield. De oosterse bediende had David die stoel aangewezen. Op een tafeltje naast de openslaande balkondeuren stond een Griekse vaas met een enorm bloemenboeket. Aan de wand hingen een Kandinsky en een Miró. Tegenover David stonden nog drie donkerbruine chesterfields, hoge leuningen, gecapitonneerd leer. In een andere hoek stonden meubels van rood mahoniehout. De openstaande balkondeuren boden uitzicht op de zee. In de diepte beneden stonden hoge zeedennen. De geur van dennennaalden hing in de kamer.

David opende zijn koffertje en legde zijn blocnote met de aantekeningen op de kleine tafel naast zijn stoel. Het was doodstil. Hij kon het ruisen van de bomen horen.

De dubbele witgelakte deuren vlogen plotseling met een harde klap open. Een elegante, oudere man liep de grote kamer in. Lange witte haren en een wit kostuum. De brede boord van het overhemd was opengeslagen, twee losse knoopjes gaven zicht op krullend grijs borsthaar. Een brede glimlach verscheen tussen de doorgeschoten bakkebaarden. 'Dreyfuss, meneer Friedman. Prettig u te ontmoeten.'

Achter hem liep een man van een jaar of dertig. Zijn cowboylaarzen met de hoge hakken tikten nadrukkelijk op de marmeren vloer. Met zijn bijna twee meter lengte was hij een indrukwekkende verschijning. Het donkere, strak gesneden kostuum zat om zijn lichaam gegoten en benadrukte zijn lengte. De mond met het streepje haar op de bovenlip bleef strak in de plooi toen hij op David toe liep. 'James.'

Er voegde zich nog een man bij het gezelschap. Hij zag eruit als een advocaat. Een late dertiger, blond terugwijkend haar en een enigszins dik gezicht, brede lippen en een gulzige mond. Een pak met een krijtstreepje. De kleine felle blauwe ogen achter de kleine bril vielen David op toen ze elkaar de hand schudden. 'Melvin.'

James bleef tegenover David staan. Melvin ging zitten en legde enkele papieren op zijn schoot. Dreyfuss liep naar de openstaande balkondeuren en ging in de opening staan, de rug naar de zee gekeerd en met zijn gezicht naar David.

Dreyfuss stak van wal. 'Ons probleem is: wie is David Friedman?' Zijn stem klonk messcherp. 'Ineens is hij daar. Naar voren geschoven door de bank. Goede referenties. Friedman is geld. Alleen: we hebben nooit van hem gehoord. Niemand kent hem. Mijn vrienden in Nederland zeggen dat David Friedman een kleine vis is. De bank zegt dat David Friedman in naam van Liberty Inc. komt en dat Liberty góed is voor vele miljoenen. Ziedaar mijn probleem: wie is David Friedman? Waar komt plotseling al dat geld vandaan?'

Melvin knikte en glimlachte. Hij las in zijn papieren. 'Friedman zelf is goed voor drie miljoen euro,' citeerde hij. 'En Liberty Inc. voor honderd miljoen dollar. Je plaatst ons voor raadsels, Dave.'

David had zo'n scherpe opening niet voorzien. Hij probeerde ontspannen te lachen. 'Jullie hebben de verklaring van mijn bank. Daarin staat hoeveel geld de bank wil garanderen. Meer is niet nodig. Ik ben goed voor mijn geld.' Hij maakte een handgebaar naar Melvin. 'Ach, zo'n rapport over mij. Ik wed dat het van het een of andere onderzoeksbureau komt. Die zijn nooit betrouwbaar, Melvin. Dat weet jij toch wel.'

'Waar kom je vandaan? Wie ben je?' vroeg James. Hij lachte koud. 'Je kunt het beter vertellen. Dat voorkomt rotzooi.'

David keek zijn gastheren verbaasd aan. 'Hé, jongens,' zei hij, en probeerde zijn zenuwen te bedwingen. 'Rotzooi? Waar hebben jullie het over?

Ik kom hier om zaken te doen. Als jullie niet willen, zeg het dan. Dan stap ik op.'

'Liberty Inc.,' zei Melvin langzaam. 'Dat is een volkomen onbekende partij. Heb je die vennootschap gisteren opgericht? Vanochtend? Wat moeten wij daar nou uit afleiden? Misschien zit je hier wel voor het Vrijheidsbeeld. Hé, Dave, we willen weten wie achter je staan. Wie geven je dekking bij de bank? Wie zetten hun geld op je in?'

'Namen, Dave,' zei James. Hij tikte met zijn hakken op de vloer. Hij knipte met zijn vingers. 'Geen gelul, namen, begrijp je. Je moet je niet verschuilen achter je bank. Vertel op, met wiens geld ben je aan het spelen?'

'Ja, Dave,' zei Dreyfuss vanuit de openstaande balkondeuren. 'We geloven hier niet in toeval. Ik heb een meningsverschil met een oude zakenvriend. Niets om het lijf. Maar ineens staat alles op scherp. En dan komt David Friedman plotseling bij ons binnenlopen met het geld op zak. Van dat soort toeval houd ik niet, begrijp je? Wie zijn jouw supporters? Ik doe alleen zaken als ik mijn tegenpartij ken. Niet met anonieme partijen. Noem je opdrachtgevers. Dan kunnen we verdergaan met de deal.'

David deed zijn koffertje open en stopte zijn papieren langzaam terug. 'Sorry, Dreyfuss,' zei hij. 'Waar ben je op uit? Een showproces? Daar ben ik niet voor gekomen. Ik heb een bankverklaring in mijn achterzak. Het geld is er. Of wil je straks ook nog weten op welke pers het is gedrukt? Welke computer mijn bank gebruikt? Je zoekt het maar uit. Of we doen zaken, of we gaan zeuren over wie mijn vrienden zijn. Voor dat laatste ben ik niet gekomen, dus als je dát wil, houd ik het voor gezien.' Hij klapte zijn koffertje dicht en stond op.

James kwam pal voor hem staan. Zijn bovenlip met het dunne snorretje was tot een smalle streep samengeknepen. 'Zitten,' gebood hij. Zijn arm wees naar de stoel waar David zojuist uit was opgestaan.

'Zet hem in zijn stoel, James,' zei Dreyfuss onverschillig. Hij liep de kamer in. 'Niet doen, Dave,' waarschuwde hij. 'Je bent nu eenmaal hier en nu willen we het ook weten. James is sterk, weet je.'

Melvin knipperde met zijn ogen achter de brillenglazen. 'Hé, Dave,' klaagde hij, 'we zijn nog niet eens begonnen en je wilt al weg. Doe gewoon. Laten we nou eindelijk eens starten.'

James duwde David krachtig terug in de leren stoel. 'Oké?' zei hij, terwijl David achterover in de leren kussens viel.

Dreyfuss liep langzaam naar David toe. 'Sorry, Dave,' zei hij, 'maar ik wil het weten. Dat geld is niet van jezelf. Of we zaken doen, of niet, je moet me vertellen voor wie je hier zit. Of moet ik James vragen of hij dat uit je kan krijgen?'

David wierp een blik op de grote blonde assistent. Hij besloot de gok te wagen. 'Waarom wil je dat toch weten?'

'Hé! Waarom denk je? Ik doe bijvoorbeeld geen zaken met de maffia. Ook niet met drugshandelaren. En ook niet meer met die zakenvriend over wie ik je vertelde. Begrijp je? Daarom wil ik het weten.'

David opende zijn koffertje weer en haalde er een set papieren uit. 'Is dit genoeg?'

Dreyfuss nam het van hem aan en las het nauwkeurig. 'De Liberty Foundation,' zei hij nadenkend, 'heeft dat fonds geld in jouw Liberty Inc. gestoken?'

'Zo is het. Vandaar die naam, Liberty Inc. Ik werk voor dat fonds.'

'De Liberty Foundation,' herhaalde Dreyfuss proevend, 'wat is dat voor een fonds? Melvin, zoek jij dat even uit.'

Melvin stond op en liep de kamer uit.

Dreyfuss bestelde koffie die ze zwijgend dronken, in afwachting van de terugkeer van Melvin. Het zweet stond David in de handen. Wat ging Melvin doen? Zou hij met Marcus Klein bellen, en wat zou de controller dan zeggen? Marcus is onbereikbaar, zei hij in zichzelf en probeerde de moed niet te verliezen. Al stond James groot en massief voor zijn stoel, met zijn bovenmaatse schoenen bijna op zijn tenen.

Melvin kwam terug en gaf enkele papieren aan Dreyfuss. Die zette een leesbril op en las met gefronste wenkbrauwen. Toen keek hij David weer aan. 'De Liberty Foundation staat stijf van het geld. Dat zit wel goed. Alleen, hoe weet ik dat je werkelijk met hen samenwerkt? Dat kan iedereen wel zeggen. Heb je een bewijs? Een volmacht?'

'Nee,' zei David, 'ik heb een verklaring van de bank. Dat is geld. Daar heb je meer aan dan aan een volmacht.'

'Nee,' zei Dreyfuss beslist. 'Ik wil een bewijs zien dat je met geld van de Liberty Foundation werkt. Anders doe ik geen zaken met je.'

'Christus, man. Ik stap op. Ik krijg er schoon genoeg van.' David begon zijn koffer weer in te pakken.

Dreyfuss keek hem broedend aan. 'Kun je me een garantie geven?' vroeg hij nadat de stilte een tijdje had geduurd.

'Garantie? Hoezo? Ik verkoop geen auto's.'

'Je moet me schriftelijk bevestigen dat Liberty Foundation jouw geldschieter is. Dat jij samen met dat Fonds die aandelen van mij koopt. Geen anderen erbij. Als je dat doet kunnen we doorgaan.'

'Misschien doe ik dat. Laten we eerst maar eens kijken of we tot zaken kunnen komen.'

Er heerste even een stilte in de kamer. Het geruis van de zeedennen was hoorbaar. In de verte werd een motor gestart. Was het een speedboot?

Dreyfuss verbrak de stilte. 'Goed, je wilt aandelen Amsterdam Online kopen. Ik kan je die aanbieden. Je weet dat Amsterdam Online naar de beurs gaat. Het eerste jaar na de introductie mag je die aandelen niet via de beurs verkopen. Doe je het toch, dan moet je een boete betalen. Na een jaar ben je vrij om te doen wat je wilt.'

David juichte inwendig. Vittoria, het is gelukt. Je had gelijk. Dreyfuss zit klem. Het schoot door hem heen dat hij zo snel mogelijk Marcus moest zien te spreken. Want de verbinding met de Liberty Foundation was een grote gok geweest. 'Oké,' zei hij, terwijl hij zijn papieren opensloeg, 'vertel me eens hoeveel aandelen je precies hebt. Ik bied de helft van de introductiekoers.'

Dreyfuss barstte in lachen uit. 'Dat is het, jongens. Hij heeft helemaal geen geld. Daarom doet hij zo moeilijk. Jammer, cowboy, ik dacht werkelijk even dat het je ernst was. De prijs staat vast, Dave. En dat is de introductieprijs.'

'Heb je de verklaring van mijn bank gelezen?' vroeg David droogjes. 'Heb je gezien dat mijn geld ieder moment beschikbaar is? Morgen, als je wilt? De hele koopsom. Ik betaal je het bedrag ineens, niet in termijnen.'

'Is dat waar, Melvin?' vroeg Dreyfuss aan zijn assistent.

Die zocht tussen zijn papieren. Hij las snel en zei: 'Het klopt, Abe. Hier, kijk maar.' Hij reikte Dreyfuss de papieren aan.

Na wat een eeuwigheid leek te zijn zei Dreyfuss: 'Goed. Je wilt een korting voor snelle betaling. Dat is *fair enough*. Maar ik zeg je dit. Je zult me moeten garanderen dat Simon Ferguson geen aandeelhouder bij jou is. Als hij aan jouw kant meedoet, krijg je geen cent korting.'

'Ferguson?' vroeg David quasi-verbaasd. 'Wie is dat?'

Dreyfuss lachte. 'Nee, zo gaat het niet. Ik wil een garantie. In de overeenkomst. Begrepen?'

David lachte terug. 'Deal.'

David logeerde in een motel aan de buitenrand van San Francisco. De receptionist verwees hem naar een Vietnamees restaurant. Toen hij daar aan een tafel zat, belde hij Vittoria. Op de tafel lag een glazen blad. Daaronder lagen krantenrecensies van het restaurant. Terwijl de telefoon overging, las hij de teksten vluchtig door. Goede keuken, maar je moet lang op het eten wachten, schreef een journalist. Uitstekend eten, maar ze begrijpen niet dat de verschillende gangen achter elkaar en niet tegelijkertijd geserveerd moeten worden.

'Hallo!' riep Vittoria. Haar stem deed David denken aan het grote bed in het gastenhuis en aan de warme zee.

'Gelukt!' riep hij opgetogen.

'Wat?! Wanneer moet je kopen?'

'Morgen. Dan zien we elkaar in San Francisco, bij zijn advocaat.'

'Problemen?'

'Ferguson. Ik moet garanderen dat hij niet aan mijn kant meedoet.'

Vittoria gniffelde. 'Zie je wel, ik zei je toch dat Simon een sluwe vos is. Dreyfuss had dus de pest aan hem. Wat is de prijs?'

'Een korting van dertig procent op de introductiekoers. Meer zat er niet in. We hebben een *lock-up* van een jaar. Verkopen via de beurs mag in die periode niet.'

'Maak het af, Davey. Doe het morgen. *Screw* die klootzak. Bel me als je klaar bent.'

'Doe ik.'

'Je sloopt me met die telefoontjes op dit soort tijdstippen. Weet je hoe laat het is?'

David keek op zijn horloge. 'Vijf uur in de ochtend?'

'Inderdaad. Ik heb heel wat liever dat je naast me ligt dan dat je me met die telefoontjes wakker maakt.'

'Hé, meisje. Dertig procent korting. Genoeg voor een nieuwe auto.'

'Bel me morgen. Het mag midden in de nacht zijn.'

Toen de soep op zijn tafel werd gezet kwam een ander meisje hem het varkensvlees brengen dat hij als hoofdgerecht had besteld. Hij begon snel van zijn soep te lepelen. Vittoria was alleen geweest, dacht hij, of haar gezelschap had zich muisstil gehouden. Of iedereen was total loss van de drank en de dope.

Voor Finkenstein bestond Bangkok uit vochtige hitte en eindeloos touwtrekken. De temperatuur bleef ruimschoots boven de vijfendertig graden. De regen viel iedere dag, steeds met korte perioden, maar genoeg om de atmosfeer zwaar en vochtig te maken.

Het touwtrekken moest Finkenstein met Mister Lin doen. Hij belde vele malen per dag met de man. Een afspraak kwam niet tot stand. Steeds was er uitstel. Finkenstein begreep er niets van. Hij had gedacht naar Bangkok te reizen voor een snelle uitwisseling. Het geld naar Mister Lin, Boris aan zijn zijde. Terug naar de luchthaven, het vliegtuig in en Mister Lin vergeten.

Hij kwam erachter dat die gedachte een illusie was. Over alles moest hij onderhandelen. Of hij alleen moest komen of dat Stefan met hem mee mocht lopen over het veld. Eerst had Mister Lin ingestemd met het gezelschap. Maar de volgende ochtend was zijn stemming veranderd. 'Alleen!' riep Mister Lin driftig. 'Jij komt zonder gezelschap. Niemand.' Maar daar was Stefan het niet mee eens. Nieuwe telefonische onderhandelingen moesten de oplossing voor dit probleem brengen. En daarna was er weer iets anders. Intussen was er nog steeds geen afspraak en hing Finkenstein gespannen en doelloos in het hotel rond. Het leek wel of Mister Lin het geld niet wílde hebben, maar tevreden was met Boris.

De advocaat sprak zijn reisgenoten hoofdzakelijk in de bar. Als ze tenminste geen boodschappen aan het doen waren. Die boodschappen bespraken ze luid giechelend met elkaar. Finkenstein dacht er het zijne van. Hij had visioenen van een Thais bordeel waar zijn reisgezelschap zich overgaf aan drank en vrouwen.

Toen hij met de Chinees nieuwe afspraken had gemaakt ging hij de Joegoslaven in de bar opzoeken om het resultaat met hen te bespreken. Daar trof hij Stefan aan, die zich uitstekend vermaakte met een heel rank meisje. Hij dronk wodka en had twee volle glazen voor zich staan. Het lukte Finkenstein niet om met hem in gesprek te komen. Onder invloed van de drank en geïnspireerd door het meisje wuifde Stefan Finkenstein weg.

Finkenstein ging aan de bar een Tia Maria drinken. Stefan was stevig aangeschoten. Het meisje had een vriendinnetje opgetrommeld, even rank en klein als zij. De advocaat keek met tegenzin naar het schouwspel. Hoe kon hij met deze ongedisciplineerde en dranklustige rokkenjagers Boris ooit bevrijden? Schouderophalend dronk hij zijn glas leeg. Zijn gezicht stond zo nors dat geen van de barmeisjes hem lastig durfden te vallen.

Toen Finkenstein weer naar de suite wilde gaan, liepen de drie vrienden van Stefan de bar in. Ze kwamen terug van hun boodschappen en waren net zo aangeschoten als Stefan. Tussen de drie stond een kleine Thai. Ze converseerden in het Engels met hem en hij scheen hen uitstekend te begrijpen. Was het een pooier? Een handelaar? Wat bespraken de mannen met de Thai? De advocaat dacht daar net over na toen Stefan hem wenkte. De twee meisjes hingen om zijn hals. Enigszins wankel stond hij plezier te maken met zijn reisgenoten. Finkenstein liep met zijn glas in de hand naar de Joegoslaven.

'Dit is Peter Tan,' zei Stefan en hij wees op de kleine Thai. Hij zag ervan af de meisjes aan de advocaat voor te stellen. Finkenstein zag dat de kleinste van de twee een rode orchidee in haar zwarte haren had gestoken. Die bloem herinnerde hem aan Pattaya, waar op een middag net zo'n meisje met dezelfde bloem in het haar op zijn deur had geklopt. Hoe kon Boris naar die verdorven badplaats zijn gegaan?

Peter Tan lachte breeduit terwijl hij Finkenstein de hand schudde. 'Mister Fink,' zei hij met een grappig accent, 'hoe bevalt het u hier in Bangkok?'

De advocaat vroeg wat de Thai deed. Stefan gaf hem een uitleg waar hij niets van begreep. 'Peter is onze gids. Hij weet de weg hier.' Gids, waarheen? Welke weg moest de Thai aan de Joegoslaven wijzen? Maar Stefan was niet van plan duidelijker te zijn.

Uitgelaten schreeuwend bestelden de mannen hun drank. Een van hen had een fles bij zich die van mond tot mond ging. Stefan raakte in een druk, fluisterend overleg met de Thai verwikkeld. Finkenstein had geen flauw idee waar de mannen over spraken. Erg veel interesseerde het hem niet. Zijn gedachten waren bij Boris. Tot zijn eigen verbazing moest de advocaat erkennen dat zijn reis naar Bangkok een ander doel had gekregen dan alleen de vrijlating van de Duitser. Het leek zo langzamerhand wel een heilige missie. Met een verbetenheid die hem verbaasde had hij zijn onderhandelingen met Mister Lin gevoerd. Was hij meer verbonden aan Boris dan hij zich bewust was geweest? Ging het nog wel alleen om zijn Duitse vriend? Of wilde hij zijn eigen loyaliteit beproeven, wilde hij bewijzen dat hij zich voor iemand kon inzetten zonder dat een cliënt hem daartoe een opdracht had gegeven?

Toen hij de bar verliet, bleven de Joegoslaven daar met Peter Tan achter, een goedgehumeurd en lawaaierig gezelschap dat gul was met de drank.

In de suite deed hij zijn laptop open. Hij maakte een e-mailbericht voor zijn kantoorgenoot Herb Boas. De airco draaide nog volop: ook midden in de nacht was het warm en vochtig. De advocaat schonk zich een bacardi-cola in. In de afgelopen dagen was hij tot een beslissing gekomen. De samenwerking met Boas kon hij niet meer voortzetten. Als zijn vriend meer waarde hechtte aan zijn hondje dan aan de samenwerking, was er geen ruimte voor een gezamenlijk kantoor. Finkenstein had afscheid genomen van zijn collega. Ver weg in de vochtige hitte van deze tropische stad was hij eigenlijk tot de conclusie gekomen dat hij in de toekomst niet langer voor cliënten wilde werken. Wat hij wél zou gaan doen, was hem allerminst duidelijk. Eigenlijk kwam hij niet veel verder dan de terugreis met het Duitse fotomodel. Hij zag zichzelf met Boris in het vliegtuig stappen en daarna wist hij het niet meer.

Zijn e-mailbericht aan Boas bevatte een korte conclusie: Boas en hij moesten uit elkaar. Toelichting was niet nodig, meende de advocaat. Hij verzocht Boas zijn kantoormeubels naar zijn appartement aan de andere kant van de gracht te brengen. Daar was op de tweede verdieping ruimte. Finkenstein had daar kantoor gehouden totdat hij met Boas een gemeenschappelijk kantoor had betrokken. Hij deed een dringend verzoek dit allemaal in orde te maken voordat hij in Amsterdam terugkwam. Pijnlijke confrontaties konden zo worden vermeden. Herb, je begrijpt dit vast, smeekte Finkenstein in de e-mail, in een poging ook dit deel van zijn verleden te ontlopen.

Terwijl hij een slok van de bacardi-cola nam prees hij zich gelukkig dat hij de dossiers van Jane al had veiliggesteld. De inbrekers hadden nu achter het net gevist. Hij vroeg zich af of hij eigenlijk niet van Jane en al die andere cliënten afscheid moest nemen. Was het een oplossing zijn kantoor weer aan huis te hebben? Kon hij niet beter definitief uit Amsterdam vertrekken? Ergens anders opnieuw beginnen? Op het scherm verscheen de mededeling dat het bericht verzonden was. Hij kon in ieder geval niet meer terug. Consequent als Boas was, zou die aan zijn verzoek gehoor geven. Opgelucht dat hij een beslissing had genomen, stond hij op en liep naar de badkamer. Daar nam hij een lange, hete douche. Toen hij naar bed ging was Stefan nog steeds niet in de voorkamer gearriveerd.

Zijn telefoon meldde dat er een sms-bericht was. Zittend in bed las hij op het display: 'HONDJE WORDT OVERMORGEN AFGELEVERD.' Finkenstein kon zijn ogen niet geloven. Jane was voor zijn dreiging door de knieën gegaan. Hoewel hij intussen van Boas afscheid had genomen, en dat hondje dus eigenlijk niet meer van belang was, gaf het besef dat Jane had toegegeven hem een gelukkig gevoel. Toen hij in bed door de slaap werd overmand, had hij geen spijt van zijn bericht aan Boas. Zodra hij Boris bevrijd had, zou hij zijn leven anders inrichten.

25

De manager van het golfcomplex droeg een helgele Lacostepolo en een witte broek, strak in de vouw. Hij weigerde het verzoek van David vriendelijk maar beslist. 'Nee, meneer. Het is niet toegestaan dat gasten de baan betreden. U moet hier wachten. Ik zal voor u informeren waar meneer Ferguson nu is.' Hij pakte een telefoontje en drukte geroutineerd een nummer in. 'Geoff? Waar zijn jullie? Veertiende hole? Oké.' Hij keek David met zijn helblauwe ogen onschuldig aan. 'U hoort het. Even geduld, hij moet eerst de baan aflopen.' Met een armgebaar wees hij David naar de gemakkelijke stoelen in de erker, voor het raam met uitzicht op de baan. Even overwoog David buiten op het terras te gaan zitten. Maar dat leek hem toch niet zo'n goed idee. Bij zijn aankomst die ochtend was de hitte al verzengend geweest. Later op de dag zou het alleen maar erger worden. Het woestijnstadje werd overdag door de zinderende zon bestookt. Terwijl hij ging zitten verbaasde hij zich over de groene grasvelden, die dankzij de ondergrondse bronnen het gehele jaar in perfecte staat waren.

Hij bestelde een dubbele espresso en een glas mineraalwater. In het ruime clubhuis zaten groepjes mensen wat te drinken of te eten. Sommigen waren nog in golfkleding, de meesten zaten in vrijetijdskleding, in een ontspannen gesprek gewikkeld.

David schatte dat hij nog wel een uurtje moest wachten. Hij pakte zijn mobiele telefoon om Elaine te bellen.

Haar stem klonk paniekerig. 'David? Ze zitten achter me aan. Vladi merkte het. We deden gisteren boodschappen, hij reed. Ze volgden ons.'

David ging geschrokken rechtop zitten. 'Weet je het zeker? Wie denk je dat het zijn?'

'Vladi weet echt wel wat hij ziet. Geloof dat nou maar van mij. Hij is een professional. Ex-KGB.'

'Wat gebeurde er dan?' David kon het niet geloven. Waarom zouden ze Elaine achtervolgen?

'We moesten voor een verkeerslicht stoppen. Achter ons stond een rode auto. We reden de parkeergarage bij de beurs in. Die auto bleef achter ons aanrijden. Toen we weer wegreden, was het hetzelfde. Bij de Michielska- thedraal ook. In de Marie José werden we nog steeds gevolgd. Toen we 's avonds eten gingen halen, was die rode auto er weer. Ze houden me in de gaten. Waarom schaduwen ze mij?'

David dacht na. 'Die brief,' zei hij. 'Jij hebt die verzonden. Vingeraf- drukken? Of heb je er met iemand over gesproken?'

'Nee. Vingerafdrukken? Nee, ik had handschoenen aan. Speciaal ge- daan.'

'En die brochures op jouw kantoor? Zou iemand daarover gepraat heb- ben?'

'Uitgesloten. De teksten heb ik in mijn kluis bewaard. Niemand heeft ze gezien. De layout is met fake-teksten gemaakt. Bovendien, mijn medewer- kers zijn gewend aan vertrouwelijke informatie. Wat dacht je van al die campagnes die we begeleiden? Daar mag de concurrentie ook nooit iets van weten. Nee, dat is ondenkbaar.'

'Heb je iemand verteld dat wij elkaar hebben ontmoet? Een vriendin? Een van je medewerkers op je werk?'

'Nee.'

'Denk goed na.'

'Onnodig. Het antwoord is nee. Hé, ik vroeg je wat ik moet doen. Ik vind het griezelig. Zal ik naar de politie gaan? Wat denk jij ervan?'

'Ze zoeken mij. Die advocaat heeft me al een tijdje geleden gewaar- schuwd dat ze me zouden weten te vinden als ik Jane niet met rust liet. Via jou hopen ze mij te vinden. Ik denk niet dat ze jou iets zullen doen. Hoewel, als ze beseffen dat jij de papieren van Léon hebt, weet ik het zo net nog niet. Vroeg of laat leggen ze dat verband. Dan ben jij ook niet meer veilig voor ze.'

'Zouden ze geweld gebruiken?' vroeg Elaine geschrokken. 'Wat raad je me aan te doen?'

'Nu ik erover nadenk, vluchten. Je moet naar je schuiladres gaan. Ze zul- len die papieren willen hebben. Goedschiks of kwaadschiks. Als het erop aan komt, gebruikt Jane geweld. Dat heeft ze al eerder gedaan. Waarom nu dan niet? Je kunt het risico niet lopen, je moet daar weg.'

'En mijn werk dan? Moet ik daar ineens wegblijven?'

'Zeg dat je ziek bent. Je kunt toch bellen en e-mailen. Kom op. Ik vind het leuk je weer te zien als ik terugkom in Europa. Als je niet onderduikt ben ik misschien net op tijd voor je begrafenis. Als jij onder bewaking staat, kan ik niet eens naar je toekomen. Jane zit achter mij aan. Laat Vladi een truc bedenken waardoor je ongezien naar je schuiladres kunt gaan.'

De schrik klonk duidelijk in haar stem door. 'Onderduiken! Is dat je beste advies?'

'Als je me straks weer wilt zien: ja.'

'En dan? Bel ik je als het gelukt is?'

'Vóór je dat doet koop je eerst een nieuw mobiel toestel. Met een nieuw nummer. Bel me als je dat hebt.'

'*Merde*. Wordt dit ons nieuwe leven?'

'Als je je overleden echtgenoot niet achterna wilt gaan.'

'Bijzonder fijngevoelig, hoor, zo'n opmerking.'

David hoorde nu de verontwaardiging bij haar opkomen. Hij was te ver gegaan. 'Sorry. Zo bedoelde ik het niet. Je moet écht voorzichtig met ze zijn, begrijp je. Ik méén het. Hé, even moed houden. We zijn er bijna.'

'Hoe ver ben je dan?'

'Ik heb de aandelen gekocht. Nu zit ik op een golfbaan op Ferguson te wachten. Hij moet van de veertiende hole komen.'

'Wanneer ga je naar de bank?'

'Morgen. Schiet jij op met die brochures? Dat kan toch gewoon doorgaan als je onderduikt? We hebben ze direct na de beursgang nodig.'

'Maak je geen zorgen. Mijn kantoor is goed georganiseerd. Bel me als je bij de bank bent geweest.'

'Doe ik. Zeg nog iets liefs.'

'Ik mag je erg graag. Zozeer zelfs dat ik bereid ben voor jou onder te duiken.'

'Dank je. Fijn dat te horen. Ik geloof bijna dat ik van je houd.'

Nu lachte ze. 'Probeer me straks eerst maar eens te vinden.'

In het terreinwagentje zaten twee mannen, een met een gele strohoed, de ander met een rood baseballpetje op. Ze droegen golfkleding. Toen ze over de steile helling naderden zag David dat de man met het baseballpetje al wat ouder was, Hij had lange witte haren die golvend onder het petje uitstaken. Zijn roze gezicht, licht gebruind door de woestijnzon, had iets ontwapenends. David vermoedde dat hij Simon Ferguson was.

'Jij bent Friedman, veronderstel ik.' Simon Ferguson stond naast hem. David kwam uit zijn stoel omhoog. 'Mooi dat je hier kon komen,' vervolgde Ferguson terwijl hij ging zitten. 'Vertel maar eens hoe de zaken ervoor staan.' Een warme glimlach, half dichtgeknepen ogen met kraaienpootjes in de ooghoeken. De huid enigszins verweerd van het verblijf buiten, op de golfbanen. En op zee. David herinnerde zich dat Vittoria hem over de gemeenschappelijke hobby van Carlier en Ferguson had verteld. Ferguson bleek een man die op een natuurlijke manier mensen voor zich innam. Met zijn glimlach kon hij het ijs breken. Maar terwijl hij dat deed hield hij David met zijn half toegeknepen ogen voortdurend in de gaten. David kreeg de indruk dat Simon Ferguson weinig miste van wat er om hem heen gebeurde en voortdurend bezig was de mensen tegenover hem te observeren, alsof hij lag te loeren op een kans, gereed om iedere mogelijkheid uit te buiten die een ander hem bood. Vittoria had Ferguson een sluwe vos genoemd en David had de indruk dat de Antilliaanse daarmee de plank niet ver missloeg.

David lachte vriendelijk terug. Hij wees op zijn koffiekopje. 'Iets drinken?'

Maar Simon klapte al in zijn handen, de armen boven zijn hoofd gestrekt. Een meisje kwam haastig aanlopen. Ze bejegende hem vriendelijk, als een trouwe gast. Zonder in de kaart te kijken bestelde Simon witte wijn en een salade. 'Eet jij ook wat?' vroeg hij aan David en zonder antwoord af te wachten bestelde hij ook voor David een salade. 'Dat is de beste keus hier,' zei hij. 'Ik neem aan dat je er geen bezwaar tegen hebt. Drink je van de wijn mee? Dan nemen we een fles.'

Toen het meisje verdwenen was boog hij zich naar David, een toonbeeld van vertrouwelijkheid. 'Nou, vertel het maar. Hoever ben je met Dreyfuss?'

David had van Vittoria duidelijke instructies gekregen. 'Aan Simon kun je alles vertellen, Davey. Hij en Henry zijn echte partners, weet je, ze trekken heel vaak samen op. Ze hebben geen geheimen voor elkaar. Vertel hem gewoon hoe het ervoor staat.' Ze had zichzelf onderbroken met een van haar geheimzinnige lachjes, een vrolijke herinnering die ze niet met David wilde delen. 'Henry vertrouwt Simon. Geen achterdeur, geen geheime agenda. Ze liggen elkaar wel. Houden allebei van de zee. Alleen, Simon zeilt. Hij lacht om die motorsloep van Henry.'

'Ik heb de aandelen gekocht. Dreyfuss heeft ze al overgedragen.' David hield Ferguson nauwkeurig in de gaten. De man toonde geen spoor van enthousiasme. Kon het hem niets schelen?

'Zijn ze ook al betaald?'

'Ja. Henry heeft dat met de bank geregeld. Wij moeten vandaag de details van jouw participatie regelen.'

'Zo, dus dat is allemaal rondgekomen. En de prijs? Gaf Dreyfuss korting?'

'Dertig procent op de introductiekoers.'

Simon keek verbaasd. 'Zoveel? Waarom? Hield hij uitverkoop?'

'Nee. De aandelen mogen een jaar lang niet op de beurs worden verkocht. Hij heeft een *lock-up* omdat hij aandeelhouder en commissaris is. Deze aandelen heeft hij later bijgekocht, hij had al aandelen van zichzelf. Met de andere commissarissen financiert hij de tent. In die korting is het koersrisico van dat jaar verdisconteerd.'

Het meisje bracht de wijn en schonk de grote glazen vol. Ferguson bestelde mineraalwater en nam een slokje. 'Uitgedroogd, dat ben je als je hier de baan hebt gelopen,' legde hij aan David uit. 'Je moet 's morgens vroeg beginnen. In de middag is het niet uit houden. Veel te warm.' Hij dacht even na. 'Stelde Dreyfuss nog speciale voorwaarden?'

David keek Ferguson verbaasd aan. Waarom vroeg zijn gastheer hiernaar? Wist hij misschien al dat Dreyfuss had geëist dat hij niet mee mocht doen? Tijdens de onderhandelingen met Dreyfuss had David dit als een kleinigheid beschouwd die tussen Henry en Simon geregeld kon worden. Ze konden samen achter de coulissen doen wat Dreyfuss verboden had, zodat Simon wel in de winst deelde. Niets bijzonders, dat soort zaken gebeurde in de zakenwereld aan de lopende band. Maar hij vroeg zich nu ineens af of dat wel zo gemakkelijk te regelen zou zijn. Zou deze vitale belegger geheime afspraken met Henry willen maken? Waarom vroeg hij onmiddellijk naar de voorwaarden van Dreyfuss?

Simon werd ongeduldig. 'Welke condities heeft Abe gesteld, Friedman? Vertel op, hij geeft die korting niet voor niets.'

'Er waren er twee,' zei David. 'Ik moest de koopsom ineens betalen.'

'Dat is gebeurd. Je vertelde me dat Henry dat heeft geregeld. Wat eiste Dreyfuss nog meer?'

'Jij mag niet meedoen. Dat heb ik schriftelijk moeten garanderen.'

Simon nam een slok van zijn mineraalwater. Hij zoog een ijsblokje naar binnen en sabbelde erop. Er trokken kuiltjes in zijn wangen. 'Tja,' zei hij toen hij zijn glas op tafel zette, 'als dat zo is, sta ik buitenspel. Ik doe veel zaken met Abe en dat wil ik niet op het spel zetten. Nee, dan gaat het niet door.'

David was verrast. 'Van Henry begreep ik dat hij de afspraken gewoon door wil laten gaan. Ik moet dat vandaag met jou uitwerken.'

Simon schudde zijn hoofd. Vergiste David zich, of blonken er werkelijk pretlichtjes in zijn ogen? De doorschijnende oogleden vielen bijna dicht. 'Nee, dat kan niet. Als jij daarvoor hebt getekend, kunnen we daar niet meer onderuit. Onmogelijk. Het is kinderachtig van Abe, maar het is niet anders.'

Ferguson leek niet erg onder de indruk te zijn van deze tegenslag. Voor hem was dit een dag als alle andere. Er ging een kans aan hem voorbij, maar hij wist dat er wel weer nieuwe mogelijkheden zouden komen. Hij begon met smaak van zijn salade te eten.

David volgde zijn voorbeeld en prikte een reepje kip aan zijn vork. Hij vroeg zich bezorgd af hoe Henry op dit nieuws zou reageren. 'Dus je wilt niet meedoen,' zei hij nadenkend, terwijl hij de kip naar binnen werkte. Hij kwam tot de conclusie dat het niet veel meer uitmaakte. Met Dreyfuss was alles afgehandeld. Daar kon niets meer tussenkomen. Alleen, Henry was onberekenbaar. Hoe zou die erop reageren als David hem vertelde dat zijn partner niet meedeed en dat hij alles zou moeten betalen?

Ferguson schudde het hoofd. 'Het kan niet door dat kinderachtige gedoe van Dreyfuss. Volgens mij zijn we klaar, Friedman. Of hebben we nog iets anders te bespreken?'

David had met Vittoria niet doorgenomen wat er moest gebeuren als Simon zich zou terugtrekken. Dit was een onverwachte ontwikkeling. 'Ik weet het niet,' zei hij enigszins onzeker. 'Vind je het erg als ik even overleg met Henry?'

Ferguson lachte. 'Die zul je wel niet te spreken krijgen. Je zult dat meisje moeten bellen, denk ik.'

David keek op zijn horloge. Aan de Middellandse Zee was de avond al een eind gevorderd. Vittoria zat zonder twijfel op het terras van de villa in de heuvels, een glas in haar hand en haar blik op de verlichte kerk van Altea gericht.

'Als je me een ogenblik kunt missen, doe ik het nu meteen.' Hij liep het clubhuis uit, het terras op. Buiten overviel de hitte hem. De atmosfeer was kurkdroog.

Toen Vittoria zich meldde, legde hij het probleem uit. Vittoria was achterdochtig en vroeg zich af of Ferguson andere redenen had om niet mee te doen. 'Simon is anders ook niet zo rechtlijnig. Wat zit erachter, Dave? Waarom doet hij niet mee? We zouden nu al met die aandelen kunnen verdienen als we opties sluiten. Hij zou daarvan kunnen profiteren. Dan is het toch vreemd als hij daar niet aan meedoet?'

'Hij zegt dat hij te veel zaken met Dreyfuss doet om tegen hem te liegen. Bovendien, het is een voorwaarde van Dreyfuss. Die moeten we nakomen, vindt hij.'

'Gelul. Simon loopt anders ook niet voor een dealtje weg.'

David realiseerde zich opeens dat er maar één reden kon zijn voor de beslissing van Simon Ferguson. Hij kon meer verdienen zonder Henry, zonder de aandelen Amsterdam Online te kopen. Voor de zoveelste keer vroeg hij zich af of Ferguson en Dreyfuss afspraken hadden gemaakt. Was de voorwaarde van de Amerikaan een elegante manier om het voor Simon mogelijk te maken zonder gezichtsverlies van de afspraken met Henry af te komen?

Vittoria wilde antwoord. 'Hé, Davey, wat denk jij ervan?'

'Vitto, ik weet het niet. Hij doet niet mee en dat is het. Ik kan hem niet dwingen. Of wil je dat ik naar de rechter ga?' '

'Jezus, Dave, schei uit. Henry zal er wel de pest in hebben. Nu staat hij er alleen voor.'

Opnieuw vroeg David zich angstig af of Henry zich terug zou trekken.

Maar dat kon toch niet meer, de rekening van Dreyfuss was al betaald en de aandelen waren al eigendom van Liberty Inc. Toch was hij niet helemaal gerust. Een ingeving volgend zei hij: 'Ik kan aan Simon vragen of hij aan Henry een lening wil geven. Dan hoeft Henry ook niet al dat geld vrij te houden.'

'Ik moet het met Henry bespreken. Morgen ligt hij met zijn boot voor Altea. Zeg Simon maar dat we hem dan bellen.'

David constateerde met enige verbazing dat er geen muziek op de achtergrond klonk. Er waren geen stemmen en Vittoria leek nuchter. 'Ben je alleen?' vroeg hij.

'Jezus, Dave. Vroeger deed je ook al zo raar met vrouwen. Kom als je klaar bent naar Spanje, maar stel die vraag nooit meer.'

'Ik stuur vanavond een e-mail met de details van de deal,' zei hij. Op Vittoria zou hij wel nooit greep krijgen.

In het clubhuis trof hij Simon aan met de telefoon tegen zijn oor. Hij beëindigde juist een gesprek. 'Dat was Henry,' zei hij terwijl hij het kapje van de telefoon dichtklapte. 'We zijn eruit. Geen probleem. Kom, geniet van je salade. Die is echt uitstekend hier.'

David keek hem bezorgd aan. Wat hadden die twee zakenvrienden geregeld? Had Ferguson rechtstreeks contact met Henry? Dat was uitzonderlijk want David dacht dat alleen Vittoria dat had. Zou Henry besloten hebben de aandelen Amsterdam Online onmiddellijk weer te verkopen? Dat zou een lelijke streep door de rekening zijn. Terwijl de vragen door zijn hoofd tolden, at hij uiterlijk rustig zijn bord leeg.

Ferguson bracht hem naar zijn auto. 'Ga je naar Los Angeles?'

'Nee. Ik rij naar San Diego. Een dagje La Jolla, en dan naar New York.'

'Kijk eens aan,' zei Simon, duidelijk met zijn gedachten ergens anders.

Bij de auto gekomen schudde hij David de hand. Hij boog zich vertrouwelijk naar David over. 'Wat zijn je plannen met die aandelen?'

David keek hem verbaasd aan. 'Dat moet ik met Henry bespreken,' zei hij terughoudend. 'Ik denk dat we ze een tijdje houden en dan verkopen.'

Ferguson keek hem nadenkend aan. 'Kom, kom,' antwoordde hij. 'Je bent slim genoeg. Henry heeft je niet voor niets zijn vertrouwen gegeven. Je zult wel andere ideeën hebben. Maar je hoeft het me niet te vertellen, hoor.' Hij was even stil en vervolgde toen: 'Als je je plannen klaar hebt, doe je er goed aan naar deze jongens te gaan. Wacht er niet te lang mee.' Met een snelle greep in zijn broekzak toverde hij een kaartje te voorschijn. 'Wanneer ga je terug naar Nederland?'

'Na New York. In het weekend, mijn vliegtuig landt zondag tegen de middag op Schiphol.'

'Goed,' zei Ferguson. Hij drukte David het kaartje in de hand. Die las het verbaasd. CHAMAL & ZIMMERMAN stond in sierlijke letters op het geschepte papier te lezen, Adviseurs voor Communicatie en Strategie. David keek zijn gastheer verbaasd aan. Simon knikte nadrukkelijk. 'Beloof me dat je het doet. Ik zorg ervoor dat ze je ontvangen. Jullie moeten de horloges gelijkzetten. Dat is essentieel, jongeman. Anders kost het ons allemaal geld.'

David vroeg zich af wat hij te zoeken had bij die communicatieadviseurs. Hij begreep er niets van. Hoezo zou het hem geld kosten als hij niet naar die adviseurs ging? Wat had Ferguson uitgebroed? Zou hij met Henry iets bedacht hebben? 'Oké,' zei hij, 'ik zal eraan denken. Zodra ik in Nederland ben maak ik een afspraak.'

'Goed zo,' zei Ferguson. 'Bel me daarna. Ik wil je dan nog even spreken. Nou, goede reis. Het is wel een paar uur rijden naar San Diego. Waar slaap je?'

'In het Sheraton, aan de jachthaven.'

'Lang geleden dat ik er geweest ben. Tot ziens. Ik hoor van je. Vergeet me niet te bellen.'

Nicholson en zijn collega's brachten al na enkele dagen verslag uit. Ze troffen Jane in haar kamer in de Rembrandt Tower in Amsterdam. De onderzoeker had een accountant meegenomen, Alexander Colly. Naast hem stond een jonge vrouw in spijkerbroek en een strak zwart bloesje, de mond zwaar met rode lipstick aangezet, de zwarte haren in hoge golvende krullen gekamd. 'Monica Duffy. Zij werkt op ons kantoor in Brussel.'

'Hebben jullie die dossiers van Finkenstein gevonden?' vroeg Jane nieuwsgierig.

Nicholson keek haar met een sluwe trek in zijn gezicht aan. 'Nee. Het bleek dat daar al iemand naar heeft gezocht. Er is in zijn kantoor ingebroken en zijn appartement is ook bezocht. Ik denk dat jij daar wel meer vanaf weet. In ieder geval, die dossiers zijn goed opgeborgen. Niemand weet waar.'

'Ik dacht dat jullie dat wel uit zouden vinden.'

'Tot nu toe is dat niet gelukt.'

Jane keek haar gast teleurgesteld aan. 'En die erfgenamen, zijn jullie erachter wie dat zijn?' vroeg ze gespannen.

Nicholson legde een papier op tafel. 'Lees dit maar eens.'

Het was een kopie van een notariële akte. Toen Jane de in officiële bewoordingen opgemaakte tekst las, bleek ze het testament van Finkenstein voor zich te hebben. Vol bewondering keek ze Nicholson aan. 'Waar hebben jullie dat te pakken gekregen?'

Nicholson lachte fijntjes. 'Vind je het erg als we dat voor ons houden? Laten we het erop houden dat zijn notaris gevaarlijke vrienden heeft. Lees het maar. Dan heb je een antwoord op je vraag.'

Jane had even moeite zich op de tekst te concentreren. Wat zou er met die notaris aan de hand zijn? Verkeerde vrienden? Zou hij gechanteerd zijn? Ze keek haar gast onderzoekend aan. Nee, Nicholson was niet iemand die ze graag tegenover zich had staan. Veel scrupules leek hij niet te hebben, en de wrede trek om zijn mond gaf hem niet bepaald een plezierig uiterlijk. Ze verdiepte zich in de tekst. Finkenstein had allerlei ingewikkelde regelingen bedacht, voor zijn moeder, voor een zuster, en voor een stoet van vrienden, veel buitenlanders, van wie hij de adresgegevens aan de notaris had opgegeven. Maar het belangrijkste legaat ging naar het fotomodel wiens foto op zijn bureau stond. De Duitser Boris kreeg alle spullen die niet aan anderen waren vermaakt, de huisraad, de kantoorspullen, de bankrekeningen, en wat Finkenstein nog meer aan bezittingen had.

'Er zijn nogal wat erfgenamen,' zei Nicholson toen Jane uitgelezen was.

'Die Duitser is onze man.' Haar stem klonk opgelucht. 'Dit maakt het aanzienlijk gemakkelijker.'

Nicholson keek haar verbaasd aan.

'Zo, nu moet je die advocaat zien te vinden.' Janes stem klonk bijna vrolijk.

'Hoe? Heb je wat aanknopingspunten voor ons?'

Jane stond op en liep naar haar bureau. Toen ze terugkwam legde ze een kaartje voor Nicholson neer. 'Deze man moet je bellen. Peter Tan. Hij is mijn agent voor het verre oosten. Hij heeft kantoren in Bangkok en Hongkong.'

Nicholson had afgeleerd verbazing te tonen. Zijn klanten verrasten hem met de meest onmogelijke opdrachten. Maar dit was wel een erg vreemde opdracht; hij moest een Amsterdamse advocaat vinden en daarvoor moest hij iemand in Hongkong bellen. 'Goed,' zei hij, 'en als we hem gevonden hebben, wat dan?'

Jane reageerde korzelig. 'Je ziet dat hij zijn nalatenschap goed geregeld heeft. Jullie gaan ervoor zorgen dat de erven worden blij gemaakt.'

'Begrepen,' zei Nicholson met een lachje.

'Ik wil er niets meer over horen. Je vertelt me alleen wanneer het zover is.'

'Akkoord.'

'Nu wat anders. Hebben jullie die Friedman gevonden?'

'Zeker,' zei Nicholson. 'Hij is in Brussel gesignaleerd. Bij een Belgische vrouw, Elaine Gaspari. Hij is met haar in Brugge en Knokke geweest. We hebben de uitdraai van zijn creditcard. Daarna is hij naar Spanje gegaan. Een vlucht van Transavia vanuit Amsterdam naar Alicante.'

'Wacht even.' De stem van Jane klonk ongeduldig. Ze had het gevoel dat haar bezoekers haar wilden overstelpen met een grote hoeveelheid informatie. Maar eigenlijk ging het haar maar om één vraag. 'Kunnen jullie Friedman oppakken?'

Nicholson stak zijn hand op alsof hij Jane tot rust wilde manen. 'Misschien is het goed als wij je eerst volledig verslag doen van onze bevindingen. Je krijgt vanzelf antwoord op je vraag.'

Jane reageerde gespannen. 'Waar is Friedman? Wat gaan jullie tegen hem doen? Je realiseert je toch wel dat we weinig tijd hebben. Waar hij allemaal geweest is interesseert me geen ruk. Ik wil weten waar hij nu is.'

Nicholson tikte met zijn wijsvinger op het rapport. 'Dit vind je toch wel belangrijk, denk ik. Friedman is in Brussel geweest. Daar heeft hij die brief te pakken gekregen. Hij heeft contact gehad met de weduwe van de man aan wie die brief was gericht. Monica?'

Deze bladerde in de papieren en wees naar een tekst. 'Pagina vier. We hebben informatie dat Friedman en Elaine Gaspari in Knokke met grote dozen zijn gezien. Vermoedelijk archieven. Daar zal die brief vandaan gekomen zijn.'

Jane keek geschrokken. Finkenstein! Had de advocaat dan niet geweten dat Gaspari ook nog archieven in Knokke had? Dat Friedman en de weduwe van Gaspari met elkaar in contact stonden? Hij had er nooit iets van gezegd.

'Zij heeft een appartement in Knokke. Die dozen stonden daar in de berging. We hebben met de werkster gesproken.'

Jane vervloekte de slordigheid van Finkenstein. De advocaat was veel te gehaast geweest. Hij had nooit iets over een appartement in Knokke gezegd. Uiterlijk onbewogen trok Jane haar conclusie. 'Goed. Friedman heeft die brief dus verzonden. Dat is dan wel duidelijk. Waar is hij nu?'

Nicholson nam het over. 'Dank je, Monica. We zijn enkele creditcardafrekeningen uit San Francisco tegengekomen. Een betaling aan het Sheraton in San Diego. Een huurauto van Avis in Oakland. Hij is aan de westkust geweest. Vandaar is hij naar New York vertrokken.'

'En? Is hij daar al aangekomen? Hebben jullie hem te pakken gekregen?' Jane was de spanning nu aan te zien.

'Monica?' Nicholson liet het verslag verder aan zijn assistente over. Die bladerde weer door de papieren. Ze liet zich door het ongeduld van Jane niet opjagen. 'Hij zou nu onderweg moeten zijn naar New York.' Een blik op haar horloge. 'Daar is hij nog niet aangekomen. Over een uur, denk ik. Hij wordt opgevangen, daar hebben we voor gezorgd.'

'Dan hebben we hem dus,' constateerde Jane tevreden. Het was alsof er een last van haar af viel. Wat een dag! Van Finkenstein had ze afscheid genomen. Nu viel met Friedman zo ongeveer het laatste obstakel weg voor haar grote succes, de beursgang.

'We vangen hem in New York bij de gate op,' zei Nicholson. Hij keek zelfvoldaan naar zijn opdrachtgeefster. Haar grote spanning was hem niet ontgaan. Hij rook geld. Veel geld. 'We hebben onze Amerikaanse collega's moeten inschakelen,' zei hij op vertrouwelijke toon. Monica ging weer zitten. Haar stoel stootte tegen de tafel. De koffiekopjes rinkelden op de schoteltjes. 'De kosten zijn erg hoog.'

Jane maakte een geërgerd gebaar. 'Ik betaal jullie toch. Jullie moeten hem oppakken bij de gate. Je neemt hem mee...'

'En dan?' vroeg Nicholson met een allervriendelijkste glimlach. 'Je wilt vast niet dat hij ooit weer vrijkomt. Zo'n brief kan hij elke dag weer schrijven, nietwaar?'

Jane beet op haar onderlip. Haar wenkbrauwen trokken samen. 'Je bent scherp,' zei ze uiteindelijk. 'Maar jullie moeten hem wel ondervragen. Ik wil weten wat hij precies van plan was. Waar de documenten van die Belgische vrouw zijn. Ik zal een vragenlijstje maken.'

'Dat dacht ik al,' ging Nicholson verder. 'Dat wordt een uitvaart op de Hudson. Je zult in dat geval nóg een voorschot moeten betalen.' Nicholson maakte aantekeningen in een notitieboekje met een zwartleren omslag. 'Ik stuur een nieuwe voorschotnota. Die moet je per omgaand overmaken.'

'Liever contant,' zei Jane. 'Bel me het bedrag door, dan zorg ik ervoor dat we de volgende ochtend kunnen afrekenen. Ik wil geen post van jullie ontvangen.'

Het was al ver na twaalven toen het vliegtuig op Kennedy Airport landde. Het regende hard. De druppels liepen in straaltjes over de kleine ramen. De landingsbaan lag er zwart glanzend bij. De verlichting weerkaatste in het asfalt.

David stond in het vliegtuig bij de deur te wachten. De purser en een stewardess stonden bij de cockpitdeur met elkaar te praten. Het vliegtuig werd op de slurf aangesloten waardoor de passagiers het stationsgebouw in moesten lopen. David haastte zich als eerste de slurf in. Op de grond lagen kauwgompapiertjes en een beker van McDonald's. Zijn voetstappen klonken hol in de lage ruimte. Hij liep snel, want hij verlangde ernaar om in zijn hotel een hete douche te nemen.

De hal was fel verlicht. Er stonden mensen te wachten. David vroeg zich af of het vliegtuig op dit nachtelijk uur nog een vlucht zou maken. Of stonden deze mensen te wachten op passagiers die uit het vliegtuig kwamen? Hij zocht naar het bordje 'uitgang'. Daarna wilde hij zo snel mogelijk een taxi naar Manhattan zien te vinden.

Plotseling dook er naast hem een grote man op. 'Meneer Friedman?' vroeg hij terwijl hij met David opliep.

David zag dat er aan de andere kant ook een man naast hem was komen lopen. De man rechts droeg een gebreid mutsje. Zo te zien had hij zijn hoofd kaal geschoren. Hij was ruim een kop groter dan David en had de lichaamsbouw van een professionele bodybuilder. Brede schouders, stevige heupen. Grote, veerkrachtige passen.

David voelde zijn hartslag versnellen. Wie waren deze krachtpatsers? Waarom liepen ze naast hem? Met enige schrik bedacht hij dat hij wel erg zorgeloos was geweest. Elaine had hem verteld dat zij werd gevolgd. Hij had haar aangeraden onder te duiken. Maar hij had er niet bij stilgestaan dat ze hem hier in New York zouden opsporen. Hoe kon Jane weten dat hij in de Verenigde Staten was? Hoe was ze erachter gekomen dat hij deze vlucht uit Detroit genomen had? Nu kon hij zich wel voor zijn hoofd slaan, want hij begreep dat die twee niet veel goeds in de zin hadden. Een zware hand op zijn schouder dwong hem in tempo mee te lopen. Verwarde gedachten schoten door zijn hoofd. De afspraak met de bankier, de volgende ochtend, daar kon hij niet op tijd zijn. De moeizame onderhandelingen met Dreyfuss. Zou hij die voor niets hebben gevoerd? Waren deze zware jongens door Jane gestuurd om hem te kidnappen? 'Wie zijn jullie in vredesnaam?' vroeg hij terwijl hij de omgeving afspeurde. Hij zag een gate waar passagiers de slurf inliepen. Een late vlucht die op het punt van vertrek stond. Een jongen in uniform stempelde de boardingpasses af. Er kwamen nog enkele passagiers aanhollen. De jongen nam lachend de papieren aan en voerde ze door de machine.

'Doorlopen,' zei de basstem van de lange man met het gebreide mutsje. Hij duwde David op zijn schouder om hem te dwingen mee te gaan.

David nam zijn beslissing in een fractie van een seconde. Hij rukte zich onverwacht los en dook langs de grote man. Die was verrast. David sprintte naar de gate. Achter zich hoorde hij kreten. Hij rende door. Een oudere vrouw met plastic tassen in haar hand liep plotseling voor hem. Met een ruwe beweging duwde hij haar opzij. De vrouw wankelde en viel toen luid krijsend tegen de grond. Toen klonk er schoten. David zag hoe mensen zich gillend op de grond wierpen. Hij hoorde geschreeuw. De jongen in uniform sprong opzij en zocht beschutting achter de balie. Hij rende de slurf in. Zijn voetstappen deden de vloer bewegen. Er klonk weer een harde knal, en nu voelde David een klap en iets gloeiends in zijn linker dijbeen. Terwijl hij voort bleef rennen, voelde hij zijn broek vochtig worden. Hij voelde pijnscheuten in zijn been. Weer was er het lawaai van schoten, direct gevolgd door een stekende pijn in zijn schouder. Toen hij besefte dat hij was geraakt, merkte hij dat hij moeite had zich voort te bewegen. Hij was bijna bij de haakse bocht die hem aan het zicht van zijn achtervolgers zou onttrekken. Strompelend en heen en weer zwaaiend liep hij door, de bocht om. Hij zag twee mannen in een donkerblauw uniform uit het vliegtuig komen en op hem toerennen. Verder lopen kon hij niet meer. Even stond hij te wankelen, toen zakte hij langzaam door zijn knieën, alsof hij acteerde in een film. Terwijl hij neerging dacht hij: als ze me nu maar niet te pakken krijgen. Ik moet eerst nog met Elaine bellen, zodat ze weet wat ze moet doen.

Hij werd ruw op zijn rug gedraaid. Terwijl hij verging van de pijn, zag hij in een waas dat er twee mannen over hem heen gebogen stonden. Hielden ze hun pistolen op hem gericht? Maar hij was toch het slachtoffer! Toen hij voelde dat hem de handboeien werden omgedaan, was hij verbaasd. Toen er iemand hard aan zijn arm trok, deed zijn schouder erge pijn. Hij wilde zeggen dat er een vergissing in het spel was, maar er kwamen geen woorden meer uit zijn mond. 'Blijven liggen!' hoorde hij iemand roepen. 'Niet bewegen!' Vaag drong het geknetter van portofoons tot hem door. De pijn werd steeds heviger. Hij voelde dat hij in zijn bloed lag. Zijn gekreun trok de aandacht.

'Heeft iemand de medische staf gewaarschuwd?' vroeg een purser.

'Ja, ja, dat heb ik allang gedaan!' riep een van de veiligheidsmensen geïrriteerd.

David werd licht in zijn hoofd. Toen een man in een wit uniform zich over hem heen boog en zijn broek losknoopte, om hem vervolgens op zijn buik te draaien en zijn broek omlaag te trekken, raakte hij buiten bewustzijn. Terwijl hij op de brancard werd geschoven, werd hij even wakker van een afschuwelijke pijn, maar hij merkte er niets van toen twee broeders de brancard door de slurf naar de hal duwden. Van de tocht door de gangen van het stationsgebouw en de ambulance die hem naar een ziekenhuis vervoerde, kon hij zich later niets meer herinneren.

Het bericht van het laboratorium was het eerste goede nieuws dat officier van justitie De Beaufort sinds dagen ontving. Er was erg veel publiciteit rond de schadevergoedingsclaim van effectenmakelaar Sommer geweest. Tot zijn woede had De Beaufort moeten toezien hoe Musch in de kranten en de actualiteitenrubrieken op de tv alle ruimte kreeg. De advocaat van Sommer werd niet moe er steeds maar weer op te hameren dat De Beaufort had gefaald. Hoe onrechtmatig de vervolging van zijn cliënt was geweest. Zijn grote, zware gestalte met de golvende, zwartgrijze krullen maakte een vertrouwenwekkende indruk.

Hoofdofficier Clavan had de officier het zwijgen opgelegd. De verslaggevers werden door de persofficier te woord gestaan. Die stond in nauw contact met het ministerie in Den Haag. De Beaufort mocht met niemand van buiten justitie over de zaak spreken.

Clavan had er geen twijfel over laten bestaan dat hij meer maatregelen zou nemen tegen De Beaufort. Niet lang nadat de affaire in de publiciteit was gekomen, kreeg De Beaufort een brief waarin zijn overplaatsing werd aangekondigd. De officier riep in alle staten zijn assistent Stevens op zijn kamer. 'Hier! Moet je lezen!' riep hij verontwaardigd. Kauwend op popcorn en het stompje van zijn gedoofde sigaartje stapte hij wild gebarend door zijn kamer.

Stevens las dat De Beaufort zou worden overgeplaatst naar het arrondissement Maastricht. Niet bepaald een vooruitgang na Amsterdam. Enigszins ongerust vroeg Stevens zich af wat de gevolgen van deze affaire voor hem zouden zijn. 'Je kunt bezwaar maken,' zei hij werktuiglijk. Zou Clavan hem ook willen straffen? Uiteindelijk was hij de eerste medewerker van De Beaufort in de fraude-unit. Erg gerust was hij er niet op.

'Bezwaar maken bij de bezwarencommissie!' De Beaufort begon honend te lachen. 'Je gelooft toch niet echt dat die commissie een beslissing tegen Clavan zal nemen?'

Stevens keek zijn chef hulpeloos aan. Die stond in zijn karakteristieke houding, de armen hooggeheven, zijn overhemd halfopen en trillende onderkinnen onder zijn mond.

'Het is de rechtsgang,' zei Stevens ter verklaring.

'Dank je wel!' riep De Beaufort.

Stevens zag een bruine envelop op het overvolle bureau van de officier liggen. Hij las gedachteloos de afzender. 'Is dat een bericht van het laboratorium?'

De Beaufort keek hem stomverbaasd aan. 'Laboratorium?' Hij begreep niet wat zijn assistent bedoelde. Toen vervolgde hij zijn eigen gedachtegang. 'Ik ga naar Den Haag. Wat Clavan doet, tart iedere beschrijving. Eerst werkt hij samen met Musch om die claim op te stellen, en als die is ingediend gooit hij mij eruit. Hier zijn geen woorden voor.'

'Mag ik?' vroeg Stevens. Hij ritste de bruine envelop open.

Plotseling drong het tot De Beaufort door dat het een brief van het laboratorium was. 'Geef hier!' snauwde hij zijn assistent toe terwijl hij hem de brief uit handen griste.

Stevens zou het moment dat zijn chef de brief las voor altijd bijblijven. De Beaufort maakte een wonderbaarlijke metamorfose door. Was de officier aangeslagen geweest toen hij de kamer was ingelopen, boos en opstandig, maar toch vooral terneergeslagen door de beslissing van Clavan, nu rechtte de kleine man zijn rug, gingen zijn diepliggende oogjes fonkelen en wapperden zijn dikke handen plotseling triomfantelijk met de brief heen en weer. 'Zie je wel!' kraaide de officier opgewonden. 'Ik heb het steeds gezegd. Clavan heeft vuile handen.'

Hij gaf de brief aan Stevens. Het was de uitslag van een onderzoek naar vingerafdrukken op een hoeveelheid biljetten van vijfhonderd euro. De mededeling was kort. Op de bankbiljetten waren afdrukken gevonden die overeenkwamen met de voorbeelden. Stevens keek zijn chef vragend aan. 'Wat voor eurobiljetten zijn dat, Charles?' vroeg hij nieuwsgierig. 'En van wie zijn die vingerafdrukken?'

De officier barstte in lachen uit. 'Dat is geld van Clavan!' riep hij vrolijk. 'Die afdrukken zijn van Musch en Clavan. Nu hangen ze.'

'Clavan?'

'Het geld is hem afgenomen toen ik hem met Musch in Arti heb betrapt.'

'Je meent het! Hoe heb je dat gedaan?' Stevens stond zijn chef verbaasd aan te kijken. Hij had een visioen van zijn dikke chef, druk bezig om als een zakkenroller Clavan geld afhandig te maken. Die gedachte leek hem bij nader inzien onzin. De Beaufort was zo ongedurig in zijn bewegingen dat hij als zakkenroller volkomen ongeschikt was. 'Wat heb je gedaan, Charles?' vroeg hij nadrukkelijk.

De Beaufort keek hem onschuldig aan. 'Niets bijzonders,' zei hij schouderophalend. 'Toen Clavan van Arti wegfietste is hij gevallen. Zijn geld lag op straat. Dat heeft hij over het hoofd gezien. Iemand heeft dat opgeraapt en aan mij gegeven.'

'Bij toeval?

'Ach, wat. Toeval? Dat moet je soms een handje helpen.'

'En die gelukkige vinders kregen toen een inval. Ze dachten, kom laten we nu maar eens naar officier van justitie De Beaufort gaan om een verklaring af te leggen. Plotseling voelden ze zich geroepen om tegenover jou te bevestigen dat ze hebben gezien dat dit geld uit de zakken van Clavan kwam. Is het zo gegaan?' Stevens kon een glimlach nauwelijks onderdrukken.

'Zoiets. Ik heb hun verklaringen, dat is juist.'

'Ze wisten niet dat het om Mickey Clavan ging, dat is gewoon een toevalstreffer, nietwaar?'

'Ach, wat.' De officier lachte Stevens triomfantelijk toe. Hij stond aan zijn bureau in de stapels papier te zoeken. 'Hier,' zei hij tevreden, 'lees dit maar eens.' Hij wapperde met een papier naar Stevens.

Terwijl Stevens las, stak de officier een nieuw sigaartje aan. Hij trok als een bezetene om er de brand in te krijgen. Stevens wierp een snelle blik op hem. De Beaufort stond er nu bijna ontspannen bij. De dikke lippen toonden een tevreden lachje, zijn mond hing open. De officier wachtte ongeduldig op het oordeel van zijn assistent. Toen hij het papier aan zijn chef teruggaf, zag Stevens er ontdaan uit. 'Mijn hemel, Charles. Je realiseert je toch wel wat je gedaan hebt? Geen mens gelooft dat dit toeval is. Iedereen begrijpt dat je Clavan te pakken hebt genomen. Daar ontkom je niet aan. Er volgt een verhoor door de rijksrecherche, dat kan ik je wel zeggen.'

De Beaufort keek Stevens bedroefd aan. 'Paul, hier komt geen rijksrecherche aan te pas. Het ontbreekt je aan fantasie.' Hij was even in gedachten verzonken. 'Let op. Ik ga naar boven. Bij Mickey op bezoek.'

Hij pakte zijn papieren en liep opgewekt zijn kamer uit, op weg naar de hoofdofficier.

De officier liep zonder kloppen de kamer van Clavan binnen. Zwaar snuivend en met veel bombarie stapte hij naar het bureau van de hoofdofficier. Voordat die van zijn verbazing over dit onverwachte bezoek was bekomen, hing De Beaufort over zijn bureau. 'Mickey, je bent er gloeiend bij,' zei hij hijgend van emotie. 'Lees dit maar eens.' Hij legde de papieren met een harde klap op het bureau van de hoofdofficier. 'Lezen!' commandeerde hij nog een keer.

Onder het lezen betrok Clavans gezicht. 'Wat is dit?' vroeg hij nijdig. 'Heb jij me laten overvallen?'

'Dat is geld van Musch, klootzak. Of eigenlijk van Sommer, wed ik. Hij heeft je dat betaald omdat je hem geholpen hebt. Met die schadebegroting. Met die hele procedure. Je stond bij Sommer onder contract. Daarom wil je me hier weg hebben.'

Clavan las de papieren nog een keer. 'Kom op, Charles,' zei hij lachend. 'Omdat een paar straatboeven eurobiljetten bij mij vinden met de vingerafdrukken van Musch erop, zou ik omgekocht zijn door Sommer. Wel ja, laat je fantasie maar gaan. Het zijn toch je laatste dagen hier.' Hij pakte de papieren bij elkaar en hield deze gereed voor De Beaufort. 'Maak je nou niet verder belachelijk, Charles. Jouw reputatie heeft genoeg geleden. We vergeten dit snel, afgesproken?'

De Beaufort hing over het bureau van zijn chef. 'Vergeet het maar, Mickey. Jij kunt aan de rechtbank uitleggen hoe dat geld in jouw binnenzak is gekomen. Ik leg een beëdigde verklaring af dat ik jou die avond in Arti heb aangetroffen en dat je die schadebegroting van Sommer met Musch aan het bespreken was. Ik ben benieuwd van je te horen hoe je je daaruit denkt te redden.'

Clavan ging ontspannen achterover zitten. 'En dan leg jij aan de rechtbank uit dat die straatrovers toevallig tegen mij opliepen. Dat ze daarna zomaar op het idee kwamen een verklaring bij jou af te leggen. Leuk geprobeerd, Charles, maar hier red je je kop niet mee. Ga nou maar aan je werk. Ik wil het nu nog door de vingers zien. Maar dan moet je wel ophouden. Oké?'

Met zijn wijsvinger naar de hoofdofficier uitgestoken en van woede bijna struikelend over zijn woorden viel De Beaufort uit: 'Weet je wie we vandaag hebben opgepakt? Wilton, jouw medewerker, Mickey.'

De hoofdofficier knipperde even met zijn ogen. 'O ja? Nou, dat kan er ook nog wel bij. Charles, je bent overspannen. Ga naar huis.'

'Weet je waarom? Hij heeft drugs gegeven aan een junk. Een overdosis, Mickey.'

Clavan lachte geforceerd. 'Wat vertel je me nu? De fabels van La Fontaine? Is je verbeelding op hol geslagen?'

'Niet die van mij. Die van het gerechtelijk laboratorium, Mickey. Dezelfde mensen die de vingerafdrukken van Musch op jouw geld aantroffen, hebben de afdrukken van Wilton op bierflesjes gevonden die op het tafeltje van die junk stonden. Dat tafeltje stond in een drugscafeetje. Wat deed Wilton daar, Mickey? Kun jíj je fantasie nu eens laten werken misschien, of moet ik dat ook nog voorkauwen?'

Nu lachte de hoofdofficier niet meer. 'De Beaufort, jij bent de gifangel die de sfeer in het parket verziekt. We staan hier in Amsterdam bekend om onze goede relaties met de buitenwacht. Maar jij helpt die reputatie met je verdomde paranoia om zeep. Ik ga je schorsen. Het is genoeg geweest!'

'Dat is het zeker, Mickey.' De Beaufort stond voorovergebogen over het bureau van de hoofdofficier, de mond wijdopen, schuim rond zijn mondhoeken en de bril bijna van zijn neus gezakt. 'Weet je wat ik voor je heb? Een verklaring van die junk dat hij Wilton heeft herkend op die avond toen ik mishandeld ben. Wat denk je, zou Wilton jou dekken als hij ondervraagd wordt? Durf je de gok aan? Of zou Wilton aan zijn vrouw en kinderen denken en zijn hoofdofficier laten vallen? Spannend, nietwaar? Vooral als je bedenkt dat de eerste ondervraging nu aan de gang is.'

Clavan zat doodstil en zwijgend in zijn stoel. Hij had zijn ogen neergeslagen en keek de officier niet aan. 'Weet jij dan nooit van ophouden?' vroeg hij zachtjes, na wat een eeuwigheid leek.

De Beaufort pakte de telefoon en hield die demonstratief in zijn hand. 'Wat dacht je, Mickey? Zullen we op bezoek gaan bij Wilton? Ga je mee, gewoon het verhoor bijwonen? Ik bel nu, oké?' Langzaam begon hij de toetsen in te drukken.

Voordat hij klaar was slaakte Clavan een diepe zucht. 'Wat wil je van me, Charles?' fluisterde hij.

De Beaufort legde de telefoon op het bureau. 'Je nek,' zei hij kort en bondig. 'Je schrijft je ontslagbrief, en je geeft die aan mij mee. Nu. Daarna heb je van mij geen last meer.'

De hoofdofficier zat enkele minuten doodstil in zijn stoel. 'Dat is het?' vroeg hij toen. 'Een andere keus is er niet? Ook niet als ik jouw overplaatsing terugdraai?'

'Nee.' De stem van De Beaufort klonk als een mokerslag. Hij was niet van plan zijn baas nog een uitweg te bieden. 'Jij flikkert op hier. Ik wil je nooit meer zien in dit gebouw.'

Clavan staarde voor zich uit. De Beaufort werd ongeduldig. Hij schudde de hoofdofficier aan de schouders. 'Schiet op, Mickey!' riep hij, 'ik heb geen eeuwen de tijd!' Clavan keek hem geschrokken aan. Stond zijn driftige officier op het punt geweld te gebruiken? Hij draaide zich naar zijn computer en begon te tikken.

Toen hij even later zijn handtekening had gezet keek hij De Beaufort aan, met de brief in zijn handen. 'Eigenlijk wilde ik hier toch al weggaan. Na al die jaren had ik het hier wel gezien.'

De Beaufort griste hem de brief uit handen. 'Je hebt nog geluk,' snauwde hij tegen zijn meerdere. 'Je houdt je pensioen. Dat heb je niet verdiend.'

'Je bent wraakzuchtig, Charles,' klaagde de hoofdofficier.

'Nu ga je Musch bellen en je vertelt hem dat hij bij mij op kantoor moet komen. Vanochtend om twaalf uur, geen minuut later.'

Clavan trok zijn wenkbrauwen op. 'Zo. Ik dacht dat ik nu klaar was.'

'Nee. Je belt Musch. Opschieten.'

Toen Musch de kamer van De Beaufort werd binnengeleid zat de officier al aan de vergadertafel. Paul Stevens vergezelde hem. De advocaat had een cynisch lachje om zijn mond.

'Wat hoor ik, Charles? Ga je ons verlaten?'

De officier stikte bijna in een hoestbui die werd veroorzaakt omdat hij van woede sigarenrook had ingeademd. Stevens klopte hem op de rug terwijl De Beaufort met een roodaangelopen gezicht dubbelsloeg van het hoesten.

'Rook je niet te veel?' vroeg Musch bezorgd.

'Zitten.' De Beaufort klonk schor. Hij wees naar een stoel. 'Lezen,' beval hij vervolgens. Stevens gaf de advocaat een stapeltje papieren. Die zette zijn omvangrijke gestalte in het smalle vergaderstoeltje en begon zuchtend te lezen.

Toen hij klaar was, lachte hij schamper. 'Geheel in stijl, De Beaufort. Dit dossier staat bol van de illegale activiteiten. Tot je laatste werkdag ben je bezig de wet te overtreden. Ongelooflijk, Charles.'

'Musch, hou daarmee op. Je zit fout en niet zo'n beetje ook. Die omkoping van Clavan kost je je inschrijving als advocaat. Je vriend Clavan heeft zijn functie al neergelegd. Wil je mij soms dwingen de zaak toch voor de rechtbank te brengen? Reken er maar op dat ik dat doe. Ik wed dat Mickey dat ook leuk vindt, denk je niet?'

De advocaat luisterde aandachtig. 'Die Charles toch,' zei hij ontspannen. Hij maakte een gebaar naar Stevens. 'Heetgebakerde chef heb jij, Paul. Jullie werken bij de meeste zaken toch nauw samen? Musch pakte een envelop uit zijn jaszak en gooide enkele foto's op tafel. 'Hier werkten jullie ook samen, nietwaar, Paul?'

Stevens hoefde de foto's niet eens te bestuderen om te weten dat het opnames waren van het nachtelijk bezoek aan het kantoor van Sommer. Hij keek er met een schuin oog naar.

De Beaufort stond in zijn bureau te scharrelen. Hij besteedde geen aandacht aan de foto's. 'Hier!' riep hij triomfantelijk. 'Dit zocht ik.' Met een schriftje in zijn handen liep hij naar zijn gast. Hij wierp het op tafel voor de advocaat. 'Lees dat maar eens,' zei hij tevreden. 'Het is het zwarte kasboekje van Sommer. Secure man, die cliënt van jou. Heeft alles genoteerd in dat boekje. Jij krijgt van mij een kopie mee. Neem het met hem door. Ik heropen het onderzoek en Sommer gaat hiermee voor de bijl.' De officier wreef in zijn handen.

Musch bladerde door het notitieboekje. 'Onrechtmatig verkregen bewijs, Charles,' zei hij langzaam. 'Je hebt het gewoon gejat.'

De Beaufort lachte triomfantelijk. 'Een van de medewerkers van jouw cliënt heeft het hier gebracht. Ik heb een beëdigde verklaring. Niets onrechtmatigs mee aan de hand.'

Musch keek hem nadenkend aan. 'Dat krijg je er bij de rechtbank niet in,' zei hij enigszins aarzelend.

'Iedereen die in dat boekje staat wordt ondervraagd,' zei De Beaufort. 'Sommer kan zijn vrienden vast waarschuwen. We hebben al uitgezocht wie er achter die initialen schuilgaan. Ze krijgen allemaal een oproep. Wat een feest! Alle relaties van Sommer moeten hier komen om een verklaring af te leggen. Wat betekende die aantekening in het boekje van Sommer? Heeft hij hun werkelijk het bedrag betaald dat daar vermeld staat? Is daar belasting over betaald? Kijk, zo'n onderzoek zal de zaken van Sommer pas écht goed doen. Doe zaken met Sommer en je weet zeker dat je bij justitie terechtkomt. Nee, jouw cliënt heeft het echt goed bekeken, Musch.' De officier lachte uitbundig. Een dikke hand met een stompje sigaar erin priemde in de richting van de advocaat.

Die zweeg. Nog steeds bladerde hij door het notitieboekje.

'Oké,' zei De Beaufort. Hij stond op. 'Vanmiddag vóór drie uur ligt er een bevestiging op tafel dat Sommer zijn schadeclaim intrekt. Onherroepelijk, voor akkoord ondertekend door Sommer. Zo niet, dan verstuur ik vanmiddag nog mijn brief naar de deken van advocaten. Het onderzoek wordt dan morgen heropend. De brieven naar die relaties van Sommer liggen al klaar. Je ziet maar. Drie uur vanmiddag is de uiterste termijn.'

Toen de brief van Musch zes minuten over drie werd bezorgd, pakte De Beaufort de telefoon om een afspraak met de procureur-generaal te maken. Die zou zeker verrast zijn door het plotselinge vertrek van Clavan. De Beaufort legde de brief van Musch klaar om mee te nemen. De intrekking van de schadeclaim was zonder twijfel een van de mooiste overwinningen uit zijn loopbaan. Hij was ervan overtuigd dat hij de procureur kon overtuigen dat zijn overplaatsing ongedaan moest worden gemaakt.

Het gesprek in het kantoor van de procureur duurde niet lang. De hoge ambtenaar stond achter zijn bureau toen De Beaufort werd binnengelaten en ging tijdens het gesprek niet zitten. Hij had de brief van Clavan in zijn handen.

'Ik wil geen vendetta's, jongeman,' zei hij afstandelijk. In zijn stem klonken verbazing en afkeer door.

'Mijn idee,' zei De Beaufort lachend.

'Je hebt iemand op laten pakken, hoorde ik. Een medewerker van het bureau van de hoofdofficier.'

'Dat klopt.'

'Is dat nou werkelijk nodig? Ik bedoel, Clavan gaat toch al weg. Is dat niet voldoende?'

De Beaufort keek de procureur-generaal vragend aan. De koningin die achter de hoge ambtenaar aan de wand hing, scheen hem toe te lachen. 'Geen vendetta's, zei u?' vroeg hij. 'Dan blijft Amsterdam mijn standplaats, neem ik aan? Die overplaatsing was toch ook een wraakactie van Clavan?'

De procureur-generaal zette zijn leesbril af en legde die op zijn bureau. 'Denk je dat we er dan uit zijn?'

'Dat lijkt me wel,' zei De Beaufort.

Toen de officier tegen het eind van de middag werd gebeld door een verslaggever die hem vroeg wanneer zijn vertrek nu precies was gepland, lachte hij de man bulderend uit. 'Je loopt achter!' beet hij hem toe. 'Ik ga niet weg uit Amsterdam. Je moet zorgen dat je betere bronnen hebt. Ik blijf hier, en als je iets anders in je krant schrijft zet je jezelf voor lul.'

26

In het ziekenhuis werd David onder permanente bewaking geplaatst. De verhoren begonnen zodra hij weer bij bewustzijn gekomen was. De ondervragers waren steeds met twee man. Ze herhaalden hun vragen voortdurend. Wie was hij? Maakte hij deel uit van een groep? Wie waren de opdrachtgevers? Wat moest hij doen, het vliegtuig opblazen? Kapen? Kom op, Friedman, we weten toch dat je met anderen samenwerkte. Geef het nou maar toe. Als David dan ontkende en er vervolgens het zwijgen toe deed, gingen ze weer weg. Morgen komen we terug, zeiden ze. De volgende dag kwamen er twee andere ondervragers.

David was verbaasd over hun vasthoudendheid. Hij wás geen terrorist op weg naar een vliegtuig dat hij wilde kapen. Die theorie kon uiteindelijk ook niet standhouden: hij had geen wapen. David had niets bij zich dat ook maar in de verte als een wapen kon worden beschouwd.

Hij vertelde dat hij voor zaken in de Verenigde Staten was en dat hij bijna gekidnapt was, zonder dat hij wist waarvoor. Weer trok er een stoet van ondervragers aan zijn bed voorbij. Wat voor zaken deed hij dan? Met wie? Hoe kwam hij aan zijn geld? Wie waren zijn zakenrelaties?

Tussen de ondervragingen door belde hij met Vittoria. Hij vertelde haar dat hij er niet onderuit kon bekend te maken dat hij zaken deed voor Liberty Inc. De ondervragers wilden weten wie achter Liberty Inc. stonden. Hoe Liberty Inc. aan haar geld kwam. Was er enig bezwaar tegen dat hij de naam van Henry noemde?

Vittoria reageerde geschrokken. 'Wat heb je gedaan, Dave?' vroeg ze ademloos. 'Waar ben je in terechtgekomen? Waarom wilden ze je kidnappen?'

'Misschien is Dreyfuss boos geworden. Of heeft Simon zich bedacht. Weet ik veel.' Hij wilde aan Vittoria niet over zijn conflict met Jane vertellen. Maar het meisje begon er zelf over.

'Dat geloof ik niet,' zei ze, 'dat is hun stijl niet. Nee, dit is Jane, jongen. Ze heeft een appeltje met je te schillen. Ik hoorde al zoiets. Jane schijnt naar je op zoek te zijn. Wat is er aan de hand? Denk je erom dat je nog even niet gemist kan worden?'

'Futurit,' zei David. 'Dat is de reden.'

'Dat is tien jaar geleden. Daar achtervolgt Jane je nu toch niet meer voor?'

'Dan ken je haar niet. Een wraakzuchtig vrouwtje, die Jane.'

'Klets niet. Vertel me liever wat er gebeurd is. Ik voel gewoon dat je iets voor me verzwijgt.'

'Hé, Vitto, ik heb Jane genaaid en nu is ze zwanger van mij. Ze wil de vader doden om het kind te beschermen. Het oeroude instinct van de junglevrouw. Anders eet de vader het kind op. Begrijp je?' David had er genoeg van.

Vittoria lachte kort. 'Ook goed. Je wilt er niet over praten. En jij, hoe gaat het met je schotwonden?'

'Goed. Ik eet en drink alweer. Alles blijft in mijn lichaam, de wonden zijn dicht. Morgen loop ik weer. Overmorgen ga ik schaatsen. Oké?'

'Klets niet. Hoe lang moet je nog in dat ziekenhuis blijven?'

'Niet lang meer. Enkele dagen. Ik bel je als ik weg mag.'

'Doe dat. Kom dan hierheen. We moeten even bijpraten.'

'Goed idee,' zei David, en hij hoopte dat Vittoria aan zijn stem niet kon horen dat hij niet van plan was de reis naar Spanje nog een keer te maken.

Toen de rechercheurs begrepen dat David om onverklaarbare redenen bijna het slachtoffer van een kidnapping was geworden, kwamen ze langs met een laptopcomputer om een identificatiesessie met hem te houden. Ze lieten foto's zien en David moest zeggen of hij de daders herkende. Maar dat had weinig zin, want David wist niet meer te melden dan dat beide mannen blank, groot en breed waren en het hoofd hadden kaalgeschoren. Dat signalement was natuurlijk niet genoeg om de speurtocht door de foto's succesvol af te ronden. Er waren vele duizenden foto's die aan die criteria voldeden, en toen David ook na herhaalde vragen niet meer wist te vertellen, sloot de agent teleurgesteld de laptop. Terwijl hij zijn spullen inpakte vertelde hij aan David dat de bewaking zou worden opgeheven.

David zat naast de agent. Hij liep weer, al was zijn been nog behoorlijk stijf. Bij het zitten deed de wond in zijn achterste pijn, maar dat werd met de dag minder. 'Wat zeg je?' vroeg hij fel. 'Als jullie die man weghalen ben ik een *sitting duck*. Ze schieten me neer als ze me vinden. Het was ze al bijna gelukt.'

De rechercheur lachte onverschillig. 'Vergeet hun signalement niet op te schrijven als ze komen,' zei hij spottend. Toen hij zag dat David werkelijk angstig was zei hij troostend: 'Volgens ons was het een vergissing, daar op het vliegveld. Ze hebben je verward met iemand anders. Beroerd voor jou, die wonden, maar je loopt geen enkel risico meer. Ze weten intussen wel dat jij hun man niet bent. Wij denken dat het een val voor een drugshandelaar was. Ze komen echt niet meer.'

'Hé! Hij noemde mijn naam! Hoe verklaar je dat, als ze mij niet moesten hebben?'

'Weet je het zeker?' vroeg de rechercheur. 'Wij denken dat je je vergist. In de spanning van het ogenblik is dat heel goed mogelijk. Mensen vergissen zich vaak in dat soort situaties. Dénken dat ze iets gehoord hebben, maar dat is dan helemaal niet zo.'

'Nee, man. Ik weet het zeker. Hij noemde mijn naam. Zonder jullie bewaking verkeer ik in gevaar.'

De rechercheur schudde zijn hoofd. 'Vergeet het maar. De beslissing is al genomen. Er komt vandaag geen avonddienst meer.'

David kleedde zich tegen het eind van de middag aan. Met enige moeite slaagde hij erin zijn spijkerbroek aan te trekken. De broek was gewassen, maar de kogelgaten zaten er nog in. Op de gang hoorde hij drukke voetstappen. De verpleging wisselde van dienst. Bezoekers liepen naar hun zieke familieleden. Hij deed zijn jack aan en hoopte dat het kogelgat niet al te veel de aandacht zou trekken. Op het jack waren de kringen van de bloedvlekken nog goed te zien. Zijn spullen propte hij in het koffertje. Voorzichtig deed hij de deur naar de gang open. Niemand lette op hem. Langzaam lopend bewoog hij zich door de gang. De lift was halverwege de gang. Er stonden wat mensen te wachten en hij ging tussen hen in staan. Zijn been deed nu behoorlijk pijn. Het leek wel of de wond weer was opengebarsten.

Toen de liftdeuren openschoven, liep hij voorzichtig met de anderen mee de lift in. Een vrouw met een kinderwagen wilde ook mee, hoewel de lift eigenlijk al vol was. De kinderwagen raakte Davids dijbeen, die daarop een gil van pijn gaf. Iedereen keek hem verbaasd aan. Zo'n overdreven reactie op een duwtje van een kinderwagen? Terwijl het zweet op zijn voorhoofd parelde, verontschuldigde David zich tegen de vrouw.

Beneden in de hal lette niemand op hem. Buiten vond hij al snel een taxi. Toen de chauffeur hem vroeg wat het doel van de rit was, bedacht hij met een schok dat hij geen hotel had gereserveerd. 'Breng me naar het Marriott Marquis,' zei hij.

'Op Times Square?'

'Ja.' Het was het eerste hotel dat hem te binnen schoot. De anonimiteit van het drukke Times Square trok hem wel. Hij moest er maar op gokken dat ze een kamer vrij hadden. In elkaar gedoken op de achterbank voelde hij pijnscheuten als de taxi door een kuil reed. Van de vering van de wagen was maar weinig over. Hij probeerde de pijn te vergeten en verheugde zich op het grote kingsize bed waar hij straks in kon gaan liggen.

In het hotel voerde hij een kort telefoongesprek met Elaine. Ze hadden regelmatig contact gehad toen hij in het ziekenhuis lag en ze hadden e-mailberichten uitgewisseld.

'Ga je nu naar de bank?' vroeg Elaine.

'Morgen. Ik heb een afspraak gemaakt.'

'Dat is het laatste wat op het programma staat, nietwaar?'

'Ja.' David dacht even na. 'En dan maar wachten op de beursintroductie. Is de datum al bekend?'

'Die heb ik je per e-mail toegezonden.' Elaine klonk vermoeid. 'David, ik heb er genoeg van. Ik zit hier maar te wachten. Ik houd het niet lang meer uit.'

'Nog even. Wees in vredesnaam voorzichtig. Vergeet niet dat ze misdadigers op me af heeft gestuurd om me te doden. En dat was nog maar het begin. Let maar eens op wat Jane doet als ze begrijpt waarmee we bezig zijn.'

Het antwoord van Elaine was een diepe zucht. 'Kom je gauw naar Europa?'

'Als ik rond ben met de bank, pak ik de eerstvolgende vlucht.'

'Hé, pas jij ook goed op jezelf? Ga er maar vanuit dat ze nog naar je op zoek zijn.'

'Natuurlijk. Hoever ben je met de brochures?'

'Het ontwerp is klaar. Het ziet er goed uit. Nu maar afwachten totdat het zover is.'

'Heb je nog bericht gehad van je computervrienden?'

'Geen nieuws.'

Het imposante bankiershuis lag op de kop van Wall Street, schuin tegenover de effectenbeurs. David klom met enige moeite de brede trap op. Zijn been speelde hem nog steeds parten. Door de tochtdeuren liep hij de immens grote hal in, op zoek naar de portiersloge.

De bankier kneep zijn smalle lippen op elkaar toen hij naar David luisterde. 'Het is gewaagd,' zei hij aarzelend. Ze zaten in een grote spreekkamer aan een erg grote vergadertafel. David voelde zich verloren in de ruimte.

Op een lage wandkast stonden de resten van een uitgebreide lunch. *Chafing dishes* met messing handvaten en op elkaar gestapelde borden. David knikte. 'Dat is zo. Maar Liberty Inc. loopt geen enkel risico. Als het misgaat ligt het risico bij de andere partij.'

'En wat denkt u dat er gebeurt als uw wederpartij niet kan betalen?' informeerde de bankier.

'Dat is hun probleem. Trouwens, daar is geen sprake van. De wederpartij is financieel ijzersterk.'

'O ja?' De bankier bladerde door zijn dossier. 'Ik vroeg me af of u kunt vertellen wie de wederpartij is. Dat zou de zaak veel gemakkelijker maken.'

'Ik heb een overeenkomst, maar die is nog niet getekend. We zetten een dezer dagen de handtekening.' David gaf hem een mapje.

De bankier begon te lezen. Al snel keek hij op. 'De Liberty Foundation?' vroeg hij. Toen David knikte zei hij: 'Dat is een solide partij. Ik wist niet dat het Fonds dit soort speculatieve transacties deed. Dat maakt het inderdaad minder moeilijk.' Zwijgend las hij verder.

David deed een schietgebedje en hoopte dat de bankier geen navraag zou doen. De kans daarop achtte hij niet groot. Bankiers hadden niet de gewoonte zich in de transacties van hun klanten te mengen. Niettemin moest hij zo snel mogelijk met Marcus Klein in contact zien te komen. Die was nog steeds onbereikbaar voor hem. Telefoontjes en e-mails bleven onbeantwoord.

Toen de bankier klaar was met lezen, keek hij zijn opdrachtgever aan. 'U bent niet verbonden aan Amsterdam Online?' vroeg hij.

'Op geen enkele manier. Geen *insider trading*.'

'Ik vraag het omdat dit een eigenaardige transactie is. Amsterdam Online móet nog naar de beurs. Toch wil het Liberty Fonds er al in speculeren. Dat is bijzonder en het roept vragen op. Bent u bereid schriftelijk te verklaren dat u geen enkele relatie met Amsterdam Online hebt?'

'Geen probleem. Laten we de overeenkomsten doornemen. Het tijdschema is van erg groot belang. Ik heb niet al te veel tijd meer.'

De bankier bladerde aandachtig door de papieren. Na een tijdje keek hij David aan. 'Als u zo'n verklaring ondertekent, lijkt het me legaal. Ik vraag wel het advies van onze *legal counsellor*.' Hij stond op. 'Kunt u wachten? Of komt u straks terug? Ik denk dat ik een uurtje nodig heb. Misschien twee.'

Toen David door de brede, marmeren gang van het bankgebouw naar de lift liep, deed zijn been hevig pijn. Dat was stijf geworden van het zitten en hij had grote moeite met lopen. Het litteken van de wond trok. Zijn keel was droog van de spanning. Als er maar geen gezeur kwam over de Liberty Foundation. Hij had een gok genomen door die naam te noemen. Aan de andere kant, het fonds van Klein was bij de bankiers een bekende naam en wekte vertrouwen. Nadat hij die naam genoemd had, waren er over de herkomst van zijn geld geen vragen meer gekomen. Liberty Inc. en Liberty

Foundation, voor de bankier had het vertrouwd geklonken. Als hij nu maar geen navraag deed. En als zijn adviseur maar geen lastige vragen stelde. Hij was bijna aan de eindstreep. Zou het lukken?

Beneden liep hij moeizaam het bordes af en Wall Street in. Bij de Wall Street Kitchen strompelde hij de trap op. Hij liet zich naar een tafeltje aan de buitenste ring brengen.

Vanuit zijn stoel keek hij naar het grote scherm waarop de beursvloer te zien was. De aandelenkoersen liepen over het scherm. Hij bestelde een hamburger en frites. In de hoge zaal zaten mensen gehaast te eten. David dacht aan de bankier en vroeg zich af wat de juristen van de bank ervan zouden zeggen. Zelf was hij ervan overtuigd dat hij niets deed wat verboden was. Maar helemaal zeker van zijn zaak was hij niet, bankjuristen waren vaak zo precies. Toen zijn bestelling werd gebracht zat hij nog te piekeren.

Terwijl hij zat te eten, ging plotseling zijn telefoon. Tot zijn stomme verbazing hoorde hij de echtscheidingsadvocaat uit Rotterdam. 'Mooi dat ik u tref. Ik heb de papieren klaar. Waar moet ik uw set naartoe sturen? Heeft u al een nieuw adres?'

David verslikte zich bijna. Zijn scheiding was hij allang vergeten. Dat hij nog formaliteiten moest vervullen om zijn huwelijk met Marga te beëindigen was hem totaal ontschoten. 'Mijn adres?' herhaalde hij verbaasd. Hij wilde zijn appartement in Amsterdam geheimhouden. 'Ik kom ze wel afhalen als ik weer in Nederland ben.'

'Dan kunt u tegelijk tekenen. Ik wil dat u dat persoonlijk bij mij doet. En nu wil Marga u nog spreken,' klonk het. 'Hier komt ze.'

Voor hij iets kon zeggen hoorde hij de stem van Marga. 'David,' zei zijn vrouw, en het leek wel of er tranen in haar stem doorklonken. 'Ik vind het zo erg. We hebben elkaar al zo'n tijd niet meer gesproken. David, we zijn meer dan tien jaar getrouwd geweest. Zullen we een afspraak maken? Dat we elkaar zien, als jij de papieren ondertekent? Ik verlang er zo naar je weer te spreken, lieverd. Zo kunnen we toch niet uit elkaar gaan?'

David vergat zijn hamburger even. Dit was Marga, met wie hij lange jaren alles had gedeeld. Die hem na Futurit trouw was gebleven. Hij verdrong Wallis uit zijn gedachten. Hier, in New York, leek dat allemaal erg ver weg. Marga wilde hem spreken! Waarom zou hij haar niet ontmoeten? Misschien was zijn woede ook wel wat overdreven geweest. Ze verdiende beter. Misschien stemden de nachten die hij bij Vittoria en Elaine had doorgebracht hem milder. 'Marga, meisje,' zei hij rustig, 'ik ben nu in het buitenland. Zodra ik weer in Nederland ben, bel ik je, oké? Vertel me waar ik je kan bereiken.' Hij noteerde haar nummer. Toen hij weer aan zijn hamburger begon, schoot het door hem heen dat hij zijn nieuwe mobiele nummer niet aan de advocaat had doorgegeven. Hoe was die daar in godsnaam achter gekomen? Of vergiste hij zich?

Toen hij weer tegenover de bankier in de grote vergaderzaal zat, voelde hij de spanning. De bankmanager zocht in zijn dossier. David wachtte zwijgend af. 'Hier is het,' mompelde de bankier. Hij gaf David enkele velletjes papier. 'Ons *legal department* wil dat u dit tekent. De handtekening van uw wederpartij is ook nodig. Ik ga er overigens vanuit dat de Liberty Foundation uw wederpartij is. Als dat anders wordt, moeten we de zaak opnieuw bezien.'

David liet zijn oog over de verklaring gaan. Hij dwong zichzelf de tekst goed te lezen. Het ging erom dat hij de bank vrijwaarde voor alle aanspraken van derden, wie dan ook. Bovendien moest hij verklaren dat zijn tegenpartij, als de nood aan de man kwam, in staat was de aandelen Amsterdam Online te kopen.

'Wij willen geen schandaal,' legde de bankier uit.

'Geen probleem,' zei David. 'Hier kan ik mee leven.'

'De wederpartij ook?'

David knikte. 'Ongetwijfeld.'

De bankier ontspande. 'Goed dat te horen. U staat ervoor in. Anders zouden wij u niet van dienst kunnen zijn. Wij treden pas op als we beide verklaringen hebben ontvangen.' De bankier keek hem aan, alsof hij hem wilde doordringen van de ernst van de situatie.

'Ik begrijp het.'

'U moet mij een lijst met de nummers van de aandelen geven.'

David pakte een computeruitdraai uit zijn koffer. De teerling is geworpen, schoot het door zijn hoofd. Straks moest hij Elaine bellen. En Marcus. Waarom kon hij die vervloekte controller niet bereiken, juist nu hij hem meer dan ooit nodig had?

De bankier keek de lijst vluchtig door. 'Dat ziet er goed uit.'

Daarna moesten volmachten voor de bank worden getekend. David moest zijn handtekening laten legaliseren op een advocatenkantoor dat enkele blokken verder gevestigd was, op de zuidpunt van Manhattan. De taxi bracht hem snel heen en weer. Terug bij de bankier controleerden ze de papieren nog een keer. De bankier had hun afspraken op schrift gesteld in een brief die David voor akkoord moest ondertekenen.

Toen alles geregeld was, bestelde David een limousine om zich naar de luchthaven te laten brengen. Zijn been deed hevige pijn. Hij wilde zo min mogelijk lopen. Ook wilde hij zo snel mogelijk uit New York vertrekken. De gedachte dat de twee zware jongens hem misschien nog zouden vinden was een waar schrikbeeld. Op Kennedy Airport regelde hij zijn vlucht naar Amsterdam.

Zijn vliegtuig zou drie uur later vertrekken. Hij zocht de wachtkamer voor de business class. Daar belde hij eerst met Elaine. 'Het is rond. De bank werkt mee.'

'Gefeliciteerd! Het beste nieuws sinds jaren. Ik verlang ernaar dat we weer gewoon kunnen leven en niet meer bang hoeven te zijn.'

'Nog even. Eerst moet Amsterdam Online naar de beurs.'

'Heb je nog pijn?'

'Valt mee. Ik vlieg straks naar Europa. Ik neem wat pijnstillers voor onderweg. En een slaappil. Zodra ik geland ben, bel ik je. Dan kom ik onmiddellijk naar je toe.' Toen hij de verbinding verbroken had, bedacht hij dat hij zakelijk helemaal niets met Elaine had afgesproken. Moest hij dat niet doen? Verbaasd besefte hij dat hij hun samenwerking als vanzelfsprekend beschouwde. Zou zij niet twijfelen aan zijn bedoelingen? Of zou zij het ook normaal vinden dat ze samen optrokken?

Het kantoor van Chamal en Zimmerman stond op zijn kop. Chamal liep luid vloekend door de gang. De deur van de kamer van Zimmerman vloog met een klap open. De blonde adviseur keek zijn collega verbaasd aan. Hij legde een hand op de hoorn van de telefoon zodat het geraas van Chamal niet door zijn gesprekspartner gehoord kon worden. 'Sorry,' zei hij, een lichte ergernis in zijn stem, 'ik ben bezig. Ik kom straks bij je.'

Maar zijn collega bleef staan. Weer een knetterende vloek. Brede armgebaren. 'Leg neer! Het is crisis!'

Zimmerman beëindigde het telefoongesprek. 'Wat heb je in godsnaam, man?' vroeg hij ruw. 'Ik was in gesprek met een klant. Als je zo staat te schreeuwen, is dat geen vertoning.'

'Lees!' commandeerde Chamal. Hij gooide een faxbericht op het glazen bureaublad van Zimmerman.

Die schoof zijn bril omhoog en begon te lezen. 'Wat is dat nou?' vroeg hij verbaasd. 'Wat betekent dit? Waarom verbiedt Ferguson ons om van zijn gegevens gebruik te maken? Wat moeten we dan met Cohen?'

Chamal tikte met zijn wijsvinger op het glazen blad. 'Die oude gek heeft ons met deze fax lamgelegd. Dat betekent het. Cohen moeten we afblazen. We kunnen niets doen totdat zijne heiligheid Simon Ferguson ons de zegen weer geeft.'

Zimmerman las het bericht nog een keer. De tekst was duidelijk. Simon Ferguson verbood de adviseurs gebruik te maken van de dossiers die hij hun had gegeven. Wacht op David Friedman, schreef hij vanuit zijn villa in Palm Springs, die maakt een afspraak met jullie. Met hem moesten Chamal en Zimmerman maar afspreken wanneer de dossiers gebruikt mochten worden.

'Wie is Friedman?'

'Nooit van gehoord.' Chamal maakte een wanhoopsgebaar.

'Maken we voor die verklaring van Cohen gebruik van de dossiers van Ferguson?' vroeg Zimmerman.

'Natuurlijk. Het gaat over die Zwitserse constructie om de belasting te ontduiken. Ik heb de stukken daarvan in de mappen van Ferguson gevonden.'

'En als we ons van deze fax nu eens niets aantrekken. Wat dan? Merkt Ferguson dat ooit?'

'We hebben een contract getekend. Hij heeft het recht om dit te doen. Als we dat verbod overtreden kan hij een immense dwangsom eisen. Dat risico kunnen we niet lopen.'

Zimmerman herinnerde zich de korte plechtigheid op het kantoor aan het Lange Voorhout. Ze hadden hun handtekening moeten zetten in een hoekkamer met uitzicht op Hôtel des Indes. 'Staat in dat contract dat hij ons zomaar kan verbieden gebruik te maken van die gegevens?'

'Natuurlijk. Daar ging het hem om. Nee, we zitten volledig vast.'

'Wanneer zou Cohen moeten optreden?'

'Morgen.' Chamal liep ongedurig en met grote passen de kamer door. Hij zwaaide weer met zijn armen. 'Ik ga Ferguson bellen!'

'Niet nu. Het is daar al na twaalven.'

'Nou en? Op zijn leeftijd heeft hij weinig slaap nodig.' De adviseur pakte de telefoon en toetste een nummer in.

Het duurde even voordat hij verbinding kreeg. Daarna duurde het tijden voordat hij Simon aan de lijn kreeg. Die luisterde naar het opgewonden geschreeuw van Chamal. 'Trek het je niet zo aan, mijn beste,' zei Simon. In zijn stem was duidelijk verbazing te horen. 'Er is niets aan de hand. We moeten gewoon enkele zakelijke belangen op elkaar afstemmen. Niets meer, niets minder. Bespreek het nu maar met Friedman. Hij zal jullie wel vertellen wanneer jullie je gang kunnen gaan.'

Chamal bond in. 'Goed, goed. Maar wanneer kunnen we dan verder? Wie is Friedman en waar kunnen we hem vinden?'

'O, dat is een handige jongeman. Ik heb wel vertrouwen in hem. Heeft hij nog geen contact met jullie opgenomen? Nee? Dat is vreemd. Ik geef je zijn mobiele nummer.'

Chamal noteerde het in driftige hanenpoten. 'Ik neem contact met hem op,' zei hij stroef voordat hij de verbinding verbrak.

'Zo kunnen we niet werken,' zei hij ontevreden en klagerig nadat de verbinding met Ferguson was verbroken. 'Ik heb een gedetailleerde planning gemaakt. Eerst zet ik alles op alles om Cohen over te halen zijn verklaring af te leggen, en nu moet ik de zaak verzetten. De hele planning komt in gevaar. Die veiling van de umts-licenties komt er al snel aan. Zoveel tijd hebben we niet meer. Wat moeten we in vredesnaam doen als we die Friedman niet te pakken krijgen? Of als het een dorpsgek blijkt te zijn? Je weet toch wel over hoeveel geld het gaat?' Hij keek Zimmerman nijdig aan.

Die reageerde verbaasd. 'Hé, ik kan er niets aan doen. Bovendien, maak je niet zo dik. Bel die Friedman, wie het ook mag zijn. Maak een afspraak, voor vanmiddag. Of vannacht. Misschien kan Cohen dan nog gewoon optreden.'

Chamal zette het toestel op de luidspreker en belde. 'Friedman,' klonk het.

'Met Chamal. Van Chamal en Zimmerman. Simon Ferguson vertelde me dat ik met u moest praten.'

Even was er een verbaasde stilte. David was het kaartje van de communicatieadviseurs helemaal vergeten. 'Dat is waar ook,' zei hij verrast.

'Op korte termijn graag. Ik heb verschrikkelijke haast.'

'O ja? Waarom? Wat is eigenlijk het doel van dat gesprek?'

Nu was Chamal verbaasd. 'Heeft Ferguson je dat niet verteld?' vroeg hij op scherpe toon. 'Ik begreep dat hij het je had uitgelegd.'

'Nee. Ik was kortgeleden bij hem, maar toen heeft hij mij alleen maar verteld dat ik met jullie moest spreken.'

'Nou, ik heb je toestemming nodig om bepaalde dossiers te kunnen gebruiken. Ik heb ongelooflijke haast. We maken nú een afspraak.'

David begreep er weinig van, maar hij sprak af dat hij naar het kantoor van Chamal zou komen. Het telefoontje van Chamal bereikte hem toen hij juist van Schiphol in zijn appartement aan de Herengracht was teruggekomen. Die avond belde hij met Ferguson om erachter te komen wat hij bij het Haagse kantoor moest doen.

Maar Ferguson had geen zin veel uitleg te geven. 'Je bent oud genoeg om voor jezelf te werken, jongen,' zei hij. 'Het lijkt me dat je er ook slim genoeg voor bent. Daarom moet je even met die adviseurs in Den Haag gaan praten. Die jongens willen gegevens gebruiken die ik hun ter beschikking heb gesteld. Maar dat kan ons in de wielen rijden, jongen. Je moet het even afstemmen, zodat jullie niet langs elkaar heen werken.'

'Hoezo? Waarmee werken we dan langs elkaar heen?'

'Luister, Friedman. Jij bent bezig met die aandelen van Henry. Die adviseurs hebben ook iets in de zin. Het heeft met Jane te maken, al weet ik niet precies hoe.'

David begreep er nog steeds niets van. 'Maar wat is hun opdracht dan?' vroeg hij enigszins wanhopig.

Ferguson vervolgde zijn eigen gedachtegang. 'Het gaat om dat aandeel van Jane, jongen. Amsterdam Online. Ik zou het jammer vinden als jij en ik daar niets aan overhielden. We moeten elkaar niet in de weg zitten. Die adviseurs moeten jou helpen. Daar kunnen we allemaal beter van worden. Op de beurs is goede timing negentig procent van het werk. Regel het dus met ze.'

Simon verbrak de verbinding en liet David in raadsels achter. Wat vermoedde de bejaarde belegger? Waar was Ferguson zelf mee bezig? Wat was zijn opdracht aan de Haagse adviseurs? Hoe hij ook piekerde, achter het antwoord op deze vragen kwam David niet.

27

Bangkok ging Finkenstein tegenstaan. De broeierige hitte viel buiten het hotel als een klamme deken op hem. Het drukke, stinkende verkeer en de gehaaste mensen irriteerden hem steeds meer. En dan waren er nog de Joegoslaven. Overdag steeds op pad, maar waarom wist de advocaat niet. Altijd met de onafscheidelijke Peter Tan. Het scheelde weinig of de Thai sliep ook in het hotel. Voortdurend vroegen ze om meer geld. Wapens, zei Stefan dan mysterieus, alsof zijn onstuitbare honger naar geld zo voldoende verklaard was. Als Finkenstein het allemaal moest geloven, hadden zijn reisgenoten onderhand een pakhuis vol wapens opgekocht. Toen Finkenstein een keer protesteerde dat hij genoeg geld had uitgegeven, kwam Stefan met een verhaal over de Land Rover. Die moest worden verstevigd. De wapens moesten erop worden gemonteerd. De motor moest worden gereviseerd.

Meestal doken Stefan en zijn kameraden in de loop van de middag weer in het hotel op. Dan dronken ze een borrel in de bar, met de Thai in hun midden. Wat deden ze met de kleine man? Als Finkenstein ernaar vroeg, was er een lachje, een schouderophalen. Peter is onze onmisbare gids, zei Stefan als Finkenstein vragen stelde, we hebben iemand nodig die de weg wijst. Een kort stilzwijgen. Dan een armgebaar. 'Bangkok is groot. Erg groot.' Stefan lachte veelbetekenend en de anderen lachten vrolijk mee, de Thai voorop.

Nog altijd was de afspraak met Mister Lin niet rond. De advocaat droeg zijn mobiele telefoon als een kostbaar kleinood bij zich. De Chinese bewaker van Boris moest hem bellen. De datum van de uitwisseling moest worden vastgesteld. Definitief en niet meer voor uitstel vatbaar. Finkenstein had gedreigd het vliegtuig naar Amsterdam te nemen als er nú geen zaken werden gedaan.

Het verlossende telefoontje kwam op een middag toen Finkenstein had gewinkeld. Hij had enkele overhemden en een zijden pyjama gekocht.

Prachtige schoenen had hij gezien, imitatie-Engels, maar daarover twijfelde hij nog. Het tochtje door de stad had hem een natte rug bezorgd. De airco van de taxi die hem naar het hotel had gebracht werkte niet goed. De koelte van de hotelhal was een verademing. Hij aarzelde. Eerst een Tia Maria in de bar, en dan naar zijn kamer, of eerst de pakjes wegbrengen? De bar was te verleidelijk. Met de plastic tassen in de hand liep hij de halfduistere ruimte binnen. In de lage stoelen zaten mensen te praten, papieren op tafel, calculators en laptops in de aanslag. Thaise fabrikanten en westerse handelaren. Stukprijzen en aantallen vlogen over tafel. Vechten over dollarcenten en over de commissie voor de generaal die beschermheer van de fabriek was. Finkenstein keek er ongeïnteresseerd naar. Waar maakten de mensen zich druk over? Enkele tientallen kilometers verderop, buiten Bangkok, daar gebeurde het. In een villa met een groot en verwaarloosd veld ervoor, met Boris achter de gesloten ramen. Wanneer zou die Chinees eindelijk eens bellen? Uit het bakje op de bar pakte hij enkele cashewnoten. Leefde Boris eigenlijk nog wel?

Hij dronk zijn glas leeg en bestelde een tweede. Ja, dacht hij terwijl hij zijn gedachten ordende. Boris leeft. Daarvoor ben ik hier, omdat een vriend een beroep op mij doet en omdat ik mij voor hem opoffer. Mijn vriendschap met Herb Boas opzeg. Mijn kantoor verlaat. Boris, wanneer zie ik je weer? Zijn glas was alweer leeg, maar de barkeeper schonk het vol voordat hij er goed en wel erg in had.

De telefoon rukte hem uit zijn overpeinzingen. 'Jij? Ben jij het? De advocaat?' snauwde een stem in het Engels met het zware Chinese accent.

'Ja,' zei Finkenstein, 'ik ben het. Ik ben blij dat je belt. We moeten eindelijk tot zaken komen. Ik heb lang genoeg gewacht.'

'Jij. Geld. Prijs is hoger. Vierhonderdduizend dollar.'

Finkenstein stond verstijfd van schrik. Was het losgeld nu ineens vier keer zo hoog? Had Mister Lin hem deze prijsinflatie niet eerder durven doorgeven? Had hij daarom zo lang moeten wachten? Zoveel geld had hij niet naar de bank in Bangkok overgemaakt. Hij moest het uit Nederland laten komen. Zelfs een swifttransfer zou nog wel twee of drie dagen duren. Woede welde in hem op. 'We hadden al een prijs afgesproken. Honderdduizend. Dat is de afspraak.'

'Nee, mister. Vierhonderdduizend. Jij niet betalen, jouw vriend dood. Beter betalen. Gauw. Overmorgen hier, met het geld.' De Chinees sprak als altijd gehaast en onduidelijk. In het geroezemoes van de bar ging zijn stem bijna verloren.

Finkenstein had geen zin in prijsonderhandelingen. Hij wilde zekerheid over Boris. De bevrijding van het fotomodel was zo'n obsessie geworden dat zelfs deze hoge prijs in zijn ogen gewettigd was. 'Mijn vriend. Leeft hij nog wel? Vóórdat ik meer betaal, wil ik hem spreken.'

Er was gekraak aan de andere kant van de lijn. Toen hoorde de advocaat een bekende stem. 'Ben? Jij daar? Mijn god, kom snel. Ze maken me hier af, man. Waar blijf je toch?' Boris klonk alsof hij behoorlijk in paniek was.

Finkenstein kreeg hartkloppingen. 'Boris, hij vraagt plotseling veel meer geld dan we hadden afgesproken, maar ik regel het. Ik ben bijna bij je,' zei hij haastig. 'Geef me die Chinees nog even, ik moet de definitieve afspraak nog met hem maken.'

Terwijl hij dit zei hoorde hij aan het lawaai dat Boris alweer bij de telefoon werd weggetrokken. Hij kon zijn vriend horen gillen.

Toen klonk het Chinees-Engels weer door de hoorn. 'Luisteren. Jij betaalt overmorgen. Hele bedrag. Dan zie je jouw vriend. Oké? Ik bel weer.'

Langzaam, langzaam, gebaarde Stefan. Finkenstein had hem later in de middag in de bar aangetroffen, samen met de drie anderen, een glaasje wodka in de hand en de kleine Thai in hun midden. Toen Finkenstein hen vond hieven ze net met Peter het glas. Stefan en Milić hadden een hand op de schouder van de kleine man gelegd. Ze lachten en dronken, vrienden voor het leven. Totdat de advocaat zich bij het groepje voegde. Toen viel er een plotselinge stilte. Stefan hield midden in een zin op, de lach van Milić bevroor ter plekke. Alleen de kleine Thai bleef doorpraten in zijn bijna onverstaanbare Engels.

Finkenstein was gehaast. 'Overmorgen,' zei hij, 'dan is de uitwisseling. Zijn jullie er klaar voor?' Hij vertelde dat Mister Lin hem had gebeld en hij sprak zo snel dat hij bijna over zijn eigen woorden struikelde.

Stefan keek hem ongelovig aan en maande hem tot kalmte. De advocaat sprak te snel, de Joegoslaaf kon hem niet verstaan. 'Langzaam,' vroeg Stefan nadrukkelijk, 'ik kan het niet begrijpen. Langzaam.'

Finkenstein keek hem boos aan. Stefan had zijn baard laten groeien, de stoppels gaven zijn kaken een zwarte glans. De haargroei gaf hem iets louches. 'Ik heb Mister Lin gesproken,' begon de advocaat opnieuw, langzaam deze keer. 'De uitwisseling is overmorgen. Zijn jullie er klaar voor? Is alles gereed?'

Stefan schudde vol ongeloof zijn hoofd, zijn lange zwarte haren dansten op en neer. Zijn hand schoot in zijn broekzak. Hij trok er een pakje sigaretten uit waarvan hij er een opstak. Verstrooid bood hij Peter Tan een sigaret aan, zijn kameraden vergat hij. 'Overmorgen?' vroeg hij toen eindelijk. 'Je hebt een afspraak gemaakt? Je weet het zeker?'

'Ja. We spreken nog af hoe laat precies.'

'Zo,' zei Stefan. Hij blies de rook de lucht in. Zijn vrienden zwegen. Hij keek Peter Tan aan. 'Ik dacht dat het nooit meer zou gebeuren. Dan moeten we aan het werk, mijn vriend. Ben je zover?'

De Thai knikte. 'Ik ben er klaar voor.'

'We verzamelen in mijn kamer,' zei Finkenstein beslist. 'Ik ga naar boven en zie jullie daar. We moeten het draaiboek nog een keer doornemen.' Hij draaide zich om en liep naar de lift in de hal.

'Hé!' probeerde Stefan hem roepend tegen te houden. Maar de advocaat was in de lift verdwenen.

Boven in de suite heerste er al snel een Babylonische spraakverwarring. Finkenstein wilde bespreken hoe ze Boris uit de villa konden krijgen. Hoe het geld tegen Boris moest worden uitgewisseld. Maar Stefan en zijn vrienden bespraken hoe ze de Land Rover moesten inzetten, wie de automatische wapens zou bedienen en wanneer ze de handgranaten zouden gebruiken. Finkenstein hoorde hen ongeduldig en verbaasd aan.

Later op de avond bogen ze zich over de plattegronden van de omgeving van de villa. Ze raakten verwikkeld in een hevig twistgesprek. Toen Finkenstein vroeg wat er aan de hand was, legde Stefan het hem uit. Waar moest de Land Rover worden geparkeerd om uit het zicht te staan en toch dichtbij te zijn? Waar moesten de mannen van Peter Tan staan? De Thai lachte en wees op de kaart. Daar, langs de zijkant, verscholen in de bosjes. Stefan schudde zijn hoofd. Hij wees met zijn vinger naar een plek achter de villa, dáár wilde hij de mannen van Peter Tan opgesteld zien, zodat ze Mister Lin bij verrassing in de rug konden aanvallen. Maar de Thai protesteerde beleefd. Achter de villa konden ze het terrein niet onder controle houden. Langs de zijkant hadden ze iedereen onder schot.

Finkenstein was verbaasd. De mannen van Peter Tan? Wie waren dat en wat moesten ze doen? Stefan antwoordde kortaf: 'Peter en zijn vrienden helpen ons morgen. Daarom vroegen we ook meer geld. Zij moeten ook betaald worden.'

'Peter?' vroeg Finkenstein verbaasd. Hij kon in de kleine Thai moeilijk een gewapende bondgenoot zien. 'Hebben jullie dan assistentie nodig?'

'Er zijn daar meer dan tien man,' zei Stefan beslist. 'We zijn blij dat Peter helpt. Anders is het pure zelfmoord.'

Tom Nicholson overhandigde Jane de foto's. 'Ik heb ze van een krant,' zei hij. 'Iemand had toevallig een camera bij zich en had de tegenwoordigheid van geest om die te gebruiken.' Jane zag David Friedman op de vlucht naar het vliegtuig. Duidelijk trekkend met zijn been, geraakt door een kogel van de mensen van Nicholson. De laatste foto spande de kroon. Jane zag David voorovervallen, het leek bijna of ze er zelf naar stond te kijken. Toen ze de foto's teruggaf, werd Jane ineens woedend. 'Leuk, die plaatjes. Maar hoe konden jullie zo stom zijn om hem te laten lopen? En in dat ziekenhuis is het weer misgegaan! Ongelooflijk! Tom, ik dacht dat jullie professionals waren. Wat een amateurs!'

Nicholson moest lachen. 'Maak je niet druk. We hebben hem. De enige persoon die een goede reden heeft om zenuwachtig te worden is Friedman. Hij weet dat we achter hem aan zitten. Fouten mag hij niet meer maken. Let op mijn woorden. Vandaag, morgen, misschien volgende week, dan pakken we hem. Friedman is geen probleem meer. Hij is zo goed als geëlimineerd. Monica?'

De jonge vrouw stond op. 'Hij is teruggevlogen naar Amsterdam.'

'Wat? Hij is terug in Europa? Jullie hebben hem op de luchthaven niet opgepakt?'

'Monica. Leg het uit.' Nicholson klonk afgemeten, alsof hij meer dan genoeg had van het commentaar van Jane.

Monica ging verder. 'Op Kennedy Airport en op Schiphol hebben we hem niet gezien. Hij is naar Amsterdam gegaan. Daar heeft hij via zijn mobiele telefoon gebeld. Van zijn vrouw hebben we zijn nieuwe mobiele nummer gekregen. Zij ligt in scheiding met hem.'

'Dat heb ik je verteld. En, wat nu? Wat is jullie plan?'

'Hij is dus in Amsterdam gesignaleerd. Zijn adres is onbekend. Hij heeft gebeld met een communicatiebureau, Chamal en Zimmerman in Den Haag.'

'Ik wíst het!' riep Jane triomfantelijk. 'Ze werken in zíjn opdracht! Kunnen jullie daar niet meer over te weten komen?'

Met een superieur lachje en een kalmerend gebaar beduidde Nicholson Jane rustig te blijven. 'Daar wordt aan gewerkt. Maar dat kantoor is beter beveiligd dan Fort Knox. Er is permanente surveillance. Overal hangen videocamera's. We krijgen nog complete informatie over de situatie. Daarna beslissen we of we er binnengaan.'

'Aarzel niet zo!' riep Jane geërgerd.

'Heb je gedacht aan de publiciteit als we gepakt worden?' vroeg Nicholson op scherpe toon. 'Wij hebben wat te verliezen. Jullie ook. Laat ons de job doen of doe het zelf. Als wij het doen, beslissen wij. Oké? Het is ons vak tenslotte. Monica, ga je verder?'

'Dank je, Tom,' zei het meisje formeel. 'We krijgen hem binnenkort wel te pakken via zijn mobiele telefoon.'

'Werkt zijn vrouw mee?' vroeg Jane. 'Hoe hebben jullie jezelf bij haar geïntroduceerd?'

'In opdracht van de verzekeringsfirma waar hij zijn woning verzekerd had. We hebben gezegd dat we hem moeten spreken om de oorzaak van die brand te checken. Dat is voor haar van belang, zij heeft recht op de helft van het geld. We houden haar telefoon in de gaten. We hebben afgesproken dat ze een beloning krijgt als ze ons met hem in contact brengt.'

'Misschien kan ik helpen. Ik kan haar misschien een duwtje in de goede richting geven. Bel me morgen.'

Nicholson zette zijn waterglas met een harde tik neer. 'Dat zou mooi zijn. Dat kan de zaak versnellen.'

'Precies,' zei Jane venijnig. 'Dat is wat we nodig hebben, een versnelling. Tot nog toe zie ik een heleboel gebeuren, maar er is erg weinig concreet resultaat. Ik betaal jullie veel, en dat doe ik voor resultaat, niet voor verhaaltjes.' Nicholson wilde protesteren, maar Jane gaf hem geen gelegenheid. 'Mijn volgende afspraak wacht,' zei ze terwijl ze opstond. 'Bel me morgen. En zorg ervoor dat er nu eindelijk eens wat gebeurt. Maak een beetje haast, wil je.'

Bij de deur vroeg Jane naar Finkenstein. 'Heeft Peter jullie op weg geholpen?'

'Dat is een erg behulpzame man.'

Jane knikte tevreden. 'Goed zo. Alleen, wanneer boeken jullie daar resultaat?'

'Dat is een kwestie van dagen,' zei Nicholson en hij lachte sluw.

Uiteindelijk moest Finkenstein de afspraak toch nog naar een andere dag verschuiven. De bank had meer tijd nodig om het geld naar Thailand over te maken. De uitwisseling zou tegen de middag plaatsvinden.

Op de ochtend van de uitwisseling werden Finkenstein en de Joegoslaven afgehaald door Peter Tan en zijn mannen. Ze reden in felgekleurde Japanse auto's. Bij het verlaten van het hotel was het nog half donker. De warmte was uit de stad getrokken. Zo vlak voordat de zon de stad weer met haar stralen zou omarmen was het zelfs bijna behaaglijk koel. De straten vulden zich al met de kleine, lawaaierige driewielers, de laadbakken vol met vruchten en andere marktwaren. Ze lieten een walm van uitlaatgassen en stof achter.

Finkenstein stapte in de voorste auto, een rode Toyota Land Cruiser. Stefan en Milić gingen op de achterbank zitten. De beide andere Joegoslaven kropen in de achterste auto, een oude, felgroene Mitsubishi. Die reed met een kapotte uitlaat en dat was goed te horen.

Stefan zat zwijgend op de achterbank. Opgetrokken schouders, het hoofd voorover alsof hij nog sliep. Finkenstein keek over zijn schouder naar de Joegoslaaf. Waren ze goed voorbereid? Hij moest er maar op hopen. Uiteindelijk stond er genoeg geld op het spel, bedacht hij. Stefan en zijn vrienden zouden wel bij de les blijven.

De chauffeur gaf stevig gas. Hij reed met hoge snelheid door de drukker wordende straten. Luid toeterend drukte hij routineus de driewielers opzij. Achter een oude vrachtauto kwamen ze vast te zitten. De walm van de uitlaat was te ruiken, donkergrijze wolken die onregelmatig werden uitgespogen. Terwijl Finkenstein ongerust op zijn horloge keek, probeerde de chauffeur de vrachtauto in te halen. Maar dat lukte niet omdat de weg te smal en te druk was. Hortend en stotend reden ze verder, totdat de Toyota bij een wegverbreding haastig naar voren schoot om de vrachtauto snel te passeren.

In een buitenwijk draaiden ze een rommelig erf op. Ze reden om een schuur heen, een bouwwerk dat was opgetrokken uit houten delen en stukken metaal, met golfplaten dak. De chauffeur ging zo snel dat Finkenstein even dacht dat de auto uit de bocht zou vliegen. Stefan zat ineens klaarwakker rechtop, de ogen wijdopen. 'Hé, man,' riep hij geschrokken. Zijn hand schoot naar de schouder van de chauffeur. Die reed snel naar het achtererf, langs een stapel autobanden. Er lagen jerrycans op een hoop gegooid en er stonden enkele halfgesloopte auto's. Even verderop lagen autobanken onordelijk naast elkaar. Er lag een vuile rol plastic folie, en overal waren donkere olievlekken te zien.

Met een scherpe draai verdwenen ze achter de schuur. Hard remmend bracht de chauffeur de auto tot stilstand. Een gammele hangdeur werd opengeschoven. Toen ze uit de auto sprongen, zagen ze mannen naar buiten lopen, Thais. Binnen stond de Land Rover. Over de open achterbak was een plastic doek gespannen. Finkenstein keek toe hoe Stefan en zijn vrienden de wagen inspecteerden, kistjes openmaakten en weer in de bak van de Land Rover terugzetten. Finkenstein had hier geen belangstelling voor. Hij liep naar buiten om een sigaretje op te steken. De zon kwam al langzaam op. Hoe lang zou het duren voordat hij Boris weer zou zien? Hij voelde zich gespannen, als een vader die zijn kleine kind na een lange tijd weer ziet. Zouden ze elkaar nog herkennen? Hij lachte in zichzelf en haalde zijn schouders op. Boris, de man van vierhonderdduizend dollar. Finkenstein zou hem altijd herkennen. Hij keek op zijn horloge. Ze moesten over een klein uurtje bij de bank zijn. Hij liep langzaam weer de schuur in.

Stefan zwaaide al naar hem. Ze gingen op pad. Stefan leek in niets meer op de slaperige passagier op de achterbank van eerder die ochtend. Hij had een zonnebril opgezet en wees zijn mannen hun plaats. Finkenstein zou weer in de Land Cruiser rijden, een van de mannen van Peter Tan was de chauffeur. Gierend in een lage versnelling reden de auto's de schuur uit. Ook de Mitsubishi werd gestart. De Land Rover sloot de rij, met de mannen van Peter Tan. Even later reden ze het erf af.

Finkenstein tikte de chauffeur op zijn arm. Daar, wees hij, daar moeten we stoppen. De Land Rover stopte achter hen. Toen Finkenstein uitstapte sprong Stefan uit de Land Rover. Hij liep met Finkenstein mee naar de bank. De deur was op slot en er was geen bel. Finkenstein bonsde op het raam naast de deur. Achter het raam hingen in sierlijk Thais geschreven mededelingen. Daarachter hing een lamellengordijn dat dichtgetrokken was.

Aan de overkant zat een oude man. Zijn driewieler stond aan de kant van de weg. Finkenstein zag oranje vruchten in de laadbak liggen. Papaya's? De oude man had witte haren en keek hen onbewogen aan. Het was een ongebruikelijk gezicht, op dit vroege uur die auto's voor de bank. Toen Finkenstein weer op het raam bonsde ging de deur langzaam open. Er verscheen een bewaker, gekleed in een donkerblauwe broek en een wit overhemd met korte mouwen. Met zijn automatische wapen gebaarde hij hen binnen te komen.

Daar wachtte een kleine, drukke bankemployé hen op. Hij wees hen naar een tafel. De man liep naar een bureau, waar hij een kort telefoonge- sprek voerde. Terwijl hij naar zijn bezoekers liep, zwaaide er een deur open. Twee gewapende mannen kwamen naar binnen, ieder met een koffertje in de hand.

Het tellen van het geld deed Finkenstein zelf. Stefan keek gespannen toe. Bij de voordeur stond een bewaker met zijn geweer in de aanslag. De andere twee wachten stonden achter Finkenstein. Ook zij hielden hun ge- weren gereed. De advocaat vroeg zich af of hij dit gebouw nog wel levend zou verlaten. Al die veiligheidsmensen, hadden ze de opdracht hem neer te schieten of om het geld te bewaken? Hoewel de airco in het bankgebouw al op volle toeren draaide, kreeg Finkenstein het toch warm.

Finkenstein ging met de koffertjes weer naast de bestuurder zitten en ze re- den in volle vaart weg. Ze kropen voort over de smalle weg, voortdurend opgehouden door langzaam verkeer, zwaarbeladen vrachtauto's en kleine bestelwagens, en de eeuwige, luid knetterende driewielers. Nu was het weer een oude bus, met een boel koffers en manden op het dak gebonden. Zuchtend en steunend, dichte zwarte rookwolken uitbrakend, reed het ve- hikel langzaam voor hen uit.

De chauffeur van de Toyota haalde de bus vlak voor een bocht in. Fin- kenstein kneep zijn ogen dicht. Hij wachtte op een klap die niet kwam. Toen hij weer naar buiten keek waren ze de bus gepasseerd. Stefan was hen gevolgd en reed nog steeds achter hen. Ze meerderden opnieuw vaart. Het volgende obstakel was een bestelwagen met een open bak, eerst nog ver weg, maar al snel dichterbij.

Stefan parkeerde de Land Rover achter een bosje, naast de Toyota. De Mitsubishi volgde even later. Ze stonden een eindje van de weg af, uit het zicht. Om bij de villa te komen moesten ze nog een kwartiertje lopen. De taken waren verdeeld. Peter Tan en zijn mannen zouden het terrein van de villa bewaken. Ze pakten wapens uit de bak van de Land Rover. Toen gingen ze op weg. Zodra ze gearriveerd waren en alles veilig hadden bevonden, zouden ze dat door de portofoons melden. Dan zouden Stefan en Finkenstein in de Mitsubishi op pad gaan, met de koffertjes bij zich. De drie andere Joegoslaven brachten de Land Rover in gereedheid. Ze begonnen de mitrailleur op de Land Rover te monteren. Stefan bevestigde een microfoon onder zijn T-shirt. Ze namen voor de zoveelste keer het draaiboek door. Iedereen kende de instructies uit het hoofd. Voor de Joegoslaven kon er werkelijk niets meer misgaan.

Finkenstein en Stefan stapten met de koffertjes in de groene Mitsubishi. Stefan startte de auto en ze reden langzaam weg. Het leek wel alsof Stefan bang was dat er iets met het geld zou gebeuren, zo langzaam en voorzichtig reed hij. In de verte zagen ze het hek van de villa. Het stond open. Stefan draaide de auto langzaam naar binnen en stopte toen. Ze pakten de koffertjes uit de auto.

Finkenstein pakte zijn telefoon en toetste het nummer in dat hij langzamerhand beter kende dan dat van hemzelf. Het duurde lang voordat er werd opgenomen. 'Met mij. De advocaat. Ik ben er.'

De luide stem van de Chinees was goed hoorbaar. 'Jij bent er? Bij de poort? Jij gaat naar het huis.'

Finkenstein keek voor zich uit. Voor hem lag een groot, slecht onderhouden veld, de afstand tot het bordes leek eindeloos en bijna onoverbrugbaar. In het gras groeiden struiken met prachtige bloemen en hoog onkruid. Maar de wacht die hen zou fouilleren was nergens te bekennen. Ze hadden zwaarbewapend kunnen zijn. Hij verbaasde zich over de zorgeloosheid van Mister Lin. Toen hij Stefan naar zijn mening vroeg, haalde die onverschillig de schouders op. Hij wees naar de villa. 'Zullen we dan maar gaan?'

Toen ze een stukje gelopen hadden zag Finkenstein de voordeur opengaan. Tussen twee Chinezen ingeklemd kwam Boris naar buiten gelopen. Zijn blonde haar hing in lange slierten om zijn hoofd. Hij leek erg mager. Finkenstein kreeg vertrouwen in zijn missie. Het leek plotseling zo eenvoudig, aan het einde wachtte Boris, dan terug naar Stefan; ze zouden zich in het gras laten vallen en daarna in de Land Rover stappen. En vanavond in het vliegtuig.

De veldslag in het hoge gras had Finkenstein steeds met grote weerzin vervuld. Het stond hem niet aan dat mensen om hem heen zouden worden neergeschoten. In zijn ogen was het een riskante operatie. Wat moesten ze doen als Peter Tan en zijn mannen de Chinezen niet onmiddellijk zouden doden? Liepen Boris en hij dan geen risico? Stefan had hem gezegd dat het hoge gras voldoende beschutting bood en dat ze onzichtbaar zouden zijn voor de tegenpartij. Bovendien zou Peter raak schieten. Hij was een scherpschutter die vroeger aan de grens met Cambodja dienst had gedaan. Peter had de guerrilla's uit de bomen geschoten. Stefan deed het na, een arm omhoog, alsof hij richtte, en daarna takke-tak, het geluid van een geweer. Terwijl de Joegoslaaf breeduit lachte, besefte Finkenstein dat hij ook geen andere oplossing had. Maar nu hij zich hier door het gras een weg baande, twijfelde hij meer dan ooit. Zo hoog was dit gras helemaal niet. Zou het wel voldoende bescherming bieden?

Toen hij dichter bij het bordes kwam kon hij Boris beter zien. De Duitser stond tussen twee Chinezen. Hij was niet geboeid. Zag Finkenstein hem zwaaien? Of was het gezichtsbedrog en was dat de arm van een van de bewakers? Ergens in de verte achter zich hoorde hij het geluid van een auto. Een diep grommend geluid, van een motor die in een lage versnelling tegen een helling oprijdt. Het rumoer kwam dichterbij. Nu meende hij het lawaai van krakende versnellingen te horen. Was dat de Land Rover? Finkenstein was nog niet eens op de terugweg. Hij moest het bordes nog bereiken, de inhoud van het koffertje moest nog door de Chinees gecontroleerd en geteld worden, en Boris en hij moesten nog naar Stefan teruglopen. Als dit de Land Rover was, waren de Joegoslaven veel te vroeg. Zenuwachtig keek hij achterom, maar hij zag de auto niet. Met versnelde pas liep hij verder, terwijl het zweet van zijn voorhoofd droop.

Het motorlawaai achter hem klonk steeds luider. Nu hoorde hij duidelijk het schakelen van een versnellingsbak en het afwisselende gegrom van een auto die over onregelmatig terrein reed. Finkenstein begon te rennen. Wat was er aan de hand? Hoe konden de Joegoslaven zo'n vergissing begaan? Nog steeds zag hij geen reactie op het bordes, de Chinees en Boris leken met hun bewakers een stilleven te vormen. Hoe kon het dat achter Finkenstein de Land Rover met de Joegoslaven het terrein opreed terwijl de Chinees en zijn mannen rustig bleven toekijken? Finkenstein keek hijgend over zijn schouder en zag de groene Land Rover boven het gras uitsteken. Wat moest hij doen? Zou Mister Lin het vuur openen? Dan was zijn kans om Boris mee te nemen verkeken. De ongedisciplineerde Joegoslaven dreigden alles te verknallen.

Nu zag hij dat de bewakers van de Chinees hun wapens begonnen te richten. Maar ze bleven op het bordes staan, een willoze prooi voor de vervloekte Joegoslaven. Finkenstein was het bordes nu op enkele tientallen meters genaderd. Maar wat zou de regie moeten zijn, nu de Joegoslaven zo'n afgrijselijke fout hadden gemaakt? Wat moest hij tegen Mister Lin zeggen? Hoe konden ze het geld tellen als Stefan en zijn vrienden de mitrailleur op hen richtten? Als in een film wilde hij roepen dat deze scène opnieuw moest worden opgenomen, hoewel hij natuurlijk maar al te goed wist dat er op dit veld maar één voorstelling zou zijn.

De Land Rover was nu vlak achter hem. Plotseling hoorde hij het droge geratel van de mitrailleur. Schoten de Joegoslaven op Boris en de Chinezen? 'Niet doen, niet doen!' schreeuwde Finkenstein half huilend. Hij zwaaide met zijn handen in de lucht, half omgedraaid, op zoek naar de Land Rover. Toen hij merkte dat de kogels vlak bij hem insloegen rende hij verder. De advocaat voelde zijn hart bonzen terwijl hij met zijn koffertje onhandig door de laatste meters van het grasveld ploeterde, gedreven door de hoop dat hij het bordes zou bereiken vóórdat de Land Rover hem zou inhalen en vóórdat Stefan opnieuw het vuur zou openen. Opnieuw hoorde hij het geratel. Schreeuwend en gebarend, soms half vallend, strompelde Finkenstein verder.

Weer hoorde hij het geratel achter zich. De hevige pijn in zijn rug was voor hem een bevrijding. Met zijn ogen op de jonge Duitser gericht probeerde hij door te lopen. De koffer viel in het gras, zijn armen strekte hij uit naar het doel dat hij nooit meer zou bereiken. Toen hij langzaam tegen het gras sloeg, stonden de Chinezen nog steeds toe te kijken alsof de gebeurtenissen hen niet aangingen. Finkenstein nam de wonderbaarlijk mooie aanblik van de gebeeldhouwde gelaatstrekken van het jonge fotomodel met zich mee het lange gras in.

28

Eigenlijk wilde David zo snel mogelijk naar Brussel gaan om Elaine op te zoeken. Maar eerst was er nog de afspraak met Chamal en Zimmerman. Bij nader inzien wilde hij niet naar het kantoor van de adviseurs. Het risico dat hij daar tegen de mensen van Jane op zou lopen was te groot. Hij belde Chamal. 'We moeten een andere plaats afspreken,' zei hij zonder plichtplegingen, 'ik kan niet bij jullie op kantoor komen. Dat is uitgesloten.'

Chamal reageerde kribbig. 'We hebben een afspraak. Die kan niet afgezegd worden. Ik heb erop gerekend dat die doorgaat.'

'Rustig. Ik wil alleen dat we elkaar ergens anders treffen.'

'Waar?'

'Een veilige plaats.'

'Bij moeder thuis is het veilig. Vertel in vredesnaam wat je wilt.'

'Niet nu. Ik laat jullie ophalen. Morgenochtend laat ik je weten waar. Zorg dat je dan gereedstaat.' David sprak gehaast.

Chamal twijfelde. Zou Friedman een tik van de molen hebben gehad? Had hij te maken met een man die aan achtervolgingswaanzin leed, die niet meer normaal kon handelen? Dat beloofde dan wat. 'Luister,' zei hij, 'we storten ons niet zomaar in het avontuur. We willen weten waar we naartoe gaan. Gewoon, van tevoren.'

'Als je mij zo nodig wilt spreken, moet je maar even afwijken van die gewoonte,' zei David lachend. 'Ik neem morgenochtend contact met je op.'

Niet ver van het kantoor op de Koninginnegracht stond een bestelbusje geparkeerd. Een man met een koptelefoon op luisterde ingespannen in de geblindeerde laadruimte. Plotseling pakte hij een telefoon. 'We hebben hem,' fluisterde hij, 'hij belde zojuist over een afspraak voor morgen. Ik heb zijn gegevens. Jullie kunnen hem peilen. Morgen kunnen we hem volgen. Ze hebben een afspraak met hem, de plaats maken ze nog bekend. Als we achter ze aan gaan, komen we vanzelf bij hem.'

Tom Nicholson legde in zijn kantoor op de Keizersgracht de telefoon tevreden neer. Hij zat in de achterkamer op de begane grond. Zijn bureau met het glazen bovenblad stond dwars in de grote kamer. Op de rechterhoek van de grote glasplaat stond een hoge vaas met een enorm boeket bloemen. Zijn kleine gestalte viel enigszins weg in de grote ruimte. Hij stond op om een beker water te halen. Intussen toetste hij een nummer in op zijn mobiele telefoon.

'Goed nieuws,' zei hij, en hij kon een triomfantelijke ondertoon niet onderdrukken. 'We hebben hem. Morgen kunnen we hem oppakken. Ik zei je toch dat het iedere dag kon gebeuren.'

Hij luisterde even naar het antwoord. 'Maak je geen zorgen,' zei hij lachend, 'deze keer glipt hij er níet tussendoor. We zijn professionals.' Hij maakte een eind aan het gesprek en ging een bekertje water halen.

Zimmerman luisterde met opgetrokken wenkbrauwen naar het verslag van Chamal. De adviseurs waren niet gelukkig met deze complicatie. Ze wisten dat ze zelf heel erg in de belangstelling stonden en ze vonden het niet het goede moment om met een vreemde een afspraak te maken op een onbekende plek.

'Zeg hem maar dat we wel buiten het kantoor willen vergaderen, maar dan op een normale locatie. Motel Schiphol bijvoorbeeld, of een soortgelijke plaats.'

Chamal maakte een verontwaardigd armgebaar. 'Hij wil dat niet, Bernt. De plaats bepaalt hij zelf.'

Zimmerman keek zijn partner aan. 'Laten we hopen dat hij niet de leeuwenkooi in Artis als ontmoetingsplaats uitkiest.'

Jane zat in haar kantoor te wachten totdat de chauffeur voorreed. Ze moest naar een bijeenkomst met beleggers, een van de laatste uit de reeks intensieve *roadshows* die ze de afgelopen maanden had gegeven om de beleggers in aandelen Amsterdam Online te interesseren. Op haar bureau lag de chantagebrief. Ze keek ernaar en voelde zich bijna gelukkig dat David gepakt zou worden. De brief van Gaspari zou haar geen kwaad meer doen. Morgen zou het voorbij zijn.

Nicholson werd aangediend. Hij had een spoedafspraak gemaakt omdat hij een dringende mededeling had. Jane keek hem angstig aan. 'Er is toch niets tussen gekomen?' vroeg ze haastig.

Een kort lachje. 'Maak je geen zorgen. Morgen hebben we hem. Ik kom voor iets anders. Hier, bekijk dit maar eens.' Hij gaf haar een foto.

Jane had even moeite Finkenstein te herkennen. De advocaat lag half verscholen in het gras. Zijn gezicht was naar de fotograaf gedraaid, en hij was onmiskenbaar dood. Zo in het gras liggend leek hij kleiner dan hij was.

Jane haalde diep adem en gaf haar bezoeker spontaan een hand. Dit was een bewijs van zijn bekwaamheid. Merkwaardigerwijs bekroop haar onmiddellijk een zekere weemoed. Met de sluwe advocaat had ze ruziegemaakt, ze hadden harde strijd geleverd, maar ze had zich ook met hem verwant gevoeld. Zijn doorzettingsvermogen en overlevingsdrang hadden haar met respect vervuld, en dat gold eigenlijk ook voor zijn meedogenloosheid. Ze kon moeilijk geloven dat Finkenstein werkelijk was geliquideerd. 'Is het zeker?' vroeg ze aarzelend.

Nicholson moest hardop lachen. 'O ja. Geen twijfel mogelijk. Draag een mis voor hem op, als je dat wilt. Het is er beslist het moment voor.'

Haar weemoed maakte plaats voor opluchting. Zou het dan werkelijk waar zijn? Zou de op water levende Nicholson erin slagen de laatste obstakels op te ruimen? 'Hoe is het gebeurd?'

Nicholson lachte weer. 'Hij maakte een te lange wandeling en koos het verkeerde gezelschap.' Met die cryptische woorden moest Jane het doen, meer was er niet uit Nicholson te krijgen.

De telefoon ging over. De receptioniste waarschuwde dat de auto gereedstond. Jane nam afscheid van Nicholson, en stopte enkele papieren in haar attachékoffertje. Ze liep haar kamer uit. Ze moest zich haasten, anders kwam ze te laat. Terwijl ze haar jas aantrok en door de gang liep, besefte ze pas goed dat haar problemen bijna opgelost waren. Nog een week, dan was het zover en zou Amsterdam Online op de beurs genoteerd zijn.

Toen Peter Tan bij de luchthaven uit de Land Cruiser stapte en haastig de koffers uit de auto begon te laden, was het midden op de dag. De zon stond hoog aan de hemel. Het was droog. Voor de luchthaven was het een komen en gaan van auto's en toeterende taxi's.

Aan de andere kant van de roodgekleurde auto stapte Boris uit. Hij strekte zich in zijn volle lengte uit en geeuwde. Hij nam van Peter Tan een koffer over. 'We zijn mooi op tijd,' constateerde hij met een blik op zijn horloge. De kleine Thai knikte en trok een zware koffer achter zich aan.

In de vertrekhal liepen ze naar het ticketoffice van Lufthansa. 'Ik heb een ticket business class Frankfurt,' zei de Duitser, 'maar ik moet vandaaruit een verbinding naar Amsterdam hebben.' Hij hield zijn creditcard gereed.

'Ook business class?' vroeg de dame achter de balie.

Boris aarzelde even. 'Ach, doe ook maar.'

Peter knipoogde naar hem, en zei: 'Geld genoeg. Je kunt het betalen.' De Thai lachte luid. Hij had de zware koffer neergezet en wachtte totdat Boris zijn ticket had geregeld.

Ze liepen samen naar de incheckbalie. Voor de scanapparatuur werd

Boris ondervraagd. Een gewapende militair keek onverschillig toe. Toen hij de instapkaart had ontvangen en zijn bagage had afgegeven, besloten ze nog wat te drinken. Er was tijd genoeg en Boris vond het wel plezierig als de kleine Thai hem nog even gezelschap hield. In zijn hart was hij bang dat als hij alleen was zijn gedachten naar het grasveld zouden gaan. Hij kon het beeld van Finkenstein niet goed kwijtraken. Zijn vriend die voortrende, de koffer in de rechterhand, achtervolgd door de Land Rover. Finkenstein, die langzaam voorovervviel in het hoge gras, als een komiek in een ver- traagd afgespeelde slapstick.

De Thai nam een whisky-cola. Boris koos voor een kir royal. Een jonge serveerster zette een schaaltje papayakroepoek op tafel. De Thai haalde een papiertje uit zijn broekzak. 'Dit is het telefoonnummer dat je moet bel- len als je in Amsterdam bent.'

Boris nam het aan en borg daarna het stukje papier in zijn portefeuille op. 'Oké,' zei hij, 'hoe heette die vrouw ook alweer?'

'Jane,' zei Peter, 'van Tarzan, je weet wel. Die junglevrouw.' Hij had erg veel plezier in die opmerking want hij lachte uitbundig.

'Op de terugreis!' zei Boris. Hij begreep de reden van Peters lachbui niet en hief het glas.

Peter trok een plechtig gezicht. 'Op *Mister Lawyer*!' riep hij. 'Op het geld van *Mister Lawyer*!' Toen hij Boris' gezicht zag betrekken haastte hij zich te zeggen: 'Op de goede zaken. Voor iedereen!'

Het telefoontje van David kwam om tien uur. Chamal pakte de hoorn ge- haast op. 'Ja!' riep hij. 'Zeg het maar. Wat heb je in gedachten?'

David sprak op gedempte toon. 'Je pakt nú een taxi en rijdt richting Scheveningen. Ik bel je onderweg met een nieuwe instructie. Oké?'

Chamal wilde protesteren. 'Zeg, hoor eens!' riep hij. Maar de verbinding was al verbroken. Hij waarschuwde zijn partner. 'Bernt, we moeten gaan. Hij heeft gebeld. Nu onmiddellijk. Ik heb een taxi besteld.'

Ze reden met een behoorlijke snelheid richting Scheveningen. Op het mo- ment dat ze Madurodam links lieten liggen, ging de telefoon van Chamal. Hij hoorde de gehaast fluisterende stem van David. 'Aan je linkerhand heb je straks een kliniek. Daar stop je en stap je uit.' Voordat hij kon antwoor- den hoorde Chamal geërgerd het getuut van de verbroken verbinding.

Ze waren nog niet uit de taxi gestapt, of een kleine Mercedes stopte met piepende banden naast hen. Het achterportier werd opengegooid en een stem riep hen in te stappen. Chamal en Zimmerman zaten nog maar am- per, of de auto reed met grote snelheid weg.

David zat op de plaats naast de bestuurder. Hij stelde zich voor en wees op de bestuurder. 'Dit is Harald,' zei hij. En na een snelle blik door de achterruit: 'We worden gevolgd. Harald gaat daar straks wat aan doen.'

'Gevolgd?' vroeg Chamal. 'Daar hebben wij niets van gemerkt.'

'Ik wel,' zei David kortaf.

Chamal keek achterom. Er reden twee motorfietsen vlak achter de Mercedes. 'Bedoel je die motorrijders?' vroeg hij.

David knikte. 'Harald, laat even wat zien,' zei hij.

De chauffeur gaf gas. Ze reden richting centrum. Plotseling maakte de auto een haakse bocht naar links. De adviseurs werden op de achterbank door elkaar geschud. Toen hij weer overeind was gekrabbeld zat keek Chamal opnieuw achterom. De beide motorrijders kwamen keihard aanrijden en bleven achter de Mercedes hangen. 'Ik denk dat je gelijk hebt,' zei Chamal. Zimmerman volstond met zijn wenkbrauwen op te trekken.

Op de A-44 deed Harald een poging de motorrijders af te schudden. Met een razende vaart stuurde hij de auto door het verkeer op de snelweg. Zo nodig passeerde hij op de rechterbaan en als het niet anders kon gebruikte hij ook de vluchtstrook. Maar wat hij ook deed, hij raakte de motorrijders niet kwijt. Iedere keer als ze dachten dat ze de achtervolgers van zich af hadden geschud, dook een van de motorrijders weer achter hen op. Die manoeuvreerden minstens zo handig door het verkeer als Harald.

'De volgende afslag,' waarschuwde David zijn chauffeur.

Die stuurde de auto met grote snelheid van de snelweg af. Onderaan de afslag negeerde Harald het rode stoplicht en reed hij met gierende banden naar links, onder het viaduct door. David telefoneerde intussen. 'We zijn er met vijf minuten!' riep hij. 'Zorg ervoor dat alles klaarstaat voor vertrek!'

Ze reden over een tweebaansweg. Aan de linkerkant stond een fabrieksgebouw. Harald stuurde met een scherpe bocht de inrit van het fabrieksterrein in. Achter hen rolde het hek dicht. In de verte zag Chamal een motorrijder onder het viaduct te voorschijn komen.

'Uitstappen!' riep David. Hij sprong de auto uit, gevolgd door de verbaasde Chamal en Zimmerman. David wees voor zich uit. Daar stond een witte helikopter. De motor liep al. Ze renden naar de heli. Een man in een rode overall hield de deur open. Hij had gele oorbeschermers op. David klom naast de piloot, Chamal en Zimmerman gingen op de achterbank zitten. De deuren klapten dicht en het motorgeluid zwol aan. Het toestel steeg op.

'Mogen we nu weten waar we heengaan?' schreeuwde Chamal boven het lawaai uit.

David keek hem lachend aan. 'Naar een plaats die je zal bevallen!' riep hij terug.

Ze vlogen vrij laag. Toen hij de brede waterstromen zag, wist Chamal dat ze boven Zeeland vlogen. In de diepte zag hij de witte zeilen van jachten die in het warme voorjaarsweer op de Zeeuwse wateren waren uitgevaren. Het leek wel of de golven stilstonden. Plotseling schoot de helikopter naar beneden. Ze landden in een weiland vlak bij een dijk, op een betonnen strook waar met rode verf een cirkel op getrokken was. De helikopter stond precies midden in de cirkel geparkeerd. De piloot schakelde de motor uit en hielp hen uit de cabine.

Op de grond was de stilte bijna weldadig. Chamal keek om zich heen. Ze waren in een polder geland. Voor hen was een hoge dijk. Naast hen stond een landhuis met een grote oprit. Bij de woning stonden auto's geparkeerd.

'Waar zijn we?' vroeg Zimmerman nieuwsgierig.

Chamal rekte zich uit. 'Je wordt stijf van dat zitten!'

'Kruiningen,' zei David. 'We gaan lunchen in Interscaldes.'

Ze zaten in de serre aan een rond tafeltje. Er waren nog maar weinig gasten. Een ober bracht water, terwijl een leerling-ober langskwam met een mand met broodjes.

Toen ze besteld hadden nam Chamal het woord. 'Ferguson wilde dat we met je spraken. We hebben papieren van hem. Die hebben we voor een bepaald project nodig, maar we mogen die niet gebruiken zonder jouw toestemming. Wanneer geef je die?'

David keek hem onderzoekend aan. 'Wat heeft dat project te maken met Amsterdam Online?' vroeg hij.

Chamal schudde het hoofd. 'Dat kan ik niet zeggen. Onze opdrachten zijn vertrouwelijk.'

De soep werd geserveerd. David lepelde van zijn bord en vroeg: 'Nogmaals, wat hebben jullie te maken met Amsterdam Online? Ik moet het weten. Je kunt het me beter vertellen. Anders kan ik geen toestemming geven.'

Chamal had zijn soep snel opgegeten. Met een stukje brood veegde hij zijn bord schoon. Een druppel viel op zijn beige das. Hij merkte het niet, en keek David ongelovig aan. 'Wil je zeggen dat je ons blokkeert in ons werk als we ons beroepsgeheim niet schenden?'

'Je bent snel van begrip,' zei David afgemeten. 'Dan geef ik helemaal geen toestemming. We eten deze lunch lekker op en gaan uit elkaar. Ik bel Ferguson dat hij jullie moet verbieden die papieren te gebruiken. Over een half jaar mogen jullie dan je gang gaan. Zo staat het ervoor.' Hij lachte de adviseurs minzaam toe.

Er viel een stilte. De obers kwamen de borden weghalen.

'Jij kent Jane Ecker?' vroeg Chamal eindelijk.

David knikte. 'Ik heb met haar gewerkt.'

'Futurrr.' Zimmerman had zijn huiswerk gedaan.

'Zo is het.'

'Er gaan verhalen.'

'Waar niet.'

'Over jou en Jane. Jullie zijn geen vrienden. Ze heeft je eruit geknikkerd.'

'Lang geleden.' David keek onverschillig voor zich uit. 'Wat willen jullie? Dat ik over die oude koe van meer dan tien jaar geleden ga praten? Daar kwam ik niet voor. Het gaat erom dat jullie moeten vertellen wat jullie project met Amsterdam Online te maken heeft. Zit niet te zuigen over Jane en mij. Jane en ik zijn geen vrienden maar dat hoeft ook niet. Jullie weten dat trouwens allemaal al.'

Weer een stilte. Chamal keek naar Zimmerman. De blonde adviseur tuitte zijn lippen. 'Laten we even naar het toilet gaan, Claude,' zei hij plotseling. Hij stond op en lachte naar David. 'Niet om gezamenlijk te plassen. We moeten even overleggen. Oké?'

Hij liep weg. Chamal volgde hem.

David was ervan overtuigd dat ze Ferguson gingen bellen. Hij was er zeker van dat de bejaarde belegger de adviseurs naar hem zou verwijzen. De financiële belangen waren te groot.

De ober kwam het eten brengen. Drie borden voor een tafel met één persoon. Hij keek er niet van op. Hij schonk de wijnglazen vol en liep weer weg. David zat alleen aan tafel. Hij rook de biefstuk en deed wat saus over het vlees.

Toen hij een slokje van de rode wijn wilde nemen stonden de adviseurs plotseling weer bij zijn tafel. Ze gingen zitten. Terwijl Chamal het mes in zijn biefstuk zette, vroeg hij: 'Oké, wat is jouw belang in Amsterdam Online?'

'Hé!' protesteerde David, 'ik stelde je een vraag. Wat zijn jullie plannen met Amsterdam Online? Wil je die vraag beantwoorden? Ik ga geen vragen van jullie beantwoorden. Jullie moeten mijn toestemming krijgen, ik heb van jullie niets nodig.'

Chamal legde zijn bestek neer en zei: 'Luister, we hebben een voorstel. Als wij jouw vraag beantwoorden, vertel jij ons daarna wat je weet van Jane Ecker.'

'Nee, nee. Er wordt niet geruild. Kom op, jongens. We lopen niet in de processie van Echternach. Vertel het me nou, of laten we anders stoppen. Aan dit kat en muisgedoe werk ik niet mee.'

Chamal trommelde ongedurig met zijn vingers op tafel. 'Je kunt ons toch wel vertellen wat je van Jane Ecker weet? Daar help je ons mee.'

'Begrijp je het nog steeds niet? Ik vraag het nu voor de laatste keer. Wat is het verband tussen jullie project en Amsterdam Online? Geen antwoord is ook een antwoord. Ik vraag er niet nóg een keer naar.'

'Moeilijke jongen ben jij,' zei Chamal gemelijk. Hij verviel in een nors zwijgen.

'We vertellen je niet wie onze opdrachtgever is,' zei Zimmerman stroef, 'maar je mag ervan uitgaan dat ons project Amsterdam Online geen goed doet.'

'Dat is te vaag. Geef me wat concretere informatie. Beginnen jullie een actie tegen het bedrijf? Tegen Jane Ecker? Verwacht je dat door jullie project de koers zal dalen?'

'We hebben inderdaad plannen voor een actie tegen de bestuursvoorzitter,' zei Zimmerman met tegenzin. 'Je kunt ervan uitgaan dat de koers onder druk komt te staan als onze actie in de publiciteit komt.'

'Op welke termijn gebeurt dat?' vroeg David en hij hield zijn tafelgenoten nauwlettend in de gaten.

'Een of twee weken nadat we toestemming hebben gekregen om aan de gang te gaan? Reken daarop.'

'Dan komt er publiciteit tegen Amsterdam Online los?'

'Publiciteit is niet ons doel, maar het is wel een onvermijdelijk gevolg. Wij willen een verandering in het ondernemingsbeleid afdwingen. Dat kan alleen via de media. Concreter kan ik niet zijn.'

David werd nieuwsgierig. 'Werken jullie voor een speculant? Wil die de koers gaan maken?'

Zimmerman moest lachen. 'Nee, nee. Het gaat ons om heel iets anders, niet om de koers. Die laat ons eigenlijk onverschillig. Alleen, ik denk dat de koers wel zal dalen.' Zimmerman formuleerde voorzichtig. Chamal deed er nog steeds het zwijgen toe.

'Oké. Ik waardeer jullie openhartigheid. Dan nu het slechte nieuws. Je zullen moeten wachten. Amsterdam Online gaat binnenkort naar de beurs. Dat moet achter de rug zijn. Jullie mogen voor die tijd geen koersgevoelige acties ondernemen. Daarna mogen jullie je gang gaan. Geen dag eerder.'

'Ben je gek!' riep Chamal ontsteld. Hij schreeuwde bijna van frustratie. 'Dat meen je niet! Wanneer gaan ze naar de beurs?'

'Nog een week.'

'Zo lang kan ik niet wachten,' protesteerde Chamal.

'Je kunt dat beter wel doen.' David klonk heel beslist. 'Anders krijg je die dwangsom voor je kiezen. Die is niet misselijk. Ferguson ziet daar niet van af. Hij houdt jullie aan je contract.'

Chamal en Zimmerman vervielen in een gespannen stilzwijgen. Na een tijdje vroeg Chamal: 'En Jane? Kun je ons over haar nog wat vertellen?'

David lachte. 'Tijd voor een troostprijs?' vroeg hij spottend.

Chamal keek hem vuil aan. 'Denk eraan dat ik me dit zal herinneren als je míj nodig hebt,' zei hij ziedend van woede.

Toen ze in de hal stonden vroeg Chamal: 'Hoe kunnen we je in vredesnaam bereiken? Ik bedoel, als die beursintroductie achter de rug is wil ik onmiddellijk contact met je hebben. Jij moet voor ons het sein op groen zetten. Hoe doen we dat?'

'Ik stuur jullie een schriftelijk bericht. Per koerier. Oké?'

'Ik zou geruster zijn als ik je ergens kon bereiken.'

'Heb je die motorrijders gezien? Die zitten achter mij aan, niet achter jullie. Begrijp je? Jullie krijgen een schriftelijk bericht. En ik zal je een e-mailadres geven.' David krabbelde snel iets op een papiertje. 'Hier. Een Yahoo-adres. Daar kun je me bereiken als er iets is.'

Op het kantoor van Boas en Finkenstein was de rust nog niet weergekeerd. Toen Finkenstein niet uit Thailand terugkeerde en niets meer van zich liet horen, zakte de woede bij Herb Boas. Zijn boosheid smolt helemaal weg toen op een middag een grote doos op zijn kantoor werd afgeleverd. Terwijl hij met een schaar de tape probeerde los te scheuren om de doos open te maken, hoorde hij een gekrab en gepiep. Verbaasd riep hij zijn secretaresse erbij. Wat kon er in dit pakket zitten?

Het meisje luisterde. 'Het is een dier!' riep ze uit. 'Een hamster denk ik. Of een cavia. Hoor je dat krabben? Dat zijn de nagels van zijn poten.'

Gezamenlijk openden ze de grote doos. De tranen sprongen de door de wol geverfde advocaat in de ogen toen hij het hokje met het jonge hondje zag. Toen hij het beestje op zijn bureau had gezet, duwde het zijn natte neus in het gezicht van de advocaat. Met die spontane kus nam het zijn baas onmiddellijk voor zich in. Boas kon het dier zelfs vergeven dat het daarna op zijn bureaublad plaste. Tot zijn grote genoegen constateerde hij dat het diertje erg op zijn voorganger leek. Alleen de kleurtekening was iets verschillend, maar dat vond Boas niet belangrijk.

Boas zag hierin een verzoeningsgebaar van Finkenstein en hij verwachtte in zijn hart dat zijn vriend zijn opwachting weer zou maken. Maar zijn partner keerde niet terug. Informatieverzoeken aan familieleden brachten Boas niet verder. Finkenstein was van de aardbodem verdwenen. Ondanks de erg besliste e-mail van Finkenstein vond hij dat hij geen overijlde maatregelen moest nemen. De kantoorspullen van Finkenstein liet hij naar diens appartement brengen. Maar het naambordje naast de buitendeur besloot hij nog niet te veranderen. Hij vond het te schofferend als zijn kantoorgenoot terug zou komen en zou zien dat de naam van het kantoor was gewijzigd. Finkenstein had weliswaar gezegd dat hij het kantoor wilde verlaten, maar Boas was er nog niet zo zeker van dat zijn collega dat werkelijk meende.

Tom Nicholson zat woedend achter zijn werktafel. Zijn telefoon stond roodgloeiend. Hij maakte er persoonlijk werk van om uit te zoeken waar David met zijn gezelschap heen was gegaan. De helikopter had de achtervolgers verrast. De motorrijders hadden onmiddellijk contact gezocht met Nicholson om te rapporteren. Omdat de heli op geringe hoogte achter het fabrieksgebouw was weggevlogen, wisten de mannen van Nicholson zelfs de registratie van de helikopter niet te melden. Nadat Tom hen de huid had volgescholden, legde hij de telefoon neer en begon hij een koortsachtige speurtocht.

Hij belde alle heliservices die hij kende. Niemand kon hem opheldering geven. Via een Belgische collega had hij uiteindelijk beet in Antwerpen. Toen hij belde met de smoes van een dringende persoonlijke boodschap voor een van de passagiers, vertelde een vrouwenstem in zangerig Vlaams hem dat er die ochtend een vlucht vanuit Lisse was geboekt. Over de bestemming kon ze niets vertellen. Die was geheim, op verzoek van de opdrachtgever. Maar er kon natuurlijk altijd een boodschap worden doorgegeven. Nicholson haakte af.

Het duurde nog eens ruim een uur voordat hij te weten kwam dat Zeeland de bestemming was. Toen hij te horen kreeg dat het restaurant in Kruiningen het doel van de reis was geweest, probeerde hij zijn hulptroepen te organiseren. Wie was er beschikbaar in de buurt van Kruiningen? Zijn eigen mensen waren daar allemaal te ver van verwijderd. Hij pleegde weer een reeks telefoontjes om iemand te vinden die snel naar die plaats kon rijden. Vanuit Amsterdam was het een rit van meer dan twee uur. De kans was groot dat de vogels alweer gevlogen zouden zijn als zijn mannetje daar arriveerde.

Hij was druk in de weer toen Jane belde. Hoewel zijn eerste opwelling was haar niet te woord te staan, besloot hij het telefoontje aan te nemen. Uiteindelijk was het budget meer dan riant.

'Hebben jullie hem?' In haar hoge, schelle stem was de spanning goed te horen.

'Bijna,' zei Nicholson. 'We zitten bij hem aan tafel en nemen hem straks mee.'

'Vertel geen onzin. Heb je hem of niet? Jullie zouden hem vanochtend oppakken.'

'Hij is met een helikopter vertrokken. Daar hadden we niet op gerekend. Mijn mensen moesten hem laten gaan.'

Jane vloekte hard. 'Kon je hem niet te pakken nemen vóórdat hij opsteeg? Waar zijn jullie mee bezig? Bezigheidstherapie?'

'Hij zit in Zeeland te lunchen. Mijn mensen zijn er bijna. Ik weet wat hij als voorgerecht heeft gekozen.'

'Daar betaal ik je niet voor. Ik wil resultaat. Wedden dat ze precies op tijd zijn om hem weg te zien rijden? Wat is je effectiviteit, Tom? Waarom betaal ik je zoveel?'

Nicholson dacht bij zichzelf: als ze hem zien wegrijden, hebben ze hem. Ik mag hopen dat het zo gaat. Maar dat zei hij niet tegen zijn opdrachtgeefster. 'Kalm aan. We hebben hem, geloof mij nu maar. Het is een kwestie van uren.'

Jane bleef sceptisch. 'Wanneer heb ik dat eerder gehoord?'

'In mijn vak moet je geduld hebben.'

'Dat heb ik genoeg gehad. Je moet het alternatief ook proberen. Vandaag krijg je van mij de papieren voor de andere route. Ik denk dat je die hard nodig hebt. Jouw mensen blinken erin uit om steeds te laat te komen. Dat zal nu ook wel weer het geval zijn. Zorg ervoor dat je het deze keer niet verknalt.'

Nicholson werd van dit gesprek niet vrolijker. Toen hij laat in de middag het bericht kreeg dat zijn mannetje in Interscaldes was gearriveerd toen David de rekening had betaald en vertrokken was, kreeg zijn humeur nog meer te lijden. De sfeer bereikte een dieptepunt toen hij hoorde dat de twee adviseurs zonder David de terugreis per helikopter hadden gemaakt. David was in een donker gekleurde Audi met onbekende bestemming vertrokken.

De Audi reed met grote snelheid over de A-16 richting Antwerpen. De chauffeur moest telkens op de rem gaan staan als een vrachtauto ging inhalen. Zodra de weg vrij was, gaf hij weer vol gas.

David zat op de achterbank. Hij was tevreden. De lunch met Chamal en Zimmerman was in een ijzige sfeer geëindigd. Toen David voet bij stuk hield en er de adviseurs op bleef wijzen dat ze pas na een bericht van hem met hun werk verder konden gaan, hadden Chamal en Zimmerman hem over Jane ondervraagd. David had niet veel over haar losgelaten. Hij wilde de adviseurs geen deelgenoot maken van zijn ervaringen, en hij wilde over zijn plannen nog minder kwijt. Zijn tafelgenoten hadden zijn terughoudendheid als onwil uitgelegd en zij hadden zich verschanst in een nijdig stilzwijgen.

De Audi nam de afslag naar het centrum van Antwerpen. Op de Frankrijklei stopte de auto voor een appartementengebouw. David sprong uit de wagen en liep snel naar de ingang. Op de bovenste verdieping stond Vladi hem bij de lift op te wachten. Met een vriendelijke glimlach fouilleerde hij David nauwgezet. Elaine mocht van de Wit-Rus geen enkel risico lopen.

Hij zat met Elaine aan de houten eettafel in de grote kamer. Ze zaten gebogen over computerprints, kleurenontwerpen en planningsschema's, die over de tafel uitgespreid lagen. David keek er met bewondering naar. De weduwe van Gaspari had niet stilgezeten.

'Die brochure kan nu persklaar worden gemaakt. We missen alleen nog een stukje tekst. Als dat gereed is, kan het er zo in worden gemonteerd. We hebben dit onmiddellijk na de beursintroductie nodig. Heeft de drukker dan nog genoeg tijd?'

Elaine pakte de prints en ontwerpen bij elkaar en stopte die in een map. 'Goed,' zei ze, 'dat is dat. De drukker? Dat lukt wel. Die heeft niet meer dan twee dagen nodig. Ik zorg ervoor dat het in de planning komt. Nu jij. Hoe staan de zaken aan jouw kant?'

David aarzelde. 'Hé, hoe staat het eigenlijk met die twee jongens? Je weet wel, die op de computer bezig zijn?'

Elaine lachte. 'Onze whizzkids. Ze zeggen dat het is gelukt.'

'Weet je het zeker? Kunnen we ernaartoe en controleren wat ze doen?'

'Natuurlijk, maar dan moeten we wel een afspraak maken.'

'Laten we vanavond naar ze toe gaan.' David voelde zijn hart sneller kloppen. Het leek erop dat alles volgens plan verliep. Wat zouden ze te zien krijgen bij de twee computerfreaks? Zouden ze werkelijk in hun opdracht geslaagd zijn?

Elaine stond op. 'Koffie?' vroeg ze.

Maar David was toe aan iets sterkers. 'Heb je ook iets anders te drinken?'

'Bier? Wijn? Whisky?'

'Wodka met sinaasappelsap. Lukt dat?'

Elaine liep de keuken in. 'Maar doe me nou eerst eens even verslag over wat jij hebt gedaan.'

'Ik ben rond met de bank. Hetzelfde geldt voor Henry Carlier. Alleen, ik mis nog één schakel.'

'Wat dan?' Elaine kwam met dè glazen de kamer ingelopen.

'Marcus Klein. Hij is onvindbaar. Ik moet hem dringend spreken. Hij is uit Bad Godesberg afgereisd. Daar is nu alleen nog iemand die op het huis past. En drie rottweilers, die de hele dag in de tuin lopen. Telefoons worden niet opgenomen. Op het kantoor van de Liberty Foundation zeggen ze dat hij in het buitenland is. Er is geen spoor van hem te vinden.'

De Belgische keek hem nadenkend aan. 'Is hij volgens jou onmisbaar?'

'Absoluut. Als ik hem niet te spreken kan krijgen hebben we een groot probleem.'

In de kamer was het een tijdje stil. Vanuit de gang kwam het geluid van stromend water. Vladi was in de badkamer bezig.

'Weet jij soms een oplossing?' vroeg David.

'Of ik hem kan vinden, bedoel je. Misschien.' Elaine maakte haar nagels schoon. Ze keek ingespannen naar haar vingertoppen terwijl ze met de punt van een nagelvijltje langs de nagelranden ging.

David keek haar aan. Voelde hij een plotselinge spanning? Waarom was Elaine niet toeschietelijker met haar informatie? Hij kreeg opnieuw het ontmoedigende gevoel dat hij bezig was een kluwen te ontwarren waarvan hij het begin en het eind nooit in handen zou krijgen. Maar hij besefte dat er geen tijd meer verloren mocht worden. 'Als je iets weet, vertel het dan,' zei hij scherp. 'Als je wilt dat we tegen Jane scoren, houd dan niets voor me verborgen. Alsjeblieft.'

Elaine legde het vijltje neer. 'Hoe lang denk je dat we zo moeten leven? Ik bedoel, we zijn constant op de vlucht. Ik kan niet naar mijn werk gaan. Mijn boodschappen kan ik niet zelf doen. Als de deurbel gaat, ben ik bang. Ik ben voortdurend omringd door een lijfwacht. Hoe denk je dat onze toekomst eruitziet? Wraak op Jane en voor ons levenslange opsluiting?'

'Als je me niet vertelt waar ik Marcus kan vinden, dan wel, ja. Dan blijft Jane levenslang achter ons aanzitten.'

'En als je de kans krijgt met Marcus te praten, wat dan?'

'Dan zijn we over drie weken vrij en kunnen we weer gaan en staan waar we willen. Geen gorilla's die je achtervolgen. De voordeur hoef je dan 's nachts niet meer op slot te doen. Vladi kan ander werk zoeken.'

'Gegarandeerd?'

'Hand erop. Wat denk je? Ik wil ook niet mijn leven lang op de vlucht zijn. Ze hebben me in mijn been geschoten, in New York. Eén keer is genoeg. Die motorrijders achter me aan was ook geen pretje. Elke week een ander telefoonnummer moet ook een keer ophouden. Misschien besef je het niet, maar ik leidde vroeger een normaal leven. Vroeg van huis, werken en 's avonds weer thuiskomen.'

'Ongelooflijk. Ik dacht dat jij met een bazooka werd gewekt en dat je eitje werd gekookt door de *godfather*. Je maakt op mij de indruk alsof dat soort zaken tot je normale leven hoort.'

'Dan vergis je je. Ik wil ook weer een gewoon leven leiden.'

Elaine stond op en liep naar het raam dat uitzicht op de brede straat bood. 'Marcus heeft een chalet in Cortina,' zei ze met haar rug naar David gekeerd. 'Daar gaat hij heen om rust te zoeken. Misschien kunnen we hem daar vinden.'

'Weet je waar?'

'Ik ben er geweest en heb zelfs een telefoonnummer.' Elaine pakte haar tasje om erin te zoeken.

'Laat maar,' zei David opgewonden, 'niet bellen. We rijden erheen.'

Het café had een terras dat een prachtig uitzicht bood op de bergring die Cortina vanuit het noorden omsloot. De voorjaarstoeristen hadden bezit genomen van het wintersportoord. Wandelaars met bergschoenen en rugzakken verlevendigden het straatbeeld.

David en Elaine schoven aan het tafeltje aan. 'Goedemorgen, Marcus,' zei David zachtjes tegen de man die met een espresso in de hand zijn krant zat te lezen.

Marcus Klein zette zijn koffie terug op tafel en vouwde de krant dicht. 'Zo, jullie hebben me gevonden.' Hij keek naar Elaine, en zei op verwijtende toon: 'Ja, jij wist het natuurlijk. Ik had niet gedacht dat je het aan hem zou vertellen. Val zei dat het hier ook niet veilig was. Ik dacht dat het wel mee zou vallen. Zelfs bij Liberty kennen ze dit adres niet.'

'David heeft je dringend nodig. Hij zegt dat je de telefoon niet opneemt.'

'Dat klopt. Met David heb ik liever geen contact.' De controller wierp een minachtende blik op David. 'Hij is bezig met zaken waar ik allang afstand van heb genomen.' Hij nam een slokje espresso. 'Ik wist niet dat jullie samenwerkten.'

'Je hebt me dat kaartje zelf gegeven,' zei David.

'Dat was van Léon,' zei de controller. Hij draaide zich weer naar Elaine. 'Die is hier toch nooit geweest?'

'Léon is dood, Marcus,' zei ze zacht.

'Het spijt me dat te horen,' zei de controller. Hij vroeg niet verder maar keek David vragend aan. 'Wat wil je van me?' vroeg hij gelaten.

Ze wandelden naar het chalet van Marcus. Vanaf de hoofdstraat hadden ze een zijweg naar het zuiden genomen. In de bergweiden bloeiden veldbloemen. Donkerbruine koeien waren aan het grazen.

'Dat daar is mijn chalet.' De controller wees naar een houten huis, dat een eindje verderop lag.

De woonkamer bevond zich op de eerste verdieping. Ze waren de buitentrap opgelopen en zaten nu op het balkon bij de entree. Een bezorgde Val had hen bij hun binnenkomst gadegeslagen, waarna Klein David en Elaine aan zijn echtgenote had voorgesteld. Het viel David op dat Val en Elaine elkaar niet bleken te kennen. Had Marcus zojuist niet gezegd dat Elaine in het chalet was geweest? Dan was Val daar niet bij aanwezig geweest. Zouden Marcus en Elaine hier enkele dagen alleen hebben doorgebracht?

Met de espresso voor zich op de houten terrastafel probeerde Marcus samen te vatten wat hij van David had gehoord. 'Dus je wilt dat de Liberty Foundation in Amsterdam Online gaat speculeren?' vroeg hij. 'Waarom? Wat worden we er beter van?'

'Geen vragen, Marcus,' zei David. 'Jouw fonds krijgt tien procent van de winst. Dat is een vorstelijk aanbod. Tenslotte hoef je niets te doen. Ik regel alles.'

De controller keek hem verrast aan. 'Dat is een gotspe!' riep hij. 'Ik moet een geweldig risico nemen, heb er niets over te zeggen en jij zegt dat ik niets hoef te doen? Om hoeveel geld gaat het, David? Noem je dat geen risico?' Klein stond op. 'Willen jullie nog koffie?'

'Weet je nog van Futurit?' vroeg David, 'toen liet je mij het risico lopen. Nu heb je een mogelijkheid wat terug te doen. Je verdient er ook nog aan. Laat die kans niet schieten, Marcus. Niet verstandig. Geloof me.'

'Niet verstandig?' vroeg Klein. 'Wat bedoel je?' Hij ging weg om koffie te halen.

Elaine stond op. Ze liep Marcus Klein achterna, de keuken in. 'David is een opmerkelijke man, Marcus,' zei ze nadrukkelijk. David hoorde hun stemmen op de achtergrond tot het lawaai van het espressoapparaat hen overstemde. Hij zat ontspannen achterover. Voor hem stond de afloop van deze bespreking vast. Klein had geen keus.

De controller liep het balkon weer op. Elaine liep achter hem aan. Ze hielden de kopjes in hun hand. 'Vertel het hem, David,' zei de vrouw zachtjes. 'Marcus begrijpt het nog niet helemaal.'

'Marcus, waarde vriend,' zei David quasi-opgewekt, 'er zijn destijds handtekeningen gezet onder papieren die niet klopten. Ik heb daar nogal wat last van gehad. Herinner je je nog dat ik bij Futurit ben weggestuurd? Ik vertelde je al dat het kort geleden nóg een keer gebeurd is. Jij hebt destijds de opdrachten gegeven. Er bestaan brieven met jouw handtekening en je hebt getekend voor cijfers die niet klopten. En dat wist je natuurlijk heel goed, jongen. Je doet er beter aan de Liberty Foundation mee te laten doen. Ik zou niet te lang aarzelen als ik jou was. Ik heb haast.' David zweeg even. Hij trok een mapje uit een stapel papieren die op tafel lag. 'Lees dit maar eens,' zei hij. 'En let vooral op die handtekening. Ik wed dat je die nog wel kent.'

Klein nam het papier aan maar las het niet. Hij keek David verslagen aan. 'Dus als ik niet meedoe met de Liberty Foundation, ga je híermee aan de gang.'

'Kijk,' zei David, 'zo ken ik je. Echt snel van begrip.'

'Dit is van tien jaar geleden, David,' zei de controller langzaam. 'Wat wil je daar vandaag nog mee? Denk je echt dat er nu nog een krant warm loopt voor dat oude nieuws?'

'Misschien geen krant, maar jouw bestuursleden wel, denk ik zo. Wat zouden die ervan zeggen als ze zien dat je valse verklaringen hebt getekend? En jouw geldschieters, jongen. Denk je dat ze hun geld graag aan iemand ter beschikking stellen die met cijfers knoeit?'

'Wraakzuchtige klootzak.' De woorden ontschoten Klein. Zijn stem klonk schor. 'Dus dat is jouw plan. Ik moet meedoen. En als ik dat doe, David, wat is het gevolg dan?'

'Dat jouw fonds geld verdient. Ik heb het al gezegd. De Liberty Foundation krijgt tien procent.'

'Van de winst. En als er verlies is?'

'Er is geen verlies. We kunnen alleen maar winst maken.'

'Goed. Maar áls er toch verlies is? Draaien wij daar dan voor op?'

David keek hem lachend aan en maakte een handgebaar. 'Ach, je blijft in ieder geval uit de krant,' zei hij vergoelijkend. 'Zo kun je het ook zien.'

Klein dacht even na. Hij speelde met zijn espressokop. Het kopje viel om, en er liep een donker straaltje over de houten tafel. 'Dus de Liberty Foundation moet die transacties doen,' zei hij nadenkend.

'Zeker,' zei David. 'Jij gaat me machtigen om dat in orde te maken. Ik heb de papieren daarvoor al klaar.'

'Je hebt aandelen Amsterdam Online nodig. Hoe kom je daaraan?'

'Is ook al geregeld, jongen. Staat in de overeenkomst.' David schoof de papieren naar de controller. 'Hier. Lees maar.'

Klein begon te lezen. Toen hij de papieren neerlegde keek hij nijdig. 'De vennootschap die de aandelen beschikbaar stelt heet Liberty Inc,' zei hij boos. 'Dat is dezelfde naam als mijn fonds. Waarom?'

David had die vraag verwacht. Hij lachte Klein toe. 'Dat wekt vertrouwen bij de bank, Marcus.'

De controller keek hem argwanend aan. 'Hou op over dat vertrouwen. Mijn fonds doet de transacties, dus dat heb je niet nodig. Voor de draad ermee, waarom gebruik je die naam?'

'Geen enkele bijzondere reden. Voor hetzelfde geld had ik een andere naam gekozen. Deze schoot me bij de oprichting te binnen en ik vond het wel passend. Zeur nou niet over zo'n naam, Marcus, en teken die papieren nou maar. Als we de posities straks hebben geliquideerd, gaan we uit elkaar. Dan drinken we wat en vieren we dat we een leuke winst hebben gemaakt. Jij hervat jouw leven, ik het mijne. Van mij hoor je daarna nooit meer iets.'

'Beloofd?'

'Hand erop.'

Elaine en David sliepen die nacht in een hotel in Innsbruck. Toen ze in bed lagen moest Elaine lachen. David vroeg wat er was. 'Marcus,' legde Elaine uit, 'het was net alsof je een zere kies trok. Wat had hij er de schurft over in.'

David dacht tevreden terug aan de middag. Marcus had de volmacht getekend en vervolgens waren ze naar een notaris in Cortina gegaan om de handtekening te laten legaliseren. Daarna had Marcus de details van zijn bank gegeven. Het rekeningnummer en de naam van de accountmanager. Hij had met de bankier gebeld en de volmacht per fax naar hem gezonden. David had ook met zijn bankier gebeld. Als het goed was waren de opdrachten nu al uitgevoerd.

'Het was niet gemakkelijk voor hem,' gaf David toe. 'Als ik in zijn schoenen had gestaan, had ik het ook niet leuk gevonden. Je leeft rustig met je vrouw. Je reist wat en je doet aan liefdadigheid. En dan word je plotseling met je verleden geconfronteerd.'

Elaine giechelde. 'Rustig?' vroeg ze, 'zei je dat? Marcus, een rustig leven met zijn vrouw?'

David vroeg niet door. Hij herinnerde zich Val, die de Belgische niet kende. Marcus aan de voordeur van zijn landhuis in Bad Godesberg, met een glimlach op zijn gezicht vanwege de herinnering aan Vittoria. Had de controller zo'n aantrekkingskracht op vrouwen?

Elaine kwam haar bed uit en kroop er bij hem in. 'Eventjes maar,' zei ze. 'Even tegen je aanliggen, partner.'

Het was stil in de slaapkamer. David voelde Elaine naast zich. Hij lag naar het plafond te staren en zag het boze gezicht van Marcus weer voor zich.

'Weet je,' fluisterde Elaine, 'zo'n man heeft iets voor vrouwen. Geen fantasie, maar zekerheid. Hij geeft je een gevoel van geborgenheid. Daar houden vrouwen van. Marcus is veilig, dat zie je aan hem. Te slimme mannen, daar schrikt een vrouw van. Die zijn nooit betrouwbaar, nooit te voorspellen. Riskant.'

David dacht aan de brieven van tien jaar geleden. Hij zag Marga. Vittoria. Elaine. 'Veilig?' vroeg hij verbaasd. Hoewel hij het warme lichaam van Elaine tegen zich aan voelde, bekroop hem een gevoel van eenzaamheid. Waar was hij mee bezig? Waarom, waarvoor?

'Voorspelbaarheid. Daar houdt een vrouw van. Het geeft rust. Slimme mannen zijn onrustig.'

'Zoals ik?' vroeg hij fluisterend.

Elaine boog zich over hem heen en probeerde hem op de mond te kussen. 'Stil maar,' zei ze sussend. Tot zijn verbazing voelde hij iets vochtigs op zijn wang vallen. De Belgische liet haar tranen de vrije loop. David draaide zijn hoofd weg in het kussen. Toen Elaine in haar eigen bed was teruggekropen, hoorde hij haar nog een hele tijd snikken. Was Marcus Klein haar werkelijke liefde? Waarom had ze hem dan naar Klein geleid? Door zijn hoofd tolden allerlei vragen waar hij geen antwoord op wist. Vragen die hem uit zijn slaap hielden. Naarmate de nacht vorderde begon hij zich meer zorgen te maken.

De bewaker in het Amsterdamse huis van bewaring in de Havenstraat duwde de Joegoslaaf Gulić zijn cel uit, de gang in. 'Niet zeuren,' zei hij gemoedelijk, 'er is bezoek voor je. Je advocaat. Heb je een andere genomen? Je had toch Finkenstein?'

In de spreekkamer zat een kleine man met krulletjeshaar. Gulić ging tegenover hem zitten. 'Zorg ervoor dat je mij goed verdedigt op de zitting,' viel hij met de deur in huis. 'Jouw voorganger deed helemaal niets. Ik had geen enkel vertrouwen in hem.'

De advocaat bladerde door het dossier. 'Dat komt in orde. Maak je geen zorgen.' Toen Gulić hem had benaderd om Finkenstein als advocaat op te volgen, was hij verrast geweest. Waarom liet zijn collega zo'n klant lopen? Het dossier had hij met enige moeite van Herb Boas weten los te krijgen. Boven op het dossier lag een faxbericht. 'Dit moet ik je geven,' zei de advocaat. Hij schoof het papier naar Gulić. Het was een cryptisch bericht: 'Boodschap gedaan en afgeleverd.'

Gulić las het nauwgezet. 'Mooi,' zei hij. 'Heeft mijn vrouw je nog gebeld? Had ze nieuws?'

'Ja,' zei de advocaat. 'Ik heb een telefoontje van haar gekregen. Ze laat zeggen dat ze de erfenis heeft gekregen. Nu gaat ze een huis kopen.'

'Mooi,' zei Gulić weer. 'Dan moeten we het eerst maar eens over mijn zoon hebben. Jouw voorganger heeft me een visum laten zien. Ik heb ervoor betaald. Daarna heb ik er niets meer over gehoord. Wat is er gebeurd? Is dat visum nou rondgekomen of niet? Ik wil met mijn zoon spreken. Kun je daarvoor zorgen?'

'Dat komt goed,' zei de advocaat. Hij had een kopie van een visum in het dossier gevonden. Toen hij er bij de zoon van Gulić naar informeerde, bleek dat die nooit een visum had gekregen. Hoe Finkenstein aan de kopie was gekomen, was voor de advocaat een raadsel. Ergens had hij een afrekening gezien van vijfduizend euro. Die prijs leek hem voor een simpel visum wel aan de erg hoge kant. Maar hij besloot hierover niets aan Gulić te vertellen.

29

Het feestje op de beurs zou Jane nooit vergeten. Vanaf de omloop op de eerste verdieping mocht ze het virtuele fonds introduceren. De bankiers, de accountants en de leden van het beursbestuur stonden om haar heen. Iedereen lachte haar toe. De glazen werden geheven. Amsterdam Online was het succes van de dag. Van het jaar. Misschien wel van de eeuw. De aandelen waren overtekend. De koers had gemakkelijk hoger dan veertig euro ingezet kunnen worden. De bankiers verwachtten een pijlsnelle koersstijging. Toen Jane hoog boven de beursvloer het startsein voor de eerste notering gaf, waren de verwachtingen hooggespannen.

De werkelijkheid viel tegen. Toen de notering op gang kwam steeg de koers langzaam. Tegen de middag noteerde het aandeel vijfenveertig euro. Dat was vijf euro boven de introductiekoers, maar deze stijging kon toch geen koersexplosie genoemd worden.

Toen die middagkoers werd bereikt was Jane al in restaurant Vossius om met een aantal genodigden te lunchen. Ze was het middelpunt, met om haar heen haar kennissen en zakenrelaties. Die ochtend had ze een deel van haar aandelen via de beurs mogen verkopen. Het had haar vele tientallen miljoenen opgeleverd. Hoewel ze de afgelopen weken al had begrepen dat de aandelen allemaal geplaatst zouden worden, was het toch even wennen. Dat ze die ochtend in enkele uren tijd zo'n vermogen had verzameld gaf haar een goed gevoel.

Ze voelde een hand op haar schouder. Toen ze omkeek zag ze een van de bankmanagers. 'Heb je even?' fluisterde hij. Hij trok haar voorzichtig mee naar een hoekje waar ze even vertrouwelijk met elkaar konden praten.

'Wat is er?'

'We maken ons zorgen. Er is een grote *short*-order geplaatst. Uit New York. Meer dan tien miljoen. De opdrachtgever speculeert op koersdaling.'

Jane had moeite het te begrijpen. Ze had die ochtend een kapitaal in haar zak gestoken. Wie had er belang bij om tégen Amsterdam Online te speculeren? Iedereen was nu toch gebaat bij een koersstijging? 'Weet je het zeker? Het lijkt me onzin.'

'Dat is het niet,' zei de bankier, 'het is serieus. Iemand heeft aandelen verkocht, over twee weken te leveren. Koers veertig euro, op de uitgiftekoers. Het is een *short*-transactie. De verkoper heeft de aandelen nog niet in zijn bezit, hij moet ze nog kopen. Hij verwacht dat in de komende twee weken de koers onder veertig euro zal zakken. Dan kan hij aankopen onder de verkoopkoers.'

Jane keek hem verdwaasd aan. Speculeren op koersdaling? Waar had de man het over? Iedereen had de mond vol over de koersstijging. Boos over zoveel domheid viel ze uit: 'Jullie zijn vast niet goed geïnformeerd. Check het nog eens na.'

Nu raakte de bankier geïrriteerd. 'Hou alsjeblieft op! Natuurlijk is onze informatie juist. Wie van jullie heeft eraan mee gedaan? Iemand van jullie moet aan die speculant zijn aandelen geleend hebben. Iemand van de huidige aandeelhouders. Zorg ervoor dat dit stopt, Jane. We staan voor gek, jij en ik. Geen wonder dat de koers vandaag bleef hangen!'

Jane schrok nu echt. De bankier was serieus. 'Hoe kan ik dat nou doen? Ik weet niet eens wie erachter zit. Welke bank? Welke opdrachtgever?'

'Goldman Sachs, New York. De naam van de opdrachtgever krijg ik nog wel te pakken. Jane, iemand uit jouw kring heeft de order ondersteund. Zorg ervoor dat er een eind aan komt. Wij kunnen je niet steunen als je eigen mensen tegen ons speculeren. Maak een beetje haast!' Vervolgens lachte de bankier haar vriendelijk toe. 'Kom, we gaan een glas drinken,' zei hij en trok Jane aan haar arm met zich mee.

Stralend toastte Jane met de aanwezigen. Terwijl ze met iedereen een woordje probeerde te wisselen spookte de vraag door haar hoofd wie tegen haar aan het speculeren was. Friedman? Wie anders? Maar hoe kwam hij aan het geld? En wie van haar aandeelhouders werkte met hem samen? Ze besloot na afloop van de lunch iedereen persoonlijk met deze vraag te confronteren.

Laat op de avond kreeg ze Dreyfuss aan de telefoon. Hij was nog in het Amstelhotel. Zijn vlucht vertrok de volgende ochtend. Jane had de andere aandeelhouders al eerder gesproken. Niemand wist iets van de koersspeculatie af. Dreyfuss moest erbij betrokken zijn.

'Werk je met Friedman samen?' vroeg ze recht op de man af.

De stem van de Amerikaan klonk koel. 'Wat gaat jou dat aan? Ik ben vrij om samen te werken met wie ik wil.'

'Niet als je tegen Amsterdam Online speculeert. Ook niet als je daaraan meewerkt. Je bent nog steeds aandeelhouder, Abe. Je mag niet tegen onze belangen in handelen. Als je dat doet sleep ik je wel voor de rechter. Morgen, als het moet.'

'Hou op. Ik bepaal zelf wat ik doe.'

'Abe, er is een *short*-order geplaatst. Voor tien miljoen euro. De koers is vandaag niet verder gekomen dan vijfenveertig euro. Je móet me vertellen of je met Friedman zaken hebt gedaan. En als je het aan mij niet kwijt wil, moet je het maar aan de rechter uitleggen.'

Dreyfuss ging door het lint. 'Een *short*-order? Wát zeg je? Is er iemand tegen ons aan het speculeren? Verdomme, ik vroeg me al af waarom de koers zo vlak bleef. Welke broker heeft de order geplaatst?'

'Goldman Sachs. New York. Nou, zeg op, werk je met Friedman samen of niet?'

'Nee.' Dreyfuss zweeg even. 'Maar hij is je man, dat wel. Een gek. Ik dacht het al. Ik ga achter hem aan. Doe jij dat ook maar. Tenslotte zijn jullie landgenoten. Haast je!'

Jane wilde nog wat vragen, maar de Amerikaan had de verbinding al verbroken. Nu wist ze nog niets. Ze kneep haar handen samen. Wat een fout dat Finkenstein destijds niet harder was opgetreden! Wat een ellende dat de advocaat geen tijd meer had gehad om zijn werk met Friedman af te maken. Misschien had Nicholson nu goed nieuws. Maar daar durfde ze haast niet meer op te rekenen. Friedman was Tom Nicholson steeds te slim af geweest en ze had weinig hoop dat dit zou veranderen.

Chamal had last van zijn zenuwen. Amsterdam Online beheerste de kranten. Iedere dag werd hij eraan herinnerd dat hij in actie moest komen. Friedman had hem de vrije hand beloofd als het fonds eenmaal op de beurs was geïntroduceerd, maar de dag na de eerste notering had Friedman nog niets van zich laten horen. Meestal was Chamal de rust zelf, maar nu kon hij zich nauwelijks beheersen. De Chavannes van Nedtelcom liet ook merken ongerust te worden. De UMTS-veiling was niet ver weg meer, en er waren nog steeds te veel kandidaten voor de frequenties.

Chamal liep bij Zimmerman binnen om zijn hart te luchten. 'Die vervloekte Ferguson!' riep hij. 'Ik ben aan handen en voeten gebonden. Nedtelcom valt straks over me heen. Ik kan niets doen!'

Zimmerman keek hem machteloos aan. 'Heb je niets van Friedman gehoord?' vroeg hij verbaasd. 'Die zou ons toch na de beursintroductie een berichtje sturen dat we aan de gang konden?'

'Ja!' riep Chamal verbeten. 'Maar hij heeft dat níet gedaan, dat is nou juist het probleem. Ik heb hem gisteren en vanochtend al geprobeerd te bellen. Hij is onbereikbaar. Wat kunnen we doen?'

'En Cohen?' vroeg Zimmerman. 'Is die nog steeds stand-by? Ik bedoel, als je een bericht krijgt van Friedman, kan hij dan snel optreden?'

'Deze week nog wel,' zei Chamal somber, 'volgende week is hij naar het buitenland. Dan is het zo ongeveer voorbij.'

Toen David zich later die ochtend meldde, sprong de communicatieadviseur een gat in de lucht. 'Friedman!' riep hij opgewonden, 'waar zat je! Ik zit al dagen achter je aan maar ik krijg je niet te spreken. Je bent volkomen onbereikbaar.'

'Dat valt wel mee,' zei David droogjes. 'Gisteren was ik er niet. Vandaag wel. Ik heb een koerier naar je toe gestuurd.'

'Je had me beloofd dat onmiddellijk na de beursintroductie te doen!'

'Nou, je krijgt die brief vandaag. Ik zal je die ook per fax zenden. Schiet maar gauw op. Dan kun je die dag weer inhalen.'

Chamal ergerde zich aan Davids spottende toon. 'In mijn wereld is een afspraak een afspraak,' zei hij bits.

'O ja? Begreep ik het goed van Simon dat je dat materiaal voor een studentenonderzoek nodig had? Nou, Ferguson wenst je veel succes met die studenten. Zou er één student mee gemoeid zijn, denk je? Maar ja, afspraak is afspraak, wat je zegt.'

'Stuur me die fax en val dood!'

Toen het faxbericht even later op zijn bureau werd gelegd, zag Chamal dat er geen afzender op vermeld stond. Maar het was wel door David getekend. Toen hij het aan Zimmerman liet zien, stond die erop dat Ferguson zou worden geïnformeerd. Terwijl Chamal wegholde om Tobias Cohen te bellen, was Zimmerman al bezig een boodschap voor Ferguson op te stellen.

David en Elaine stonden in een kelder in het centrum van de stad. Bij het verlaten van het appartement had Vladimir eerst de route verkend. Toen hij nergens iets verdachts had gezien, was hij hen komen halen. Ze hadden beneden in de hal gewacht totdat hij met de auto kwam voorrijden.

Hun gastheren in de kleine ruimte waren twee jongens van achter in de twintig. In de kelder waren tafels met computers opgesteld. Er brandde een oliekachel die een droge warmte verspreidde. Een hoog in de muur aangebracht raam bood juist voldoende uitzicht op straat om de voeten van de voorbijgangers te kunnen zien. De jongens waren gekleed in vlekkerige, ruimvallende truien en een spijkerbroek. Op een tafel naast de deur lagen lege pizzadozen slordig opgestapeld. Her en der stonden lege colablikjes en bierflesjes.

De kleinste van de twee voerde het woord. Hij heette Miel en streek steeds door zijn dunne zwarte haar, waarbij iedere keer roos op zijn schouders dwarrelde. De andere jongen zorgde voor koffie. Hij deed koffiesachets in een apparaat dat er nogal vuil uitzag. Miel nam Elaine en David mee naar een computer. 'Hier kun je het zien,' zei hij. Hij had een zachte, verlegen stem. Terwijl het geluid van het koffieapparaat de ruimte vulde, sloeg Miel enkele toetsen aan. Er verscheen een internetvignet op het beeldscherm. Miel concentreerde zich op de computer.

David kreeg een beker koffie in zijn handen gedrukt. Hij stond gespannen naar het scherm te kijken. Miel was gaan zitten. Het openingsscherm van Amsterdam Online kwam in beeld. Weer enkele snelle aanslagen van Miel, opnieuw een schermwisseling. Nu was het scherm een hele tijd zwart. Toen werd om een *password* gevraagd. Daarna om een *user name*. Miel typte de letters snel in, maar kreeg geen toegang. Hij riep zijn collega erbij. Terwijl David zich zenuwachtig afvroeg of ze werkelijk de goede combinatie wisten, waren de twee jongens druk in de weer. Plotseling lichtte het scherm weer op. Er kwam een menu in beeld.

'Wat wilt u zien?' vroeg Miel. 'De abonnees? De e-mailboxen? Of zullen we een e-mail naar de abonnees zenden?'

David keek vol ongeloof toe. Zouden deze twee jongens echt kans hebben gezien in de database van Amsterdam Online in te breken? 'Laat eens een e-mailbox zien,' zei hij nieuwsgierig.

Elaine stond naast hem en was ook gefascineerd door het scherm. 'Ongelooflijk,' fluisterde ze. 'Het is werkelijk waar. Ze hebben de database gekraakt.'

'Natuurlijk,' zei Miel. 'Het was wel een heel karwei, maar we hebben het gedaan gekregen. Ik zei toch dat we elke database kunnen kraken. Er is geen beveiliging waar we niet doorheen komen.' Hij was zichtbaar trots op zijn prestatie. 'Hier,' zei hij, 'nu zitten we in een e-mailbox van een abonnee. Je kunt de berichten openklikken. Kom, doe het maar.' Hij stond op om plaats te maken voor Elaine.

Maar die protesteerde. 'Dat kunnen we niet doen. We zijn gewoon aan het inbreken.'

'Open die eens, wil je,' zei David, en wees een bericht aan. Elaine gehoorzaamde met gefronste wenkbrauwen. Ze moesten even wachten voordat het bericht geopend was. Toen konden ze de tekst lezen.

'Mijn hemel,' zei David ademloos, 'we zitten er midden in. Schitterend, jongens!'

'Sluit het maar weer,' zei Elaine. Ze wilde de sessie zo snel mogelijk beëindigd zien.

Miel ging weer achter de computer zitten. 'Wanneer willen jullie dat bericht verzenden?' vroeg hij.

'Nu,' zei David. 'Vanavond. Dit is de tekst.' Hij haalde een papiertje uit zijn broekzak.

Miel las het snel door. 'Dát is een kort bericht.'

'Langer hoeft niet.'

'Het moet naar alle abonnees worden gezonden?'

'Ja. Allemaal, zonder uitzondering.'

Miel was opgetogen. 'Dat is de eerste keer dat we een miljoen berichten verzenden!' riep hij. Hij begon te overleggen met zijn collega welke procedure ze zouden volgen.

David keek van een afstandje toe. 'Wij gaan,' zei hij. 'Bel me op dit nummer als het klaar is.'

Vladimir reed door de smalle straten van de binnenstad terug naar het appartement aan de Frankrijklei.

'De brochures zijn vandaag toch op de post gegaan?' vroeg David.

Elaine knikte. 'Ja, David. Wat zal het gevolg hiervan zijn?'

David lachte. 'Dat Jane in opspraak komt.'

'Nee, dat bedoel ik niet. Wat zijn de gevolgen voor ons? Gaat ze nu nog harder achter ons aan?' Haar stem klonk benauwd. 'Ik bedoel, zo'n oorlogje is wel mooi en aardig, maar we moeten ons nu al schuilhouden. Moeten we straks ondergronds? Wat denk je?'

'Nog even, dan zijn we er vanaf. Straks is alles voorbij.' Hij sloeg een arm om Elaine. Ze was gespannen.

'Ik ben er niet gerust op,' zei ze zachtjes. 'Als je dat maar weet.'

30

Complete chaos. Alleen met die woorden kon de situatie in de Rembrandt Tower worden weergegeven. Jane was die ochtend al vroeg gebeld. Een hevig geschrokken ingenieur schreeuwde paniekerig tegen haar dat er ingebroken was.

'Ingebroken?' vroeg ze verbaasd. 'Bel de politie dan!'

'In de database!'

'Een hacker?' vroeg Jane. De angst schoot haar nu ook in de keel.

'Ja. Een hacker. Ze hebben alle abonnees een e-mail gestuurd.' De man kalmeerde enigszins nu hij het haar verteld had. 'Het lijkt me beter als u onmiddellijk naar kantoor komt.'

Op kantoor trof Jane louter paniek aan. De telefoon stond roodgloeiend. Abonnees belden om te vragen wat de boodschap betekende die ze in hun postbus hadden aangetroffen. Het duurde even voordat Jane de tekst in handen gedrukt kreeg. Het was een eenvoudig bericht: BESTE ABONNEE VAN AMSTERDAM ONLINE, WE ZIJN ERIN GESLAAGD BIJ AMSTERDAM ONLINE IN TE BREKEN. WE HEBBEN EEN BOODSCHAP VOOR U: BEL MEVROUW JANE ECKER OM TE VRAGEN WAAROM ZE NOG NIET IS AFGETREDEN ALS VOORZITTER VAN DE RAAD VAN BESTUUR. ALS ZE DAT WEL HAD GEDAAN, ZOUDEN WIJ NIET HEBBEN INGEBROKEN EN U DEZE E-MAIL NIET HEBBEN GEZONDEN. In het bericht werd het telefoonnummer van Amsterdam Online vermeld. De afzender verschool zich onder een mysterieuze naam: Liberty On the Internet.

Toen Jane het bericht had gelezen begreep ze dat er werkelijk een crisis was. Dit was een persoonlijke aanval op haar. Zo kort na de succesvolle beursgang stond ze ineens in de vuurlinie. Ze twijfelde er geen moment aan dat David Friedman het bericht had verzonden. De verwijzing naar haar aftreden herinnerde haar aan de chantagebrief die hij eerder had gestuurd. Terwijl ze met haar mensen besprak hoe ze moesten optreden, schold ze inwendig Finkenstein en Nicholson uit. De gevolgen van hun mislukkingen wogen nu wel erg zwaar.

Met haar staf kwam ze tot de conclusie dat openheid het beste was. Toegeven dat de database door hackers was geopend, toegeven dat buitenstaanders een bericht hadden kunnen zenden, dat leek haar het beste. Toen de mensen van de pr-afdeling het kantoor binnenstapten kwam er enige orde in de chaos. De communicatie met de buitenwereld begon weer enigszins gestructureerd te verlopen.

Jane gaf opdracht een gerenommeerd adviesbureau in te schakelen om binnen een dag een nieuwe beveiliging te ontwerpen. Later die ochtend sprak ze de technici toe. Ze stond midden in haar grote werkkamer en leek buiten zinnen van woede. 'Zorg ervoor dat dit nooit meer kan gebeuren! Waar betaal ik jullie voor als de eerste de beste hacker de database in kan? Wat zijn jullie? Duurbetaalde professionals of amateurs van de hoek?' Ze haalde even adem, en zei daarna langzaam: 'Amsterdam Online is geen knutselclub, dames en heren. We zijn een beursgenoteerd bedrijf met de beurswaarde van een multinational. We hebben onze verantwoordelijkheden. Een daarvan is dat onze abonnees op ons kunnen vertrouwen.' Ze haalde weer adem. Toen viel ze met overslaande stem uit: 'Ga dus als de bliksem aan de gang en zorg ervoor dat het nooit meer kan gebeuren! De volgende keer gooi ik jullie er allemaal uit!'

In haar hoofd had ze al een lijstje ontslagen gemaakt. Wraakzuchtig als ze was, kon ze de verantwoordelijke medewerkers niet vergeven dat die niet voor betere veiligheidsmaatregelen hadden gezorgd. De ontslagen zou ze tegen het einde van de ochtend in een persbericht bekendmaken. Het publiek en de beleggers moesten weten dat Amsterdam Online gepaste maatregelen nam om de crisis te bezweren.

Toen ze door een bevriende journalist werd gebeld, stond ze die onmiddellijk te woord.

'De hackers hebben het op jullie voorzien,' zei de verslaggever.

'Ach, dat moet je niet al te letterlijk nemen. Het is een ludieke actie van jonge technici. We hebben een vermoeden wie het zijn. Rancuneuze medewerkers die we een tijdje geleden hebben ontslagen. Er zijn maatregelen genomen dat het niet weer kan gebeuren.'

'Denk je? Waarom zouden ze dan een brochure naar ons hebben gestuurd? Dat is een kostbare geschiedenis. Jonge hackers hebben daar het geld toch niet voor?'

Nu schrok Jane hevig. Ze probeerde zich te beheersen. 'Een brochure? Die ken ik niet. Wat staat erin?'

'Dat ze vinden dat je moet aftreden en dat ze net zo lang doorgaan met hacken totdat je dat hebt gedaan. Ze geven in de brochure aan hoe ze hebben ingebroken. Het pad dat ze hebben gevolgd, en zo.'

'Kun je mij die tekst faxen?'

'Natuurlijk. Hebben jullie die dan niet? Ik had om commentaar willen vragen. Als ik het goed begrijp, mankeert er bij jullie nogal wat aan de veiligheid.'

'Zodra ik het gelezen heb, bel ik je. Kun je mij zeggen wie de afzender van de brochure is?'

'Een onbekende club,' zei de verslaggever, 'ze noemen zich Liberty On the Internet. Wat dat ook moge betekenen.'

Na haar gesprekje met de journalist sloot Jane zich in haar werkkamer op met de mensen van de pr-afdeling. In de loop van de ochtend kwam de man van het pr-adviesbureau het kantoor binnenrennen, gehaast en geagiteerd, opgeroepen door een scheldende Jane. Tijdens de bespreking werd ze gebeld door een lid van de raad van bestuur van de bank. Die vertelde haar dat de beurs die ochtend hevig had gereageerd op het nieuws. De koers was gedaald tot de introductiekoers. Dat was meer dan tien punten lager dan de koers waarop de vorige dag was afgesloten. 'Heb je de zaak wel onder controle?' vroeg de bankier ongerust.

Jane keek de tafel rond. Haar medewerkers zaten met rode gezichten van de opwinding met elkaar te praten. De pr-adviseur belde in een hoek van de kamer een assistent en droeg hem op als de donder naar de Rembrandt Tower te komen. Ze lachte ingehouden. 'Maak je geen zorgen. We hebben alles in de hand. Het zijn jonge technici die ons een loer willen draaien. Het stelt niets voor. Morgen is iedereen het vergeten.'

'Nou, daar lijkt het anders niet op,' zei de bankier en de frustratie was in zijn stem te horen. 'Ze zeggen dat ze doorgaan. Er is een dure brochure verstuurd. En ze willen dat je aftreedt. Het is een vreemde zaak, en we maken ons zorgen. Tien punten verlies in een paar uur is veel, Jane. We willen je graag op korte termijn spreken. Hier houden we niet van.'

Tegen het eind van de middag had ze tijd voor Nicholson. Hij kwam vol verwachting haar kantoor binnenlopen. Hij verwachtte meer opdrachten te krijgen. Toen hij het nieuws op zijn autoradio hoorde, had hij onmiddellijk uitgerekend welke prijs hij zou moeten offreren om de hackers op te sporen. Uiteindelijk was hij gestopt met rekenen. Zijn conclusie was dat iedere prijs goed was. Amsterdam Online moest hem de opdracht geven omdat het bedrijf hoe dan ook moest voorkomen dat de hackers nog een keer zouden toeslaan. Hij dacht een vette opdracht binnen te halen.

Voordat hij de deur goed en wel achter zich had dichtgedaan, begon Jane tegen hem uit te varen. Hij werd door haar felheid volledig verrast. Jane verviel bijna in razernij. 'Jouw geknoei is de oorzaak van deze ramp. Ik betaal je een vermogen en dan laten jouw mensen hem in een helikopter ontsnappen. Ze hadden hem wel tien keer kunnen oppakken. Je krijgt een claim. Reken maar. Dit kost mij miljoenen. En die betaal jij, Nicholson.'

De Amerikaan had moeite te geloven dat David de hacker was. Op het eerste gezicht leek dat hem niet waarschijnlijk. 'Hackers zijn internetfreaks, Jane,' zei hij kalmerend, 'ik denk niet dat David hierachter zit.'

'Je wordt niet betaald om te denken, maar om te doen. Denken zou ik maar aan anderen overlaten. Daar ben je niet geschikt voor. Voor doen ook niet, trouwens. Het is David, sukkel. Hij eist mijn aftreden. Dat deed hij ook in die chantagebrief. Dus ga er maar achter aan. Neem hem te grazen. Begraaf hem. Verbrandt hem. In vredesnaam, doe je werk nu eens een keer goed. Dat zou helpen.' Jane voelde haar slapen kloppen. Ze streek met een hand over haar voorhoofd.

Nicholson begreep dat dit niet het moment was om over een nieuw budget te praten. Hij vergat zijn verhaal over de kosten van de speuractie naar de hackers. 'We zijn bezig,' zei hij tam.

'Waarmee? Liedjeszingen? Voetballen? Man, ga erop af. Ik dacht dat je een goede reputatie had. Je had toch een vangnet? Zijn vrouw kon je toch verder helpen? Ik heb je een opening op haar gegeven. Schiet een beetje op.' Ze wuifde Nicholson haar kamer uit. Toen hij weg was, zat ze stil in haar stoel en masseerde haar slapen.

De Beaufort was de meest voor de hand liggende kandidaat om Clavan op te volgen. Hij was zich daarvan bewust en dat was hem duidelijk aan te zien. Hij blies zijn lichaamsomvang nog meer op dan normaal al het geval was en hij sprak langzamer en nadrukkelijker, alsof hij zich voorbereidde op zijn nieuwe functie.

Het verhoor van professor Tobias Cohen had hij naar Paul Stevens willen doorschuiven, maar toen de hoogleraar de naam van de effectenmakelaar Sommer noemde besloot De Beaufort hem zelf te ontvangen.

Toen hij Cohen een stoel had gewezen, liep hij naar zijn bureau om Paul Stevens te bellen. Die moest ook aanwezig zijn.

De hoogleraar bleek een man die zorgvuldig en voorzichtig formuleerde. Gekleed in een lichtgrijs kostuum van een duur Italiaans merk, leek hij in de slordige, doorrookte kamer van de officier enigszins misplaatst. Cohen benadrukte dat hij zich maatschappelijk verplicht voelde zijn verhaal aan de officier te vertellen. 'Ik ben een vooraanstaand burger,' zei hij zelfbewust, 'frauduleus gebruik van financiële constructies om belastingheffing te ontwijken kan ik niet toejuichen. Ik moet dat melden. Als staatsburger en als verantwoordelijk individu.'

De Beaufort kreeg een inval. 'Zullen we dit gesprek opnemen? Ik bedoel dit ter bescherming van u.' Zonder antwoord af te wachten stond hij op. Hij pakte uit een bureaula een dictafoon en een luidspreker. Toen hij die op de tafel installeerde zag Stevens dat de onderste knopen van het overhemd van De Beaufort openstonden. De vetribbels van zijn blote buik waren goed zichtbaar.

Cohen begon zijn verhaal. 'Ik ben adviseur geweest bij een effectenbedrijf. Kortgeleden heb ik me teruggetrokken.'

'Welk bedrijf?' vroeg De Beaufort vol verwachting.

'Sommer,' antwoordde de hoogleraar. 'Otto Sommer vroeg mij hem van dienst te zijn. Ik had enkele modellen ontwikkeld waar hij wat in zag. Dat was het begin van een langdurige samenwerking.'

De officier viel hem in de rede. 'Bent u niet verhoord in het kader van ons onderzoek daar?' Hij keek vragend naar Stevens.

'Nee,' zei Cohen.

'We hebben de adviseurs niet verhoord. We moesten de kring beperken.' Stevens had een dossier bij zich waarin hij bladerde.

Cohen vervolgde zijn verhaal. 'Sommer was een grote en succesvolle firma. Otto Sommer heeft jarenlang op de beurs uitstekend gepresteerd. Zijn geluk is misschien omgeslagen toen hij met de *hedgefunds* begon. Daar heeft hij fouten mee gemaakt. Hij vergiste zich in de marktontwikkeling. Dat heeft klanten gekost.'

De Beaufort boog naar de hoogleraar toe. 'Ik wil het voor de duidelijkheid stellen,' zei hij. 'Volgens onze gegevens heeft u een schuld aan Sommer. Heeft dat een rol gespeeld bij uw beslissing om dit gesprek aan te vragen?'

'Otto en ik hebben enige meningsverschillen gehad,' zei Cohen. 'Die zijn nu opgelost. Ik heb de rekening aangezuiverd en de relatie verbroken. Die kwestie heeft niets te maken met mijn bezoek aan u.'

De Beaufort werd ongeduldig. Hij wilde van Cohen horen wat deze te vertellen had. 'Begin maar,' zei hij. 'Wij luisteren.'

Cohen vertelde over Zwitserse nummerrekeningen die Sommer voor veel klanten gebruikte. Stevens herinnerde zich dat zij hierop al bij het onderzoek waren gestuit. Het was hun niet gelukt te achterhalen wie achter die Zwitserse rekeningen schuilgingen.

Cohen legde een notitieboekje op tafel. 'Hier heeft u een aantal rekeningnummers, de namen van de rekeninghouders staan erachter. Ik heb er lang over gedaan voordat ik kon besluiten dit aan u over te leggen. Het kan niet anders. Het is een georganiseerde belastingfraude en iemand in mijn positie kan daar niet over zwijgen. Het spijt me het te moeten zeggen, maar Otto is de verkeerde kant opgegaan. Het is jammer.'

De beide officieren namen met Cohen het boekje door. Rekening na rekening bespraken ze. Ze constateerden dat de docent erg zorgvuldig en precies was geweest. Namen en adressen werden gedetailleerd vermeld en als hij van een rekening de bijzonderheden niet wist, raadde hij er ook niet naar, maar vermeldde niets. Het was een schat aan informatie en de beide mannen zagen tot hun verrassing de namen van heel wat bekende landgenoten aan zich voorbijtrekken.

'Heeft u nog andere bewijsstukken?' vroeg De Beaufort toen ze de aantekeningen van de hoogleraar hadden doorgenomen. 'Ik bedoel, een rekeningafschrift van een Zwitserse bank of zo?'

De hoogleraar keek de officier strak aan. 'Van één zaak heb ik afschriften van de bankrekening,' zei hij. Hij overhandigde De Beaufort een mapje.

De officier begon te bladeren. 'Een Zwitserse vennootschap,' constateerde hij.

'Ja. De eigenaar was een vermogend man. Ik weet niet of hij nog leeft. Simon Ferguson. Kent u hem?'

De Beaufort schudde zijn hoofd. 'Nee. Zegt me niets.'

'Zijn echtgenote is misschien wel bij u bekend. Jane Ecker. Zij heeft die rekeningen al een aantal jaren.'

De Beaufort keek zijn gast ongelovig aan. 'Die vrouw van Amsterdam Online?'

'Zeker. Die bedoel ik.'

'Maar u zegt dat haar man de eigenaar van dat bedrijf in Zwitserland was. Wat heeft zij er dan mee te maken? Hoe kan zij rekeninghouder zijn?'

'Zij heeft bij hun scheiding de aandelen van dat bedrijf gekregen. Sindsdien is zij bevoegd om over die rekeningen te beschikken.'

'Nou, en? Wat is daar verkeerd aan?'

'Dat Zwitserse bedrijf had zwarte inkomsten. Commissies en provisies. Ferguson heeft die buiten het zicht van de fiscus in Nederland gehouden.'

De Beaufort verloor zijn enthousiasme. 'Maar dat is na de scheiding veranderd, wed ik. Ferguson zal die activiteiten wel hebben gekregen, en zij het geld. Het is meer dan tien jaar geleden gebeurd, professor. Daar lopen we hier niet meer zo warm voor. Dat soort oude delicten hebben geen prioriteit.'

'Dat begrijp ik. Mevrouw Ecker heeft dat Zwitserse bedrijf overgenomen bij de scheiding. Die nummerrekening bij Sommer heeft ze voortgezet. Nog steeds, tot vandaag de dag.'

Er heerste even een stilte in de kamer. Het gesabbel van De Beaufort aan zijn gedoofde sigaar was het enige dat hoorbaar was. De officier keek de hoogleraar ongelovig aan. 'Begrijp ik u goed? Wilt u zeggen dat mevrouw Ecker nu nog steeds met een nummerrekening bij Sommer de belastingen ontduikt?'

'Zo is het.' Professor Tobias Cohen vertoonde geen enkele emotie bij het uitspreken van die woorden.

31

David had de crisis bij Amsterdam Online via de radio en de tv gevolgd. Hij had genoten toen de media uitgebreide aandacht besteedden aan de gebeurtenis. Toen hij de koers van Amsterdam Online volgde, kreeg hij er nog meer plezier in. De koers duikelde in minder dan een uur naar veertig euro. Tot het middaguur bleef de koers rond dat bedrag hangen. Nu eens was het achtendertig euro, dan steeg de koers weer naar eenenveertig euro, maar hoger steeg het aandeel niet meer.

'Staan we op winst?' vroeg Elaine. Ze was druk bezig met haar kantoor te bellen en te e-mailen. Tussendoor hield ze in de gaten wat er gebeurde.

'Nog niet. Bijna. Of eigenlijk zo af en toe. Soms is het winst, soms nog verlies.'

Na de middag kwam de officiële reactie van Amsterdam Online. Om herhaling te voorkomen werden harde maatregelen aangekondigd. Consultants van het adviesbureau dat de beveiligingsoperatie ging begeleiden gaven op een inderhaast georganiseerde persconferentie een toelichting. Jane gaf een persbericht uit om bekend te maken dat de verantwoordelijke managers waren ontslagen. De koers begon geleidelijk aan weer te stijgen. In de loop van de middag stond het aandeel op bijna vijfenveertig euro.

David vloekte. Hier had hij zich meer van voorgesteld. Hij belde Miel. 'Het was een groot succes,' zei hij. 'Kunnen jullie er nog in?'

'Nee. De structuur is vandaag veranderd. Alle beveiligingscodes zijn vernieuwd. We hebben nu enkele dagen nodig.'

Miel had het al voorspeld. Zodra de inbraak bekend zou worden, zouden allerlei maatregelen worden genomen. David wist dat en begreep het, maar het kwam hem slecht uit. Hij had de hackers het liefst diezelfde nacht weer laten inbreken. 'Doe je best,' zei hij tegen Miel. 'En doe het zo snel mogelijk.' Die dag sloot de koers even boven de vijfenveertig euro.

'Verlies dus,' constateerde Elaine terwijl ze staande achter David naar het scherm keek.

David knikte. 'Morgen is er weer een dag. Miel is bezig. Dit werkt door. Jane heeft haar slechtste dag nog niet gehad.' Maar in zijn hart moest hij toegeven dat het koersverlies hem tegenviel. Hij had een heviger reactie verwacht. Een tweede actie van Miel was bitterhard nodig. Als de internetfreak er maar in slaagde door de nieuwe beveiliging heen te komen.

De bespreking bij de echtscheidingsadvocaat was in Rotterdam. David had lang geaarzeld of hij erheen zou gaan. De advocaat stond erop dat hij de papieren persoonlijk kwam ondertekenen. Marga zou ook komen.

Elaine bezwoer hem niet te gaan. 'Ze zijn naar jou op jacht. Je moet niet naar Nederland gaan. Tien tegen één dat ze dat adres van die advocaat ook kennen.'

David wilde de papieren graag getekend hebben. Dan was hij van Marga gescheiden en dat was maar beter ook. Tegen Elaine zei hij dat het ondenkbaar was dat hij zich weer met Marga zou verenigen. In zijn nieuwe leven was voor haar geen plaats meer. Wel verlangde hij ernaar haar nog één keer te spreken. Om haar te vertellen dat hij blij was dat ze uit elkaar waren. Dat dit het beste was dat hem was overkomen. Dat zijn leven daarna pas weer zin had gekregen. In zijn hart dacht hij: omdat ik nog steeds niet begrijp hoe je het achter mijn rug om met Wallis hebt kunnen aanleggen, waarom je eraan hebt meegewerkt mij uit mijn baan te werken. Maar die gedachten deelde hij niet met de Belgische.

Uiteindelijk besloot hij wel te gaan. Het leek hem al met al niet erg waarschijnlijk dat hem in het advocatenkantoor iets zou overkomen. Dat zou een rel betekenen. Maar hij besloot op zeker te spelen en belde de echtscheidingsadvocaat. 'Ik kom,' zei hij, 'maar ik wil je ervan op de hoogte stellen dat er mensen zijn die jacht op me maken. Als mij in jullie kantoor of daarbuiten iets overkomt, zorg ik ervoor dat het hele dossier aan de pers bekend wordt. Zeg dat ook tegen Marga en druk haar op het hart dat ze het aan Jane Ecker doorgeeft.'

De advocaat reageerde verbaasd. 'Waar ben je in verwikkeld, David?' vroeg ze. 'Wat zijn dat voor zaken?'

'Een echtscheiding,' zei David droogjes. 'Vergeet je het niet door te geven! Bel me zodra je dat gedaan hebt. Als je het niet bevestigt, kom ik niet.'

Met Elaine besprak hij wat ze moest doen als hij niet van zijn bezoek zou terugkeren.

'Waarom neem je zo'n risico?' vroeg Elaine. Ze was het duidelijk niet eens met zijn beslissing.

'Ik moet het verleden afsluiten. Marga moet uit mijn leven verdwijnen. Dat betekent erg veel voor mij. Ik geloof niet dat er iets zal gebeuren. Ze zijn gewaarschuwd en jij weet wat je te doen staat.'

Elaine keek hem onderzoekend aan. 'Er is nog iets,' zei ze. 'Heb je er financieel belang bij om het nú af te handelen?'

David lachte. 'Ook dat. Als ik niet gescheiden ben, moet ik alles wat ik verdien met Marga delen. Ook wat ik aan Amsterdam Online verdien. Je begrijpt dat ik daar weinig voor voel. Daarom wil ik de zaak zo snel mogelijk afhandelen. Ik neem het risico en ga.'

De bijeenkomst bij de advocaat duurde kort. David tekende de overeenkomsten zonder commentaar. Hij had zich niet geschoren. In zijn spijkerbroek en poloshirt zag hij er enigszins armoedig uit. Marga had van haar uiterlijk heel wat meer werk gemaakt. In een prachtig roze jurkje van Dior, zongebruind en de lippen met een lichtroze lipstick aangezet, zag ze er verzorgd uit.

Voordat ze de overeenkomsten ondertekende, wilde ze zekerheid. 'Weet je zeker dat het geld is overgemaakt?' vroeg ze aan de advocaat.

'Het staat op mijn derdenrekening.'

'Ik vind het érg goed van jou, David,' zei Marga poeslief. 'Eerst dacht ik dat je moeilijk zou gaan doen. Maar nu heb je betaald. Eigenlijk wist ik het wel, jongen. Jij wilt ook geen moeilijkheden.' Ze legde een warme, zachte hand op de pols van David. Een gevoelig drukje moest haar sympathie voor David benadrukken. 'Ik begrijp ook wel dat je nu erg veel verdient, en dat je daarom de zaak wilt afwikkelen, maar ik ben zo tevreden.'

David zei niets. Hij leunde achterover en lachte Marga vriendelijk toe.

'Zo, nu kan ik het verzoekschrift indienen,' zei de advocaat tevreden. 'Jullie zijn over drie weken gescheiden. Alvast gefeliciteerd.'

David en Marga liepen samen naar de hal. Bij de receptie haalden ze de parkeerpenning op. Marga sloeg een stevige arm om hem heen. Ze kuste hem op zijn wang. 'Lieverd,' zei ze hartelijk, 'heerlijk dat het vandaag zo is gelopen. We moeten positief blijven, Dave. Ons de goede dingen blijven herinneren.'

David rook haar parfum. Hij rook de geur van haar lichaam. Terwijl ze gearmd naar de parkeergarage liepen, drukte zij zich tegen hem aan. Hij vergat wat hij Marga had willen zeggen. Het leek hem ineens niet zo belangrijk meer. Marga was tenslotte een erg aantrekkelijke vrouw. 'Lieve schat,' zei hij toen ze buiten stonden, 'zullen we samen lunchen?'

'Dát vind ik nou echt aardig. Zó ken ik je weer. Je was altijd zo hártelijk, Dave. Zo bijzonder!'

Ze liepen de parkeergarage in. 'Zal ik met jou meerijden?' vroeg Marga. 'En breng je me dan daarna hier terug?'

'Oké.'

Zijn auto stond op de derde verdieping. Het was een huurauto. Marga keek er verbaasd naar. 'Heb je een nieuwe auto gekocht?'

'Nee. Gehuurd.'

Toen ze waren ingestapt en David de motor wilde starten boog Marga over hem heen. 'Wacht even, niet zo haastig.' Ze fluisterde in zijn oor: 'Je ziet er zo viriel uit, Davey.' Haar hand schoot onder zijn polo en gleed over zijn buik. 'Zo mannelijk, jongen. Heerlijk.'

Langzaam drukte ze haar lippen op de zijne. Ze maakte zijn broekband los. 'Wat ben je toch een verrukkelijke man,' fluisterde ze, 'wat zal ik je missen.'

Tot zijn verbazing voelde hij dat zijn handen de rits van haar jurkje losmaakten. Stond hij werkelijk op het punt met Marga te vrijen? Wie was ze eigenlijk? Zijn vrouw of de vriendin van Wallis? Maar haar lichaam voelde zacht aan en haar vingers gleden verleidelijk over zijn buik. Hij voelde zijn bloed jagen.

Plotseling kwam Marga omhoog. Haar dijbenen waren bloot. Ze zat bovenop hem. Hij had de rugleuning naar achteren laten zakken en ze torende hoog boven hem uit. 'Je bent een heerlijke man.' Ze zuchtte diep en schoot razendsnel van hem af. Ze duwde het portier open en sprong de auto uit. David hoorde haar hakken op de betonnen vloer tikken. Hij keek haar verbaasd na. Waarom holde Marga ineens weg? Hij begreep er niets van. 'Marga,' riep hij door het openstaande portier naar buiten hangend. 'We zouden toch gaan lunchen?' Plotseling zag hij vanuit zijn ooghoek een flikkering van licht dat op metaal weerkaatste. Iemand hield achter hem iets in de lucht en richtte dat op zijn auto. In een reflex liet hij zich door het open portier naar buiten vallen. Met zijn broek op zijn knieën kroop hij weg achter de auto naast de zijne. Terwijl hij tegen de stalen afrastering aan de buitenkant van de garage leunde, hoorde hij een oorverdovende klap. Zijn auto leek even van de grond te komen. Plotseling sloegen er vlammen uit zijn auto. David werd opzij gegooid. Hij kon zich nog net aan de balustrade vasthouden. De hitte van de brandende auto was verzengend. Onmiddellijk daarna begonnen de sprinklers te sproeien. Drijfnat van het water, pijnlijk en hevig geschrokken rende hij gebukt langs de auto's. Net op tijd, want er volgde een nieuwe explosie en nu stond de auto naast de zijne in lichterlaaie. Hoe moest hij hier wegkomen? Hij keek over het stalen hek naar buiten. Driehoog was te hoog om te springen, maar met enig geluk kon hij de verdieping onder hem bereiken. Hij liet zich aan de buitenkant van het hek naar beneden glijden. Zijn handen deden pijn, het hete staal schroeide in zijn huid. Hij sloot zijn ogen en liet zich met een zwaai vallen.

Toen hij op de motorkap van een auto weer tot zichzelf kwam, voelde hij overal pijn. Precies boven hem sproeide een sprinkler op volle kracht.

Kletsnat krabbelde hij langzaam op. Hij knoopte zijn broek dicht. Struikelend over zijn eigen benen liep hij moeizaam naar het trappenhuis. Op de verdieping boven hem hoorde hij de explosies doorgaan. Naast hem stopte een kleine Mini. Er sprong een jongen uit die duidelijk een geschrokken indruk maakte. 'Wat is er aan de hand?' riep hij tegen David.

Die rende op hem toe. Hij duwde de jongen weg en sprong in de auto. In een flits drukte hij de vergrendeling naar beneden. De jongen bonsde op het raam. David gaf vol gas en reed met gierende banden weg.

Toen hij de parkeergarage uitreed, stroomde de binnenplaats van het advocatenkantoor al vol met mensen. Iedereen keek geschrokken omhoog, naar de brandende auto's. David drukte op de claxon en reed hard naar de uitrit van het kantoor. Daar reed hij zonder in te houden de slagboom kapot. De voorruit van de Mini ging aan diggelen en klapte naar binnen. De wind sloeg recht in zijn gezicht toen hij met hoge snelheid de Westerkade afreed. Op de Veerkade parkeerde hij de Mini slordig op de stoep. Hij sprong eruit en liep met zijn ontblote bovenlichaam naar de Maasoever. De frisse wind koelde hem af. Langzaam kwam hij bij zinnen. Hoe had hij zo stom kunnen zijn om Marga te vertrouwen! Even zag hij Marga weer boven op hem zitten en dacht hij terug aan haar prachtige lichaam. Toen herinnerde hij zich de brandende auto's en voelde zich misselijk worden. Hij moest aan de waterkant hartstochtelijk overgeven. Terwijl hij daar voorovergebogen stond, schoot het door zijn hoofd: Marga had getekend. Wat hij nu aan winst zou behalen, kwam niet meer bij haar en Wallis terecht. Nu was hij werkelijk vrij.

In het kantoor van Amsterdam Online was de rust weer enigszins teruggekeerd. De hackers hadden zich niet meer gemeld. Tom Nicholson had verslag uitgebracht van zijn speurtocht naar de drukker van de brochure.

'Het is een kleine drukkerij in Sint Pieters Woluwé. De opdracht komt van een reclamebureau in Zaventem.'

Jane keek hem verbaasd aan. 'Voor wie werkt dat bureau?'

'Liberty. Een Amerikaans bedrijf.'

'Wie zitten er achter dat bedrijf?'

'Dat weten we nog niet. Maar het zal je interesseren wie de eigenaar van het bureau is.'

'Nou, wie dan?'

'De weduwe van Léon Gaspari. Die vrouw die samenwerkte met David Friedman.'

Jane kreeg een woedeaanval. 'Zie je wel, het is Friedman. Heb je hem in Rotterdam nu werkelijk uit de weg geruimd? Weet je wat die fouten van jou me al gekost hebben? De koers is op vijfenveertig blijven staan. We hebben een verlies van tien procent. Je zou me moeten terugbetalen in plaats van dat ik jou betaal.'

'Als hij er in Rotterdam levend is uitgekomen, is hij een duivelskunstenaar. Mijn mannen hebben vier auto's opgeblazen.' Nicholson moest lachen. 'Ze hebben met een bazooka door die garage gelopen, stel je voor! Wham, iedere keer een auto in vlammen geschoten!' Hij deed het geluid nog een keer na.

Maar daar werd Jane niet vrolijker van. 'Er is nog steeds geen officiële bevestiging binnengekomen dat iemand is omgekomen,' zei ze zuinigjes.

'Dat komt nog wel,' zei Nicholson vol overtuiging.

'Je zult die Belgische ook moeten vinden. En rapporteer me snel over Liberty. Wat betekent dat? Hij gebruikte die naam ook al in dat e-mailbericht. Waarom?'

'Zo'n bericht zul je niet meer krijgen,' zei Nicholson troostend. 'Friedman is voltooid verleden tijd. Letterlijk tot as vergaan.'

Later die dag had Jane een afspraak op de Noordermarkt. Ze reed voorzichtig langs de gracht, speurend naar haar afspraak. Op de hoek van de Westerstraat zag ze een lange blonde jongen. Ze stopte en deed het raampje omlaag. Hij stak zijn hoofd naar binnen. 'Mevrouw Ecker?' vroeg hij met een Duits accent.

Toen hij instapte, keek Jane hem nieuwsgierig aan. Ze voelde zich enigszins teleurgesteld. Was deze fletse jongen nu het beroemde fotomodel dat ze van de foto's van Finkenstein kende? De jongen schudde haar de hand. 'Boris,' stelde hij zich voor.

Jane reed weg. Terwijl ze voorzichtig langs de fietsers haar weg zocht, begon Boris te praten. 'Ik hoorde dat je me wilde spreken. Waarover?'

'Finkenstein. Jij bent zijn erfgenaam heb ik gehoord. Dat is toch zo?'

'Volgens zijn testament wel, ja.'

'Jullie waren toch vrienden?'

Boris reageerde terughoudend. 'We kenden elkaar erg goed. Ik ben inderdaad zijn erfgenaam.'

'Ben je al bij de notaris geweest?'

'Gisteren. Dat is allemaal geregeld.'

'Mis je hem niet?' waagde Jane te vragen. Ze wierp een schuine blik op haar passagier.

Die vertrok geen spier. Hij haalde zijn schouders op. 'Ach, hij was een moeilijke man. Obsessief en erg wantrouwend. Wilde je bezitten. Ik kreeg geen vrijheid als ik bij hem in de buurt was. Onze relatie had zijn ups en downs.'

'Hield hij niet van je?'

Boris begon zich te ergeren. 'Houden van? Finkenstein? Vergelijk het met een bosbrand. Als hij voorbijkwam, bleef er alleen maar verschroeide aarde achter. Maar je wilt me toch niet hierover spreken?'

'Nee. Ik zoek mijn dossiers. Die heeft hij verborgen en ik wil ze terughebben. Hij was mijn advocaat en die dossiers zitten vol vertrouwelijke gegevens.'

De jongen reageerde nukkig. 'Ik zou niet weten waar die zijn.'

'Maar jij bent nu als zijn erfgenaam de eigenaar. Ga ze zoeken, ik moet ze écht hebben.'

Boris dacht na. 'Misschien weet ik waar ze zijn,' gaf hij toe. 'Wat levert het op?'

Jane reageerde knorrig. De zakelijkheid van de jongen verstoorde haar goede humeur. 'Dat je geen moeilijkheden krijgt.'

Nu keek Boris haar verbaasd aan. 'Moeilijkheden? Zit ik er ver naast als ik zeg dat jij die krijgt als die papieren niet bij je terugkomen?'

'Ik denk dat ik jou dan wel weet te vinden.' Jane moest zich bedwingen om niet in woede uit te barsten.

Het antwoord was een luide lach. 'En dan? Dan heb je die documenten nog steeds niet? Misschien is het praktischer als we wat afspreken.'

Jane moest toegeven dat Boris gelijk had en ze noemde vol weerzin een bedrag.

'Ik bel je morgen,' zei Boris. 'Was dit het? Of is er nog iets anders?'

'Nee. Meer is er niet.'

'Stop dáár maar. Dan stap ik uit.'

Jane stopte. Boris sprong haastig uit de auto, alsof hij een slechte herinnering achter zich wilde laten. Hij liep met grote passen de Utrechtsestraat in.

David was met een taxi naar Antwerpen teruggegaan. Daar had Elaine hem opgevangen, die eerst de brandwonden op zijn handen had verzorgd. Toen hij haar verslag had uitgebracht, schudde ze bezorgd haar hoofd. 'Waar zijn we in terechtgekomen, David? Hoe ver gaat die vrouw?'

'Niet zo ver meer. We zijn bijna aan het eind.'

'O ja? De koers sloot vandaag boven de vijfenveertig. We staan op verlies.'

'Marcus, bedoel je.'

'Maar wij verdienen zo ook niets.'

'Hé, niet zo somber. Als de koers zo hoog blijft, krijg ik in het slechtste geval nog altijd mijn geld van Henry. Ik word er altijd beter van.'

'Dat geld heb je toch al gehad. En is het dat allemaal waard?'

Die nacht kon David de slaap niet vatten. Toen hij midden in de nacht voor de tv zat te doezelen, werd hij gestoord door zijn telefoon. Hij zette het toestel aan zijn oor. 'Wie daar?' mompelde hij nauwelijks verstaanbaar.

'David! Ben jij het?' riep een stem die hij uit duizenden zou herkennen. Vittoria belde hem vanuit Spanje.

'Ja. Ik sliep bijna.'

'Wat is er aan de hand? Wat gebeurt er op de beurs?'

'Ze hebben een aanslag op me gepleegd.' Hij probeerde na te denken. Zou Vittoria iets gehoord hebben?

'Alweer? Jezus, man, je bent veel te aantrekkelijk. Ze vechten om je.'

'Nee. Ze schieten op me. In New York had ik een kogel in mijn dij. Nu is mijn auto kapotgeschoten. Ontploft en uitgebrand. Ik was er net op tijd uit.'

'Je meent het. Zo maak je nog eens wat mee.'

'Wat je zegt. Niets aan de hand. Mijn handen zitten onder de brandwonden. Mijn hele lichaam doet pijn. *Business as usual.* Ik begin eraan te wennen.'

'Wie zit achter je aan, David? Enig idee?'

'Nee.'

'Dat meen je niet. Zouden die *short*-speculaties er iets mee te maken hebben? Heb jij daar iets mee van doen?'

David schrok. Wat wist Vittoria? 'Wat bedoel je?'

'Er is een *short*-speculant bezig tegen Amsterdam Online. We willen erg graag weten wie het is. Jij weet het niet?'

'Nee. Waarom zou ik er iets van moeten weten?'

'Je hebt gelijk. Dat ligt buiten je *scope*. Pas jij maar goed op de winkel, Davey. Dan is King Henry trots op jou.'

David was nieuwsgierig. Wat was Henry van plan? 'Gaan jullie er iets tegen doen?'

Vittoria lachte hartelijk. 'Hé, wat is dat? Je haalt je toch geen stoute dingen in het hoofd, jongen? Goed onthouden, Dave. King Henry wil weten wat er met zijn geld gebeurt. Je herinnert je de vierde wet? Gij zult niet spelen met mijn geld?'

'Vitto toch!' David probeerde verontwaardiging in zijn stem te laten doorklinken.

'Luister goed. Zodra je iets hoort over die *short*-transacties bel je mij. Onmiddellijk. Goed begrepen? Informeer bij je bank en bel. Er is haast bij, Dave. Grote haast.'

'Ik doe mijn best.'

Nu klonk er weer een lachje aan de andere kant van de lijn. 'Verstandige jongen. Doe geen domme dingen. Verlang je naar mij?'

'Meer dan ooit. Alleen mijn handen, Vitto. Wees eerlijk. Die brandblaren op jouw mooie lichaam. Het zou niet werken.'

Weer een lachje. 'Zorg er dan maar voor dat je handen gauw weer in orde zijn. Ik wil je spreken. En meer.'

'Deal.'

Op de beurs verloor Amsterdam Online niet veel meer. Het effect van de actie van de hackers bleef beperkt tot een verlies van tien procent. Dat was te weinig voor David. Met gespannen telefoontjes probeerde hij Miel en zijn vriend tot haast aan te zetten. Maar de computerfreaks bleven vaag. Ze zeiden steeds dat ze bezig waren, dat het niet eenvoudig was de nieuwe beveiliging te kraken, maar dat ze er zeker in zouden slagen. Alleen, wanneer?

Intussen naderde de dag dat de eerste *short*-transactie gesloten moest worden. David had verwacht dat Amsterdam Online beneden de koers van veertig zou duikelen, maar daar zag het niet naar uit. Hoewel David uiterlijk overtuigd bleef van zijn zaak, kreeg hij nu toch ook zijn twijfels. Zou hij zich vergist hebben? Was het internetaandeel sterker dan hij had gedacht? Stond Jane steviger in haar schoenen dan hij had voorzien?

Hij herinnerde zich de Haagse communicatieadviseurs. Hij zag Chamal weer voor zich in het restaurant in Kruiningen, de armen bezwerend opgeheven om te benadrukken dat haast geboden was. Snelle actie, dat was de boodschap van Chamal geweest. Maar wat voor een actie? Hij merkte er helemaal niets van. Op een ochtend belde hij naar het Haagse bureau. Dat telefoontje leidde tot een kregelig gesprek.

'Doen jullie nog iets?' vroeg David gespannen.

'Hé, we werken niet voor jóu,' antwoordde Chamal onmiddellijk.

'Maar jullie hadden haast. Je sprak over een actie die een koersdaling voor Amsterdam Online tot gevolg zou hebben.'

Chamal lachte. 'Jij moet je beleggingen zelf regelen, Friedman,' zei hij, 'ik heb andere opdrachtgevers. Mijn opdracht is niet koersspeculatie.'

Na nog enkele korzelige opmerkingen over en weer maakte David een eind aan het gesprek. Hij begreep dat van die kant niets te verwachten was. Hij besloot die avond bij Miel langs te gaan om te zien hoe ver de jonge internetfreaks waren. Misschien konden zij op korte termijn iets doen. Misschien.

32

De Beaufort bestudeerde de verklaring van professor Cohen heel erg nauwkeurig. Met Paul Stevens besteedde hij er vele uren aan. De vraag was wat ze ermee konden doen. De agressieve officier had aanvankelijk de effectenmakelaar Sommer voor ogen. 'We heropenen het onderzoek,' zei hij tevreden. 'Met dit materiaal gaat hij eraan.'

Stevens was sceptisch. Hij wist dat De Beaufort na zijn gevoelige nederlaag voor de rechtbank de zaak-Sommer niet kon loslaten. De officier was de vernederende publiciteit rond het vonnis nog niet vergeten, ook al had hij tegenover hoofdofficier Clavan revanche genomen.

'Charles, eigenlijk brengt dit dossier tegen Sommer weinig nieuws,' zei Stevens voorzichtig. 'Goed, de man heeft meegewerkt aan belastingfraude, maar dat wisten we al. Dat levert in hoger beroep misschien een geldboete op. De verklaring van Cohen geeft geen andere openingen. Hij heeft alleen iets over belastingfraude gezegd. Over de voorkennisaffaire zei hij niets te weten.'

De Beaufort was niet overtuigd. Het lag niet in zijn aard om zijn prooi los te laten. 'Maar we hebben het nu zo gedetailleerd. Zoveel gevallen. Met naam en toenaam, rekeningnummers erbij. Het is de omvang die de zaak een ander cachet geeft. Bij de rechtbank hadden we enkele fraudeurs. Nu een hele lijst.'

'Het maakt weinig uit,' antwoordde Stevens. 'Wat je ook bewijst, belastingfraude levert niet meer dan een boete op. Of het nu om tien gevallen gaat of om honderd. Je moet er een hoop werk voor doen en je lost het probleem van de voorkennis niet op. De zaak is voor de rechtbank misgegaan omdat we niet konden bewijzen dat Sommer door de bestuurders van de pensioenfondsen was getipt. Dat blijft een moeilijke zaak, Charles. Op de voorkennis gaan we ook in het hoger beroep nat en dat levert je negatieve publiciteit op. Die verklaring van Cohen levert over de voorkennis niets nieuws op.'

De officier sputterde tegen. 'En dat boekje met die betalingen dan?'

Stevens zag er niets in. 'Dat is geen bewijs van voorkennis, Charles. Als

Sommer managers van pensioenfondsen heeft betaald, betekent dat nog niet dat hij voorkennis heeft gehad. Het kunnen ook betalingen geweest zijn als dank voor de handel die hij van de pensioenfondsen toegespeeld kreeg. Ik geloof niet dat we het in die richting moeten zoeken. Je hoeft er niet op te rekenen dat de fondsmanagers door gaan slaan. Die zullen zichzelf niet in de vingers willen snijden.'

De Beaufort kon de zaak tegen de effectenmakelaar maar moeilijk laten rusten. 'Jij bent zo defensief, Paul,' verzuchtte hij. 'Wil je die verklaring van Cohen dan archiveren? Laten voor wat het is?'

Stevens stond op en liep naar het raam. Na een snelle blik naar buiten begon hij snel te spreken. 'Charles, Cohen geeft je goud. Hij verklaart dat Jane Ecker betrokken is bij belastingfraude. De bestuurder van een nieuw beursfonds. Is het geen goed idee om te laten zien dat we hard optreden tegen nieuwkomers die belastingfraude plegen? Dat schrikt de mensen meer af dan dat gegraaf in het verleden. Het levert goede publiciteit op. Iedereen zal het toejuichen dat we een fraudeur aanpakken die op de beurs zijn slag wil slaan.'

De Beaufort liep niet onmiddellijk warm voor het idee. Het aanvalsplan tegen zijn oude vijand Sommer trok hem meer dan een actie tegen de vrouw van Amsterdam Online. 'Ze heeft die Zwitserse nummerrekening bij de scheiding van haar man meegekregen,' zei hij nadenkend. 'Eigenlijk is die Ferguson de boosdoener.'

'Die man is nu tachtig. Dat was lang geleden. Meer dan tien jaar. Jane Ecker heeft jarenlang fraude gepleegd. En dat doet ze vandaag nog steeds. We hebben een berekening van het nadeel voor de staat en die komt neer op meer dan vier miljoen euro over de laatste vijf jaar. Ze is er zelfs mee doorgegaan toen ze naar de beurs ging. Bedenk even dat we de dagafschriften van de bank hebben gekregen. We hebben de *smoking gun*.'

De Beaufort aarzelde nog steeds. 'Waar denk je aan?'

'Een huiszoeking.' Stevens kende het verlangen van zijn chef om in de publiciteit zijn gram te halen. Een huiszoeking bij het jonge beursfonds zou opzien baren. De Beaufort zou in de krant komen als een officier die het aandurfde om een actie te ondernemen tegen een bedrijf dat op de effectenbeurs genoteerd stond.

De Beaufort liep nadenkend naar zijn bureau. Hij vond een sigaartje in een la en vergat het aan te steken. Erop sabbelend zei hij: 'Het is een onderzoek tegen mevrouw Ecker, Paul, niet tegen het fonds.'

'Maar we moeten materiaal verzamelen. Het is bepaald niet uitgesloten dat Jane Ecker op haar kantoor archieven heeft die van belang zijn. We moeten een gerichte huiszoeking doen, op haar kantoor, thuis, bij haar accountant, bij haar advocaat.'

'Wie is haar advocaat?'

'Ze heeft er verschillende. Finkenstein is er een van.'

'Je meent het.' De Beaufort trok zijn mond tot een glimlach. 'Dat moesten we dan maar doen, Paul. Zorg ervoor dat het op de perslijst komt. Ik wil er media bij hebben als we daar naar binnen gaan. Televisie. Radio. Fotografen. Regel het, Paul.'

Alleen het transport was al moeilijk te regelen. Stevens plande zes huiszoekingen. De grootste was die op het kantoor van Amsterdam Online. Hij wilde daar met een flinke ploeg mensen binnenvallen. De Rembrandt Tower leek hem een uitgelezen plaats voor zulk machtsvertoon. Manschappen moesten worden vrijgemaakt, vervoer moest worden georganiseerd. Dat moest ook gebeuren voor de huiszoekingen op de andere adressen. Alles gebeurde in het grootste geheim. De Beaufort stond erop dat er van tevoren niets bekend werd gemaakt. Hij was bang dat Jane getipt zou worden en dat er dan bewijsmateriaal zou verdwijnen. Op de ochtend van de huiszoeking zouden de media worden ingelicht, niet eerder.

Toen het konvooi vroeg in de ochtend voor het paleis van justitie voor vertrek gereed stond, kwam De Beaufort in zijn onder de vlekken zittende regenjas hijgend naar buiten rennen. De officier wilde het spektakel voor geen geld missen.

De stoet reed in het licht van de vroege ochtendzon de parkeerplaats van het justitiegebouw af en draaide onder het viaduct door. Bij het Novotel reed het transport de A-10 op om er kort daarna weer vanaf te gaan.

De auto's stopten bij de ingang van de Rembrandt Tower. De Beaufort sprong uit het voorste busje, kwiek als altijd en zichtbaar strijdlustig. Het sigaartje in zijn mond was uitgegaan. De gezette man liep met het bevel tot huiszoeking in de hand parmantig het kantoorgebouw in.

Stevens volgde hem op de voet, met in zijn kielzog een stroom rechercheurs.

De lift bracht hen razendsnel naar de zestiende verdieping. De officier stapte triomfantelijk de hal in. De receptioniste zat er nog maar net en was verbaasd dat zich ineens zoveel bezoekers aan haar balie meldden.

'Ik wil mevrouw Ecker spreken,' zei de officier luid en duidelijk.

'Een momentje,' zei het meisje. Ze liep weg om snel weer terug te komen, met achter haar de secretaresse van Jane.

De Beaufort genoot van dit soort momenten. 'Ik ben officier van justitie,' stelde hij zichzelf voor. 'We hebben een bevel tot huiszoeking. Mevrouw Ecker kan beter snel hierheen komen. Mijn mensen beginnen vast. Wil je laten omroepen dat niemand het kantoor mag verlaten? De liften worden gecontroleerd. Iedereen die zonder mijn toestemming weggaat, maakt zich schuldig aan een strafbaar feit. Vooruit maar. Doe je werk.'

De officier stond met de gedoofde sigaar in zijn mond op Jane Ecker te wachten. Hij was nieuwsgierig de vrouw te zien. Die ochtend was hij vergeten zijn haren te wassen. Die hingen in vette slierten rond zijn hoofd. Zijn bril was weer naar beneden gezakt. Stevens zag de schoenen van De Beaufort, de neuzen kaal getrapt. Alles wees erop dat officier zich had moeten haasten om op tijd bij de huiszoeking te zijn.

Toen Jane Ecker de hal inliep, was de officier teleurgesteld. Uit de televisiebeelden had hij niet begrepen dat de vrouw zo klein was. Toen ze dichterbij kwam, zag hij dat Jane niet veel kleiner was dan hijzelf.

Hij overhandigde haar het bevel tot huiszoeking. Jane las het zorgvuldig door, maar ze kon er niet veel uit opmaken. Wat was er aan de hand? Wie waren de verdachten? Wat was er gebeurd? Bij het zien van de officiële papieren verstijfde ze. Zou er dan toch nog iets misgaan? Ze besefte dat niemand haar meer het geld kon afnemen. Dat had ze naar veiliger oorden overgemaakt, zodra ze het op haar bankrekening had ontvangen.

De officier had geen zin in lange betogen. 'Heeft u een advocaat?'

'Natuurlijk.'

'Finkenstein, nietwaar?'

Jane schrok. Wat wist die slechtgeklede man? 'Niet meer.'

'Belt u uw advocaat. Wij zijn al begonnen. We zullen wel de hele dag bezig zijn. Niemand mag er zonder onze toestemming nog in of uit. Mijn mannen bewaken de uitgangen. Als u vragen heeft kunt u bij mij terecht.'

De rechercheurs doorzochten de bureaus en de kasten. Ze namen stapels papier in beslag, die zorgvuldig genummerd en geregistreerd werden. Steeds legden ze vast waar de documenten vandaan kwamen, uit welke kast en van welke plank. De geschrokken medewerkers van Amsterdam Online werden door de officier naar huis gestuurd. Een aantal werd ter plekke verhoord. Een kleine groep werd meegenomen naar het bureau. Jane kreeg van de officier zelf te horen dat ze mee moest voor verhoor. Ze viel fel tegen De Beaufort uit. 'Jou kén ik wel. Jij bent met die zaak tegen Sommer op je gezicht gegaan. Ik heb een leuke mededeling voor je. Jacques Musch treedt voor mij op, en reken er maar op dat ík mijn schadeclaim doorzet.'

De officier was in zijn element. 'Ik wens je veel succes. Je zult geen rekenmachine nodig hebben. Jouw zaak zit gebeiteld en je gaat zo'n lange tijd de bak in, dat je ruimschoots de tijd zult hebben om alles met de hand uit te rekenen. Met een potlood van het rijk.'

Toen hij haar bij de arm wilde nemen om haar naar buiten te begeleiden, stribbelde ze tegen. 'Blijf van me af! Ik wil eerst mijn advocaat spreken.'

'Daar krijg je in het huis van bewaring meer dan voldoende de tijd voor. Je gaat nu mee.' Op een wenk van de officier deden twee rechercheurs haar de handboeien om.

Toen de officier Jane naar zijn auto begeleidde, waren haar handen nog steeds geboeid. De fotografen waren door Paul Stevens gewaarschuwd. Voor De Beaufort was deze aanhouding de kroon op zijn werk. Op deze manier maakte hij iedereen duidelijk dat er in Amsterdam een nieuwe wind waaide. De tijden van de toegeeflijke Mickey Clavan waren definitief voorbij.

Het rechercheteam dat zich die ochtend op het oude kantoor van Finkenstein meldde, ving bot. Herb Boas stond de rechercheurs te woord en vertelde hun dat zijn collega al een tijdje niet meer op dit kantoor werkte.

'Maar buiten op het bord staat zijn naam,' zei de teamleider aarzelend.

'Dat is juist. Maar hij werkt hier niet meer. Hij heeft zijn dossiers al een tijd geleden weggehaald. Hier is niets meer van hem. Wij hebben al een hele tijd niets meer van hem gehoord. Volgens mij is hij in het buitenland.'

De teamleider belde met De Beaufort voor overleg. Die was met zijn hoofd bij de huiszoeking in de Rembrandt Tower. 'Weggaan daar,' beval hij kort. 'Ga naar dat appartement. Regel een nieuw huiszoekingsbevel en doe het snel.'

Toen de rechercheurs voor het appartement van Finkenstein arriveerden, stond er een busje voor de deur. Twee mannen waren er dozen in aan het laden. Ze haalden die uit de kelder. De kelderdeur naast de trap naar het bordes voor de voordeur stond open. De teamleider liep naar het busje en zag dat op de verhuisdozen met rode viltstift JANE was geschreven. Hij informeerde wat er aan de hand was.

Een kleine man met dun blond haar en een kleine wrede mond liep naar hem toe. 'Kan ik u ergens mee van dienst zijn?' vroeg hij met een Engels accent.

De teamleider vroeg van wie deze dozen waren.

'Van mij,' antwoordde de man.

'En wie bent u dan wel?'

'Tom Nicholson.'

'Wat zit er in die dozen?'

'Papieren. Mijn eigendom.'

Een lange blonde jonge kwam uit de kelder naar buiten gelopen. 'Wat is er aan de hand?' vroeg hij met een Duits accent.

De teamleider riep zijn mannen erbij. 'Controleer wat hier inzit,' zei hij.

Nicholson protesteerde luid. Toen dat niet hielp, pakte hij zijn mobiele telefoon en begon te bellen. De blonde jongen liep naar binnen.

De teamleider bekeek de inhoud van enkele dozen, en zag dat er papieren van Finkenstein bij waren. 'In beslag nemen,' zei hij gedecideerd. 'Maak een proces-verbaal en breng ze naar ons busje.'

De blonde jongen kwam weer naar buiten. 'Mijn advocaat komt zo. Jullie mogen dit niet in beslag nemen. Het is mijn eigendom.'

'Dat zal wel,' zei de teamleider onverschillig. Dat moet jouw advocaat straks maar met de officier uitzoeken. Ik neem die spullen in beslag, onverschillig wat jouw advocaat ervan vindt.'

De blonde jongen maakte veel misbaar. Even later kwam zijn advocaat aangelopen, een lange, magere man van in de vijftig. Die nam de situatie rustig op. Hij overlegde met zijn cliënt en wendde zich toen tot de teamleider. 'Ik denk dat jullie een vergissing begaan,' zei de advocaat. Hij sprak op een gemaakt deftige toon. 'Jullie hebben niet het recht de eigendommen van mijn cliënt te doorzoeken.'

'Bespreek dat maar met de officier,' reageerde de teamleider afwerend. Hij ging door met zijn werk. Toen zijn mensen rapporteerden dat zich in de kelder een berging bevond met de naam Finkenstein erop, ging de teamleider zelf een kijkje nemen. In de berging stonden nog meer verhuisdozen met dossiers en archiefmateriaal. Hij besloot die allemaal in het busje te laden.

33

De foto's van de huiszoeking haalden de buitenlandse pers. David hoorde het nieuws het eerst op CNN. Hij schakelde vlug over op Nederlandse zenders, maar het duurde even voordat die aan het onderwerp aandacht besteedden. In het avondnieuws was De Beaufort prominent aanwezig. Met opgetrokken schouders en opgeheven hoofd stond hij vanachter zijn dikke brillenglazen de pers te woord. David zapte van zender naar zender.

Die middag was de reactie op de beurs al ingezet. Direct nadat het nieuws van de huiszoeking zich op de beurs verspreidde kwam het aandeel Amsterdam Online in een vrije val terecht. Binnen een half uur daalde het met meer dan twintig procent.

Samen met David volgde Elaine gefascineerd het nieuws. 'En nu?' vroeg ze, 'is de koers nu goed? Gaan we nu wat verdienen?'

David knikte. 'Ja. Nu wel. Maar het is niet genoeg. Er moet nog meer vanaf. Let op, die koersdaling zet dit keer door.'

Maar dat gebeurde niet. Amsterdam Online verweerde zich op een persconferentie. De president-commissaris voerde er het woord. Tot zijn verbazing zag David Wallis op het scherm verschijnen. Het was hem ontgaan dat zijn vroegere chef die functie bij de beursgang had gekregen. Ongetwijfeld had het verzekeringsbedrijf van Wallis flink wat geld in Amsterdam Online belegd. Wallis legde de pers uit dat het allemaal overtrokken was. Er was een hetze aan de gang. Met de waarde van de onderneming hadden deze perikelen niets te maken. Daarna kwam de advocaat van Jane aan het woord. Terwijl die betoogde dat De Beaufort de plank weer eens lelijk had misgeslagen, draaide de camera de zaal in. Die zat vol met journalisten. Plotseling zette David het beeld stil. Zag hij het goed? Een mooi opgemaakte vrouw keek hem aan, haar gelaatstrekken bevroren op het scherm, een bezorgde trek op haar gezicht. Marga! Wat deed zij in die zaal? Wilde ze met eigen ogen aanschouwen hoe Wallis zich van zijn ondankbare taak kweet? David dacht terug aan de ontmoeting in de bar van Krasnapolsky, toen Marga hem met tranen in haar ogen had verteld niet meer tegen dit soort toestanden te kunnen. Hij kon een lachje niet onderdrukken. Als Marga ooit al gedacht mocht hebben dat ze met Wallis rustiger tijden tegemoet ging, zou ze nu wel van mening veranderd zijn.

Toen Elaine de kamer binnenkwam, viel haar het stilstaande beeld op. 'Hé, wat een knappe vrouw! Wie is dat?'

Hij haalde zijn schouders op. 'Een verslaggeefster, denk ik. Amsterdam Online geeft een persconferentie.' Terwijl hij zich weer op het beeld probeerde te concentreren, hoorde hij de hakken van Marga opnieuw op de betonnen vloer van de parkeergarage tikken. Marga, die haastig bij hem wegrende, haar loshangende jurk fatsoenerend. Hij voelde de hitte van de brandende auto weer, in brand geschoten door de handlangers van Jane.

De beurs reageerde in het begin van de middag met een licht herstel. Langzaam klom het aandeel terug naar de introductiekoers, om daar halt te houden.

Elaine beet op haar lippen. 'Spelen we zo quitte? Hoe lang hebben we nog?'

'Twee dagen.'

Die avond besloot David tot alles of niets. Hij maakte een opdracht voor de bankier in New York gereed. Hij wilde een *short*-positie innemen die nóg agressiever was. Een groter pakket aandelen, te verkopen over twee weken, opnieuw tegen de introductiekoers. Hij belde met de bankier om te horen of de opdracht goed was aangekomen.

De afstandelijke stem van de bankier bevestigde de ontvangst. 'We hebben alles al uitgevoerd, meneer Friedman,' zei hij. 'U had een vooruitziende blik.'

'Hoezo?'

'Nou, met al dat slechte nieuws rond Amsterdam Online. U was er op tijd bij. Ik geloof dat er nu een massieve beweging op gang komt.'

'Waar baseert u dat op?'

'Er zijn andere *short*-speculanten op de markt gekomen. U bent niet meer de enige. Wel de meest agressieve, als ik het zo zie.'

Die nacht deed David geen oog dicht. De teerling was geworpen, maar wat moest hij doen als de koers niet snel genoeg daalde? Hij bleef in de woonkamer zitten, gekluisterd aan de televisie. Slapen kon hij niet.

De volgende ochtend werd David verrast door een driekoloms kop op de voorpagina van de ochtendkrant. Deutsche Telekom verbrak de samenwerking met Amsterdam Online en zag af van de plannen om in Nederland uit te breiden. Er was een kort persbericht uitgegeven. De Duitsers zouden niet gaan bieden op een Nederlandse UMTS-frequentie.

Amsterdam Online verklaarde in een reactie op de verbroken samenwerking dat er geen plannen waren om op eigen kracht in de mobiele telefonie te gaan.

De krant was kritisch. Bij de vaststelling van de introductiekoers van Amsterdam Online had de samenwerking voor de UMTS-frequentie een grote rol gespeeld. Nu werd dit kort na de introductie afgeblazen. De reden daarvoor was de bestuursvoorzitter. Justitie had haar zelfs opgepakt. Ze werd verdacht van fiscale delicten. Had Jane Ecker dat niet geweten toen ze Amsterdam Online naar de beurs bracht? Had ze de beleggers voor de gek gehouden? De krant herinnerde aan een hardnekkig gerucht dat er tegen het aandeel Amsterdam Online was gespeculeerd door een marktpartij aan wie Jane kort voor de beursgang een flink pakket aandelen had verkocht. De prijs was aanzienlijk lager geweest dan de introductiekoers. Bleek daar niet uit dat Jane zich van de risico's bewust was geweest? En had die verkoop niet in het emissieprospectus vermeld moeten worden?

De beurs was streng. Direct bij de opening zakte het aandeel tot ver onder de introductiekoers. Na de middag was er wel enig herstel, maar de koers brokkelde tegen het einde van de dag toch weer af. Die dag lag de slotkoers onder de dertig euro.

David hoopte maar dat het geluk hem welgezind zou zijn. Aan het einde van de volgende dag zou de eerste positie sluiten. Op dertig zou zijn winst tien euro per aandeel zijn.

Voor Elaine was het koersverloop al te spannend. Ze keek niet, maar vroeg de hele dag aan David hoe de stand was. Toen de koers bleef dalen, rapporteerde hij haar nog alleen de winst. Die liep langzaam op naar drie miljoen euro.

De volgende ochtend publiceerden de ochtendkranten een mededeling van het openbaar ministerie dat Jane Ecker langer in het huis van bewaring moest blijven. Het onderzoek had vermoedens van nieuwe strafbare feiten opgeleverd, andere dan alleen maar belastingfraude, en stuk voor stuk van ernstiger aard.

Bij de opening van de beurs hoorde Amsterdam Online al meteen tot de scherpe dalers. Het werd nu duidelijk dat de koers zich niet meer zou herstellen. Althans niet op de korte termijn. In *Het Financieel Dagblad* was een berekening gepubliceerd van de toegevoegde waarde voor de beurskoers van de verbroken samenwerking. De conclusie was duidelijk: de UMTS-frequentie was bij de bepaling van de introductiekoers een belangrijke factor geweest. Een ordinaire belastingfraude van de bestuursvoorzitter bezorgde de beleggers groot nadeel.

De koers leek die dag rond het middaguur te stabiliseren rond vijfentwintig euro. David calculeerde zijn winst op vier miljoen euro. Elaine was onder de indruk. 'Dat gaat heel wat sneller dan met werken!' riep ze vrolijk.

Twee uur voor sluitingstijd verspreidde zich een ander nieuwtje. Een particuliere belegger riep andere beleggers op de hoofden bij elkaar te steken. Ze waren door Jane Ecker bedrogen. Iedereen die bij de introductie had ingetekend of vlak daarna had gekocht stond dik op verlies. David volgde het nieuws nog steeds ademloos. De tv schakelde over naar een verslaggever in Amsterdam die de verontwaardigde belegger interviewde. 'Tegenover mij staat professor Tobias Cohen. Hij is een belegger van het eerste uur in Amsterdam Online. Nu meent hij dat hij door mevrouw Ecker is bedrogen. Onder deze omstandigheden had ze het aandeel niet aan het publiek mogen aanbieden. Het was te voorzien dat justitie zou ingrijpen en dat de koers dan zou dalen. Professor Cohen, vat ik uw standpunt zo juist samen?'

Het vraaggesprek vond plaats in de hof van de Oudemanhuispoort. Studenten liepen om de interviewer en de hoogleraar heen. Cohen bevestigde de woorden van de verslaggever. 'Beleggers kunnen zich bij mij melden,' beëindigde hij het gesprek. 'Ik start een collectieve actie. We gaan onze schade op mevrouw Ecker verhalen. Het is te gek voor woorden dat wij met het verlies komen te zitten en zij er met de buit vandoor gaat.'

Een telefoonnummer en een postadres rolden over het scherm en dat werd die dag nog vele malen herhaald. Drie kwartier voor de sluiting van de beurs begon de koers van Amsterdam Online weer af te kalven. Een half uur voor sluiting dook de koers onder de twintig euro. Om kwart voor vijf deed het aandeel achttien euro. Toen de eerste *short*-positie van David werd gesloten stond het aandeel Amsterdam Online op zestien euro. De winst op het contract was zes miljoen euro.

Elaine liet die avond Vladi eten halen. 'Wat denk je,' vroeg ze toen ze het glas hieven op het mooie resultaat, 'kunnen we ons nog steeds niet aan de buitenwereld vertonen? Moeten we ons nog schuilhouden?'

'Nog even geduld. Misschien is het morgen zover.'

'Waar hangt dat vanaf?'

David keek haar glimlachend aan. 'Van één telefoontje,' zei hij geheimzinnig.

34

Met Marcus Klein voerde David een emotioneel telefoongesprek. De controller belde hem op zijn mobiele nummer. 'David, wat heb je gedaan? Het is een slagveld!'

David hield zich van den domme. 'Marcus, we verdienen toch? De winst was zes miljoen euro. Jij hebt recht op tien procent. Dat is zeshonderdduizend euro. Er staat nog een veel grotere positie uit. Daar verdienen we nog veel meer aan. Kan het beter?'

'Man, waarom ben je zo hard gegaan? Je had me moeten waarschuwen. Je hebt die vrouw van de weg gedrukt. Was dat nou werkelijk nodig?'

'Je vergist je, Marcus. Dat heb ik niet gedaan. Ik heb met die strafvervolging niets te maken.'

Maar de controller geloofde hem niet. 'Klets niet. Je bent *short* gegaan en je hebt je koers gemaakt. Die hackers heb jíj op pad gestuurd. Jíj hebt die belastingfraude aangezwengeld. Vertel mij wat. Hoe wist je dat? Dat had je niet van mij.'

'Geloof me, Marcus. Ik wist het niet. Dat heb ik niet gedaan. Ferguson zit hierachter. Ik sta er helemaal buiten.'

'Ferguson? Je lult, man. Dat je Jane hebt laten oppakken. Heb je dan geen scrupules? Dit gaat toch echt te ver.'

David moest even lachen. 'Marcus, ik zeg je toch dat ik daar niets vanaf weet. Ferguson heeft er een adviesbureau opgezet en dit is het resultaat. Ik heb het echt niet bedacht.'

Marcus werd nijdig. 'Hou op met dat ontkennen. Je bent door een muur gegaan, David. Je hebt die vrouw verpletterd. Weet je verdomme wel dat ik de sigaar ben? Je hebt alles op naam van Liberty gedaan. Zij denkt dat ík erachter zit. Achter die strafvervolging, de hackers, de beursspeculaties.'

'Je meent het. Dat is niet zo leuk voor je.' Weer kon David een lachje niet onderdrukken.

'Nu zit ze achter míj aan, David. Je moet het rechtzetten. Zelfs in die brochure heb je mijn naam gebruikt. Liberty On the Internet. Hoe verzin je het. Jane heeft haar mensen al achter me aan gestuurd. Ze zijn in mijn huis in Bad Godesberg geweest. In Cortina hebben ze in mijn chalet alles op de kop gezet.'

David klakte met zijn tong. 'Tjonge, Marcus. Ellendig voor je. Ja, het is een haatdragend vrouwtje, die Jane. Heb ik je al eens verteld dat ze mijn huis in brand heeft laten steken? Dat ze in een parkeergarage mijn auto kapot heeft laten schieten? Dat ze een kogel in mijn reet heeft laten pompen en dat ze Léon Gaspari heeft laten vermoorden? Ik zou maar oppassen, als ik jou was. Ze is gevaarlijk.'

'Klootzak! Jij wíst het. Dat was de enige reden om de naam van Liberty te gebruiken. Het ging je om míj. Maar je moet het rectificeren. Ik sta erop. Een persbericht waarin je bevestigt dat ik er niets mee te maken heb. Ik zet mijn advocaat erop.'

'Dat moet je vooral doen. Weet je zeker dat je er niets mee te maken hebt, Marcus? Laat je advocaat die volmacht eens lezen. Ik bedoel dat document dat jij in Cortina hebt getekend. Dat was een sterke tekst. Ik denk niet dat er van jou nog een persbericht komt. Het zit zo wel goed. Bovendien, wat klaag je? Je verdient er zelfs nog aan. Dat kon ik tien jaar geleden niet zeggen.'

'Vuile schoft!'

'Niet zo somber, Marcus. Je kunt altijd verhuizen. Probeer Zuid-Amerika eens. Of Afrika. Ergens ver weg.'

Marcus Klein verbrak de verbinding abrupt en dat deed David meer goed dan hij wilde bekennen.

Terwijl Elaine de kamer binnenkwam zei David: 'Vanavond gaan we uit eten, lieve schat. In Antwerpen. We gaan het vieren.'

Ze keek hem verbaasd aan. 'En Jane dan? Hoeven we voor die vrouw niet meer bang te zijn? Kunnen we zonder Vladi de stad in?'

David knikte. 'Het is voorbij. Jane jaagt niet meer op ons.'

Elaine sloeg haar hand voor haar mond. 'Nee toch. En Marcus Klein? Wat gaat hij doen?'

David lachte haar toe. 'Volgens de laatste berichten gaat hij verhuizen, hoorde ik. Waarheen weet ik niet.'

Toen hij zich in de badkamer verkleedde en voor het eerst sinds lange tijd weer een overhemd en een das aandeed, ging zijn mobiele telefoon. Hij pakte het toestel van de rand van het bad en hoorde de juichende stem van Vittoria.

'Grand slam, vriendje! En dat voor zo'n saaie man!'

'Hé, Vitto,' zei hij geschrokken. Hij besefte plotseling dat Henry met de zwarte piet zat, een pakket aandelen Amsterdam Online dat in enkele dagen tijd in waarde meer dan gehalveerd was. Waarom klonk ze zo vrolijk door de telefoon?

'Je bent zó voorspelbaar, Davey,' zei Vittoria lachend, 'zowel in bed en als daarbuiten. Het zou tussen ons toch niets worden, dat weet je wel. Net iets te saai voor mij, jongen. Maar toch, dit was lachen. Echt leuk, ik had het nooit gedacht.'

'Waar heb je het over?' vroeg David sullig.

'Die aanval op Jane, jongen. Henry dacht dat je het kon. Ik had mijn twijfels. Te weinig fantasie, dacht ik. Maar Henry had gelijk. Je hebt het grandioos gedaan.'

'Wat? Wat?'

'Ik zei je toch dat Henry fantasie waardeert. Je was creatief. Werkelijk. Een echte kunstenaar. Hij heeft genoten. Die hackers. Liberty on the Internet. Wat een grap! En dan als klap op de vuurpijl die belastingfraude. Heel subtiel.'

'Maar heeft Henry er niet de pest over in dat hij zoveel heeft verloren?'

'Kom op, Dave, toe nou. Dat is wat ik bedoel. Jij bent een man die aan een vrouw vraagt of ze alleen is. Griezelig. Hoe je dit voor elkaar hebt gekregen, ik weet het niet. Maar ja, Henry had gelijk. Je was er de juiste man voor.'

'Maar Henry…'

'Die is niet gek, Dave. Wat denk je, toen Ferguson zich terugtrok? Die aandelen in Liberty Inc. heeft hij toen meteen doorverkocht, dat had je toch wel begrepen?'

David kreeg plotseling een vermoeden. 'Die *short*-posities van de laatste dagen. Zit hij daar soms achter? Werkte hij daarbij samen met Ferguson?'

'Kom op, Dave. Zeur niet zo. Henry heeft jou je gang laten gaan. Laat jij hem dan ook met rust, wil je?'

'Bedankt, Vitto,' stamelde David.

'Jíj wordt bedankt, jongen. Jane in de bak, wie had dat ooit kunnen denken! Wat een voorstelling! Super!'

Terwijl David en Elaine naar Antwerpen reden, hoorden ze de nieuwsberichten. De UMTS-veiling in Nederland zou een flop worden. Nadat Amsterdam Online en Deutsche Telekom waren afgevallen waren de nieuwe frequenties in feite al tussen de gegadigden verdeeld. Er waren te weinig kandidaten. De kosten waren te hoog, er was te veel twijfel over de opbrengsten. Nu resteerden er vijf kandidaten voor vijf frequenties. Een hoge opbrengst zat er op die manier niet meer in.

David schakelde over op een muziekzender. 'Wat zullen we doen?' vroeg hij zachtjes aan Elaine. Zij zag er stralend uit. Voor het eerst sinds weken was ze ontspannen. Ze legde haar hand op zijn been.

'Was dat je normale leven, zoals het de afgelopen weken gegaan is?'

'Nee. Ik moest alleen wat rechtzetten.'

'Heb je daar vaak behoefte aan?' Elaine keek strak voor zich uit.

'Dit was de eerste keer.'

'Dan heb je het er niet slecht vanaf gebracht. Hoeveel verdien je nog op die speculaties?'

'Tien miljoen euro. Misschien twintig. Met een beetje geluk nog wat meer.'

'Denk je dat je een maand weg kunt? Naar de zon? Op het strand liggen?'

David pakte zijn telefoon. 'Zullen we nu onmiddellijk boeken?' stelde hij voor. 'Dan kunnen we vanavond afreizen. Onderweg kopen we alles nieuw. We nemen niets mee wat ons aan het verleden herinnert. Oké?'

Elaine had haar ogen gesloten. Ze leunde achterover tegen de hoofdsteun. Plotseling bekroop haar een hevige angst. Als ze Antwerpen in zouden rijden, wie zouden ze daar dan aantreffen? Zou er niet ergens iemand op hen staan te wachten, met een machinegeweer of een ander verschrikkelijk wapen? 'Laat dat eten maar schieten,' zei ze huiverend. 'Brussel is de andere kant uit. Laten we er vast naartoe rijden. We vinden vanavond altijd wel een vlucht.'